# 苏中文学评论选

SUZHONG

WENXUE PINGLUN XUAN

苏中◎著

下　卷

时代出版传媒股份有限公司
安　徽　文　艺　出　版　社

图书在版编目(CIP)数据

苏中文学评论选/苏中著.—合肥:安徽文艺出版社,2013.2
ISBN 978-7-5396-4267-3

Ⅰ.①苏… Ⅱ.①苏… Ⅲ.①文艺评论-中国-当代-文集 Ⅳ.①I206.7-53

中国版本图书馆CIP数据核字(2013)第015021号

出 版 人:朱寒冬
责任编辑:岑 杰 沈喜阳　　装帧设计:许含章

出版发行:时代出版传媒股份有限公司 www.press-mart.com
安徽文艺出版社 www.awpub.com
地 址:合肥市翡翠路1118号 邮政编码:230071
营 销 部:(0551)63533889
印 制:合肥星光印务有限责任公司 (0551)64235059

开本:700×1000 1/16 印张:36.5 字数:600千字
版次:2013年2月第1版 2013年2月第1次印刷
定价:58.00元(上、下卷)

(如发现印装质量问题,影响阅读,请与出版社联系调换)

# 目　录

## 倾泻真情



## 正直文人的正直声音

## 第一个十年



## 陈登科的小说世界



## 附　录

# 意会——读万卷书

# 意会——读万卷书

初学写作者,往往都十分殷切地期望有经验的先辈多传播一些写作方法的经验和技巧,有的甚至渴望得到行之有效的“窍门”或“秘诀”。这并没有什么奇怪。我也有过同样的经历和追求,也如饥似渴地读过那些《小说作法》、《戏剧教程》、《文艺描写辞典》之类的书,以求掌握写作的基础知识。“开卷有益”,这些书也可一读,它们至少也能告诉我们一些入门的常识。但老实说,这类书大都令我失望了,因为我没能从中得到掌握写作的方法或窍门。相反,倒是作品本身,帮助我逐步了解了写作上的某些基本的规律性问题。比如“什么叫小说”、“如何写小品文”、“文章的开篇和布局”之类的定义式和解说式文字,虽然也讲得头头是道,但并不能使我们真正懂得小说或散文的特性以及写作要领。但熟读作品,读过各种各样的小说、散文之后,我们就会不知不觉地领会了它的特性,耳濡目染一多,似乎无形中就知道怎么写了。绝大部分业余作者,恐怕都是直接受作品的影响和启发而拿起笔来写作的。我想,这大概就是“熟读唐诗三百首,不会吟诗也会诌”的道理吧!

现在的情况不同了。我们已有了一些科学的理论著作、基础知识著作和一些先辈的经验之谈,这些都是我们掌握基础知识及写作规律的必不可少的读物,我们应当好好学习。但对一个准备从事写作的人来说,要想真正掌握写作的要领和技能,我以为还是必须多读、熟读和精读一批优秀作品。据我看,作家的经验,包括他的技巧和方法,主要不在他的“我如何写作”的经验谈里,而是在他的作品里。他的作品本身,就是他写作经验的结晶,也是他的写作技巧和方法的直接体现。因此,我们与其指望作家用怎样写某某作品的经验来引导我们,还不如认真读他的作品更为实际有效。

创作——作为一种精神劳动，它的创造过程，既是有规律可循的，又是难以具体讲清它的制作过程的；既有可掌握的技巧和方法，又没有固定不变的定理及公式和模式。物质产品的制作，有固定的规格、要领和操作方法，只要你按照样品规格如法制作出来，你就很好地完成了任务。制作过程中的技术、方法、经验都是具体的、有规定性的、看得见的，也是可以照样搬来运用的。但创作却是一种不可重复的精神劳动。物质产品的每一次重复，都增加了一件合格的产品，但精神产品的重复，哪怕只是大致相似，则只能是废品一宗。这种特点也就决定了作家们所应用的技巧和方法，都不是固定不变的，在不同主题、不同素材的条件下，有着各自不同的表现手法。他们这些经验既没有办法像钳工师傅那样手把手传给徒弟，而且我们也没法照样搬来应用。我甚至想，写作经验这东西，可能是宜于意会而难以言传的。所以才只有“菜谱”、“药方”而没有“文谱”、“诗方”。但所谓“意会”，也并不是什么神秘的东西，不过是人们由于反复接触某一种事物而领略了它的奥秘的一种现象。

作品读多了，我们不但会潜移默化地深受其思想内容的感染和影响，慢慢也会不知不觉地对它的艺术构造、表现方法以及作家的风格、特色、技巧等等，都会产生一定的了解和认识。这大概就是“意会”。这样的积累日益增多，就会逐步系统化、明朗化、理论化，并会形成自己对某些规律性问题由感性到理性的认识。我们许多人都不一定上过写作课，但却正拿着笔写通讯或小说，有的还能写出不错的作品，这本领恐怕就是从读作品中学来的。

我曾在一个文工团创作组工作过。我不熟悉戏剧艺术，虽然也学过三十六种戏剧性用法，但还是不能把握戏剧性。我向一位老师请教，他的回答很简单：“你看一百个剧本。”后来我真的照他的要求做了，读了不止一百个剧本。尽管我仍然没写出过好剧本，但对戏剧艺术的规律和特征，则因此而有了较为具体的了解。从此以后，我对创作上许多难以解决的问题，常常都从大量阅读作品中去寻求答案，有了这个基础，再辅之以必要的理论性的探讨，可以较为切实地解决一些问题。

我们初学者不是常常急于“提不高”吗？不是常常由于虽有好素材因为

缺乏表现能力而苦恼吗？我看良方无他,就是多读书。是杜甫说的吧,“读书破万卷,下笔如有神”。书读多了,就会有神助之。让我们从读书开始提高我们的基础素养吧,但请记住:读万卷书。

# 抛　　砖

——关于读书的随想

我不想非议社会上这个热那个热的潮流，但我更期待读书热的兴起。世上各行各业的人，从粗通文墨到博古通今者，都需要通过读书来扩大、补充、更新自己的知识。所谓“书读得越多越蠢”那不过是对某些死读书、读死书而不知书的教条主义者的讽喻，绝不是说书可以使人变蠢。相反，书会使人变得更聪颖、理智、通达、明察。书是智慧之泉，也是力量之泉。读书是课堂教育的延续、扩展和补充，是提高民族素质的基本途径。人的素质不外是由品德和知识两部分所组成，读书则可在这两个方面使人得到充实和提高。当然，书本知识不是知识的全部，但有了丰厚的书本知识，方能使人更容易也更深刻地理解生活知识和实践知识，所谓“知书达理”，就是这个意思。反过来说，一个科学文化知识极端低下的人，往往不懂事理、不懂道理、不懂法理、不懂义理，那就既容易上当受骗，也易于因无知易犯过失。

人们的学习条件不同。有的人上了小学中学大学以后，又读硕士、博士，他们读书既有导师指点又有同学交流，当然很幸运。但大多数人没有这种机遇，只能把走上工作岗位后的业余攻读作为课堂学习的延续。在这一点上，大家的起点和机遇是一样的，能否学有所成，全看你是否能把读书视为充实自我完善自我更新自我跨越自我的人生目标了，七十二行，行行出状元。一个人不论干什么，首先要确认自己是有用的，同时还要力争当上本行业的状元。这就要求你既要钻研乃至精通本行的专业，又要博学多识，能把本行业与其他行业间纵向、横向的继承、交叉、联结、影响及制约关系理清弄明，要达到这一步，除了实践，很大程度上取决于读书。所以古人把“读万卷书”作为成功之路，古今中外许多伟大人物的经历也都告诉我们，读书与事业的成功是紧紧联系在一起的。

我个人毫无所成,但我这一点点知识,基本上全是靠业余攻读而得来。我少时家贫,读不起普通中学,只得上了一所免费寄宿的相当于初中的技校,两年后毕业,在煤矿当工人。当时才16岁。那时我不懂得工人阶级的伟大,所以一门心思想摆脱那种处境,就开始了漫长的业余读书生涯。但我当时并没有明确的目标,只是力求在各方面充填知识,由于对文学有点偏爱,故对文学书看得多一些。入伍后,那一点爱好文学的念头,又驱动我进了冀察热辽鲁艺文学系学习,从此便开始了集中于文学的读书生涯。工作后,大多数时间是在文学期刊编辑部工作,由于经常要和作家、理论家、学者打交道,深感自己的底子太薄,学识太差,无法适应工作,同时又难有机会进科班深造,所以就横下一条心,几乎把所有的业余时间都交给了读书。古今中外经史子集、文学名著、经典哲学,而至三教九流、杂学异说。我都尽可能涉猎一番。读不懂的,先囫囵吞枣,然后再慢慢求解,读不下去的就一遍又一遍地硬啃,直到读罢为止。几十年的时间下来,也就慢慢积累起一点本专业的基础知识和一般的学识。我自认是一个尝到读书甜头的人,也深领此中乐趣,不说上了瘾吧,至少也可以说是入迷。而今的年轻人比我的基础好,比我的条件好,当然会从读书中获得更多的教益。

业余攻读,没有固定模式,也没有特定章法,全凭自我追求和自我把握。要说时间,咱们中国人很富有,要说好书,今天更是琳琅满目,要说社会关怀,许多报章杂志都很热心于倡导和辅导,任何人拿出一部分时间用于读书是一点问题也没有的。俄国的杜勃罗留波夫在十三岁那一年读了四百一十种书,这既是奇迹,也是恒心力量的显示。我们不必说要超过他了,就是比他少上五倍,一年也是八十多种书,十年二十年下来,不也就学富五车了吗?那时,你也就是一位没进科班的硕士、博士、博士后或者是某一领域的状元了。

# 江山代有才人出

## ——寄语青年朋友

我来安徽已45年了。在将近半个世纪的时日里，目睹了几代青年作家的涌现、发展和成熟，我为此感到很幸运。在他们成长初期，我常常为他们对文学事业的热情执著追求所感染，在他们走向成熟以后，又一再为他们的拼搏精神和文学才智而打动。几十年来，我始终把与青年作家交朋友，当做既是相互交流又是激励自己的分内之事来看待，深感受益匪浅。

青年作家的涌现和成长，是支撑文学事业繁荣发展的根基，所谓江山代有才人出，正是文坛得以兴旺的标志。新时期以来，文坛老将固然以焕发青春的姿态和百倍的热情为安徽文艺事业做出杰出贡献，而一茬又一茬成长中的青年作家群体，不仅壮大了队伍，也在创作上显示出了多姿多彩的风格，推出一批内容深厚、艺术精美的力作，促进了文学的繁荣与活跃。先是有散文的王英琦、诗歌的梁小斌、小说的祝兴义崭露头角；接着又有小说的潘军、陈源斌、许辉、李平易，诗歌的蒋维扬、陈所巨崛起而出；再过一阵又有小说的季宇、严歌平、孙志保走强；近几年则有小说的许春樵、程鹰、曹多勇、郭明辉，诗歌的白梦，散文的潘小平，儿童文学的伍美珍等等一大批新人才俊为文坛添彩增辉。应当说，时下是青年作家发展空间极为良好的时刻，更是青年作家应当全方面打造自己、攀登文学高峰的有利时机。为此，我希望青年作家们在高学识、高品德、高标准艺术追求三个方面下一番苦功，突破现有局面，实现自我跨越。

高文化修养，当然包括文凭、学历，但主要不光指学历，而是指学识。今天的中青年作家群体，在学历上，或者说在基础文化水平上，已与上世纪五六十年代涌现的作家大不相同。那时候因提倡在工农兵中培养作家，故不怎么强调文化修养方面的事，而且也确有一些工农兵出身的人，在领导的培养和个人努力下,在文学上获得了某些成就。但文化毕竟是文学创作的基础条件,倘文化底蕴不丰,势必会直接地影响着文学内容的深度和文学表现的力度,甚至会阻碍其持续发展。有些人出道时,文化底蕴虽不丰厚,但伴随他一生的文学生涯,始终不间断地充实自己各方面的学识,逐步使自己积累起一个作家必须具备的种种学识,基本上完成了向学者型文人的转化,故使他得以持续发展并终于成就了一番事业。可以毫不夸张地说,这些人在创作上的进展和他们在学识上的进展是同步的、共进共生的。而某些原来文化基础薄弱又未能花大力气改善这种状况的人,便不得不随时间的推移而消失于文坛。不是文坛淘汰了他,而是他自己未能给自己的可持续发展注入新的能源和动力,故难免自动停机。

作家面对的社会生活和自然世界是无边无沿的,你要反映它、表现它、描绘它,你就得熟悉它、懂得它、把握它。因此你不但要铺开生活视野之网,还要打通学识智慧之路。也就是说,作家不但要懂得文学自身的事,如中外名著、文学史、理论思潮等等,还必须懂得人文科学、自然科学、历史、法律、当代政治思潮、经济大趋势以及世界文化的撞击、冲突、磨合与融汇等等学识,当然我们希望作家走学者型道路,并不等于要求每个人都要学者化,更不能完全变成终日埋头于理性思维的书斋化学者。因为既是作家,就要不断激活形象思维、激活想象力、激活艺术感觉、激活情感世界的激荡空间,这与学者的思维方式是不同的,所以我们要求于作家的是有丰富的学识,而不是纯然学者化。老实说,作家之间的拼比,拼到最后就是拼学识。因为学识不只是丰富表现内容、扩充表现能力的基石,更是认识生活、评判是非、开掘素材深层含义的思想动力。作家的思想穿透力的高低取决于他的学识的深浅。除了学识,中青年作家还应尽可能掌握一至两门外语。当今世界正处在向经济全球化迈进的时代,与之相适应的是正在加快文化的接触、沟通与渗透。我们将以带有民族色彩的文化走向世界或融汇于世界,世界也将以各种色彩的文化走向我们。面对这种挑战、撞击、渗透与融汇的过程,我们在交流中要想掌握主动,就应当通晓外语,基本了解世界文化的基本特征和它的发展态势。自"五四"至上世纪30年代的作家,大多是走学者型路的,既能掌握外语又通晓中国古代典籍,他们贯通中西的学识和他们驾驭语言的非凡能力,至今仍是我们的楷模。

高品德,讲的是做人问题。做人,做普通人,做知识精英,做社会名流,都需要高品德。我们常讲“德才兼备”、“德艺双馨”,都是把德放在前头,说明德是做人之本、立业之本、成功之本。史学家班固有句名言说“源洁流清,本盛末荣”,他说的“源”和“本”就是“以德为本”的“德”,而“流”和“末”则是指文才说的,意思是说,立文之道,首在立德。无德之人,其流难洁,其末难荣。尽管我们今天不再把作家称颂为“人类灵魂的工程师”,但鉴于文学作品所表现的社会生活景象中,存在真善美或假恶丑等形形色色的形象图景,作家借助于艺术形象所表达的思想倾向和审美趣味,对读者和观众的心灵势必产生潜移默化的影响和感染,因此人们不能不要求作家本人应当具备高品德、高情操、高格调、高情趣的立人之道。因为人们无法相信一个心灵卑微的人可以塑造出境界高尚的艺术形象,即使个别人可以在一两篇作品中玩弄人格分裂的把戏,但恐怕也只能蒙骗于一时而不可能欺蒙一世。所以说,作家立业必须把立德放在核心地位。当然我们要求作家具备高品德,并不是让作家当苦行僧,当道德说教士,当英雄楷模,当完人,甚或是当谨小慎微的谦谦君子。作家也应当像常人一样保持自己的生活情趣,凭自己的兴趣和爱好参与社会活动,参加与各色人等的社交,包括吃喝玩乐,享受人生。但在生活中应保持以德为本的操守,在作品中应坚持以深厚的人文精神关照自己的创作。

某些人一挤进文学圈子便不知天高地厚,以自我膨胀为荣,以欺世盗名为乐,以行为不端为潇洒,在作品中又常常一味地玩刺激、斗闷子来张扬反文明,非道德的情趣媚俗于市井,不管眼前炒得多热闹,到头来终究成不了大器。现今是新旧道德理念的混乱期和混战期,随着改革开放的深化和市场经济的发展,有不少旧的道德理念已不适应新的时代和新的人群,摈弃某些不合时宜的道德理念是理所当然的事。但不能任凭某些人打着反传统的旗号,鼓吹无德、非德、反德的理念和行为,文学创作更不该为社会上泛滥的道德沦丧推波助澜。我们绝不要求文学作品变成公民道德教科书,同样也绝不希望成为非德、非美、非文明的工具。某些鼓吹“用身体写作”的作家,以肆意描写迷情性乱、色欲挑逗为叛逆,有的甚至把参与群体淫乱,以自己与不同男人的性交往、性体验的《我的性爱日记》来标榜所谓的颠覆精神，已到了不知羞耻为何物的地步，这样的无德之辈，怎能在文坛立足？作家不是用身体而是用心来写作，用爱心、爱人之心、爱民之心、爱国之心、爱生活之心来张扬自己的文德与文才。以崇高的信念鼓舞人，以高尚的情操感染人，不仅是作家应尽的社会责任，同时也是作家必备的良知。所以我奉劝某些人不要逃避崇高，还是逃避低级趣味为好。

然作家的学识和人品最终要以高质量的作品来体现。所谓高质量，应是思想内涵、艺术魅力、语言功力、叙事技巧均达上乘，方能达到精品境界。过去一度曾过分强化文艺为政治服务，作家难以按艺术规律去追求完美，使得一些作家的才华得不到应有的展现，有的甚至遭到压抑或毁灭；如今则面临金钱和物欲诱惑也难以让一些人心平气和地去追求完美。但今天毕竟有了追求完美的条件与可能。因为当前政策宽松，思想解放，领导重视，市场广阔，社会需求良好，时代和人民都迫切期待涌现以大手笔书写大时代的大作家。我想只要我们能沉下心来，摆脱浮躁，超越世俗，扎扎实实深入生活，扎扎实实修炼内功，扎扎实实打造精品，扎扎实实潜心创作，把生命和心血都交给文学，有学识、有品德、有才华的作家群体一定会与时代共生共进。

为了使我们的文学创作能够充分体现先进文化的发展方向，我们需要在创作中表达鲜明的时代精神、务实的科学精神、强烈的民族精神、深厚的人文精神、兼容的世界精神、求索的创新精神和多彩的审美精神。我相信，我们的作家都会以不同的方式并从不同的角度来体现这种精神的，关键是不断地完善自我，确立高标准的艺术追求。不是到处都有挑战与机遇并存的说法吗？其实挑战也好，机遇也罢，只要我们自己勇于面对，善于应对，我们就能在战胜自我中造出新我。

# 选材与开掘

## 一

淘金者，从无数的细沙中，筛取一两粒——也许只像泥粒那般大的——金子；探矿机，钻入地层百米、千米乃至万米，找出藏在地壳深处的宝物。作家呢？他该怎样从五光十色的大千世界中，筛取他要淘得的金子，又该怎样深入到事物的核心去探取他的宝物呢？

契诃夫从打喷嚏这样绝小的动作，开掘出《一个小公务员之死》的题材；鲁迅从坐人力车的平凡小事中，提炼出《一件小事》那样具有重要影响的名篇。谁没看过打喷嚏？旧时的文人谁没坐过“洋车”？但恰恰只有在契诃夫、鲁迅的笔下，产生了令人惊叹之作。这里就有个选材与开掘的问题。

一般初学者，最常见的情形往往是：要么对发生在自己周围的生活景象熟视无睹，认为一切都平淡无奇，没有值得一写的；要么对生活现象不加分析研究，有闻必录，见什么就写什么。而这两种情形，又总是要招致创作失败的。于是有的同志急于向编辑部索取选题计划，有的忙于打听行情，追逐“时髦”题材，以求提高投稿的命中率。这种心情当然是可以理解的，但如把创作的取材寄托在这些方面，恐怕是无法获得成功的。

文学的表现对象，是以人为中心的整个人类社会。从自然到社会的一切生活形式和斗争形式，都可以构成文学艺术的表现对象，上下几千年，纵横几万里。人情世态，鬼蜮纷争，都能在作家笔下化作生动有趣的警策世人的写作题材。但要把自然形态的生活现象化作具体作品的题材，那还要靠作者用自己的眼睛去认识、观察和捕捉。从这个意义上说，初学写作者走上创作道路所面临的第一课题，恐怕就是选材了。

然而选材，即写什么的问题，又是和怎样写紧密相连着，因而选材与开掘,便不能不成为同一问题的两个方面。

鲁迅说过“选材要严,开掘要深”,这所谓严,是选材要严谨,态度要严肃,挑选要严格。也就是说,我们要把创作的出发点放在为人民服务、为社会尽责上,切不可无视时代和人民的要求,“以创作丰富自乐”,“以自我陶醉为得”,沉溺于个人的小小悲欢之中,而忘却了广阔的社会生活。有一些作者,可以把文章写得通畅流利、井井有条,但常常因为选材不当或对题材的思想意义开掘不深而造成失败。这些同志虽然具备了一定的写作能力,但认识生活的能力不高,又不肯深入而细致地思索、研究、分析生活现象所包藏的内涵,习惯于有感即发,见一点自认为有趣的事就写下来,以为只要多写,也会百发一中。这种现象就可称之为选材不严。

我们当然要鼓励业余作者的勤奋精神。但写作勤奋并不仅仅意味着只是多写,它至少还应包括勤于读书;勤于扩大生活视野和积累素材;勤于思考,即对所接触到的诸般生活现象加以分析、比较、研究,以深入探求它的实质。在这样基础上的勤奋写作,才是一个较完整的勤奋态度,其收效自然要比盲目多写好得多。

鲁迅先生力主“选材要严”,并一再告诫我们:“不可将一点琐屑的没有意思的故事,便填写一篇,以创作丰富自乐。”又说:“留心各样的事情,多看看,不要看到一点就写。”这里不但表明了鲁迅强调选材要严的主旨,同时又表明了这“严”,是要建立在眼界要宽的基础上。也就是说,只有生活视野很广阔的人,留心观察过各样事情的人,他才具有严格选择素材的余地。倘其生活天地狭小,所见、所闻、所做、所感、所知甚少,又缺乏分析生活的能力,则难免会沉溺于“琐屑的、没有意思的故事”中去。这就告诉我们,在选材上应做到:放眼要宽,落笔要严。

所谓放眼宽,一是要打开生活视野,积极参加火热的斗争生活,多接触、多认识、多熟悉、多了解各种各样的人物,多掌握各方面的生活知识和各种各样的生动的生活细节,建立自己的有丰富内容的生活储备仓库。二是要把自己所要表现的题材,放在整个时代、整个社会的背景上去考察它、认识它,不论你具体描写的生活领域是多么狭小的角落,但应把它和生活的总体联系起来。法国人泰纳在《巴尔扎克论》的专著中曾说过这么一段话:“对于事物有总体观是高级才智的标志，底子里，这就是一个人的主要部分，其他才分只能为这一种才分作准备和发扬的工作，如果他这方面有缺，其他方面就只能显得平平无奇。一个科学家，如果没有哲学思想，便只是个做粗活的工匠，一个艺术家没有哲学思想，便只是个供玩乐的艺人。”这里所说的“哲学思想”，就是我们今天常说的认识和评价生活的世界观。一般初学者往往急于学习表现技巧，但对提高思想认识能力注意不够，对生活没有一个总体观，站得不高，看得不深，不是发现不了有价值的题材，就是满足于浮光掠影，这是搞不出好创作的。三是要从文学功能的多样性角度来把握题材。文学题材是一个广阔无边的领域，作者可根据自己的特长和爱好选择任何有价值的题材。只要他的作品能够对生活起到积极作用，能够起到鼓舞人们的斗志，增强人们的生活信念，提高人们的道德情操和识别善恶美丑的能力，充实人们的思想、美化或愉悦人们的感情，开拓人们的视野、娱乐人们的身心、多种多样的生活情景，都可以成为表现对象。问题在于我们怎么发现、怎样选择、怎样开掘和怎样处理。

所谓落笔严，除基本态度必须严肃外，在具体选材上至少应做到：

1. 不趋时，不追逐时髦题材；

2. 不应袭别人一再重复表现过的题材；

3. 不硬写自己不熟悉，没有唤起创作冲动的题材；

4. 不有闻必录式地抓到一点零星材料就写；

5. 摈弃矫造或病态的自我表现。

对于最后一条，我想补充两句话。我们一向主张从你最熟悉的生活领域中选取题材，但这要和自我表现区别开来。任何文学艺术创作，都离不开作家艺术家个人的思想感情的渗透或流露，因为作品是客观生活经过作家头脑加工的产物，因此就都有一个揳入自我、由自我把握客体的问题，但这绝不等于自我表现。有少数青年朋友主张艺术的目的就是自我表现，这个理论上的争执，我们这里可以不谈，但矫造的或病态的自我表现必须摈弃，这是应当肯定的。我刚刚看了一个青年同志的稿子，写失恋的痛苦，一直写到想要自杀。作者及主人公似乎都痛苦得不得了，但作为读者的我是毫未动情的。不是作者没有写出那种苦味来，他写得倒是细致，但他的矫揉造作和病态心理，使我只能产生不舒服感。他是在独立地写失恋，没有把它和社会生活、社会矛盾、社会道德作任何一种联系，因而也不可能从这里开掘出什么社会意义来。

我们在选材上还是要提倡从生活中发掘真善美。要从自己最熟悉的领域中，选择感受最深的、社会意义较大的素材，删除杂质，舍弃非典型的东西，提炼出思想价值和美学价值都高的题材。

我们既要鼓励作者用自己的眼光、自己的体会、自己的思考、自己的判断来观察和认识生活，同时又要求作者要尽可能地使自己的眼光符合客观实际，符合人民的愿望，符合历史发展的趋势。

选材必须从真实出发，对生活中的矛盾和斗争以及种种复杂形态，应不回避、不粉饰、不抹黑。歌颂光明是为了使光明力度旺盛和壮大而绝不是粉饰，批判黑暗是为了寻找和支持战胜黑暗的力量而不是发泄怨气。真善美就在真实生活中，就在人们的性格本质中，我们应当从真善美与假恶丑的斗争中来选取题材。

以上所说的，不外是在选材上我们要把眼放宽、落笔严统一起来，在宽的基础上求严，力求十里挑一，百里挑一；反过来，作品如写得成功，又可以一当十、以一当百了。

## 二

对生活素材的提炼，或者对创作题材的开掘，是从生活到创作过程中的关键性环节。能否独到而深入地开掘题材的思想价值与美学价值，不仅涉及作者表现生活的能力，同时也更涉及作者认识生活的能力。

前面说过，文学的表现对象是以人为中心的整个人类社会。从自然到社会的各种各样的生活形式和斗争形式，都可以作为创作素材来加以艺术地表现。而生活本身，又是无限丰富、无限多样并且永远是在运动着、发展着，变化着的。因此，世上无论产生多少作家，哪怕人尽其才，也不可能写尽生活之万象，但这里有两点：

一、文学艺术的接受者，即文艺的服务对象，都是处于一定时代、一定社会、一定民族、一定阶级地位的人群，他们总是以自己的爱好和倾向有意无意地影响着文学艺术的表现内容。因此，尽管一切社会生活都可以作为文学的表现对象,但又并非一切生活现象都具有同等的思想价值和美学价值,也不是一切生活现象在任何时候都适宜艺术再现,更不是一切题材都会受到所有人们的欢迎。文学界告诉我们,各个时代、各个民族、各个阶级的伟大作家,都是力求在自己的作品中表现人民最强烈的思考和要求,表现他那个年代的最能激起千百万人关心的题材。这就是说作家的选材并不能因为生活的无比丰富而随心所欲,他总是自觉或不自觉地受着时代与人民的影响。

我们今天的创作题材,既要充分发挥作者的自主权,同时又要以高度的社会责任感来考虑当前人民群众的多方面的迫切要求。

二、不论生活多么丰富,不管生活怎样为文学艺术提供无穷无尽的素材,但生活中却没有一件摆在那里等你去拿的现成题材。一切创作,包括真人真事的创作,都有一个作者对题材的发现、认识、消化和加工的典型化过程。艺术地再现生活,不能像录音机一样照原样复制生活,它是作者对生活的再认识和再创造。生活中的一个事件,可以构成几篇作品的题材,生活中的许多事件也许又只能铸成一个作品的题材,这一切全靠作者把自己众多的生活经验打碎,并重新组织,重新创造。因此,不论生活中发生了多么曲折动人的故事,但当它一旦被作家列为表现对象,都还需要进行提炼或开掘。一些初学者,本身是置身于火热的斗争生活之中,但又总觉得自己周围的生活景象平淡无奇,没有什么好写,等看到别人写了自己所熟知的某些事件,又失悔自己为什么没想起来写它。其实你没想起要写,是由于你没有发现它值得写,而没有发现,又是因为你没有很好地对生活进行思考和认识所造成的。

某些初学写作者,总希望生活中出现那种新颖奇异、有头有尾、迂回曲折,既有重大意义又能委婉动人的事件,这种愿望恐怕是百分之百要落空的。因为原始形态的生活素材,它只能供给你再创作的原料,不能代你完成艺术创作过程所必需的一切。创作之所以成为创作,就是要靠作者对生活的再创造。作者的本领,就是要在日常生活中发现别人未曾发现的东西,开掘出别人未曾表达过的思想或见解,于平凡中见奇异,于泛象中见新颖。

张弦同志近年的短篇创作颇为引人注目。《被爱情遗忘的角落》、《未亡人》、《挣不断的红丝线》等几个作品,都涉及了爱情婚姻问题。但作者在处理爱情题材时,并没把着眼点放在描写爱情生活的缠绵或悲欢上。作者在描写他的主人公的爱情遭遇时,其重点不在叙述事件的过程本身,而是致力于发掘人物命运的历史的、社会的、意识的诸因素对人物性格的形成及其爱情遭遇的决定性影响。其中,《未亡人》是一个新颖、凝练而又深刻的短篇。作品的立意,仍然是清除残余的封建意识问题。触发作者撰写《未亡人》的原始素材,原有两件毫不相干的事。一件是作者的一位朋友丧妻后结识了一位寡妇,双方都产生了感情,准备重新组建家庭。不料双方的子女都竭力反对,其中一位甚至受到儿子的武力威胁,结果这桩婚事闹散了。这件事曾使作者"很感慨"。他说:"原来不但有父母干涉子女的婚姻,还有子女干涉父母的。原因当然很复杂,但引起我思索的是:封建的传统观念并不是老年人的专利品,青年人身上的遗毒也不可小视。"另一件事是:一位领导干部的妻子谢世,丢下一大群孩子。人们议论他再婚恐怕不容易了。但他很快就结了婚,而且女方年轻、漂亮,比他小十多岁,婚后的日子也很幸福。

这两件事看起来可以说平淡无奇,思索起来又很有意味。前者本来是合情合理之事,但被子女干涉闹散,使有情人未成眷属;后者好像是难成的不和谐的婚姻,却偏能很快地顺利实现了,并且也过得很美满。两件事的结局,都有点出乎意料,又都有它内在的合理依据。然而,像这类来自日常生活的素材,是很容易被忽略的,有些人可能听罢就算,无动于衷,但张弦并没有放过它们,而是把它们作为自己思考生活的一个内容,从它们的一反一正的对比和联想中,思索它们的内涵。

作者的思考没有停留在素材的表面价值上,也没有按素材的原始形态去反映它,而是完全打碎了原来的组合关系,穿过现象,从两组人物的不幸或幸运中,去追索更深一层的东西。据作者自称:在写《未亡人》之前,他并未有意拿这两件事做模特,当时的"全部注意力集中在如何刻画出中年寡妇的形象,怎样走进她的心灵里去。我在寻找她的命运的历史感。丧夫的痛苦,第二次恋爱的渴望和矛盾,世俗的舆论压力,对第一次爱情和婚姻的回顾和剖析……这时,那位领导干部和他的后妻仿佛悄悄地乘着小汽车开到我脑子里来了。我还没有发现,只觉得周良蕙开始认识到(夫贵妻荣)这种封建传统意识不仅对她的一生起着决定性的影响，而且还渗透到了她过去看来很幸福的爱情生活之中了。她觉悟了，她要求自己应有的人格尊严，她要求平等的，普通人的爱情。到了这一步，我眼睛忽然一亮，不管其他方面成熟与否，赶快动起笔来”。

作家笔下的周良蕙是与原始素材完全不同的人了，虽然她也有着模特原型类似的经历，但她已成为一个有着完全不同的精神世界和自己独特命运的另外的“这一个”，并且也摆脱了原始素材的消极因素，从主人公内心觉醒方面，体现了她的追求、向往以及她对封建传统习俗的斗争精神。

题材的开掘，不但要向深处追索，还应找到自己的独特的角度。电影《天云山传奇》、《牧马人》、《勿忘我》，从题材的梗概上看，几乎是相同或者说近似的。它们的主人公都曾在政治运动中被错划为右派，他们在其不幸的生活经历中都始终保持高尚的情操，都遭遇了独特的爱情命运，也都在新时期有了良好的结局。但这三个作品的思想和艺术形象，不仅不是雷同化的东西，甚至也不是大同小异，而是小同大异。我们就把三部作品连看一遍，也不会觉得它们之间有什么可以互相取代之处。为什么？就因为作者们是从不同的角度开掘自己的题材的。《天云山传奇》着重从两组人物的灵魂对比中展示作者对生活的思考，《牧马人》着重从热爱生活、热爱祖国的角度来开掘人物的心灵美，《勿忘我》则侧重于从忘我的助人中来体现主人公对生活的理想、信念和高尚的情操。有了这样不同的开掘，有了人物的各自的性格和命运，因而在即使大致类似的生活现象里，也还是完全可以提炼出新颖而奇异的文学题材的。

## 三

写作的失利，通常不外是选材不妥、开掘不深，或表现不当所造成。一般初学者，往往只注意到表现技巧之不足，以为一切失利都是缺乏技巧缘故，其实很多人都是前两关没过去，失利于选材和开掘这两方面。

最近，我读了一位业余作者笔下的八部电影剧本，洋洋洒洒，足有六十多万字。他的刻苦精神、写作上的勤奋及其一丝不苟的态度，都令人钦佩。就连技巧也很有一些值得赞扬的东西。他是一位电影放映员，电影看得多，又花了很大工夫钻研过电影艺术的特点，所以他写出的电影剧本，不是像某些电影新手那样，要么偏重叙述、描写，像小说；要么偏重对话，像戏剧。他初步掌握了电影艺术的特点，很善于运用蒙太奇，并充分注意了银幕视觉艺术的广阔空间，某些精彩的片段、读本，此时就像电影那样历历在目。但他的八个本子，只有一个基础尚好，其他恐怕都难免要失败。我以为他是败在选材上了。他写的多是侦破故事，海外回归题材以及天安门"四五"事件等等。这些领域都是他不熟悉的，有的全凭道听途说的一点影子，有的连影子也没有，只能靠冥思苦想来编造。他的写作，不是生活中的人和事感染了他，唤起了他写作的创作冲动才动一笔的，而是先确定了写一个什么性质的电影，然后再动手编故事。这样，他把创作过程颠倒了，不是从生活出发进行创作，而是为了创作来编造故事，而这些故事所涉及的生活领域及有关的人和事，又都是作者所不熟悉的。所以，不管作者有多么高的编故事的才能，总难免破绽百出或失真露假。因此，尽管这位作者有很好的勤奋精神和一定的表现能力，但选材之不当，却使他的勤奋和才能都未能得到正当的发挥并收到良好的效果。相反，那一个基础较好的本子，由于其主要人物和事件是作者较熟悉的，他们的性格、语言及其内心活动，也是作者所了解并能够掌握的，就比较真实可信。在这种情况下，作者所掌握的电影技巧，也就能够较好地发挥其应有的作用了。

选材失当，大多是因脱离自己的生活基础而来。有的人是因为追时髦、赶热闹、图奇异所致，更多的情况是由于认识生活的能力不高，所以他们总是觉得题材在外边、在别处，在他没进入过的那个天地里，在他的视野所看不到的场景中。于是，在学校教书的，以为学校生活平淡无奇，不如工矿企业大干"四化"那样轰轰烈烈；在工矿工作的，又觉得厂矿生活枯燥无味，不如农村既有田园诗情又有实行责任制后的巨大变化；在农村的呢？又觉得农村土里土气又落后，远不如科研部门那样先进又预示着未来。这种把眼睛向外寻找题材的办法是行不通的。我劝一下业余作者，都该把眼睛向内、向下，向你熟知的人物和事件索取题材。你的题材，不在报纸的新闻报道中，不在领导的指示中，不在编辑部的规划中，也不在别人写就的作品中，它在你生活的经历中，在你对生活的思考和发现中。俄国文艺批评家杜勃罗留波夫说过："一个感受力比较敏锐的人，一个有艺术家气质的人，当他在现实世界中，看到某一事物的最初事实时，他就会发生强烈的感动。”黑格尔则说：“属于这种创造活动的首先是掌管现实及其形象的资禀和敏感，这种资禀和敏感通过常在注意的听觉和视觉，把现实世界丰富多彩的图像印入心灵里。”但这种“强烈的感动”的触发，并非仅仅依靠所谓艺术细胞的直感，它是要靠作者本人对生活有较高的感受能力和认识能力，因之才能从一种事物的萌芽状态里，立即唤起感情上的强烈冲动。对生活没有入微的体察和感情上的呼应，也没有总体认识的人，常常对任何一种生活现象都是无动于衷和毫无感触的。题材开掘的深浅、正误，主要取决于你对生活的感受和认识的深浅、正误。

一位作者写了一篇批评青年无理想无上进心的作品。他也是从自己身边所熟悉的人物身上，吸取了一些有用的素材。但这篇作品所着重宣扬并追求的理想是什么呢？就是“上大学”。他描写了待业青年的苦闷，狠狠抨击了无理想人物的精神空虚，他的立意是好的，这因为他完全承认作品的取材是来自生活，而且批评部分青年的无理想状态，也是很有现实意义的。但当作者按自己的思想境界来开掘这一题材时，就显露了作者对生活缺乏正确的认识。上大学当然是好事，也的确是青年追求和实现理想的光明途径。但是，我们的生活中不是还存在着许许多多同样是成为青年们追求和实现理想的光明途径吗？我们批评无理想，本意是为了鼓励人们确立理想，但倘把千万条广阔的理想之途都封闭起来，只留给一条路让所有的追求者都在这里挤，岂不是适得其反吗？我举的这一个例子是个别的又是普遍的。就一个作品来说，当然是个别的，但由于对生活没有总体观，缺乏对生活的正确认识而造成创作失败的情形，却又是普遍的。

现在有一些初学写作的同志，很不喜欢听“加强政治学习”、“提高思想水平”这一类话。当然，如果仅仅是套话，我也主张可听可不听。但我这篇谈论“选材与开掘”的三段文字，实质只是讲思想能力对于选材与开掘的重要影响这么一个问题，我认为无论从创作准备或从创作实践的角度来说，都应当高度重视它。

（原载《长江文艺》1983 年 7 月号）

# 读《品玩人生》

## ——说幽默

作八股文先要破题，我也从此开始。

书名中拈出个“玩”字，似乎不够那么庄重。其实这里所说的“玩”，大约不是玩世之玩或玩耍之玩，也不像“把玩”、“赏玩”那种消闲之情。“品玩”，好像是吃东西咂咂嘴细心品味的样子，又好像细心体察琢磨什么事的那种神情。如果我的理解不错，我想，《品玩人生》就是以某种眼光来品味或体察人间世事。但既然有“玩”字在，这品味体察也势必包括某种带有笑意的品评。这笑，有的是微笑，有的是苦笑，有的是冷笑，有的是嘲笑，有的是嬉笑，有的是狡黠的笑，有的是从容的笑。本书编者把我国现代文学中的十四位散文大家的幽默精品汇编成册，正是着眼于同一笑字下的不同笑眼的人生品评。入选的十四位大家，无一不是融作家与学者于一体的学识渊博、人生体验丰富、文笔高超、幽默气质上乘的杰出人士，但他们对人生的态度却不尽相同，故对人间世事的感知、体察、领略、辨析、品评也就各有差异。有的在生活中是勇猛的斗士，常借嬉笑怒骂之笔抒发改造社会之见；有的是持重平和的学者，故多是微笑着看取人生，有的对生活持闲适、散淡态度，惯以调侃之腔描绘大千世界；有的愤世嫉俗，少不了冷笑热嘲之抨击；有的凝重审视人生时不免发出苦笑；有的飘逸潇洒之士多是笑得从容。都有笑意，又是各不相同的笑意；都用幽默小品来描绘大千世界之众生相，然每人之视角和对人生的品评又有不同层次；都是美文高手，但又风格迥异各领风骚，都是小品精粹，但有的精在锋利、有的精在委婉、有的精在俏皮、有的精在含蓄、有的精在沉郁、有的精在性灵、有的精在睿智、有的精在缜密……真是千姿百态，各有千秋。而这，恰好构成了本书的一大特色，这里既有小同大异，也有大同小异，也有异中之同。编选者以其对现代散文的真知灼见，推出了显示一个时比文风和世风的幽默小品精粹，既让我们赏识到诸位散文大家的绝妙文采，又让我们从这些娓娓动听、嬉笑自如、笑中有笞、笑中有喻、笑中有戒、笑中有愤的精美小品文中体察到那个时代的世风、世情和世态，真可谓一举数得，益莫大焉。

“幽默”一词是外来的洋货，但幽默感却并非西人独有。无论在生活中或在文学中，国人的幽默气质或幽默风味，也是浑然天成，可采撷者颇多。然幽默不同于滑稽、说笑、逗哏、调侃，更不同于耍贫嘴、玩噱头，它的意思是有趣可笑而又意味深长，勉强找一个相对应的说法，可能和我们所说的谐趣较为相近，谐而不笑而会心，寓美刺于其间，藏机锋于言外，既能让人得到欢悦的情趣，又能给人以某些思想启迪，我想这就是幽默的高境界，或者说是幽默小品的审美特征。

幽默之得，贵在自然。于人于文皆应以随口吐出、信手拈来为上，倘强颜欢笑，硬造幽默之状，或在遣词造句间刻意卖弄噱头，那会像丑女弄姿一样，令人难以忍受。鲁迅先生是我们公认的幽默大师，他的小说、杂文、诗歌中常常自然而然地流露出非常强烈的幽默情趣，如《阿金》、《忽然想到》（之五）等等，均能令人不时拍案叫绝，但于行文叙述中几乎像是漫不经心随意得来，无丝毫刻意为之的痕迹，真是幽默之道的大手笔。他十分反对为幽默而幽默，也不同意把幽默小品当作消闲的小摆设来供人赏玩。他主张小品文应成为匕首，是战斗的武器，幽默则应成为斗士搏击时的挫敌招式。他的幽默观自然与他作为思想家和斗士的性格相吻合，带有鲜明的个性色彩不能“为幽默而幽默”，则应是一切幽默文体和幽默文风均共同遵循的。当然，一些在生活中持平和、闲适、散淡情怀的作家，在对待运用幽默的态度上，可能与鲁迅不尽相同，但他们也大多力主幽默小品应当活泼而不油滑，有谐趣而不能矫饰，此点我们在他们的作品中可以看得很清楚。

选编一道虽有列为经典（例如《诗经》）或“观止”之誉，其实仍存在见仁见智问题，本书所选虽不能说尽善尽美，但选家的眼界是很高的，既注意到了小品文的思想境界，又十分关注美文的特点和多种幽默风格的特色，所选各篇多是各名家的代表作，它们是现代文学史中散文领域里的名篇佳构，在文学史上自有其独特地位。特别值得提出的是，选编者对入选作品的每一位作家的基本概况和他们的风格、特色都做出了简练而确切的介绍和评析，并在这些评析中对幽默小品的审美特征和风格特色之异同做出了深入浅出的阐释，这对于帮助读者了解作家、了解作品都是很有启示的。

幽默小品是中国新文学的奇葩。它轻松而又严肃，高雅而又入俗，内庄外谐，于活泼中藏有严肃的思考或睿智的启迪；以嬉笑之笔描绘日常世态时又常能令人感悟到人生的某些大道理，阅读时足可赏心悦目、荡气回肠，品玩时又可开胸启智。

望读者领略之余掩卷而思其妙趣和奥趣。

# 说“味儿”

我国北方的某些地区，民风质朴，文风也质朴。这并非是那里的文士不尚华美，而是那一带的民风、民性和地域文化特征，培养了他们崇朴的美学趣味，故而那里涌现出的作家，有不少以“土味儿”见长。

如今带土字的，除土特产如茅台酒之类而外，大都不怎么吃得开。唱歌、跳舞固然注重洋味儿、港味儿，日常生活的许多领域，你倘若被称作“老土”，那就等于被视为时代的落伍者，连作家的自谦都是说：“我是某偏僻小地的小土作家。”可见“土”是何等的不合潮流。

但我以为艺术上“土味儿”，那是一种“味儿”，并不就是土。如果说“土著”、“土里土气”表示某种未开化之意的话，那“土味儿”则是艺术家将生活提炼为艺术的某种韵味。我们在艺术欣赏过程中常赞叹“真够味儿”，其实就是这种的味儿对我们的感受。“味儿”可以说出无数种，但不论“山味儿”、“野味儿”、“辛辣味儿”、“脂粉味儿”或其他什么味儿，虽与艺术表现对象有一定的直接关系，倘真要达到有“味儿”的地步，那可要靠艺术家把表现对象的最内在、最富有特征的精髓，精确而逼真地描绘出来，才能创造出它的“味儿”来。比如说，不是写了荒山野岭、边寨异闻、野风陋俗就必定有了野味儿，而要像梅里美笔下的卡尔曼那样，将一个吉普赛女郎的火热与狂放，泼辣与纯真相交时的性格特征，活生生地展现在读者面前，画出了这个民族的野性之魂，方能真正显露出它的野味儿真谛。土味儿也是一样。不是靠写写农村题材，多用几句方言土语或者揣摩一番风土人情，就算有了土味儿，而是要在绘景、状物、叙事、传情诸多方面达到情景交融、形神兼备的境界，特别是要把人物在特定历史环境和地域文化影响下形成的性格特征勾画出来，才是创造了某种艺术韵味，景色、风情、民俗、地域特性、方言土语等等，可以给作品增加色彩和魅力。但只有当它们整体地、和谐地与艺术表现主体融为一体的时候,它们才能构成作品韵味的不可缺少的组成部分。倘游离主体,那就会使它变成一种杂乱的装饰或败口的调料,从而失去它的应有价值。有一些作家很善于把握这种整体的和谐,将有声有色的地域风采和有情致、有个性的人物融为一体,使得作品有土味儿而不土气,有野味儿而不粗俗。但也有的作者不注重开掘人物的性格和心灵,而只是着意于罗陈地域特色中的原始荒蛮情景,或者是带着某种赏玩的眼光来描写民俗民风中的落后景象,有的甚至一味卖弄他对土风、土俗、土语、土物的眷情,以为这些东西写得越多便越有地方特色,因而也就有了个人的风格,其实这是误解。作品的韵味,如同一个人的神采,主要不是靠外部装饰,而是靠内在气质。因此对艺术韵味的追求,着眼点应当从整个作品的内在气质上,特别是从环境与人物的关系上,充分展示特定环境和地域文化对于铸造人物灵魂的影响和渗透。这样,我们就可能有了深层意义上的地方特色,而不是皮相的为土而土,为野而野。

艺术韵味的形成,实质上是作家的自觉美学追求和艺术经验的积累和结晶,但当作家把这种追求体现在每一篇作品里的时候,又要不露任何斧凿痕迹,宛如浑然天成,方是上乘之境。倘硬造什么味儿,野则混沌未开,土则冥愚不智,噱则油嘴滑舌,辣则火暴刻薄,往往并非那种味儿,弄不好,会矫揉造作得令人厌恶。

# 多一些关注

## ——对少儿文艺的思考

时下文坛,有一些人颇为强调远离之说。先是说要远离政治,后来又发展到远离社会责任,远离启蒙,远离道德教化,远离崇高,远离人文精神,远离现实,甚至认为作品中如有了鲜明的主题,有了某种精神导向,有了作家个人的思想倾向,则都是不可取的。只有远离这一切,走向或者叫作逃亡到纯自我的境界,把语言作为一种超级智力游戏式的组合,写出让一百个人看了会产生一百种理解的作品,那才是真正的文学。我不想否定这种文学有其生存权利和价值,民间有一句俗话叫"有一货必有一客",它自然可以平安地生存发展下去。但我想和他们唱一个反调,即我不仅反对远离说,还要强调贴近。贴近什么?贴近时代、贴近生活、贴近人民、贴近读者的欣赏习惯。当然我这里所说的"贴近",既不是要恢复过去的公式化的为政治服务以及由此派生出来的写中心、画中心之类,也不是主张趋时媚俗于低档文化市场的商业要求,而是呼唤作家在保持文学的独立品格的同时,切不可忘记时代和人民的期望和嘱托,切不可从使命感逃亡到自我封闭的区域。文学并非命定地必须成为某种政治的、道德的、意识形态的载体,但作为表现人、表现人生、表现人性、表现人的心灵的文学,不可避免地要渗进时代的、社会的、文化的、人文精神的影响。因此,任何一部作品的问世,不论作家的主观愿望如何,它实际上总是从它的内容中散发出某种思想的、情感的倾诉或呼唤,即使是需要破译的超级智力游戏式作品,难道它不也是适应一部分人的需要而设置的赏玩文学吗?今日的时代大潮,不是要求作家丢弃或减少人文精神,而是应该自觉地强化这种精神,越是在拜金主义盛行、物欲横流的情形下,就越应该意识到作家的社会使命的重大责任感,越应该用自己的彩笔,倾诉人民的心声,用文学艺术特有的感染力量去感染读者。作家不可以自恃高人一等的灵魂工程师自居，但也不可自贬为仅仅是供人“逗闷子”的文字匠人。我们需要各种各样的愉悦性很强的作品，但也需要既能赏心悦目又能振聋发聩的作品。一般文学如此，少年儿童文学更是如此。

早些年，由于我们无视文学艺术的特殊规律而一味强调少儿文学的正面教育作用，故而忽视了少儿文学的思想性、知识性与趣味性、娱乐性的融合，使得一些少儿作品成人化、概念化、说教化，没有童趣，没有幻想，没有和小读者心灵沟通的情趣和情节，故不能成为小读者的贴心朋友。新时期以来情况发生了很大变化，但少儿文学艺术远远落后于需求的状况仍然很严重，特别是由于电视传播媒体的普及，那些最易为孩子接受并且也最受孩子喜爱的影视作品，则更是供不应求，于是就只好引进了大批外国货。外国动画片，设计新颖、动作强烈、打斗凶狠、幻想奇绝，很受孩子们喜爱。其中确有不少宣传爱心、赞美勇敢善良、开启智能、启发幻想的好作品，但也有不少重复来重复去的打打杀杀、争凶斗狠、仇杀无度的展示暴力的东西。这类作品不注入良好的思想内容，只讲娱乐性和刺激性，眼下虽不可能直接觉察到它的负面效应，但天天耳濡目染于仇杀斗狠的情境之中，恐怕于孩子的身心会有某种不良影响。

因此我主张少儿文学艺术应当把有益、有趣、有戏统一起来，不要只强调一面而忽视另一面。儿童文学作家固然不应当摆出一副圣坛布道的传教士面目，但也不能只讲娱乐而放弃善恶是非的评判。他们应当是小读者的知心朋友，应当贴近少儿生活天地，贴近少儿情趣，贴近少儿心灵，贴近少儿的欣赏习惯，用孩子喜爱的语言和方式来表现他们的生活。

我们常常听到“全社会都来关心孩子”的呼声，但我们在实际生活中所见到的，往往是关心孩子的身体健康和营养。例如在如潮的商品广告中，益于儿童的各种补品、药品、保健品等等，几乎占了广告总量的三分之一，但有关孩子心灵健康的精神补品，却见得很少，专业或业余的少儿文艺作家越来越少，发表园地越来越少，宜于小读者、小观众的文化食粮，品种单调，数量不丰，比起这个液那个液的鼎盛繁荣，我真感到我们有必要大声呼吁，多一些少儿文艺的发表园地，多一些国产动画片的出品，多一些对少儿文艺家的扶植和支持,多一些对儿童心灵健康的关注,多一些对少儿文化事业的政策倾斜和财政投入,多一些对从事此项事业人们的鼓励和表彰,多一些把言论化为实际的行动,多一些我们很快就能看得见的具体措施。

# 关于英雄的话题

## 一

青年作家侯露的长篇小说《难忘红蘑菇》是歌颂“两弹元勋”邓稼先的伟大人格和伟大功勋的。它既没有像一般传记那样平铺直叙主人公的生平事迹，也没有像一般小说那样以虚构为基础来塑造作家心目中的人物，它以真实人生、真实事件、真实时空、真实情境为核心，展示了主人公及其亲人、朋友、同事在那个时代所奉献的智慧、才能、心血以及创造精神和牺牲精神。应当说这是一曲英雄的颂歌，而且是富有感人、励人魅力的英雄颂歌。曾有名牌作家号召文学要“非英雄化”，而且还得“远离崇高”、“逃亡崇高”，而这位未名作家却歌颂英雄、走进崇高并把读者拉入这一境界，我看这正是本书的与众不同之处。然本文不想在此评论它的成就与不足，这本书也并不是很成熟的作品，只是想借此谈谈英雄的话题。

英雄，在任何时代都是民族的精英和人民的代表。他体现着民魂、民气、民智、民声和民威，而且历来都是文学创作尽情讴歌，全心倾倒的对象。从最远古的创世神话、史诗到最现代的小说、戏剧、影视等等一切文学样式，都曾经以崇高的敬意和强烈的激情为英雄塑像、为英雄式的潇洒人生谱写热情的颂歌，我们有几代青少年是在英雄精神激励下成长起来的，就连我们这些从旧时代走过来的人，也都受到过古代俊杰、民族英雄乃至草莽豪侠的启迪和影响。以英雄精神育人、励人是世界文学的传统，古今中外，莫不如此。哪一个民族都有自己的英雄故事，哪一个时代都需要英雄精神。可惜，这种精神在我们当前的文学中越来越少见了，它真的“远离”了我们，不知“逃亡”到何方而去。

当然，凡事都有因果。非英雄化的提出，既是现代文学观念的一种反映，同时也是针对当时文学中英雄主义的泛化、僵化、假化的逆反。那时某些作品所出现的英雄形象，确有失真、失实、失情、失理之态，他们被赋予了太多的矫情和做作，高大得难以仰视，神圣得不可理喻，故可“敬”而不可亲，可“赞”而不可信，可望而不可即。这就是难怪读者摈弃他们，也难怪有了非英雄化的呼唤。但这里既有合理的因素也有理论和实践上的误区。因为当人们发出非英雄化并要求更多地关注普通人的生存状态时，批评的矛头本该直指“三突出”式造神化的虚假英雄，既不该把英雄与普通人对立起来，也不该贬斥甚至否定英雄精神在文学中的特有地位，更不该无视现实生活中确实存在的活生生的真实英雄对时代、对人民、对历史的独特奉献和独特价值。生活中有各色各样的人，文学当然可以描写各色人等的生存状态和心理状态。但文学不该长期陷入嘻嘻哈哈的调侃，迷情乱性的情爱游戏之境地，应该为那些奉献者、苦搏者、创造者、求索者、忘我者、攀登者、开拓者等等当代人杰谱写真诚的颂歌，展现他们的生命价值和生活信条，让久违了的英雄主义精神再回到文学中来，让崇高感不再逃亡而与我们同在。

## 二

西方有些批评家断言：英雄膜拜，包括在文学中的英雄情结，是古代人膜拜神、依赖神、依赖英雄的心理反应。今日科技高度发达，新人类已被现代高科技武装到牙齿，他们充满了自信，自我感觉充实，不需要依赖神或依赖英雄替自己抵御什么，靠自己，靠自信，靠自我张力，就能战胜一切。所以他们不认为文学中还需要传播什么英雄精神或搞什么英雄感召、英雄偶像之类的老套子。他们认定古代神话和史诗里那些半人半神、亦人亦神的英雄，后世古典文学中屡展出现的忠勇无双的爱国志士，侠肝义胆的超能豪杰，牺牲自我而成就他人或社会群体的义士，敢涉风险、敢冒天下大不韪的英烈，大都被神化了、美化了、超凡化了、理想化了，在今天的读者群中已失去了感召力和抚慰作用，所以就应当请他们走出现代人的现代文学。有些西方作家的创作实践和这种理论是合流的。他们不但排斥英雄理念和英雄精神，也排斥政治的、思想的、伦理的、道德的、文化理念的介入，甚至排斥理性的介入，把文学引入到一种所谓纯粹的直觉化、个人化、个人内心化、个人潜意识化的境地中。在后现代主义作家那里，有的人则干脆把文学创作变为某种高级智力游戏，读他们的大作要拿出破译密电码的精神来求解，要不你就得望（天）书兴叹。到了我们刚刚崛起的文学新人类这儿，人家不但比“非英雄化”或“逃亡崇高”跑得更远，而且一股脑儿摈弃什么深度、信念之类的观念，专写城市边缘人物的孤独、苦闷、颓废、吸毒、疯狂、本性迷乱等等行状，以显示他们对现实的独特眼光和对世俗人生的叛逆。有人说这是都市文化时尚或大众文化的一部分。有了这样的时尚，我们就看到了太多的商场上的尔虞我诈、情场上的多边多角、官场上的私欲膨胀、休闲娱乐的搞笑、侃派文学的玩世不恭，而文学传统中的什么“人文精神”啦，“思想启迪”啦，“陶冶情操”啦，乃至“寓教于乐”什么什么的，大都随着“逃亡崇高”而逃之夭夭了。于是被称之为“精神食粮”的文学，恰恰少了点精神，少了点道义精神、感召精神、美育精神，不知这样的“精神食粮”还有多少营养成分？

有人说这种时尚是和国际接轨。可是我觉得他们的接轨不是搭错了车就是晚点了。时下我们的新人类所搞的那一套，好像西方国家“垮掉的一代”在上世纪六七十年代就玩过，无论是有意效法还是无意巧合，我们的新人类迟到了这么久，这个轨恐怕不太好接了。再说文化上接轨，与经济、科技、工程有很大不同，因为文化有比较突出的意识形态的差异性、民族的差异性和文化传统的差异性，所以当我们加大力度吸取西方现代文化的时候，必须选择有利于发展民族文化、有利于健全民族精神的东西，把求新求异与求善求美统一起来考虑，把世界性和民族性统一起来考虑，把新思潮与传统理念统一起来考虑，才能达到化旧创新的境地，倘一味赶时髦、玩新奇，弄不好只能制造出一些不良文化的怪胎，和世界先进文化是接不上轨的。

西方的古典文化和现代文化，都有许多优秀的东西值得我们吸取、借鉴和研习，要接轨是要和他们的先进文化、高品位文化接轨，而不是见洋玩意儿就膜拜，否则不是搭错车，就是接错轨。

其实，尽管西方有人高喊现在是非英雄时代，文学中应当摈弃英雄精神，但在他们的文学创作中，英雄精神、英雄感召乃至英雄偶像，还是屡见不鲜的。你不见，只要一涉及“二战”，人家就没完没了地讲诺曼底、颂巴顿、赞艾克，为什么？还不是一种英雄情结和民族自豪感？在他们的历史文学、军旅文学、侦探文学、侠义文学以及警匪片、灾难片、科幻片等等小说、影视中，最常见的还是英雄故事，渲染得最浓烈的还是英雄精神，最打动读者和观众的，也往往还是他们心目中的英雄偶像。无论是英雄救美还是英雄赴难，英雄总还是展示他们的价值观、他们的民族精神的象征。最耐人寻味的是美国影视《超人》中的超人形象。这位超人是科幻与侠义文化的综合体，有常人的血肉之躯，又有超凡的神奇能力，哪儿有危难他就赶到那哪儿，不论什么灾难他都能战胜，一切艰难险阻他都能排除，他成了美国人心目中的英雄典范，成了美国人宣示超级强国、超级科技、超级力量的代表形象。尽管我们通常都把《超人》看做是好玩儿的娱乐片，但我看到制作者是很懂得寓教于乐的，他们的大众文化中固然有杂七杂八的破烂儿，但人家时刻也没有忘记在众多的大众文化中传播他们的价值观，传播他们的英雄理念，传播他们的道义精神，乃至树立他们的英雄偶像。我们的"逃亡崇高"派，我们的"文学的新人类"，是否也可以从这方面思考一下呢？

三

非英雄化的论者们常常把英雄精神和人性对立起来，认为文学是开掘人性的，而英雄精神则带有神性色彩，文学要人情化、真情化、人性化就得非英雄化。应当说这种对立完全是人为的。不错，开掘并表现人性是古往今来一切文学的永恒的命题，但人性是一种普遍存在，谁身上都有，不论多么伟大、多么崇高、多么神圣的英雄，他依然具有如每一个普通人一样的七情六欲、喜恶悲欢。所不同的是在思想境界上、在价值观念上，他们有崇高的理想和信念，在处理个人与国家民族或社会群体利益关系时，在某些特殊的场合下，他们能够毅然表现出某种高于一般人的勇敢精神、牺牲精神、奉献精神、利他精神、忍耐精神、进取精神、开拓精神等等，而这一切，都不是什么神性，而是人性的升华，人性的最高表现。开掘人性并不只是开掘"食色性也"那一面，人性的无比丰富内涵，人性的多层性、多样性、变动性、异化性都有待我们去开掘，泛性化导致的色情泛滥不是开掘人性的正路，对这些东西，我倒想奉劝一些作家应该"远离"或"逃亡"才是。

我们所倡导的英雄感召，不是搞那种造神式的三突出而又高大全的虚假英雄来说教，而是要把那些有血有肉、有情有义、有爱有恨、有悲有喜、有品有德、有正有误的活生生的生长在群众中的英雄人物再请回到文学中来。

当然我们不要求所有的作家、所有的文学都来唱英雄赞歌,但多一些英雄精神的传播,总比铺天盖地的三角情爱游戏要好。

## 四

有一副楹联说:“唯大英雄能潇洒,是真名士自风流。”把潇洒与大英雄连在一起,颇与今天某些人的潇洒时尚难以合拢。因为,今人讲的潇洒,往往是不管不顾、无拘无束、自由自在、得过且过、快乐逍遥的游戏人生的姿态,这种活法,虽不是人人都可以做到,但也不一定非要大英雄登场不可。反过来说,可能越是离英雄素质越远的人越能容易做到。任何一位只爱自己且又想得开、甩得开、玩得开、混得开的人,大约都能从从容容地潇洒走一回,用不着大英雄来此地用武。然而前人说的“唯大英雄能潇洒”恐怕也不是毫无根据的瞎掰,其间的差异,我想可能是前人对潇洒的理解,既不是尽情吃喝玩乐的游戏人生,也不是徜徉于风月诗酒间的享乐人生,而是追求一种高层次、高境界、高风格、高情趣的人生价值,能做到建奇功却粪土功名,兴大业却轻蔑利禄,为兴邦强国而献身,为黎庶造福而舍己,将自我完全融于国家和民族整体之中,把个人幸福、欢乐、情趣、理念完全寄托在强国富民的大业之上,活得无私无欲、无荣无奢、无邪无鄙、无索无夺、无浊无污、轰轰烈烈而又平平常常,豪迈壮丽而又恬淡安然,那才是大英雄式的潇潇洒洒,那才是不枉人间走一遭的潇洒豪情。

也许有人会说我把潇洒的含义拔得太高了,其实我是对前人所说的“唯大英雄能潇洒”做一种诠释,也是我对两种不同潇洒观的比较。我以为歌曲里所唱的“何不游戏人生”、“我拿青春赌明天”之类的潇洒,倘说也是一种潇洒,充其量也只是低层次的、消极的潇洒;而英雄式的潇洒人生才是最值得倡导、最值得追逐的积极进取的潇洒观。试看,古往今来的代代英雄,哪一位不是忘我、舍我、无我而终成大我的潇洒之士呢?

时下常听人说:“活得太累了。”所以要不断地潇洒轻松一回,但说这话的人们并不怎么干事儿,至少我见到的几位喊累的人,差不多都是因潇洒过度或轻松无度而累,那些真正忙着干事业的人,那些累得死去活来埋头奉献的人,从来听不到他们说一句累,到底谁该轻松轻松?

# 安徽当代文学的走势与进程

## 1949—1990

安徽的当代文学，是在比较薄弱的基础上起步的。因为“五四”以来崛起的皖籍作家，几乎没有什么人留在本土，大都在京津沪乃至海外拓展自己的事业，而在解放区或部队入皖干部队伍中，虽有一些人曾经或正在从事文学创作，但一时间难以形成较大气势。因此，安徽省的当代文学领域，在新中国成立初期的上世纪50年代，是处于起步阶段、初创阶段。初创期的首要任务是建立相应的专业组织和团体，发现人才，延揽人才和培育人才。为此，在1949年12月成立了皖北文艺工作者联合会，皖南在1950年9月成立了皖南文联筹委会，开始着手创建当代新文艺的各项工作。1952年8月，皖北、皖南两行署合并成立安徽省后，1954年6月成立了安徽省文艺工作者首次代表大会筹委会。在戴岳主持下，先后将陈登科、鲁彦周、严阵等一批崭露头角的文学青年聚合起来，同时又创办了文艺期刊《安徽文艺》，从而为初创阶段打下了良好的组织基础，进行了人才准备。1954年12月召开了安徽省第一次“文代会”，正式成立了安徽省文学艺术界联合会，在组织建设上迈入了一个新阶段。

安徽当代文学在全国打响的第一炮是陈登科的《活人塘》。原作发表于1950年由赵树理主编的《说说唱唱》文艺杂志上。它一问世便立即引起国内文学界的极大重视。赵树理热情地向读者推荐这本书，周扬高度评价这本书，称之为“生活本身在说话”。该书出版后先后被译成俄、英、日、朝、捷多种文字向国外传播。该书与先前出版的《杜大嫂》都是陈登科的文学奠基作，但《活人塘》在思想艺术水准上显然要比《杜大嫂》高出许多。这是一部人民英雄的真实写照，其间有气壮山河的斗争风暴，有军民血肉情深的感人肺腑情景，有活生生的、结结实实的人物形象，有真切的时代感和历史感。

继《活人塘》之后，陈登科又在 1954 年发表并出版了另一部长篇小说《淮河边上的儿女》。它似乎是《活人塘》的姐妹篇，环境、背景均有相似之处，作品所体现的英雄主义和乐观主义精神也一脉相通，但在把握人物、开展情节和内容变化上有新的进展。由于人物和事件都比较多，显得不够集中，其社会影响也不及《活人塘》。

与此同时，以短篇小说《云芝和云芝娘》步入文坛的鲁彦周，却以独幕话剧《归来》，获全国首届话剧会演一等奖饮誉全国；紧接着又以电影剧本《凤凰之歌》获文化部第一次电影征文奖而使他成了影剧文学的著名新秀。《归来》和《凤凰之歌》都着力颂扬了新中国第一代年轻女性的自尊、自立、自强精神。《归来》从歌颂女主人公道德上的至善至美和精神上的高度自尊的角度，批判和鞭挞了负义郎的卑污灵魂，显示出一种凛然正气；《凤凰之歌》则以生动的笔墨和一系列戏剧性情节，讴歌了女主人公不屈不挠地与封建意识、封建宗法体制顽强抗争的精神，将一个俊美、倔犟又活泼健朗的年轻姑娘，写得可敬可亲。

在电影文学创作中，吕宕的《林则徐》轰动全国。作品以鸦片战争为背景，将虎门销烟的宏伟场景和抗英将士们的壮烈英姿，真实而生动地再现在读者面前，栩栩如生的林则徐形象，大义参天的爱国主义情怀，给人们以强烈的感染和永久的激励。

诗歌领域中第一个冲出安徽走向全国的是方君默。他的民歌体长诗《夯歌》，经由诗人田间推荐在 1952 年 1 月 9 日的《光明日报·收获文艺周刊》上全文发表。此后不久，严阵在安徽诗坛脱颖而出。他的《老张的手》一出手，便以一股刚健、清新、明快、优美的诗风，引起全国诗坛的注目。他当时热情奔放，诗才横溢，佳作迭出，很快就成了全国诗坛著名青年诗人之一，而且连续出版了《乡村之歌》、《草原颂》、《红石》等诗集。他的诗抒情叙事并重，以抒情为主，无论描景、状物、写人，都注重以情动人，注重诗情画意的融合，注重以美的诗句、美的画面、美的情思构筑美的意境。

贾梦雷（笔名田上雨）也是在大致相同的时间登上诗坛的。他歌颂合肥新貌的诗——《合肥，我的城市》，热情洋溢，节奏鲜明，寄托着诗人对祖国的一片眷恋和敬意。在当时固然是唱响了的出众之作,就是今日重读,我们依然会被抒情主人公的真情、豪情、诗情所打动。

这期间,业余文艺大军中也涌现了不少热情的诗歌作者。余照望、郭瑞年、贺羡泉、王兴国、方传政、民歌手殷光兰等就是较为出色的几位。郭瑞年的诗大都是反映淮河两岸人民的生活新貌,质朴真切,有民歌风格,情景交融,语言明快,宜于吟读。后来结集为《村野散歌》出版问世。

在中、短篇小说方面,安徽的专业和业余作家,也以多篇优秀佳作显示了他们的才华。吴晨笳的《互助组的故事》是安徽本土小说作家最早发表在《人民文学》上的力作;耿龙祥的《明镜台》更以艺术上高度凝练和思想上的批判力度,令许多小说名家赞不绝口,它在《人民文学》上作为头条刊出,引起了一阵轰动效应;曹玉模的《两朵红花》、《芦鸭飞来》都是很有生活实感又富情趣的短篇佳作;不久他又出版了他第一部小说集《七月的长江》,表明他已是一位善于驾驭小说体裁并正在走向成熟的青年作家。在这一时段内还有农民作者王有任的《卖散工》、边子正的《鞋》、孙君健的《老板和老板娘吵架》等一批引起广大读者关注的小说作品。

这一时期的文艺理论批评虽然还相当薄弱,但吴文慧(白盾)、黎洪、李冬生、陆德生等人经常参与文艺批评活动,为文坛增添了活力。

为了培育和提高人才素质,有关部门先后将陈登科、缪文渭、谢竟成等人送往文学研究所(后改为文学讲习所)深造、进修,以提高他们文化、历史、理论的素养,并从聆听名家大师的讲学中更深地领会和把握文学艺术的内在规律。对业余作者也采取多种形式进行辅导和帮助,以提高他们的写作水平。

从以上的简短叙述中,可以看到安徽当代文学的初创期是很有成效的,在党的方针政策的指引下,出了人才,出了作品,在全国获得一些荣誉,也在当代文坛取得了一定声誉,产生了一定影响,并在实践中自然而然地由初创阶段过渡为成长阶段。

1957年,反右运动在全国展开。反右扩大化,使正在蓬勃兴起的安徽文坛遭受挫折。一些正在成长中的青年作家,被网进了所谓的“戴岳反党集团”之中,被错划为右派,送往农场劳教或劳动。

鉴于省文联的业务骨干元气大伤，有关部门陆续从外地调进一批专业人员，基本上以换了一套人马的方式，重新开创当代文学的新局面。1960 年 2 月，安徽省召开了全省第二次“文代会”，选举赖少其为主席，钱丹辉、陈登科、那沙、余耘为副主席。同时成立了中国作家协会安徽分会，选举钱丹辉为主席，陈登科、那沙为副主席，从而完成了新体制的建设。

1958 年是大跃进年。此时安徽文坛最走红的是大跃进民歌，像“端起巢湖当水瓢”、“凑着太阳吸袋烟”之类的“名句”均曾红极一时，但由于它毕竟是政治经济大浮夸的畸形文化形态的反映，随着大跃进泡沫的消散，它们自然也就难以继续生存。然而几位民歌手，如张良苏、谢清泉、王满夷等在以后的民歌体诗歌创作中也写出了一些较好的篇章。由于历史的局限，此时的文学创作大都以追潮逐浪、歌颂大跃进为主调，作家一面发表声明“要红旗不要钞票”(取消稿费)，一面以大跃进的速度炮制大跃进文学，结果均以虚假、浮夸、粗糙而招致失败。这两年留下的可读作品，多是出自一些老干部之手的革命历史题材小说和革命回忆录。由当时的安徽省省长黄岩和作家吴树声合作的两部中篇小说《在狱中》和《到敌后去》，就是真实而生动，平易而不平淡，既能长正气又能得到思想感染的作品。其他如当时的省军区司令员廖容标将军的《黑铁山下的抗日烽火》和李务本的《冲出重围》，等等，都是重真实、播真理、讲文采的优秀纪实文学。

1962 年春，全国话剧、歌剧、儿童剧创作座谈会在广州召开，周恩来和陈毅在会上发表了重要讲话，对文艺领域工作中的某些不当做法提出了批评和匡正，此前又有《关于当前文学艺术工作的意见(草案)》，即《文艺八条》下达，省内文艺界部分被错打错划的人得到了平反，人们的精神又有所振作，当代文学创作和理论批评都得到恢复和发展，有些方面甚至有相当活跃之势。江流的中篇小说《还魂草》的问世，引起省内创作界和理论界的高度关注。这部小说在开掘题材的视角上，在把握人物的命运和性格上，都突破了当时流行的观念和手法，从血吸虫病给几代人带来的悲惨命运中，作家深入开掘了女主人公的人性美和丰富的内心世界，将悲喜人生写得真真切切，感人至深。从事创作的人，一般都为之叫好，理论批评则出现了重大分歧，一种意见认为小说是真实的、富有生命力的优秀之作；另一种意见则认为它是鼓吹人性至上、爱情至上，否定了阶级斗争。争论持续了四五个月，参与人数多达近百人。尽管双方用语都很激烈，但大家始终都是坚持在文艺思想领域争论，没有在创作界引起什么震荡。作家本人在坚持自己的思考的基础上又推出了《三个短篇》。

在这一时期内，人民文学出版社上海分社的"萌芽丛书"，出版了安徽作家孙肖平的《前站》、肖马的《哨音》、沙丙德的《彩色的田野》；海涛在安徽出版了《红高粱》；菡子、李纳发表了一系列短篇小说；老作家于寄愚（笔名杨书云）连续发表了《石头奶奶》、《松子》等短篇力作；谢竟成则推出了两部中篇儿童小说《苗儿青青》和《奇怪的舅舅》；业余作家王兴国、王余九、徐瑛等人的创作也相当活跃。

在诗歌方面，那沙继《英雄岩》后，又出版了抒情诗集《你早啊，群山》，严阵连续出了《长江在我窗前流过》、《琴泉》、《江南曲》等多部诗集，老诗人玛金出版了《彩壁集》，新崛起的年轻诗人如绥民、刘祖慈、张万舒、姜秀珍、苗子、葛崇岳、牛广进、陶保玺、刘士光、严成志等等，也都以多彩之笔，为安徽的当代诗歌创作奉献了自己的力量。其中张万舒发表于《诗刊》的《黄山松》，气势磅礴，诗句铿锵且富有张力，成为传颂一时的名作。

姜秀珍的《山歌唱到北京城》是一部叙事抒情交织的长诗，形象鲜活，感情强烈，诗句优美，地方风味极浓，读起来朗朗上口，不少场面写得撼人心弦。她在北京曾被周总理誉为安徽的刘三姐。另一位民歌手殷光兰也以《一支笔》等优秀诗章，受到读者欢迎。

陈登科的《风雷》在1963年的《人民文学》和《安徽文学》上相继发表，翌年由中国青年出版社出版。这是陈登科耗费多年心血完成的巨著，它以内容的真实性、情节的生动性、故事的曲折性、人物的典型性和它所涉及的农村社会生活的丰富性，以及语言的乡间化、个性化、口语化等多方面出色成就，赢得了国内文学界和广大读者的欢迎。这部小说迄今仍是陈登科的代表作、巅峰作，尽管书中也具有某些时代思潮的局限性，但仍不失为中国当代长篇小说领域中的精品和力作。

这一时段的理论批评，也呈现出活跃趋势，一批以中青年为主力的理论队伍，团结在《安徽文学》周围，结合安徽当代文学发展的实际，举办了多次理论研讨会、作品研讨会，并对专业和业余作家的有特色的作品，及时进行了评论。其中关于严阵《江南曲》的讨论，关于短篇小说凝练的讨论，关于江流《还魂草》的讨论，关于抒情诗时代精神的讨论等等，都大大活跃了文坛的空气，增进了理论与创作的相互理解，提出了一些创作上值得关注的问题，并在实践中锻炼了理论队伍。沈明德（沈敏特）、王多治（治芳）、李焕仁、陈育德、章新建、黄季耕、严云绶、王明居等等，都是在这一时期涌现出来的生力军。他们有活力、肯钻研，热心参与当代文学的发展，为这一事业做出了有益贡献。

正当全省的文学在恢复中得到较好发展的时刻，国内政治生活又发生了急剧变化，中央"北戴河会议"后再一次强化阶级斗争观念，并把反修列为政治思想领域的首要任务，文艺界成了防范和批判的主要对象。菡子的短篇小说《父子》，仅仅因为涉及了亲子之情就遭到了批判。那沙的多幕话剧《这里也是战场》（原名《毒手》）参加华东话剧观摩汇演，因为剧中写了一个被资本家用金钱美女拉下水的中下层党员干部而遭了大忌。柯庆施看了一半戏就拂袖而去，且以这个戏"在暴露敌人的同时暴露了自己"为由，禁止其参演。与此同时，那沙发表在《安徽文学》1964 年第一期上的《在省文联二届二次委员（扩大）会议的报告》，因其中有加强党的领导要注意运用"社会方式"之类的话语，便被视为反对党的领导，遭到二罪并罚。这时《还魂草》又被重新提了出来，一时间形成了文坛上有名的《毒手》、《报告》、《还魂草》三大事件。在经受报刊围剿的同时，文艺界又经历了旷日持久的"文艺整风"（后改称"四清"）。"四清"结束后，省文联主要作家举家迁往各地安家落户，其他人则下乡去参加"四清"，直到"文化大革命"席卷文艺界，各路人马才重新回到原单位来接受"洗礼"。

"文化大革命"十年，是作家被迫封笔的十年，自然也是当代文学停滞的十年。

由于陈登科被江青点名为"国民党特务"，所以就在省文联打出了个"刘（秀山）陈（登科）那（沙）特务集团"，与他们工作关系较多的业务骨干，则被打成这个集团的"黑班底"。

此时安徽文坛最受全国瞩目的也可以说最轰动全国的事件是揭批《风

雷》。这部本来是反映农村生活的小说，由于它真实地展现了农村各种人物、各种干部的生存状态以及错综复杂的阶级渗透，可读性又强，曾被一些“四清”工作队看中，认为它有助于认识农村形势，所以就一人发了一本让大家看。其实这正说明陈登科也是在那个时代主导思潮的影响下，从阶级斗争角度来开掘主题的。但江青一伙却硬说《风雷》是“为刘少奇树碑立传”的黑书，是污蔑党、攻击社会主义制度的黑书，也是昭示陈登科特务罪行和特务心理的黑书，于是组织长篇大论连篇累牍地开展批判，不仅要把《风雷》批倒批臭批透，还要从字里行间细枝末节中找出陈的罪行实证。为了在全省人民中肃清《风雷》的“流毒”，安徽甚至召开全省广播大会批《风雷》，可见其规格之高，声势之大，发动之广。

“文化大革命”制造了当代文学的空白期，但作家的脑子却不是空白区。他们面对国家民族的灾难进行了思考，重新认识过去，重新认识自我，重新设想未来。从某种意义上说，这正是“反思文学”的源头。

“四人帮”的覆灭，迎来了文艺的春天，安徽当代文学的发展从此步入黄金时代。随着拨乱反正、思想解放、中共十一届三中全会及全国第四次“文代会”的召开，随着改革开放的日益深入和深化，随着国民经济的持续腾飞，随着邓小平理论日益深入全党全民，随着中国人民精神面貌的日新月异，安徽的文学事业也呈现出快速发展和兴旺繁荣的局面。就当代文学而言，无论是创作领域还是理论领域，在创作上又无论是小说、诗歌、散文、杂文、纪实文学、影视剧文学、儿童文学、通俗文学，在理论方面又无论是当代评论或深层的学术研究，都取得了长足的发展，推出了一批思想精深、艺术精美的作品，从而在一定程度上满足和丰富了人民群众的精神文化生活，得到了人民群众的认可和欢迎。

新时期的当代文学是以全新面目走上文坛的。在安徽为这种新文学扫清道路的是文艺思想上的彻底拨乱反正和对若干理论原则的重新思考、重新认识和重新定位。安徽的文艺理论队伍，最早站出来全面系统地对“四人帮”阴谋文艺理论体系进行了全面揭、逐个批、重点打、破中立的深入批判，对“四人帮”所树立的阴谋文艺样板、所扶持的帮刊，特别是对法西斯文化专制主义的形形色色的谬论，安徽文艺理论工作者是打了第一枪和站在斗争前列的。对于“四人帮”所盗用的“两个批示”和“文艺为政治服务”的提法问题,安徽的理论界也较早提出重新认识。同时安徽理论界还是粉碎“四人帮”后最早发起内部争鸣的。由于上海某大报发表的《评反革命两面派姚文元》长篇论文中,在立场上、立论上、例证上都存在突出错误,《安徽文学》便发表了署名李文群(苏中)的《一个值得注意的倾向》,严肃指出不能用“四人帮”的观点批“四人帮”,不能为批姚文元拉上一批优秀作家陪姚挨批,更不能把姚定性为“亦步亦趋追随周扬”的两面派、墙头草,不能在拨乱中制造混乱,此文被视为当时的第一个争鸣声音。之后,针对北京某杂志发表的一组抹杀中共十一届三中全会伟大划时代意义的文章,雨东(段儒东)以《一个值得注意的原则问题》为题,在《文艺报》上发表了针锋相对的批评,并在全国引起了广泛讨论。

文艺思想上的拨乱反正,大大促进了作家的思想解放,也唤起了他们的创作热情,与时代思潮相适应的所谓“伤痕文学”便应运而生。葛广勇的《解英瑶》和祝兴义的《榴火》,便是较早出现的反映“文化大革命”期间人民悲苦命运的较为出色之作。稍后,乔浮沉的《松涛篇》、王余九的《窗口》和祝兴义的《抱玉岩》,在叙述那段历史中人物的不幸命运时,则更多着眼于人物形象的丰满性和人物性格的真实性,以形象打动读者而不是以事件说明作品的立意。曹玉模的《笑面女》从一个非常独特的角度,刻画了一个女人身心的伤痕,读来令人心碎。祝兴义的《杨花似雪》则以深沉的笔触描绘了一个女人身心的伤痕。徐瑛的《并非英雄的故事》情节奇异,结局突兀,闹中藏悲。这些作品克服了早期“伤痕文学”那种单纯重事件、重宣泄的弱点,加强了形象塑造的力度,摆脱了一般性控诉,使作品的思想分量有所增强。但这类作品的持续发展也遇到了难题,那就是它们过分政治化、过分情绪化,也难免出现雷同化和观念化的弊端。反思文学的出现,正是作家们在深入反思历史及反思当时文学现状的基础上产生的。反思文学的一般情况是:它的艺术描写不再停留在从现象上揭露“四人帮”罪行,也不再发表一般性的控诉和哀泣,而是追溯制造种种社会悲剧的历史根源和思想根源,并从政治的、文化的、道德的、传统的乃至人性的诸多因素,考察某些悲剧的复杂成因,故使得文学中的人物命运的变迁、人物性格的形成以及人物生存状态的起伏、各种人物关系的交错,具有了更高的真实性和合理性。同时作家们此时更加理智地抑制情绪化对创作的影响,并且更加注意艺术表现上的美感和真切感,所以使步入这一阶段的文学创作,具有了更高的思想水准和艺术水准。它们为中国当代文学史增添了极其光辉的一页,为当时的读者输送了一大批精美的精神食粮,为后代也留下了一大笔高档的精神文化财富。就安徽而言,鲁彦周的《天云山传奇》等系列中篇小说、张弦的《被爱情遗忘的角落》等系列短篇小说、刘克的《飞天》、肖马的《钢锉将军》等中篇小说,都是属于当时全国性的名篇力作。《天云山传奇》和《被爱情遗忘的角落》分别获全国中篇小说、短篇小说奖,《天云山传奇》经作者改编成电影后,曾囊括金鸡奖、百花奖等项大奖,作者获全国十佳编剧称号。此作在冲破题材禁区上,在深入开掘人物情感世界上,在表达人性诉求上,均有重要突破,成为一代反思文学的代表作。上述一系列优秀作品的诞生,固然是作家勤奋努力的结果,但更重要的是邓小平在全国第四次"文代会"上代表中共中央的《祝辞》中,对文艺与人民的关系、文艺与政治的关系作出了最精辟、最深刻的全新论断,为新时期文艺的发展道路指明了方向,极大地鼓舞了作家的创作热情和使命感,从而激发了创作上的一次飞跃和突破。

中共十一届三中全会以后,由于改革开放的兴起和日益深化,社会生活一切方面都发生了巨大变化,热点蜂起,新景繁多,在大量新生事物不断涌现的同时,新的社会矛盾和新的思想冲突便纷至沓来。作为与时代思潮同步的当代文学,立即把目光从昨天移到今日,把思绪从咀嚼历史转入关注现实。与此同时,文学艺术自身也在改革开放的大潮中发生了显著变化,一方面仍有一大批老年中年作家坚持现实主义传统,坚持以人文精神关注文学;同时又有不少人引进大量的新思潮、新方法,创作上的现代主义各种流派,理论上的各种体系和各种批评模式,都纷纷涌进了当代文坛,使当代文学领域形成了坚持文艺为社会主义服务,为人民服务的方向下多元化、多样化的格局。

在多元、多样文学日益活跃的大背景下,安徽的青年作家群体,一茬接一茬地走进了当代文坛。其中较早的一批佼佼者有王英琦、潘军、熊尚志、蒋濮、梁小斌等,随后又陆续涌现了陈所巨、梁如云、陈源斌、李平易、许辉、钱玉亮、季宇、严歌平、蒋维扬、沈天鸿、沈小兰等新秀。他们不仅壮大了安徽当代文学的队伍,而且以内容深厚、风格迥异、手法新颖、文采斐然的众多作品,为安徽当代文学增添了可贵财富。熊尚志的山乡情、李平易的徽州味、陈源斌的皖东区域文化风、许辉的慢条斯理叙述、季宇的主人公内心探秘,各有千秋,各有自己擅长表现的题材领域,各有自己的语言风格。且熊尚志、王英琦、陈源斌、季宇、许辉、潘军等又都是高产能手,长、中、短篇层出不穷,年年有新书问世。熊尚志好像总能从大别山的山沟沟里挖出财宝,陈源斌则从法制角度不断开掘他的一场又一场官司,李平易与徽州的民俗文化又似乎有不解之缘。中国文联出版公司以《未名丛书》(安徽省文联编)的名义,为陈源斌、梁小斌等 10 人出了作品选集,展示了全省青年作家群体的成长。他们给安徽文坛带来了活力和朝气,他们以自己的多样性文学适应着当代读者的多样文学需求。当然,他们也在经历着社会和读者的考验,要求他们必须不断完善自身才能步入更高境界。

文学的多样发展,在安徽的长篇小说领域也有独特的显示。石楠的传记小说系列、刘先平的大自然探险小说系列、彭拜的多部历史小说,都是有特色、有独创性、有开拓性的力作。石楠的《张玉良传》发表后引起的轰动是不多见的,20 多家报纸连载,20 多家电台连播,数十篇评论文章问世,使其成为当时文坛的一个突出的文化热点。之后,她又继续捧出了《寒柳》等多部新作,从而获得了“才女写才女”的美称。

刘先平的大自然探险小说,是写少年并以少年为主要对象的长篇儿童小说。其中包括《云海探奇》等五部作品,着重写的是一群少年怀着童心和爱心在大自然中的探险、搜奇、追踪观察动物习性、考察稀有动物踪迹、沟通人与动物感情等故事,表达了人与自然的和谐是人类生存的必要条件,其间融险、奇、苦、乐于一体,将童趣、天趣合而为一,把大自然的美妙奇异与儿童情趣的率真与求知,表现得有声有色,自然得体,颇受读者喜爱,为大自然文学创作开拓出一片新境。

老作家彭拜蒙受冤屈 20 多年,复出后先后以《李马渡康王》和《三人行》等中篇历史小说展示了他的人生思考,随后又以《潮州梦》、《汉苑血碑》、《红颜幽梦绕香山》、《清泪沉江》等多部长篇和中短篇文集,写了司马迁、李白、韩愈、白居易、柳宗元等历史文化名人人生境遇的沧桑、磨难或恋情，借发思古之幽情，传今日文人之思绪。

显示安徽长篇小说多样特色的，还有严阵的诗体长篇《山盟》，它以12 000多行长诗组成一部跨越几十年历史长河的有人物、有故事的小说，在形式上很有独创性。

韩瀚的《同窗》以丰富的文化内涵、众多的活生生的儒林人物群像，显示了作家的多专、多能、多知的才华，对某些心灵扭曲人物的刻画，更表明作家对其描写对象所知的深与透。

张锲的《改革者》和鲁彦周的《彩虹坪》等则是分别描绘城市和农村改革历程的画卷。

陈登科的《三舍本传》，俨然是《风雷》的姐妹篇。他依然把淮北乡镇民风民俗写得真真切切，依然把那些下层小人物写得鲜活如生，依然是故事跌宕，依然是正气浩然，“左”的思潮对人的异化，人造天灾对老百姓的折磨，都在作家的直面人生的笔触中真实流淌出来。

此外，蒋法武的《沈家爷儿们》、边子正的《险途奇遇》、海涛的《硝烟》、熊尚志的《骚乱》等等，也都各具特色，各有所长。新时期的诗歌，同样有重大发展和突破。特别是在80年代前期，它既有蓬勃之风，又有多彩之姿，复有多情之笔，更有多才之士，真可谓占尽风情，故被誉为安徽诗人的“井喷期”。1981年全国诗歌评奖，在全部获奖的35人中，安徽占了6人，其中有公刘的《仙人掌》、韩瀚的《重量》、刘祖慈的《为高举的和不举的手臂歌唱》、梁小斌的《雪白的墙》、梁如云的《湘江夜》、张万舒的《八万里风云录》。那时的安徽诗坛，在全国诗界同行的眼中，确实是人才济济、诗才横溢之地，老中青三代诗人，都各领风骚，佳篇连绵，共同鸣奏了时代的佳音妙曲。公刘、韩瀚加盟于安徽省诗坛以及老一代诗人重新焕发青春，振奋了诗坛也推进了诗歌创作与时代步伐的紧密结合。中年诗人的成长和成熟以及新生代的崛起，不仅进一步壮大了诗坛的实力，又推动了诗风的多形态、多风格、多手法的变化，使诗的色彩、诗的乐感、诗的旋律更加丰富多样，部分年轻诗人在吸收西方现代主义诗风上也做出了努力和探求。

诗人公刘入皖后，很快推出《仙人掌》、《离离原上草》、《尹灵芝》等多部诗集。他的诗凝重浑厚，意境深邃，以大手笔、大气度、大才力书写大时代。对现实，有深爱也有忧思；对生活，有激情也有愤懑；对美的颂扬，对丑的鞭打和对善的礼赞，时时伴随着他的人生，也时时伴随着他的诗。

那沙的《关于自己的广告》收录的多是抒情短诗，有往昔旧作，也有今日新章，均以激情饱满、唱响时代声音取胜。

严阵继《花海》以后又推出《旗海》其间有一部分叙事诗较有特色，特别是《渔女》，不仅用浓墨重彩描绘了少女的真情，而且结尾颇有浪漫主义情调。

在中年一代诗人中，刘祖慈在这一期间显示了十分旺盛的创造力。在他的诗集《年轮》、《我们是大运河的子孙》、《五彩梦》、《问云集》中所收录的诗章，都是他在新时期写下的为新时代而歌唱的阳光奏鸣曲，他以热情激励人，也在热情中燃烧自己，让读者从诗中可以窥见诗人心灵。张育煊、郭瑞年、葛崇岳、贺羡泉等人此时也很活跃，时有佳篇见诸报刊。

后起之秀的青年诗人中，陈所巨和梁如云此时简直像飞奔的快马驰骋于诗坛。两位都是高手快手，短短几年工夫，陈所巨捧出了《在阳光下》、《阳光·土地·人》等5部诗集和大量散文，梁如云也推出《永恒的哨笛》等多部诗集。他们两人的诗风虽有所不同，但都长于寄情于秀美山川，关注当代现实变革，以质朴、热情为主调，讴歌改革开放的新时代。

蒋维扬在致力于抒情短诗的同时，还在苦心经营着《诗歌报》，他团结和扶持了一大批诗歌爱好者和初学者，保护了他们的探索精神，为诗坛储备了后备力量。周志友、沈天鸿、姜诗元等青年诗人也都以朝气、才气、灵气在诗界和读者中备受关注。

旧体诗词在安徽诗坛一向有深厚传统。省内诗社林立，参与者众多，吟咏唱和不断，且有《吟坛》、《太白诗刊》两种专刊不定期出版。张恺帆是一位老革命家，也是一位旧体诗词高手，他在多年的革命斗争中，留下了许多脍炙人口的诗章，并以诗的形式昭示了他高尚的人格力量。徐味和宋亦英分别是长于诗和长于词的两位高手，他们旧体诗词功力深厚，格律严谨，诗艺精湛，写出了大量广为流传的诗篇。刘夜烽的深沉凝重，丁宁的精雕细刻，老红军黎光祖的热情奔放，以及宛敏灏、张涤华、吴孟复、祖保泉、冒效鲁、孟醒仁等人的旧体诗词,也都给人留下深刻印象。尽管旧体诗词界老人居多,但他们都是人老笔不老,发白诗不白的热血诗人,深信旧体诗坛词苑会越来越热闹。

散文、报告文学、杂文在新时期的发展,也是令人振奋的。乔浮沉在解放初期曾以报告文学《海上风暴》著名;孙肖平也在50年代写出过许多反映水利建设的报告文学,并出版了《水的声音》和《黄河之春》两本文集。黎佳、周军、高善礼等许多人都积极参与、作品不断。到新时期,报告文学一复出便和揭露"四人帮"罪行结合在一起,江流的《一枕铜官梦》和徐子芳的《陶铸生命的最后四十三天》等便是当时力作,发表后在读者中引起强烈震撼。此后徐子芳又以改革开放为背景,写了多篇题材新颖、文笔清新的报告文学,结集为《歌女·天涯》。吴腾凰的《蒋光慈传》、《美的殉道者——吕荧》,都是人物传记性的作品,有叙述、描述、刻画、夹叙夹议,读来对人颇有启示。由于报告文学富有敏锐性、战斗性的功能,与改革共命运的作家们,均以极大的热情撰写报告文学,为改革开放大声欢呼。当凤阳的"大包干"悄然实行尚未得到完全认可的时候,江流等一批作家便先后深入小岗村及皖东许多乡村采访,并写出《春回皖东》(江流)、《重新飞起的凤凰》(刘祖慈)、《笑容》(徐子芳)、《凤凰展翅》(温跃渊)等十余篇报告文学,系列性地向广大读者宣示了"大包干"这一新生事物崛起的必然性、合理性和它的生命力。特别是江流的《春回皖东》在全国引起了很大反响。张锲的《热流》,以全景式的大特写手法,为农村改革发出热情洋溢的强音,对改革的先行者们倾吐了由衷的敬意。活跃于报告文学领域的,还有陈桂棣、季宇、苏廷海、高正文及许多业余作者等,他们的热情参与精神,他们的崇实秉笔的求真精神,他们的勇于支持正义的批判精神,都为他们在文坛留下美名,当然他们的作品也为我们留下了财富。

散文园地是一块老中青作家都来耕耘并且都有建树的园地。公刘、鲁彦周、江流、韩瀚、刘祖慈、严阵、贾梦雷、白榕、刘庆渝、陈所巨都有大量佳作问世,而王英琦、沈小兰两个年轻女作家,也在同一时期开始在散文界崭露头角。公刘以宏博见长,江流以犀利取胜。白榕继《唢呐曲》、《红灯记》之后,转而以短小、明丽的篇章展示他的散文个性,他取材广、感触深,易于和读者交流。王英琦和沈小兰是两个出手不凡的青年女作家。虽然她们涉世不深，但她们在散文中表达的人生思考却有深重的个人遭际的体验。她们从不悲苦地叨念自己的不幸，她们摆脱了被人们称之为小女人散文的局限性，颇为适度地把握了散文的美学个性，写出了不少品位较高、思想境界较高、文化底蕴较深的精美篇章。王英琦有点风风火火的野劲儿，很小就走南闯北，这使她开阔了视野，丰富了选材领域，也增进了她体验人生的阅历，并为她开垦散文热土打下了良好基础。从《热土》、《情到深处》到《我遗失了什么?》，她的文风和立意都有明显变化，思辨色彩日浓。与她相比，沈小兰显然平和平静得多，《莫笑它无知无觉》、《尘世的安慰》、《掌心上的太阳》等系列散文，以非常平和的心态，和一些早已去世的艺术大师对话，在对话中品评艺术、品评艺术家，也在品评着自己的人生际遇。它是对话，也是独白，深沉的凝思贯穿于各篇之中，但笔调又是轻松自如，没有任何矫饰腔。

黄复彩在散文题材方面开了一条只属于他自己的路，那就是对佛教文化及与佛门有关的诸般生活情景，写下了他的观察、他的感触和他的索解。他写得很多，也很有趣，有别开生面之感。

杂文在安徽一直很活跃，早在“文化大革命”前就有江流、黎洪、邹人煜(紫千)、李冬生、万绳南、方铭、黎佳等人经常在报刊上发表一些“带刺儿”的文章。新时期以来，杂文更加兴旺起来，并有一大批有志之士加盟这个队伍，淇篁、唐先田、方遒、朱广院、草萌、徐敏等等都是既有思想锋芒又讲究艺术文采的杂文作家，针砭时弊的匕首式杂文仍然是当前杂文创作的主体，特别是在经受商品大潮的冲击，社会道德出现危机、腐败现象猖獗的情形下，杂文显得更加为广大读者所欢迎，也更为社会所重视。但与此同时，书卷气的知识杂文，感悟人生的修养性杂文，聊天式的休闲小品，也都有相应的发展，从而扩展了杂文的社会功能及读者涵盖面。

安徽杂文创作有突出成就的，当首推邹人煜。她的杂文有胆有识，有情有理，有辛辣味儿也有人情味儿，有尖锐性又有艺术性，常常涉笔成趣，点石成金。青年杂文家徐敏也是一位高产作家，他的作品取材极广，涉世较深，很有发展势头。

新时期以来，由于有关部门的重视，安徽的儿童文学创作也有新的发展。刘先平、边子正、戎林、徐瑛、方君默、王拓明、张子仪、海涛、黄国玉、奚立华等都为孩子们奉献过精美的精神食粮。老作家边子正曾是战斗英雄，他的作品多取材于战争年代，《敌后小英雄》、《珍贵的课本》着眼于革命传统教育，故事性很强，孩子们易于接受。徐瑛的《野鸭河》情节生动多变，有幽默氛围，将有益、有趣、有戏结合得较好。戎林是儿童文学方面的多产作家，他长篇短篇、历史现实、小说、童话、寓言都写，涉猎范围颇广。老诗人方君默以爱心和童心为孩子们讲故事、送儿歌，其情可敬。

在前面曾经提及安徽理论界在新时期初的积极作为，不过他们并没有停步在拨乱反正那一阶段。随着形势的发展，他们很快就转入了对作家作品的关注，对创作及理论面临新问题的关注。当代文学评论和当代文学创作是同步并进的。积极参与这方面活动的评论家有苏中、张禹、沈敏特、梁长森、胡永年、王多治、徐文玉、余昌谷、段儒东、唐先田、张民权、钱念孙、冯能保、陈育德、王献永、王宗法、吴章胜、赵凯等等。他们一方面敏锐地关注全国文坛重大理论争议并积极参与，一方面对安徽作家的创作成果进行建设性的研讨和评论，热情地支持安徽创作的健康发展。面对新时期当代文学创作和理论的新课题，沈敏特曾一度以主要精力加以研究和分析，并写出一系列颇有独创见地的论文；梁长森在追踪鲁彦周创作历程方面，写下十数篇评论，组成了他研究鲁彦周的专门课题；徐文玉的《胡风文艺思想论稿》是较早客观公正评价胡风文艺观的专著，是重新认识胡风的有价值的学术成果。段儒东、胡永年、唐先田、余昌谷等人都十分关心本省青年作家和他们的创作趋向，一面积极支持，一面又提供建设性的思考，使双方成为共同事业的朋友。

在谈及安徽当代文学的发展时，还应当高度评价文学期刊的作用。从《皖北文艺》到《安徽文学》的发展过程中，各时期的文学期刊，一方面作为当代文学的基本园地推出了各个时期的代表性作品；一方面又把发现新人、推出新人、扶植新人作为工作重点，向文坛输送了一代又一代文学新军。在新时期，刊物不但坚持了固有的良好传统，且在拨乱反正、突破创作禁区、荡涤文艺领域里的极“左”流毒，积极开展学术思想争鸣等方面做了大量工作，在省内外引起较大反响。为适应文学事业发展的需要，安徽又先后创办了《清明》、《诗歌报》、《传奇传记文学选刊》、《百家》、《太阳》、《作家天地》、《希望》、《大江》、《法制文学选刊》等杂志。大型文学期刊《清明》多次推出在全国引起重大反响的精品，《诗歌报》广泛团结了新生代诗人，《传奇传记文学选刊》常以慧眼推出传奇传记文学之佳作，一些地市文学期刊也各具自己的特色。一大批默默耕耘的文学编辑，肯于奉献，热心助人，敬业爱岗，他们与作家、理论家及组织工作者一起，积极开展文学活动（如黄山笔会、淮河笔会、改革文学创作座谈会等全国性的文学活动），努力推动文学创作，为共同繁荣安徽当代文学事业做出了出色的贡献。

安徽当代文学已走过40年历程，跟着时代的步伐，留下了许多作品，也留下了不少经验和教训。党和人民在新时期给了文艺家以极大的信赖和鼓励，也赋予了他们极其崇高的光荣使命。在邓小平理论的指引下，坚持“两为”方向和“双百”方针，未来的安徽当代文学，必然会与人民结合得更好，与时代结合得更好。

## 1990—2008①

自20世纪70年代末开始，安徽文学步入了一个全面发展的新时期，通过思想的大解放和多种艺术形式的探索，走过80年代的辉煌，步入了90年代后的多元化格局。

20世纪90年代，中国社会开始由计划经济向市场经济转型，这种转型对文学的影响是巨大的。当市场经济大潮汹涌澎湃地淹没社会生活的每一个角落时，文学如何顺应或回避这种冲击，是摆在每个作家面前的一个突出问题。转型期的一个重要的文化特征，是以大众文化为主体的文化市场快速形成，它以消费至上、效益优先为理念，不断改变着文艺生产者的审美原则和价值观念，甚至左右着创作主体的文本操作策略和出版传媒的运作方式。也就是说，放弃以往的某些价值原则和审美观念，以有效的方式参与到转型期文学的市场化运作中去，成为这个时期文学发生的一个根本动因和文学存在的基本文化生态。由此我们可以理解先锋文学的回归，新写实、新历史主义小说的潮涌，新生代、晚生代作家的崛起，身体写作的时尚等等时

① 此节与胡功胜合作，由胡执笔起草。

代文学的热门话题。

伴随90年代改革开放的逐步深化,社会、经济、文化的转型,外来文学思潮和作品的传播,我们的作家面对的是一个崭新、纷繁、多变的世界,不可否认文学从中获得了更加多元的滋养,但也遭遇了更多的冷遇和无奈。处于多元文化语境中的文学,其整体风貌、文化角色和现实功用与80年代初期判然有别,它已无法像当年那样动辄产生轰动效应,占据公众注意的中心。边缘化,是对这种文学生态最为精准的把握和描述。在这种环境中生存的文学,每前进一步,都要付出更大的努力,需要更多的勇气。可喜的是,90年代以来的文学皖军,一方面汲取、借鉴新时期以及半个世纪以来的文学经验,一方面勇敢面对社会与文化转型的挑战,还是取得了较为丰厚的创作实绩。

安徽文学进入90年代后,整体发展态势基本与全国文坛保持一致。除了鲁彦周、公刘、严阵、韩瀚、刘祖慈、完颜海瑞等老一辈作家在继续探索和创作外,一批中青年作家也迅速成熟起来,其中的佼佼者如季宇、许辉、潘军、许春樵、陈源斌、熊尚志、严歌平、钱玉亮、沈天鸿、陈所巨、李平易、叶世斌、杨健、陈先发、叶匡正、潘小平、郭明辉等等,他们在各自的领域都有丰硕的成果,成为安徽跨世纪文学中承前启后的中坚力量。

小说作为文学创作的最主要体裁,在现实主义深化、先锋文学探索、新写实小说试验等领域,都涌现了具有代表性的作家和作品。

在现实主义文学的深化中,老作家鲁彦周可谓一马当先。他的《梨花似雪》是这个时期安徽文学的重大收获,作为与共和国一起成长并见证共和国历史的杰出作家,鲁彦周在《梨花似雪》中以历史场景的亲历性资格,把人性主题放置于历史极端化情境中拷问。小说以姐妹三人的情感纠葛为主线,反映她们在不同历史环境下,如何走上三条截然不同的人生道路。小说以"一书两世"的奇特叙事结构,一方面讲述虚构的小说故事;另一方面运用纪实手法,忠实记录作者童年、少年、青年、中年与小说中时空相对应的人生经历,颇具"元小说"的特征,作家在拆解一种真实的同时也在建构另一种本质的真实。早在此前的另一部长篇《阴阳关的阴阳梦》中,作家就在叙事结构上做了大胆探索,可以说这是一部中国式魔幻现实主义小说。作家吸收拉美魔幻现实主义的写法,描写几个受过西方教育的"新派"青年闯入内地极端封闭的名叫阴阳界的地方，在其里发生了许多神秘的、不可思议的复杂冲突，结果这些新派人物或被同化、或被杀害、或失踪或逃走，留给了读者沉重的压抑感和开放的多元化的价值判断。鲁彦周这一时期还创作了长篇小说《双凤楼》及中篇小说《乱伦》、《迷沼》、《苦竹溪，苦竹林》等，均达到较高的思想高度和艺术水准，受到广泛好评。

季宇是一个敏锐而自觉的现实主义作家，他对各种文体、题材的把握能力和人性开掘的深度都给人留下了深刻的印象。他的中篇小说《当铺》，写"裕和当"老板与儿子恶恶相报及当铺兴衰的故事，平缓的叙事中包涵着深厚的意蕴。作品在以恶惩恶、以恶攻恶的过程中展开，但别开生面的是，他写出了恶人的不可恶之处，并最终走向以恶抗恶、以恶胜恶的结果，完全超越了传统以德报怨或惩恶扬善的故事模式，同时显示了作家对人性复杂性的深刻认识。中篇小说《猎头》涉足猎头公司这样一个新的文学题材，它以社会转型期人力资源市场特别是猎头市场为背景，讲述了两个以不同企业伦理观念为指导思想的民营企业争夺人才的故事，作品以独特的视角演绎了从行规到企业伦理的发展历史，提出了当代企业伦理和企业家责任担当等问题。中篇小说《最后期限》讲述一个贪官经受不住来势汹汹的恐惧和良心未泯的煎熬，最后自首落马的故事。作品着眼于人性复杂性的挖掘，对近年来官场小说大同小异的模式做了较大颠覆，艺术上颇有独到之处。季宇这一时期创作的长篇小说《徽商》、《权力的十字架》及人物传记《段祺瑞传》、《冯国璋传》等，都保持了自己一以贯之的艺术风格，堪称以现代意识重写历史的佳作。

这一时期其他坚守现实主义精神的作家作品，产生较大影响的还有很多。陈源斌的中篇小说《万家诉讼》，由著名作家刘恒改编成电影《秋菊打官司》，由张艺谋执导。这部作品的题材与过去写农村的小说相类似，但表现了20世纪90年代中国农民的精神与特点。秋菊作为一个极普通的山村妇女，竟然与自己的"顶头上司"、与自己的"父母官"打起了官司。秋菊"给个说法"的执著追求，表明当代农民在改革走向深化的过程中，已开始注重人的尊严、民主、平等这样一些精神性的东西，这是当代中国农民觉醒以后开始追求人的价值与尊严的形象写照。从这个意义上说，该作具有新时期改革小说与文化小说的双重意蕴,同时又达到了90年代现实主义小说的新高度。孙志保的小说创作曾引起评论界的广泛关注。他的中篇小说《黑白道》和《温柔一刀》都是以围棋为题材,棋中见人生,棋中见境界,棋手的人生困惑与精神危机,深刻折射着历史的跌宕起伏和时代生活的变迁,渗透着作家对人类精神危机的思索。潘小平、曹多勇合著的长篇小说《美丽的村庄》,以生动的笔触展示改革开放以来新农村的变化与发展。作品以小岗变法为背景,回溯农村20年的改革历程,探究农村改革发生在小岗的历史人文渊源,展示淮河流域乡村生活的原生态,描摹社会主义新农村的建设模式和发展愿景,情节生动,可读性强。著名评论家李建军称其为"一幅抒写当代农村生活巨大变革的画卷,我们从中可以看到美好的爱情、承担苦难的勇气、改变生活的激情"。

一批历史小说和传记文学也始终贯穿着鲜明的现实主义精神。老作家完颜海瑞宝刀不老,这一时期创作的两部长篇历史小说《天子娇客》、《归去来兮》,产生了良好的社会反响。石楠的传记文学创作这一时期势头不减,相继写出《一代名优舒绣文》、《沧海人生・刘海粟传》、《红颜恨・陈圆圆》、《张恨水传》、《另类才女苏雪林》等多部优秀作品。其他如潘小平的《翁同和》、裴章传的《李鸿章》、马德俊的《蒋光慈传》、武佩河的《汪雨相传》等,也都颇有分量。

先锋文学是这一时期安徽文学的一大亮点。潘军作为先锋文学的代表作家之一,其《白色沙龙》、《风》、《重瞳》等已经成为先锋小说的代表性文本。在《重瞳》中,作家转换视角,将传统的正史叙说变换为霸王自述,完全消解了传统历史文本中项羽刚愎自用的一介武夫形象,而成为一个有血有肉、有情有义、机智勇敢、孔武有力的热血男儿和盖世英雄。这部小说对传统历史文本的解构,对人们习惯的文学秩序和阅读经验的颠覆,对叙说语言的任意组合以及对能指和所指的刻意分裂等,体现了作家对项羽这个人物的创造性解读,也表现了作者杰出的艺术才华。与许多先锋小说只是对形式主义美学一味追求不同,潘军并没有陷入语言游戏与技巧摆弄的陷阱,他一直在努力寻求现代主义与现实主义之间的某种沟通与联系的可能。他的《和陌生人喝酒》、《小姨在天上放羊》等作品,不论是人物形象塑造、情境氛围设定,还是叙说语言的灵动别致,都让人感受到这位先锋派作家对小说艺术的孜孜以求和精雕细琢。

如果说潘军对先锋文学的探索是明修栈道、大张旗鼓的,那么许辉对小说写法的改变却是暗度陈仓、含而不露的。许辉受新写实小说思潮的影响,尊崇情感零度介入和不加任何评判的客观平面书写。他往往用最乡土化和民俗气的笔墨,把淮北平原乡村的男人和女人、工作和生活等不加修饰地和盘托出,但表达的往往是当代的,甚至蕴涵西方荒谬色彩的主题。《焚烧的春天》里土得掉渣的小瓦在那大草甸上点燃的熊熊大火,传达的是上世纪八九十年代中国社会转型及农村变革的时代情绪。小瓦与传林之间发生的一段婚外情,是那样本色、自然和美丽,但又的确构成了对传统道德观念的解构和颠覆。《夏天的公事》里那些煞有介事、热情周到的会议组织者和参加会议的代表们,他们的"公事"就是整天东游西荡、无所事事地参观,召开虚与委蛇、敷衍应付的会议,品尝金雀镇及各乡镇的特色风味小吃,恰恰是对"公事"的最大反讽和嘲弄。作品在反讽与喜剧性的形式中,表达的精神内核却是严肃的批判态度与强烈的精神诉求,显示了作家在平面化的文本结构中寻求某种深度模式的努力。他的长篇《没有结局的爱情》,体现了现代都市人的人生经验与情感体验。小说主人公刘康所体现出来的情感危机与价值冲突,不是在激烈的对抗中形成的,而是在轻松与平庸中造就的。他的婚外恋尽管有悖于伦理道德,却又真实地存在着,"没有结局"是其最合理的"结局",这也是作家从日常生活的平庸中挖掘出的沉重主题。

许春樵作为一位经由先锋文学转型的优秀作家,其 90 年代初发表的"乡土系列小说",虽然内容不乏现实主义的精神观照,但整体叙事风格表现出明显的先锋文学倾向。90 年代后期,他致力于以客观化叙述为特征的新写实小说创作,自觉地写起了"好看"且"耐看"的小说。中篇小说《一网无鱼》、《请调报告》、《跟踪》、《找人》等,在圈内圈外都获得良好反响。长篇小说《放下武器》摆脱许多官场小说所热衷表现的贪官腐化堕落的过程,而将关注重心转向对郑天良"人格分裂与自我异化的本质"的揭示,转向对郑天良灵魂蜕变过程的深层剖析,成为官场小说中一种"另类存在"。从郑天良的人生变迁中可以看出:他以自己的本色勤勤恳恳努力工作时,很难获得认可并屡遭失败;当他领悟官场游戏规则,放弃人格尊严以一种非本色的面目出现在公众和社会面前时,反而轻易获得了大家的接受和认同。作品让读者不得不思考一个问题,究竟是一种什么样的社会机制和文化土壤导致郑天良的堕落?他的另一长篇《男人立正》表现出对社会转型期底层生活与弱势群体的人性关怀与道德呼唤。主人公小人物陈道生一生都处于一种生存悖论中:他以诚信经商处事,但诚信使他绝对贫困,也正是最亲密朋友对诚信的背叛把他卷入生存的绝境;他以一个卑微人物的身份极力维护做人的道义,但世人却对他的这种努力进行肆意的人格践踏;在他可以苟活于世的时候,为了人格的尊严,他选择了去死,在他可以赴死的时候,为了还债和道义,他选择了坚韧地活着;他本来不是我们这个社会道义承担的主体,他可以为了生存而漠视一些道义的准则,但他恰恰又是社会良知和道义最坚决的维护人。这种人物的处理方式显示了作家对人性的精深思考。许春樵的文本操作观念对于文学市场化的出路颇有启示价值,如何坚守文学的审美立场同时并不拒绝市场的消费效应,许春樵作了可贵的探索。

这一时期安徽文坛的小说创作可圈可点的地方还很多,尤其是一些文学新人,他们一出手就是很耐看的好作品,比如程鹰的《余韵》、张子雨的《打死我也不相信爱情》、李平易的《留梦的银尘》、李国彬的《罗拉》、钱玉贵的《遭遇城市》、舟扬帆的《我们同学宋元明》、曹多勇的《好日子》、郭明辉的《一个人的陷阱》、苗秀侠的《遍地庄稼》等等。其中的大部分作品都是围绕商品大潮引发的欲望与理性、现实与理想的矛盾冲突来展示人物的命运,揭示当代人的情感困惑和精神危机,呼唤人与人之间的道德拯救和人文关怀。这些青年作家的成长和成熟,不仅为安徽文学界增添了新的力量,也为安徽文学的腾飞提供了新的生活经验和艺术实践,开拓了安徽文学发展的可持续性空间。

20 世纪 90 年代以来的安徽诗歌创作虽然没有 80 年代那样显赫,但依然保持着平稳发展的势头,老一代诗人继续推出成熟的诗作,新人新作也不乏引人注目的篇章。老诗人公刘晚年虽然诗作不多,但每一首的分量都很重。歌吟郭小川的《哀诗魂》、饱含寓意的《人字瀑》,不论在思想深度的开掘上,还是在诗歌艺术的探索上,都有自己独到的追求,受到诗歌界充分肯定。

严阵的《含苞的太阳》是一部近两万行的鸿篇巨制,也是列入中国作协向党的十六大献礼的11部优秀文学作品中的唯一的诗作。在这部情思奔涌、意象磅礴的诗集中,诗人将毕生的才华和全部的身心都融入到诗中所反复歌咏的祖国的山川树木和优秀的中华儿女之中,并凝结成全诗烂漫、鲜明的诗眼诗心:"我爱你,我的中国!"它是诗人诗歌创作的巅峰之作。在新时期初崛起的一批青年诗人中,继梁小斌、梁如云等之后,创作势头强劲、诗艺日臻成熟的当数陈所巨、沈天鸿、杨键、王明韵等人。陈所巨是与梁小斌一道参加全国第一届"青春诗会"的诗人代表,上个世纪80年代末至90年代初是陈所巨诗歌创作的高峰时期,他连续出版了以《阳光·土地·人》、《回声与岸》为代表的多部诗集。诗人置身于秀丽江南的山水草木与文化民俗中,以质朴、热情、亮丽的色彩画面为主调,热情歌颂新时期的乡村变革与人情冷暖,因而被称为"现代诗潮兴起后成名的极少的现实主义诗人之一"。叶世斌是中国当代诗坛一位颇有影响的诗人,他的诗集《在途中》,曾引起评论界的广泛关注。诗人努力寻求中国古典诗歌传统与现代主义诗歌创作手法的完美结合,在对自身生存状态的体验与审视中,诗意地呈现了生死与爱痛、悲悯与感恩、罪恶与救赎等人类普遍性的情感追问。其他在当代安徽诗坛产生较大影响的诗人诗作还有沈天鸿的《沈天鸿抒情诗选》、吴昭元的《雨魂》、王明韵的《柳州棺材》、杨键的《顶端》、白梦的《白梦真情诗选》、赵宏兴的《身体周围的光》、周志友的《八月的堤坝》《黑麦》,等等。还有钱念孙主笔,刘祖慈、周志友等参与创作修改的《中华三德歌》、《公民道德歌》,用一韵到底的四言和五言歌体的形式,系统、生动地表现社会公德、职业道德、家庭美德等公民道德基本规范及行为要求,产生很大社会反响,先后获得全国精神文明建设"五个一工程"奖、"全国优秀畅销书奖"、"中国图书奖"等。

90年代以来,安徽作家散文创作的作者队伍和作品数量都非常可观,选择散文这一文体表情达意成为作家们自觉的艺术实践。比起80年代的散文,这一时期的安徽散文更加注重创作主体的情感体验与自由想象。老作家公刘和韩瀚以诗人著称,散文随笔创作也多有精品。公刘不但写下了《活的纪念碑》、《重轭人生》等沉甸甸的人生实录,还有《纸上声——公刘随笔》两卷以文为诗的血性文字,记行旅、抒情怀、悟人生,表现了作家深沉的忧患意识、悲悯胸怀和人生感悟。韩瀚的散文集《难得的苦闷》，或记叙成长经历，或描述师友交往，或思考历史文化，知识丰富，见解独到，情感真挚，文笔老辣，读来让人爱不释手。他赴欧洲归来发表的《欧罗巴风情录》系列散文，除介绍异域风情外，富有浓郁的文化意蕴是其重要特征，表现了作家不凡的才思和深厚的文化素养。进入 20 世纪 90 年代，王英琦散文创作势头更加旺盛，她在进一步实践自己的“努力把散文写得像生活，也努力使生活变得像散文”这一人生观与文学观的同时，也在探索着散文创作的新境界。她的《我们头上的星空》、《人生大于著书》、《无需援助的思想》都充满理性与睿智的思辨色彩。韦斯琴的《让我慢慢地靠近你》优美而蕴藉，洒脱而厚重，洋溢着浓郁的女性情结、乡恋情结和书画情结，她所追求的散文与诗画交融的境界，使其别具一种魅力。赵焰的《思想徽州》是关于徽州的文化散文系列，作家把对家乡山水的热爱融进他对徽州历史文化的思考中。他的笔下有着对白墙灰瓦飞檐的徽州风光的清唱，有着对徽州历史的绵绵追寻，有着对徽州名人的鲜活描摹，更有着对徽州文化的深思。文笔轻灵中不乏厚重，感性中浸透着理性的思索。苏北的《一往情深：回忆汪曾祺》、《像鱼一样游弋的文字》等，以简洁灵动的文字衡人论物，情感真挚，不乏己见，颇有自己的叙说风格。叶静的《秋天里的单音节》有着清新脱俗、优雅醇美的风格，“真、善、美”的主题被表现得淋漓尽致。余世磊的《家住山中》，文字古朴优雅，意境淡然恬畅，散发着浓烈的乡土气息。其他还如刘湘如的《淮上风情》、周志友的《慢一点，好一点》、邹人煜的《微思絮语》、余乃蕴的《迎客松下录》、沈小兰的《所思 · 所闻》、郭翠华的《紫色的夜》、王文忠的《苦爱》、水庆中的《心河集》、潘小平的《现代主妇手记》、邢思洁的《坐看云起》、闫红的《误读红楼》等都是这一时期的佳作。

报告文学这一时期也取得了令人瞩目的成就。陈桂棣的《淮河的警告》饱含激情地描述了淮河的历史，对今天淮河污染的状况及危害作了鞭辟入里的揭露和分析，读来给人很多启示和心灵震撼，被认为是 20 世纪 90 年代全国最有影响的报告文学之一，获首届鲁迅文学奖。他和春桃合作的透视中国农民问题的长篇报告文学《中国农民调查》，在报告文学界也引起强烈反响。纪实文学同样也有不俗的成绩。苏廷海的《案惊中央》、《掐不断的翅膀》把目光投向改革开放中正义与邪恶的冲突和较量，将满腔热情和道德评判凝聚笔端，揭露为非作歹的贪官污吏和犯罪分子，为受迫害者呐喊诉求，体现了鲜明的激浊扬清的战斗品格。严阵的报告文学集《今天谁最美丽》，所收14篇作品全都是讴歌煤炭行业矿工们忍辱负重、默默奉献的牺牲精神，浓缩了作者对煤炭工业前途和命运的深刻思考。《告诉你一个真澳洲》，从不同侧面较为深入地记述了自己在澳大利亚的所见所闻、所思所感，文笔生动，富有见解。钱念孙等创作的长篇系列纪实作品《跨世纪的丰碑——中国希望工程纪实》、《起点——中国农村改革发端纪实》、《世纪壮举——中国扶贫开发纪实》、《与高尚同行——中国青年志愿者行动纪实》等，弘扬主旋律记录新时代，先后获得全国精神文明建设“五个一工程”奖、“中国图书奖”和安徽省精神文明建设“五个一工程”奖等。潘小平的长篇纪实作品《一步跨过两千年》描述安徽甘冒风险，主动承担全国农村税费改革试点的责任，为改变中国农民命运勇于探索的经历，展示了中国农村结束两千多年缴“皇粮”历史的曲折过程和重大意义。周志友的长篇报告文学《德胜世界》、温跃渊的《扶贫教授何家庆》《拉萨骚乱纪实》等，发表后也受到广泛好评。

安徽儿童文学在这一时期发展较快，成果丰硕。刘先平依据自己的生态文化理念和独特的审美视角，用小说、散文、纪实等多种文体形式和数十部作品的创作实绩，展示了大自然的神奇、探险生活的魅力、人生与自然的哲理关系等。富有诗性魅力与知性思考，是刘先平大自然文学的重要特征。他站在大自然的立场来批判人类对大自然的肆意改造、破坏，呼吁追求着人与大自然的和谐。他的创作实践对大自然文学的拓展做了可贵的探索，是我省儿童文学园圃里的一道亮丽的风景线。杨老黑、伍美珍、王蜀、王国刚、邢思洁、李秀英、陈曙光等其他儿童文学作家，或侦探传奇，或校园小说，或自然探秘，或魔幻科普，或趣读历史，或儿童歌谣……他们都在自己熟悉的领域大显身手，使儿童文学创作呈现蓬勃发展的局面。

世纪之交的安徽文艺理论和文艺评论，也呈现出活跃的发展态势。除了老一代专家学者苏中、郭因、沈敏特、王宗法、梁长森、唐先田、段儒东、刘继潮等，仍孜孜不倦，不断发表评论作品外，中年一代评论家如钱念孙、王达敏、谢昭新、余昌谷、赵凯、张器友、黄书泉、方维保、王长安、杨四平等，均十分关注当代文学创作、文艺思潮和诸多理论问题，以高度的热情参与文艺理论批评的研究和活动。钱念孙的《文学横向发展沦》、《朱光潜与中西文化》、《重建文学空间》、《艺术真谛的发掘和阐释》，王达敏的《新时期小说论》、《论文学是文学》、《余华论》，谢昭新的《现代皖籍作家艺术论》、《中国现代小说理论史》，赵凯的《悲剧与人类意识》、《马列文论引论》，张器友的《当代中国文学艺术论》、《20 世纪末中国文学颓废主义思潮》（合著），沈天鸿的《现代诗学——形式与技巧三十讲》，方维保的《红色意义的生成：20 世纪中国左翼文学研究》，杨四平的《20 世纪中国新诗主流》等，都是这一时期我省较有影响的文艺理论和批评专著。还有值得关注的是，一些作家就文艺理论和评论问题发表的见解，如公刘晚年就新诗创作问题所写的一系列创作谈和诗论文章，许春樵就小说创作和文艺现象发表的文论作品，潘小平写的一些文艺评论文章等，文笔生动犀利，不乏真知灼见，读来多给人以启发。新一代文艺评论的青年才俊，如韩进、朱育颖、胡功胜、汪杨、陈振华、江飞、何冰凌、王灵均等成长较快，发表了一些有分量的评论文章，令人倍感欣喜。

这一时期安徽文学创作和评论之所以取得以上成绩，是广大作家和评论家奋发努力、勤奋创作的结果，也与省委、省政府高度重视，省委宣传部、省文联领导有方、积极作为，建立健全了一系列繁荣文学的体制、机制及相关办法密不可分。这主要表现在以下几个方面：一、建立文学评奖制度，鼓励作家、评论家潜心创作，多出精品。这一时期省文联先后设立了“安徽文学奖”（后相继改名为“安徽省社科文艺奖”、“安徽省社科文艺出版奖”）、“安徽省文联文艺评论奖”、“安徽省小说对抗大奖赛”等，通过激励措施增强作家和评论家的精品意识，提升扩大优秀作品的声誉和影响力。这些获奖作品贴近时代、贴近社会、贴近群众，既有深刻的思想文化内涵，又有较为精湛的艺术表现。尤其可喜的是，历届评奖中青年作家、评论家的作品都占有相当比例，显示出我省文学创作与批评的实力和潜力。二、引入竞争激励机制，实行作家招聘制度。1997 年起，省文联在文学院实施合同制作家招聘举措，后来又进一步改进为安徽省签约作家招聘制度，先后招聘和签约作家 30 位，用新的机制激发作家的创作热情，发挥他们的创作潜力，为优秀人才和优秀作品脱颖而出营造良好条件。三、编选大型文学丛书，展示和宣传作家创作成果。为系统总结创作经验,展示安徽作家创作实绩,新中国成立50周年之际,省文联和省作协组织编选了大型文学丛书《安徽文学50年》(8卷),从长篇小说、中篇小说、短篇小说、诗歌、散文杂文、报告文学、儿童文学、文学评论等八个方面,较为完整地呈现了新中国成立50年来安徽文学的丰硕成果。此外,省作协、省文学院还组织出版了多卷本的《安徽青年作家丛书》、《安徽签约作家丛书》等,充分展示一批青年作家的创作风采,为文学新人的快速成长创造条件。四、加强文学评论工作,积极开展各类文学活动。省文联于2002年成立安徽省文艺评论家协会,定期出版评论刊物《文艺百家》,同时还开办了"安徽文艺论坛",每年至少举行一次,结合文艺思潮和创作热点邀请省内外评论家和作家及艺术家进行研讨,有力地促进和推动了创作的繁荣发展。这一时期文学界还卓有成效地开展各类文学活动,省作家协会和评论家协会经常举行各种作品研讨会和交流采风活动等,及时总结创作经验,交流创作心得,从火热的现实生活中吸取创作营养,扩大作家和作品的社会影响。

总的来说,处于世纪之交的近20年安徽文学的演进态势,与新时期改革开放伟大实践的不断深化是同步的。它既是上个世纪90年代以前文学观念与文学实践的延伸与发展,又潜伏并预设着新世纪安徽文学的发展走向。对这一时期的文学成果做一鸟瞰和点评,无疑有助于我们更好地了解昨天,把握今天,开创文学皖军更加辉煌的未来。

安徽当代文学正处在良好的发展期和成熟期,从创作到评论,都显示了新生代人才的成长和突进,相关方面的组织与领导工作,也积累起比较丰富的经验,政策宽松,领导重视,激励机制不断完善,为各类文学人才的成长提供了良好的机遇。展望未来,理应信心满满。

# 论《孤独者》

# 论《孤独者》

## ——魏连殳的形象塑造

读完《孤独者》以后，总觉得有一种什么东西在脑中萦绕着，不肯离去。那就是：在我眼前仿佛浮现着一个"短小瘦削的人，蓬松的头发和浓黑的须眉占了一脸的小半"的人，在深夜中长嚎，这哭声里，夹杂着"愤怒和悲哀"。

这是魏连殳的哭声。

从这"惨伤里夹杂着愤怒和悲哀"的哭声中，我仿佛听到了一个被旧势力毁灭了的善良而正直的人的抗议，一个旧秩序的破坏者反转来又被旧秩序征服了肉体绞碎了心灵，但又不甘于这种征服的弱小人物的哀鸣。

魏连殳的终生命运，是旧时代、旧制度所制造出来的知识分子的悲剧。

作者用强烈的震撼人心的笔触，描写了魏连殳的一生。在这个既是短小的生活断面，又是能概括时代剪影的画幅里，对毁灭普通人的生存权，毁灭正义和理想的阴暗社会现实的深刻批判和强烈抗议，对一个被毁灭了的善良、人道、正直的知识分子的深厚同情，对一个在旧势力面前无能为力，而终于不得不屈从于旧势力，并"恭行他先前所反对的一切"的知识分子弱者的谴责，是那样错综复杂地交织在一起，是那样真实地、生动地和深刻地展现出来了。作品的雄厚的艺术魅力，使得我们在阅读时，不能不在任何一分钟里为之震动，即使我们放下了作品，积郁在心头中的难以说明的情思，也久久不能离去。而这一切，总是围绕着魏连殳这一典型形象的独特命运发生着和发展着。

对从辛亥革命前后到"五四"风暴前后的知识分子命运的刻画，在鲁迅的小说中是占有相当重要的地位的。作为思想家，同时又是对现实有着深刻而清醒的洞察的革命现实主义作家，鲁迅不仅了解知识分子在革命激流中的进步的一面，而且也了解他们有弱点的一面，因此，作者在揭示形成知识分子悲剧命运的历史因素时,除了猛烈地鞭挞了制造这种悲剧的现实社会生活以外,也沉痛地谴责了知识分子自身的弱点。

魏连殳所处的时代,正是旧的革命风暴已成为过去,而新的革命风暴尚未来临的沉闷的年代。尽管人民的革命斗争,还像蕴藏在火山腹内的岩浆似的,正在酝酿着喷射和爆发,但重新抬起头来的封建势力暂时还是处于优势地位,代清王朝而起的封建军阀和外国帝国主义相勾结的残暴统治,使得曾在人民心目中闪现出的一线光明,又被新的(实际上还是旧的)阴霾所笼罩,在人民的心灵中布了一层黑沉沉的暗影。作为经受过辛亥革命新思潮洗礼的知识分子,魏连殳也正像当代的许多觉醒的知识分子一样,由于遭受了黑暗现实所加之于他的苦痛,因而对现实是不满的,并且也曾经以自身的行动,向封建势力进行过冲击。因此,他不能见容于周围的世俗人群,被人们称为"吃洋教"的"新党",视为"异类"。但,也就是这个对旧现实疾恶如仇的人,后来竟"出卖"了自己的信念,几乎是用自己的两手戕害了自己的生命,而结束了也是最后完成了他的悲剧故事。

魏连殳一出现,便不是以单一的性格,而是在他身上交织着相互矛盾而又统一的性格,站立在我们面前的。一方面,他对人爱理不理;另一方面却又爱管闲事,而且对于善良纯洁的人有着深切的人道主义关怀。一方面他对封建世俗是憎恶和反对的;另一方面他又在他憎恶的旧势力面前低头。一方面他用冷漠和疾愤的态度对待人生;另一方面在胸膛内又蕴藏着一颗正直、善良和向往真正人生的心。他给我们的外部印象是空虚和孤独的"异类",但一直到他被残酷的旧现实毁灭之前,给我们的实质印象,却又是用冷漠包裹着内在热情的亲切的人。更使我们难以把握的是,这个曾经是旧现实的反对者,突然间又走上了背叛自己生活信念的道路,去从事他先前所反对的一切。他,从始至终,都是以一个极为复杂的独特形象,呈现在我们的面前。

魏连殳的生活态度,虽然还称不上是那个时代最先进的态度,但也是和旧社会处于对立地位的。在黑暗势力和革命思潮尖锐斗争着的本世纪 20 年代前后,他的那些无法被庸俗人群理解的"异样"举动,我们有理由看作是那个时代的觉悟者所具有的新品质,他的行为可以说是能够对旧习俗、旧观念、旧伦理、旧势力起着冲击和破坏作用的革命行径。但也正像那个时代的许许多多的知识分子一样,他是兼带着进步性和软弱性同时走进生活里来的。他虽然对现实有着深刻的不满,但他并没找到甚至也没有去寻找如何改造现实的道路,他只是孤单地向压抑他的旧势力抗击。这种举动虽然也能像投向江河中的石子似的,可以使水面激起波澜,但最终还是要被江河所吞噬,而不可能把江河打开裂口。因此,尽管强大的旧势力给予他的打击虽未曾使他立即低头,但,却把他包围起来,使他透不过一口气。惨淡的现实人生,逼使这个"吃洋教"的"新党"只能越来越消沉、寂寞和孤独。然而,这个一举一动都在遭受着冷眼和歧视的魏连殳,对于追求生活的欲望并未平息,他多次表现出的所谓异样的行动,依然闪耀着他那美好品质的光辉面。其中,人道主义思想在他转折前的全部生活中,占着极其显著的地位。

他在村中最后一次完全背弃旧社会常情的行动,要算是把祖母生前所有器具大半烧给祖母,余下的便赠给对祖母生时侍奉、死时送终的女工,并且连房屋也要无偿地供给她居住了。这个连亲戚本家说到舌敝唇焦也终于不能阻挡的慨然举动,我们绝不能看作是一种怜悯或施舍,这里面不仅有着他反对旧习俗的坚毅性,而且有着他对人与人之间关系的不同看法。生活教育他认识了哪怕是一个与他家族毫无血缘关系的女工,但待人只要是真诚的和忠厚的,也远比所谓亲戚本家那种虚伪的对人态度崇高得多。因此他才那样决然的违反常情,把本应送给直系本家的遗物和房屋送给了女工。而且在同一事件上,把他对女工的态度和对他堂兄的态度一比,就益发看得出他的同情是在哪方面了。堂兄要把儿子过继给他,但他一眼就看穿了堂兄的秘密,他说:"他们其实是要过继我那一间寒石山的破房子……他们父子的一生的事业是在逐出那一个借住着的老女工。"这句话,不仅饱含着对惨淡人生的愤慨,和对虚伪的家族关系的深沉剥露,而且也表露出了他对那女工命运的诚挚关怀。这事情在作品中虽然只不过有那么两笔,却是能够深刻体现魏连殳思想面貌的有力的两笔。

魏连殳对于孩子的态度,也是和他冷视世态的情绪截然相反的。房主人的几个孩子们(大良、二良等),要什么他就给买什么,一见到他们就可以改变他平时那种冷冷的样子,而兴奋起来,把他们看得甚至"比自己性命还宝贵”,对他们的诚挚关怀,有时竟如发了痴的一般,人家的孩子发了红斑痧,“竟急得他脸上的黑气愈见其黑”。他爱护他们,一方面是由于把真正人生的希望寄托在未来一代,同时,也由于和孩子们相处,是真挚而纯洁的,没有什么虚伪的人世关系。在这些方面,我们看得出魏连殳是相当纯真而正直的。

他同情和尊敬曾经抚育他长大的善良的继祖母,以及那位曾关照过他祖母后半生的女工,但对那些无人道的所谓亲戚本家却是深恶痛绝。

在为祖母送殓时,所有的参加了丧事的亲戚本家,都例行公事地哭了,唯独死者的孙儿连殳却没哭,正当人们为连殳的不哭而感到不满的时候,魏连殳竟突然发出了一场历时半点钟的大哭:

> 但连殳却还坐在草荐上沉思。忽然,他流下泪来了,接着就失声,立刻变成长嚎,像一匹受伤的狼,当深夜在旷野中嗥叫,惨伤里夹杂着愤怒和悲哀……

在我们还不完全了解魏连殳的思想面貌,以及他的整个生活历程的时候,这奇异的哭声曾使我们感到困惑,我们分明感觉到了这哭声不完全是出自哀悼祖母的死亡,觉察得出那里面有着一些魏连殳对生活所发出的悲鸣。因此,我们就产生了迫切要求了解这哭声由来的心情。以后——当我们跟随着作者的笔,巡视了魏连殳的全部生活道路,了解了魏连殳的思想基础与对封建家族关系有着不可调和的对立性矛盾以后,我们就懂得了这哭声里所包含的复杂内容了。魏连殳用他自己对人生的感受,回答了这个问题:

> 她(指祖母)的晚年,据我想,是总算不很辛苦的,享寿也不小了,正无须我来下泪。况且哭的人不是多着吗?连先前竭力欺凌她的人们也哭,至少是脸上很惨然。
>
> 哈哈!……可是我那时不知怎的,将她的一生缩在我的眼前了,亲手造成孤独,又放在嘴里去咀嚼的人的一生。而且觉得这样的人还很多哩。这些人们就要使我痛哭……

看来,魏连殳的情感是真挚不过的了。他的失声、长嚎是发自他的内心深处的悲鸣。而与此相对照的,则是另外一种虚假的人情世故的表现:他们可以为亡人的孙儿不哭感到气愤,但他们自己所流出的眼泪没有一滴不是假的,而且连先前欺凌死者的人也哭,至少是脸上很惨然。那么"哭","很惨然",不正是对用虚伪的黑纱所蒙罩着的封建道德的嘲弄?哭如此,劝慰又何尝不是如此?连殳大哭的时候,有不少人曾使劲劝告过他,但他却记得:

> 我父亲死去之后,他们要夺我的屋子,要我在笔据上画押,我大哭着的时候,他们也这样热心围着使劲来劝我……

不管是"哭"也好,"劝"也好,人们所需要的绝不是真诚,而是旧习俗的一切表面形式,需要为"抢房"之类的欺凌行动蒙上一层"道德"黑纱。虽然那一切都是建筑在虚假和可厌的基础上,但它却是那个社会意识的本质面貌。沉溺的人们都在牢固地遵行着。连殳对那些作为所发出的冷诮而辛酸的言词,是生活给予他的,那词中充满了对丑恶、龌龊把戏的强烈憎恶。

这一切,魏连殳所憎恶和反对的一切,是那样深刻和顽强地袭击着他,折磨着他,怎能使一个善良而正直的觉悟知识分子不为此而疾愤,而反抗呢?而他敌视这一切的行径,又怎能不为冷视他的人把他认作为"异类"呢?孤独,并不是他的天性,而是惨淡的现实人生迫使他不能不走这条路啊!

他的确很孤独。但这孤独不仅表明一个知识分子在黑暗现实下找不到出路,并且没有否定现实能力的弱点,而更重要的是,他的孤独也正如他的"异类"一样,是他那样的知识分子的必然表现。像他这样的人,在那样腐朽的社会生活里,不能不用冷漠把自己包裹起来,孤独地生活着、挣扎着。

但生活并没有让魏连殳能保持一颗正直的良心,清白地哪怕是孤独地生存下去。社会现实制造了这样一个孤独者,反转来又吞噬了这个孤独者。由于他对世俗的抨击,由于他常常发表一些那个社会所不能见容的文章,他,始而被小报攻击,接着就失业,再后就是极其穷困,紧接着又落得连最起码的乞求式生存欲望也无法实现,最后,他竟背叛了自己的生活信念,改变了自己的生活道路,走上了他先前最憎恶的毁灭自己的生活道路。

他做了一位师长的幕僚,变成了魏大人。

这时,魏连殳的形象和性格发生了突变。这时的魏连殳和以前的魏连殳,虽然还是同一个躯体,但在精神状态上已好像是两个人了。

表面上看,魏连殳已不复是孤独的人了。旧时的冷清的客厅里,现今有新的宾客、新的馈赠、新的颂扬、新的钻营、新的磕头和打拱、新的打牌和猜拳,新的……当地的报纸(也许就是原来大肆攻击他的报纸),现在也把他当做中心人物来颂扬和议论了。他的生活仿佛是快活而满意,但他的心灵却更加无数倍的空虚、痛苦、孤独。

他原来所具有的正直、善良、人道思想,现在竟以非人性(这是他先前最憎恶的)的行为代替了,对于房东太太他呼之为"老家伙",他自己不吃的东西就摔在院子里,叫"老家伙,你吃去吧"。他先前是那样纯真地喜爱孩子,甚至竟爱到可怕的程度,而今孩子再要求他买东西的时候,他要叫他们"学一声狗叫","磕一个响头"。无聊的打牌,放荡的说、唱、笑、闹,猜拳行令,饮酒赋诗他都做。他似乎是以笑谑的、玩世不恭的态度对待人生,不知是出于对现实生活给他的磨难的报复,还是出于心灵被损伤而发出的破坏性的抗击;他生存着,然而却是堕落地生存着。一直到他离开了这绞碎了他的心灵、扭曲了他的精神的现实世界为止。

这形象的突变给我们以极大的震动。但是,当我们经过反复的思索,分析了这一突变的种种合理因素,分析了这个前后截然矛盾的性格的某些连贯性因素,这时,我们不仅要信服这形象的真实性,而且由此也越发地体会到这作品的现实主义力量如何雄厚,和作者塑造典型形象的艺术技巧是如何高明了。

魏连殳形象的突变,并不曾离开生活逻辑的必然发展,而是依据社会的知识分子自身的种种合理因素,以及魏连殳性格中的两重性的激变所形成的。魏连殳的转向,并不能简单地视为纯是出于人物自身的软弱和妥协,相反,这个事实乃是黑暗现实吞噬了一代知识分子的罪恶写照。作品的立足点,显然是怒斥毁灭和绞杀人的社会现实。对于中国几千年来的剥削和压迫的历史,特别是对于对人的精神虐杀,鲁迅是把它当作"吃人"来看待的。就在与写作《孤独者》的同一年代,作者在一篇有名的政论文字——《灯下漫笔》中，还曾表明过这种思想。

> 所谓中国的文明者，其实不过是安排给阔人享用的人肉筵宴。所谓中国者，其实不过是安排这人肉筵宴的厨房。
>
> ……
>
> 于是大小无数的人肉筵宴，即从有文明以来一直排到现在，人们就在这会场中吃人，被吃，以凶人的愚妄的欢呼，将悲惨的弱者的呼号遮掩。更不消说女人和小儿。
>
> 这人肉筵宴现在还排着，有许多人还想一直排下去。扫荡这些食人者，掀掉这筵席，毁坏这厨房，则是现在的青年的使命。

如果说，当时的社会是安排这人肉筵宴的厨房的话，那么，魏连殳也该算做被“厨师”所蒸杀了的一个被吃者了。虽然魏连殳是自己走进这厨房的，但他连被诱进来的都不是，而是被逼迫进来的，尽管他也知道走进这里的结果将会怎样。鲁迅对这“筵宴”和“厨房”是仇恨和鞭挞的，他号召青年们起来，“掀掉这筵宴，毁坏这厨房”，但像魏连殳这样的人，还远不是足以胜任这使命的革命者。相反，他们自己的弱点，还是促使他们走进悲剧命运深渊中去的一个重要原因。但即使如此，鲁迅的同情，还是在魏连殳的一边，并为他们的命运呼喊。

是的，魏连殳是叛变了他先前所崇仰和主张的一切了。从这个人物的终生道路来看，我们看得出，一个在旧世界里生活着的并且不满这旧世界的知识分子，如果不能和人民相结合，不去寻找真正能改变历史的道路，而仅凭他自己的良心或正义感来和现实搏斗，到头来，他的结局也只能是此种或彼种的悲剧。鲁迅的现实主义高度之所以有别于当时其他一些进步作家，也体现在同是描写小资产阶级知识分子的生活道路时，鲁迅是把探求知识分子问题和整个社会联系起来看，他并没有完全肯定知识分子的道路，而是把他们的进取性、革命性，连同他们的软弱性都作了真实而深刻的揭示。因此，假如我们忽略了作品的批判现实的主导倾向，单是强调作家是在沉重地鞭挞知识分子的动摇性，我以为，那不仅对魏连殳是不公的，对作者也未必公允。

魏连殳的向旧势力妥协,不仅不是出于自愿,而且在当了魏大人以后的一连串的堕落行为,也不是他自己看得起或者是:安于那样做的。正如他致申飞(即作品中的人物“我”)信中所表明的那样,他愿意像过去那样活下去,哪怕“为此求乞,为此冻馁,为此寂寞,为此辛苦”。但生活逼使他连这点最起码的生存权也无法实现,甚至连愿意他活几天的人也被敌人诱杀了,对生活绝望,无法为生的困苦,整个说来是残酷现实给予他的猛力打击,使得他在痛心中毁灭自己,扭曲自己,做他自己所厌恶的事情。对于失业者来说,他找到了一项能够被许多人羡慕的“好”差事,可以算作是“胜利”,但他却坦然承认自己的新道路是“失败了”。因此,他对自己的行为也是采取冷诮和讥讽的态度,他甚至对申飞说:“你将以为我是什么东西呢,你自己定就是,我都可以的。”从这些方面来看,魏连殳虽然在行动上是向旧势力妥协了,但在精神领域内却仍然隐藏痛苦和悲愤,所以,我们才不能把转折以后的魏连殳,简单地看成为“坏蛋”,我们才不能把愤怒的情感投向被毁灭了的魏连殳,而要投向那毁灭了魏连殳的残酷现实。

但是,他这种妥协行径难道是和自己毫无关系吗?或者说这个人物形象的突变,和原来的性格毫无连贯因素吗?这个人物的两段完全不同的生活历程,是不是前后毫无一致性的方面呢?如果真的是这样,那我们就无法理解这人物的典型性了。幸而事实否定了我们的怀疑。魏连殳的错误道路,是和他即使是在正直情形下的性格的另一面有关系的。

作品一开头,即在他回家办理祖母丧事的时候,他对族人们所规定的整套封建礼习的无条件顺从,我们虽不能据此就简单断定是向封建势力投降,但他那反常行动,无论如何也有着他的弱点的一面。此外,他把生活看得太坏,他的不与人交往的孤独,特别是他不满意现实又无能也不曾想去探寻改造现实的道路的个人主义生活观,都是促使他在无可奈何情形下改变自己生活信念的某些契机。前面说过,鲁迅对于当代现实和处在那个现实中的知识分子,是有着清醒的认识的。鲁迅一方面曾把改造中国社会的希望寄托于当时的觉悟的知识分子,但现实也教育他认识了知识分子是远不能担负这种伟大使命的。鲁迅说过:

中国现在的人心中，不平和愤恨的分子太多了，不平还是改造的引线，但必须先改造了自己再改造社会，改造世界，万不可单是不平。至于愤恨，却几乎全无用处……（《热风》）

魏连殳对社会现实，几乎就是这种不平和愤恨的人。这“不平”和“愤恨”，虽然也促使他向现实进行过零星地抗击，但他受过的那一点可怜的新思潮的启迪，还不足以能认识“必须先改造了自己”，然后才能“再改造社会，改造世界”。因此，不管他的“愤恨”也好，反抗也好，始终不能免掉个人主义色彩和旧民主主义色彩，他的“不平”、“愤恨”、“反抗”，也就不能不带有较大的软弱性，他的最后的“翻跟斗”，我们有理由说是和他的整个生活观有密切联系的。这是魏连殳思想面貌前后有着连贯性的最基本方面。其次，从另外的角度来看，魏连殳转向后的表现，也并非和以前的——作为反抗现实的魏连殳性格——毫无相通之处。当了师长顾问，交了“红运”，可以被旧时代的许多庸俗知识分子看成是喜剧的结局，但魏连殳却丝毫也不满意这个道路，他坦白地认定自己“失败了”。这种对生活的看法，难道不是和以前魏连殳对生活的观点，有着共同的基础吗？他那种玩世不恭地对待人生的许多行径，我们当然不赞同，但那些举动里，不是饱含着对绞碎了他的心的现实人生的一种报复性的抗击吗？虽然这是一种心灵被扭曲了的人物和并不正当的抗击，但即使在这时我们依然可以窥察出他原有的反抗性格的成分。从上述种种情形来看，我们就不难找出这个人物形象突变性发展的合理原因了。

魏连殳的终生命运就是这样：他愿意做的和能够做的，是社会所不容许的，而社会希望他做的，又是他自己不愿做的。个人和社会的矛盾，构成了这个悲剧命运的根本基础，而这个悲剧，又是通过一个复杂的在性格上交织着矛盾而又统一的典型形象体现出来的。

但是，这形象越复杂便越能真实地表现出这一类典型知识分子悲剧命运的社会性；便越能透过这个人物揭示旧制度的残酷，便越能更深刻地体现作品的现实主义力量的深度。

作为一个短篇小说，《孤独者》也达到了相当精湛和完美的地步。作者善于通过一个人物的命运,透视出了那个时代生活的剪影,善于运用最平凡的生活事件来表现最深沉的思想。作品的取材和对题材的处理,都表明着作者对生活有着深刻的思索和理解,表明了作者真正是钻进了生活深处,发掘了本质把“伟大的生活之书”映在一个窄小的画幅里,让丰富的生活内容在这里得到了真实而鲜明的再现。

整个作品的体积是很小的,总共也不过一万四千字,但它的容量却相当大。它概括了一个知识分子的一生命运,但在作品的具体描写中,作者所施用的笔墨却又相当吝啬,甚至到了写进作品中的每一句话都有着不可更动的地步。

魏连殳性格的发展和具象化,以及他的形象的突变,都不是在一个中心事件按层次发展的,也不是直接依据不同营垒的人物相互交锋来表现的,而是凭借最富有典型特征的情节来表现的。比如,作品写了魏连殳的一生,但作者却未曾具体描写过他的全部经历中的各个方面,而只选择了他一生中两个最重要的阶段,前者是反抗现实的阶段,后者是当师长幕僚的阶段,在前阶段中附带提及了主人公的童年境遇,后阶段一直写到他死后送殓。这样,尽管作者并没有写主人公的其他生活面,但这两个阶段就足以表现这个人物形象的全貌了。又比如,对虚伪的家族关系的憎恶,虽然在魏连殳思想上占有相当重要的地位,但作者也不曾依据一个中心情节的发展直叙过,而是运用几个小插曲就把这一深刻思想表现得充分无余了。而那极短的小插曲,有时只是人物的一句话:“连先前竭力欺凌她的人们也哭,至少是脸上很惨然……”却也是包藏了极丰富的生活内容。

关于魏连殳失业后的穷困遭遇,写得也十分巧妙。作者用作品中的“我”在旧书摊上,发现了连殳原来藏的最贵重的善本书——“汲古阁”的《史记索隐》,就一下子显示了一个知识分子所处的贫困境遇了。知识分子原是爱书如命,而今,连自己最珍视的书都已出卖,纵然不再去描写如何穷困,不也就足以说明问题的严重性了吗?当“我”到连殳家里之后,作者又写道:

满眼是凄凉和空空洞洞,不但器具所余无几了,连书籍也只剩了在

S城绝没有人会要的几本洋装书。……

不知怎地我此时看见空空的书架，也记起汲古阁初印的《史记索隐》，忽而感到一种淡漠的孤寂和悲哀。

这里，作者也未曾直接描绘魏连殳的穷苦生活的具体状况，而是通过另一个人物的眼睛反映出来的，几次重复提到书，也是非常符合人物身份的典型细节。

这种运用外人的眼睛和感应来表现主人公，和“借一斑略知全豹，以一日尽传精神”的表现手法，是作者在作品的一开头便采用了的。

翻看作品，映入我们视线的第一行是：

我和连殳相识一场，回想起来倒也别致，竟是以送殓始，送殓终。

正如作品中的“我”感到和连殳相识有些别致一样，我们也觉得这作品的开场，也是相当别致的。在我们还没有和主人公见面之前，我们就从作者借助于外人的侧面叙述中，多多少少地知道了这个“异样”人的“异样”行动了：学的动物学却教历史，对人爱理不理却又喜欢管闲事，常说家庭应该破坏，而领薪之后却一日也不拖延地把钱寄给祖母……随后，我们又从他祖母的丧事事件上，在族人筹划对付这个“吃洋教”的“新党”一系列的措施中，通过族人的眼睛、嘴、耳、情绪、行动，反衬出这个人物的“异样”特征。族人们估计到了这个曾经是反抗旧秩序的人，不会按着封建常规来办理这件丧事，于是这些旧秩序的坚决维护者们，便联合起来准备打击这个“异类”，要他屈从于旧习俗的一切一切——穿白，跪拜，请和尚道士做法事。从那个准备好了的“一同聚在厅前，排成阵势，互相策应”的“并力作一回极严厉的谈判”场面上，以及村人们都“咽着唾沫，新奇地等候消息”，并期待观看一场“意外奇观”的“争斗”的气氛上，我们不难清楚地看到了那些封建秩序维护者们的可憎和可厌的嘴脸，这里也相当成功地反衬了魏连殳这个封建秩序叛徒的威力，以及他的性格的基本特征。尽管这时我们还没有听见魏连殳说过一句话，但我们已经从反面阵营的气氛中，感觉到了这个人物不是好惹的，对封建习俗、封建常规的抗击不仅曾经有过，而且也必然是很坚决的。这就是说，还在主人公没出场以前，而且也只是在总共还不到一千字的篇幅里，就已经把这个人物的基本轮廓勾绘出来了，紧接着，作者又把我们引到了一个出乎意料的“异样”境地：

> 传说连殳的到家是下午，一进门，向他祖母的灵前只是弯了一弯腰。族长们便立刻照预定计划进行，将他叫到大厅上，先说过一大篇冒头，然后引入本题，而且大家比唱彼和，七嘴八舌，使他得不到辩驳的机会。但终于话都说完了，沉默充满了全厅，人们全悚然地紧看着他的嘴。只见连殳神色也不动，简单地回答道——“都可以的。”

这个看来完全是反常的行动，不独出乎族人们的意料，又何尝不出乎我们读者的意料呢？如果说，他以前的“异样”是对于世俗和旧观念，而这个“异样”则是对于他自己的精神面貌了。这就难怪族人们一方面放下了重担，但又觉得似乎“反而加重”了。这种“异样”举动，使读者不能不要求进一步认识这个人物，要求了解他为什么如此“异样”，他的精神面貌为什么在一开始就呈现了这样的矛盾状态，他的生活道路和命运将是怎样的，等等。这样，一开始，作者便把人物的复杂的精神面貌呈现在读者面前，并能用最简短的篇幅把这个具有独特性格的人物，和他周围的封建世俗人群之间的内在冲突艺术地表现出来。

从魏连殳当顾问一直到死，这中间经历了相当长的时间，并有着许多过程和事件，而且人物内心又有极其复杂的矛盾和痛苦，对于一个喜欢叙述事件过程的小说家来说，仅仅为这个过程和人物的这段经历，写上三两万字，也是完全可能并且也许是无可指责的。但鲁迅并没有正面铺叙这段过程，他依然用最精练的侧叙笔法，把人物在这时期的生活状态和精神面貌做了相当清晰甚至是细微的描画。作者只用了如下三个细节，魏连殳致申飞的信；申飞看到了连殳所在地的报纸关于连殳新行径的记载；连殳死后，申飞所见的丧事情景和他与大良祖母的谈话。每个细节都有不同的生活内容，把这三个细节连在一起，便构成了这时期魏连殳的整个生活历程的鲜明的图画了。一封致申飞的信总共也不过千字左右，但它把魏连殳曾经怎样挣扎着求生，怎样和为什么绝望，怎样和为什么叛离了自己的生活信念，转折以后怎样和以什么态度生活着，自己的精神世界小又有着怎样的痛苦和悲哀，等等，都做了动人心弦的淋漓尽致地描绘。在我们读这封信的时候，就好像看见了魏连殳含着怒、笑、悲、泪的面孔，在诉说着自己的悲剧人生似的。

和大良祖母的对话，几乎就是一个独立的生活画幅。在这个画幅中，通过大良祖母对连殳生活状况的叙述，使我们具体地接触到了人物在这时的种种扭曲了的行径，以及他心灵中的隐痛。通过这个叙述，不仅生动地勾画出了魏连殳的面影，而且也活生生地画出了故事叙述者的性格特征。在大良祖母的眼睛看来，魏大人是交了好运，因此她对魏连殳对她所表现的非人性的态度，以及一连串的不正当行径，反而都认定是合乎常情的良好行为。她也同情魏连殳，但她并不是同情这个人物的毁灭，而是惋惜他没能在生时积上一笔钱，买上一位姨太太，以至死后连哭一声的亲人都没有。她是用她的生活观点来看魏连殳的，而这个小插曲就是通过这么一个不理解魏连殳的人叙述，生动地描绘出了魏连殳的行为和思想。

每一个热爱鲁迅作品的人，都十分惊羡他那种高度凝练的艺术技巧，但我们则太缺少对这种技巧的钻研和分析，我们常赞叹先生的作品“短而深”，却没有很好地思考“它们是怎么短的”，从《孤独者》里，我们应该得到这样教益。

> 魏连殳在痛苦和悲哀中结束了他的孤独的一生。
>
> 他在不妥帖的衣冠中，安静地躺着，合了眼，闭着嘴，口角仿佛含着冰冷的微笑，冷笑着这可笑的死尸。

这个悲剧人物是在嘲弄自己的一生吗？但我们却在这个“冷笑”里，听出了作者冲破“凶人的愚妄的欢呼”的遮掩，将“悲惨的弱者的呼号”传之于世的声音，让人们认识了那个腐朽社会的可憎面目。

（1957 年 1 月初稿，1957 年 7 月重改）

# 当代儒林群像图

## ——《同窗》人物谈

“这是一本丰富的书。”——当《同窗》①的作者问起我读后的印象时，我顺口就说了这么一句。这句话，是我初读《同窗》的印象，也是我掩卷思索后的一个基本看法。当然，仅仅用这么一句话，是不能也无法全面概括这部长篇小说的思想价值和美学价值的。比如：它在结构上的不拘章法并独创新格，以及它在艺术描写手法上的精妙和对于重大社会问题的深沉思考，都不是“丰富”这个概念所能包容得了的。但我仍然认为，丰富性乃是这部作品的显著特色之一，而我又只是想从这么一个角度来说说我的直观印象。

丰富，在《同窗》这部作品里，包含着哪些具体内容呢？我以为至少有以下几个方面：1. 历史内容的丰富性；2. 人物性格和人物内心世界的丰富性；3. 三代知识分子众生相的多彩、多姿、多面和多元性；4. 文化视野的广阔性和多种知识的渊博性；5. 人生哲理和价值观念的多边思考，等等。如果说，第一、第二两点乃是一切优秀作品都必须具备的基本素质的话，那么，知识分子群像勾勒之精细惟妙和多姿多态，以及善于将相当丰富的文史知识和谐地融入作品之中，则是《同窗》所独有的艺术个性。单凭此点，就可以使它在众多的以知识分子生活命运为题材的作品里，显示出别具风采、举座瞩目的气势。

描写当代知识分子命运的作品，在新时期文学中占有相当显著的地位并具有广泛而深远的影响，无论是较早出现的《天云山传奇》、《人到中年》，还是近期涌现的《井》以及《阴错阳差》，它们都强烈地震撼了读者心灵，都在新时期文学里程碑上刻上了自己的名字。这些作品也都在自己的艺术天地

---

① 《同窗》系韩瀚的长篇处女作，人民文学出版社 1985 年出版。

里浓缩了知识分子在各自的历史时期里的悲剧命运,并在抒写他们的奉献精神和奋进精神之中,向我们展现了高层境界的人生价值观。

如果单就描写知识分子历史命运这一点来说,《同窗》的立意仍属于这个大范畴,作者在后记中就曾说明是要写知识分子"与我们的祖国一起几经磨难"。但《同窗》有自己的根和自己的眼,它没有重复其他作品已经表现过的思想和形象,没有以一两个人物的悲欢离合为中心来表现不同历史时期加诸知识分子的不同命运,没有从呼唤改善知识分子处境这个角度去开掘主题,没有把知识分子圣洁化、超凡化,同样也没有把知识分子视为不谙世情的可怜巴巴的一群。我们甚至可以说这部作品并没有一个可以用三言两语就说得清的主题,也没有一般长篇小说共有的书胆式的中心人物,没有严密精巧的结构,更没有贯穿首尾跌宕起伏的故事情节。它的作者,好像一位无为而治的政治家,似乎漫不经心地听任他的人物和生活情景自自然然地走进他的艺术领地。随之,一幅纵横交错的历史画图在我们眼前铺开了,在这个历史画图中,又清晰而真切地映现了老中青三代知识分子的沉浮、聚散、变异、升华、奋进、沉沦、爱恋、恨怨、幻灭、复苏、求索、期待等人生旅程的苦辣酸甜。

从小说的后记《窗外絮语》中,我们可以窥见,作家写这部作品时似乎不是在生活中因受什么启示而孕育了或凝聚了某种意念、情志而唤起的创作冲动,而是被一批他敬仰的前辈、熟识的同辈和喜爱的后辈的人物群催动着下笔,进而形成了"他们便朋友似的来到我面前,甚至左右我的笔,让我不由自主地写下他们的容貌、举止、言谈和心理"。可见作者是把写人物作为基本的立足点,如他自己所说:"小说家的使命是把人物奉献给读者","我把笔墨大量倾注在人物身上","至于能从这些人物身上悟出什么道理,那就只有仰仗亲爱的读者了"。由此我们又进一步看到,作者不但把写人物当作他的创作出发点,同时又把它当作基本目的和使命,把开掘主题、表达思想、思考人生,等等,都隐藏在人物身上,并让读者从自己的角度去自行领会这些人物能告诉你一些什么。

但是,在写人物问题上,作者又不是把视角始终凝聚在一两个主要人物形象上,他好像是用广角镜头把思想界、知识界、文化界中几个层次的儒林众生相都摄录在感光片上，或者说是用精细的笔触，在一幅长卷里勾勒了多彩多姿的知识分子众像，然而在勾勒群像时，作者又绝不停留于类型化的描写，而是力图写出每个人的个性和揭示他们的灵魂。如同作者所说："我写了一群人，老年人，中年人，青年人"，"写下他们在百废待兴、思潮纷乱的现实面前，对待真理、事业、人生、友谊和爱情方面的不同态度"，并围绕着一些社会矛盾和爱情纠葛，让每个人"展示着自己的灵魂"。这就是说，写人，写人物群体，写群体中的每一个人的灵魂，正是《同窗》的艺术个性。

当然，任何优秀的小说艺术都是以写人为主，而且也都要刻画性格，展示灵魂。《同窗》在这一点上并没有什么与众不同之处，它的贡献是在于写出了群像的个性化和个性化的群像。在长篇小说中，作家调动各种艺术手段把一两个中心人物写得有声有色，我们已经见得比较多了，但在一部作品里，几乎平分秋色地向我们展现一群人物的生动面容和灵魂，那往往是一般作家所不取或望而却步的。因为这可能费力不讨好，可能流于浮泛，可能因分散笔力面招致失败，甚至还可能认为写群像与艺术典型化原则不相容而完全采取排斥态度。其实，在中国古典文学作品中，以谱写群像作为基本骨架的传统是有的，而且也取得了杰出的成就，《水浒》就是突出的例子。《红楼梦》、《三国演义》虽然在结构上与《水浒》有明显的不同，但它们在致力于塑造主要人物形象的同时，也非常注意勾勒群像，并善于将多种多样人物的形态和心态作出传神描绘。一部《红楼梦》几乎囊括了封建社会里的各色人物，其形象的丰富性，恐怕是世上任何文学名著都无法与之媲美的。我国古代绘画中的《韩熙载夜宴图》、《天王送子图》在构思布局上也有类似的特点。现代当代长篇小说创作，很少有人采用这种方法，但钱锺书的《围城》却是显示这种艺术方法的很有成就的著作，赵树理的《三里湾》则是当代文学中的一次有益的尝试。在《三里湾》里，作家用细线勾勒群像的方法，在广阔的农村背景上，将一批各具特征有血有肉的农村人物映现在一幅画图里，其中如"常有理"、"惹不起"、"糊涂涂"，等等，至今仍生动地留在人们的记忆之中，成了赵树理笔下的典型。当然，由于历史条件和农村政策的变化，《三里湾》中的某些思想倾向及对若干人物的评价，今天看来可能会有不同的认识，但作家能够在写群像时十分注意对个性的开掘，则是难能可贵的。《同窗》也选择了这么一条吃力而难以讨好的路。因为这种群像小说,往往因人物众多、头绪纷繁、矛盾交错、分合多变而容易造成顾此失彼、浮光掠影或游离主体的局面,故作家多不愿采取此法。韩瀚在《同窗》里敢于大胆地去写“一群人”,除了艺术探索的勇气,还和他具有两个优越条件分不开。首先,他对那个人物群体太熟悉了,那些人,有的为他所敬仰,有的为他所倾倒,有的为他所喜爱,有的为他所眷恋,有的为他所怜惜,有的为他所厌恶,有的为他所不齿,他对他们的思想、感情、言谈、举止、音容、嗜好、思维方法和心理状态,几乎都了如指掌,故而有条件写出一个个性化的群体,倘写另外的题材,作者恐怕就未必采用同样的方法了。其次,作者受中国古典文化熏陶较深,对于文学、戏曲、绘画艺术善于在同一历史场景、同一舞台框架、同一画面中表现出多姿多彩的个性化群体形象的艺术手法十分熟稔和钦佩,他自信在描写自己比较熟悉的生活领域时,可能使笔下的群体人物达到个性化境界。

他成功了。我们至少可以说他的试探显示了自己的艺术个性和横溢的才华。

《同窗》并非鸿篇巨制,只有30多万字,然而作者竟能将三代知识分子融于一堂,把二三十个人物写得各有其貌、各具其情、各持其道、各露其心,又实在是一项浩瀚的工程。我们知道,在一部作品中写活几个人物已非易事,写活一群人,即属大难,倘再进一步写出各色人物之不同,则更加困难了。《同窗》不但程度不同地写活了一群人,而且写出了性格和心灵的差异,其中,有个别人物形象,即使不能被推崇为典型,总还可以说为当代文学画廊增添了一个具有独创性的艺术造型。

有必要说明,我们说《同窗》写活了一群人,绝不是说每一个人物都是成功的艺术典型,也不是说所有的人物都具有同等高度的认识意义和美学价值,更不是说勾勒群像就意味着作家在每个人物身上都付出了同等的笔力和精力。在小说艺术中,把人物写活是一个最基本的条件,至于形象所概括的社会容量、思想深度和它的艺术魅力,则是深一层的要求。因此,即使是群像小说,作家也不可能绝对地平均使用笔墨,他总还要在某些形象上更多地体现自己的社会思考和美学追求。《同窗》里,既有作家全神贯注、倾心注血而塑造的人物,如兰子烟、孔初屏、赵越、洪钟、秋星、石愚、小辉、廉上清等等，他们占据着整个作品的情节中心，也占据着作者的主要精力和笔力，他们的如生面影和复杂的内心，是被作者或精描细勾或浓墨重彩绘制出来的，作者感情上的爱、敬、怜、愤，在他们身上也体现得相当充分和强烈。也有一些人物是为了拓展历史的纵深面和横断面交错依存关系而穿插进来的，如老一代的秋光夫妇、兰田玉夫妇、孙远扬、柳望春以及中青年一代的苏剑、赵岫、严竣，和小一辈的丑丫头、小风等等，他们有的是为表现几代知识分子的历史渊源，有的是为了表现不同人物在历史和现实面前的各自情态，有的则是为了交代人物命运的环境因素或事件的因果关系。尽管他们在作品情节中并不占有重要位置，有的甚至着墨不多，但作家注意到了让每个出场人物尽可能都有自己的音容和禀性。不要说那些作者怀着敬意写下的兰田玉、秋光、柳望春等，都有着一些令人感佩或令人心碎的笔墨，就连穿插于情节中的孙逸扬、夏梅、秀竹，也都只用一两个细节，便把他们的举止和心态，逼真地勾画了出来。还有一些人物，只是某一事件偶尔涉及进来的，作家则用点睛之笔，抓住人物的主要特征，使其在一举一动、一言一行之中，达到传神的效果，如柳木鹰之狡诈、关慕尧之阴险、李守芳之俗鄙、黄丽住之轻贱、宝贝之自炫、劳若士之憨诚、孟其广之圆滑，几乎都寥寥几笔，便将其神态跃然于纸上。从这里我们可以看出，作者勾勒群像的功力着实不浅，他既能抓住各色人物的有特色的一角，把他写得活蹦乱跳，又能在几个充分体现历史感和当代意识的人物身上，倾注全神，着力运笔，探微求精，刻意创新。我以为，兰子烟、孔初屏，特别是赵越、石愚，都可能给人一些思索、感悟和启示，作家自己也似乎要从他们的生活经历中向读者昭示些什么。

在小说的卷前题词和后记中，作者都引用了“人随流水东西”这句古诗。那意思是说，人总是被历史长河的流向催动着自己的人生旅程的，任你随波逐流也好，乘风破浪也好，戏水弄潮也好，你总要受流水的冲刷、细浪的拍打和波涛的袭击，但是人们又是以不同的姿态、不同的气度和不同的反应来面对这种冲刷和袭击的。

兰子烟、洪钟、赵越、石愚、廉上清、秋星、孔初屏等等，都是受同一历史长河淘洗过的，但有的变成了鹅卵石，有的变成了顽石，有的变成了五彩石，有的变成了砺石，有的变成了基石。兰子烟、洪钟，在某种程度上可以说是作家的感情、意志和理想的化身，他们都是生活和事业上的强者，都是清醒地意识到自己的历史使命的社会基石。对于上世纪50年代成长起来的知识分子，有些作家往往习惯于从热情、正直、单纯、追求、奉献这种角度去开掘他们的性格，当人物走入逆境后，则多是表现他们忍辱尚能负重、受难仍求报效的精神。作为一种美德，这种精神自然有其值得赞颂的一面，但有的因过分强化了忍辱和受难，有时竟无意间给人物涂上了一层类乎殉教徒的色彩，其间甚或流露出某种甘心被作践的心理。与此相反，《同窗》在洪钟等人身上，则是从开掘他们的自觉承担历史使命的进取精神出发，着重表现知识分子在严重历史关头的敢爱、敢恨、敢说、敢做的抉择和勇气，这与那种单纯把知识分子写成可怜巴巴的怜悯对象是完全不同的，洪钟是一个才华横溢和正气凛然的作家，他疾恶如仇，"仿佛任何锉刀砺石都磨不掉他身上的棱角和锋芒"，故敢于在"四人帮"淫威极盛之际，与一些同道者积极参与一场揭露江青罪行的斗争，尽管事发之后他被迫逃亡，妻子也被捕入狱，但那毕竟是一场真正的较量，在天安门事件尚未平反之时，他又敢于写出长诗颂赞它千秋功业，在社会思潮纷乱、气候阴晴不明的情况下，敢于以剧作《岁寒图》显示自己对真理和正义的坚定信念，直到人们围绕这一作品展开了一场严重的政治斗争，某种政治势力借此向他施加大的政治压力以后，他依然以迎风搏浪的姿态面对这一挑战，充分表现出他这位进取型知识分子的勇气和力量。

兰子烟也是强者。但他的强，不是像洪钟那样披甲上阵进行正面斗争，他是以对事业痴迷的顽韧精神来体现他的强者气度的。他外柔内刚，似钝实利，任你怎么折腾，他还是坚持他的事业，随你怎样磨，也磨不掉他的追求创造之心，做自己该做的事，以不变应万变，成了他的强者性格的独特表现。

他博学多识，在考古、古代造型艺术、陶瓷、艺术史、诗书画诸多方面，均有较高的造诣和独到的见解，并且还是一个京韵大鼓的入魔般的迷恋者。他爱事业爱到了痴的程度，而且正是以对事业的爱来体现他对祖国、对社会的赤诚之心的。因此，即使在身遭大难之际，父母坐牢、自身入狱、妻子离婚、儿子远别，几乎集人间苦难于一身之时，他还是不忘记事业，旁人蹲监狱只有忍受痛苦和悲伤，他却完成了一部《陶瓷美学》的构思，出狱后在监督劳动的条件下，竟偷偷在《红旗》杂志的铅字缝里写下了这部“建国以来美学研究的最新成果”的著作；在农村监劳时，他不但上书要求保护曲艺艺术家孔初屏，还向国家文物局报告他发现了一块不见著录的汉碑，并要求他们“采取措施，加以保护”；在考古队里，他甘愿搬进古墓里长期住下去，“整天摆弄那些石头、砖头，要不然就趴在煤油灯底下写，写……”外头日出日落、刮风下雨、寒来暑往，都仿佛跟他不相干。甚至连分别多年的老同学跑到古墓里来看望他，他也既不问人家从哪里来和干什么来的，却是抓住人家胳臂，大讲古墓石刻《人兽斗》的态势气度、功力等妙处，而且一讲就是 20 多分钟。总之，他不论处于何种状态，只要进入事业领域，他就“充满了生机，充满了创造，充满了情趣，充满了美”。不过，作者也并没有把兰子烟的形象囿于书痴、事业迷这一点上，他写了他的许多生活侧面，特别是着重写了他的爱情婚姻纠葛，《同窗》的情节，有很大一部分恰是围绕着他与秋星、孔初屏的爱情波折发生和发展着的。应当说，这是一个交织着友爱、情爱以及柔情、眷情相生相克的错综交替的爱情悲喜剧，而且还由此派生出廉上清与孔初屏，秋星与赵越、严峻，柳望春与沈沉，石愚与赵岫的离合聚散波澜。兰子烟与秋星既是通家无猜密友，又是同班同学，他们的结合，几乎是所有人意料中的事，但在他们自身，却似乎是友情多于爱情，友爱多于情爱，因而就埋藏下了一定的不幸因素。因为在秋星，她更爱洪钟，但人家有了未婚妻，她只能当一个好友了；在兰子烟，他深爱孔初屏，却被廉上清捷足抢先。故而这两对在婚后都没有真正的爱情延续，一遇政治风暴，廉上清立即背叛了孔初屏，秋与兰也因坏人从中作祟而离了婚。但不幸的生活却使兰子烟和孔初屏有幸地相逢了，秋星也先令赵越倾心而后被严峻荡涤了灵魂并征服了感情。这些穿插于书中的爱情波折，虽然具有一定的戏剧性意味，但它们既非调料，也非旁枝，而是深入揭示人物灵魂所不可缺少的组成部分。兰子烟形象之所以比洪钟形象更为可亲和可感，恐怕就是因为他的心灵秘密在其爱情纠葛中被展示得比较充分和真切的缘故。因为读者不仅可以看到对一块砖、一片瓦痴迷入神的兰子烟，也还会看到他对京韵大鼓的痴迷，他对孔初屏其人其艺的痴迷，特别是对孔初屏留给他心上那种甜美、温馨的痴迷。与此相关，秋星也在这场聚散离合的波折中升华了，她的纯净的心灵，她的大痛至木和极度空虚而不自觉空虚的散淡化性格，一直到最后的复苏，主要也是借助这一事件而得到表现的。

但在这三个人当中，最能打动读者的心的，恐怕要算孔初屏了。她本不属于兰、洪等等的同窗之辈，她闯进这个生活圈子里来，完全是因她的一曲《剑阁闻铃》而使兰子烟成了她和她的艺术的崇拜者，后者因与廉上清结合酿成悲剧。作家在这个人物身上倾注了更多的深情眷意，他赞美她的艺术："那声音是有颜色的。那颜色涂抹出的不是图画，而是让人领受到的情感，曲中人物的情感，演唱者的情感，让人倾倒的美的情感。"他赞美她的顽痴求艺精神，明知双亲皆因母亲唱大鼓出了名被权贵迫害而死，养父又让她读书、学画、学外语，唯绝对不准学唱大鼓，但她偏偏偷着学，越是因此受到责难便越加学得快，并终于没听从养父的遗言，"一心把自己交给母亲以生命相殉的艺术"，从而把她对母亲的爱和对艺术的爱统一在一起。他赞美她的品德高洁，对"道德和信念的坚贞恪守"，甚至可以"牺牲通常被认为爱情果实的那些无法补偿的东西"，他赞美她灵魂至美，她与兰子烟再度相逢而燃起的思慕之爱，"像白云与山岫，久久地眷恋，而从容不迫，像千尺深潭，虽有千年奔突的涌泉，水面上却常常平静无痕"。但她对于这样深的爱，这样纯的情，一旦听说秋星准备与兰子烟复婚的消息，哪怕"如五雷轰顶般"震惊了自己，哪怕因心灵震颤而昏倒在台上，哪怕她有一切理由和一切权利得到应得的爱，但她还是准备牺牲自己。"吃过苦果的人，知道苦果是什么滋味。不愿因她再让别人吃同样的苦果。"不过，尽管作者带着浓厚的感情色彩来赞美这个人物，但她并没有被罩上理想的光环，没有被拔高到不可理喻的超凡境界。相反，作者倒是朴实而平易地再现了她的半生忧患以及被索走青春和幸福的伤痛，并把隐藏在她心底的急风暴雨做了明晰的透视，以至使人能够看到她的搅动着的心潮和透明的肝胆，因此也就更容易为读者所理解，甚至比着墨更多的秋星更为引人注目。

在同窗一辈人当中，赵越的命运和性格是最为独特的一个人。如果说《同窗》在文学上有什么贡献，我以为塑造出个赵越来，便是主要的一项。

赵越性格是历史造就出来的具有普遍品格的社会典型，它早已在现实生活中诞生、成长、壮大、成熟起来，甚至已经作为一种人生哲学、一种生活信条、一种处世良方、一种安身立命之道、一种飞黄腾达之途,被许多人所接受并恭行之。可惜,我们的文学创作,往往只注意两极,而对于徜徉于两极中间的诸色双重、多重人物,则缺少细密观察和摄取,致使许多极有特色的社会典型,至今尚未化作文学典型。《同窗》的丰富性,不仅在于它勾勒了儒林众生的面容与灵魂,更主要的是,在其多样化的群像中,为我们增添了一个具有多重色彩的造型。他,就是赵越。

赵越虽与作品中的两个主要情节都有一定的关联,例如在兰、秋、孔的婚姻纠葛中,他一度倾慕于秋星而形成了感情卷入,在围绕《岁寒图》而进行的思想和政治斗争中,他又曾摇摆于两大阵营之间,但在两个事件里,他都不是主要角色。然而,作为"人随流水东西"的同窗一员,他又是一个必不可少的主要角色。如果说《同窗》是一代知识分子的群体写照,其间倘没有命运不济的赵越,那将是一幅不完整的人生图画,它对时代精神的概括也将受到很大的局限。

赵越,人送外号"戴高乐"。不过这绝不意味着他在容貌或性情方面与同名的法国总统有什么相似之处。这只是一种性格和作风的象征,意思是说:给人戴上高帽子叫人快乐。高帽这玩意儿,有点类似拍马屁,但比拍马屁高雅,像是阿谀又比阿谀含蓄,抬举人而不致自贱,奉承人也不流于肉麻,让别人于不知不觉间得到一种快乐,这就叫戴高乐。

戴高帽,古已有之,中外皆然,这并没有什么值得奇怪的。每个人在日常生活里几乎难免有意无意地给别人戴戴高帽以取悦于对方。但在赵越,他能把这种举动提炼为一种人生哲学信条,并在实践中不断提高它的使用价值,甚至化作个人的性格和意识,又实在是个创造。

赵越一出场不久,就在兰子烟面前显出了一下他的本领:"……你的《陶瓷美学》在王府井新华书店已被抢购一空。内行人的评价是:建国以来美学研究的最新成果。"到洪钟那里,又来了个一箭双雕:"咱们班著书立说的还有洪钟。《岁寒图》,我看过剧本,也看了演出。我特别欣赏剧中人夏明那句台词,'这庭院是一面镜子。20年,30年以后,我们再来照照自己吧,究竟是美了,还是丑了?'好极了！那天在剧场里,我为这句台词大鼓其掌。我想起了我们读书时的红三楼,那也是一面镜子,我们也该照照自己。"但在场的石愚却说："有什么好照的……我看不如让下一代去照照。"石愚的驳辩表明他根本没理解那段台词的含意，赵越偏替他来个额外发挥，说："老石的意见也颇有见地。让后一代用前一代的生活作镜子，对照一下，也很有意思么。"一时间他对双方都来了个戴高乐，且使石愚果然"面带喜色"。

他恭行"人拣有用的交，话挑好听的说"的处世之道，而且全凭上对高级干部、下至营业员，都来戴高乐那一手，因此他不仅在逆境中求得了生存，还获得了意想不到的好处，使他这个社会弃儿，有时竟也可以当当弄潮儿，非但能成为地、市首长的雅客，他的戴派作品《春雨》，还能"上头看了，评价很高"，一下子就在"上头挂上号"了，甚至被当作有影响的人士约他参与对《岁寒图》进行政治批判。可见戴高乐原是通过叫别人乐，达自己乐的目的。然而，实事求是地说，要得到这种乐，也实在不容易，他得拉得下脸，弯得下腰，忍得下辱，受得下冷，摸得清别人的脾性，拿得出别人最爱听的言词，既要蓄意讨好，又得含而不露，既要立竿见影，又不能急功近利，终日在这种情境下生活，哪怕这一切已化为本性和本能，那也还是很累人的，就像秋星对赵越说的那样："你随时都在强迫自己……你好像很累，是吗?"

是的，赵越是很累的。因为他的戴高乐性格，既非家教遗传，更非本性如斯。相反，他的少年、青年时代，倒是一个生性倔强，敢拼、肯搏的人，直到在大学时，他甚至比洪钟还要锋芒毕露。只因 1957 年那场政治风暴的袭击，他才在"痛定思痛"之后，选择了一条扭曲自己灵魂的道路，推行起"戴高乐主义"来。半是社会，半是个人，半是求生，半是利己，半是移性，半是沉沦，半是强迫，半是自贱，使他失去了自我，异变为一个人格分裂、灵魂分裂、信念分裂的戴高乐。

赵越 16 岁就进入了华东军大，在部队当过文化教员，参加过抗美援朝，负伤后回国在军区当新闻干事，这时他已经成了共产党员。他年轻志大，好给自己题格言来勉励自己，准备写一部长篇小说，以表示他的"报国之心，凌云之志"。第一次爱情挫折，一面令他痛不欲生，一面又从中悟出男子汉应当"志在功业"的至理，于愤激之余，考进了北京的一座高等学府。在学校，他把课外时间全部交给了图书馆，埋头于书海之中，为此在党内受到了批评，说他"郁郁寡合，脱离集体，埋头读书，不问政治"。他却回答说："党叫我们上大学,上大学就是来读书,谁不用心读书,谁就是忘记了党的嘱托。我在这方面,离党的要求还很远。我将用更多的时间去读书,用共产党员的责任感去读书。"他坚信他的一切言行都是布尔什维克化的,所以他说话总是既沉着又有锋芒,既睿智又充满自信,到1957年那个"不平凡的夏天",他又以同样的精神做了一篇题为《母亲,请不要拔掉儿子身上的羽毛》洋洋两万六千言的发言,本来自以为还是出自党员的责任感,不料得到的却是被开除党籍,加冕为右派分子,从此便在人生旅途上变成属于另册的贱民。但他实在不甘心年仅24岁就跌进地狱永不得超生,他从佛经和西方思想家的格言里去寻找解脱和再生之道,从越王勾践和韩信的忍辱精神中去领悟从弱化强之途。根据他在革命队伍和党内生活的经验,他悟出唯一能挽救他的出路是:检讨,认罪,脱胎,换骨。于是他用了一个星期的时间,写出了也是两万六千字的《向自己的昨天告别》的自我批判。这一手果然奏效,被校党委批示为"检查很好,可做典型,留校教育",而与他获得同类称号的人,一个个都下农场劳改去了,他仍留校读书,这不明摆着是一条"新路"吗?于是,他沿着这条"新路"走下去,每周上交一份"思想汇报",每次都要痛骂自己和祖宗三代一顿,每次还都要极力赞美一番党的各级领导对他的挽救,胜似重生的父母、再造的爹娘,平时又是逢会必检讨,嘴里不断地改造,手脚不停地找活干,什么刷厕所、扫走廊、擦黑板、摆课桌、取邮件、收衣服,样样都抢着干,很快就在这条路上走出了名堂,他的思想汇报材料,还在内部刊物《思想工作通讯》上发表过呢!从此,他不再依靠热情、奋斗、才学来求得进取了,他开始走门路。毕业后,他走一个老上司的门路到某市的四开小报当名记者,在那里又通过情人的门路为这个地区的"老太守"写了一篇三万多字的回忆录,在一家全国性刊物登出来,然后又用这个材料编个多幕剧,上演虽未获得预想的成功,但由此"交了几个有用的朋友",其中有一位是副市长。对高级干部当然要搞高级戴高乐,他跑到副市长蹲点的工厂住了一个月,写出一篇《领导下去蹲点以后》的调查报告,在北京的一家大报上登了出来,副市长因此变成了副书记,他也便利用这位副书记的门路,调到登他稿子那家报社去。在这里,他经历了几天得意的日子,在他刚想要直起腰杆说话恢复做人的尊严时,立即被下放农村锻炼改造去。厄运再临,不但使他进一步懂得了

"一日为奴,便要终身为奴"的处境,也更加坚信"戴高乐主义"的无往不胜。他从村里一位老人身上学来一句"戴学"格言,叫做"见人减寿,见物增价",就是见人讲年纪要少猜几岁,见人买东西要多猜几块钱。他把这个经验举一反三用于生活,果然百试不爽,首先用于他下放的领导人朱科长身上,就得到他"帮了大忙",靠他"在领导面前说了好话",才得以回到北京原单位工作。虽然他在乡下又遭到亡妻丧子的不幸,但他仍然坚信"人,还是要挣扎的。物竞天择,优胜劣败",继续贯彻那位老人的"减寿,增价"学说,把工余时间"主要放在交朋友建立关系上"。他拜访老同学,先要按地位、影响排出座次,看望石愚以前,先翻看了石愚最近两年办的刊物,一见面,他就大谈其杂志,且对某年、某期、某个专栏、某篇文章、某期封面,都做出具体分析,并得出结论说:"在当今中国,人们肯一个月不吃肉,也不愿意一个月不看这本杂志。"石愚听了虽也觉得有点言过其实,"但心中却十分熨帖",当即向他约稿,并把他列为杂志的长期赠户。他去拜访洪钟之前,已能背诵他的一些短诗,所以一见面就大谈其诗,并且当场背得出洪在两年前发表的一首,说:"我喜欢你的诗,有意境,有哲学,有功力。这样写下去,五年之后名字可以和郭小川排在一起。"还断言:"五年之后,我的预言不变成现实,甘愿把'赵'字倒写。"拜访兰子烟,他虽然没本事和他大谈考古,但特意带去一块上林瓦当和半截花纹汉砖,既能讨兰子烟的欢心,又准备用这两件东西做媒介,结交文艺界一些名人。他这种作风,久而久之,不仅已成为一种习惯,见什么人都能立即做出戴高乐式的反应,更主要的是,已日益化为求生存、争发展的生活观,因为他看到了"即使大家公认世俗习气比较少的洪钟,对他的戴高乐也没有拒之门外",并且"愿意帮助他把电影剧本写出来",还答应"为他介绍电影厂的导演"。

这样,他便从实用中日益领略了戴高乐的价值和效益,无往不戴,无戴不乐。但对赵越,作家并没有停留在揭示其戴高乐性格的形成以及这种性格的表现特征上,他还深一步地触及了赵越的灵魂扭曲与他的良知本性的搏击和斗争,特别是围绕着《岁寒图》而展开的政治性搏斗,赵越性格的两重性、摇摆性、可变性和顽固性,都得到了较为充分的展现。从本意上说,他是支持《岁寒图》的,而且他往往从洪钟的气质中唤起自己往日的情操,甚至暗暗发誓要复归20年前的本来面目。但当他一旦听说批判《岁寒图》是上边的意图,并且约他参与批判时,他又在充满了矛盾的心情下半推半就地应下了这门差事。因为他既害怕得罪这家大杂志的编辑部主任,又怕上头以对《岁寒图》的态度来划分左中右,故只得违心地应承写这种"打棍子"的文章。然而,在另一种正义的气氛下,他又被赵岫激起了正义感,毅然做出了"我决定做个人了",答应写支持《岁寒图》的文章。有趣的是,文章他真的写了,但迟迟不肯拿出,一再推托,待到风止云散局势完全明朗化以后,他后悔没能早几天把文章拿出去发表。这种两重性的摇摆,既显示了在正当的社会环境和健康的政治气氛下,赵越的戴高乐性格是可以改变的,同时又预示了戴高乐性格的本质是利己、跟风的,乐他的目的是为了乐己,因而又具有相当的顽固性。在赵越的个人故事行将结束之时,他一反常态,给自己戴上了一堆高帽子,闹得别人要为他更名为"戴自乐",以象征他的悲剧命运的结束。

戴高乐性格的表象是喜剧式的,时见谐趣,但内涵却是悲剧性的。然可悲的,不但有个人的道德沉沦和灵魂异变,还有造成这种悲剧的历史环境和社会习俗,从某种意义上说,揭示这种灵魂的扭曲,比之于那些常见的描写知识分子挨整、受难、忍辱、苦熬,更能昭示历史的悲剧因素。遗憾的是,形成赵越戴高乐性格的历史环境虽已根本结束,但那些培植戴高乐性格的社会习俗却依然存在。直至今日,我们的现实生活中,还有许多人,包括一些长者和领导者、权势者,喜爱逢迎、阿谀、拍马,闻直言不悦,见高帽则喜,于是便有意无意地培植起新形势下的"戴高乐"来。如果说《同窗》里的赵越还只是半是强迫,半是自贱的异变,而新式的戴高乐则只能是自觉的、进攻型的彻底的利己主义蠹虫。赵越形象的出现,为文学画廊提供了一个新的性格,又能启示我们透视社会生活里的一个很值得关注的动向。

时下很流行"文化小说"一语,我并不赞同这种提法,但《同窗》确实有较为丰富的文化背景,书中涉及的文化历史知识面甚广,绘画、音乐、陶瓷、雕刻、古诗词、古代造型艺术、考古、戏曲、曲艺、包括中外古今的许多艺术门类,作家都能深入到细部加以正面描写,从容不迫,娓娓而谈,不装腔作势,也不炫耀自夸,使拓展文化历史知识与人物命运融合起来,这是很值得称道的。作家之所以能在这许多方面得心应手地加以描写，是与本人在这些方面的文化素养有关，倘不懂装懂，必定露怯，如一味夸夸其谈，也会使人生厌，只有使它和作品情节及人物命运揉在一起，那才能显得自然和谐。

（原载《清明》1986年第6期）

# 爱情和写爱情

## ——略谈几个写家务事儿女情的短篇小说

据有经验的人说，文坛上总是有一股流荡不定的风，现在，写爱情和家庭生活（所谓“家务事、儿女情”）的作品逐渐多起来，就称得上是当今的风向之一；创作既被视为已形成了的“风”，那么，谈这类作品的评论文字，事实上也就不能不算作是在“风”中谈“风”了。

但对于这个“风”，人们是颇有争执的。有人断定这是“新风气”，而另外一些人又说这是一股歪风。其实，只要我们仔细地研究一下当前创作实践的具体状况，我们便会感到，谁要仅凭个人感触、个人喜恶来笼统地评价文学现象，谁就不能不在现实问题面前跌跤。比如，陈亚丁、马寒冰等同志在他们近来发表的好几篇文章中，一次再次地企图向我们证明，写爱情和家庭生活是没有什么意义的，而现在呢？竟然有人写了这些仿佛足以“模糊时代精神面目”的东西，那还不是应该予以大声斥责的不良倾向吗？但创作实践的具体情形到底是怎样呢？我想，倘若不是带着偏见来看待问题，或者不是以个人的狭窄观感来衡量事实真相的话，我们就得承认，创作的实际情况远比他们的笼统论断复杂得多，其总的倾向，也不是如他们所断定的不健康。且不说“家务事、儿女情”并未成为压倒了一切的主导风向，单就已出现的写爱情、家庭生活问题的作品本身来说，其中也绝非毫无深受读者欢迎的好作品。这些作品的存在，不仅未曾“模糊了时代精神的面目”，而恰恰是通过了不同的生活画面，展现了时代精神在人们的心灵和作为中的反映。作品的时代感和社会意义并不因它们未曾描绘轰轰烈烈的事件而降低，而是从不同角度上、不同的生活场景中体现了旁的作品所不能代替的教育意义。我觉得，像岳野的《同甘共苦》、李威仑的《爱情》、艾明之的《妻子》、王汶石的《春节前后》、俞林的《我和我的妻子》、黄远的《总有一天》、张麟的《上尉和他的妻子》、陈桂珍的《家务事》等等所谓写“家务事、儿女情”的作品，就当前的创作情况来看，大都可以说是比较好的作品，把它们和描写其他生活斗争的优秀作品放在一起，不仅不会遮掩住旁的作品的思想光芒，反而会帮助读者从各种不同的角度来认识生活，并使文学创作的广阔性得到了一定的发展。当然，实际情况并不是仅此一面，这种类型的作品也并不都是清一色的成功。它们之中有不少一般化和公式主义痕迹相当明显的东西，也有少部分趣味庸俗、情感不健康的东西，甚至也有个别的恶劣得不堪入目的东西。作为批评家，陈亚丁、马寒冰等同志如果是针对具体问题或具体作品发表意见，哪怕他们的意见十分尖锐，人们不仅不会有异议，也许还要感谢他们的提醒和关怀呢！可惜，他们没有这样做。他们不仅十分笼统地把写“家务事，儿女情”视为不良倾向，而且还在好几篇文章里都设法证明爱情不可写，或者是写了爱情就会冲淡作品的严肃性什么的。为了证明他们的论点，陈亚丁在《关键在哪里?》一文中曾说：“如果今天有谁想把单纯的恋爱写成概括整个历史时期的事件，是不可能的，因为现在与托尔斯泰所处的时代不同了。”真奇怪，古今中外的文学史上谁曾经用单纯的恋爱概括过“整个历史时期”呢？托尔斯泰又在什么时候脱离开俄国的社会生活写过“单纯的恋爱”呢？不过，不单纯的恋爱他是写了，恋爱有时是他作品中不可少的情节，有时则是通过人物的爱情命运表现了那个时代的根本性的社会问题。但这种作品不是没有时代感，而是有相当充沛的时代激情，他不仅通过他的作品展现了那个社会的人际关系、政治、法律、伦理、道德、风尚、习俗、人的意识等等生活面貌，而且也以那些作品深刻地批判了沙皇俄国的社会制度。唯其如此，列宁才说托尔斯泰是“俄国革命的镜子”，而要按陈亚丁同志的语气来看，托尔斯泰则仿佛只是一个写“单纯的恋爱”的圣手了！而托尔斯泰所处的时代，也仿佛不是动荡的革命年代，而是耽迷于恋爱气氛中的停滞时代了！不错，托尔斯泰是有他自己和他那个时代的局限性的，我们所处的时代也和他所处的时代并不相同，我们的作家有比托尔斯泰更重要的任务，也有比他更优越得多的条件，也有许多值得大书特书的、在托翁时代几乎是不存在的伟大斗争，但是，表现我们这个时代的任务与写爱情是并无矛盾可言的。我们时代的作家，既可以不描写爱情而去描写伟大的斗争和巨大的建设图景，以表现时代生活的面貌，也可以通过人物的爱情命运来表现时代生活的某一方面。作为一种写作素材和艺术处理的方法来说，时代并不会把我们和托翁完全隔绝起来。至于“单纯的恋爱”概括不了整个历史时期，我是完全相信的，不过我也相信不管单纯的什么，比如劳动生产吧，也概括不了“整个历史时期”。单纯地看生产操作过程，资本主义企业和社会主义企业并没有什么不同。

陈、马两同志还在不同的文章中说了一个相同的意见：在“严肃的斗争环境里”不能写爱情。为此，马寒冰同志在《不能乱点鸳鸯谱》[①]一文中告诉我们两件事，一件是，在艰苦斗争环境里要写了爱情会影响斗争本身的严肃性和真实性；另一件是，假如像《上甘岭》中那位连长要恋爱的话，就会对“英雄人物有所损伤”。对于这个问题，我们是难以和作者辩论的，因为他所持的论点，不是依据事实而是全凭个人的主观设想和推断，对于不存在的事情，你能有什么话可说呢？不过，有一点是明确的，马寒冰同志之所以有兴趣做这种规定，无非是企图证明，爱情和“严肃的斗争”、“英雄形象”是不相容的东西罢了。

很明显，这些论点是关于“家务事、儿女情”的理论注脚。但是，把这些论点加在一起，我们也还是看不出，他们那样歧视“家务事、儿女情”有什么可信的道理存在。我们可以这样说，凡是在理论上站不住脚的东西，在事实面前也就不能不跌跤。为了说明这一点，我们不妨回过头来谈谈创作本身的情形，看看写“家务事、儿女情”的作品，是否命定的与时代精神不相容。

我在前面所列举的作品远非全面，也不足以代表同类作品，而且就现有的少数作品来说，我也不能在这则短文中都做粗略的分析。

我们可以这样大胆地肯定，前面所列举的作品尽管还都具有此种或彼种缺点，但它们还不失为有一定思想、艺术水平的作品，它们的内容大致都是以家务事、儿女情组成的，但它们也恰恰是以自己的特定内容来体现它们的社会意义的。它们虽然还不足以承担表现时代全貌的重任，但它们毕竟还是涉及了我们时代的人的生活课题中的重要项目。而这一点，也未尝不

---

① 《光明日报》1957 年 3 月 19 日。

是艺术家的重要使命。正是在这个意义上,我们才有理由欢迎这些作品的出现。

李威仑的《爱情》[①]能在青年读者群中激起相当大的反响不是毫无来由的。它的出现,至少在当时还是创作中少有的新现象之一,被作者尽全力塑造的女主人公叶碧珍的形象,也得到了现实生活中她的同辈人的广泛喜爱,因此它才有资格被列入较好的作品行列中去。

这作品的显著特点是,作者抓住了青年生活中的一个重要问题,通过一件"不幸"的但是高贵的爱情故事,赞美了新的人的新品德。自然,人们喜爱它并不是因为它抽象的宣扬了新的道德原则,而是因为作品的积极思想是通过感人的艺术形象表现出来的。

刚叶碧珍诚然是在一切方面都很可爱的姑娘,这一点作者曾经作了令人信服的描写,但她的爱情命运事实上却是不幸的。周丁山曾经相当真挚地爱过她,她的内心虽然也并不是毫无这种激情,但在初期,也许是由于女孩子特有的羞涩,也许是由于她还没能来得及更多地考虑她的爱情命运,因此,她并没有接受周丁山的爱。可是在后来,当她已意识到无论如何也不能不把爱情献给原来爱她的人的时候,她发觉,由于她自己过去的拒绝和另外的原因,周丁山已经不能再和她结合在一起,他和一个叫小贞的姑娘已经有了不可更改的爱情了。

对于一个年轻姑娘来说,这种遭遇当然是痛苦的,而且如果她和他从此永远分别,也许她会凭借更能充实心灵的工作,使这种痛苦逐渐化为记忆中的事件,但共同性的工作却又让她和他不得不在一起生活一个时期。于是,他们都自觉和纯洁地相处着,他们之间的关系没有可以挑剔的污秽之处,可是不管她是否承认,她还是在爱着他。在这时,他们之间生活得越纯洁、越真挚,你就会越发地感到不幸事件的严重性,而叶碧珍就不能不担当这个不幸的主角了。从个人的幸福来说,叶碧珍并非没有理由和周丁山相爱,她爱他并无任何私心,而且爱得真挚的程度也绝不会低于另一位姑娘。她难道没有权利取得这种爱情吗?但此时她是没有这种权利了,因为她除了要考

---

① 载《人民文学》1956年9月号。

虑自己的幸福以外,她也还得考虑别人的幸福。她懂得,倘如因自己的幸福而招来旁人的不应有的痛苦,那么,即便是她暂时获得了幸福,她在内心上恐怕是会更加痛苦的。她想过许多许多,也经历了十分痛苦和激烈的内心斗争,但终于把痛苦交给自己,把幸福交给了小贞。在这一点上,我们有理由肯定叶碧珍是我们时代生活所教养出的新型女性。倘若我们不把她的最终行动仅仅抽象为自我牺牲的话,作为一个有生命力的艺术形象来说,她将会对现实生活中的同辈人发生有益的影响。

李威仑所写的并不是什么人生中的新问题,而是人们日常生活都曾经感到过、见到过或者是经历过的普通问题,但作者并未使生活现象抽象化,把它仅仅演绎成一个“遇到三角关系怎么办”的问题小说,而是比较细致的揭示了人的心灵,描写了人的多方面活动,因而就使得叶碧珍的形象不是一个简单的自我牺牲的化身,而是一个可感、可知和可爱的具体形象,她的最终行动不仅有新道德原则的依据,而且也有她自己的性格的依据,否则我们就不能理解她了。

爱情的不幸,大概是在人类有阶级社会以来就存在着。历代作家也都有人曾把它当作社会性的悲剧描写过,有些伟大的作品至今还在赢得读者和观众的眼泪。但我们的时代生活却没有让不幸的叶碧珍成为悲剧的主角,生活使得她有可能用另一种东西——我们时代的新思想的武装,使个人的暂时和局部的不幸化为幸福,她的心灵,会被工作和她所爱的人得到了幸福充实起来,会被自己做了应做的行为充实起来。从叶碧珍身上,从她的爱情命运和结局中,从这个小说整个内容里面,我们是不难看到时代气质在人们的意识和作为中的鲜明痕迹的。

比起《爱情》来,艾明之的《妻子》①所展示的生活场景几乎更细微些,它的天地,看来只是在一个工人家庭里,主人公又只是一个相当平凡的工人家属,要说“家务事”的话,这个小说大概是最有代表性的了。但在这个平凡甚至可以说是琐碎的生活场景中,我们看到了一些什么呢?难道仅仅是主人公韩月贞的家务劳动(诸如洗衣、做饭、买菜之类)吗?是的,作者曾花费笔

---

① 载《文艺月报》1957 年 2 月号。

墨写过这些事情,但倘如作者告诉我们的只此而已,那我们就不会对这作品有什么良好的印象了。

《妻子》通过工人家庭的日常平静生活和一些小小风波,表现了一个普通妇女的成长,正是在这个人物成长的过程中,我们看到了新旧社会意识在人物身上的斗争和交替。这个有深广社会意义的思想,是借助于许多富有特征性的日常生活现象表达出来的。

韩月贞是经受过旧时代多种灾难的农村妇女,她以自己的坚强性格向苦难作了半生的斗争,而苦难也把她锻炼得更坚强了。但她毕竟还是旧时代的农村环境所培育出来的妇女,因此在新的历史环境下,尽管她原有的那种善良、淳朴、勤劳、温厚等等美好性情依然十分可爱,但农民的眼光、心胸,农民对待生活的态度,和新的形势及环境之间还是有某种不协调性的。她安于现状,以为只要有吃有穿,能够妥善地关照丈夫,就是最高的幸福了。她不愿学习文化,也不想参加任何社会活动,她的生活视野狭窄得只能看到自己的房间以内,甚至对自己也没有明确的认识,就更谈不上理解旁的工作意义了。她这种满足的感觉到丈夫被提拔为科长时已达到顶点,她几乎被这种幸福冲昏了,但随之而来的却是对幸福的惊异和不安。以后,在他们的家庭生活中发生了一个小小的风波,这种风波尽管更多的还都是在她自己内心里动荡着,但终于还是要在他们的生活中表现出来。这种风波是出自韩月贞对丈夫的误会引起的,但产生这种误会的思想基础,却是由于她害怕丈夫当了科长以后在爱情上变心。对于了解丈夫和相信丈夫的妻子说来,这种想法和某些做法也许有些好笑,但她的旧生活经验使她可能有这种想法是不足为怪的。从这里我们看到的不是她的行为的可笑,而是旧意识对于人的心灵的可怕的戕害。后来当她明白了自己的过错以后,她的思想就随之向前跃进了一步,她不仅依然还是家庭中最可爱的贤妻良母,她也做了家务工作以外的丈夫的助手。她走出自己的家门,不再只是上街买菜,而是把自己的家庭和社会工作与丈夫所从事的劳动生产紧紧联系在一起了。她以自己的行动影响了许许多多的眷属,她带动她们在可能的范围内支援着她们的丈夫或儿子的工作,她成为职工眷属的一面旗帜。

很显然,作者所捕捉的生活素材是相当平凡而又细微的,而在这些表面上看来几乎是平静无波的生活现象中，作者发现了具有社会意义的东西，经过作者的提炼和概括，在平淡无奇的生活里，也是在一个人物自身的新旧意识的冲突中，体现了韩月贞的思想品德在新的环境里的成长和发扬。通过韩月贞的形象，我们不是看到了我国千百万普通的劳动妇女，在生活道路上前进的一个缩影吗？即或我们还没有分析整个作品在其他方面的长处，但仅从韩月贞的形象上，我们也不难看出作品是从另一个角落上，赞扬着我们的时代生活的。

《我和我的妻子》[①]所写的也是个人生活，但它的主人公是较老一代的革命知识分子。作品中的男女主人公都是在艰苦岁月经历过斗争风暴的党的干部。女主人公在当年虽然曾经是热情洋溢和满怀理想的青年，但在她和当时的战友、心爱的人结婚以后，由于家庭生活的牵连和爱人给予她的特殊"关怀"，使得她越来越少地参加实际斗争和学习。在过去的不算短的时光里，她有时参加一点工作，有时就完全淹没在家庭生活之中。于是，在革命形势日益发展的情况下，她就越来越赶不上时代的步伐。渐渐地，她的思想也日益苦闷和消沉，她好像被关在笼中的鸟儿一样，表面上的安逸远抵不上心灵的空虚。但她丈夫的情况却完全相反，他前进了，而且前进得很快，他现在已经是党的某一方面的负责干部。他依然像过去一样爱她，但他却不理解妻子的心。他可以想尽一切办法让妻子在生活上舒适，以使他们的家庭生活恬静和美满，但他却不想任何办法让妻子过自己愿意过的生活。然而，事件的悲剧性因素也就在这种情况下逐渐露出了痕迹，甚至发生了对双方说来都是不愉快的冲突。

像"妻"这样的人，在生活中我们是见过不少了。我们有时也许发过议论，发过感慨……但老实说，在更多的时候我们没有认真地思考过是什么原因造成了这种现象。更糟糕的是，当人们在谈论这种现象的时候，往往把"女人毕竟是女人"这个概念搬出来，企图让人们相信，她们之所以失去了当年的战士姿态，就因为她们是女人，她们的现在和过去虽然是那么不协调，但因为她们是女人，这一切又是非常自然而合理了。习惯的大男子主义对

---

① 《光明日报》1957年3月19日。

待问题的看法，使得人们认为一切大概就是如此。但这篇小说却向我们唱了一个反调，并且是值得人们深思的反调。

《我和我的妻子》的女主人公的遭遇，并不因为她是女人，而是因为她的丈夫只把她看成了“女人”，忘记了她是革命同志之故，否则她的命运是会有所不同的。

她的丈夫的确爱自己的妻子，对妻子在生活上的关怀也是无可挑剔的。但他忘记了一点，当他只愿意让妻子的工作比较清闲，生活比较安逸，只愿意让妻子依据丈夫的意愿而安排自己行动，把一个有生活理想的人逐渐变成单纯的“老婆”的时候，不管他是多么爱她，这种爱情里事实上就含着危害正常的爱情生活的因素了，不管他承认不承认，他对她几乎是有罪的。一个人在政治上逐渐消沉远比在生活上不够舒适可怕得多，但这位丈夫，却宁愿在生活上做一切照顾而丝毫也不关心她在政治上、思想上的进步要求。事情发展的结果，就终于爆发了他们夫妇生活中的不愉快的冲突，差一点发生了悲剧性的事件。当然，他最终还是认识了自己的过错，但对于已往的事实不还是痛心的教训吗?

《我和我的妻子》，从家庭生活事件上批判了大男子主义的残余。虽然整个作品的基调显得很平静，但它所揭示的问题却是激动人心的。作者通过“我”的自我批判揭露了隐含在人们意识深处的不自觉的“海尔茂精神”是何等可怕和顽强。但愿生活中的具有海尔茂精神的丈夫们，从作品中的“我”那里，照照自己的面孔。

这个老干部的家庭生活故事，应该说是有着广泛的现实意义的，它触及了革命者应该怎样对待爱情和家庭生活的问题。是让妻子就只当做自己的妻子，还是把她看做既是妻子又是同志？认识了这一点，我们就会承认作家的这篇小说不是不值得赞扬的。

我极其粗略地谈了好几个作品，不必说还没有对那些作品的不足进行分析，就是它们的成就也还远没有谈出来。但即或是在如此简略的说明中，我们也可以明确一个问题，“家务事、儿女情”的题材不是命定地缺少时代精神的，只要作者能从更高的角度驾驭题材，发掘各种现象的本质，作家们是可以透过平凡的生活现象，表现出伟大的时代声音来，而这声音也一样能震动我们读者的心。

从人的脉搏跳动上，我们会听到时代脉搏的跳动。从各个方面表现当代人的生活斗争是当代艺术家不可推卸的责任，我们所谈论的几个作品在塑造人物形象上都应该说是做了可贵的努力的。它们的作者，并未从概念出发向我们宣讲他们要表现的问题，而是在描写生活，描写有个性、有自己命运的人物的生活；作品中的事件虽然不是轰轰烈烈的大场面，但作者们也绝不是津津迷恋于生活琐事，并把生活中的小镜头予以孤立的描写。不，他们都是把细小的生活景象安排在大的背景之中，抓住了时代精神在人的身上的具体影响，从而通过鲜明的形象表现了这种影响，因而就使得作品不是无思想，而是具有一定的社会意义。

我们的社会意识和我们时代的精神，支配着当代人的心灵。因而人们生活历程上的家务事和儿女情，也就绝不可能脱离整个时代的气氛而孤立地存在着。因此，在这些所谓私人生活场最终所显露的人们意识上的冲突，也就不能不是时代精神在不同人物身上的反映了。我们的艺术家有责任赞美新时代的新品质，也有责任谴责那些和时代精神极不协调的卑污的东西。这，除了在其他斗争生活场景中应该大加表现以外，在人们的所谓私人生活范围内，也应该是值得注意的重要方面。我们将以百倍的热情来欢迎那种雄伟的交响乐，但这绝不会妨害我们以欣喜的心情倾听七弦琴独奏。我们的作家——其中有许多是刚刚开始文学生活不久的青年作家，在这方面所表现的探索精神，是应该受到爱护和帮助的。

我所谈的只是少数几个作品，更多的好作品可以说明更多的问题，而好作品的存在，不管对于教条主义的理论或者是对于无思想性的描写身边琐事的作品来说，都是一种最有力的驳斥。

（原载《文艺学习》1957年4月号）

# 巾帼传奇

——评《画魂——张玉良传》

《画魂——张玉良传》(载《清明》1982年第4期)一问世,就在广泛的读者层中引起了热烈的反响。特别是在艺术界和青年当中,反响之强烈,实为近年所不多见者。文学界近来常说:这两年的创作,深沉内向者多了,爆炸性的少了。这可能是事实。但关于《画魂——张玉良传》,我以为它既有意蕴深沉的一面,又获得了爆炸性效果,可谓二者兼得,该算作难能可贵的了。

这是一篇传记小说。它既有传记体裁那种忠于真实生活,忠于传记主人公真实经历和真实性格的一面,又有小说创作那种致力于塑造典型环境中典型人物的艺术彩笔。此外,由于主人公个人经历的独特和不凡,又使这个真实的传记故事,染上了一层相当浓郁的浪漫和传奇色彩。从某种意义上说,它也就是一篇情挚、格高、笔劲、意深的当代巾帼传奇。

作者凝聚了饱满的感情,为中国的一位女子,作了一篇有情有义、有悲有喜、有苦有乐、有爱有怨的传记。这是一个有着特殊经历、特殊命运和特殊才华的特殊女性的传记,它记载了一个为现时国内读者知之不多的旅法女画家的一生,在12万字的有限篇幅内,写下了这个人物漫长一生的艰难而曲折的历遇和她的丰富多彩的创造与追求。

她的主人公潘张玉良——是中国一位旅法女画家。她以具有独创风格和高超技艺的绘画与雕塑,赢得了国际艺坛的崇高声誉。在法国,在西欧,她的盛名是和“杰作”、“独创的作风”、“对现代艺术的丰富贡献”等字眼连在一起的。被视为“最能吃苦、最有恒心、最不示弱的艺术家”,人们赞誉她对“国际艺坛的贡献和她所占的地位”,是艺术家们的追求和成长的“很好的榜样”。

从1938年起,也就是她第二次旅法并在艺术创造上已获得相当高的成就以后，她参加过若干在法国很有代表性的沙龙，并从沙龙方面得过13次以上的奖；1959年4月27日获巴黎大学的多尔烈奖，并由巴黎市长亲自颁发给她奖状、银盾奖章和一颗星形佩章。她的作品不但在法国若干大都会多次举办过个人画展，而且在1946、1948、1953、1958等年度，先后在英国、希腊、日本、比利时、瑞士、西德等许多国家展出并获得极好的声誉，在比利时还获得了银盾奖。有一次她应约赴英国去参加英伦皇家美术院的展出，因所携带作品多有她的名字落款，被海关当局以名家作品不得出口为名，限制运出。为此，她不得不在外地临时创作了几幅作品参加画展，而这，却使她在英国获得了更高的荣誉，所展作品多被博物馆购去收藏。

她在人生的旅途上奔驰了78年，其中有60个年头是和画笔、泥巴打交道的。我看见过一幅她的遗容的彩色照片，老人穿着中国旗袍安详地熟睡了，她的两手插放在前胸，两手的指甲多数都烂脱一半左右，据说那是长期搞雕塑造成的。由此一端，即可见她在艺术创作上是花费了怎样的苦功和苦力。难怪有的评论家把她的成长比喻为如同"罗马不是一天建成的"一样，是她"经过千辛万苦，朝夕不懈，聚精会神，全力以赴，方能有所创造"。老实说，目前我们还不能确切知道她毕生创作的丰富数量，但下列事实不也生动地说明了她在艺术上的奉献成果吗？自1938年起，她的作品被巴黎市政府先后收购了十五六件，法国教育部收藏了她的三张大画，法国国立现代美术馆收藏了她的一张裸体水彩《浴后》（高92厘米，宽65厘米）和雕塑《张大千头像》，赛鲁稀博物馆购藏她的油画《人体》和雕塑《格鲁赛头像》，国立教育博物馆收藏了她的雕塑《孟德梭雷头像》，等等。这只限于目前我们所知道的一部分，也足以令人信服地证明她的毕生辛劳多么值得人们敬佩的了。难怪人们赞美她是"第一个以雕塑作品走进巴黎现代美术馆的中国艺术家，在这世界艺术珍品的宝库中，占有一席位置"。巴黎东方美术馆馆长著文评述她"具有深厚的情感和真纯的画艺"，认为"她的作品是中西画融合起来，加上她自己的面目而创造出来的"。并且怀着敬意称道她"应新时期潮流而进，而绝未改变其对艺术的见解；独立于偏重具体与抽象两派之间。她用中国字画的笔法来形容万象，其对现代艺术的贡献已够丰富的了"。另一位批评家也同样热情地赞许她将中西绘画融为一体从而构成了"潘玉良独特画法”，认为她是“把西洋富于现实而具体，用中国富有诗意的画意来充实它”。因而她的作品便成了“既有诗意”又有“西画传统求实和具体的杰作”。

然而，就是这样一位早在上世纪30年代初便在中国当时两个最高的艺术学府担任过教授，并且在后来又名响海外的艺术大家，竟然曾经是孤苦无靠，落拓风尘，从泥淖里挣扎出来，又在人生旅途上辗转一世。如同作者在小说《题序》所列出的人物身世序列那样，主人公的一生是孤儿——妓女——小妾——艺术的追求者——中国最高学府的教授——世界艺坛出名的艺术家。单凭这独特的经历，我们就有理由称她是一个奇女子，在中外巾帼人物志上应当占有光荣的一席。可惜，对于这位奇女子，我们却偏偏知之甚少。特别是主人公的夫家在安徽，他和他（她）们的后人也在安徽，我们对自己的褊狭实在不能不感到遗憾。现在《张玉良传》的问世，填补了这个空白。一个小城的不知名的新作家，用她自己的心血和创造，为我们勾画了一个传奇人物的真实一生，而且写得那么诚挚深湛、细微酣畅，使我们不得不追随主人公的足迹走下去，并且与她在一起，或痛苦，或呼号，或挣扎，或拼搏，或欣慰，或歌吟，或思索，或明悟，或振奋，或追寻，或哭或笑，或喜或悲。我想，这一方面固然与题材的特殊性有关，更主要的恐怕还在于作者在叙述这个故事时，也像她的主人公对于艺术那样，倾注了自己的全部感情和才华，使作品具有了强烈的艺术感染力所致。

我们在前面说过，这部作品既具有传记文学的性能又具有小说艺术的特征。而这两者，则统一在作品的主要人物身上。

作为传记，作者把主人公的艰难曲折、悲喜交错、祸福间杂、忧患濒临以及她苦挣硬拼、顽强进取的一生，做出了真实而清晰的描述。这里既有人物生平历遇的叙述，又着重细腻地描绘了人物经历中那些最能展示人物精神面貌和最能震撼读者心弦的若干场景。例如，关于张玉良与潘赞化的奇遇和她攻考上海美专的情景，又如她在罗马从琼斯教授学雕塑时的极端艰难处境，或者像她第二次旅法前与大夫人相会那种场面等等，作者完全摆脱了一般传记文学偏重叙述事实过程的手法，而以精雕细琢的笔触，深入地描写了人物的精神世界，淋漓尽致地揭示了主人公的内心冲突和她的感情波涛，使读者发生了强烈的感情共鸣，有时甚至使人有撕心裂肺之感。

作为小说，张玉良又是一个独特的活生生的艺术典型。我甚至认为，《画魂——张玉良传》的成功，主要不在为张玉良立了传，而在于通过为她立传，塑造了一个艺术典型。一部叙事文学作品，能否打动当世以及后世读者的心，主要是通过书中的典型人物来发挥其思想和艺术的威力的。典型，不是某种统计的平均数，也不是某种观念的化身。它以活生生的“这一个”来显示它的一般性，因而越是独特的、个别的，便越有广泛的社会容量。正是从这个意义上，我们认为张玉良的鲜明独特个性，具有一定的典型意义，而不是说这个形象已达到文学画廊中那些著名典型的高度。

张玉良是一个复杂的形象，她的追求美和创造美的一生，和她所处的社会环境的污浊与丑恶，成了鲜明的对比。而且这一矛盾也不能不影响她的性格和命运。

她是弱者，更是强者，她是社会最底层的一个被污辱被损害者，她又是登上世界艺坛高峰的大家，她是一个在世俗眼里微不足道的侍妾，她又是敢于并且终于主宰了自己命运的主人。她在人生旅途的航行中，穿越了那么多的急流、险滩和峡谷，终于驶向了她的人生港岸——做人，做一个有独立人格的人，做一个为国家、为民族争气增光的人。小说恰到好处地把这样一个复杂人物的多面性，真实地展现在我们的面前，使我们如临其境般地结识了一位用自己的泪水和汗水，洗净了社会泼给她满身污秽的刚烈女性。

人，是多样的。然多样的人，是由一个又一个具有独特个性的人所组合，而单就一个人来说，他（她）们不仅是多样人中的一个，自身又有自己的多面性，他（她）们的社会行为和内心世界，都常常表现出相当复杂的现象。这种复杂性主要是由于社会生活的复杂性影响于人物的。文学创作不应回避这种复杂性，不应把复杂的社会生活形态和复杂的人物性格简单化，更不能把多彩的生活和人物涂成一个色调，而是要“真诚地、深入地、大胆地看取人生并且写出他的血和肉来”。当然，不论多么复杂的人物都有他性格的主导面，都有支配他一生命运的主导精神。作家对他的人物，就是要把握主导，展开多面。

什么是张玉良性格的基本特征呢？或者说，什么是支配她一生命运的精神支柱呢？我认为，求索和苦搏可以概括这个人物形象的基本精神。"路漫漫其修远兮，吾将上下而求索"，屈子的这两句千古绝唱，曾在历代人士中引起共鸣，也是张玉良一生的写照。然屈子所求索的是兴邦治国之道，他问天质神，哀民祭鬼，无不寄托着他的政治理想，而张玉良所求索的只不过是做人的资格和权利，进而发展到追求做一个对国家、对民族有贡献的人的权利。她把这个理想寄托在艺术上，因而她的追求做人和追求艺术便融合在一起。

张玉良的一生，是顽强进取的一生，也是和自己命运拼搏的一生。她自幼不幸被舅父卖入青楼，沦落于人世间最悲惨、最污秽的地狱，幸而在青春年华刚刚开始之时，结识了潘赞化。潘不仅用正义和同情挽救了她，使她脱离了苦海，更用真挚的爱情唤醒了她的人的尊严和一个有独立人格的人的追求。偶与洪野先生为邻和她的天赋的艺术敏感力，使她对艺术着了迷，启发了她对美的向往，始而把习画作为一种生活的慰藉，继而则有意识地把追求美和创造美作为消除或改变她那悲惨出身和卑微地位带来的不幸的寄托了。她哪里知道，她所生活的那个时代和所处的社会，是不肯给她"人的自由和尊严"的。世俗的偏见和歧视，到处追随着她，使她只能从"一个小小的牢狱进入一个大的樊笼"，她"一直努力想使自己成为一个人、一个受尊重的人，可是世俗连这一点也不允许"。这使她悲痛地慨叹："难道我就永远洗不净可耻可悲的污垢？而我热爱的追求的艺术也更因此受到牵连？"确实，摆在她面前的路是曲折多难的。谁能想象，一个在法、意两国最著名的艺术学府留学九年，获得很高造诣的第一个中国女西画艺术家，一个当时中国两个最高艺术学府担任教授的知名艺术家，她的个人画展可以被任意践踏，她的"表达对挽救民族危亡英雄的敬意"的大幅油画《人力壮士》，不但被人划破，还被贴上污辱的字条："妓女对嫖客的颂歌！"有什么对艺术家的污辱更甚于此者？在欧洲，她废寝忘食穷求苦学了九年，一度曾因极度缺乏营养而几乎双目失明。回国后，她满怀希望要把自己所学的一切技艺奉献给养育了自己的祖国，"为中华民族的文艺复兴献出赤子的心香"，为此她奔走于沪宁两地任教，跑遍名山大川，采中西画各派大家之所长，创自己一家之风骨，十数年心血所酿之蜜，竟一旦被肇事流氓摧毁殆尽，她之所学和所望得到这样的报偿吗?

不仅如此,在家庭中,这位堂堂正正的大学教授,为了使丈夫不受“痛苦的煎熬”,竟不得不违背自己的意愿和性格,以妾的身份跪倒在大夫人面前行大礼。

张玉良无法在这样的环境里实现她的理想。她不得不痛苦地离开她唯一的亲人和良师益友,漂泊到异国他乡继续她的求索与苦搏。此后的40个春秋,是张玉良孤身孑影向艺术高峰挺进的时光。这时,她对人生和艺术的探索,已不再只是求得一个平等做人的资格和艺术上有所成就,她要在“世界艺坛上为祖国争得荣誉和席位”,要让自己独创的有中国韵味的绘画和雕塑“进入世界艺术珍品的圣殿”,并把“我所创造的一切,都应是中国人的一部分”,作为自己的生活信条,从而使她成长为爱国的,为民族争光增光的人。当然,这一切都体现在她的艺才天地里。她离群索居,潜心创作,把对祖国的忠诚、亲人的思念、故友的追怀以及她的政治的、思想的、情感的、道德的诸般思绪,都融在艺术里。几十年如一日,忍受着一切艰辛和折磨,在艺术视野上深益求深,广益求广,在艺术创作上精益求精,高益求高。一座雕塑《张大千头像》花费了20年的时间和数不清遍数的修改,终于使其成为进入法国现代美术馆的第一个中国画家的作品,为了不间断写生,她甚至中暑昏倒在海滨浴场。她以顽强的进取精神和过人的毅力,赢得了胜利。她付出的泪水和汗水是够多的了,但一个刚烈的女性形象,不正是在泪水和汗水的莹光中映射得十分清晰夺目吗?

张玉良当然不会被视为当代英雄人物形象,也不是社会主义新人,但从她身上所体现的求索和苦搏精神,对我们当代读者来说,还是有巨大的积极意义的。生活中不是很有一些人徘徊终日而又怨天尤人吗?不是还有一些满口大志而行动上义毫无目标的混世者吗?莱辛在《汉堡剧评》中说过:“一锹挖一眼井是做不到的。事物的成长虽不易觉察,过一些时间之后,却可见到成长起来的事物。眼前有目标的人,走得再慢,也比漫无目的、浪荡徘徊的人走得快些。”张玉良在艺术探求的道路上走了60年,单是苦练素描基本功就花了10年时间,可算够慢的了,但她“有目标”又有毅力,她是以“最能吃苦、最有恒心、最不示弱”取得成功的。单凭这一点,这一形象的思想力量也是不可低估的。

我们说张玉良的形象是一个典型，既不是依据她的传奇式经历，也不是依据她的艺术声望，而是因为在她这传记小说里，作者比较成功地刻画了主人公的性格，写出了她的精神面貌，构成了一个独特的艺术形象。它可以用自己所包容的思想和艺术的力量打动读者。

当然，作为传记小说，作品中总包含有虚构、想象的成分。主人公的经历和发展过程，基本上都是按照事实叙述的，但其间的若干细节，有的略加充实，有的则系虚构，目的都是为了更有利于突出人物性格。例如第15、17、19、22等章节，恐怕就有某些虚构的细节，并且着意描写了主人公的内在感情，因而也就使人物形象更加鲜明了。对主人公的思想和行操，我隐隐感到有某些提高，但除18章中个别地方显得有些生硬外，这种提高显然也是必要的。因小说究竟与生平传记不同，它要使人物更加丰满，成为一个典型，就不一定在一切细节方面完全拘泥于真人真事。书中的大多数人物，都是真名实姓，系在真人真事的基础上铺排而成，合乎事物的发展规律，并对于表现主人公的多面起了很好的作用。

此书也有不尽完美之处。例如作者还不善于用不同的语言来刻画不同的人物，所有的人物几乎都是用一式的语言来说话，尽管出场人物大多是知识分子，但各个人物应当用自己的语言来体现他自己才是。又如，由于作者没有亲历过欧洲，对巴黎、罗马生活情景的描写就显得拘谨而不自然。我特别感到不满足的是，主人公两次旅外的数十年生活，所遇坎坷大多来自国内，而且虚写、侧写居多，作者没有敢于接触资本主义社会对于外侨艺术家（特别是所谓“有色人种”）所加的歧视、排挤、收买、腐蚀等方面，因而也就不能从更广阔的社会背景上来塑造主人公的形象。这一点可能与作者目前所掌握的材料不够十分丰富有关，但也反映了作者的阅历和对生活的认识有局限性，故不得不回避这方面的矛盾。我的这一点要求，也许有些脱离这一具体作品的实际，但倘能有所触及，不是可以使主人公更多面化和更立体化吗？不是能更全面地反映主人公所生活的时代和她所处的社会吗？

（原载《清明》1983年第2期）

# 寻找自己的最佳位置

## ——关于熊尚志小说的杂议

如果我们把正在崛起的青年作家群体比作天幕上的星群,熊尚志也许还算不上是灿烂的或耀眼的一颗。但星空中有他的位置,他在那里发着光,哪怕眼下还很微弱,然而那是他自己的光。

他是一位勤奋的、有追求并已显露出一定才华的青年作家。时下我们虽不能把他的才华和成就与他同辈中的佼佼者相比——他还没有达到那种境界,但他的勤奋是出众的。他在5年之内向社会奉献了九部中篇小说并完成了一部长篇小说手稿,固然是勤奋的一个显著标志,但更重要的是他艰苦的自学精神。他生长在几乎与外界隔绝的穷山窝窝里,只读过小学,还在少年时代,便当上了一名小屠夫,度过了整整十年的操刀生涯。但封闭的山乡野寨,并没能封闭住他的求知之心。操刀之余,他学过木匠,学过书法,学过绘画,后来又和文学书本结成了良友。他的文学启蒙者和引导他走上写作之路的老师,可能就是这些书本。是这些作品给了他知识,熏陶了他的艺术感受力,也激发了他的艺术表现欲望。他可能在理论上不知小说为何物,只是按照读过的小说的样子而写起小说来的。他对于语言的运用,对于小说基本特征以及谋篇布局等表现技法的理解把握,都是在反复的实践中逐步悟察得来。考虑到这些特殊因素,我们便可以想见他在学习和创作上所花费的心血是非同一般了。

当然,作家的成长并不完全取决于勤奋,但勤奋是熊尚志实现追求的基础。

凡是较系统读过熊尚志作品的人,不论在评价其高低优劣方面存在怎样的差异,但大都承认他的作品具有鲜明的地方特色,富有浓郁的山味乡情,语言有个性,特别是人物对话,时柔、时脆、时文、时野,用得相当得体,他还比较注重故事情节的跌宕起伏，从而增加了作品的可读性。此外，在选取题材和开掘主题方面，作者也有自己的追求，他是把表现文明与愚昧的搏斗作为主旨，贯穿在一系列作品之中的。

熊尚志之所以能在短期内较快地获得了一定的收获，除其他因素，可能和他有意无意地找到了宜于发扬自己长处的适当角度有关。作家的一生在于不断地寻找和发现，他在生活中苦求发现的同时，也时时在寻找和发现自己，他应当找到自己的位置，找到自己的观察和表现生活的最佳角度。熊尚志的作品，除《古老的东方有一条龙》，把它的地域环境挪到了县城小街以外，其他则多是描写山乡野寨诸色人物的命运变迁，而主旨也多是表现文明与愚昧的搏斗。这正说明，作者摸索到了最能发扬个人优势的角度：写他最熟悉的生活场景，喊出藏在心底最深沉的呼声。

"写你熟悉的，熟悉你应当熟悉的"，这似乎是文学的常识，但许多人却偏偏在这个常识问题上碰钉子。某些初学写作者，往往不愿意从自己最熟悉的领域选取题材，而是忙于追逐时髦题材、流行故事，不从自己的实际感受出发开掘主题，而是强行去表达什么当代最尖端的社会问题，结果常常是吃力不讨好，难免一再遭受挫折。熊尚志虽然在许多方面都还很不成熟，但在这一点上他却没走多少弯路，在发表了中篇处女作《藕和花的故事》以后，他就一头扎进了他的山窝窝里去了。他生长在大别山腹地的农村，那里是老苏区，有着光荣的革命传统，但那里又是与外界很少往来的，弥漫着某些封建的、落后的甚至原始的观念和习俗的封闭社会，那里存在着贫穷、愚昧和野性，那里也存在着古朴、赤诚和善良、那里有些人安命知足，那里也有人渴求现代文明和过上富裕的生活。熊尚志对那里的山山水水、草草木木、老老少少、家家户户都了如指掌，对山里人的过去和今天、外表和内心、痛苦和欢乐、苦难和幸福、寻求和向往也都体察入微，同时对他们面临的问题，又有着很深的切肤之痛。作者把这些人和事作为表现对象，并把从这些人物命运身上提炼出来的社会思考作为作品的立意，无疑是非常适合发挥自己的主观优势的。因此，熊尚志的起点虽然不高，他的基础素养低于某些文学青年，但他的路子对头，作品成活率也就较高。

《丁家寨的文明与愚昧》、《雾霭里的明珠》、《斑竹园》、《古老的紫铜锣》

等几部作品，尽管角度不同，但内容里都融进了文明战胜愚昧的渴望。就作者的生活天地和生活视野来说，这一思想可能是早已孕育并形成于他的心灵深处了，然而却是只有在他敲开了文学大门以后，才可能使其化为作品的主题予以揭示。他亲眼目睹并亲身品尝了愚昧给人民（包括他自己）带来的灾难，他感到有责任并有义务“埋葬愚昧”，因此在自己的一系列作品中反复发出这个出自内心的强烈的呼喊。在前述几个作品里，作者借助于真实的生活画面，借助于人物命运的纠葛，显现出贫穷是愚昧的根源，愚昧又是贫穷的土壤，它们互为因果，互为消长。作者期望把现代文明之风尽快吹到山乡去，让那“左”声“左”调的“紫铜锣”之声永远消逝，让代表光明幸福的“明珠”照遍山乡。

作品的鲜明的地方色彩和山味乡情，更是熊尚志现有长处的集中体现，他对山乡野寨的风物，山山水水的灵秀气，山民的古朴淳厚美和可悲而又可怜的诚愚，山里妹子的诱人的青春活力，以及山寨里的恼人、恨人的野风陋俗等等，信笔写来，皆能历历在目，表明作者与描写对象情谊甚笃。这就有了地方色彩，这就有了风俗画和风情画。但作者并不回避生活真实，他在细腻描绘优美的风光和纯真的少女心灵的同时，也敢于对山乡里那些落后的、原始的、野性的、粗俗的一面，予以逼真的描述和冷峻的剖示。自然，作者的用意不在猎奇，不在卖弄，不在展览，更不在赏玩。他要借助这样的描述和剖示来倾诉他对山民的深挚的爱，对丑类的痛切的恨，以及对文明的热切向往和追求。

熊尚志在语言方面也没有舍弃自己现有基础去另搞一套，他大量采用地方语言并稍加提炼，比较注重语言的生活化、性格化和流畅性，对话因人而异，有情有味，叙述时也有些小情趣和幽默感，这使得他的作品读起来感到通畅。语言是文学特色的显著标志，熊尚志小说的山味乡情，倘离开他那柔脆兼备、文野相间而又浑然一体的语言，恐怕是不可思议的。因为在他的小说里，语言并不只是为渲染或烘托某种地方风味服务，那些从人物口里进出来的一串串妙语本身，就是山味的重要组成部分。

以上几个方面是熊尚志自身拥有的长处。扬其长，则转化为作品的长处。对此，我们虽不能过高估计为熊尚志已经形成了自己的风格，但也不能低估为不屑一谈。其实要把作品写得有特色是很不容易的,有的人写了很多,有的人写了大半辈子,就是写不出特色来,可见它不是可以信手得来的。扬长可以避短。但有了长处绝不等于就没有了短处。熊尚志自然也有他的短处。有的长处由于还没有达到较完善的境界,它里面仍含有短处,有的长处用不好也会变成短处。有的同志觉得他的小说时代感较弱,柔美沉郁有余,雄浑振奋不足;若干作品的情节、人物、语言相互重复,存在明显的雷同化痕迹,另外,他的作品一般都比较拖沓,枝蔓繁多,时有危及主干之弊。这些毛病有的是文学新手在创作实践中难免的通病,有的则是他个人功力的修养不足所致,如不及早克服,是会严重影响他的进一步提高的。

所谓时代感不足,或者说时代精神不强,绝不是说熊尚志的作品没有正面地、直接地反映变革,也不是因为他较多地揭示了山乡的落后面,恰恰相反,由于作者是把文明与愚昧的搏斗作为贯穿于多篇作品的主线,因此他在小说的情节内容中,是注意到了代表文明的社会力量的。作者心目中的"文明",就是改革。他写到了责任田,写到了整党,写到了商品经济向农村的渗入,写到了农民上大学,写到了农村建电站,写到了改革的冲击波对封闭山乡的冲击。也就是说,他的作品并没有脱离时代把山乡写成世外桃源。那么,人们为什么还感到他的作品时代精神不足呢?我想,恐怕还是作品的生活画面所包容的思想过于肤浅或不太恰切的缘故。在某些作品的情节里,我们有时感到作者的思想有些混乱,有时又感到作者无意中流露出对古朴美和自然美的过分依恋、陶醉情绪,有时甚至开了不当的社会药方。这,不能不影响到作品的思想分量。

我们要求于文学作品的时代精神,实际上就是融于美的形象中的思想价值。时代精神不等于时髦题材。任何题材(包括古代题材和神话题材)都可以体现时代精神,但作家必须站在当代先进社会思想的高度来认识和反映它,才能使自己的作品富有时代感。不能用农民意识写农民,不能用封闭的山乡心理写山乡。熊尚志一头扎进山乡使他发扬了长处,但他有时陷于其中而跳不出来,就又变成了短处。所以,我们一方面要充分肯定他的作品中的浓郁的生活气息和那种独特的山味乡情,但也不能不指出,他有时太多地被山乡人古朴的、淳厚的自然美所陶醉,而忽视了要用时代的新的社会思潮来评价这种古朴美的可爱而又可悲的两重性。作者确实痛苦地感到了贫穷和愚昧给大别山的人民带来的苦难,但当作者表现这个改造过程的时候,不是按照先进思想,新的社会观念来衡量某些人和事,而是用农民思想或固有的旧道德观念来衡量它,故而自觉不自觉地流露出某些农民意识。例如,把劳务输出当做欺骗和悲剧,对农民离开土地或经商持怀疑态度,对近于麻木的自我安慰持欣赏态度等等,都反映了作品在时代精神方面的局限性。另一方面,在塑造人物上,也暴露了这种局限性。在立意上,作者原是有意要写出几个代表新的社会思潮的新型人物的,像《雾霭里的明珠》中诸葛玉坤等人就是属于作者意中和笔下的新人。可惜,这类人物大都比较苍白、观念化而缺少真实的活力。相反,他笔下那种淳厚得近于诚愚的旺保(《丁家寨的文明和愚昧》)、野性和善良胶着在一起的叶艾青(《斑竹园》),以及青春气息和山野气息浑然一体的山妹子们,往往被刻画得性格鲜明、有血有肉、有情有趣。相比之下,新型人物形象的单薄,也势必影响作品时代精神的充分昭示。

雷同或重复,一方面可能是作者在小说结构上,还只习惯于情节结构而不长于性格结构,或只长于单项平面结构而不善于多层次结构。但更主要的恐怕还是作者没能致力于创造独特性格的缘故。熊尚志在创作上似乎还没进入真正的自觉状态,他全凭熟悉生活而让作品一篇一篇从笔底任性的流淌,这种文思喷涌现象当然是好事,但他创造的自觉意识不够,没能精心致力于在每一篇新作中有意识地创造属于“这一个”的人物形象。一个作家必须培育创造的自觉意识,没有这种意识是无法走向成熟的。如果说前一阶段还是可以谅解的话,在今后则不应任其自发地流淌下去。所谓创造的自觉意识,就是作家的自觉美学追求;文学创作的高级境界,是要创造属于自己的艺术王国,创造自己的艺术个性,创造不可重复的艺术典型。作家应当有自觉的美学追求,不能使自己的创作停留在信马由缰的自发状态上。重复是艺术的大敌,不要轻视这个大敌而原谅自己。不能把自己熟悉的一个人物分成三四个重复地走进多篇作品中,而是要把熟悉的三五个甚至十几个捏合成一个独特个性,应当力求在每一新作里出现不仅与自己不重复并且与别人也不重复的人物形象。这当然是高标准的要求,但也是对每一个有出息的作家应当提出的要求，熊尚志有了一个很好的基础，他是应该也能够实现这个要求的。

我们对熊尚志的作品进行了研讨。但这种讨论既不是鉴定式的，也不是会诊式的，更不是为了使作者就范于某种观念而给他划定几个什么框子。这是中青年作家之间的交流和对话，也是作家和批评家的交流和对话，是从熊尚志这个作者和作品实际情况出发的研讨，它的理论深度可能不够，但在交流和对话中，促使作者更准确地发现自己、把握自己、确立自己，恐怕还是有益的。

# 《凡人》与作家其人

王英琦步入文坛是从散文开始的。她把散文称之为“至爱密友”，并曾说：“只有在写散文的时候，我才感到，我是那样的愉快，那样的对路子，那样的得心应手……”确实，在青年作家群中，她的散文功力是不错的，我们在读她的散文作品的时候，也常常窥见作者的愉悦心境和下笔的从容。她的第一部散文集《热土》问世的时候，曾受到当代散文大家秦牧同志的热情关注并为之写了序言，《文艺报》和省内评论家也都为这位青年女作家的破土而出，表示了祝贺和期望。人们称赞她是“努力开拓散文新天地的有志者”，人们更期望她要拿出比“热土”更热，比“绿宝石”更加闪光的新作来。王英琦没有辜负这种期望。近几年来，她不但继续在散文领域里耕耘着、开拓着，而且做起了“两栖动物”——也写起小说来了。虽然至今她还撑着面子说：“提笔作小说，这在我似乎‘不务正业’，我的正当职业该是什么呢——散文。”其实，她早就该做“两栖动物”，她的散文路子也必然会促使她做“两栖动物”的。尽管她自称写小说是“因为小说的读者面实在太大了”，“不能自我放弃文学的一块重要园地”。好像是因经不住小说的广泛社会影响的诱惑而动笔的，实际上她的叙事散文里，早就包含有小说的成分，正如同她今天的某些小说中常常含有散文气质一样，像《有一个小镇》、《旅栈邂逅》、《羊城花感》、《大救驾》等散文，那里边的抒情是和叙事揉在一起的，而叙事中不但有精微的细节描写，且有性格刻画和真切生动的对话，它们已经很靠近小说，只不过在结构形态上没有采用一般意义上的小说框架，在表达意念上仍属散文气韵。这类散文中的叙事，大多是作者亲身之所见、所闻、所感，然其间也可能有塑造成分，这方面再往前走一步，她就不能不进入“两栖动物”中的小说那一“栖”了。

大约是从1983年开始吧，我陆陆续续读过王英琦的几篇小说，《爱之厦》、《遥远的爱》、《支点》、《红楼逸事》我虽都看过，而未经深思，但也留下了一点印象。特别使我感到惊异的是，尽管王英琦在《热土·后记》中称自己是“野小子”，在生活中她也确确实实有点风风火火的泼辣劲儿，但她的作品，仍是十足女性的。我不是说她的文章没有阳刚之美。不像《红楼逸事》那种对文场世俗的冷峻剖析，描绘中的犀利热情和有藏有露的幽默感，应当说是不乏阳刚气质的。但她到底是女性作家，她把更多的思考是放在女性命运上了。且不说《爱之厦》、《支点》这样专门为女性命运呼喊的作品了，就连《红楼逸事》，她也没忘记为对女作家的不公正发一通牢骚。《支点》融进了作家自我，她把多年来对女性问题的思考，全部倾注在这部中篇小说里。什么是女人生命的支柱？是甜美的爱情还是艰辛的事业？女人的一生是应当奉献给温馨的家庭还是去追求事业的成就？女人在社会上是靠别人挽着、扶着，还是靠自己挺然屹立？作者对两种不同的女性都有所描绘，仅仅是借助在饭馆吃饭这一块小天地，作家便用女性作家对女性的独有的观察与感受，细腻地勾勒出一对对少男少女的儿女态，同时又用反馈和内心独自揭示了事业型女强者的自强精神和命运中的不幸面。作家自然把同情倾注在自我化身的主人公身上，小说中的一些思想火花和某些哲理性的议论，也基本上是体现作家本人对她提出的社会问题的回答。从个人爱好说，我并不赞同作者把某些生活素材原封搬进作品，也不赞赏过分直浅地表露自己，但本篇是了解这位青年作家的重要作品，那里有她的深沉的思考，也有她的真情的流露，有她的追求，也有她的痛苦。

新作《凡人》是描绘大西北风情的系列作品之一，这是个短篇小说，倘有谁认定它是篇散文，似乎也无不可，因为它的散文气质确实很突出的。但我们要承认这是篇在表现方法上颇有新意的小说。我们在观念上所习见的那种短篇小说，通常是有一个完整的故事，有一个中心人物，有两个至三个典型细节所组成的情节线，在情节的开展过程中刻画人物的性格，揭示作品的主题，等等。《凡人》完全打破了这种模式，它以一个连姓名都没有的人物的心理流程为核心，把瞬间的意识流动和历史追忆穿插在一起，将一个人物的大半生，浓缩在短短的六千字之中。

作家着力赞颂的是位“凡人”，他(或“你”)的确很平凡，不过像沙漠中一株红柳或一丛骆驼刺，任凭沙暴袭击千百次，依然悄声不响地立在那里。他也的确没干出什么惊天地、泣鬼神的大业，只不过在沙漠、戈壁的荒滩里考古寻源，把肉体和灵魂都寄托给沙漠之神，在那里考查被沙神吞噬了又保护了的古西域36国的遗迹。他也的确尚未免除凡夫俗子所具有的本能，对他面对的超级孤独感到可怕，又时时刻刻都思念着人间的烟火气。然而越是这样，便越能显示一个高贵灵魂的圣洁。

说来也怪，这个没有情节、没有故事、没有人与人的矛盾冲突，甚至连主人公姓名都没有的作品，竟能给予读者以较强烈的精神冲击，我想恐怕是与作者致力开掘人的精神力量有关。

前些时，我读过她的散文《向戈壁》，那大约是她大西北采风录的前言，可本篇则是一支序曲或插曲。虽然一篇是作者的自白，另一篇则是虚拟的小说，但其中都有作家自己在踏遍沙漠戈壁考古寻源，在她也是一种精神的寄托和象征。一个把身心交给事业的人，就要耐得住艰苦，耐得住孤独，耐得住折磨，耐得住挫折，从而才可能在探索的路上留下扎实的脚印。

王英琦在艺术探索的路上是很有几分勇气的，在她还是一个20多岁的少女的时候，便曾奔赴大西南，一直跑到西双版纳，从那里带回来一组闪光的“绿宝石”，去年她又只身探访丝绸古道和浩瀚的大戈壁，行程万里，一路上吃了许多苦头，笑过也哭过，有欣慰感也有孤独感。但顽强的探索精神给了她力量，一返程，就立即着手描绘大西北赐给她的充满了梦幻，充满了神奇又充满了现实力量的诸多感受，我们有理由期待她写出她自己眼中的大西北风采。

(原载《希望》1986年1月号)

# 社会主义建设者的战斗记录

## ——兼论特写

我们的国家正处在“从穷苦庄稼汉的马上，跨到巨大机器工业的马上去”[①]的伟大变革的时代。人们打开每天的报纸，都会从上面看到祖国工业建设的新捷报。在我国任何一个角落里，都可以听到工业建设的巨大音响；在任何偏远的地方，都可以看到人们正在用自己的双手绘制着一幅无比巨大的社会主义工业化的美丽图画。把这个宏伟壮阔的图景描绘出来，把这场史无前例的惊天动地的斗争生活真实地、鲜明地描写出来，乃是我们文学工作者当前最迫切并且也是最光荣的任务之一。但如果把我们所做的和客观实际比较一下，我们就不能不承认文学创作是落后了。我们还没有能够把这个伟大的建设生活较充分地记载下来，直到今天，我们仍然很少看到反映五年计划期间工业建设生活的优秀作品。读者群众的呼声是值得倾听的，他们对于这种情况已经表现了极大的不满，他们要求作家能够把他们的同时代人的生活、斗争做更充分的艺术描写，从而教育人们去认识生活，并推动生活更快地前进。近年来的情况是有了变化了。我们已经开始看到了文学界对于这一问题的注意。《人民文学》发起的《在工业战线上》的征文，很显然便是这种注意的具体表现。征文要求通过发表相当数量的特写和散文，把我们这个时代最激动人心的生活斗争反映出来，并且通过这种方式，鼓励和吸引广大专业及业余作者努力写作以工业建设为题材的作品。这自然是应该受到欢迎的。

人们通常很喜欢以“时代的镜子”这样的话，来赞誉那些被认为真实地描绘了时代面貌的作品，不过这似乎往往是指那些广阔地反映了时代生活

---

① 斯大林：《第一个五年计划的总结》。

的巨型作品而言的。但是，我想，那种能够高度真实地记录现实生活若干侧影的优秀的特写文学，也应当无愧于承担这种赞誉。尽管在今天，还有少数对文学持有“正统”观念的作家和批评家，往往还喜欢把特写视为“第二等”文学，但特写这种形式已经受到了广大读者喜爱的事实，却再也没有人能够否认了。

从去年5月到12月，《人民文学》的“征文”栏中一共发表了34篇作品，这些作品是以短小明快的特色和富有浓厚的生活色彩吸引着我们的。它的每篇文章几乎都是在三五千字，有时只是把一个动人的生活侧面勾画出来，有时是写一个场景和片段，有时是写一个人物的事迹。但我们如果把“征文”栏的全部作品加在一起，一幅壮丽的时代生活的图画便呈现在我们的面前，它扩大了我们的生活视野，把我们引到了多彩的生活天地里面去。我们看到了多种多样的人，我们看到了工业建设生活的许多角落、许多侧面，知道了许多我们从来不知道的事情。虽然我们还不可能从每一篇作品中都可以看到十分丰满、十分成功的人物形象，但整个“征文”栏的作品却塑造了一大批普通劳动群众的英雄群像。

特写，高尔基说它能“把我们的视野扩大到无止境”。在《论文学》一文中他正确地写道：“‘特写作家’告诉亿万读者们关于他们的精力在苏联广大无垠的面积上所创造的一切，关于工人阶级在应用自己的创造力的一切地方所创造的一切。”高尔基认为，特写应该“描写群众的热情工作、集体和个人的英勇精神以及有成绩的工作”，“宣传和广泛地显示我们的成就，应当而且能够加速社会主义新人的形成”。[①] 高尔基在苏联国民经济建设初期所说的这些话，在今天是特别值得我们重视的。在广泛地描写工人阶级用自己的力量在“一切地方所创造的一切”这个问题上，我以为《在工业战线上》征文是有成效的。“征文”对文学活动的一个重要贡献，就是它相当广阔地接触到了工业建设生活中的许多方面，它使我们这些渴望了解工业建设生活的读者得到了初步的满足。读了这30多篇作品之后，我们的生活视野比较开阔了，我们呼吸到了机油的气味，听到了工业建设的声音。当然，更重要

---

① 高尔基：《论文学》，载《人民文学》1953年7—8月合刊号。

的是我们受到了沸腾的社会主义建设的莫大鼓舞。在我们伟大祖国的辽阔幅员上所进行的伟大建设，不管是西北沙漠新铁路线的建设，也不管是祖国南方的海堤工程，不管是在大工业基地里，还是在矿山、在工厂、在水库工地上所进行的改造自然的艰巨工程，都是那样广泛地在"征文"中有所反映。

作品中写的有矿工、勘测员、架工、木工、女电焊工、瓦工、潜水员、碱工、火车司机、工地上的接生员、工程师、大学毕业生、苏联专家、转业军人、工地上的领导者，等等，这些劳动者用自己的手和脑为创造更美好的生活而斗争的事迹，构成了"征文"全部作品的基本主题。在"征文"中有正面描写建设者的艰苦卓绝的劳动斗争的，也有通过这种或那种侧面，例如通过描写友谊、爱情，通过描写新的师徒关系等来表现大建设中的某一生活片段。"征文"中所反映的许多人物事迹和生活场景，在我们整个文艺创作中还是很少见到的。例如在《安得克夫》、《斯杰潘诺夫和王福厚》等作品中描写的苏联专家的国际主义精神，例如在《新路》里描写的一个农村手工业者的生活道路，例如许多篇中写到的刚走出校门的新型青年知识分子在建设岗位上的劳动生活，以及对我国工业建设高速发展的特征的直接或间接的描写，对保卫者与建设者之间的联系等问题的描写，在一般的文学创作中是不常见到的。

"征文"的作者们，几乎是无例外地都注意了描写先进人物的光辉形象。在作品中，对于工人阶级的不避艰苦勇于向困难做斗争的战斗精神，对于高尚的集体主义思想品质，对于那种豪迈的乐观主义气概，都有非常动人的描写。我们的建设者所担负的任务是异常艰巨的，如何战胜自然的、技术上的困难，战胜旧的思想意识，这是极其重要的问题。我们在《跋涉者的问候》、《两个年轻人》、《幸福的"南村"们》、《去工地的路上》、《新入伙的碱工》、《军人性格》、《潜水员小程》、《水利工程师》等作品中所看到的关于这种生活的描写，是感到十分兴奋的。

《跋涉者的问候》是有相当浓厚的生活气息并且是有强烈感染力的作品。作品一开始，便把我们带进了一个辽阔、深远、无边无际的万里大漠之中。在这里，我们看到了一支工业建设尖兵的真正称得起艰苦但是有意义的生活。这支勘测队在戈壁滩上已工作了七天，这些日子里他们从未遇见过一户人家,在第七天的晚上,他们为了以更多的工作成绩迎接明天的国庆节,因贪工而和骆驼队失掉了联系。这时,他们遭遇到了在沙漠上最可怕的事,除了严重的疲倦和饥饿,他们已经滴水皆无了。在沙漠里水是比什么都珍贵的,由于缺水,整个工作队的人几乎是陷于绝境之中。但就在这个极端不平常的困难境地里,我们看到了工人阶级的真正的乐观主义精神。在整个工作队中特别引人注目的形象是团支部书记刘伍,他没有被眼前的绝境吓倒,相反的,他想尽了一切办法活跃大家的情绪,带动大家向困难作斗争。他把搜集起来的零碎干锅盔当做点心分给大家,把半支留兰香牙膏当做清凉剂分给大家解渴。他带领着几个青年在沙堆中用两双手挖井找水,手指甲劈掉了,指头尖裂开了血口子,十指尖往外渗血,又青又肿……可是,他们还是没有找到水。严重困难的情况已使刚强的秦喜撑不住而倒下了。但这时,一种对祖国的责任感激励着刘伍,他下定决心要在天明以前找到水,保证明天能出工。刘伍平常很喜爱的诗句成了他自己生活的逻辑:

谁是快乐的——他就能笑,
谁有愿望——他就能达到,
谁要是寻找——他就一定能找到!

他继续带领大家向面临的困难境遇作斗争,又经过许多波折之后,终于找到了清凌凌的泉水,找到了村庄和人家。第二天,他们又以勘测22公里(比平常多一倍)的路程向西挺进了。他们是以这种独特的方式向国庆节献礼的,他们把对北京的致意,叫做"跋涉者的问候"。

这是建设者们一幅真实而动人的生活素描,对于刘伍的工作队以及千千万万的建设者们来说,这也许只是极为普通的生活故事,但在这个普通的故事里面,我们看见了工人阶级在社会主义建设中勇于向一切困难作斗争的豪迈气概。作者以满腔的热情歌颂了我们的建设者,写出了他们战胜困苦的精神力量,写出了他们对于革命事业的信心和乐观主义精神,写出了他们在最艰苦的境遇中团结友爱的崇高品质。这,正是这篇作品能够感动我们的地方。

不只是一个刘伍，我国千百万建设者都是像刘伍他们那样迎接着困难，战胜着困难。无论是《跌落崖》中的张黎明，无论是《女实习生》中的方倩英以及《两个年轻人》中的陈茵、《开凿秦岭的人们》中的小沈，等等，他们都把战胜困难看作是他们的义务，他们的年纪虽然很轻，但他们都做出了让高山低头、让河水让路的惊人业绩。

创造性的劳动是所有先进人物的共同特点。在《聪明的架工》里，我们看到了那些在高炉周围搭起五层架子，让七八百工人在上面进行立体流水作业的富有智慧的劳动者，我们看到了他们无论是在无缝钢管厂、大型轧钢厂、高炉工地都有创造性的贡献。在《新的成绩》中，地形测量组的工作速度，高到使工程师简直不能相信。《女实习生》中的方倩英为了解决工程上的问题几乎是彻夜不眠。在《好徒弟》中的小昌，他在一开始独立操作之后，便开动脑筋想出了新的工作方法而带动了保守的老师傅。《安得克夫》里的吴钢，《开凿秦岭的人们》中的小沈、小刘，《金师傅》里的金师傅等，无不是以打破常规的速度在工作着。这种创造性的劳动态度，正是新人物最美好的一面。他们在工业战线上所取得的每项成就，都推动我们国家向社会主义迈进了一步。

在另外一些作品中，作者们非常忠实地描写了青年们如何掌握生产技术。在我国建设生活中，有相当数量的人是刚刚从学校、农村等地走到工业建设岗位上来，原来对于技术是完全陌生的，因而如何更快地掌握技术，对于他们便是首要的问题。在《军人性格》、《潜水员小程》、《好徒弟》、《速度》、《新入伙的碳工》等作品中，对于这种情形都有很生动的描写。

《军人性格》是一篇从写人物性格着眼的短篇特写。复员军人李敏中在刚来工地时，被面临的复杂技术吓住了。当他看到工地上千百万劳动大军向大自然展开进攻，而独有他感到“英雄无用武之地”的时候，那一颗“战士渴求战斗的心就跳动起来”，他没能抑制住自己的激动情绪，他找段长要求离开这个他不能发挥力量的岗位，“回部队”或者是“学习去”。他提出这个要求是有些害羞的，因为他自己知道，“这不是在前线一个战士向首长请求战斗任务”，因此当他坦率地说出了他的心情之后，就好像认识了自己的错误似的红了脸。但段长是理解这个青年的，他知道这个小伙子不是要向后转，而是要求领导上的帮助和支持。他当场并没说什么详细道理，而是斩钉截铁地说了句“不行”，并且批评了李敏中“叫困难吓住了”的错误。晚上，当李敏中正在暗自检查自己的错误思想的时候，段长来拜访他了。段长把自己当初转业时所面临的困难以及如何战胜困难的经过告诉了他，他从这些亲切的忠告里得到了教育，也受到了鼓舞。以后他就以“军人作风”顽强地学习着技术，后来他已经是一个熟练的技术员，但仍然没有停止学习。李敏中在日记本上写的：“我遇见顽强的‘敌人’——工业技术，我一定以‘军人作风’把技术学会……”这不仅是他一个人的思想和性格，而是成千上万从“生手”到“行家”的青年都有的共同感受。

《潜水员小程》中对小程等学习潜水技术的描写是颇为生动有趣的。作者并没有在作品中去写那些纯技术的问题，而是写了人。小程几次下水的心理活动都有所不同。通过三个很有特征的描写，人物的成长比较鲜明地表现出来了。还可以举出像《速度》、《新入伙的碳工》等许多作品中的主人公，他们每一个人都是在社会主义建设的鼓舞下奋勇前进着，他们对技术的苦心追求，是为了更快地投入到社会主义建设中去。

《去工地的路上》、《两个年轻人》、《节日》、《感谢与决心》等作品给我们展示了另外一种类型的可爱的青年形象。《去工地的路上》在构思上有点像波列伏依的《雾》，但作品本身所提供的生活、作品中的人物形象还是有着自己的特征的。主人公女电焊工王玉娥是一个全新的妇女形象，她的坦率、热情、热爱生活及言行的大胆和豪爽都表明了这是一个新女性的性格。主人公的一切行动都是通过她和爱人在谈情话时表现出来的，从那些有趣的对话里，我们看到了在共同劳动基础上产生的新的爱情关系。《节日》是一篇相当生动的人物特写，尽管作者没有更多地直接描写人物的劳动事迹，但主人公李联彩的社会主义品质以及他的劳动态度却能从其他的生活侧面看得出来。

人们用创造性的劳动建设着美好的生活，而在沸腾的现实生活之中，人也受到了锻炼，得到了改造。在“征文”的许多作品中，我们看到了社会主义新人的形成和成长。《新路》便是一篇描写新人的形成的优秀作品。作品的表现方法并不是特别新颖的，作者也是采用了我们常见的那种访问记事的叙述方法。但是当人物一开始活动起来之后,人物的性格、面貌、声音就都活生生地显现出来了。主人公王书玉的生活道路是有典型性的,他能够觉悟起来砍断与资本主义相牵连的绳索,完全是由于受到了工人阶级集体主义思想的教育以及社会主义建设的影响。作者在很短的篇幅中把一个人物的命运——生活道路具体而生动地描绘出来了。由于作者善于抓取最能代表人物历史转折点的特征,因而对这个人物经历的叙述,丝毫没有冗长和沉闷之感。作者对王书玉的老伴王大娘的描写也是性格化的,这个人物一出场,从外貌到语言以及她的习惯动作中,一下子就让你认识了这是农村老年妇女的逼真的肖像。王大娘在整个作品中不只是一个陪衬,伴随着王书玉的成长,我们也看到了这位老大娘的成长。

《第三次要求》中的老矿工王老贵,在开始出现时就是一个受人爱戴的老人。但通过一段他只能坚持了七天的养老的故事,我们看到了这个老人又往前迈了一大步。在先前,他也许只认为好好劳动是工人阶级的本分,对国家和社会的前途他没有想得很多。但通过这段对他说来是"痛苦"的养老生活,通过他对锡矿山发展和变化的认识,通过他对于党和毛主席关怀工人生活的深刻体会,通过他看到了的机械化矿山的繁荣景象,他无论如何不能安心于养老了。正是表明了老矿工社会主义觉悟的继续提高,在生活道路上的继续前进。

《新入伙的碱工》写的是两个新参加工业建设的青年农民,开始时他们很瞧不起这种工作,认为是干一辈子也没有什么出息的事。后来那个特别不满意碱工的郝黑则在实际工作中碰了好些钉子,他们终于在队长和群众的帮助下,都先后转变成了积极学习并安心工作的工人了。

这30余篇"征文"作品,都具有比较浓厚的生活气息。在那些质朴的描写里,我们看不到对生活的粉饰,我们看到的是生活真实的自然流露。这些作品之所以具有强烈的生活实感,当然是与作者对生活的熟悉分不开的。"征文"的作者绝大多数是在实际工作岗位上的业余作者,不少作者所描写的就是他们自己或者他周围十分熟悉的人物。例如写《感谢与决心》、《幸福的"南村"们》、《军人性格》的周兢同志,他本人就是一位工人出身并且仍然继续做着实际工作的人。还有像《潜水员小程》的作者马道骅,《在风暴中》、

《新的成绩》的作者赵怀祖,他们本人就是工业技术人员。《安得克夫》的作者曾经长期在勘探工人中生活过。这些同志拿起笔来写他们非常熟悉的生活,对于我们的文学事业来说,也是莫大的喜事。

在这些作品中,我们还看到了一个可喜的现象,就是许多作者都注意到了描写人物。许多较优秀的作品都把握了文学的特征,他们都把着眼点放在描写人物的思想、意志、性格和行为上,既不是简单地摄取某些生活现象,也不是繁琐地叙述某些事实的经过。其次,许多作者都开始尝试着在描写巨大的劳动画面时抒发作者自己的情感,这也是良好的现象。枯燥地记录客观现象的作品是永远也不能感动人的,在特写中,也十分需要把作者对生活的热情渗透在里面。过去或现在都还有人认为工业生活本身就是枯燥,没有像田野里那种诗情画意,因而写工业作品也就难免要枯燥,这种论调早就该破产了。事实证明,工业战线上的劳动和斗争生活是极其绚烂多彩的,如果我们能够用极大的热情真实地把这些生活画面描绘出来,那就能够增进人们对劳动生活的热爱,增进人们对劳动生活的向往。我们不仅不应该躲避,而且应该加强作品中的抒情成分。

除了许多值得称赞的部分以外,“征文”也还存在一些缺点。这些缺点有的表现了编者在组织稿件工作上的计划性、主动性还不够,因而“征文”栏作品在反映生活面上仍然有很大程度的不足。例如在已发表的作品中,反映勘探、水利、铁路建设的较多,而描写大工业基地生活的作品则少得可怜。那种最能显示我们时代气魄的大工业,是应该受到更多的注意的。如果编者的工作更有计划一些,组稿工作更主动一些,这种情形是可以改变的。另一方面,有些缺点则是从这些“征文”作品本身可以看到的。例如“征文”的全部作品都是写新人物的,这当然是极其可喜的现象。但我们却觉得有些作者对于描写新旧思想的斗争注意得不够。我们当然需要大力讴歌我们的伟大建设,讴歌人民群众的英雄行为,但社会主义建设的胜利是同对落后思想,落后势力的斗争分不开的,我们要真正表现出我们时代生活的面貌和建设者的英雄形象,就必须把他们的艰苦斗争——不仅是人同自然的,也包括人同人的思想斗争充分地反映出来。

特写要严格遵守生活的真实,但仍然要求概括、夸张和联想。可惜不少作品太倾向于客观地记录某一事件的经过了。有些作者对材料缺乏剪裁，看不出作者要突出什么。某些作品中只有一个故事，缺乏艺术的加工，作者如果能做一些必要的艺术加工的话，它的感染力就会大不相同了。

语言在文学创作中是占着极重要的地位的，但相当多数的作者对语言的追求实在太不够了。莫名其妙的比喻、不恰当的形容词、不通顺的词句可以经常被发现。这确是应该引起重视的。

在写作手法上有些作品是有自己的风格的，但还有为数不少的作品缺乏自己的个性，平铺直叙地记述故事，不大考虑作品的结构。特写也允许用多种多样的手法来写，可惜在"征文"中我们还没有看到日记、人物印象记、回忆录等手法的应用。

尽管还存在着这些缺点，"征文"作品在反映工业建设方面所取得的成绩仍然是值得我们热烈欢迎的。希望作家们更加注意去反映工业战线上的斗争，希望在各种建设岗位上的业余写作者更加努力地进行写作，为我们写出更多更好的作品！

（原载《人民文学》1956 年 3 月号）

# 情节和人物

“无巧不成书”，是来自群众的一句很有意思的评语。这所谓巧，我想，不论是巧妙、巧合、新巧、奇巧，大概总不外是指作品的情节要有些曲折变化、别出心裁、出人意料之处吧。巧，本来是生活中含有偶然性因素的现象，可是人们却偏偏把它看作是艺术情节中必不可少的成分，其功用可算是不小了。真的如果我们不把“巧”仅仅理解为惊险离奇、玄虚难测，那我们在小说、戏剧、电影这类作品的情节里，便往往可以看到某种巧处。

有的作品看起来很朴实、很单纯，就像生活本身在说话一样，不露什么离奇凑巧之迹，但那朴实、平易之中仍然藏着巧，比现实生活本身总是更富有集中性和巧妙之处。有的作品巧趣横生回流万转，置偶然于必然之中，置意外于情理之内，虽每每出乎所料，但又虽巧而不失真，虽奇而不失理。看来，不论是藏巧露巧，它都是作家按不同情况处理生活素材，表达主题的手段，比起自然形态的生活来，它总是不能不包含着某种巧的因素。朴中见巧，自然很难；直接露巧，却也并非易事。这里所难的，主要的也许不在于要找到巧的情节，而是在于使情节既要巧妙非常，又要逼真可信；既要敢用险笔，又要来得自然贴切，不漏丝毫缝隙。情节的巧妙与否，并不单纯是为了增加生动和吸引力，它乃是为展示人物性格服务的。情节是性格的历史，离开了性格创造，单纯追求情节的巧趣，往往会落入肤浅的境地里。“无巧不成书”绝不能成为追求荒诞情节的借口。在这个问题上，我觉得影片《风雪大别山》有很大的成功处，但同时也还有一些弱点。

影片一开头，作者就用旁白交代说：

这不是一个惊险的故事，也不是一般的战斗故事，它也许有些巧合，也许还有些传奇，但是它却是一个真实的而且是革命的故事。

的确，《风雪大别山》是很富于传奇色彩的。和某些看头知尾的作品不同，它运用了一系列的带有偶然性的巧合情节，把我们带入了一个别开生面的艺术天地里，使我们和影片的主人公共度了一场织着战火、仇恨、痛苦、欢乐的革命斗争生活。

两个革命家庭——郑从义夫妇和小龙、林天祥夫妇和小芳的命运变迁，组成了这个真实的革命传奇故事，而故事情节的曲折变化，又不但恰恰是人物命运变迁的反映，同时也是那个时代的许许多多革命者的个人命运和集体命运关系的反映。在这里，两个革命家庭的个人遭遇的特殊性和千百万革命群众的共同命运是统一的，巧和生活发展的必然规律是统一的，传奇性和真实性是统一的。

大别山地区的革命运动，把林天祥（拴柱）一家和郑从义一家联结在一起，至高无上的阶级的爱使他们之间产生了比亲兄弟更为亲密的感情。这在林天祥，不但是找到了郑从义这样一个最好的大哥，更重要的是他找到了一个最好的老师，使他从自发反抗的失败中找到了彻底解放本阶级的光明大路。当林天祥对郑从义说“我就拜你做我的大哥，让我们两家永远在一起”的时候，我们看到从此他也就和革命“永远在一起了”。严峻的阶级斗争考验、是大哥又是老师实际上也是党的领导人对他的教导，使他从一个普通的农民逐步成长为一个勇敢的阶级战士。是红英和秀英共同绣起的那面党旗，照亮了林天祥和大别山全体人民的光辉路程，并结成了林郑两个革命家庭的友谊，但也正是为了保卫这面红旗，使得他们在大别山离散。然而，当这面红旗又出现在北京“革命文物展览会”的时候，又仍然是这面红旗使得他们重逢。《风雪大别山》情节的传奇性，主要的也就集中体现在从离散到重逢的过程中。这个过程的时代背景，是中国革命从暂时的挫折走向新的革命高潮的掀起直到取得最后胜利的年代，影片主人公的离散和团聚，正是革命斗争的发展和变迁在他们身上的反映。要说巧合，事情实在有点太巧了，你看，在“反围剿”的战斗中，郑从义英勇牺牲之时，郑的儿子小龙被林救走了，而在同一次战斗的另一个场景里，秀英牺牲之后，林的女儿小芳却又被红英救走了。林和小龙曾目睹了红英跳崖舍身救群众的壮举，自然以为她是牺牲了，但身负重伤的红英带着小芳寻找队伍时，途中又偏偏碰见了掩藏着的丈夫的尸体，也会由此很自然地想起失踪的小龙的命运，他们同在风雪弥漫的大别山里找到了队伍，但他们并没找到一块去，而林天祥随队伍长征北上，又使他们越离越远，更加失去了相会的可能性。以后，红英和林天祥分别抚养着小龙和小芳这一代，在革命队伍中把他们都教育培养成为像父辈一样的战士。可是，当林天祥率领队伍再次打回老根据地的时候，配合他们共同作战的游击队偏巧就是由红英所领导的；把重要情报送给林天祥的，又恰巧是他的女儿小芳；在协同作战时红英用身体掩护了的解放军突击队长，却是她的儿子。然而，在这里相会了的父女、母子、童年时代的朋友，又是对面不相识。他们都以革命战士的责任感在完成着共同的任务，但谁也不知道（甚至想也没有想到）身边就是自己的亲人，而他们的重逢相识却又在全国胜利以后的天安门前。这一连串的情节岂不都是巧而又巧吗？这里，我们且不去评论究竟哪一个细节更自然、更富有艺术的说服力，或者哪个细节多少带有些斧凿痕迹，就整个情节的巧合性来讲，我觉得，它基本上是具有可信性和说服力的。这些，巧合性的情节并没有离开时代背景和生活真实的基础，人们可以理解这些巧事是生活中可能发生的或者是确实发生过的。大别山人民的命运、无数老根据地人民的命运、许许多多革命战士的特殊生活经历，为这种传奇情节提供了生活基础。作家在运用这一传奇性的戏剧情节的时候，他们也并不是单纯从情节出发，而是根据人物命运的发展演变出这样的情节。当然，为了使整个故事更有曲折变化，作者在安排情节时的确弄了一下巧。我们可以感到，有的地方处理得很好，比如，红英抱住白匪军官跳崖的场面在最严重的时刻里突出了红英的高尚而又英勇的品质，同时又使林天祥和小龙亲眼看见了这一悲壮的行为，既增加了他们的悲愤之情，也照应了以后的情节发展。红英无意中遇见丈夫尸体一节，看起来似乎与整个戏剧情节关系不大，好像仅仅是一个巧遇而已，其实这是红英继跳崖之后又一次显示她的英雄性格的重要细节。在这里，她并没有做出任何像跳崖那样惊心动魄的事，但她却受到了一次不亚于跳崖那样的考验。在战争失利，群众惨遭杀害，孩子失踪，自己身受重伤之后，又发现自己的丈夫阵亡，那巨大悲痛之情，是可以想见的。但无论肉体上的巨大创痛还是精神上的重大创痛都没有压倒红英，她仍能怀着希望，背着小芳在风雪漫天的大别山走着、爬着去寻找红军。在影片里，这是一段相当动人的情景，倘没有中途偶遇丈夫尸体的这个细节，恐怕就会影响更突出地表现红英在这一段路途上所体现出的高尚精神境界。当然，也有某些巧趣用得比较一般或露斧凿之迹，像红英以身掩护突击队长郑云龙(小龙)，以及郑从义那只挂表的几次出现，都显得一般，它们并没在突出人物性格中以及在整个情节的进展中起到多大的作用。但是，就《风雪大别山》整个情节安排来说，它的传奇性并没有损害真实性，两者基本上是和谐的。引人入胜的巧妙情节为这部影片增加了一定的艺术魅力。

然而，在艺术创作里，使情节的巧而不失于真，奇而不失于理，这还仅仅是我们考察处理情节成败的一个重要方面，而另一方面，则不能不进一步探讨一下这样或那样的情节安排，是否更有助于揭示人物的精神面貌。所谓情节是性格的历史，我想，那不但是说情节本身就是人物行动以及人物相互关系的具体表现，同时也就是意味着只有最充分揭示性格发展的情节才是最成功的。在叙事体作品中，人物和情节是交织在一起的，它要求作家必须很好地把握住人物的性格特质和性格冲突来开展情节，倘若离开了性格刻画去追求情节的生动性，那就往往会损害或者减弱人物形象的艺术力量。

在《风雪大别山》里，作者歌颂了两个革命家庭的两代战士对革命事业的坚定信念，并通过这表现了革命者的个人命运和集体命运的关系，在影片的前大半部里，作者的笔触也颇为注意对人物性格的刻画，像林天祥参加革命之初的思想动态，特别是红英的一系列的表现，以及小芳成长后的出现，都曾经给观众留下了较深的印象。可是就整个影片的艺术形象来说，我又觉得作者虽然比较注意了情节的传奇性和真实性的统一，却未能更充分地注意到使主要情节都能有助于深化人物形象。相反，为了照顾这样一个曲折多变的巧妙情节，使我们感到影片的人物比较分散了，某些主要人物性格特色也不够鲜明；两个革命家庭共有六个人，他们都要在这个离散和团聚的故事里扮演主要或重要角色，戏就不能不分散，从大别山农民的自发反抗斗争一直写到全国胜利，而且要穿插进曲折多端的故事，就更加要求作家用最经济的笔墨,也就是用最具有典型意义的情节来揭示人物的性格特征,要不然那是很容易面面俱到但又浮光掠影的,林天祥的形象就可以说存在着这种弱点。因而使人觉得在排长林天祥和师长林天祥之间,究竟还保留着什么样的性格特色和性格有什么样的发展,都不够十分鲜明。在前面大半部里,红英的形象是比较突出的,可惜在她找到游击队之后戏也断了。虽然当情节进入要表现第二代人物的时候,我们也并不一般的要求仍然集中力量刻画第一代人,但红英(还有天祥)这时仍然是作为戏剧情节里的重要人物出现的,因此就不能忽视继续刻画这样的人物。着笔可以不多,分量是重要的。父女、母子相逢不相识的情节是有趣的,而且也有它的可信性,但仅仅做到这一点还不够,作家有可能利用这样的情节,不断写出第二代人也能继续深化第一代人。因而影片在这些地方也似乎过多地注意了情节而没能更多地致力于人物。因此,使人看了影片之后,觉得好像是听了一个生动有趣,也很有意义的故事,可是故事里的主人公所留给人的印象却不很深刻,故事不能令人念念不忘,久久萦绕于脑际。

# 我们将怎样理解“阿 K”

有一个姓氏不详、籍贯不清、身份不明的人,叫做阿 K。像我们在旧时代大都会里常见的那种游手好闲的寄生虫一样,这位阿 K——小说《阿 K 经历记》①里的主人公,虽然穷得“囊空如洗”,但依然装扮得“衣冠楚楚”,在繁华的大上海,不管有多少正当劳动者不能暖衣饱食,但既无资财又不事劳动的阿 K 却能过得很舒服。他——有时愚昧、无知、盲目、荒唐和滑稽得简直就像阿 Q 重生;然而不,在另外的时候,他的的确确又是个“谈吐不俗”、“学识渊博”、说话时能“博古通今,引证中外”的文明人物!

人世间只有两件事使他有兴趣,“一是金钱,一是女人”。对于弄钱,我们除了见过他抢购过黄金而外,不知道他是否还有别的办法,但关于他是色情狂我们是知道很多很多的。因为这一点恰是整个小说的基本情节,也是阿 K 全部生活经历的核心。在他出场不久,作者就曾用整整一章的篇幅描写过他的“颠倒情场”,展览过他的无耻和下流像。我们见过他引证古往今来许多污辱女性的“名言”作为自己行为的依据,我们也见过他“学着美国明星的派头”,“大踱其狐步舞”于国际饭店的豪华舞厅之中。但是,你还不要以为这个能够出入于“上等人”活动场所的阿 K,真的是一位花花公子;不,当你看到他在弄堂里打架骂人的神态时,你又只能说他是个小瘪三了。这时候的阿 K 一反他的“文明”气质,成为一个地地道道的另一种形态的流氓。

尽管阿 K 也常常遇到不顺利之事,但他的先祖阿 Q 精神却帮了他很大忙,多少吃亏和丢丑都不曾使他难堪,相反,他总有足够的理由把自己说成是聪明人。比如,据他自己说,一位林女士是因为爱他“一表人才,一见倾

---

① 载《园地》1956 年 11、12 月号。

心,死命追他不放”才和他结婚的,但很不体面的真实底细被揭穿之后,他又拿出一套“高明”言论来证明自己的不凡:“有本事的,就像阿拉吃女人的,用女人的,睡女人的。”而旁人呢?在这位自以为是的“英雄”看来,“当然是猪猡了”。

这就是处在新中国成立前上海的阿K。但也就是这个阿K,随着上海的解放,意外地交了好运。阿K本来十分轻视解放军,他甚至说过“有什么了不起,国民党真是脓包,要是我,哈!哈!”这种含有轻蔑和敌意的话,但仅仅由于看到邻居王丹穿上了“绿军装”便得到了一个姑娘的爱,为了想占有那位姑娘,他也就糊里糊涂地参加了革命工作。后来听说到南下服务团可以和大学生们为伍,他又莫名其妙地“经朋友介绍”加入了南下服务团。以后,这位得天独厚的幸运儿,仅仅凭他自己口头说是“工人贫农出身”,就博得服务团人们的“啧啧称羡”。奇怪的是,尽管在服务团里他的表现一贯都不好,但“工人贫农出身”不仅帮助他掩盖了一切缺点,并使他永久保持了“正面人物”的地位。不仅如此,一年以后,他还入了党,并且当上了科长。

新时代、新环境、新思想对于“秉性最难移”的阿K并未发生什么作用,相反,在新的形势下,他的恶劣行为流水账上,比之以往又增加了新项目。其中最瞩目的当然还是色情狂事件了。他曾施用过无耻而下流的手段“追逐”过小陈,但因妻子是他这个“事业”的障碍,于是他就亲手把妻子推下大海。而当杀人罪行被揭发以后,作者就用一句话交代了他的下场:“听说阿K被撤了职,开除党籍,还送法院处理。”但不久他又露面啦,并且依然像从前一样,“悻悻然”地向人们“怒视一番”之后,骂一声:“唉,虎落平原被犬欺!”

小说就从这句代表阿K精神不败的话结束了。

这就是我们所要谈论的小说的基本内容。

遗憾的是,尽管小说按作者的预定安排结束了,但作者要通过这个作品所表达的思想却根本没表现出来。读者不仅未能从阿K的戏剧性的经历中,认识了阿K之流对我们社会的危害性,反而碰到了一连串的难以想得通的问题。于是,人们不得不疑惑地问道:这是可能的吗?这是真实的吗?在我们的现实生活中会有这种事物吗?

其实任何一个肯面对现实的读者，都不会怀疑生活中确有阿K之流的坏分子在。然而，不管现实生活中有什么样的阿K，他们的存在总是有合理的原因可以解释。当作家把生活中的阿K分子变为文学作品中的主人公的时候，人们就有理由要求作者把他赖以生存和发展的主客观原因表现出来，否则，人们就很难相信作家所描写的人物和事件是真实的了。我们之所以不相信小说中的阿K是真实的，正是由于作者笔下阿K的性格、行为、精神状态以及他的经历并不合乎生活逻辑，而是由一些零零碎碎的事实拼凑起来的产物，因此，他的偶然、奇异、复杂、便都成为不可理解的东西了。

我们在前面忠实地叙述阿K的履历时，曾对他的思想和性格也做了一点简略的评介，从那些远不是详尽的介绍中，就已经可以看出，尽管阿K在各个时期都有此种或彼种具体行动，而且孤立看那些行动也并非没有现实依据，但如果把那些行为加在一个人物身上并放在一定的具体环境里加以考察的话，于是，他就成为一个不可捉摸和不可理解的人物了。

阿K并没有一个统一和明确的性格，他仿佛是随着作者的意愿随时作七十二变的人。他既不是某一类型人物的个性化，也不是能够显示一般的独特个性。在他一个人身上交织着各种类型坏分子的气质，作者需要在什么地方揶揄他，他就在什么地方出洋相；让他当什么人，他就担当什么角色，而这一切并不都是人物行动的必然表现，常常是作者对人物的附加语。于是，阿K便成为一个流氓、浪子、谎言家、糊涂虫、色欲狂、肤浅的知识分子、小瘪三、投机者、盲目的自高自大、吹牛拍马、官僚主义、不学无术的杀人犯等坏蛋的混血儿，就像把各种剩菜煮在一起的一锅杂烩菜一样。然而，杂烩菜是不能冒充什锦的，形象的混乱和破碎也绝不能视为性格复杂。因为不管多么复杂的性格总是有一定的历史的和现实的生活依据，而且相互间也都有一定的统一联系，但阿K性格的破碎，是无法能用这些原因解释得通，这也就无怪乎连作者在《引子》中也声称“很难说他是什么样的人”了。

由于作者对人物形象把握得很不明确，因而就不能不造成读者在理解这个人物上的混乱，比如《园地》编者和某些批评者认为阿K是具有二流子性质的知识分子，但只要稍微认真考察一下阿K的身世和作为，人们就会发现他和知识分子这个概念是毫无关联的。很显然，连人物的身份和性格都不能被读者理解和把捉,我们怎么能够承认他是可信的真实艺术形象呢?

作者说阿K也是“人的一种”,这大概是谁也无法否认的,但这个抽象的“人的一种”能说明什么问题呢?生活中的任何一个人都只能是具体的人,并且也都是依附于一定历史环境生存的人。坏人只是个概念,要表现一个坏人,当然也就需要在一定的具体环境中来表现他的思想、情感、行动,离开具体环境来孤立地写人,永远也不可能写出具有真实生命的可信的人物来。而阿K恰恰是在许多时候就好像是不存在于时间、空间中似的。

阿K一出场便带着某种奇特的姿态,那些不伦不类的举动,有时也使我们不大容易把捉,但只要我们把他当作旧社会种种恶习所培养出来的畸形儿来看,我们总算可以理解他。因为在这里,作品中总是多多少少提供了一些产生阿K的具体环境,他是那个时代的社会制造出来的,因而他依赖那个时代的社会条件生存着,因此他和环境之间,就有了比较合理的关系。尽管在那时候阿K的某些具体行动也不能完全令人相信,但他总算是一个生活于具体环境中的具体人,我们大致上可以相信,小说中的阿K就是旧时上海滩上可能有的阿K。但当阿K“赶浪头”走进革命队伍以后,他就越来越虚假化、抽象化和完全不真实了。

一个在旧时代品行恶劣的人,当然也会以不同的动机走进革命队伍,特别是在革命胜利如风暴般的年月,有各种人物混入革命队伍中更是不足为怪的事。在新的历史环境里,他们之中有更多的人逐渐地被改造为名副其实的革命者,但也会有少部分人,用巧妙的手段暂时掩盖了自己的丑恶面目,自始至终地保持着他们的本性。他们或者是用另一种办法表现他们的丑行,或者是暂时装得积极上进,伺机利用新条件来进行满足个人卑劣愿望的活动。阿K,就其本质意义上说应该是属于后者。作者如能把这种隐藏在浩瀚的生活海洋中的泥沙挖出来,让人们认识他们的真实面目,无疑是有很大现实意义的。可惜,《阿K经历记》并未能很好地完成这个任务,由于作者没能把阿K赖以生存和发展的原因,以及他和环境间的合理关系写出来,因此人们无论怎样也难以相信他的存在是可能的了。

阿K混进革命队伍之后,连一件哪怕是出于伪装的好事也没有干过,但做起坏事来却总是那么得心应手,他好像要怎么的就能怎么的,从来也不会遇到抵触和干预，而且还能在人们心目中保持着对他的良好印象，并能在极短的时间里入了党和被提拔……这样，读者就不能不发生疑问，阿K所经历的环境难道是处在一种真空状态吗？要不阿K怎么好像出入于无人之境呢？既然阿K混进了党组织并在一定的岗位（我们始终不知道他是干什么的）工作着，我们怎能设想他不受环境的一点约束呢？他的坏作风简单和明显得一眼就能看穿，怎么会丝毫也受不到现实人群中的干预呢？难道他的周围连一个有头脑的人也没有吗？不，连像在旧社会里那样敢于打击阿K的人也没有吗？阿K凭什么能够享受这种“福气”待遇呢？对于这一连串的问题，我们在作品中是得不到解答的。

也许作者可以说：生活中有官僚主义呀！一般群众之所以不敢反对阿K，是因为他自称“品学兼优”，伪装积极骗取了领导信任，当科长，有权势，所以一方面被蒙蔽了，一方面怕他呀！老实说，如果作者真的合情合理地展示了一幅这种能够让阿K得以飞黄腾达的具体生活场景，我们的疑问就根本不存在了。问题是：谁是官僚主义者呀？他们是怎样的官僚主义呀？阿K什么时候有过伪装的积极表现呀？领导者和周围的人群又是怎样被蒙蔽和压制的呀？既然作品中不曾充分和合理的描写过这一切，我们还能凭据什么来解释阿K呢？我们又怎么能够相信，真实生活会是这样的呢？

“不”——作者还可以说：“我写过阿K周围的人群，也写过他们对于阿K的不满和抵触。”是的，作品的确写过这些。但那些人群都是什么样的人哪？不满和抵触又是何等抽象和模糊不清啊！

只要我们认真读一下原作品便会发现，这个长达近三万字的小说里除了阿K以外，并没有一个面目清楚的具有独立性的人物，他们的出现，并不是艺术情节的发展必然，而都是为着要承受阿K的辱骂、欺侮和迫害才出场的。他们没有自己的性格、自己的行动、自己的头脑，于是他们不能理解阿K，而我们呢，也不能理解他们的命运为什么这样不如阿K，也不能理解这个环境怎么就是这些人组织起来的？他们的消极和懦弱且不必说，就是他们之中唯一曾和阿K发生过摩擦的张三吧，他的“勇敢”也几乎是令人哭笑不得的。他在阿K的眼里是唯一的障碍，但究竟他曾怎样抵触过阿K并没有什么具体事实。作品中所描写的就是一小段抽象的说明：“人家都称阿K为科长，偏偏就张三直呼其名而不讳，真是大不敬。有时，竟敢顶撞阿K几句，阿K说东，他偏说西。”为此，他被阿K扣上了一大堆帽子，并骂了一句“你是什么东西”。而张三呢，在内心里希望阿K“做个好领导”，在他被骂之后找阿K个别谈话时，除了又被扣一堆新帽子之外，总算还表示了“我们不能同意”，不过结果是又挨了一顿骂。

群众的存在既然只是为了要表现阿K的恶行，只能承担阿K对他们的侮辱，那么阿K的存在也就只能是任意凌辱他人了。于是，阿K就可以什么也不干，专门欺侮人。他开大会作报告，但大会和报告的目的和内容就是骂人，一星期以后，他又开大会，并且又只是骂人，开会骂人之余就是在下边骂人和要挟小陈，看来这个环境也就是专门提供给阿K使坏的场所了。

假如我们所提出的这一系列问题，不能得到其他合理解释的话，我们就只能再一次表示，人们不能相信小说中的阿K是真实的，他和生活的真实面貌难以相容。正像把复杂的生活用粉红色的纱幕粉饰起来，把人物夸大为不可理喻的神人那种不可相信一样，我们也难以相信被夸大了的坏蛋可以在我们的社会现实里自由地摇摇摆摆。倘如此，不仅和真实生活相违背，而且也是无冲突论在创作中的另一种形态的反映。

人们通常都按着惯例把《阿K经历记》视为讽刺作品，有的批评家甚至离开对艺术形象的具体分析，不研究人物形象以及整个作品所反映的生活内容是否真实，仅仅凭借“揭露了生活中的阴影”这样一个抽象的概念，对作品做出了完全不符合实际的盲目赞扬。在他们看来，仿佛只要大胆地写了坏人坏事就是好的讽刺作品，至于讽刺了什么、怎样讽刺的、作品的实际效果是否达到了作为讽刺作品所应该达到的目的，等等，好像倒成为无关紧要的问题了。这，不能说不是对于讽刺的误解。

就我读后的印象来说，《阿K经历记》并不是名副其实的讽刺作品，把它比之于那种和罗列丑闻丑事相仿的“黑幕小说”也许更恰当些。讽刺作品的任务，绝不能只是把一个恶徒的丑行做一番细微地暴露就算完事，不管这个恶徒的履历表上记载了多少丑恶的行为，作者如果不是清醒而明智地对丑恶事物予以批判和鞭挞的话，那个恶棍并不一定本能地引起人们的憎恶。讽刺作品绝不能缺少暴露，但只有暴露并不能构成讽刺。谢林曾说过：“讽刺必须十分明确地认清自己锋芒所指的对象”，而且要能让“读者体会到讽刺的创造者赖以出发的理想”。要达到这一点，仅凭一张坏蛋行为的流水账是不行的，作者必须对自己所表现的生活斗争有深刻理解和评价，必须把作品中站在被讽刺地位的人物的丑恶本质揭示出来，让读者所看到的不只是客观的恶行展览会，而是通过具体形象能认识这是什么样的坏蛋，这个坏蛋是怎样产生的，他对于我们的社会现实有什么危害性。这样，作品给人的印象就不会是困惑或对现实失望，而将是激起人们的生活热情——为扫荡生活中的残渣而斗争的热情。

《阿K经历记》的作者并非没有鞭挞阿K，但那些鞭挞实在是太无力也太不深刻了。由于作者过分热衷于描写他的色情狂和其他坏行为，于是客观地罗列恶行便成为这篇作品最突出的东西，我们不相信作者对于阿K没有愤怒情感，但这种情感并没能在作品中得到充分的表现，因而就使得作品的讽刺锋芒远没有显现出来。再加上整个作品的基调和语言十分油滑，于是也使得讽刺作品的内在严肃性受到了破坏。甚至因此发生了作者本无意讽刺的人和事受到了揶揄，而在需要作者狠命鞭挞人物灵魂的地方，由于笔调的油滑，反而好像在为人物的恶行找借口似的。比如“引子”里拿小朋友等寻了一通莫须有的开心，不少地方把严肃的东西随意玩弄一下，在写阿K明明是有意识地为了个人的卑劣目的而杀害妻子时，作者竟然让人物有“他要消灭一个敌对阶级分子”的想法，说道：“让大海吞没你吧！你这资产阶级的女儿，你这落后的东西，你这寄生虫！”用这些东西来寻求笑料，不仅不能产生笑，反而让读者感到这种写法倒是相当可笑。可见，油滑的揶揄是不能代替真正的讽刺的。至于作者那样不吝笔墨地写他的色情狂行为和性心理，也不能不带来一些副作用，作者在作品中所流露出的那种嬉笑态度也就只能令人啼笑皆非了。

有人说阿K“既可气，又可笑”，而我则既未感到可气，又没觉得好笑。不过要说对这个作品的观感的话，我以为“可笑”的字眼倒是未尝不适用的。

作者是很有才华的，他的长篇小说《总有一天》在读者中有很好的影响，本篇可能是偶然的失误，我为此很惋惜。

（原载《人民文学》1957年4月号）

# 黎·穆特里夫的诗

我国新疆维吾尔族革命诗人黎·穆特里夫的诗,1955 年才被介绍过来,他的诗集也只是在去年才和我们见面的。但穆特里夫和他的诗,在新疆各族人民之间,特别是在维吾尔族人民之间,却有着极为深广的影响。他的短诗《幻想的追求》,曾作为他亲自参与领导的革命组织——“东土耳其斯坦火星同盟”的战斗进行曲而流传过,他的生活道路和创作道路,至今还在影响着维吾尔族的新一代作家们。

他在 15 岁左右的时候就开始发表诗了。从他早期的诗作里我们就可以看出,他在中学读书时就已经是爱国主义者,并且是倾向于进步思想的、勇于追求、对未来充满信心的青年。他的诗一开始便是呼唤斗争,争取解放。虽然在初期(中学读书时)他的思想还比较朦胧,但反帝斗争的激情却很强烈。他是一个战斗者,诗,也永远是他的锐利的斗争武器。从 1941 年他到《新疆日报》工作以后,由于较多地受到周围一些共产党人和留苏学生的直接影响,因而奠定和巩固了他的革命理想和生活途径。他的创作也更加成熟了。由于他的诗的战斗作用对群众影响日益增强,反动派便想谋害他。1943 年,敌人把他调到阿克苏。在那里,他参加了地下革命组织的领导工作,后因组织武装起义被叛徒出卖,为国民党杀害。那时他才刚刚 23 岁。尽管他生活在人间的年龄很短,但却是在斗争中生活着的。他的诗,不仅在当时起了极大的战斗作用,而且也为维吾尔族新文学打下基础。在他生活着的那个时期,正是日本帝国主义侵入中国、民族危机加深的时期,所以他的早期诗作,有很多都是以爱国主义或反对日本帝国主义侵略为主题的。像收在《诗选》里的《我们是新疆的女儿》、《我这青春花朵就会开放》、《会给你生命》、《在伟大的斗争怀抱里》、《中国》、《战斗的中国妇女》、《中国女儿——热合娜命令三月之风》、《干吧，农民阿哥！》、《五月——战斗之月》以及其他许多短诗，以及长诗《爱与恨》等等，就都是从各个不同角度表现反帝斗争这个主题的。除此以外，就是在他的抒情小诗以及其他一些描写别的题材的作品里，斗争——为祖国美好的未来而不屈的斗争，也始终是贯穿在他的所有作品里的中心思想。那种昂扬的意志、火一样的热情、不屈的信念，从来不曾离开过他的诗。有时候，在许多篇诗作中，重复着一个共同的主题思想，常常难免流于一般化倾向，然而有才能的穆特里夫，并没有损害他的诗的艺术力量。哪怕是在少数诗篇中，作者还没有找到丰满的形象来表达他的思想的情形，但总的说来，他的绝大多数战斗诗篇，还都是既富有强烈的政治激情，也具有艺术感染力量的。尽管他在每一首诗里都在重复斗争的真理，然而他却不是空喊，更不是翻来覆去地沿用一个什么固定的套子。他善于从各个角度来表现一个共同性的基本主题，他也勇于揭开自己的心灵放声歌唱，在更多的时候，他都是喜爱在诗中表露“我”的理想和意志，但他却也能够从广阔的生活背景上，从各种各样联想中烘托出他的基本主题。《我这青春花朵就会开放》以及同类的许多诗，都是以诗人自己作为青年一代的代表，宣布他对于生活的信念，但这种个人的信念和追求，在诗里则是被表现为始终是和祖国的命运、人民的命运交织在一起的。

他常常是在倾诉自己的生活理想中，表达了对于祖国深厚的爱。他期望祖国不再被帝国主义蹂躏，劳动人民不再受压迫，那时他的生命青春之花，就会开放了。

他的信念是坚强的，并且坚信胜利一定是属于人民。他在《会给你生命》里豪迈地说：

这斗争，会使被压迫者的幸运像花一样开放。
给压迫者、刽子手、帝国主义带来无情的死亡。

并警告“嗜血的虱蚤”说：人民已经在“广阔的战壕里”，“正在给你们挖掘坟墓”。

他在《新疆日报》工作时期，诗写得更多，质量也更高。《当突破黑夜，留下足迹的时候》,《五月——战斗之月》、《是列宁这样教导的》以及长诗《爱与恨》等诗,就是这时期的优秀诗篇。而《给岁月的答复》则是他的作品的最高峰,也是他留给维吾尔族人民最宝贵的文学遗产。这首诗的感情很深沉,语言十分优美,作者把极为深厚的战斗情感和思想,用完美的艺术形式表达了出来。诗人一方面借助于向“岁月”倾诉他的信念而宣扬革命理想,同时,也通过诗的形象表达了他对于国民党反动派要战斗到底的决心。他把“岁月”比为“窃取生命的小偷”,说它“窃取后,头也不回地,一个追着一个,匆忙逃走”。尽管:

青春是人们最美妙的季节,然而它又是何等短暂。

……

岁月那么慷慨地给姑娘们带来了皱纹,给男子们带来了满面的胡须。

然而对于这使人无力抗拒的岁月的折磨,诗人是以无比豪迈和乐观的语句来回答它的:

战斗的人们追随着战斗的岁月,
一定会留下他战斗的子孙,
昨晚为幸福而牺牲的烈士的墓上,
明天一定会布满悼念他的花丛,
尽管岁月给我带来了胡须,
但我会在岁月的怀抱里锻炼自己。

他挑战般地向“岁月”说:

你别得意地擂胸狂笑,
在你面前我宁肯断头,绝不会受你凌辱,
你别为了催我衰老而过分地枉费心机,

我会把我的儿子许给最后的战斗。

很显然，这里所表露的对"岁月"的宣战，无疑的是他对于当时的黑暗社会，对于反动势力的宣战。诗的音调是高昂的，同时又是深沉的，诗的气势是磅礴的，而情感状态又被表现得很细微。这是诗人自己的战斗的声音，同时又是代表革命群众所发出的声音。你看：

岁月之海，尽管你的浪涛是那样汹涌起伏，
我们的船队一定突破你的浪头。

岂不正是亿万革命群众所共有的思想和情感么？

穆特里夫的每一首诗，都充满了时代精神，一直是勇往直前，用战斗的歌声激励人民。他和他留给我们的诗，不仅是作为兄弟民族新文学的基础，有着特殊的价值，而且也是一个诗人和实际革命斗争相结合，以诗歌作为斗争武器，并终于献身于革命事业的榜样之一。

《黎·穆特里夫诗选》共收有26首短诗，一首长诗。据译者说，这并不是诗人的全部作品，而且他除了写诗以外，还写过一些散文、杂文、论文、剧本，作为读者，我是非常希望能够把他的作品早点译出来和读者见面的。听说早在1951年，苏联哈萨克斯坦就出版了黎·穆特里夫的诗集，可惜我们在介绍兄弟民族文学的工作上，还不够及时。更希望维文的翻译者们能在这方面付出更大的精力，这无疑是一件极有价值的工作。

（原载《诗刊》1958年3月号）

# 收 获

## ——安徽小说创作的一个轮廓

我不知道,过去有哪一个十年,能够产生这么多有价值的作品。

——高尔基:《论文学》

出生于1949年的婴儿,到今年还只不过是一个十岁的孩子。从人类历史的进程来说,十年的时间,的确是短暂的。然而,诞生于1949年的中华人民共和国,就在这个只能使婴儿长成幼童的时间里,却已经成长为顶天立地的巨人了。她的步伐是那样巨大而神速,以至仿佛在十年里所迈过的时间,不是十年或几个十年,而是几个世纪。

不管帝国主义和反动派施展了多少恶毒手段企图破坏我们伟大祖国的成长,我们还是飞跃前进了。仅仅是十年工夫,我们已经给祖国的万里河山换上了最新最美的装束,在工业、农业和其他一切战线上,都取得了旧中国几十年乃至几百年都不曾有,也不可能有的伟大成就。

随着经济建设的发展,随着六亿人民革命意志的不断高涨,我国的社会主义文学艺术事业,也取得了前所未有的巨大成就。我们祖国在各方面的成就,在文学艺术创作里也都有着鲜明的反映。关于这,我觉得正好用本文开头所引的高尔基说的那句话来说明。

### 一

要想对我省文艺创作的光辉成就做全面和系统的考察,我是无能为力的。这里只想就几年来小说创作(包括散文、特写)的某些方面,做一个轮廓性的叙述,目的是给研究我省文艺创作的同志提供一点概况。

我曾经浏览过我省的一些小说创作。我不仅曾被许多比较优秀的篇章感动过,同时,也被我们的小说创作的发展面貌,深深地打动了。以目前和新中国成立初期相比,我们的小说创作,不但在数量上增长了十几倍,它的质量——思想性和艺术性,也都逐步地大大提高了。在这方面,我们虽然无法用数字来计算它究竟提高了多少,但留下来的一批比较优秀的作品,清楚地说明了这个问题。

为了叙述方便,这里准备不顾体例差别和时间先后,而按题材范围来简略地谈谈我们的作品。

在我们的小说中,以国内革命斗争和抗日战争事迹为题材的作品,占的比重很不小。由于许多作者,都曾经亲自参加过艰苦的革命斗争,从而在那场交织着血和火的伟大斗争里,积累下无比丰富的生活素材。许多感人至深的事迹冲出着作者们的表现欲望,他们把眼光投到这方面来,那是很自然的。提到这方面的作品,我们首先不能不提到陈登科的《活人塘》和《淮河边上的儿女》。

《活人塘》(人民文学出版社出版),是一部早有定评的作品。据现在所知,它已经被译成俄、英、日、朝、捷等五种外文,博得了国内外读者的一致好评。这部作品(连同其以前在苏北写的《杜大嫂》)是奠定作者走进文学队伍的基石。作品所反映的,是苏北人民在解放战争期间的对敌斗争。这是一部人民英雄的真实写照。天旋地转般的斗争风暴,尖锐、严酷而壮烈的阶级斗争场景,人民群众和军队的血肉联系,在这里都得到了极其动人的正面反映。作品中刘根生、薛陆氏、大风子等一系列人物,都是结结实实的英雄形象,具有震撼人心的思想力量和艺术力量。也许正是由于作者相当真实地反映了那场阶级斗争风暴,并且揭示了人民的最崇高、最美好的感情,因而我们不能不为这部朴实的"生活在说话"式的作品深深激动,甚至从而忽略或忘却作品在艺术表现上的某些弱点。这,大概也是很自然的吧!

《淮河边上的儿女》(作家出版社出版)就其所依据的素材和生活背景来说,和《活人塘》几乎是相同的,但两篇作品不是相互重复,而是各有千秋。《淮河边上的儿女》的社会影响,似乎没有《活人塘》那样大,但它在把握人物、发展情节、内容变化这些方面都比以前有所进展。它仍然具备如前两部作品那样的阶级感情鲜明、情节紧张,在尖锐的阶级斗争旋涡中心表现英雄人物行动,明朗、富有中国风味,等等特点。主人公李振刚、张学文以及许振银、王二嫂等等人物的坚定不移、威武不屈、爱憎分明的高贵品质，也都得到了比较充分的表现。对李振刚及其游击队的斗争生活的逼真描绘，对敌人残酷罪行的愤怒揭露，从某种意义上说，比《杜大嫂》和《活人塘》都更宽广地展示了阶级斗争的艰巨和复杂的情景。不过，也许正是由于本篇规模较大，事件较多，不容易把握的缘故，比之于前两部作品，它显得不够精练和集中，而且某些人物性格比较雷同，个别情节重复，对背景和环境的描写也不够很充分。这些毛病虽然也都很重要，但它并不足以损害作品在最根本方面所获得的成就。而且，对于一位在当时文学素养还是不太高的工农作家来说，艺术表现方面的某些粗糙现象，原也是难以避免的。重要的是，作者以相当充沛的感情，比较成功地写下了革命斗争中英雄人民的英雄本色。

家声同志的两个中篇，《在狱中》和《到敌后去》(均由安徽人民出版社出版)也是以革命斗争为题材的优秀作品。作者是久经革命风暴锤炼的老干部，作品中所描写的人物和事件，绝大多数都是自己的切身经历和感受最深的部分，因而就显得特别真切和动人。前者描写了一批优秀的共产党员在敌人牢狱中英勇斗争的事迹。在这里，有着对共产党员们洋溢着那种人类最美好的感情的热烈赞颂，也有对反动派残酷兽行的深刻揭露和批判，别看监狱是反动派迫害人民的场所，但只要有共产党员在，它就是阶级斗争的阵地。鲁品山、周凤章、周达、郑邦、赵寿学们，都是普通的人，但也都是“特殊材料”制成的坚强战士。在苏区根据地，在战场上，他们是战士，在敌人的法庭上和监狱里他们还是战士。他们坚信反动派的寿命不会比他们的战斗生命长，在狱中也要和敌人斗到“民国末年”。酷刑止不住他们的斗志，只要活着就斗争，不管在什么样的情况下，他们也总是具有进攻性格的战士。《到敌后去》可以说是它的续篇，主人公还是鲁品山，它所表现的是抗日战争时期主人公到敌后去的斗争事迹，本篇对鲁品山的机智、大胆作为和他在一路上所碰到的种种艰险遭遇，写得有声有色，能吸引人，也能感动人。

这两部作品在艺术上也有其特色。它们都具有质朴而不粗糙、单纯而不单调、平易而不平淡、简明而不简单的特点。至于从作品中所流露出来的强烈的无产阶级感情、深沉的思想、战斗的气质，那又是一般作品所不及的。

杨杰同志的中篇《黎明前夜》(安徽人民出版社、作家出版社出版)，也是同类题材作品中较好的一部。情节和主人公多多少少带有一些革命传奇的色彩，斗争复杂紧张，情节引人入胜。当然，小说的最动人之处，并不仅仅在于这些，而是主人公谢飞、田月兰夫妻以及沈志勇等人，在对敌斗争中的英雄行为和他们无限忠于党和人民事业的崇高品质。小说在刻画田月兰从普通农村妇女成长为坚定的无产阶级战士这一点上，写得比较细致和真实，有艺术说服力。

有关这方面的短篇创作还有不少比较出色的篇章，这里就不能一一介绍了。

以农村的阶级斗争和生产斗争（包括从土改、成立互助合作社直到公社化的过程）为题材的小说创作，在数量上一直是最多的。但，这方面的长、中篇较少，短篇、散文、特写等则比较丰富。农民作者王有任的《卖散工》（载于《安徽文艺》1954 年 11 月号），从一个互助组员出去打短工的活动上，既批评了身在集体、心在个人的自发意识，同时也借助于这个人物的遭遇，很生动地展现出广大农民的集体主义思想的成长。作者从农民日常生活事件里，发掘出了两条道路斗争在人们心灵深处的反映，抓住了这个思想核心，通过具体人物形象的思想和行动，比较深刻地反映了这一斗争。作者对农村生活的熟悉程度，是一般人比不上的，所以他的作品生活气息也就特别强烈，情趣盎然、生动活泼，人物的声音、笑貌、语言，特别是他们的心灵动态，都被写得活灵活现。

晓鹰的《上山》（收入作者的短篇集《汛》，新文艺出版社出版），是表现山区农民两条道路斗争的短篇。主人公是个老中农，在全村因为修水库决定一起搬上山去，并趁此机会组织了合作社的时候，他却不上山，而要“火炉里拣红薯——拣热的干”。他全凭他的自信和才干和合作社比试了近一年，结果事实证明了单干不是“热”，而是凉。最后他服输了，转变了。小说写得拖沓些，且有过于平铺直叙的毛病，但它到底还是写出了一些山区农民生活的特点，而对那个资本主义思想浓，并特别相信自己才干的老中农的形象塑造，也还比较细致和丰满。

陈大斌的《茫茫风雪夜》（载于《江淮文学》1958 年 2 月号，后收入作家出版社的小说集《茫茫风雪夜》），题材比较特殊，它的主要部分，不是表现农村生产斗争和其他现实问题，而是通过一个人物的特殊命运，反映新、旧社会人与人的关系。它所依据的事件，不是一般的借宿求食、相互扶助，乃是一个人偶然遇见了仇人（曾杀死过他唯一儿子）的儿子后所激起的思想震动。悲剧是在旧社会两村械斗（当然是地主挑起的）时发生的，事情虽已经过去了十年，但它留给老人的精神创伤，还是很深的。而今天，两村早已是亲如兄弟般的农业社，偶然相遇的一老一少，又都是两个社同行（饲养员）中的积极分子，那个老人该怎样对待这件事呢？对于这个颇为棘手的问题，对于老人在此刻的极复杂的精神动态，对于这两个人的奇妙关系，作者都做了妥善的合情合理的处理和把握。作者写了喜剧式和解，但他并没放弃对人物心灵的深入解剖，更没有以旧人道主义观点来处理这问题，而是把问题提到阶级斗争、阶级教育的高度，把人物命运和时代特征紧紧连在一起，让人物关系间思想冲突的紧张和缓解，作为控诉旧制度和歌颂新世界的焦点，不但为消除“世仇”刻在老饲养员心灵上的创伤提供了最合情理的基础，而且也由此把两个人物的紧张关系转化为与众不同的亲密关系。于是，劳动人民在新、旧时代不同命运的图画便展开了，一个深深刻记着新时代的思想、道德烙印的老人形象，也就鲜明地站立在读者面前。王庆丰的《未到差的人民代表》（载于《江淮文学》1958 年 1 月号，收入同前小说集），全力以赴地歌颂了新型农村青年妇女。主人公冯亚男看起来只是个极平凡的普通农村姑娘，但作者恰恰就是把握住了平凡中的不平凡的素质，从日常劳动生活中塑造出了平易、踏实、勤恳、热情的劳动妇女形象。她是普通的劳动妇女，她也是站在生活激流先头的战士，她没有被渲染成神奇不凡的英雄，也没有被琐碎的细节掩盖住思想光辉。

本篇和《茫茫风雪夜》，都从不同角度、不同人物身上发出“爱今天的生活”的声音。但《茫茫风雪夜》是一个饱受旧生活苦难的老人，在欢度新生活时从心底冲出来的声音；而本篇，则是从一个新时代所哺育起来的青年一代身上散发出来的。

治淮，修建佛子岭、梅山等水库工程，是安徽的，同时也是全国的著名大事件。千里淮堤和举世闻名的几大水库，吸引了省内外许多作者，直接或间接反映这一伟大工程的小说、散文、特写，在某一段时间内曾占据着很大比重。

孙肖平的特写集《水的声音》(安徽人民出版社出版),从多方面反映了水库建设者的劳动生活,歌颂了人民群众同自然作斗争的英武气概。几篇东西都是艺术性的真人真事的记录,其中《水的声音》和《风钻手》则是比较好的篇章。

陈登科在水库工地上参加了较长时间的实际工作,除了先后写下若干短篇、特写之外,还完成了长篇小说《移山记》。这是陈登科在创作道路上的一个勇敢的探索,也是作者的重要收获。小说出版后,在舆论界引起了一些争论。这是无足怪的事。通过认真深入的探讨,不仅会有助于作者,同时也会有助于一般性创作问题的解决。不管怎样,应该承认这是一部有价值的作品,说它"严重地歪曲了现实生活",根本否定它的现实意义和积极意义,显然是错误的批评态度。陈登科以满腔热情的态度,塑造了忠于党的事业的常云翔这样的高级领导干部形象,也塑造了袁秀珠、谭振群这些像花朵般的新人,在歌颂新人的同时,作者也批判地描写了杨熙这类人物反对党的建设路线,蔑视中国人民创造力量,盲目崇拜美国的资产阶级思想、观点和作风的错误做法。作品里,有热情洋溢的劳动场景画图,也有惊心动魄的抢险斗争,有尖锐的思想冲突,也有抒情的爱情生活和悲欢离合的插曲。同时,作者在揭示建设初期的困难情景和矛盾冲突的复杂性上,也做了勇敢的探求,敌我矛盾和多种形态的人民内部矛盾,在作品中有着错综复杂的反映。通过这一切,《移山记》反映了我们党在怎样领导广大人民同自然作战,以及人们在改造自然的同时改造自己主观世界的巨大主题。至于对这部作品所涉及的许多问题的探讨,诸如对于人民内部矛盾的认识和反映问题,塑造英雄人物形象问题,以及艺术表现手法(如剪裁、语言、细节)上的一些问题,等等,还都有待进一步讨论,这里就不去详谈了。

自 1958 年开始的风起云涌般的跃进浪潮,极大地影响了我们的文学创作,这时期的小说、散文创作,也呈现出比任何时期都更为活跃的景象。歌唱总路线,歌唱劳动群众的冲天干劲,成为这时期小说创作的主要内容。

《梅滩边上》(鲁彦周著,载于《安徽文学》1959 年第 14 期),可以称之为当代沸腾生活的颂曲。那位对生活充满理想而又敢想敢干的闯将盖方,一露面就把读者吸引住了。他虽然很少正面出场,但好像什么地方都有他在,而且什么地方也都有他的思想光芒似的。通过这位闯将的活动,作者把农村生活面貌,以及人们在这时期所形成的那种意气风发的气魄,做了相当充分的表现。

《木料问题》(李纳著,载于《江淮文学》1958 年第 10 期)的构思很巧妙,它通过李主任为盖粮仓找木料的事件,展开了一幅农村社会主义建设的优美图画,使人看到了新形势给农村带来的一片新气象。同时,它通过找木料这件事,集中表现了李主任这样一个眼光远大、关心群众生活,把集体事业置于个人生活之上的新人形象。

《钢筋铁骨》(王兴国著,载于《江淮文学》1958 年第 12 期)将火热的劳动气氛和紧张而又愉快的生活情景写得很好。而钢筋铁骨这个比喻,也恰恰成了夺钢英雄们钢铁意志的反映。此外,像表现淮矿工人劳动竞赛的《舜耕山下英雄歌》(肖香远等著,载于《安徽文学》1959 年第 1 期);表现公社化与妇女生活的《春天的故事》(洪鉴著,载于《芜湖文艺》1959 年 4 月号);从一个工人家庭反映时代变化的《和平哨声》(甲由申著,载于《安徽文学》1959 年第 15 期)等等,都是在思想艺术水平上达到了一定成就的作品。

这一时期小小说"应运而生"。它短小,宜于用来反映飞跃发展的社会现实;它短小,也易于初学者掌握。因此,它一出现就赢得了极广泛的群众,成为艺苑中的一株新花。从小小说已经获得的声誉来看,我们可以说它绝不是成不了大器的小玩意,也不仅是初学者掌握文学武器的"过渡形式",而是有自己特点的新品种。从体裁的属性来讲,它当然还是短篇小说,但从它的发展和某些特点来说,也未尝不可以独立门户,自成一家。它有别于一般短篇之处,固然是篇幅更短,但它之所以短,乃是在创作过程上(从取材、构思、刻画人物直到描写)有一些自己的特点之故。并不是不会写长东西的人,才写这些小玩意,而是会写短的人才能把它写得短小。小小说的作者,善于捕捉生活中最有光彩的镜头,把它升华为艺术内容,用最经济的文笔,构成篇章。它在风格上往往有一种清新、精致之感,虽则写的往往是一人一事,但由于被凸现的部分恰是生活中的最精彩的镜头,因而也就能够给读者以美感。从去年到现在,我省小小说创作的发展是很迅速的。安徽人民出版社从全省各地报刊上选辑了八十多篇比较出色的作品,结集为《安徽小小说选》,就是丰收喜讯的一个绝好的证明。收在这个集子里的《乔师傅的幸福》(徐大保)、《速度》(季全心)、《闲事家》(潘永德)、《过路人》(幼吾)、《失约》(严阵),以及未收在集子里的《高空中的蓝光》、《一瓶纯氧》、《灯来了》等等,都是短而精、清新明快、饶有生活情趣的篇章。俗语说:“秤锤虽小千斤坠,竹竿虽高节节空。”我看,许多优秀的小小说,是可以和秤锤相比的。

除了前述作品之外,文学性的革命斗争回忆录和工厂史、公社史写作方面所获得的成就,也值得我们特别重视。前者都是出自斗争经历极丰富的老干部之手,他们所写的,大多是亲身经历中的感受最深刻的部分,那些事迹也都是极其生动并富有教育意义的革命故事,所以深受广大青年读者的热爱。老干部们以历史创造人的身份来写历史斗争故事,不但为当代青年和后辈提供了意义极大的革命教材,同时也就为我们的文学宝库添了许多贵重珍品。安徽人民出版社曾以《野火烧不尽》和《在艰难的岁月里》两个集子,辑录了安徽地区的革命斗争故事数十篇,而最近由省文联为向新中国成立十周年献礼而编辑的《安徽革命回忆录》,则更是十部内容聿富,思想性很强的文艺的革命斗争回忆录。这方面的优秀作品很多,像廖容标同志写的《黑铁山下的抗日烽火》和《转战在胶济线上》,以及黄岩同志的《记河四农民起义》、傅绍堂同志的《红军钢枪队的诞生》、李务本同志的《冲出重围》等等,都是回忆录中的出色作品,也是这方面的可喜的收获。

编写群众性的厂、矿、社史,一方面是群众性的自我教育的良好的方式之一,同时也是发动群众进行文艺创作的良好方式之一。历史的主人自己动手或参与编写自己的历史,让群众自己在自己的历史(被形象化了的)中认识自己的生活命运和道路,认识党怎样领导群众进行斗争并进而走上今天的康庄大道,用自己的历史进行自我教育,这个工作的意义是极大的。从目前已经完成的许多部著作来看,我们可以非常高兴地说:我们在这方面也已经有了初步的,但也是可喜的收获。

叙述只好到此为止了。由于阅览范围有限,这当然还只是一个很不全面的轮廓,但即使如此,它也清楚地说明了我们的小说、散文、报告文学方面的创作,获得了多么可喜的丰收。不管人们还可以从前述任何作品里挑出多少毛病,它们在主导方面所获得的成功,都是无可怀疑的。当然,对我们来说,最重要的还不在于一个或几个作品价值的高低,而是我们新文学创作的整体沿着党所指示的方向,大踏步地前进了。

我们的小说创作,像其他一切文艺创作一样,它是以任何旧文学都不曾有的姿态来开始自己的脚步的。我们的作者自觉地站在无产阶级立场上,打着鲜明的为政治、为人民服务的战斗旗帜,扎根于劳动人民的斗争生活土壤之中,反映劳动人民的斗争生活,并以此鼓舞和教育劳动人民。它的明确的思想观点,它和人民群众相联系的密切程度,它在群众中所起的积极作用,都是任何时期的旧文学所不可比拟的。

我们前面所提到的作品,以及还没有提到的大量作品,不管它们的内容怎样千差万别,也不管它们是长是短,但有一点是共同的:它们都曾经在人民群众中发生了积极的影响。现在也还在发生着积极影响,这种影响,为今天的革命现实服务,同时也就为明天、为未来起了作用,这是最主要的。

## 二

小说创作方面所得到的发展和成就,是随着我省整个文艺工作的发展而成长起来的。它所获得的一切成就,应该说都是党的文艺方针和政策的胜利。小说方面的创作,有今天这样的成就,不是一下子得来的,而是经过相当长时间的努力才逐步得到的。我们知道,在新中国成立以后一个时期里,我省的小说创作比较薄弱,数量很少,质量也不高,这是事实,但这是由当时的具体情况和群众对文艺工作的要求决定的。在当时,最主要的任务是用文艺演唱等形式宣传党的政策,对群众进行阶级教育,活跃群众文化生活,因而当时强调提供给群众演唱材料,强调逐步从群众中培养文艺创作骨干力量,是完全正确的。那时的小说、散文等样式的作品比较少,从当时的具体情况来说,也是完全正常和必然的现象。但我们并没有永远停留在这个阶段上,随着生产建设的发展,也随着文艺普及工作的逐步深入,群众的文化水平提高了,欣赏要求也日趋广泛起来,他们不但要求从更多样的文学作品中吸取力量,同时自己也拿起笔来,以小说、散文等形式,来反映自己的生活斗争。这样,我们就很快地逐步组成了一支小说方面的写作队伍。到目前为止,这支队伍已经成长壮大了。其中,不但有从群众中成长起来的已经成为专业作家的人，不但有从外地来的比较有经验的专业作家，而且也有了为数众多的依然坚持在劳动岗位上的业余作者，同时还有了一些政治上成熟、斗争经历丰富的老干部也参加到这支队伍中来。群众创作的活跃和发展，为我们省的整个文学大花园增添了万紫千红的花朵，群众性的业余写作队伍，也就成了整个文学创作战线中的主力军的一翼。这种群众性的特点，反映在创作上，也必然要自然而然地形成某些特质。

首先，由于业余作者们都是散布在各地区、各岗位上的人，所以他们所反映的生活面，也就必然跟着宽广起来。一个人也许只反映了他所熟悉的那一个方面，但人人都有一个方面，那就把我们的小说、散文的题材大大丰富了。许多极重要的题材和主题，许多引人入胜的生活领域，许多普通劳动者中间的光辉人物，在业余作者笔下都得到了比较充分地反映。同时，由于业余作者本身就是群众中的一员，对生活有着比较透彻的熟悉和理解，因而他们的作品里，也就常常闪烁着强烈的生活实感和语言上的群众化的风格，也由于他们所受的文学熏染，多是中国古典文学和民间文学，他们的作品也就往往比较接近传统文学的风味，显得朴素明朗。此外，由于他们都生活在劳动岗位或实际工作中，对新事物的感受比较敏锐，作品的现实性、战斗性便也比较强，几乎绝大多数的作品，都是配合一定的政治任务而写下的新人新事，特别是由于他们本身就是创造生活的主人公，所以作品中所流露出来的对党、对社会主义、对新生活真挚的爱，也就十分强烈。当然，也许因为他们毕竟还是阅历不够很深，思想修养和艺术修养还都不够高的缘故吧，我们也不能否认他们的创作还比较稚嫩，或者说是还不成熟，但我们相信，这些在毛泽东文艺思想哺育下的文学新兵，终会成为老练的战士。

这一切，不论是创作方面所获得的丰收，不论是文学在现实生活中所起到的积极作用，也不论是我们队伍的成长和壮大，都明确地证明了党的文艺路线获得了巨大的胜利。不错，我们的胜利不是轻易得来的。在我们高举毛泽东文艺红旗前进的时候，我们不但要克服许多困难，更重要的是要同一切企图歪曲或反对党的文艺路线的思想、观点进行不调和的斗争。在初期，在我们的小说创作还不够发达的时候，某些轻视群众、轻视群众创作、轻视为工农兵服务的人们，曾把我们的作品诬为“这算什么文学”，但这丝毫也不能动摇我们正确的立脚点,我们坚定地保护了革命文学的新芽,使我们的创作逐步成长起来。在我们沿着党所指示的方向大步前进的时候,也曾遇到过种种错综复杂的斗争,但经过各种思想较量,我们的队伍比以前更强大了。作家的政治觉悟和写作热情空前提高,大批的工农作者加入文学队伍,群众文艺创作出现了高涨局面,小说创作也越来越多、越来越好,作品的战斗性和群众性的色彩更加鲜明等等事实,就是最好的明证。

## 三

在我们满怀热情地肯定我们的小说、散文创作的成就的同时,在今天,当全国人民热烈响应党的八届八中全会的伟大号召,鼓起更大的劲头,更加昂首阔步前进的时候,我们的文学创作应该怎样加速步伐,更进一步和时代的脚步、人民的脚步完全合拍呢?或者说,已有的成就为我们提出了一些什么样的经验和要求呢?我想,目前最值得我们每一个小说作者思考的,主要的就是如何把自己的政治思想水平提到和时代相适应的高度,继续保持和发扬已有的战斗传统,以更充沛的热情,创作更多更好的作品,来反映我们这个光辉的时代,鼓舞人民的斗志,以进一步满足广大群众对精神财富的需求。我们以往的小说创作,不管是长的也好,短的也好,它们都曾经为上述任务做出了贡献,但怎样把这个任务完成得更好,就是我们当前最主要的任务了。

要更好地反映我们的伟大时代,从而更进一步发挥文学的战斗作用,这不是轻松的任务。要想把我们小说创作的思想艺术水平,逐步提到和时代相适应的高度,这首先就要求我们每一个作者必须更加坚定无产阶级立场,大大提高自己的政治思想水平,并更深入和更透彻地熟悉我们的时代生活面貌。一个作家,只有他被先进的世界观所武装,并能够非常熟悉和理解我们的时代生活,熟悉并理解劳动人民的斗争生活及其精神世界,他才有可能真实地、深刻地反映我们的时代。从前面谈到的许多作品来看,我们的大多数作者和生活的联系还是比较密切的,但我们的生活视野还不够宽广,常常只熟悉某一个角落、某一部分人,而对生活的认识和人的思想面貌的理解就很不够了。因此,我们的小说创作往往容易流于一般,而不能更深刻地发掘和探寻事物的本质,不能更充分地揭示时代精神在人的心灵和行动中的反响。这是我们不少作者的最大弱点，也是我们需要努力解决的根本问题。

作品的思想深度，实质上就是作者认识生活深度的体现。所谓作家眼睛应该像钻子一样钻进生活的最深处，那就是要求作者在纷纭复杂的生活海洋里，不能被万花筒般的生活现象缭乱了眼睛，而应该从中分辨出、发掘出更具本质意义的东西，而要达到这一点，没有较高的思想水平是办不到的。有些作者苦恼地说："生活变化得太快了，今天这样，明天又那样，怎么能抓得住呢？"这不正是我们认识生活能力不高的反映吗？变得快，这是事实，不易掌握，也是事实。但它还是完全可以抓得住的。要知道"今天这样"，是由昨天的什么样发展来的，而"明天又那样"，也是由"今天这样"发展去的。我们在观察生活、摄取素材的时候，是不是很好地研究过这个变化的过程和决定这种变化的根本因素了呢？如果我们所摄取的仅仅是这样或那样的现象，表现在作品之中的也只是这些现象，那就很难使作品具有更深厚的思想力量。发掘事物的本质意义，的确比搜集生活现象困难得多，但越是困难的，就越应该是花费更多的精力去追求的。这就要求我们必须更加努力学习马克思列宁主义和党的各项政策，更加积极地参加生活斗争。

要更好地反映我们的时代，也不能不提到文学创作的现实性和战斗性问题。文学的时代精神，就其本质意义来讲，并不完全在题材问题上，而是就文学内容的思想实质来说的。然而题材问题，毕竟是重要的一个方面。我们不排斥任何对社会主义建设有益的题材，但我们也更应该热情地去追求最能充分体现时代特征的现实题材。文学的重要使命之一，就是教育人认识生活。反映伟大的社会主义建设，不但对今天的读者有现实的教育意义，让人们在艺术形象里吸取精神营养，同时，它也要为教育后代人认识今天的生活斗争服务。而反映这个时代的任务，只能落在我们这一代作家肩上，反映安徽人民的生活斗争的任务，主要的也要落在我们的作者肩上。劳动人民在现实中创造了种种伟大奇迹，而这些又正是吸引广大读者所关心的事物，因此，不管是创造历史的主人公也好，广大读者也好，他们都有权利要求作家表现这些奇迹。这是时代和人民为文学规定的任务。

我们的小说创作，从一开始就这样做了。这是使它们具有生命力的重要原因之一。而在今天，当现实生活向我们展开了一幅更加热情、灿烂多彩的图画的时候，我们也就应该更加热情地投入到工厂、矿山和人民公社中去，以短篇、散文、特写等富有战斗性的艺术武器，积极地、迅速地反映现实的飞跃发展。当然，我们不能仅仅满足于一般的反映，而是要创造性地、深刻地反映生活中的新事物。当我们立志要表现某种题材的时候，也就要立志深透地了解这个题材所包容的一切方面，特别是一切人物的一切方面，从他们的所作所为，一直到他们的思想、感情、愿望等等心灵动态的反响。这样，我们在表现某一新颖题材的时候，就会更深刻、更有力。

更好地反映我们时代，在艺术创作上，归根结底总要体现在塑造能概括时代精神的英雄人物形象上。因此，能否创造出思想艺术力量都非常饱满的新人物形象，也就是我们创作中的极重要的问题。

我们的小说创作，已经写下了许多丰富多彩的新人形象，他们是我们绝大多数作品的正面主人公，我们的作家也正是从这些来自现实生活的全新的人物，来充实和提高读者的精神境界的。前面列举了不少作品，它们的成功面各自不同，但有一点是共同的，即它们都写出了比较成功的人物形象。作品的思想力量，也都是通过成功的人物形象表达出来的。但是，我们也有一部分作品在这方面还做得不够理想。某些作者也是一心一意要歌颂新的人物，但在创作过程中，却只是致力于叙其事，而没有做到让人物从字里行间站出来，反而倒让事件过程把人物挤得只露出半个身子甚或是一个侧影。也还有一些小说，过分拘泥于真人真事的实录，缺少必要的概括，也使得人物形象不丰满、不结实。看来，这些同志，对小说创作是以人物形象来决定它的艺术生命这一点，认识得还不够。自然，不能笼统指责这些同志对他笔下的英雄人物一律无知，作者们对于英雄人物所做的许多事情常常知道得很详尽，写得也很详尽，但他们对人物为什么会有如此如彼的英雄作为，这些人物的精神世界到底是怎样的，人物的性格和他的性格历史是怎样的，则了解得比较抽象，于是，写起来也就只能堆砌事迹，而不能从人物的行动中，充分地揭示出他的性格光彩和思想光彩了。

所谓揭示人物的精神世界，并不等于做大段大段的心理分析或哲理议论，最主要的是塑造鲜明的性格并在人与人的关系和纠葛中展示他的性格光彩，从这里来揭示他的思想面貌。假如我们让人物完全陷在生产过程里，只让他和机器打交道，不让他和人打交道，不让他接触思想斗争，不刻画性格特征，那就不能把英雄人物的光彩充分地表现出来。

一切成功的优秀作品，都以概括了特定时代、特定历史风貌和历史精神的艺术典型为骨架，作家的思想倾向和艺术心血，也往往倾注在典型环境中的典型性格里。罗贯中从“鞠躬尽瘁，死而后已”以及“既生瑜何生亮”的人物性格冲突关系中，概括了封建时代知识分子的忠君和智慧的典型；同样，他又是以“身在曹营心在汉”等行为，概括出一个所谓“大义参天”的关云长。这些人物都是封建时代的思想英雄。他们之所以有深远的艺术效果，也都是作者充分展示他们的性格历史并从精神境界上把人物升华了的缘故。

社会主义时代的英雄人物，他们的精神世界比任何旧时代的人都丰富得多。别看他们做了一件了不起的事情之后，只说了句简单的话语，但决定他的行动和说出这句话的精神动态是极丰富的。如果说“鞠躬尽瘁”是诸葛亮的性格历史结晶，那我们也就同样应该在说出“一切为了社会主义”的人们身上，发掘他们的性格历史，从而深刻地表现这个历史——不是作者说出来，而是在人物的具体行动中表现出来。

我们的生活是绚烂多彩的，现实中的英雄性格也是极其丰富的，时代和劳动人民的伟大创造力为文学艺术家提供了一切有利条件，革命文学的传统和十年的经验，也为我们提供了走向更大胜利的基础，让我们高举胜利的旗帜，鼓起更大的干劲，用最优美的语言写下更多更好的反映社会主义建设的作品吧！

（原载《安徽文学》1959 年 10 月号）

# 杂花生树

## ——邹人煜杂文印象

邹人煜是个奇迹。八十岁的高龄老太,长年累月地肩负着操办一份报纸的重担,还马不停蹄、连篇累牍地写作,差不多每年都要捧出一两百篇思想精深、语言精美、议论精辟的杂文随笔,其工作负荷之大,洞察世事之深,笔底锋芒之锐,奋笔疾书之速,实在令人觉得邹人煜现象是个奇迹。

在为她祝贺八十大寿那天,我与黎佳共同为她撰写了一副寿联,上联是:八旬老妪,壮士情怀,激扬文字道尽世间百态,下联是:文苑才女,辞章大家,北窗走笔倾诉黎庶衷肠。这便是我对邹人煜现象(或者说邹人煜其人其文)的一个简要概括。

邹人煜是老革命、老党员、老干部、老报人、老作家、老诗人、老太婆、老百姓。她有这么多老字号头衔或身份,也有全面展现这些老字号人物心灵的随笔杂谈和诗词歌赋。

作为老革命、老党员、老干部,她的心始终牵挂着党和国家的兴邦大业,始终关注着国家民族命运之喜忧盛衰,始终期盼着社会主义事业高飞远腾。作为一个老百姓,她又时刻关怀和思念着那些曾经为中国革命献出了身家性命,献出了辛劳汗水的底层人民的生存状态和理想前途,并和他们一起倾诉苦乐悲欢之衷肠。作为一个老太婆,她喋喋不休地劝诫老年人悠着点儿、乐着点儿、闲着点儿、稳着点儿,并一再呼唤全社会都来关切老年人的夕阳岁月。作为一个老报人,一个公共知识分子,她还始终关切着国家社会生活的方方面画,用自己的笔热情讴歌发展和进步,用自己的良知针砭时弊,指斥不正之风。她怒斥贪腐,如《接力腐败的警告》、《读报札记》、《窝挪屎臭》等篇的辛辣讽刺,足以令人振聋发聩;她痛骂豪强,如《奇语空前》对土皇帝的"打老百姓是天经地义"的狂言妄语,不只是迎头痛骂,而且对其残暴性、劣根性进行了透彻的剖析;《泯灭》、《异化的"公仆"》等篇,更是以怒不可遏之情对那些反人性、反人道的罪恶行径报以最严厉的笔伐;对社会上渐行渐盛的不良之风和不正之风,她加以善意规劝,如《媒体跟风病》、《还在灌输臣民意识》等就让人们远离污浊走向洁净;对改革开放引来的大好形势和民生改善的情景,她总是高调赞扬,如《医德,大德》、《"保先"教育的启示》、《走出误区》等等,都显露了作者对现实生活中的仁爱之举,充满了敬意。当然,她的杂文多数是批判性的,但辛辣中藏有对正义的渴望,鞭笞假恶丑中藏有对真善美的疾呼。无论是冷嘲还是热讽,无论是美还是刺,都是她忧国忧民之心的赤诚表白。作为一个老报人,一个公共知识分子,她做了她该做的和能做的一切,不说是楷模吧,至少是我辈同龄人、同行人应该好好学习的先进分子。

邹人煜的几部书我大致都读过,我惊奇地发现,她的视野之广,她的笔触涉及之宽,她对世间百态议论之多,她对社会政治文化生态敏感度之高,令人难以企及。我曾想从宏观上概括一下她都写了什么,我发现我办不到;我又想梳理一下她没写什么,我发现我也办不到。最后我只能走一条捷径,即用最简单的语言说一下她的文章里有什么、没什么。我想说的是,她的文章有正气、有胆识、有爱心、有良心、有真诚,有文采;没有阿谀奉承之言,没有为钱、权作伥之言,没有欺世盗名之言,没有弄虚作假之言,没有吹牛拍马之言,没有非肺腑之言。

如果说还有什么更高的要求的话,我以为作者近些年在文风上似乎过多地追求简约明快,少了些含蓄和婉约,少了些对语言诗性的追求,直白有余,韵味不足,故振聋发聩之声强烈,而回肠荡气则略逊一筹。

# 走笔传神

邹人煜的杂文越写越老到。近读她的新作《北窗走笔》，使我感到她的杂文正走向内涵的深厚与技巧圆熟相融合的境界，人们期待的那种内容上要有振聋发聩的思想力度，行文上要有赏心悦目、荡气回肠之美感，正越来越成熟地体现在邹人煜杂文的创作里。《北窗走笔》是她的第七本杂文集了，它一方面延续着往日的选材广、开掘深、有锋芒、有情趣的特点，同时又在体例上和写作技巧上，更显得不拘一格和更加洒脱自如。她不拘泥于投枪式、匕首式、感悟式、书卷式、小品式或闲适式的任何一种固定章法，而是信马由缰，随感而发，有什么冲动就发什么议论，颇有点信手拈来、走笔传神的味道。

选材广、开掘深，在这个集子中仍然是最突出的特色。她眼界宽，见识广，根基厚，上至天下大事，下至街头琐闻，大到国家民族命运之兴衰，小到家长里短之习俗、社会热点、人性感悟、百姓心态、读书杂识，什么都有所涉及，但无论什么题材在她笔下又都能演绎成犀利中藏着善意的有理有趣的杂文。像《谋杀的后面》、《秘密的秘密》、《责无旁贷》等等篇章，都是纵论重大社会课题的，然作品的思想力度并不是依靠题材的重大而重大，而是靠作者对题材开掘得深入、深刻、深透而得。《谋杀的后面》依托的素材是几起骇人听闻的谋杀案件，每个案件的现象、背景、过程、手段都有许许多多值得大议特议之处，但作者抛开了任何一个案件的现象和过程，而直捣几个案件相同的动因——权力斗争。权力的诱惑、权力欲膨胀、权力对人性的异化，是构成谋杀暴行真正的内因，而权力不受节制，又使弄权者每每躺在权力的尊荣之中，享受“腐败的美味”，所以必然会一而再再而三地引发争权而厮杀直至谋杀。作者一针见血地击中了谋杀案后面的根基，并发出以民主和法制来制约权力的呼唤，使思想锋芒、情感义愤和谐一致，构成了有情有理有深度的好文章。另一篇《逆水流》说的本是日常生活小事，但作者由人的生活“由低向高易，由高向低难”而开掘出某些居官者与老百姓之间主仆关系颠倒，只图个人享受升级，不顾民间疾苦的题材。当乡官在城里买房，上下班坐小车，坐老百姓凳子都嫌脏，也是一种逆流现象，所以作者连用“叹叹！”二字结尾，颇显得意味深长。《“伯乐”放心了》以调侃讽喻的笔触，举重若轻般地将一个反腐败大题目，看似淡入淡出，实则深入深透地开掘得直达底里。

这本杂文集的另一特点是凝练。邹人煜的杂文一般都在千字上下，短的甚至只有六七百字，但篇幅小不等于容量也小。作者善于浓缩，善于从芜杂的现象中抓住要害，因而就省却了许多绕弯子的叙述，故能在简短勾勒中点明要义；作者在行文中虽然也常用典故，但她从不黏在典故上绕圈子，而往往只是借典故隐喻、烘托或由此生发开去，再加上她不搞杂文套路，不卖弄，不炫耀，所以就能够把文章写得短而深、短而新。然作者在注重精炼性的同时，也非常注重文采，注重艺术杂文的艺术性。当然，杂文的艺术性不能像一般散文那样铺陈、描绘、抒发乃至精雕细琢，它只能抓住素材中的典型人物、典型个案的典型心态和典型形态入木三分地刻画和剖析，并运用富有幽默情趣的语言来完成叙述和抒发作者的感知与理念，邹人煜在这方面也相当得心应手。例如《摊上有本谎术书》抓住了“谎”的要义，《妙手混混儿》抓住了“混”的特征，《自找乐趣》抓住了宽松心态，把叙述、讽喻、感悟、议理融为一体，读来既见犀利又见美感。

杂文的特质是为了维护真善美而向假恶丑开战。既言开战，其间总难免会有讽刺、鞭挞与抨击，而讽刺鞭挞中又每每会显现作者本人的义愤、痛楚、感叹、无奈等种种心境，邹人煜是性情中人，感慨多多，自是每每溢于言表，有的时候甚至声色俱厉。像《真有此事》、《秘密的秘密》、《小人心态》表露的是义愤；《明察的无奈》、《溺爱的后面》倾吐的是无奈；更有多篇则是对不良世风的抨击和对一些人的生存状态的感叹。但无论是义愤也罢，感叹也好，都是作者出于对真善美的热爱和追求，她的多卷杂文所体现的理想和信念，便是这种追求的佐证。在这本集子里还收录了一部分生活随笔和散文，如《父亲》、《珍惜相处》、《白鸽》、《又到了清明时节》等等，都是真情浓郁、文采盎然的佳篇，其文笔之流畅一如她的杂文一样老到。

除杂文外，邹人煜还是一位旧体诗词的高手。她与夫君欧远方前辈二人合作出版的书法诗词集《两闲集》，饮誉文坛，传为佳话。我当时曾写下几句歌谣为之一赞，现抄录下来，算是我对邹人煜新作的双重祝贺。

其歌谣曰：

文集两闲，载誉文坛；
相得益彰，璧合珠联；
吟坛女杰，书界魁元；
诗词歌赋，真草隶篆；
慷慨放歌，力透笔端；
风骨清俊，墨韵飘然；
诗文警世，气象万千；
潇洒晚晴，庐城双贤。

# 青年杂文家的朝气

——由《中国青年杂文选》引发的感触

我一向以为杂文写作多以中老年为宜。一来是他们年纪大了些，经多见广，对社会的了解较为深透。故无论抒感怀、发议论、评世事、讥邪风，都会从容有致，刚柔并济，二来是这样年龄的写家，往往笔法老练，长于溯古追今纵横大千于笔下，侃侃而谈，娓娓而叙，把文章写得活而有趣，寓知识聪慧及教益于其间，令人读之有感，思之有得，嚼之有味。故每见报刊载有中老年杂文家之新作，总要浏览一下。

近来我忽然发现，我这也是一种思维定式，或者说也是一种习惯势力。前不久，我读了一本《中国青年杂文选》，使我自愧对杂文现状的了解实在太少，且对于新起的青年杂文家的新的气质和他们的视角、思绪、感观、笔锋，则更是一无所知。这本书总算使我开了眼界，看到了有那么多青年杂文家活跃于文坛。而他们之中又有一些人显露了难得的杂文才华，实在值得庆幸。这本《中国青年杂文选》是由已故的杂文大家廖沫沙担任名誉顾问，由李恒敬同志担任主编并得到全国各地杂文学会、杂文报刊的支持而完成的，据本书《后记》说，编选此书的目的是“激励青年杂文作者奋进，培养杂文新秀，繁荣杂文创作，让杂文更好地为建设有中国特色的社会主义服务，并充实祖国文库”。编委们从三千多篇来稿中精选出内容风格各有特点的佳作，年度跨十二年，选稿面涵盖全国各地及各行各业，这在杂文界恐怕是前所未有的。我不敢说本书已百分之百地达到了预定目标，但至少可以说它在培养杂文新秀和活跃杂文创作上，是起到了积极作用的。

本书的编选有两个令人耳目一新的特点。一个是眼睛向下，一个是眼睛向新。入选作品题材面广、作者面广、采录报刊面广，这和编选者这一眼光是很有关系的。本书固然不乏采自《人民日报》、《人民日报·海外版》、

《光明日报》、《中国青年报》、《工人日报》、《解放军报》、《求是》、《半月谈》、《瞭望》等全国著名的大报名刊的名篇,但引人注目的,乃是那些来自地、市、县及某些小型专业报刊的篇章。大报名刊常出名人名文,但小报小刊的无名作者之作,也未必没有分量。即如书中的《心静自然凉》、《吃儿童者戒》、《相猫术》等,都是选自无锡、连云港、大连等市一级报纸,但其思想之敏锐、评议之犀利、语言之简洁,都有可赞之处。一般说来,选编文集时眼睛向下是不容易做到的。一来是地位高的报刊影响大,容易被发现也容易被推荐,而地方报刊较少引人注目,就连翻找也有许多不便;二来是大报名刊文章收录得多会提高文集身价,多收小报小刊之文则难免掉价之嫌。故习俗总是眼睛向上者多。而本书的编选者竟能打破常规,眼睛向下,沙里淘金,对地市小报及产业部门的小刊物倍加青睐,并从中发现了不少佳篇力作,这就十分难能可贵。至于说"眼睛向新",除了选题注意社会热点和新意,主要是注意新的写家。全书二百四十篇文章共有一百七十多位作者,我连一位也不知道,这除了证明我之孤陋寡闻,更证明着杂文界确实涌起了一批写作新秀。刘甲先生在《序言》中说这显示了"杂文作者辈出,杂文事业是后继有人的",又说这是"长江后浪推前浪,杂文创作中展示出来的'后生'劲头",都是很确切的评语。我以为这里的眼睛向下和向新,不仅显示了本书的特色,也是对拓展杂文视野、扩大杂文队伍、促进杂文创作的一个重要贡献。仅此两点,本书的价值就不可低估。尽管书中个别篇章的观点有失偏颇;选编者也似乎不必要对某一时期某类题材过分关注,但总体上它仍是对杂文界的重大贡献。

当然,如果就杂文文采而言,新手们自然还显得嫩点。但他们也有他们的长处,那就是立论鲜明,行文简洁,有敢说敢笑的朝气,而且在行文中不那么喜好引经据典或依托掌故引申。说得直白些,就是杂文套子少,弯弯绕少,这在杂文文风上也是一种新的气息。比如《取经的名与实》不过一千多字,行文几乎是平铺直叙,但文中既有警策、讥讽,也挺有杂文文采;《一条超级擀面杖》只有六七百字,更是言简意赅,情趣盎然;《从"黄土高坡"想到的……》也是千字文,开门见山,直抒胸臆,没有惯见的引经附会、解典旁议那些套路,但思想和艺术境界也都达到了一定的水平。这里,我只是信手拈来几个例子，绝不是说这几篇文章便是本书的上乘力作。事实上，两百多篇文章中，比它们优越者不在少数，也就是说杂文佳篇在本书中是屡见不鲜的。可惜我在本文中无力展开具体评述，只能随手举两个例子并想就此发表一点感触。

关于杂文发展的趋势，有人预言可能有杂文春天的到来，有人又断言杂文已濒临绝境。其实，从实践中看，既非春天，也非绝境，只是不怎么景气而已。而不景气者，又岂止杂文一家，小说、诗歌、戏剧、电影也均今非昔比，恐怕大家都面临一个适应新潮、改善自己、创造新的生机的问题。杂文界也应当把注意力放在杂文自身的优化和拓展上。

杂文究竟应当怎样发展，不仅可在理论上仁智听便，更重要的是应在实践中鼓励和倡导多样化的尝试。我国现当代杂文传统是把杂文视为匕首和投枪，它一直是作为一种战斗武器生存和发展了半个多世纪，直到今天人们还是把杂文的视角投向社会政治生活中的热点上。几十年来杂文总是和政治靠得很紧，有时甚至是各式各样政治运动的重要舆论工具。由此有人干脆把杂文视为文艺政论，读者和评论界对杂文也主要是要求它切中时弊、尖锐、泼辣、深刻，至于其艺术方面，则无甚希求。虽有鲁迅及老一辈杂文家的杂文艺术楷模在，人们尽管口头上也承认杂文是艺术文体，但骨子里几乎都把它当政论看。这既给它带来殊荣，也给它带来灾难。殊荣，是它往往能成为某种政治斗争的晴雨表或舆论尖兵，有什么风吹草动，常有杂文吹风打头阵，批什么人整什么风，也总有跃马横刀式的杂文冲杀在第一线；所谓灾难，那正是因为它的政治性太强，风险也就太大，遭到的猜疑、忌讳、反感也必然太多，稍一不慎，甚至无缘无故地就会被戴上反动言论的帽子。所以人们又把杂文看作是一种惹祸文体，杂文文坛自然也就是是非之地了，常写杂文的人，没有几个不因写这种东西而受到误解、非议、打击或迫害的。这个特点是历史形成的，我们应当理解这种特定的历史因素，也应尊重杂文在战斗中所形成的战斗传统，可以继续发扬杂文的使命感强、针对性强、抨击性强的特点，用以评议当代社会生活中的种种热门话题。我们不应忽视或歧视这类杂文的作用，但今天倘若仍把杂文的性能和功用仅仅局限在政治范畴之内，让它永远在政治社会问题上兜圈子，那就难免对杂文的发展形成某种束缚，会使杂文的路越走越窄，甚至失却文学性能而演变成政论文体。因此，我以为今后的杂文作者，应当充分认识今天的经济建设为中心的时代特征，充分理解今天的读者对文学艺术（包括杂文）需求之广泛性、多样性、开放性、新颖性、娱乐性等诸多因素，扩大杂文的功能，并最大程度地扩大杂文的题材、主题及其表现手法，使杂文不仅长于议理，也善于抒情，不仅关注社会政治生活中的热门话题，也把视角投向经济、文化、历史以及人间世态、社会风情、民俗民性、民心民风、青年梦幻、老人心怀等等任何一个社会生活领域，让杂文在题材上无孔不入，在手法上千姿百态，什么讽刺的、讴歌的、激愤的、愉悦的、议论的、抒情的、庄重的、幽默的、深沉的、淡泊的、华丽的、质朴的、婉约的、雄浑的、曲径通幽的、开门见山的，什么样的都有，让它来一个杂七杂八、杂乱无章、杂花生树、杂草成茵、杂莺乱飞。一句话，让杂文有杂有文，既要杂，又要文。杂要杂到人间百态尽收笔底，文要文到荡气回肠喜怒皆文。

# 丹心·丹青·丹枫

## ——吴树声的人品、文品、书品和画品

树声兄是我来皖结识的第一个朋友。1959 年仲春之季,我从北京的中国作家协会调至安徽省文联工作,被分配到《安徽文学》编辑部,老吴也在那里工作,由此我们便成了同事。在那以后的几十年时间,尽管他的工作有几次变动,但因我们有不少共同爱好,且同住一院,常在一起吃茶、饮酒、打乒乓球、搓麻将,久而久之便成了同气相求的挚友了。在交往中,我对他的人品、文品、书品和画品日益产生敬重之情,所以当他辞世噩耗一来,我便十分悲痛地写下了一副挽联寄托我的哀思。记得上联是:文友、酒友、球友、牌友,同度风雨岁月挚友;下联是:笔声、杯声、吼声、碰声,文苑书坛永存美声。

我们成为朋友也是有因缘的。

先是我见他为人谦和礼让故对他有几分敬重,后来在准备撰写评述安徽十年小说成就的过程中,阅读了树声兄执笔的两部小说,使我对他的敬重之情变为敬佩之意了。两部作品一部是长篇小说《在狱中》,另一部是中篇小说《到敌后去》。两部小说的内容都是叙述当时安徽省长黄岩同志的革命斗争历史事迹,而且由黄岩口述素材,吴树声执笔整理和加工。出版时署名家声。小说基本上是以真人真事为基础,再加以一定的艺术加工,使故事更加富有思想的感召力和艺术的感染力。《在狱中》是描绘共产党人在敌人监狱里的特殊斗争,故事情节是黄岩同志的亲身经历,恰巧吴树声早年也在敌寇的监狱里受过折磨和考验,有实际生活感受,故能把革命者的豪情、毅力、坚贞、智慧、耐性、乐观主义精神等等,写得真真切切,动人肺腑,也善于把敌人的残暴、狡诈、阴险刻画得淋漓尽致。主人公鲁品山等人的形象丰满,他们在炼狱的特殊条件中的特殊斗争,特别是他们的丹心和英气,被表现得栩栩如生。《到敌后去》是写鲁品山在抗日战争爆发后奉命到敌后去的一段历

程，故事生动，叙事明快。两部小说在艺术上也颇有特色，它们质朴而不粗糙，单纯而不单调，简明而不简单，至于作品中所倾吐出的崇高理念、深沉思考、特殊战场的真实战斗情景，又为一般作品所不及。我从这两部作品中领略了树声兄的文才，然更令我触动的是他的人格精神。小说主人公身上寄托着他的丹心。后来我在一篇题为《〈收获〉——安徽小说创作的一个轮廓》一文中，对他的两部小说给予了热情的肯定和评价，使我们俩之间不仅是同事，而且成了文友了。

1960 年夏，我会同树声上了黄山，那是我生平八登黄山的第一次。黄山风光之秀丽奇绝，云海之幻，奇峰之峻，瀑布之湍，雄、险、秀、幽之梦境般景色，令我们享受了大自然赐予的最美好的感受。山洞避雨，林中听蝉，仰首赏瀑，举手捞云之等等乐趣，令我一时间完全忘却了当时的生活艰难，然而一下山，艰难便跟踪而至。原来我们两个想出来一趟不能只游览一下黄山，还得深入一下农村生活，体验体验皖南山区人民的现实生活情况，所以就去了黄山公社表明了我们下基层的意愿。公社干部也摸不清我们的目的，选了一个比较先进的共同大队叫我们去看看。我们在大队住了几天，见不到什么可采访的人和事，也听不到一句真情实话，人们都在想方设法寻找代食品充饥，谁也不愿和外来人打交道。我们又不敢正视这种现实，更不敢深入了解，只好打道回程。谁知在这个过路小站怎么也挤不上车，只好徒步往歙县赶。亏得路过的一个大队干部出主意为我们用粮票买了几斤大米提着，逢饿时便找附近人家代为做一顿饭，把锅巴给他家就算两全其美了。我们用了三天时间赶到了歙县，但此时已弹尽粮绝：粮票没了，钞票没了，抽的烟也没了。老吴在当地找到了姓梅的农民画家，给我们弄了几包烟，又去县委宣传部借了点钞票和粮票，这才得以返回合肥。有了这番同甘共苦，我们的友情自然就更加深厚。“文革”时又同进牛棚，使朋友成了“棚友”。以后的日子我们便一直保持兄弟般的情谊。

我知道树声兄早年是从事美术工作的，还在部队文工团当过美术队长，但我们相识以后他一直搞文学、当编辑，写字只是在业余时间写着玩玩。但离休后，他却重新操起旧业，一头扎进书画堆里，没日没夜地在书画海洋里畅游起来。由于他基础良好，苦心琢磨，再加上多年文艺创作形成的审美眼界开阔,故能在书画创作的实践中,悟出自己的心得并形成自己的追求。我于书画是彻头彻尾的门外汉,无眼辨识书画,据我这个外行人来看,树声的书或画都不是专门承袭哪一家、哪一派,不是哪一师门的传人或哪一个大家的模仿者,而是他本人对自然美的赏识与领悟,采多家之长,成自家之格。他性情豪爽,故在书画两道中每每见到字的奔放挥洒,画的云飞泉腾,字的流畅中吐着豪气,画的静势中露着动感。

他为人谦和,一辈子只让不争。从不斤斤计较个人得失,体现在他的书风画品上,也常常展现出书画家个人的安详心态。他的字以行草见长,既讲究整体构图之美,更注重每个字的笔墨沉厚,于一笔一画间显现书家虽在奋笔疾书,然其心定神安,并无故露锋芒之心。他的画以山水取胜,由于基本上是师法自然,故其画面多以个人对自然山水的倾慕而设计构图,丛林峻岭,云缠雾绕,泉飞瀑泻,枫林似火,草木葱葱,是他的许多图画中常见的图景,但吴树声描绘的这一切,是他崇尚自然心境的写照,故于一涂一抹、一点一皴之间,用他那追求自然美的和谐与个人心态的和谐,来展现人与自然的和谐。他用心灵拥抱自然,用自然陶冶心灵。他的画虽不能与资深大家之作相媲美,他的功力也未达纯熟至美之境,某些画似乎尚欠缺灵气,但他却在描摹山水之间,找到了表达自我情志,表达个人意趣和快感的途径。他的画就是他这个人。他在生活中寻找和谐,在绘画中表现和谐。他在画中不寻求奇松怪石之突兀美,也不寻求孤峰独云之幽寂,而是将高山流水、林泉烟云之和谐作为他的美趣追求。应当说他实现了他自己的宿愿,我赞佩他的人品和画品的双和谐。

也许是人到晚年方得重操旧业的缘故吧,我发现树声兄的字很爱写"霜叶红于二月花"、《枫桥夜泊》以及有关风霜秋色的诗句,画幅中也常见枫林红叶景色。他临终前送我的一幅字也是"霜叶红于二月花",那字写得十分苍劲,完全是一笔落成,字中似乎有说不尽的感慨,真是情动于衷之笔。我猜想,他偏爱这类诗句和枫林景色,恐怕也是晚年心境的体现。他一生坎坷甚多,壮志难酬,晚年愿以书画自娱又以书画明志,故以霜叶自喻自励,以期活出一个经霜益艳的晚年。他做到了,无论是自娱还是明志,他的书画晚年,都显示了“霜叶红于二月花”的艳丽。他多年积累下丰硕书画创作,举办和参与多次书画展览获得盛誉,他被国内国际若干名家辞典所收录,他被书画界认同并尊重。这证明他的丹心·丹青·丹枫都在活着。

# 与当代同步的安徽当代诗词

我以崇敬的心情，热烈祝贺《安徽当代诗词选》的出版发行。这是一本集安徽现当代诗词歌赋吟坛的精品力作的大展示，思想深邃，情感深厚，诗歌精美，也是展示不同诗人、不同风格的诗艺才华的诗词集，还是展示我省旧体诗词创作队伍不断发展壮大、江山代有才人出的诗词集。就编选而言，我既崇敬编选者的大度包容之心和他们的思想艺术眼光，也敬佩他们的无私奉献和辛勤操劳精神。我是当了一辈子编辑的人，深知要把来自全省各地六七百位诗人的几千首甚至上万首的诗词，精心挑选出来，是一件浩大工程。编选者完全出于对诗词艺术的热爱，心甘情愿地做义工，在一切向钱看的当日世风下，他们这种奉献精神和敬业精神，实在令我敬佩之至。

安徽是诗歌传统极为丰厚的地域之一。涂山氏女作的《候人兮猗》被《吕氏春秋·音初》定为"南音"之始，即南方诗歌之祖。尽管对大禹与涂山氏女的传说曾有争议，但专家考证后还是推定涂山氏女就是今安徽怀远那一带的人。安徽不但是古代诗歌的发源地，也是永传诗脉的肥沃土壤。从"五四"到当代，安徽文坛不但涌现了一大批新诗名家，也相继涌现了大批古体诗词名家，使古体诗词得以延续发展，成为当代文学百花园中的奇花异朵。这本诗词集的出版，就是古体诗词在新时代盛开的明证。

这本诗集的第一个特点是它的广泛的包容性，诗集中共编选了六百余位作者的作品，大体可分四代人士。第一代是"五四"运动的主帅陈独秀、胡适和稍后的追随者；第二代是朱蕴山、张恺帆、黄镇等老一辈领导干部；第三代则是我省古体诗词界的骨干力量，除已辞世的丁宁、宋亦英、刘夜峰、宛敏灏、吴梦复同志外，邹人煜、徐味等等一大批德才兼备的诗词高手，长期坚守诗词阵地，经常赋出诗词精品，满足广大诗词爱好者的精神需求；第四代人才是一批积极投入到诗词写作队伍中的中青年古体诗词爱好者,他们构成了我省诗词写作队伍的强大后备力量。这支队伍不仅有了这样一种纵向的继承和延续,在横向的面上,还包容了活跃于省内各市县的一大批诗词写作的执着的参与者,他们所提供的丰富作品,更显示了这部诗集的包容性之广博。

诗集另一个特点是所录诗词内容的思想深邃性与题材的多样性,以及格律的规范性,达到了完美的统一。

这些诗词,与时代同步,与人民共生。它来自人民生活,表达着人民的心声。有的给人以思想的启迪,有的给人以情感的慰藉;有的令人振奋,有的使人平和;有的庄重,有的诙谐,有的豪放,有的婉约;有的振聋发聩,有的心旷神怡。我们从陈独秀、张恺帆、宋亦英、徐味、邹人煜等人的诗作中读到关注祖国命运、民族命运、人民命运的真诚倾诉,聆听到他们的正义之声和正气之声;我们也可以从丁宁、潘培咸、江城等等许多人的诗作中得到怡然悠然的情绪感染,我们还能从许多礼赞祖国大好山河、关爱乡情、仰慕前贤和先烈、呼唤和平友谊、或陶醉于自然或感悟于人生等等多彩的诗篇中,得到对社会、对人生、对自然的感悟与体察,并从中获得美感享受。千姿百态的安徽当代诗词,还使我们认识到它虽然运用的形式是古体式,或称旧体,但它所承载和传播的思想与精神,却是时代的声音,若干经典篇章应被称为时代的强音。我深信这些优秀的诗词,将如同其他文体的当代优秀文学作品一样,进入当代《文学史册》,其中的经典篇章,将流芳百世。

# 向真善美的深度开掘

本届“安徽文学奖”的评奖范围包括文艺理论、散文、报告文学、杂文、诗歌、曲艺文学等多种样式。这是申报作品数量最多的一次，标志着，或者说显示了我省的文艺理论研究及散文创作、纪实文学创作、诗歌创作、杂文、随笔创作，有较为广泛的创作群体和日益活跃的创作实力，并且也已经取得了初步的但也是良好的创作成果。现就获奖的几部作品做一简单评介。

两部理论专著中，严云绶和刘锋杰先生的《文学象征论》获二等奖，陈宪年先生的《创作个性论》获三等奖。这是两部具有一定理论深度和某些个人创见的理论专著，它们看起来是纯学术性的理论著述，实则是针对我国创作界和理论界对文学本体性及其内部规律理解和把握不够充分而提出的理论呼唤，对当代文学的创作实际有切实的引导性和实用功能。《文学象征论》不仅科学而系统地论述了象征的发生、发展的历史脉络及各学派对它的分析与论证，更重要的是提出了自己的独立学术判断，初步形成了象征研究的理论体系，且在多方位、多角度的具体分析中，充分阐明了象征的美学个性、审美功能以及它在文学创作中特有的地位和作用，为作家们更好地把握和运用象征方法，创造象征形象，提供了有益的启示。《创作个性论》对文学创作中至关重要的个性问题，做了全面的分析和论述，充分肯定了个性创造的审美功能，强化了创作个性在文学主体性中的地位，既有助于一般文学爱好者对文学个性有关问题有一个比较全面和系统化的理解，也有助手作家们在创作实践中更加自觉地强化个性创造，从而以独创的艺术形象感染和征服读者。

安徽的文艺理论队伍，是一支思想比较活跃、学风比较严谨、富有参与热情、肯于探索新问题的队伍，近年来由于批评阵地的急速萎缩以及评论风气的不振，使得一些评论家转向了学术性较强的理论探讨，并在这方面做出了突出的贡献，我们希望评论家和学者们，在埋头于深层学术探究的同时，也要更多地关注当代文学的发展和变化，关心省内文学创作的现状，为推动创作、繁荣文学事业发表自己的真知灼见。

沈小兰的散文集《所思 · 所闻》获二等奖，郭翠华的散文集《紫色的夜》获三等奖，它们虽然都是出自年轻的女性作家之手，但它们各有千秋，各有特色，各有自己的对生活的思考和感悟。前者以深沉取胜，后者以热情见长；前者着意凝重，后者追求静雅。沈小兰以平和的心态品评艺术、品评艺术家，又在这之中品评了自己的人生际遇，她把叙事、抒情、议论、品评融而为一，文笔清新，自然流畅，给人以真切、亲切、恳切之感，作家虽在叙述中表现了个人的深沉思想，但没有矫饰气，也没有外露的倾泻之状，堪称当前散文创作中的优秀佳章。《紫色的夜》以城市现代人——现代女人的意识和眼光来观察和感知世界，以抒情和诗意的笔触来表现她的纯情的梦。既有女性的柔情，也有被蒙古烈性酒燃烧起的豪情，还有无瑕的友情与纯真的爱情，这一切，都在作家的笔下时而浓浓时而淡淡地展现出来。

其他散文集有的题材角度独特，有的质朴清新，有的情真意切，有的乡土情深，它们与获奖作品共同组成了我省散文创作的整体阵势。从总体上看，我省散文创作的发展势头是比较活跃、比较多样的。但我们也从中感到一本集子中的作品质量往往参差不齐，有些作者把散文视为只是表现自我的载体，故只求倾吐个人的无奈、忧烦或某种淡淡的愁、朦胧的爱，有的甚至过多地缠绕于身边琐事和闲情逸趣，这些当然都可以写，这类作品也当然有它的存在价值，但止于此，那就会令人感到散文作家的视野还不够宽广，散文作家的胸怀还不够敞亮，散文作家对时代、对人民的生活情景的把握还不够深入，我们希望散文作家们不断充实自己，以更加宽广的视野来书写自己的所见、所闻、所知、所感、所信的多种多样的社会生活，既要运用散文和自己的心灵对话，更要运用散文多和人民对话。

陈桂棣同志的《淮河的警告》是我国报告文学领域近年涌现的出色名篇。它一问世，便受到了广大读者和评论界的广泛关注，好评如潮，产生了一定的轰动效应。作品以全景式大特写的宏观描述，展示了淮河的历史和现实风貌及其变迁，又以深入而细微的观察和一个接一个真实场景的描写，表现了淮河流经四省时，被严重污染所造成的伤痕，以及成为一亿五千万人民的公害恶果。作品所提出的问题是震撼人心的，作家所发出的呼唤是引人深思的。作品真实、生动、准确，有信服力也有感染力，有政论性的思考与雄辩，也有文采盎然、情真意切的艺术魅力。作家关注环保、关注公害的深沉思考与热诚呼唤，不但引起了广大读者的共鸣，同时也引起了有关部门、有关领导的高度重视，对作品给予了很高的评价，认为它为全面治理淮河的决策提供了依据，吹响了前奏。

报告文学以真实性为第一生命，不能掺杂兑假，不能搞艺术虚构，也不能把捕风捉影的道听途说纳入文中，因此要求作家在采访过程中，必须深入实地、实事求是，对涉及的人和事必须以所见、所信为依据，从而保持其真实性和准确性。但报告文学在谋篇布局、叙述描写的过程中，也同样要追求艺术描写的生动性和感染力，使可信性与可读性融为一体，使政论性和文学性合二为一。陈桂棣同志在这方面做得很出色，他的执着精神、他的深入生活的作风，都值得我们敬佩。

李培垣同志的《有所思漫笔》和俞乃蕴同志的《迎客松下录》是两部内容和风格都不相同的杂文随笔文集。但有一点两者又有相似处，那就是他们两位都是从政的官员，而且还都是一面从政一面又喜欢舞文弄墨的官员。当然从政的岗位不同，引发的思索便也不同，文章的取材和内容就会更加不同了。《有所思漫笔》的取材多是来自作者在工作中的感受，因而现实的针对性很强，又由于作者是领导干部，故在行文中往往融入一些说理和告诫，但它不是直白的说理或趾高气扬的训诫，而是以文学化了的或借喻式的文笔来剖析问题的实质。从文集中我们见到作者做官有民心，作文有民意，有见识也有学识，运用典故娴熟，借古喻今得体，将知识性和政论性融于一篇篇千字文之内，颇为难能可贵。《迎客松下录》是将游记散文、人物访谈、随笔杂谈合为一体的文集，作者是新闻工作者出身，即使从政，也还是结合他的工作交往和步履行踪写下他的所见所闻。他的文章有书卷气，看似信笔写来，实有精雕细琢之处。作者眼界宽，交游广，珍视文化，注重人情，在作品赏析和人物访谈中，读者每每能从中领略到作者个人的魅力。散文、随笔、杂文、纪实文学等都是当代文坛比较受读者喜爱的文体,它们的现实感强,可读性强,文化内涵丰富,许多优秀篇章具有高层次、深层次的人文精神,故能在人民群众中广泛流传。我省的文学创作,在这些领域呈现出活跃态势是很可喜的。

我们刚刚纪念过改革开放二十周年的大庆和新中国成立五十周年大庆。二十年的改革开放大大改变了伟大祖国的面貌,也大大改变了我们安徽的面貌,山山水水都在变,城市农村都在变,男男女女都在变,老人小孩都在变,文学艺术也在变,变得更加开放了,更加丰富多彩了,更加本体化了。我们应该潜下心来到生活中去,潜下心来磨炼自己的思想艺术才能,潜下心来向真善美的深度开掘,用你的心血结晶,回报祖国和人民。

# 新的希望和新的契机

## ——第五届安徽文学奖获奖作品简评

安徽文学奖评奖活动,已经成为安徽省有影响的重要文化建设工程之一,在省委、省政府的领导和关怀下,我们始终本着导向性、公正性、权威性兼备的评审原则,依次推出了一批思想艺术双优、文采文质并佳的作品,在读者群中引起了比较强烈的反响和良好的社会效应,同时也受到了文学界和批评界的热情关注,有的作品已进入我国当代文学的精品行列,为我省的文学事业增了光、添了彩。

本届是小说专项评奖,参评作品的数量和质量,比历届有所发展;参评作者,呈现出更加年轻化、业余化的趋势;参评作品的题材、体裁、风格、手法也显示出了更加多样化、多元化的趋势;在中篇和短篇小说领域还显示了相当活跃的态势,并且显示了比较深厚的潜力。评委会成员一致感到文学新人的大量涌现是值得欣喜和欣慰的。例如在淮北农村大地出现了初出茅庐就敢于驾驭鸿篇巨制的农民作者,他们虽然在创作准备方面还要下许多功夫,但他们的热情、勇气和追求是可嘉的;皖南城乡也出现了好几位有生活阅历和文学才华的青年作者,他们的创作潜力将会在持续的实践中得到良好的发展。特别是马鞍山钢铁公司创作群体的出现和崛起,颇令人感到惊喜和宽慰。他们是有活力、有实力的青年群体,他们的作品在本届参评作品中占了三分之一的比例,在获奖作品中占了三分之二的比例,这是历届评奖中都不曾出现过的现象。他们生活在马钢的生产和管理部门的第一线,他们非常熟悉描写对象的生存状态和心理状态,非常熟悉笔下人物的生活情景、思维习惯和言谈举止,他们长于从日常生活和周边人物中捕捉到极富现实感和时代感的题材,也善于从凡人小事中开掘具有深厚社会意义的主题,他们具有近似的美学追求和以人文精神关照创作的文化品格,他们进一步的成长和成熟，很可能为我们文学事业带来新的希望和新的契机。

本届参评作品总字数近五百万字，评委们以近三个月的时间全面阅读了所有作品，依据评审原则和既定程序，经过认真的评议和交流，以无记名投票方式，评出六部(篇)作品获得本届安徽文学奖。其中，孙志保的中篇小说《温柔一刀》获一等奖；小羊(王晓阳)的中篇小说《老单》及郭启林的短篇小说集《今夜无电话》获二等奖；傅嘉的长篇小说《唐城之雨》、石楠的长篇小说《陈圆圆，红颜恨》以及西仔(韩卫)的中篇小说《人以群分》获三等奖。另有一些作品虽未进入获奖之列，但在评议过程中均受到评委的热情关注，评委充分肯定了他们的艺术追求和辛勤耕耘。从创作的总体趋势看，本届获奖作品与历届获奖作品相同，仍然保持着思想倾向一致性和艺术风格多样性的特色，保持着徽派文学的固有特征，保持着安徽作家与时代同步伐与人民共命运的基本传统，保持着写真实、抒真情，坚持以人为本、以民为本以及信守社会责任等等方面的道义与良知，以质朴、热诚、凝重的总体风貌，体现了安徽作家群体共有的美学气质。

《温柔一刀》的作者是生活在淮北大地的一位青年作家，他出道不久便以中篇小说《黑白道》获得过安徽省文学奖，本篇可以说是前者的姐妹篇，也可以视为前者精神内涵的延续，作品借助围棋手师徒两代人的经历与变化，展示了世道的变化和此种变化对人的精神影响，棋局的走势显示着不同类型人物的品格和力量的沉浮，棋道的变迁更预示着商品经济意识对传统文化的挑战与冲击。作家以轻松的笔触描写了事态的合理发展，同时又以深沉的笔触叹息着某些精神堕落的无可奈何。作品叙述细腻流畅，人物性格刻画栩栩如生，语言文字老练，既能在思想上给人以人生价值选择的启示与思考，又能在艺术上给人以雅俗共赏的美感享受，在当前的中篇小说创作中，称得上是颇具影响的精品力作。本篇首发于《清明》杂志 1998 年 6 期，后被《中篇小说选刊》(1999 年 1 期)、《中华文学选刊》(1999 年 2 期)以及中国作家协会选编的《1999 年中篇小说精选》转载和选载。

《老单》的作者王晓阳在马钢工作，他坚持业余创作多年，既有深厚的生活体验，又有良好的文学素养，写作于他既是一种精神寄托，又是一种社会责任感的体现。在《老单》中，他对不计个人得失的传统美德给予了崇高的礼赞，在叙述老单的个人命运和奇特经历中，善意地但也是尖锐地抨击了国有企业人事制度的某些弊端。作品以喜剧式诙谐手法描写任用老单工作上的错位，人物形象丰满，独具个性，读来妙趣横生，但寓庄于谐，骨子里是庄严的人生价值观念的比较与选择。以高尚的情操感染人是本篇的立意，也是本篇实现了的结局。

《今夜无电话》的作者郭启林，也是马钢作家群体中的一员。在这部短篇小说集中，他以平常人的心态描写平常人的生活境遇，捕捉周边人物日常生活的点点滴滴，发掘其中所蕴藏着的人性魅力，平易中见深沉，含蓄中见锋芒，寄改革的热望于淡淡的讽刺之中，颇有发人深省之处。文集中的《藤椅》、《茶杯》、《铜壶》、《今夜无电话》、《东芝冰箱》等篇章，含意较深，读之令人心动，堪称短篇佳作。

另一位马钢作者傅嘉的《唐城之雨》，是一部描绘商海沉浮的长篇小说，它通过几个主要人物的情感纠葛和商战中的智谋较量，较为生动地表现了“商场即战场”的底蕴，并在情节发展中展示了人物性格的多样性与复杂性，正面反面人物都写得比较真切，读来令人可信。作品情节生动，丝丝入扣，可读性较强，但整体结构仍有模式化痕迹，可谓美中不足。

石楠的《陈圆圆，红颜恨》是她的长篇传记小说系列的最新成果，是这位女性作家以现代眼光和自己的感知、心态来重新认识和诠释陈圆圆这个历来有争议的历史女性的作品。作者曾以《画魂——张玉良传》及《寒柳》等系列传记小说饮誉文坛，本篇仍以她一贯信守的以真实传略为主体、以小说的艺术描写为基本手段来塑造传记主人公。陈圆圆是一个在明亡清兴的历史大变动中有牵扯、有影响、有争议的人物，作品着力描写了她与吴三桂之间的爱恨之深、爱恨之交错、爱恨之矛盾、爱恨的历史成因等诸多方面，笔触细腻，比较深入地开掘了人物的心灵秘密，若干场景和细节描写相当传神，颇能引人入胜。但作家在情感上似乎介入过多，对陈圆圆的个人命运，除了同情和理解之外，对其品格、情操、志向似有过誉或溢美之嫌，对此读者和批评界虽可以见仁见智，但人们总是期望一部作品的艺术说服力越高越好。

西仔的中篇小说《人以群分》所表现的是性善与性恶的冲突，呼唤人性的正义与良知，谴责欺凌弱者的恶行和不良的社会风气。作品通过人以群分这个视角，提出体制改革必须与提高人的精神文明与道德素质同步进行，方可沿着正确轨道前进的问题，颇能发人深省，但在人物塑造上笔墨略嫌单一。作者本名韩卫，也是马钢作者。

纵观本届评奖，我们对新作者的大量涌现感到由衷喜悦，对省内小说创作的健康发展感到欣慰有加，但我们也同时感到正在成长中的青年作家需要更加努力，进一步提高思想素养和艺术素养，有关方面也需要进一步给予帮助和扶持。年轻一代是我们的希望所在，祝愿他们飞速成长，祝愿有更多洋溢着时代精神、为人民群众喜闻乐见的优秀作品涌现。

# 倾泻真情

# 倾泻真情

## ——序《贾梦雷诗文选》

贾公梦雷(平时我们都喊他老贾)把厚厚一大摞正在校对的书稿交给我,并嘱我读后为此书写一篇序文。他说:“咱们是在一起滚了几十年的老哥们儿了,我这个人和我的作品你都比较了解,你写最合适。”对此,我无言可复,只好勉为其难地接受了他对我的抬爱,每天上午捧读他的大作,从头到尾,一篇不漏。

贾公说得很对,我与他确实在一起滚了几十年,而且就在同一条文学战线、同一单位、同一大院、同一座小楼之上。正像他在《小楼春秋》一诗里所写的那样:“在这座小搂,我们将生活滋味尝够……在这座小楼,我们将人生参透。”他把小楼比作一叶方舟,在风口浪尖上颠簸万里;他又把小楼比作老君炉,让人炼出打不断、压不变、扭不曲的好筋骨;他还把小楼比作喷油之井,将精神石油送往天南地北。他用小楼浓缩了文学命运的沉浮,也借小楼倾诉了自己大半生的感怀。小楼人生,我们是共享者。我是 1959 年早春从北京调至安徽省文联的,他比我早来五六年,该是属于这个单位的元老辈人物,而我只能算是从外来户逐渐转化为坐地佬的同代人。我们在同一战线共事四十三个春夏秋冬,共同经历了历史老人给我们的诸般考验,共同体验了人生的苦辣酸甜,共同度过黑暗岁月,也共同迎来了从新时期到新世纪的盛世阳光。这期间,他从小贾擢升至老贾,又从老贾提拔成贾老,在文学事业上也从一个热情奔放的青年作家演变成日趋成熟的老作家,真是有说不尽道不完的沧桑。这本《贾梦雷诗文选》,是他自己的人生历程和文学历程的纪念册,也是他参与历史、认知历史、感怀历史、歌咏历史、反思历史的真情实录。当然,他不是以史学家的笔触来描述历史的,而是以作家的感知、诗人的情怀、形象的画面和炽热的心灵,写出一行一行的诗、一篇一篇的文,来抒发他对生活的爱、对人民的情、对领袖的讴歌、对英雄的礼赞、对美好山河的赞叹、对真挚爱情的倾心、对历史悲剧的扼腕、对丑恶灵魂的鞭挞。他生活阅历丰富，文学视野开阔，以诗文多角度、多侧面地展现了时代的风采，同时又在诗文中剖白了自己的心灵。

贾梦雷自幼在家庭中受到两位兄长的革命熏陶，少年时代（大约是15岁吧）即投身革命，并在文工团队中深受革命文艺思想的启迪和教化，这使他很早就爱上了文学，并且从一位业余诗人逐步发展成了一个日益走向成熟的专业作家，而且是一位多面手的作家。即除了诗歌、散文、报告文学之外，他老兄还在戏剧、电影、电视诸多方面，都有良好的业绩。我不知道贾公的首篇处女作是什么，但本诗文选集中所收录的最早的诗篇是写于1956年的《合肥，我的城市》。这是一首热情的颂歌，一首情志昂扬、格调奔放、节奏明快的对一座新兴城市的深情赞歌。尽管从诗学的美感角度来讲，它尚未锤炼出那种或荡气回肠，或振聋发聩，或情思绵绵的诗句，在营造意境及协调韵律上，也尚欠火候，但发自诗人内心的对这座新兴城市巨大变化的强烈激情，以及他对新合肥的由衷礼赞，不仅在当时，就是在今天，也会唤起读者的深情共鸣。我以为，这首诗奠定了贾梦雷文学生涯的基础，给了他自信，也给了他探索文学旅程的决心。如果说这首诗给贾梦雷带来好声望和好运道的话，接下来的另一首也是他自己非常喜爱的作品——《一串辣椒》，虽然也一度颇受好评，但过了一阵子，却使他交上了噩运。这是一组讽刺诗，是批评官僚主义、藐视群众吹牛拍马等市侩作风的作品，可能是受当时的“干预生活”理论的影响，作者是以一种义愤的心情和冷嘲热讽的口吻，刻画了一些人物的不光彩嘴脸，问世之初还是很受欢迎的。但到了1957年的反右斗争时，这串辣椒却忽地变成攻击什么、歪曲什么、丑化什么、诽谤什么的毒椒了，作者也差点被“加冠”。这两首诗，虽是一美一刺，一个热情歌颂，一个冷嘲热讽，但它们所体现的贾梦雷的文学理念，却是同一种精神和同一准则的。即文学应当为人民的理想、时代的召唤和社会的需求来服务。这样的文学理念，要求作家在自己的作品中要张扬崇高、张扬时代精神、张扬英雄品格、张扬忠于现实并服务于现实的基本原则，从而把文学置于净化或提升人类灵魂的地位。贾公从出道到而今一直遵循着这样的信念和这样的文格。尽管历史和文化思潮在半个世纪的运行中已发生了很多和很大的变化,其间既有十年浩劫期的黑暗岁月和与之相匹配的文化专制主义,又有改革开放带来万象更新和文化上的百花齐放,贾公对此虽也有或怒或悲或恨,以及或狂喜或振奋或敬佩的种种心态,但他在用文学(无论是诗、文、影视)表达他的心境时,依然故我地保持着他的本色,还是以昂扬的格调、写实的手法和真切的感受,来抒发他的心灵感怀。甚至就连描述"文革"期的牛棚灾难,他仍然以乐观的格调展现自己的不屈信念。当某些新潮理论家和作家高呼远离崇高甚至逃亡崇高之时,贾公却依然如故地把张扬崇高、礼赞崇高视为自己的神圣职责,并把自己的心灵和诗融入崇高境界之中。本文集的首篇力作《世纪伟人的几个镜头》,通过讴歌邓小平一生中伟大业绩的几个镜头,以凝练而深沉的诗句,表达出他对这位世纪伟人的真诚敬爱和尊崇。这首诗第四节的两次"挥手"和结尾的四个"笑得",把诗意和敬意融合得相当和谐。另一首悼念周总理的《永恒的怀念》,则以数百行充满悲壮感和哀思情的诗句,咏叹着周总理的伟大一生和至美的人格魅力,并对"四人帮"丑类的逆行,射出了愤怒的子弹。《真理之路》是赞颂张志新烈士的英雄品格和正义精神的,其中的"打进你胸膛的那颗黑色子弹/像射进我们整个民族的胸口/我们啊,是这样的难以忍受",将悲愤之情化作了对于崇高的礼赞。此外,像《我与共和国》、《一九九七·这一天》、《深圳十八岁》、《淮河思绪》、《马钢一九九〇》等等,都以不同的内容和不同形式,显示了作家对崇高境界的倾慕和追逐。他常常把诗的意境融入到散文的叙述里,在诗境中倾泻真情。但我们这里所说的崇高,既是一种思想境界,也是一种美学境界。张扬崇高并不意味着作家在选材上必须着眼于政治色彩较浓的素材,或者在主题上必须表达某种政治的或道德的理念,在风格上必须搞那种高音喇叭式的鼓动调。文学中所体现的崇高精神,是在艺术形象中,在诗文的意境中,在叙事文学的人物、场面、情节的进程中,自然而然流露出的某种精神寄托。因此,它不取决于题材、主题、风格和表现对象,而是取决于作家的价值取向和审美取向,取决于作品的美感效应和思想感召的完美结合。这本诗文选集中的《路,从这里延伸》和《乡情、亲情漫曹州》,其内容近似贾公诉说自己的人生旅程和家史的枝枝叶叶,文笔带有随意性,像拉家常似的让笔跟着情思走，其间并没有什么震撼人心的大事件、大风波，但字里行间所展现的亲情乡情和对人生价值的探求，仍含有崇高境界。甚至就连爱情诗或游记类的风光散文，只要你表达出爱的纯真、高尚与执着，山河壮美与精神境界的升华，又何尝不能在艺术美中展现灵魂美呢？《陈登科形象》和《难得这一位县长》是人物素描，写得很亲切也很真切，作家的着眼点是主人公的人生际遇和人生追求，细致地刻画了主人公的人格魅力，然文中所吐露的情思，会使我们领略到作家是以主人公的人格魅力感召自己也感召世人。《燃灯》、《花鼓世家的命运》是从关注农民命运的角度，展现了时代变迁给农民的物质和精神生活带来了深刻影响；描述钢铁战线和铁路战线的一系列报告文学，则是以真人真事、真情真录的纪实方法，讴歌第一线建设者的英姿。纵观整个文集，不论作家所选取的题材和主题是什么，也不论作家所运用的文体和风格是什么，他始终如一地坚持关注现实、关注时代变革、关注人民的生存际遇、关注改革开放大业的设计者、开拓者、苦搏者、奉献者等群体在当代历史上留下的业绩和心声，并把这种关注化作诗文，借以激发人们的美感与良知，提升人的精神，把展现崇高、追求崇高作为自己的毕生理想。当然，追求这样的美学境界，不能只在思想内涵上下工夫，在牢牢把握时代脉搏的同时，还必须真真切切地写出真实的生活场景、真实的人物图像、真实的时代思潮、真实的人民心声、真实的情感倾泻，去浮华、远矫饰、扫虚夸、荡伪情，以真善美的融合来铸造艺术的崇高美。不管文坛的时尚如何，贾公走自己的路总是坚定不移的。他肯定还要往前面走、往高处奔，我祝他步步登高的同时，也望他文风更质朴些、抒情更自然些、叙述更白描化些。成熟老作家的心态不能老，但文笔要老到。

# 我所认识的白榕
## ——序《花街》

我与白榕相识、相交、相知已有四十五个年头。这四十五年中,我与他共同或各自经受了时代和历史风雨的洗礼,共同或各自走过了一段又一段磕磕绊绊的路,也共同迎来了新的时代,还共同走进了老人世界。我与他最初相识是在1953年的北京。1952年末,因大行政区撤销,中南直属机构要重新调整,我与涂光群从《长江文艺》编辑部被调往《人民文学》编辑部。那时《人民文学》的主编已由茅盾先生换为丁玲,副主编是艾青、周立波,在编辑部轮流当班主持日常编务的是肖殷和杨思仲(陈涌)。编辑部的成员大多是中年人,且在文学上有所成就,我与涂光群是少有的几个青年人。尽管这里的文化气氛极好,同志关系也非常和谐,工作环境既严肃又宽松,且能经常在一些高层次文化活动中受到教育和启发,但我一面庆幸自己的幸运,一面又为自己的年轻幼稚而惶恐,生怕自己融合不进去。恰在这时,白榕他们来了。他是与张保真同志一道由文学研究所分配来的,而且都被安排到小说组。张保真除看小说来稿还兼看翻译稿,白榕则兼着戏剧、电影文学的阅读和组稿。因为我们是同一年龄段的人,故很容易打成一片,相识就开始了相交,玩在一起,聊在一起,外出参观访问更是摞在一起,假日时他还常到我家蹭顿饭,并夸我烧的鲫鱼好吃。不久,编辑部领导机构又进行了改组,由邵荃麟、严文井任正副主编;再过一段时间又改为由严文井任主编,秦兆阳、葛洛任副主编,这期间还陆续调进一批青年人,一时间竟形成了一个青年群体。未成家的男士住在一个大套间的集体宿舍,晚上常有生萝卜就花生、兰花豆之类的大聚餐。我虽年长他们几岁,但仍然愿往他们堆里扎,一来党支部招呼我多关心他们,更主要的是我羡慕他们都受过正规的科班教育,羡慕他们的朝气和才气。白榕是个多识、多才又健谈的人,他热情、细心,事业心很强，心境又高，常表示他的人生奋斗目标是一名出色的大编导，而不是当个什么编辑、作家。为此，他十分热心于影剧方面的组稿。上世纪50年代中期《人民文学》发表的戏剧、电影文学剧本，大多数都是经他组稿并编发的，如老舍先生的经典名剧《茶馆》，就是他跑来的。不过他虽然醉心于影剧编导，但对手头的编务却很有敬业精神，对老作家非常尊重，对年轻的业余作者也十分热情，好像王蒙刚出道时的《小豆儿》等，就是他推荐出来的。那一时期的《人民文学》正处在兴旺阶段，既能广泛团结各流派的成熟作家，也十分注重对青年作家的发现、推出、扶持和培养。被文坛视为胡风派精英的路翎，其短篇《初雪》、《洼地上的战役》都是以头条地位发表的，还登过胡风的报告文学，至于鲁藜、绿原的诗更是经常出现。艾青的《双尖山》、何其芳的《回答》以及卞之琳、孙大雨、柯仲平等著名人物的诗篇发表后，曾引起很大争议，编辑部受到很大压力，但仍坚持广泛团结作家，继续登载风格多样的作品。在推出新人方面，不但对王蒙、刘真、白桦、杨大群、公刘、傅仇、梁上泉等一大批新生力量给以积极的支持，还连载了黄远的长篇小说《总有一天》那样的描写战争时期的缠绵爱情故事的作品，这在当时有很大的突破性。随后推出的《在桥梁工地上》、《被围困的农庄主席》等所谓“干预生活”的特写，又进一步打破了固有禁忌而轰动文坛。理论批评方面，连续推出了蒋和森的《林黛玉论》等多篇红学研究新篇，又破例为新中国第一代硕士研究生的论文开辟了《作家论》专栏，连续发表了潘旭澜、范伯群等人的《郁达夫论》、《巴金论》等等。当时的《人民文学》所以办得有声有色，与秦兆阳的办刊新思路和李清泉的苦心经营有很大关系，但我们这帮年轻人乐于接受新思路，肯于积极体现并拓展新思路也起了一定作用。白榕就是思想活跃、手脚都勤快的人。手勤是他的业余时间不断地挥笔舞文。他爱写诗、杂文和文艺随笔等，写作上他相当注重语言的精美和含蓄，且有一些幽默情趣和直言的锋芒。我在评论组当组长，常请他为我们的《创作谈》、《短论》栏写稿，他总是有求必应，按时交卷，故而我们之间的交流也就必然多一些。不料，他的直言和锋芒却给他带来了灾难和不幸。在所谓的反“右”运动中，他说的几句直言，他在某些杂文中所表露的锋芒，都被视为不轨和放毒。那场轰轰烈烈的大运动，在《人民文学》编辑部的“收获是巨大”的，有两位副主编

(秦兆阳、俞林)、一位主任(李清泉)、两位组长(吕剑、唐祈)、两位编辑(杜黎君、高光起)被打成右派,一位副主编(葛洛)受到党纪严厉处分,我被清除出党,有六人因严重“右”倾被下放劳动锻炼。一个不到三十个人的小单位,一下子被斗垮了这么多人,实在“战果”辉煌啊!白榕侥幸未被加冠,被“帮助”了一番以后下放到怀来县。我被清除出党又被“帮助”了几场下放到鹿县修理地球。不幸的是,白榕在下放期不知又出了什么故障,说他不好好锻炼改造,所以又在乡下接受了一阵子“帮助”,并给了团纪处分才算了事。

这一年是“大跃进”年,我们个人的命运也以跃进的速度改变着。第二年,我们这帮“光荣下放”之士一回京,便被再一次地“光荣下放”。这一次是支援边远地区和落后地区,于是白榕光荣地去了青海,我来到了安徽。事有凑巧,由于白榕是安徽人,到青海两年多又辗转调到安徽,我们又继续相交了。他本想来皖圆他的编导梦,所以主动要求去文工团搞专业创作,不料他的事业发展没有跟着他的感觉走,不知是有意无意还是不由自主地走进了散文世界。

我最早接触他的散文,是两篇叙事散文,一篇是《红灯记》,一篇是《唢呐曲》。他真的是出手不凡。娓娓动听的叙述、诗情画意的描写、人物精神品格的展现、地域风貌的铺陈、作家个人诗情和激情的渗透、艺术美感和思想启迪的汇合、都比较和谐地融为一体,确实是那一时期散文创作中的精美之作。此后,散文也成了他的主攻文体之一,隔三差五就能在报刊上看到他的散文篇章。

“文革”一开始,我们又各自被迫接受阶级斗争暴风雨的洗礼,他自然停笔了。粉碎“四人帮”以后,他老兄文思大涌,文才大进,文笔大振,不但恢复了杂文、随笔的写作,且使原有的幽默感和锋利性更加突出,于散文则如恋人般地沉醉其中,把他在人生旅途中的所见、所感、所悟、所思、所忧、所喜、所兴、所悲,统统都化作了散文,化作了他那诗情的、凝重的、明丽的、真挚的散文,几乎是天天命笔,日夜谋篇,甚至呕心沥血,长此不疲。报刊上如有多日不见到白榕的名字,就好像缺了点什么似的。我知道他不是追求数量之多,而是追求表达之美,更主要的是追求抒发心灵深处的对生活的爱,对人生命运的破解,对社会现实的诸多感受。应该说他的艺术追求是得到了体现的,这本《花街》散文集虽然只是他的心血的部分结晶,但也足以展现白榕的心灵世界和艺术视野。

白榕散文的第一个特点是关注现实,关注人生。由于散文富有的抒情特征,有的人往往视散文只是表现自我的载体,只愿在风花雪月中徜徉,只求倾吐个人的无奈、忧思或某种朦胧的爱、淡淡的愁。特别是在逃避崇高、脱身现实的思潮声中,有些散文简直变成了展现闲情逸趣、描述个人琐事、谈天说梦的休闲上品。这类文章当然也有它的存在价值,但过多过泛也腻味人;白榕走的不是这条路,他的视角和笔触始终是投向现实人生的现实命运。《唢呐曲》凭借一个民间艺术家的经历,控诉了旧社会,讴歌了新时代。作家在行文中充分运用了散文的抒情特长,生动描摹了主人公超凡的艺术天分和人生追求,以美的文字、美的语言、美的意境完成了叙述,并给人留下了无穷的回味。《花街行》借助描绘一条小街的节日景观表现时代的变迁,其间有细致的灯市景象描绘,有民风民俗的真切风采,有对往事的悲怆回顾,有对今日新风的讴歌。《难忘赣江那边雪》写了作者在上世纪50年代参加土改的一段往事,但字里行间始终都饱含着他对小老百姓的爱。《怀念废名老师》以淡笔浓情赞颂了老一代知识分子的高尚品德;《水路三千》以融情入景、借景传情之笔,倾诉了兄妹亲情和他对人生的沧桑感悟。白榕当然也写景观散文或游记文字,如《青阳醉我九芙蓉》就把九华山的丛林、寺院、古树、溪流及至素食小吃都写得真真切切,令人神往和垂涎,而穿插其间的小尼姑罗巧云和果成的出家故事,却成了游记的真正主体,把我们又重新拉回到现实人生中来。

白榕散文的另一特点是崇真、扬善、重情。散文是作家说真话、吐真情、表真知的文体,任何虚情假意、矫揉造作、曲意逢迎或无病呻吟都是散文的大敌。白榕以真诚为信念,以写真实、抒真情为上旨,形成了他的风格和特色。在《难忘赣江那边雪》和《水路三千》里,作家所投入的情是相当凝重而又深厚的,毫无矫饰之态,读着它能让你和他一起共享同一种情思。《街上又卖白兰花》写的是真挚博大的母爱,其景、其情、其爱都写得真真切切、历历在目,令读者会情不自禁地体验母爱的温暖。从其写作时间看,他对母爱的讴歌和对母亲的崇高敬意,还暗寓着对祖国的爱与敬的深层内涵。他崇真是为了扬善，而扬善又切忌虚夸，所以他的许多篇章都穿插叙事情节，并在情节中扬善挞恶，同时又依托真实的叙述倾吐真情，形成真善美相依，这是他的追求也是他的成果。

他的又一特色可说是题材宽广，社会内容丰富。白榕散文所涉及的题材领域，可谓无框架、无套路、无拘束，天南地北，往昔今朝，大潮小景，兴事悲情，市井故事，山乡风物，他什么都写，当美则美，该刺就刺，这本《花街》正好说明他的视野、视角是多么宽广，作品的内容又是多么丰富。他喜欢到处跑跑看看，喜欢广交朋友，喜欢接触社会生活的方方面面，所以就能把笔头子伸向方方面面。

这就是我所认识的白榕和他散文的枝枝叶叶。倘说还有什么希冀的话，我就是望他在注重语言美的同时，不要过于刻意雕琢；在传情的时候不宜强求煽情；在铸造华美时不要丢弃质朴；在人生旅途的探索中还要修炼悟性和平常心态。他如今体弱笔不弱。伏枥之年，壮心未已，再上两个新台阶当然没问题。

# 活跃的艺术感觉

——序《小镇皇后》

喜作惊人之语的批评界,眼下还没有对新近崭露头角的潘军冠以新星、新秀之类的称号,他的作品,也不曾被誉为奇葩异草或开创了什么艺术新天地之类。但我在读过这本书稿时,脑里仍不时出现“后生可畏”这句话。确实,一个刚刚走出大学校门的青年,在短短的几年里,接连向社会奉献出四部中篇小说和十八篇短篇小说,这对于一个全靠业余时间爬格子的人来说,的确是难能可贵的。然而我感到后生可畏之处,却并不只是他的勤奋,而是他的出手不凡和他那善于捕捉人心灵秘密的艺术感觉。

我没有深入研究潘军的写作过程,不太了解他的体验和感受,但从阅读他的作品中感觉到,他写作似乎并不很吃力。他能比较自如地驾驭他的表现对象:既能顺应人物自身的性格逻辑,必要时跟着人物走,又能把握和调动人物的行动和心路历程。故而运笔从容、行文流畅,每篇作品虽也都是精心构造,但看不出什么绳墨刀斧痕迹,显示了当代青年作家共有的艺术准备比较充分的特点。

艺术感觉,说起来似乎很玄妙,难以三言两语说得清楚明白,但对于从事文学艺术创作的人来说,确是必不可少的素质。从某种意义上讲,有没有良好的艺术感觉,常常是一个作家或艺术家成败优劣的关键。有的作者生活阅历很丰富,很广阔,甚至不乏多重色彩,但由于缺少活跃的、细腻的、敏锐的艺术感觉,故难以提炼出很有艺术魅力的题材、人物、情志和意象,有的作者写作很艰苦,搜肠刮肚,苦心编织,抠字眼,找趣味,到头来仍难免疙疙瘩瘩,恐怕也和艺术感觉微弱有关。潘军写作似乎不那么吃力,我猜想可能得力于他的艺术感觉比较活跃和细腻。

倘从形象思维规律或创作心理学角度来探讨艺术感觉,那可能是一门很复杂的学问，但如果我们能抓住以情动人这个基本特征，在创作过程里始终掌握以情动人这个要素，那就可能容易调动和激发创作者的艺术感觉。因为在艺术中，无论是缘情、言志、明理、析义，大而至演述天下之兴亡，小而至叙谈个人之悲欢，都要借助于情，以情为网络中枢，来传达作家的人生思考。而这情，又无论是人情、世情、民情、风情、友情、恋情、真情、眷情、苦情、怨情等等，无不是人的心灵的表白。善于探测和捕捉人的心灵秘密，实在是作家凭艺术感觉来体察和感知社会生活的基本功。

潘军的阅历并不很丰富，除了童年的家乡和不幸与梦幻，就是一连串的学校生活和为时不久的机关环境。但他善于就地取材，不去寻找异国他乡的浪漫情调，不去攀附远离身边的诗情画意，而是在自己最熟悉的生活领域里，深开掘、广采撷，从老师、父辈、同学、朋友诸色熟人身上，找到了一个又一个艺术主人公。在本书里，作者着笔最多的，是大学生和大学生出身的领导机关的秘书。我们不能说这两种人都是作者自己，但确实可以说他们是作者用自己的眼睛和心灵来看取和感受人生的替身。像《黎明，他将启程》中的“2”，《没有人行道的大街》里当上了市长秘书的“他”，《啊！大提琴》中的凌石，《小镇皇后》中的地委机关秘书“我”以及《教授和他的儿子》中的儿子等等，他们的困惑、焦虑、期待和追求，都折射着作者对人生价值的思考和寄托。

在作者看来，人的生活和生命的价值，人在社会和群体中存在意义，不是他人给予的，而是由自己选择、自己铸造的。《啊！大提琴》和《黎明，他将启程》中的两个主人公的选择，虽然不无理想色彩，但那确实是当代青年中一类别有风采人物的自觉的自我铸造。那个被称为“小镇皇后”的临江总机话务员，尽管在当地长期不被理解和尊重，甚至还要受流言毁谤，但她的内心至善至美，无私无惧，直至在工作中献出了年轻的生命，小镇上的人们才能够理解和尊重了她。这又是一种自我铸造，也同样体现着作者的寄托。

《篱笆镇》是这本书里唯一描绘农村生活情景的中篇小说。作者自称是受文学界“寻根热”冲击而写的。这里展示了农民心理结构的变迁，历史文化积淀的背景、地域风情世态与两代（又是两类）农村强者的性格较量和智慧较量。这种较量其实也是双方各自追求自我价值的较量。老德安追求的是心理上的虚荣和满足。因为他当过官，一向被乡亲另眼相看。他不能容忍退休之后人们对他的冷落，他要把这种失落找回来，重建权威，让人们围着他旋转，以获取精神上的安慰和心理平衡。胜宝则追求社会承认他的高超的竹编技艺，用绝技唤起人们对他的存在的正视和重视。胜宝与德安本有积怨，但为着实现各自的追求目标，竟然奇异地联合在一起，又在联合中展开较量，最终他们又都在商品经济意识的启示下，精神境界有所升华。《教授和他的儿子》也有两代人价值观的较量，也有作者所期待的弥合。这弥合就是呼唤理解和尊重。人际关系的间隔，哪怕只有一层薄膜阻碍，也会造成对峙、歧视或排斥。如果有了理解和尊重，就会沟通心灵，在新的思想层次上获得真情和至诚。《别梦依稀》、《教授和他的儿子》，是作者将自己胸中积沉已久的体验和思考诉诸笔端的篇章。他摆脱了故事和情节的约束，一开笔便走进人物的内心世界，似乎是冷静无情地剖析着父子两代人的内心秘密，但文中却藏着作者呼唤理解的强烈感情。有一位评论者谈及潘军作品时，说他"较早地唱出了'理解万岁'的旋律"，我是完全同意的。

这是一本有新意、有真情的书。虽然她还稚嫩，称不上鸿篇巨制，作者在美学上的追求还只是刚刚起步。他也在较量，也在呼唤，也在铸造自己。我们有理由期待潘军更精美的作品问世。

(1986年11月)

# 乡恋——小城故事多

## ——序《徐瑛文集》

徐瑛是生在淮北、长在淮北、钟爱淮北并用真情和心血书写淮北的乡土文学作家。

说起乡土文学,人们很容易想起沈从文、赵树理、孙犁那样一些著名大家。然各人的文学成就虽有所不同,但视乡土为文学之根,视乡土为文学之魂,把书写乡土作为个人文学的永生追求这一点上,徐瑛与那些他尚在遥望的大家之间,还是相通的,也可以说是一脉相承的。他正是追寻那些大家的脚步,去寻找他自己的文学之根和文学之魂。从他读初中二年级时写的《吹灯诗》起,到近年完成的长篇《呼唤》和大量散文、随笔,徐瑛的文学视野始终离不开淮北的山水,淮北的草舍茅庵,淮北的民风民俗,淮北的历史文化,淮北的名人和凡人,淮北的崛起与发展,淮北的兴衰和起伏,淮北的官场、商场、文场、情场、酒场、草根场的打斗博弈所引发的喜怒哀乐、爱恨情仇。他的笔端所流淌的,永远是他对淮北人民的爱,对淮北地域风情的迷,对淮北乡土的恋。

五卷本《徐瑛文集》,既展现了作家的文学才情,更体现了他的乡恋真情。这部文集,虽然不是徐瑛毕生的全部创作成果的总汇,但它是徐瑛不同时期和不同文本的代表作。其中,第一卷为儿童文学(均为小长篇),第二卷为中、短篇小说集,第三卷为长篇小说,第四卷为散文、随笔集,第五卷为传记文学、随笔和报告文学。这套洋洋洒洒一百五十万字上下的《文集》,一方面显示了作家多层面的文学才华,另一方面又在多种样式的文本中,凝聚着一个中心情结,那就是"乡恋"。我把本文的题目定为《乡恋——小城故事多》,就是我对这部《徐瑛文集》艺术内涵的总体认识和总体概括。

儿童文学,在徐瑛的文学生涯中,曾是主打项目或曰主攻方向。尽管他正式登上文坛的开山之作是短篇小说，而且后来也一直写小说，但在他的文学历程的各个时段里，都曾经在儿童文学领域里下过苦功，并为此做过倾心的追求与探索，且获得了良好的收益。其实，徐瑛的儿童文学，仍是他小说创作的一部分，他并不写童话、科幻、魔幻等类文本，他还是写小说，只不过是把描写对象和接受对象放在少年儿童身上而已。

徐瑛的儿童文学，比较注重故事性。编织一个好故事，把故事讲得生动活泼，并能体现出有益、有戏、有趣的完美融合，是儿童文学应达到的境界，也正是徐瑛儿童小说所追求的境界。这里所说的有益，是要求故事内容对少年儿童的思想品格和身心开发有一定的启迪或激励；有戏乃是要求故事情节具有波澜起伏、曲折多端或具游戏变化色彩；有趣则是要求保持童趣，既要写出少年儿童的活泼天性，又要准确展现少年儿童生活情景的原生态真貌，不要为强化教育功能，人为地拔高人物、拔高思想、拔高境界，把少年儿童成人化、刻板化、说教化。徐瑛在这方面虽尚未做到尽善尽美，但他在这方面所做的努力和取得的成果是显而易见的。本文集所收录的儿童文学作品，除第一卷的三个小长篇外，第二卷的中篇《野鸭洲历险记》也是他儿童小说的代表性力作。

《都市里的乡下少年》表面上是书写乡村学生进城与城市学生的融合历程，实际上作家在这部小说里，通过主人公杨明亮进城后的经历，将其在校内与同学的关系，学校与学生家长的关系，学校与社会的关系展现出来，多层面、多角度地描写了一幅广阔的社会生活图画。特别是通过讲述杨明亮与校外进城打工、拾荒、流浪乞讨儿童的关系，不仅以深厚的人文关怀之情，描述了他们生存境遇之凄惨，表现了城乡二元结构所造成的社会弊端，而且又把小说的中心情节由校内移至校外：以杨明亮与校外进城打工和流浪儿童为核心的群体，积极参与了社会上的反盗窃、反贪腐斗争，并成功地协助政府当局清除了一个犯罪团伙和一位教育局的贪腐局长。作家这种写学校跨越学校，写学生跨越学生，写城市跨越城市的纵横交错的结构，大大丰富了小说的生活容量，扩大了小说的表现空间，并提升了小说的思想内涵。

与《都市里的乡下少年》相反，《野鸭洲历险记》写的是城市少女赴乡村度暑假的城乡少年融合的故事。我猜想，本篇可能是徐瑛的得意之作和称心之作，全篇自始至终都贯穿着作家对笔下人物和笔下乡情的由衷喜爱，叙述流畅，语言幽默，童趣盎然，堪称儿童小说中的优秀作品。小说围绕一个城市女孩和两个乡下少年在乡间度假期间的沟通、争胜、融合直至遭遇大险的过程，一方面真真切切地书写了淮北风情的诱人景象，同时活灵活现地勾勒了几个小主人公独奇的性格特征：陶小钏的清纯、柔雅与稚嫩，赵水龙的勇敢、多能与机智，丁三娃的憨直、鲁莽与顽皮，还有瓜王爷那人、那瓜，以及信笔写来的周遭相关的人与物，大都景象逼真，历历在目，颇有如闻其声，如谋其面之感。特别是最后的历险情节，作者抓住少年儿童的争强、好奇、探险心切心理，把几个小主人公在遭遇特大洪水袭击时既有惊恐、颤怵，又有挣扎定力，既有强烈的生命危机感，又有机智应对危机的求生举措和心理状态，写得细致入微、丝丝入扣、惊心动魄，使人物的心灵精神在历险中得到了升华和跨越，能对小读者起到益智和励志作用。

《向阳院的故事》出版于1973年的"文革"年代，那是文学荒芜及至泯灭的时期，但基于作者对文学的难以忘情，在无班可上、无事可做的情况下，便以身边一群孩子的生活素材为基础，以写作排遣情怀，写下这部想给孩子们一点正当教育的故事。书稿寄给人民文学出版社以后，立即引起关注，出版后大受欢迎，前后印了百余万册，好评如潮，许多电台连播，还被改编了连环画、拍成了电影，并翻译出版了英文、日文两种外文版本，而且在日本文坛和媒体也发生了一定良好反映。今天看来，由于作品是那个特殊年代的产物，尽管作者已煞费苦心地隐去具体的时间背景，又尽可能地把故事生活化、人情化、童趣化、人物性格化，甚至也融入一些地域文化风情，但总还免不了留下那个时代思潮的印记，如政治色彩过浓、阶级斗争弦绷得过紧、若干场景有牵强生硬之嫌，等等。由于本作品是作家文学生涯中的一个重要阶段的标志，《文集》将它收录进来，既可立此存照，也是当代儿童文学史现象的一个见证。

1964年，我在《安徽文学》编辑部工作时，第一次接触到徐瑛的作品。那时他名叫徐存英。作品是短篇小说《小道三站》。作品文风质朴、叙述简洁，内容是歌颂一位热心于公众服务事业的先进人物。到上世纪80年代初，我为他的《知县街上》担任责任编辑时，发现他的文风依然质朴如初，但文笔已很是老到纯熟，叙述流畅，语言诙谐有趣，在一个小故事中，演绎了一个呼唤关注民生（其实只是一个修建公共厕所的小事）的大主题。新时期以来，他的文学才华和文学抱负得到了较为充分的展现。长、中、短篇小说一起上，散文、随笔四处开花，可谓文思大涌，文笔大进，如中篇小说《天鹅恋》、《并非英雄的故事》，短篇小说《知县街上》、《县长夫人》、《边村车祸》等等，都是徐瑛笔下很见功力、颇具文采的名篇佳作。

编织故事是小说家的必备才华。有人以为，强调故事性会降低文学的艺术品位，其实大不然。把故事讲得引人入胜、耐人寻味、动人心弦、发人深省，是传统写实小说的基本要素，也是优秀小说家的大功力体现，徐瑛在这方面是很擅长的。像《天鹅恋》、《落叶》故事套故事，故事联故事，很有传奇意味，而《并非英雄的故事》，则是把一个荒诞故事演绎得入情入理，既真实又荒诞，既荒诞又真实，把人性的扭曲、人性的异化、人性的坚持写得步步入扣，将谜团层层剥开，使小说的思想意蕴的开掘与良好的叙事技巧得以较好融合，充分体现了徐瑛叙事能力之强。

长篇小说《呼唤》，是一个贪官临刑前的忏悔录，洗涤灵魂的身世录。

小说以线形结构从平面到立体地勾勒了我国社会转型期，在商品大潮席卷下，各色人等在社会上的生存状态和心灵状态，以贪官汤焕东的发迹和毁灭历程为中心，书写了这个乡间弃儿、悲苦少年、狡黠青年，怎样凭借欺诈和机缘，一步一步从社会底层爬向基层，再爬向中层、上层，同时又适应了向上爬的需求，最后又一步一步走向堕落深渊的终生路程。作品所包容的生活面十分广阔，把汤焕东所经历的历史时代的种种景象以相当典型的细节显现出来，并把与作品情节相关的各色人物，包括好人与坏人、常人与奸人、能人与庸人、强者与弱者、智者与昏者等诸般人物，都做出了有声有色的艺术表现。由于作者对地域生活风貌和书写对象都十分熟悉，所以写得很贴近、很真切、很得体。无论是官场的权谋战、商场的钱财战、情场的色欲战、文场的舆论战、酒场的浑噩战，包括汤焕东精心制造的一个个“政绩工程”和那些巧妙蒙骗上级的手段，都能从里到外揭露贪腐官员的丑恶本质。

当然，作品的中心思想不只是暴露和批判贪官的罪行，而是发出一种呼唤。作家把书名定为《呼唤》，意在呼唤汤焕东之辈不能重生，汤焕东现象不能再现。但要做到这一点,不能把希望只建在公职人员的廉洁自律上,而必须在体制上、制度上建立起一整套对各级官员看得着、管得住的监督机制,让那些不良之辈不敢伸手,无处下手,伸手就被抓,才可以控制住贪官们的前赴后继。道德自律是对有道德、守道德的人才起作用,而对那些被贪欲扭曲了灵魂的人,或对那些被私利诱惑而可能走上歧途的人来说,全面的监督机制——民众的监督、法律的监督、舆论的监督才是最有效的反腐之道。当然,这种"呼唤"不是作家直接说出来的,而是通过小说的场面和情节以及人物的命运演化,自然而然地流露出来的。如今的徐瑛是名作家了,他的生活积累十分丰富,表达能力也日臻成熟。对于《呼唤》和其他一些作品,我们尚有更高的期待,还应进一步增强作品的思想力度和震撼力,增强对题材和主题开掘的深度。

第四卷的散文、随笔,显示了作家的生活视野日益扩大,表现领域日益扩大,对社会生活、自然名胜、地域文化的关注日益扩大,加之他的文笔已日渐成熟,故能及时把人生旅途的所见、所闻、所感、所喜、所怨,以抒情之笔或纪实之笔记录下来,写下他游历社会、热爱生活的真切感受。第五卷的主体是文学传记。十几万字的《有梦与无梦的岁月》,是徐瑛的人生道路和文学道路的全面而真实的传记。不说是裸传吧,至少可以说是把自己的里里外外、大事小情、喜怒哀乐、艰难坎坷、顺境逆境、社会磨炼、亲情友情、文学缘分、写作艰辛等情境,都坦坦诚诚地写了出来,不仅可以使我们从中全面认识徐瑛其人其事,而且可以从他的经历中感受到时代脉搏的跳动和时代精神的变迁。这部《文集》的出版,正好见证了徐瑛有梦追梦岁月的成果,文学之梦成就了徐瑛,徐瑛没有白白做梦。

# 自然·从容·鲜活

——序汤湘华《漂洋过海香椿树》

散文少不了诗情画意，少不了人生感悟，少不了对自然、对生命、对社会、对人间的欢愉与哀怨，对历史和未来的思考和叩问。散文作家，通常都力求把自己拥抱自然和巡视社会时的所见所闻，所感所悟，所思所求，用充满感情的文字传递给读者，让读者与自己一起分享自然之旅所领略到的美与惊喜，以及体察人生之旅所品味到的人性良知。

散文当然会寄情于风花雪月，但仅限于风花雪月之书写，并不一定真正产生诗情画意。只有当作家沉浸于自然之中，不只是领略自然，而是把自己化作自然的一分子融于自然；不只是张开双臂拥抱自然，而是用整个心灵去贴紧自然，那时才可能创造出高境界的诗情画意。同样，社会之旅的人生漫步，也不是见景生情之感叹遐思，不是要求作家对所见所闻来一番描述发一通议论就算了事，而是希望你把社会当作一个人的终身学校，在那里受教，在那里观察、思考、品味和咀嚼人生的真谛，从而要求你发出富有感召性和启迪性的真情感悟。

汤湘华女士是散文界的一位老写家了，几十年前，我就读到过她的清新文字，如今虽已对散文驾轻就熟，文笔老到，但她对创作，依然保持着鲜活的艺术感觉和创造激情，没有陷入某种惯性写作的困境。《漂洋过海香椿树》这部新作是她2000年前后的散文结集，也是延续她自己的风格特色，追求在自然、从容的叙事中，达到真、美、新、璞的艺术境界。应当说，这部反映了汤湘华自然之旅和社会之旅的散文创作，成功地体现了她的追求和愿望。虽不能说书中所纳各篇都是精品力作，但它们却是作家倾注心血的真情投入。无论写自然风光还是社会景象，无论国内游历还是海外体察，无论以人物为中心还是以事件为中心，作者都是把视野内所见之景、所感之情融入心灵而诉诸笔端，于是便有了一篇又一篇的情景交融之作。

文集共分“国内编”和“国外编”两大板块，每大版块内又以其内容近似分为三个小单元。她的散文取材极广，辐射面涉及国内及海外诸多名胜地带和知名人士，同时也以亲切的目光注视着普通人家的日常起居。

她以热情的笔触为那些她所敬仰的人物的德行和操守，高唱礼赞之歌；又以友善之笔为那些热爱生活、热爱事业、热爱生命的人们献上爱的心曲。《悬壶济世风范长存》是书写一代中医名家金容甫先生的医风、医德、医术的力作。在短短的三四千字篇幅里，作者以亲身医病和目睹老先生救治诸多疑难杂症患者，并使之起死回生的经历，动情动容地写出了金老先生的仁者风范。医学即仁学，“仁者爱人”，医家之品和医家之德，首先体现为对人的关爱，对生命的关爱。文中记述了一位颇有地位的夫人，已被北京、上海等多家大医院“宣判了死刑的肝硬化腹水”，那是一位“病入膏肓，奄奄一息”的不治患者，“家人已在为她准备后事”，但金老先生的神奇医术却把她从阎王爷那里抢了回来。然金老先生不仅是医术高超神奇，更重要的是医德至上。他面对危重病人从不推诿，从不拒绝，甚至在自己卧病蒙眬入睡中，听到有人求诊，连忙高喊让病人进来，“不就是要一张活命的纸(指药方)么。”金老一生救治了成千上万的病人，医名远扬，令人敬佩。无怪老人逝世后，火化师傅竟然在他遗体前叩拜三次才将其推入火炉。作者对叙事主人公充满敬爱之心，但行文平实，运笔从容，不用浮华颂词表达出真情颂意，读来令人感动。《大恩不言谢》写的是驰名的骨科专家、安徽省立医院的章锦主任，当面对一位严重车祸虽被救活接上双腿，将来却要架拐的严重伤残青年时，他完全置个人得失和手术风险于不顾，毅然决定“我来给他重新手术”，简简单单一句话就显示出一位医家的仁爱之德。而患者在出色的手术康复后，也只用一句“大恩不言谢”作为全篇结尾，从而更突出其医家仁爱之德的厚重！作家虽然写的是中西医两位医家高尚医风医德，而我们却能从他们身上看到一种民族传统精神的展现，那就是智、仁、勇的完美融合。高超的医术是智，关爱生命是仁，敢于承担风险是勇。医家大道是仁，是关爱生命。本书的许多篇章都凝聚了作家对关爱生命和生命价值的思考。《微笑着面对》以及这一组的不少篇章，都写到了人面对生命危机时的行为和心态。不仅有着她对生命的终极关怀，且借助人物微笑着面对死亡，阐发了生命意义和价值理念。为几位活要好好地活，死要安然地死的告别者，谱写了安魂曲。

作者是位热爱生活的人。她对自然景象和人们的生活常景，都有很细微的倾心关注。她写《人龟情》，写《狗·猫》，写《在美国学种菜》，写《漂洋过海香椿树》，写在美国的种种见闻，什么《左邻右舍》、《社区的街》、《在美国迷路》，以及在美国的赏景《绿洲餐厅》、《尼亚加拉大瀑布》等等，无不透露着作家对身边事物的细致观察和对于和平生活景观的爱。这些篇章都是小题材，看起来琐琐碎碎，但作家把它写得津津有味，情趣盎然，把读者拉进特定环境，让你与她共享生活之美，颇能令人愉悦身心。特别是“海外编”那些写在美国的见闻感受，既无仰视之姿，也无垂涎之态，更无开洋荤之状，亦没有花里胡哨地卖弄异域风情，而是真真切切地写生活，老老实实谈感受，使得这些文章可读又可信。作家自自然然地走进了美国人民之中，拉近了距离，亲近了感情，增强了沟通和理解，让读者认识了平民世界里美国人的可爱可亲一面，从而在沟通两个不同民族的感情方面是会有潜移默化的良好影响的。

礼赞大自然，是这本散文集的重要部分，虽有走马观花、信笔书之的少数篇章，但大都闪现了作家对自然的无限深情和敬畏，甚至有某种感恩情怀。这些篇章有的着重表现领略、品味自然之美，有的突出对自然神奇景观的敬畏，像《尼亚加拉大瀑布》就属于后者，前者意在融入自然净化心灵，后者意在震撼中提升精神境界。

本书的一个极为重要内容是大力宣扬中国传统医药学、针灸学方面的强大生命力。“海外编”中以《美籍华人周敏华》为代表的这一组文章，着力反映海外华人、华侨弘扬祖国医学的奋斗经历，是作者倾注心血最多的力作，作者也希望通过这些篇章，呼唤国人更多地关注中华传统医药在国外的良好发展态势。《感受世界中医热》就逼真地再现了中医名家在美国开展中医学术交流时，以他独特的针灸疗效，生动、有力地弘扬了中华医学的宝贵经验的事例。《美籍华人周敏华》这篇则书写了“精医擅画之才女”周敏华，为使中医针灸在美国获得合法地位做出的巨大的贡献。它是这本书的重头文章之一，作者以高度的热情礼赞了周女士的奋斗毅力和惊人胆识，勾勒了这位杰出女性的崇高精神和人格魅力。我们有理由感谢作者把这位荣膺美国总统政纲策划委员会代表的东方女性介绍给国内读者。

汤湘华女士散文的艺术风格、叙事技巧以及语言功力等方面的成功探索和修炼,有佳篇力作为证,相信读者们会从许多方面获得美感享受,无须我再多说。

# 活蹦乱跳的王兴国和他的小说

在安徽省的作家群体中,王兴国如今也算得老字辈人物了。可不,年龄已逾花甲,家中早已有了孙子辈的隔代人,文坛业已更迭几代,他还不该算做老字辈吗?但年龄的老化,并未使王兴国才思老化;虽退离现职岗位,但并未退出文坛;虽然退事且休,但笔耕从未休止。近几年来,他连续不断地出版了短篇小说集、诗歌集,现在又捧出了中篇小说集,同时还参与了不少报告文学集的写作。这说明作家的称号既不在职位上也不在职称上,而是在作品上。只要你陆续有新作问世,人们就会继续承认你是作家,倘经久不出作品,不论你有多么高的作家职称头衔,或者头顶多么大的作家“官衔”,人们恐怕只好叫他“坐家”了。这样的“家”确实有。只要他有过一部(甚至是一篇)作品问过世,或者被评上过哪一级作家,以后不管他多少年拿不出作品,他照样还是作家,有时前边还得加上什么“著名”、“知名”之类的形容词;至于理事、委员、主席、副主席之类的“官衔”,那也非加冠不可,否则就摆不平。王兴国可不是这样。无论是在位时或离位后,他一直把创作放在首位,除十年动乱期被迫搁笔,他始终如一地坚持笔耕,前后奉献出两百多万字各种样式的文学作品,这实在是难能而又可贵的。他的多产,除了表明他特别勤奋之外,也和他心无旁骛有关。他原是一位海员工人出身的业余作者,后来在他所在单位也混上一个小官,再往后又进了文化部门,也先后当了数年的文艺官员,尽管文场中的官场也如其他官场一样少不了明争暗斗、你抢我夺,王兴国虽不能完全免俗,但都真的没有热衷于官场争战或玩权弄势,倒总是一门心思地忙着写他的东西,不升官不调级可以,但若发不出作品他会急得团团转。近几年,文学走进低谷,文人“下海”之风甚盛,王兴国在他那一亩三分地上,也是人头混得挺熟、关系网也挺撒得开的人士,要办一个什么中心，拉几笔什么生意，碰巧也说不定会发起来，但他对此似乎无动于衷，依然忙他的写作，就是找关系，也还是为了办刊物、出版书或代朋友推销书什么的，与文学不挂钩的事，他是不参与的。我不知王兴国对文学是否有一种迷恋之情，但他的心无旁骛、专心写作，确实是保证他不断有新作问世，保持一个作家创作活力的关键。所以我认为他虽然在年龄和写作经历上已跨入老字辈行列，但在创作激情上，在对文学着迷般的热恋上，依然保持着青年似的朝气和活力，依然保持着王兴国式的王兴国。不管脸上是否有了皱纹，头上是否生了白鬓，他在创作精力上以及在文思和作品格调上，还是从前那个活蹦乱跳的王兴国。他是在二十步左右时以一个产业工人身份走上文坛的。他在长江大轮上当司炉，抡大锹，一锹一锹地往锅炉里送煤，那是一种又苦又累又脏，又要有技术的活，冬夏皆热，昼夜皆忙，没有上好的体力和顽强的毅力是干不下来的，这样的航运生活培育了他的豪放、热情、坚毅，也有些粗莽的性格，他初登文坛时的诗作，便是以自身性格的宣泄而见长的。他的强烈的翻身感、他当上了长江主人的豪情、航运生活的浪漫气息，给了他诗的灵感和冲动，于是他接连不断地唱起他的《海员之歌》。我于 1959 年来安徽时，他已在省内小有名气，以安徽的“四王”之誉活跃于文坛。所谓“四王”是长江南北四个姓王的作者，南边芜湖的王兴国就是其中一位，北边的则是蚌埠的王拓明和王庆丰。后来王庆丰英年早逝，“四王”出缺，霍邱又出了个王余九，人们就把老九补入了“四王”行列，重建了“四王”阵容。我那时作为刊物的编辑自然很快地就和这些骨干作者建立了联系，而与王兴国又是联系得最早，并且保持了最长久的友谊。

我结识王兴国之时，恰逢他创作生涯的第一次转变，那就是他从以写诗为主转而以写小说为主了。除去什么盛大节日或突发事件他以诗抒怀之外，主要的创作活动则放在了短篇小说领域。收在《王兴国小说选》的二十几个短篇小说中，至少有一半以上我在发表时甚至在发表前就读过，有的篇章在其写作或修改过程时，我也曾作为编者与作者的对话相互切磋商量过。像《在中国港口》、《第一次领航》、《回声》、《大院逸事》等可称为王兴国力作的短篇，我都是在发表之前就看过，有的还为其组织过评论或评奖。他早期的作品，是以海员、航运生活为素材者居多。他是干这行的，熟悉这个生活领域,熟悉长江的水、风和浪,熟悉海员的命运和性格,熟悉江南一带的民情、民俗、民风和语言,所以其笔下的人物、风情、情节总是显得真真切切,足以把读者引入作品所描绘的那个生活天地里。

粉碎了"四人帮"以后,王兴国的创作视野和表现领域又发生了一些变化。一来是他已离开航运生活多年,难以从新的角度来开掘航运题材;二来是文学运动迭起的思潮也吸引着他去表现他本也十分熟悉但过去从未加以表现的领域。《大院逸事》是一个开端,他把视角投向他的身边,在市民生活领域里开掘出不少有趣而又有益的题材,写出了像《水月》、《藤椅》、《红白喜事》等一系列短篇佳作。写这类故事他很得心应手,因为他对那些市井人物实在太熟悉了,他们的言谈举止、音容笑貌、思维方式乃至内心隐秘,他差不多都能把握得相当精确,故而能够惟妙惟肖地写出他们的神韵来。我以为尽管这类作品在深厚程度不及《港口》等作,但他在文笔上显得更加轻松自如,状人叙事更加生活化,作品增添了几分情趣化的格调,也是他在创作上摆脱观念化制约一个进步。《大院逸事》得奖,并且受到评论界的称赞,说王兴国往前跃了一步,确实是不无道理的。

这部中篇小说集,是王兴国小说创作又一种新的尝试。即他一方面在内容上要把所谓的伤痕文学、反思文学的思想内涵纳入他的作品,同时在表现手法上又要把通俗小说情节跌宕、传奇浪漫色彩以及言情格调,作为艺术骨架。书中故事多是悲剧,既是历史悲剧,又是爱情悲剧,作者立意借助人物的悲剧命运来折射历史悲剧的沉思。然而这里的悲剧又不似传统美学所说的那种富有雄伟感的悲剧,而是悲情故事、哀情故事、悲惨故事在不正常历史条件下的不正常发展。作家要把政治小说和言情小说融为一体,故而一面编织美妙、纯真的爱情故事,一面又在爱情故事的波折中注入作家对酿造悲情事件的"左"倾思潮的愤怒批判,使读者既可以在作品情节的曲折多变中得到欣赏的愉悦感,又能从人物的悲惨命运中吸取一些积极的思想启发。在《水手和小镇美女的故事》里,有令人荡气回肠的情爱描写,有令人撕肝裂肺的痛苦篇章,还有叫人咬牙切齿甚至不堪忍读的场景,作者把这几者融合在一个故事里,对一些人的人性美做了坦直的表露,同时对动乱岁月中某些人的赤裸裸兽性异化也给予了无情的鞭挞。在《因为她美才惹祸吗?》、

《淫威当道的时候》、《真实的梦》等等故事中，作者几乎都是着眼于人性与兽性、美与丑、善良与邪恶的冲突和演化，以因情生爱、因爱生坏、因坏生恨，因恨生恶、因恶生仇、因仇生毒，最终酿成悲情惨剧的情节链，来推进故事的发生发展和变化，把读者的思绪一面缠绕在情意绵绵的爱情波折之中，一面又引人不得不反思极“左”思潮给党和人民带来的灾难是何等地深重和可怕。应当承认，作为一种新的尝试，王兴国没有白费心血。可惜的是，王兴国既非言情高手，也非批判大家，所以这类作品虽也取得了探索性的进展，但相比之下，似乎《港口》和《大院》这两类作品更能显示王兴国的优势。尽管这几个中篇在叙述、描写、人物刻画上都比以前的作品更为细致和精心些，但因过于追求故事的传奇性，情节又不断在偶然或巧合的因素中发出多变，故总不免有拖沓之嫌和造作痕迹。

我从来不反对所谓严肃文学、纯文学、美文学或雅文学的作家，向通俗文学家那里取点经，学学或者吸取一些他们作品可读性强、愉悦感好的长处，但要真正学到手，也得下苦功夫，也得好好积累经验。善于学别人是好事，但创作还得走自己的路。王兴国同志的新尝试取得了成果也呈现了不足，相信他一定很快就会改变这种状况。如果说《港口》是他青年时代的一跃，《大院》是中年时代的一跃，望他在坚持笔耕中再来一次老年期的一跃，跃向一个更新的高度，跃到一个新的水平线上，跃出一个在思想艺术上都更为成熟但仍然是活蹦乱跳的王兴国。

# 贴近人民的心声

## ——读《走入枫香地》

这里汇辑的是历届“安徽文学奖”获奖的中篇小说。

安徽文学奖是经省委、省政府批准设立的省内最高层次的文学奖，目的是鼓励创作、推进精品力作问世、培育优秀文学人才成长、弘扬主旋律、提倡多样化，从而推动文学创作的繁荣，更好地为社会主义现代化建设服务。

安徽文学奖始创于1993年，迄今已举办了四届，累计有三十多位专业和业余的老中青作家的作品获得了这份荣誉。获奖作品包括长篇小说、中篇小说、诗歌集、散文集、杂文集、文学理论专著、电视文学剧本等等。其中，中篇小说在各类作品中占有较大比重，且涌现了一批具有较高思想艺术水平，在国内产生较大反响，受到创作界和批评界热切关注的作品。现在将它们汇辑出版，不仅可以为读者提供一本较为精美的文学读物，而且也借此展示了我省中篇小说创作的发展面貌，同时也是倡导和鼓励出精品、出人才的重要举措之一。

这些作品虽然题材不同，主题不同，艺术风格不同，但它们都从各自不同的角度、不同的生活侧面，通过不同的人物命运、不同的矛盾冲突，展现了改革开放时代人民群众丰富多彩的社会生活和他们纷繁细腻的心态。这些作品的共同特色是贴近生活、贴近现实、贴近人民心声，与某些脱离现实、回避矛盾、自我表现、自我陶醉的作品是截然不同的。这些作品，在内容上都富有较浓厚的生活气息和鲜明的时代精神风貌，能使读者走进一个真真切切、历历在目的主活场景之中，作家们都相当熟悉他们的描写对象，熟悉他们的语言和举止，熟悉笔下主人公们生活的山村、小镇、工厂、企业、学校和那里的风物人情等等，所以给人们的生活实感很真切。在思想上又都融进了作家对现实生活以及社会矛盾的思考和认识，有的讴歌了默默的奉献精神，显示出一种崇高的情感；有的表达了在改革开放新思潮启迪下自强不息的觉醒；有的激励拼搏；有的倾诉无奈；有的嘲讽了不健康的世风和与之相关的不良心态；有的以戏谑笔调批判了与改革开放新形势极不适应、极不协调的官僚主义作风和守旧习气。尽管各篇作品的思想深度还存在某些差异，但总的来看，大都能不同程度地给读者以激励或启迪，能令读者在这些小说世界里感受人生、领悟人生、领略积极人生的内涵。在艺术表现上，这些作品虽然风格不同，但大多崇尚朴实、真切、自然，刻画人物在注重个性化的同时，也常常将笔触深入到人物的内心世界，既展示人物个别的独特命运历程，又合理地写出历史、环境、社会关系、人际关系对形成人物性格的影响和制约，能让人物立体化地站在读者面前。至于在叙述描写和语言运用方面，作家们也各有所长，各有所爱。有的幽默风趣，有的简练流畅，有的刻意于警句，有的喜欢娓娓道来，有的在对话上下工夫，有的强调地方风味，成就虽各自不同，但读起来大都使人感到生动、流畅、耐读。

这些作品之所以能获奖，我想与上面所说的几个因素恐怕是分不开的。当然，我不是说这些作品已完美无缺或者篇篇尽是精品。我们应当清醒地看到，它们与广大人民渴望的那种具有强烈时代精神和感人肺腑的艺术魅力相统一的文学精品还有相当差距，它们在展现大时代精神风貌方面还缺少应有的广阔视野，在塑造改革开放新时代的新人物方面也还缺少震撼人心的力度，在艺术手法方面似乎也缺少一点大胆的创新。这些不足，我想将会随着我省作家群体进一步学好、领会好邓小平理论，进一步深入到为实现四个现代化而奋战的第一线而得到改进。我们希望在深入生活中，与群众交朋友做伙伴，熟悉他们的生活、思想、感情，以及他们的苦辣酸甜、喜怒哀乐，并且更自觉地承担起时代和人民赋予作家的光荣使命和责任，在学识上不断充实自己，在技巧上不断磨炼自己，我们就一定会突破现有的局限，走向一个新的起点，攀上一个新的高峰。

我省作家群体有良好的传统和良好的素质，为发展我省文学事业做出了令人尊敬的贡献，有不少作品曾饮誉全国甚至名闻世界，人民群众对此是满怀敬意的,但他们仍渴望读到更多更好的文学精品——上乘之作、惊世之作、传世之作。

我相信我省作家绝不会辜负人民群众的厚望!

(1997 年 9 月 16 日)

# 正直文人的正直声音

苏中文学评论选

# 正直文人的正直声音

在安徽的作家群体中，韩瀚是一位多才、多艺、多思、多能、多姿、多产的作家，也是一位具有自己的美学趣味和自己的艺术个性的作家。他早年在《人民中国》从事编辑、记者工作。那是一本对日本人民传播我国政治、经济、文化建设成就，介绍我国的悠久历史以及它那丰富多彩的自然景观和人文景观的综合性杂志。韩瀚参与的多是有关文化的版面和栏目，工作的需要和个人爱好的结合，使得他对中国传统和现代文化付出了多方位的关注和钻研。他不仅长于写作随笔、特写，还在书法、篆刻上有较高的造诣，且于中国陶瓷史、美术史、文物鉴赏及考古诸多方面，均有深入的探求。此外，他还是戏曲、曲艺爱好者，能唱十几种地方戏，其业艺虽未达到文武昆乱不挡的程度，但于京戏的生、旦、净各行，都能唱得字正腔圆，有板有眼，有韵有味，且曾多次粉墨登场，为梨园留下一些逸趣。在文学创作方面，他曾主攻诗歌，先后出版两部诗集，即《寸草集》和《阳春的白雪》，分别由百花文艺出版社和上海文艺出版社出版。长诗《写在祖国的江河和土地上》，在北京的一大型诗歌朗诵会上，以它那雄浑的悲壮感和强烈的激情，震撼了听众，轰动了京师，发表在《人民文学》以后，国内诗坛引起了相当大的震动。短诗《重量》，曾获 1981 年全国优秀新诗奖。来皖后，他较多地致力于长篇小说的写作，先后出版了《同窗》（人民文学出版社出版）、《山鬼》（青海人民出版社出版）、《多情病患者》（作家出版社出版）等三部长篇作品。其中《同窗》最能显示作家的个性和才华，它的细腻的白描手法，写活了赵越、兰子烟等一群人物的性格和心理，并在描绘人物的命运历程中，将作家对历史、文化、艺术、哲学、生命价值的诸多思考和真知，巧妙而和谐地融入故事情节之中，展现了较高的文化品位。此外，他还发表过戏曲剧本《胭脂雨》和电影文学剧本《徐悲鸿》。然而，最终体现韩瀚风格的作品，恐怕要以《难得的苦闷》为代表了。这是一本散文随笔文集，其中收录了《萤窗琐记》、《黄叶村书简》、《姑妄言之》、《关于艺术的随笔》四组文章。《萤》组所占篇幅最多，社会内容和文化容量最丰厚，其间多是描述中国文化艺术界大师、耆宿名流们的生活片断的篇章，作者对郭沫若、茅盾、田汉、沈从文、林散之、赖少其、启功等那些著名大家的描述，既无仰视之嫌，又无拘泥之迹，更无自我卖弄之笔，而是以真切的情感、朴素的语言、细腻的笔法，描绘作者感触最深、了解最透彻的某些侧面和情景，并在一举一动之间、在细微的生活小节之间，展现人物的精神品格，令人读之既赞叹那些人物的精神品德的高超，又赞叹作家行文之高超。《书简》篇里的《美化和丑化都是歪曲》，对好友参与正义行动之后的某些言行失真，以挚友之情提出友善而又尖锐的批评，堪称坦荡直言的表率，为文坛罕见；而《难得的苦闷》一篇，则可算是坦露作家的人生观、艺术观、价值观的一个极重要的侧面。《姑》组短文，均属杂文体例，短小、犀利、风趣，重机锋亦重文采，既有直面人生的深沉思索与评议，又有情真意切的感慨浩叹，说它是嬉笑怒骂也好，说它是衷肠热讽也好，说它是忧患之声也好，说它是姑妄言之也好，反正那是一个正直文人的正直声音。

# 《白鹿原》随想

或许是因《废都》炒得过火引起了过分的负面效应，或许是“陕军东征”的说法原本就有点儿言过其实，或许是《废都》的城门失火，殃及了《白鹿原》的池鱼，人们几乎是以不解的心态，来看待《白鹿原》所受到的不公平的待遇。这不是很理智的态度。在号称“陕军东征”的六部作品中，尽管《废都》引起了文学界、舆论界的空前轰动，炒卖得不可开交，争吵得不可开交，光是评论文字就出版了六七本，出现了文学界几十年从未有过或很少有过的热闹场面，但在书摊上，摆在《废都》旁边，没有《废都》那般抢手的《白鹿原》，却真的称得起是显示陕西作家实力的最新力作。陕西作家群体，无论是老一代或中青一代，为中国现当代文学奉献过众多的名篇佳作，贾平凹同志也是其中的佼佼者之一。然而如果说 1993 年有什么“陕军东征”或“秦军东进”的话，我以为有一本《白鹿原》便足以显示其力量了。

这是一部内容丰厚、思想深邃、情节引人入胜、叙述描写功力甚高、人物性格和人物命运具有多重性、多面性、多样性和多变性色彩，并且颇具独创风格和美感魅力的长篇佳作。

它是饱含关中人民近几十年的血泪、辛酸、挣扎、苦斗、求索的历史，也是关中地域文化的民心、民情、民俗史，还是关中各阶层人士在几次历史大变迁历程中的心灵史。在这幅大型历史画卷中，作家以高度的艺术真实描绘了从清末到新中国成立初期这一历史跨度中的若干重大风云变化，更写下了这一历史时期内的各阶层人士是以怎样的姿态和怎样的心态来迎接和卷入历史风暴圈的，从而把时代特征、地域文化特征以及各阶层各色人物的命运、性格和心灵等等诸多方面，比较完美、比较和谐地统一起来，使读者可以身临其境般地领略一番关中大地的世情、民情、风情和关中人民的苦难与求索的血泪，而历史的悲壮感和作家在一些人物身上所注入的悲凉气氛，又可以使读者体察到作家对若干历史现象的独特思索和某种凄苦心境。

从认识意义上说，这本书确实给了读者相当丰富、相当纷繁、相当独特而又意味深长的历史沉思和人生感悟。比如，我们可以从白嘉轩、冷先生、朱先生几位旧式正义人物身上，领悟到某种道德回归的召唤，聆听到作者似乎在呼唤一种超越时空、超越阶级、超越政治的人性、良知、仁爱之情。尽管它是不现实的，也是难以在人际关系中真正实现的，但在那些人的行为准则和道德准则中，即在他们的心灵和行动中，却是真正付诸实践的道德感召。在历史风暴面前，他们无论处于何种地位，得到的无论是荣是辱，他们始终是以自己的道德信念、自己的方式来迎接、参与和体现自己的人格力量的。

正因为如此，本来是作为封建法统代表人物的族长白嘉轩，却在粉碎封建统治、撕裂封建观念的社会大动荡中，扮演了一个既正常又反常、既合理又背理、既合情又违情、既顺应时代潮流又维系宗法族规的特殊角色。他经常处于矛盾旋涡之中，但总是以自己的人格力量来化解常人难以应付的矛盾，他的伸屈进退、动静思谋无不显示着他是以超越时空的道德信念来参与人生和改造人生的。尽管他的行为准则改造不了社会也改造不了人生，但他的人格力量和道德感召确实能够相当强烈地震撼人的心灵和默化人的心灵，能够令人得到某种与众不同的人生感悟。这，恰是作家对某些历史现象独特思索的例证之一。

与此相关，《白鹿原》的另一个显著特色便是在人物塑造上的独创性和突破性。

叙事体长篇作品，无论采用何种创作方法，人物形象总是核心问题之一。但在以往的创作传统中，人物的定型化、性格的单一化、内心世界的简单化，或者说完全依照人物的阶级地位、家庭出身、环境影响的视角来为人物定型的趋向比较常见，而《白鹿原》则可以说相当彻底地打破了这种传统观念和传统经验，它意识到只从政治、经济角度来观察和认识社会认识人生存在某种局限性，故而在把握这一视角的同时，又将传统精神、地域文化、人的本性、时代思潮的变迁等诸多因素融入他的视角，使人物性格摆脱了单一和片面的局限，具有了多重、多面、多样与多变的特征，使得书中的人物命运和性格，既有稳定持恒的一面，又有流动变化的一面，既有其性格主导面，又有性格的多重性与多样性，既有善恶美丑的延续，又有善恶美丑的交替，人物命运的转折也是既有转变也有突变，既有社会历史的原因又有人性因素和地域文化的因素，既有必然性也有偶然性。我们从黑娃和白孝文两个人物的多次变化中，可以看出作家在把握人物上力求逼近生活的真实而不是迁就于观念和倾向。雇农出身的黑娃，理所当然地成了大革命的先锋斗士，他叱咤风云，豪情似火，甚至连“大革命的失败也并没有能锉掉他的锐气”，但命运的畸形突变却把他送进了土匪阵营，更不可思议的是，这个在土匪窝中仍然保持着和革命阵营有一定联系的人，从土匪窝出来时没有进入革命游击队，却进入了他原本准备打倒的反动政府的保安团当起了营长。后来，他又策动和领导了起义，但在起义成功之后却遭白孝文诬陷竟被革命政府枪杀了。黑娃的命运多变和他性格的多样性与流动性，表明作家力求把生活的复杂性、人际关系的复杂性、人性的复杂性以及人的心灵的复杂性做出真切、大胆而坦诚的揭示，让读者不是与某种观念或模式打交道，而是和一个活生生的人共同漫游人生旅程。黑娃的悲剧，也许还有白灵的悲剧，都蕴含着作者对某种历史思潮的痛切悲愤。

我以为这恰恰是现实主义艺术的真实的力量所在。黑娃与白嘉轩是两个从不同角度显示了独创性与突破性的艺术典型，争议也可能就在他们身上，但有突破性的东西怎么可能没有争议呢？顺便说一句，在不拘泥于传统和不膜拜抽象观念这两个方面，还有在大胆坦露人的本性方面，《白鹿原》可能具有某些与现代主义思潮相通的东西，但在叙述与描写上，特别是在人物塑造上，虽然也借鉴了某些现代主义艺术手法，但却丝毫没有现代主义文学中常见的人物过分受到创作主体随意性摆布，从而失去客体独立自主的那般主观化痕迹。我想这是现实主义文学的一种新的发展，套用一句现代流行术语就该叫“后现实主义”或“现代现实主义”。

《白鹿原》的第三个特点是作家和作品的独特风格。作品写的关中，地域文化及地域民情、民风、语言、习惯诸般特色，全在作品中得到真切、准确、生动的再现，从官、民、匪、娼到志士仁人，从吃喝拉撒睡到节令风俗和祠堂礼规，包括一些神秘色彩的传说，都有着有声有色的描绘，可令关中人看到自己的前辈和同辈的生活历程，又可令非关中人如同亲临关中一样领略一番关中风情。前些年一度流行的寻根文学，在这方面做了不少有益的尝试，但有的走入歧途，变成了猎奇和展览愚昧，《白鹿原》则适度地把地方风味与整个作品的内容、思想、人物做了统一和谐的表述，这也是一个很重要的成就。

倘说有什么不满足之处，我只觉得作品内容时间跨度太长，有前紧后松之势，再一个则是性描写有重复和过粗之处，特别是鹿掌勺对炉头的报复那个细节，太污秽也太残忍，令人难以卒读。

# 马钢作家的新视野

从20世纪90年代开始，我们中国进入后新时期，随着后新时期的到来，文学思潮在先锋派那里，就兴起了一个后现代主义，后现代主义在西方是伴随着后工业社会而出现的。中国眼下前期工业社会还未真正完成，但是在西方花了一百多年时间才走过了的现代主义的道路，我们在十多年时间走完了一圈。后现代主义以超前的速度进入中国文坛，也没什么奇怪的。超前意识本身是文学家应有的基本品格，我说的超前不是赶时髦、追浪潮、玩花样，而是指作家对历史、现实、社会、人生和社会发展的大趋势应有的真知灼见和超前的认识判断。前几年我们国家的创作界和理论界，大量引进了西方现代主义思潮，许多流派，许多作家、理论家，力求在自己的创作中和理论实践中应用现代主义的各种方法和批评模式。这是新文学思潮史上的大事，也是好事。打破了以一种创作方法和批评模式垄断文坛的大一统局面，形成了多元化的文艺格局；打破了只有某种理论体系和某种艺术方法才能产生优秀艺术的神话；打破了作家们以一种眼光观察现实世界，以一种不变的艺术方法来表现世界的模式。极大拓展了作家的观察视野和表现空间，形成了多样化的文学浪潮。与此同时，也丰富了文学园地，丰富了读者的欣赏天地，这是文学事业发展的很重要的一个方面。作为读者和文学园地的成员，我是十分尊重一大批作家对新思潮的追求和探索的。与此同时，我也十分尊重另外一些作家，他们不为纷扰变化的令人眼花缭乱的各种思潮所动，特别是不为拜金主义利诱，仍然一门心思地埋头于文学事业，并且依然坚持直面人生，坚持积极参与社会、积极关注人民情感的传统。在日益清冷的文坛上，努力创作属于自己心灵，也属于人民心灵的作品。马钢的中青年文学队伍，应属于这一行列中的有生力量。马钢的《江南文学》办得很好，我经常看的,这个刊物培养了一大批文学新人。这次带来的一大批《江南文学》的获奖作品和另外一批作品,我全认真看了。我感到由衷的喜悦,确实感到,马钢是人才荟萃的地方,不仅科技人才、管理人才非凡,文学人才也很出众。这显然是企业文化的素质较高,以及企业自身重视企业文化建设的缘故,今天来的这些作者,许多都没见过,但读作品时,我毫无陌生之感。因为从他们作品中我看到了直面人生的文学传统在你们的作品中得到了延续和发扬。这个话是针对一批不再正视直面人生,不再正视人民生活的创作潮流而说的。

《窟窿》是中篇力作,在省内是拔尖作品,在国内也是上乘。藏庄于谐,在一个近似荒诞可笑的故事中,展示了一些人的生存状态,和这种生存状态下的人的心态。叙述幽默生动,人物心态真切,批判锋芒有藏有露,故事进展有波有折,对话描写有情有趣。读之感到身临其境,既感可笑,又感可悲。仅仅是为了一个厕所的窟窿,就弄得上上下下人们为之不安。可见官僚化的企业管理模式,是令人无可奈何的。

《窟窿》和《展览》有异曲同工之妙,两者人物、情节、主旨都完全不同,表现手法也不一样,前者诙谐,后者平实,前者围绕着一个突出的矛盾推进情节,后者随着展览的历程勾勒诸多人物的面貌和揭示人物心理。描写的生活场景是我们日常生活中司空见惯的事,真切可信,历历在目,两者最根本的共同点在于,虽然没有正面表现企业体制的改革问题,但实质上揭示了官场异化的权力意识和管理方式对企业管理的渗透与侵蚀是妨碍企业正常进行的严重危机。搞展览本来是企业文化行为,但是文化不能按照文化规律进行,而是按照权力分配和官场意识来进行,这本身就是对官僚化管理机制的疑虑和批判。这两个作品是无声的对改革的呼唤,对深化体制改革的呼唤。

《机关无故事》使我想起了许辉的《夏天的公事》和刘震云的《一地鸡毛》,作者善于从平凡的习以为常的生活中发现有意味、有意义的素材。主人公姜军的悲喜剧,很有特点,他的两面性,他的内心矛盾,他的沉浮,都逼真地再现了我们的时代病态。《藤椅·茶杯》好像是《机关无故事》的姊妹篇一样,也从机关日常生活的视角,窥察出了当代人的生存状态和心理危机。

表面看来,平静如水,而内部却藏着作者对生活中的某些景象的悲哀意识。《老七》似乎也应列入同种作品中间,但作者的生活阅历深一些,对官场积习的批判,锋芒更锋利一些又含而不露。

《人以群分》、《两个小矮人》、《伤情》、《渗透着绝望和毁灭的美感》都是写小人物的悲剧故事。作家的同情心是显而易见的,作家的痛苦心境和无可奈何的情绪也是显而易见的,这说明生活在基层的作者,他们的生活和小人物息息相关,对同类人的命运寄予同情和关怀,对某些不良现象进行批评和否定。另外一些人,玩文学的,拿着普通人的命运作为他们侃大山的材料,败坏了读者的欣赏口味。

《那团云雾》短小隽永、清新明丽,具有诗情画意,又有某种哲理,是小小说中难得的佳作。

生活在基层的作者与浮在上面的作者是不相同的,他们是把文学当做事业,把文学作为自己参与社会的一个活动来进行,和玩文学的人完全是两回事。

《渗透着绝望和毁灭的美感》,作者过分走向深沉,在解剖心理时写出了两代人的心理隔阂和距离,但过分迷恋于心理分析,使读者难以读懂。不自然的深沉是假深沉,不能真正地唤起读者的心灵震荡。

《伤情》写得非常漂亮,令人心碎,但这个作品应有一个交代,用一句话交代一下,用人道主义来看是不允许的。让这样的人干活是错误的,交代出来自己非要来不可,向读者做一个交代。这样好一些,作者情感表现太露,缺少隐藏。《窟窿》好一些,作家的观点、意识、情感应该艺术地隐藏起来,不要太多暴露自己的激动情绪,包括同情、流泪、痛苦、失望,让人物自身去演变。

总的来说,我们探讨工业题材,我认为现在不存在单独工业题材问题,工业题材这个说法是在特定时代里产生的,那个时代只能写工农兵,为工农兵服务,或是工业题材、农业题材。实际上没有这种题材论,勉强划分,也只有城市文学、乡村文学、军旅文学,现在写城市的人,也是这样,城市不是独立存在,《都市放牛》中城市和农村交错,《情满珠江》也是。总的来说不能对工业题材本身提出什么要求,我们还应就文学要求。文学的要求,无论是什么题材,无论哪个范围,只能要求作者写他最熟悉的东西,写他自己最感兴趣的东西,写最能唤起他激情的东西。还是应以人为中心,写人,写人的性格,写人的灵魂,写对人的终极关怀。那么,把人写好、写透,写得深刻、生动。我不管你是什么题材,也不管你是英雄还是狗熊,都可以。从马钢来讲,我个人认为按现在的路走下去比较好。马钢对企业文化建设重视是比较好的条件,在这种条件下,走自己现在已经在走的路,走下去,慢慢形成大规模、大手笔。另外一个意见,就是这个集体的特点,有一种和目前文学潮流相反的潮流,仍然以人文精神贯注作品内容的。在批判了文学为政治服务之后,我们的文学淡化,淡化到什么东西没有,比白开水还白开水了,我个人认为,不在于文载不载道,只要你是文,载道也可以,不载道也可以,载情也可以,不是文你什么也不行。我希望马钢的作家坚持走自己的路,批评是好事。

# 读《归去来兮》的感受

前面的同志对作品思想、艺术价值多方面的分析都非常透彻，我想作者是能驾驭这种题材的。1956 年我在北京工作的时候，那时候搞了一个活动，一批文艺界同志看禁演的戏，开了若干个小型座谈会。戏演得非常漂亮，唱腔好，功夫也好，老生、花旦、小生各种人物表现得非常充分，可以说是非常成熟的经典剧目，但最难解决的是《四郎探母》这个戏里歌颂叛徒，这怎么改，改掉非常可惜，要改也不知道从哪下手。这说明中国历史上中华民族内部的斗争，产生的现象、悲剧包括一批文化产品都成了后人的难点，后人难以涉足，难以驾驭，难以拿捏。没有办法，《四郎探母》只能是在内部演给内部看。这说明我们历史上民族矛盾、是非观念具有很大局限性。大概过了好多年以后，一个政治领导同志说，我们历史上民族之间的矛盾纠葛这样的事情不能把它当成叛徒看待，不能把它当作国与国之间叛变来看待，这是一个国内的大民族之间的内部矛盾。这是一个事例。评判一个人，要看他的行为是给历史带来进步，还是给历史带来倒退，他的行为对人民有利，还是对人民有害。我们老的观念，就是忠臣不事二主，那么事二主的人是不是就不对，后来我们从民族融合的观点来看，他的行为如果有利于历史前进，就是对的；不利于，就是害。要单独给每一个人统统下共同定义是很难的，要具体人物具体分析。因为我们今天完成了民族融合和当时没有完成民族融合观点是不一样的。

《归去来兮》中施琅这个人物写得很好，我认为他在大局上是有利于历史前进的，收复台湾，这个行为是有利于历史，同时也有利于人民。我读了《归去来兮》以后，有两点印象，一个是很好读，有情节，有故事，有细节；另外一个给我震撼的就是小说意义，用大的仁、大的义来取代狭小的利益，把这个拿捏到恰到好处的分寸，是非常难得的。这部小说在这点上写得非常好，体现了大仁大义的观点，他这种不但是民族的、国家的，同时也是个人人性大义上的体现。这个作品中刘国轩也好，施琅也好，都写出了他们人性的提升、人性的升华，从个人私仇的情感中解放出来，以关注人、关注人道、关注人民的生活状态，使他改变思想，最后采取了和平方法来解决台湾问题，这就是从大义的角度来看问题。刘国轩是与施琅对立的反面人物，但作品也写出了他复杂的人性，他最后也转化了。康熙在台湾回归后，给郑成功树碑立传，虽然出于他的统治利益，但他行为本身是有利于历史、有利于人民的，而且他这种行为显示了人道主义精神。作品语言上有一个问题，海瑞对福建方言简直就是一点不懂，写起来是合肥话，如“过劲”，在福建方言里没有这个词。写到某一个地方时，要把那个地方特色写出来，是要身临其境，是要到那里看看，民风、民俗、细节包括特色的语言，这方面做的是不足的。另外还有一个，写海战不怎么成功，战争指挥好像还是海瑞，不是施琅。施琅既然是积十年经验的人，而且他当时是中国海战最强的统帅，第一次战争把战争指挥得那么混乱，他有那么多准备、那么多设想却都没有用上，这不像施琅的指挥，太像海瑞的指挥了。我们不懂海战战事，这方面需要找资料，向懂得海战的人学习请教，要不就虚写海战场面，要实际写海战场面，就要从古典素材中寻找它细节的部分。第一次海战层次并不鲜明，第二次海战的战斗场面是有层次的。这部小说写得很大气，主题是恢弘的，很壮观，但是结尾太匆忙。

# 勤奋成就了他

温跃渊是一位非常勤奋的作家，他勤于学习，通过苦读，把自己从一个仅有小学文化程度的人，打造成一个视野广阔、学识深厚的多领域的写作能手。同时，他在绘画、书法、文学组织活动等方面，都显示了一定的才华。他勤于深入生活，远至西藏、缅甸，近至合肥的角角落落，抗旱的田间地头、防洪的大坝圩堤、矿山工厂、乡村小路，到处都有他的身影。他还勤于搜集和保存文坛资讯，勤于联络四方好友、勤于组织和参与文化活动，并把读万卷书、行万里路、交万人结很好地结合起来，为他在文学路上逐步走向成熟打下了良好的基础。更重要的是，他勤于写作，勤于用他的文字，表现大时代的飞速变化；勤于用他的写作，传达人民的心声；勤于用文学形式，向时代和人民做出奉献。这一大摞书，我只读了散文集《故土难舍》、长篇小说《春风秋雨》。《故土难舍》写得真实感人，其中《三妹》、《母亲》、《奶奶》、《三叔》我都是含着眼泪读的。他少年的苦难境遇和我有点类似，所以引起了我的震撼和共鸣。

在中国当代文学史上，以农场为中心，以工厂搬到农场去大办农业为题材的文学作品几乎没有。《春风秋雨》开辟了文学题材的新领域，填补了一个空白。作品大胆而真实地展现了所谓“三年自然灾害”那段悲剧历史的真相、真貌和真情。那段历史是中国现在所有中老年人都经历过的历史，但在文学创作里，大家不敢正视或不能正视。《春风秋雨》是第一部以长篇小说的形式，从细节到场面全面书写这段历史的文学作品。这部作品最大的特点是真实。它把那个时段老百姓悲苦交集、苦中作乐的生活景象、生存状态、心理状态、生存需求和生存信念，都真真切切、活灵活现地呈现在读者面前。老实说，这需要作家的胆识、勇气和文学的良知。书中的各式各样人物，都是作者的熟人、朋友、同事，因此写得非常生活化，包括开玩笑、想点子抗饿、怎么用饭票骗炊事员，等等。小说把那个灾难时期人们的挨饿状态写得非常逼真，我从中读到了凄风苦雨。但就在这凄风苦雨之中，还有人民的一种坚毅、进取和乐观精神，有中国普通劳苦大众的高尚情操和奉献精神。这本书为后代立下一部文学性的历史，即用文学形象的画面，用真实的生活，提供了这部文学的历史，为人们认识社会提供了一个历史层面的资讯。这本书还让我看到了文学的批判精神。所谓批判精神，就是批判不利于社会发展、不利于社会进步的东西，从而唤起人民，提醒公众注意现实生活中不太好的东西，更好地推动社会顺利前进、顺利发展。现在批评界不大讲批判精神，人民性这个词也不大用了，讲的多是文学的自我精神、娱乐精神，等等。但是，我认为不论什么时候、什么年代，文学都要保持批判精神，也就是人民性。批判精神是文学不可丢弃的精神。一说到批判精神，并不是要你否定社会主义，而是要从另一个层面、另一个角度来巩固社会主义制度。深刻的思想价值从来都是文学的一个重要元素，温跃渊的这部书就提供了一个非常有价值的方面。

# 三个亮点

——《陈其美》印象

这是一部大题材、大容量、大气度的长篇历史传记小说,小说的大开大合的手法,叙述了陈其美在辛亥革命历程中为创建共和、保卫共和、走向共和的战斗一生。陈其美是民主革命的先驱,是一位伟大的爱国主义者,是一位为民请命、为民捐躯的英勇先烈。作者以真实而细腻的笔触,书写了陈其美一生的奋斗精神和奋斗史实,以生动而又鲜明的仁人志士形象,打动着读者,激励着读者。当今的青少年一代,长期生活在和平岁月里,对历史缺少认知,对先烈缺少认知,常把盲目追星视为时尚,把游戏人生视为乐趣,并漠视或冷视英雄义举和壮烈情怀,更有部分文艺作品,以娱乐统帅文化,以搞笑消解崇高和正气,使传播社会主义核心价值理念受到干扰,难以提升受众的精神境界。

小说《陈其美》,勾勒了以孙中山为核心的一大批英雄群像,如陈其美、邹容、黄兴、宋教仁、竺绍康等等仁人志士的英武气节和献身精神,不仅在当时足以唤醒国人、激发民众的爱国热情,就是在今天,也依然会以他们的崇高义举和凛凛正气,激励和教育着今人和后人。本书是一幅辛亥精英群像的长卷图谱,画面上的人生动、活泼、阳刚、壮烈、感人、励人。这是本书的第一个亮点。

《陈其美》的另一个特点是,历史的真实性与艺术形象的生动性达到了比较完美的融合。本书在描写陈其美的战斗一生的同时,也书写了辛亥革命的艰难历程,几起几落,大起大落,豪情壮举,鬼蜮阴谋,英雄烈士,阴险小人,都在历史风云的大开大合中得以真实再现,辛亥革命进程中的许多重大事件,包括其时间、地点、场面、人物、现场情景等等,都在作品中有着真切、准确、翔实的书写,就连当时的通电、广告、信札、诗词、挽联等等,也都是完整的实录,从而使作品不但具有形象鲜活的文学价值,同时也具备史实的文献价值,足以帮助读者真切地认识那段历史,真切地感受那段历史。

本书的第三个特点是叙述流畅,语言活泼,可读性较强。许多人物,如主人公陈其美以及竺绍康、戚氏姐妹等人的经历,都富有传奇色彩,且个性鲜明,举止超常,读起来津津有味,令人难以释手,作为以真人真事为基调的传记小说来说,这是颇为难能可贵的。

略感不足的是,作品场面过大,过程过多,作品欲把辛亥革命的全过程以及各方面的人物都写进去,作为纪实文学当然可以,但作为小说,则欠缺中心人物,中心事件的突出化、集中化以及主人公的个人细节叙事。应注意疏密调节,当粗则粗,当细则细。

# 第一个十年

# 第一个十年

## ——鲁彦周创作论之一

我与鲁彦周是老相识了。从上世纪50年代末我调来安徽,我们便在一个单位工作。那时,鲁彦周已是当代青年作家群中的一个引人注目的角色,话剧、电影、小说、散文他都去摸一摸,而且都拿出了具有一定影响的作品问世。当时我对他每一篇新作的发表或演出,大都认真看了,有的连原稿、校样都看过几遍,那是因为我当编辑经手他的作品的缘故。久之,鲁在我的心目中逐渐形成了这样一个印象:他是一个热诚的、勤奋的、多能的作家。他并非饱学之士,也未见有什么非凡的特异才华,他的多能和多产,很大程度上取决于他的勤奋。无论在学习知识上或者是在生活探索与艺术探索上,他都是极为勤勉的。

但我们之间,那时还只是相识而并非相知。交往虽不少,交流则不多,倒是十年动乱的七斗八斗,把我们斗到一起来了。开始时,我们是一条黑线上的什么什么,继而又共获一个什么集团的"黑班底",并使我们从"一个战壕里的战友",变成了一个"牛棚"里的"棚友"。于是,我们实现了朝夕与共的同吃、同住、同劳动、同"请罪"的"四同"。

"牛棚"也是一个世界。那里既有人与人之间的绝对隔膜和高度提防,也有一生中最难得的倾心相交。人们在那里有时竟好像得到了某种解脱似的,因而有些人便产生了情真意切的思想交流。有过类似经历的同志都会记着,蹲"牛棚"的人,除了例行公事地"请罪"、挨批、服苦役以外,也是要思考和对话的。他们所谈所论,除了牢骚、愤懑、感伤、哀叹、失悔、懊恼之外,大家都几乎不约而同地回顾自己,从自己所走过的生活道路中,要寻找出或者说是总结出某些经验和教训。而对于从事文学事业的人来说,当然也就不可避免地要总结一下自己的文学道路。在彼此倾心的交谈中,我发现,鲁彦周同志对自己以及同时代人的创作,是进行了认真的回顾、考察和自省的。他坚信,党的文艺方针是正确的,他自己所走过的道路,在努力反映现实生活,为工农兵服务这一点上是没有什么错误的。他当然有自责,但与“大批判”所强加给他的“罪名”相反,他根本不认为自己受了什么“黑线”或“封、资、修”的影响,而是感到自觉或不自觉地接受了太多的教条主义的东西,因而使自己对生活的理解和表现,都失之于太简单化了。他说:“我写的东西不算少,电影也拍了几部,但能留下的,恐怕没有什么,原因不外是艺术功力不足和简单化。”他似乎颇有感悟地对我讲:“现在看来,生活是多么复杂呀!人又是多么复杂呀!可是我们作品中反映出来的,却是那么简单,那么肤浅,看不到生活的真貌和全貌,怎么能站得住?我的作品,差不多都是紧跟形势的,凭良心讲,都是满腔热情歌颂新生活的,他们从政治上怎么批也批不出名堂,但有些作品本身的简单化、概念化倾向,却无法使它们站得住。假如将来我还能再写……”

事情竟是这样的奇怪,“大批判”越是猛烈,上纲上得越高,被批判者却越是偏偏从它的反面汲取某种启示。动乱的制造者们,原是要通过文化专制主义来禁锢和扼杀人们的思想的,但人们偏偏在那样的岁月里学会了独立思考,学会了不是按钦定规范而是按事实真相来判断是非和思考自己的人生道路的。

鲁彦周的这个反思式的自我小结,在今天看来可能是极平常的见解,但在当时却是异端,所以还只能藏在心底或悄悄和少数“棚友”交流。现在看来,他那时所产生的一点反悟,虽然还有很大局限性,但却为鲁彦周后来在创作上走向成熟,奠定了思想的和美学的基础。我甚至认为,他的这个反思,也为我们考察作家本人在“文革”前后两期的创作思想和创作实践的变化,提供了一把钥匙。是的,标志鲁彦周走向成熟的,是中篇小说和电影《天云山传奇》的问世。但这一作品的出现,不但有新时期当代文学思潮的影响和催化,更深远的内因是作家自己在创作思想、美学思想上早已萌发了某种潜在变化。他在动乱年月中的思考和回顾,就是这个变化的起点。从那时起,他开始思索和酝酿着一种新的美学追求,《天云山传奇》正是这一追求的结晶,并且构成了鲁彦周创作道路上的一个新的里程。

鲁彦周生于安徽省巢县的一个普通农民家庭。幼年读过几年私塾,这使他接受了一些中国古代书史和一些旧小说的影响。1946 年就读于采石中学,由于对国民党反动统治不满,1948 年即辍学返回家乡参加革命。在地方搞民运、支前工作。1950 年到皖北行署文教处工作,1952 年调至皖北文联,做过编辑及组织工作,从 1957 年起开始从事专业创作。

1954 年他在上海《文艺月报》上发表了短篇小说《云芝和云芝娘》。这是一幅清新悦目的田园风俗画。写的是农村合作化初期年轻姑娘打破陈规学犁田的故事,情节很单纯,但篇中洋溢着作者对新生活和一代新人的热诚颂赞。这是作家的处女作。他在创作上的起步,显示了他对农村生活有着细微的体察和真挚的爱。新的生活和新的社会风尚所培育起的一代新人,是他关注和表现的主要对象,揭示新旧交替时期两种思想的斗争和转化,则是贯穿在他的一系列作品中的主旨。

然而,尽管鲁彦周是以小说为起步走向文坛的,但当时他却把主要精力放在戏剧和电影创作上。1956 年上演和出版的独幕话剧《归来》,使他成为引起文艺界注目的青年作家,不久又以电影剧本《凤凰之歌》、《三八河边》、《风雪大别山》(与陈登科合作)以及一系列小说、散文和戏剧创作,赢得了文艺界和广大读者层的重视与欢迎。从 1956 年到 1966 年的动乱之前,是鲁彦周创作的崛起期,十年间他发表出版的作品有:《春到淮北》(电影剧本,1955 年艺术出版社出版,拍片后改影片名为《春天来了》),《归来》(独幕话剧,1956 年全国话剧会演时荣获剧本一等奖,通俗出版社、戏剧出版社出版有单行本,《中国文学》发表英文译本),《凤凰之歌》(电影剧本,获文化部第一次电影征文奖,1957 年发表于《中国电影》,1958 年中国电影出版社出版单行本,上海电影制片厂摄制),《三八河边》(电影剧本,1958 年发表于《收获》,中国电影出版社出版单行本并被收入《中国电影剧本选集》第四集,上海电影制片厂摄制),《风雪大别山》(电影剧本,与陈登科合作,1959 年发表于《安徽文学》,原名为《相会在天安门前》,上影与安徽电影制片厂合制),《卧龙湖》(电影剧本,与陈登科合作,安徽人民出版社出版,安徽电影制片厂摄制),《淮北寄语》(散文集,安徽人民出版社出版),《找红军》(中篇儿童小说,上海儿童出版社出版,译有蒙文版),《桃花汛前》(短篇小说集,安徽人民出版社出版,此书曾被越南翻译出版),《五金风》(大型戏曲剧本,1956 年公演,1958 年安徽人民出版社出版单行本),《波澜》(多幕话剧,1957 年发表于《江淮文学》),《雏鹰》(电影剧本,1964 年发表于《电影文学》),《人在春风里》(多幕话剧,1963 年公演)。除此,还有一批散见于报刊的未结集的短篇小说、散文以及一部长篇小说《在这块土地上》的初稿(文稿在动乱年代被抄遗失)。

无论从创作精力之旺盛或多才多能任何一个方面看,鲁彦周都称得上是一个忠诚于党的文艺事业的勤奋作家。须知,那十年期间曾接连有一系列的政治运动,作者几乎要用去一半左右的时间泡在运动里,在这种情况下,还能向读者和观众奉献出一百多万字的各种形式的作品,不能不说是丰硕的成果。

当然,并非一切问世作品都是成功的。我们前面所罗列的篇目中,确实包含有个别失败之作,也有一些随着历史的烟云消散而消散的作品,但这里有着作家的足迹,有他自己的也有特定历史时期所加之于他的局限性,有着不仅是他个人而且几乎是同时代作家所共有的深刻教训。鲁彦周是从这条路上走过来的,他付出了艰辛的劳动,获得了丰硕的成果,但这成果并不单单是文学本身,即不单单是几部电影、小说、戏剧等等,而是还包括作家在这十年写作生涯中所积累起的智慧和才华。从某种意义上说,非成功的一面所给予作家的启示,往往是大于成功的经验的。

像当时的许多新涌起的青年作家一样,鲁彦周是怀着满腔热情从事创作的。新中国成立初期的一段时间,我国在政治、经济、文化建设和社会生活的各个方面,都处在蓬勃发展之中,这些都给了作家很大激励,他不停脚地投入到生活激流中去,不停笔地书写着一章又一章的歌颂新生活的热情之歌。"我望着晴朗的天空,高耸的山林,悄悄的打开我的稿纸。"(短篇小说《渡口》结尾),"'多么好啊!'局长感叹地说。突然,好像他的称赞似的,播音喇叭大声歌唱起来,雄壮的歌声满山满谷地滚动,整个森林都唱起来了!"(短篇小说《晨曲》结尾),"在我的周围什么地方,美妙的动人的山歌又开始响起……"(短篇小说《山歌》结尾)。

这是上世纪 50 年代鲁彦周的创作基调,清新明快,热诚真挚,并且总是把美好的理解寄托在自己的作品之中。然而，他并不是一个无视社会矛盾或一味粉饰现实的人。他热情地赞颂新生活的同时，也十分严肃地正视新旧交替时期的诸般社会矛盾和思想冲突。他特别对于封建意识、封建主义所培育起的自私、保守、愚昧有着明澈的洞察，因而在许多作品里，都融进了对于封建意识的批判与谴责。独幕话剧《归来》、电影文学剧本《凤凰之歌》、中篇小说《婆婆妈妈小传》，都是鲁彦周的早年力作，它们都通过人物命运的发展与演化，揭示了一定历史时期的相当尖锐的社会矛盾和思想冲突，并且也都着重表现了作家怀着沉重与愤懑的心情对于封建意识的强烈批判。

《归来》是作家的第一个话剧剧本，由于它在1956年全国话剧会演时荣获剧本一等奖，因而作者得以在文艺界崭露头角。

剧本的情节内容并不新颖独特。事实上，因婚姻上的喜新厌旧而酿成的悲剧，在古今中外的文学中不乏多重表现，但鲁彦周在《归来》中，并没有因袭"痴情女子薄情郎"那样的线索去编织这一婚姻悲剧，相反，它是从歌颂女主人公道德上的至善至美和精神上的自尊自立这个角度，来映衬和鞭挞负义者的卑微灵魂的。两种灵魂的对比，是鲁彦周在若干代表性著作中常用的艺术方法，这一特点也体现在他的最早问世的《归来》之中。正因为作家把着眼点放在开掘人物的灵魂上，故使得《归来》摆脱了某些社会问题剧所存在的观念化弊端，而是在场面和情节的演化中，一步一步地揭示了一对夫妻的两种灵魂。一面是童蕙云的善良、贤惠、勤劳的高尚品德和坚强的自尊自立的精神风貌，一面是王彪的自私、忘本、负义而又装腔作势的小人嘴脸。人们在两个人物的灵魂对比中，既看到了作家对附在王彪身上的封建主义幽灵的愤嫉鞭笞，同时又看到了在童蕙云身上成长起来的人格自尊、精神自立的新型劳动妇女的社会意识，从而使这个作品既具有了针砭时弊的现实感，又富有鲜明的时代精神。

弃妇之怨恨，古今曾产生过无数悲歌。赵五娘、秦香莲、敷桂英、霍小玉皆因身遭遗弃，或寄希望于清官出气，或假托化作厉鬼而申冤，然在真实生活中的同命运的妇女，她们实则只能恨恨而死，除在悲剧文学中赢得几点同情之泪而外，是什么也得不到的。因为那时的妇女处于人身依附地位，整个社会从精神上、道德观念上一直到法律上，又都是全力维护这种依附关系的。妇女没有社会地位,没有独立的人格,没有主宰自己命运的能力和权力,因而在精神意识上便也没有自主自立的价值观。所以在古诗《上山采靡芜》中,我们竟然能看到弃妇路遇故夫时,还要“长跪问故夫,新人复何如”那样的令人痛心的场面。就连敷桂英、杜十娘那类极富反抗精神的女性,也只有以死来抗争社会和负义男儿所加诸给她们的不幸。

然而生活在新中国的童蕙云,却可以不再走这条路了。尽管王彪也是像陈世美、王魁一样背信负义、抛妻弃子,童蕙云也曾被这突如其来的打击震惊得几乎不能自持,但她在彻底认清了王彪的忘本变质的真面目以后,明白了“我呢,不过做了自私的人的八九年的垫脚石,把人家垫高了,就被一脚踢掉”以后,她不是含悲乞求,不是忍痛哀诉,更不是俯首就范,而是在悲愤中站立起来,自信“离开你我能活得更好”,并清醒地看到社会、集体以及周围群众都会给她以力量和支持,故能义正词严地批判了王彪不过是一个“掉在粪坑里的人”,“总有一天叫你后悔都来不及”。于是,在我们面前,站起了一个意识到自己的独立人格并敢于主宰自己命运的新型劳动妇女形象。

王彪自然不是陈世美的简单重复,但他们的灵魂是一脉相承的。不管他编织了多少新式的堂而皇之的理由,他所承袭的仍是封建社会遗留下来的那种观念:女人只应是合乎男人身份的享乐占有物,作为男儿富贵尊荣的标志,必须伴有不断地重筑新巢之举。结发之妻,不论他们之间曾有过怎样的患难与恩爱,也不论他们曾有过什么样的海誓山盟,更不论妻子一方为他的长进付出过多么大的牺牲,一旦他感到她不再适应他的新的享乐需要时,就会不顾任何道义去追逐新欢。王彪在婚姻道德问题上暴露出的极度自私和负义,实质上是当时一部分干部进城以后思想蜕变的一种反映,它有着我国封建社会长期形成的历史根源和社会根源,因而才能在一定时期里成为相当突出的社会问题之一。《归来》正是从这个角度来挖掘王彪的灵魂的,并且预示了王彪所制造的这个悲剧涩果,在新的社会条件下,最终只应由他自己吞下。

1957 年,鲁彦周的第二个电影创作《凤凰之歌》问世了。这也是一个以反封建为主旨的作品。这个反映新中国成立初期边远落后山区社会变革的故事,以出人意料的魅力,吸引了城乡广大观众,甚至创造了当时城市上演农村题材影片的最好上座率。1958 年,它获得了文化部颁发的“电影征文奖”。与《归来》不同,《凤凰之歌》在题材和情节上,都有一些新颖、别致、独到的东西。作品写的是一个最贫穷落后山乡里的最贫穷落后家庭中的最受人歧视的童养媳的争取解放、追求进步成长的故事,作品所展示的生活情景,既吐露着浓郁的山乡泥土的芬芳,又时不时在人们眼前展现一幕幕令人酸楚的悲歌。

作品的背景是解放了的山乡。但生活在这里的人们,在精神上、思想上、道德观念、社会习俗以及人与人的关系上,都还没有获得真正的解放,他们依然被封建主义的精神枷锁牢牢地禁锢着,甚至就连政治权力的某些方面,也为封建的宗族势力所操纵。山乡人民是质朴、善良、粗犷、刚毅的,但他(她)们身上同时又混杂着愚昧、落后、保守与无知,封建残余势力正是利用农民的这种落后意识,控制着人们的思想和行为,并以此来对抗农村的社会主义变革。生活在这样环境里的主人公王金凤,又是一个处于最底层的童养媳,她不仅在别人眼里没有任何地位和价值,就连在自己心目中她也根本搞不清她在世上究竟有什么价值。不错,她有健美的血肉之躯,有清脆动听的歌喉,有善良的心地和对幸福的渴望,但她没有自主的人格,没有主体意识,没有唱歌的自由,甚至连主宰自己的血肉之躯的自由也没有。她曾有过一个可怜而又可悲的梦幻,设想一旦和“丈夫”圆了房,就可以摆脱备受折磨、任人蔑视的屈辱处境。但连这样的梦也破碎了,因她的“丈夫”早已在外面斩断了这根捆绑自己幸福的绳索,故使她几乎是在绝境中起步走向真正的人生路途的。作品一开始,就把这样一个特殊环境下的特殊人物,推到我们面前。

整个作品围绕王金凤争取解放和进步的艰难历程为中心,展开了多层次、多角度的矛盾冲突。这里既有尖锐的政治斗争和阶级斗争,也有社会解放、人身解放与封建宗法观念、宗族势力的斗争,还有为维护纯真爱情与各种陋俗的斗争。作品有层次地并且是由表及里地表现了女主人公从蒙昧走向觉醒,从争取个人的人身解放(即她向往的“一个人能自当家,自立事,自作自主多好”),走向为公众献身一直到成长为站在时代前列的战士的历程。这历程是艰难而曲折的。从人物自身来说,王金凤是在社会变革的激发和时代精神的感召下,逐步萌发了主体意识的,但从她朦朦胧胧地发现了自我价值到争取实现她的追求和理想,每走一步几乎都要付出沉重的代价。比如,她唱歌很好,在吴、李两庄的群众联欢会上,她的一曲悲歌使很多观众流了泪,引起了一片唏嘘声、吸鼻涕声,但仅仅是因为她——一个童养媳竟敢抛头露面登台表演,就不但招来了辱骂和责难,还挨了一顿致命的毒打。打她的,是她的公公。他是全村寨最穷困、最软弱、最无能、最可怜的下层劳动者,但强烈的宗法观念却能支配他在比他更软弱的无辜的童养媳身上大逞威风,一扁担就将金凤打得头破血流,从而昭示了王金凤是没有独立自主的人格的,连唱歌也既不能见容于村寨内的封建习俗和宗族势力,又不能见容于家庭内的封建法规。又比如,她曾好心好意约几位姐妹上民校,但得到的回答却是:"人家不要的货,想活动活动找男人","我说金凤,她丈夫是有孩子的人啦,你不要天天来约她!你不在乎,人家家里可要出人命啦!","荡女人,不要脸!"等等,等等,使她再一次捶着胸绝望地喊出来:"你们要打就当面打,不该将我这样来糟蹋,金泉山下大路多,为什么我的路这样狭?"再如,她原本好心劝解李庄的乡亲们不要上坏人的当,聚众生事,欺骗政府,但得到的又是"许多人围上来,拳头雨点似的落在金凤的头上、身上……"她本来就是孤苦伶仃无依无靠的人,只好把收养了她的公婆家当做自己的家,把公婆当作父母,吃苦受累,做牛做马般忍受一切,为的是能得到一点点父母般的爱怜,然而她没有得到这些,得到的是时而要以四担黄豆把她卖给二流子李小毛,时而又强行把她赶出家门。她的养父虽然贫穷和无能得可怜,但又愚昧和软弱得可悲,故总是要屈从于宗族势力和宗法观念的压力,把灾难强加给王金凤。后来王金凤在阻拦两村因水利纠纷即将形成械斗仇杀之时,她又一次几乎赔上了性命。不过,王金凤并没有为苦难所扼杀,相反,倒是在与苦难搏击中站了起来,像山间的竹笋一样,任何坚厚的土层和坚硬的岩石,都压不住她的生命的挺进,终于要破土掀石,亭立于山崖。

王金凤与苦难,重压搏击的过程,实质上就是一代新人从觉醒走向成熟的过程,也是她不断改善自我、提高自我、超越自我的过程。但从另一面说,王金凤的成长又是时代思潮和社会变革的产物,因而她的成长过程又是社会变革的一个缩影。在这里,作品巧妙地将人物命运的变迁与社会环境变迁交织在一起，互为经纬，互为依存，在社会变革的急流中表现人物的成长，从而较充分地展现了人物性格形成的社会因素、历史因素和环境因素，使人物自始至终保持着鲜明的时代色彩和浓郁的地域色彩，同时又借助人物命运的发展揭示了社会变革的错综复杂的艰巨情景，使人们看到了社会变革最终是要靠人来实现的，而参与变革社会并在变革社会中变革自身直至超越自我的人，又不是一个简单的社会变革的受动者，而是从自发到自觉地与来自社会的重重阻力、层层压力以及种种传统势力的搏击中获得自我的确立和社会的认同。因此，人物所经历的一切个人的痛苦与欢乐，她的困惑和抗争，挫折与希望乃至她的全部内心感应，也就构成了一幅社会变革的全景图。

当然，我们如此从人物与社会的关系的角度来考察女主人公，绝不意味着我们只承认王金凤是一个抽象的社会典型。不，王金凤自身告诉了我们她是一个可感、可亲、可信的艺术形象，在当时的影剧创作中，我们甚至可以赞誉她具有一定程度的突破意义。这是因为作者在塑造这个人物时，没有被当时颇为盛行的无冲突论和一些教条主义理论所束缚，没有当时常见的那种以说教代替行动，以排列事件代替细节描写，以图解观念代替刻画性格，以超凡的英雄化代替人的正常思想感情的表达等等倾向，特别是在表现劳动人民纯朴忠厚美德的同时，也没有回避积淀在农民身上的封建意识、宗法观念、愚昧落后等消极现象，在某些特定的场景中，作者甚至以十分沉痛的心情，把批判的锋芒着重指向了传统的积习，故而使作品既能展现生活的多种侧面，增强了真实感，又加重了它的反封建思想力量。然而也正是这一点既给作品带来了成功和声誉，也给它招来了非议和责难。创最好的上座率和获奖，自然是成功的一面，但另一面则是遭到公开的非难和批评，它被指责“夸大了农村的封建思想”，“落后于时代精神”，“给农村抹黑”等等，甚至在粉碎“四人帮”以后，还有人写大批判文章给它扣了许多帽子。“抹黑论”是某些教条主义批评家惯用的一件法宝，他们从不正视现实生活的纷繁复杂性，拒不承认文学艺术的批评性功能，一看到作品中写了缺点、错误以及生活中的阴暗面，就大叫“歪曲”、“抹黑”，而且对真实性越强的作品就批得越凶，不知有多少作品曾被这种理论所扼杀和伤害。党的十一届三中全会以来，随着“双百”方针的深入贯彻执行，“抹黑论”不那么时行了，但它的潜在威胁仍在，仍然时不时冒出来吓唬人。远一点的，对影片《天云山传奇》，近一点的对影片《芙蓉镇》，好像都有一些人愤愤然大叫其“抹黑”。

其实，《凤凰之歌》所描绘的那样的山乡，不但在新中国成立初期，存在着强大的封建网络和形形色色的封建观念，就是在几十年后的今天，也不能说封建主义思想已在我们国土上断了根、绝了种，对人已不再有任何危害了，因而也就不再是文学创作应予关注的课题了。《凤凰之歌》的反封建锋芒，既是作家意识到的历史使命的呼喊，又是艺术忠于生活真实的必然产物。如果我们提出更高的要求，我们也只能说《凤凰之歌》对于封建思想对人们的精神虐杀，表现得不深、不透、不足，对它的劣根性、顽固性开掘得不深，表层现象的描写多于灵魂的渗透，冲动的呼唤多于冷静的深思，而绝不是什么“夸大了封建思想”力量，或者给谁抹了什么黑。更何况，这里出现的落后现象，都是作为两种力量的较量而存在的，它们处于被改造或行将被根除的地位，比之于那种以赏玩的心情专门展览某些角落的落后、原始、蛮荒、俗野、人之动物本能，等等，是根本不同的。

中篇小说《婆婆妈妈小传》是与《归来》、《凤凰之歌》及作家的其他小说在风格上迥然不同的作品。尽管《归来》、《凤凰之歌》也着重写了人物，写了人物的命运，写了人物灵魂的激荡，写了人物的觉醒和成长，但我们总觉得这些人物还有点平直，有点近似扁平而不是一个圆整的形象，或者说缺少点独具特色的性格魅力。因此，我们完全可以从社会学的角度把童蕙云、王金凤称之为一代新人的典型，但从美学角度，我们虽然也承认她们是具有一定感染力的艺术形象，但还不能说她们已经是被塑造得很成功的艺术典型。因为检验典型的标志，不是社会学的代表性，不是统计学的平均数，也不是某些思想倾向传声筒，而是典型环境中的典型性格，即独到的、个性化的、能揭示心灵隐秘层的、活生生的“这一个”。我们要求于艺术典型的，不是某种共性的复合或提纯，而是个性所涵盖的巨大的生活容量和思想容量，有了这种概括力，才能使形象超越自身、超越时空成为永恒。典型，是作家的艺术巅峰，是作家艺术成就的最高标志。当然，这样的艺术典型，对于任何一个作家来说，都是毕生追求而不可多得的。鲁彦周的早期创作，自然还远没有达到这样的成就，但在《婆婆妈妈小传》中，我们都看到了作家在这方面的刻意追求，看到他登上了步往艺术巅峰的阶梯。这是鲁彦周早期创作中最有特色的作品。

《小传》里的两个主要人物花燕红与罗步高，都是个性鲜明、音容举止历历在目的形象。特别是花燕红，从描容绘貌到开掘内心，作家都以自然而又真切的笔调，把她写得活灵活现，真好像抬眼就能见到其人，侧耳就能听到她的声音一样。

她性格开朗偏被不幸命运压抑着，她心地刚强却长期处于被损害的地位，她渴求忠实的爱情却因三次婚变而被视为水性杨花，她争强好胜谋求致富却又伤害了别人也伤害了自己，她实心实意地为丈夫好，却偏偏把丈夫推到了他不该走，也不愿走的道路，以至一度形成了两人间的家庭危机。她与罗步高的奇妙结合使两人都获得了幸福，然而又是在两人进一步追求幸福的过程中发生了不幸的波折。总之，花燕红是矛盾的，又是和谐的、是美的，又被视为丑的。她有自己的性格特征、自己的语言、自己的感情世界、自己的心灵秘密，是那个时期文学创作少见的“这一个”。当她刚与读者见面时，年仅二十几岁，脸蛋儿“白里透红，梳着一个燕子飞的老式头，头发净亮净亮，穿着袖口、襟边镶着天蓝色边的白褂子，身材婀婀娜娜”。她还有和人自来熟的本事，“不到三天，小伙子们她都能喊出名字。你要和她扯，她不怕，你要和她闹，她也陪着。眼皮一搭，酒窝一现，一排雪白的牙齿一露，伸手要打人，却又不打，变成一个掠头发的姿势，这一掠把那些光棍汉掠得心里火辣辣的……”唯一不受这种撩拨的光棍汉只有罗步高，他始终是“心里老大不舒服”，认为她是“狐狸精”，“自打她一来，搅的瓦块都翻了身”，“她正像大风耗水一样悄悄耗着人的心”。于是，这位专门爱管闲事号称“婆婆妈妈”的人，决定要“对付对付她”。然而，我们这位可怜的老实人，他的所谓“对付”，其实不过是拼上整天的时间，坐在通向花燕红住处的巷口，谁要是来了，他就一把拖住他，一面请他吃烟，一面施展出他那婆婆妈妈一套本领，连说带劝，连讲带骂，连哄带吓，把“来玩的人居然都被他弄走了”。当花燕红所见了罗步高是在说她的坏话时，她始而气恼，继而悲伤，并以泪水和着悲愤维护了自己的尊严，倾诉了自己的不幸身世并斥责了罗步高：“我像狗一样被人踢来踢去……到现在连个家都没有，你还这样骂我，坏我的名誉，为什么？我到底做了什么对不起人的事啊！……”这个意想不到的撞击，使罗步高“像掉在冰窖里，全身冰凉，软叽拉瓜地在墙角边上坐下来”，甚至“没吃下饭”，“好像欠了人家一笔债”。于是两个对峙着的人儿互相发现了对方，两个似乎是冰火不同炉的人儿竟然奇妙地结合在一起了。在这里，作家并没有故弄玄虚，也没有卖弄偶然性的传奇色彩，而是遵循两个人的性格逻辑，写出了这种奇妙结合的合理因素。

然而，不管作者用了多少篇幅描写花、罗两人的爱情波澜，也不论某些细节写得怎样魂摇神荡，惟妙惟肖，但它不是一则乡村罗曼史，也不是一支田园情歌，而是围绕两个人物命运由悲到喜，再到悲，又到喜的螺旋形变迁，来反映农业合作化过程中两条道路斗争的。作家在花燕红身上所倾洒的那些浓墨重彩，对她那酣畅的绵绵情意和出色的精明的细腻描绘，一面固在刻画性格，但在思想倾向上实则是将其作为个体的小农的自发性本质来表现的。作家要把可怜的花燕红、可爱的花燕红和可悲的花燕红统一到严重问题在于教育农民，农民的根本出路必须根除自身的资本主义自发性、必须坚持集体化道路这样一个观念上来。于是，在这个人情味十足、生活气息极浓的故事里，融进了一个十分严肃的政治主题，花燕红则成了表达这一观念的工具。可是对读者来说，虽然在理智上不得不接受作品内容引申出的思想倾向，然而在感情上可能更为两个人物的命运所牵动。也就是说，读者易于接受作家的同情和赞赏的笔调画出的那个可怜和可爱的花燕红，而难以接受作家以批判眼光所责备的那个可悲甚至带几分可恨的花燕红。这是形象大于思想在“作怪”，还是思想和形象发生了游离？

毫无疑问，作家的原意是要批评花燕红身上体现出来的资本主义自发性的，但艺术形象却又实实在在地昭示了普通农民对温饱和小康生活强烈渴求的正当愿望。这是因为艺术形象倘是按照生活的真实面貌并遵循人物性格的逻辑塑造出来的，它就可能以它的真实性向读者昭示某些作者不曾意识到的甚至与作者本意相反的东西。花燕红正是这样。你看，花燕红婚后就要为罗步高创家立业，从平地盖起楼来了。凑齐了一条牛以后，罗步高激动得嘟嘟哝哝和牛说道：“你可没有想到吧，我罗步高，婆婆妈妈，居然有条牛，一条整牛，好好跟我干，伙计，以后日子好了，我天天喂你黄豆吃。”准备添进二亩田时，花燕红对丈夫说：“……你是十八世修的，敲破了八十八个木鱼，点了八十八盏长明灯，念了八十八卷罗汉经。要不我怎么会这样对你呢，你看，我的心血都耗尽了。”“这下我的本钱可足啦，我们有五亩好田，年年吃不了，年年有余钱，和村上最高的人家差不多啦。我们再生个儿子，教他上学堂，念中学，念大学。”就这些，梦一般的追求，是那样执著地牵动着一个青年农妇的心。为此，她宁愿“喝黄连吃苦豆”，宁愿和木匠师傅一起拉大锯为丈夫打一张顺手犁，宁愿田里家里忙得脚不停汗不止，甚至宁愿冒险背债，她都想慢慢挣个小康日子和被人瞧得起的人格。她的这种渴望其实是亿万农民的共同愿望，但在那个历史时刻，是不能被理解也不能被承认的。然而不管花燕红的意愿和行为怎样被当作自发倾向加以责难，但形象自身客观昭示的那种愿望的正当性，却与作品正面所表达的思想主题并存在那里，它们同时从两个完全不同的角度，启发着人们的思考。我以为这是《婆婆妈妈小传》坚持写真实、写性格，写出人物的真情实感所产生的意外效果。

花燕红形象的另一客观意义是，她延续了童蕙云、王金凤的某种思想线索，再一次表现了妇女追求自尊自立的价值观。尽管她们是三个完全不同的人，但她们都身受封建意识的迫害，她们都是敢于同命运挑战的强者，都通过冲破封建罗网而获得了独立的人格。花燕红的三次婚姻不幸，完全是由于穷苦和被人玩弄、欺骗、遗弃而造成的，她本身是受害者，但在封建意识浓厚的世俗眼中，她却成了不正派的女人。不过她没有向坎坷多难的命运屈服，没有向世俗观念低头，她在“天晴太阳亮”的新社会，敢说敢笑，敢唱敢闹，敢于蔑视恶言秽语，敢于自主地去争取自己的幸福。她在爱情上追求“拿心贴我心”的自主行动，在做人上追求不做“受气包”、不“被人踢来踢去”的尊严感，在生活上追求温饱有余的小康理想，从本质上看，仍是童蕙云、王金凤那种争取自主、自尊、自立的价值观的延续。只是由于花燕红有着相当强烈的主体意识，她可能是一个更富有挑战性的新型女性形象。不论作家是否明确地意识到了这一点，这个人物形象的客观效果是包涵了这层意思的。

《婆婆妈妈小传》一般并不被认为是作家早期的重要作品，它也不曾像

《归来》、《凤凰之歌》那样给作家带来重大声誉，发表和出版后也都不曾引起评论界的注目，被埋没了二十多年。其实它是极有特色的作品，是非代表作的代表作，虽然在思想倾向上在今天看来有某些失当，但它是一篇有风格、有文采、有特色的好小说。

《归来》、《凤凰之歌》、《婆婆妈妈小传》是不同题材、不同样式、不同主题、不同风格的三个作品。它们当然不足以代表鲁彦周的全部早期创作，例如他的中篇儿童故事《找红军》就很有特色，不但对儿童，就是对成人来说也很有吸引力，故曾多次再版，并被译成外文，介绍到国外。电影《风雪大别山》（与陈登科合作）把情节的传奇性与老区革命斗争的复杂性很好地结合起来，真实地再现了老区人民和红军指战员的艰苦卓绝的斗争，是同类作品的佼佼者之一。作品的时间跨度很长，人物延续两代，情节变幻较多，但仍能集中刻画一两个主要人物，做到了奇巧不失真，情节跌宕始终与人物命运紧扭在一起。散文《故乡书简》也以其深沉的抒怀而名噪一时。但《归来》等三个作品又确实从不同方面显示了作家的思想和艺术才华，可以使我们从中窥见作家早期创作的某些基本特色和局限性。

鲁彦周是一个善于开掘女性心灵并勇于为妇女解放而呼喊的作家，他的作品为我们留下了有一长串名字的巾帼群芳谱。这可能和作家对当时社会生活中残存的封建网络有着明澈的洞察有关。他以一个作家的思想敏感力看到，在我国从政治上和经济上完成了民主革命以后，庞大的上层建筑特别是意识形态领域，并未完全一致地随着基础的改变而改变，那源远流长的封建主义传统思想，是那样深而又广地盘踞在生活的角角落落，在某些道德观念领域，它甚至还在统治并支配着人们的思想和行为。宗法观念、封建伦理、落后习俗等等，特别严重地制约着广大妇女，成为妇女解放的最大阻力，同时也构成了直接阻碍和抵制社会改革的巨大威胁。文学艺术要真实表现新旧社会交替的社会变动，便不能不触及在社会主义条件下继续反封建的问题。而在这个领域中，妇女问题更有充分理由占据显要地位。鲁彦周正是从这样的观点出发来思考和塑造妇女形象的，他的这种社会观体现在美学倾向上，则是在描写妇女生活时，不是着眼于柔情蜜意来牵动读者的魂梦，而是从开拓社会矛盾的大背景下来刻画妇女命运的。他笔下的女主人公们，尽管也有秀丽、娇媚的一面，但更多的是坚韧、刚强；我们甚至可以说，他写的女性是脂粉味儿少、火药味儿多。这当然不是说鲁彦周不长于抒写儿女情。不，无论是桑间陌路上的悄悄话，或者是知识女性的缠绵悱恻，他都有情真意切的妙笔，甚至在十分严肃的政治性作品中，在刻画某些大政治家的诸般政治活动时，他也没有忘记写上几笔动情的儿女态。我们从他新时期的一系列作品中看得很清楚。但他的早期创作，从总体上看，鲁彦周是把妇女个人命运放在社会变革的矛盾斗争中加以表现的，主人公们大抵要在自己的人生海洋里，迎风搏浪，左冲右突，在参与解决社会矛盾的过程中，实现自身的解放和自我超越。这样的女性，往往不是那种鸣啼爱情组曲的杜鹃，而是搏击风暴的海燕，故而脂粉气自不能不少一点。

鲁彦周很注意开掘女性的柔情的另一面——刚气。当然这不纯是男子汉式的刚强血性，而是依托在女儿家身上的巾帼须眉精神。不但早期创作中的童蕙云、王金凤、花燕红、《三八河边》里的陈素贞、《风雪大别山》里吴红英，都凭着一股刚气得到了锻炼成长，就连他在粉碎“四人帮”以后许多新作里，女主人公也都分明地透着几分刚气。不错，宋薇（《天云山传奇》）、徐竹卿（《春前草》）曾有过较多的柔，但最终还是以刚克了柔，至于田嫂（《柳暗花明》）、冯晴岚（《天云山传奇》）、韩越芳（《呼唤》）、耿秋英、邓云姑（《彩虹坪》）等一系列重要人物，则无不是在刚柔兼济中以刚为质。这里不是说刚柔气质有什么高下优劣之分，而是说鲁彦周在刻画女性形象上显示了作家的某种美学追求，他似乎偏爱开顶风船的妇女，这种由早期创作奠定了的审美趋向一直到近年的一系列新作之中，从王金凤到耿秋英，作家都始终致力于塑造那种靠自己奋斗、靠参与社会斗争、靠在逆境中坚韧拼搏而获取人身价值的女性典型。他不鄙薄滴艳的海棠和恬静的睡莲，但更厚爱傲霜的山菊和餐雪的寒梅。他认为新时代造就了这样的女性，这样的女性又是参与造就新时代的强者，人民和时代都更为需要这样的女性，故从早期创作开始，他就把深情厚望寄托给她们，使这样的形象在自己的各类作品中均占有显著的地位，并以这样的形象影响更多的同时代人。

鲁彦周早期创作的另一特色是鲜明的时代感和当代迫切主题相结合。

他是一位艺术准备并不充分但又出手不凡的作家。这里，除了勤奋、刻苦、贴近生活以及勇于艺术探索而外，选材得当、主题适应社会心理的迫切感，对他创作的成功起了不可忽视的作用。《归来》触及到了当时的社会生活中十分敏感的道德意识，它所抨击的正是人们怨愤的一种社会现象，《凤凰之歌》提出了在社会主义革命时期必须继续反封建的课题，《春天来了》、《三八河边》则是踩着合作化、公社化高潮的锣鼓点儿问世的，《桃花汛前》、《故乡书简》及一系列短篇小说，差不多也都是与现实生活同步而生。作家对新颖题材的敏锐感和他对某些重大社会问题的思考，使他的作品常常能够和社会心理紧密呼应，传达出人民群众的一些呼声。《归来》大快人心之处是它的批判锋芒，而这种批判精神，则正是针对干部进城以后的某种思想演变以及它在一般群众心里所激起的义愤而发出的呼喊。《凤凰之歌》曾因其在社会主义时期写了一个民主革命的课题而受到批评，说它落后于时代精神，其实作家所把握的反封建主题，恰恰是抓住了当时社会生活实际中摆在人们面前的一个极为尖锐、极为迫切的课题，因为社会主义改造，不仅要体现在政治和经济领域，更要体现在人的思想、人的感情、人的心灵这个较为隐蔽的领域里，而清除封建余毒，即在人们心灵深处荡涤许许多多延续了几千年的封建传统观念，那是一场更为艰难的改造。作家从生活实际出发而不从教条出发来评价生活和开掘作品的思想主题，与生活自身提出的课题及群众的愿望是完全合拍的。

由于作家十分关注当代现实题材，他自身便也保持了积极贴近生活的姿态，他不停地追寻生活的发展和变化，不停地参加各项社会活动，整社、救灾、水库建设等等，他都争取投入进去，足迹遍及江淮大地，主动和普通群众贴心交友，获取了丰富的生活营养。在1964年，为了深入生活底层，他把全家迁到了大别山脚下的岳西县，个人又只身走访许多深山僻谷的村寨，体察了现实，又了解了大别山老区的斗争历史，为后来的创作积累了大量的素材。热情地关注现实和敏锐地反映现实，使鲁彦周的早期创作形成了与生活保持同步的基调，显示了作家在那个时期特有的政治热情和社会责任感，它的主导面应当说是积极的。但另一面，由于过分注重配合形势的政治需要，有时也常常给他的创作带来图解观念，空泛说教或者使艺术新闻化、简单化、概念化的倾向。《三八河边》便是一个最典型的例子。作品的前半部虽有某些认识偏颇,但总体上是写生活、写人物的。后半部则因按照“五风”的观点来表现公社化的过程,故而使作品完全成了鼓吹“五风”的浮夸虚假之作,可见艺术一旦背离了真实,便不能不失去生命。收在《桃花汛前》集子里的某些短篇,今天重读不仅会有时过境迁之感,有的也明显地跟着那个时候的错误政策和错误倾向而宣扬了错误。造成这种情况的原因是多方面的,当时文艺指导思想上的片面性和理论上的教条主义,有其不可推托的责任,但作家本人对生活洞察的不深,对文艺基本特性把握的不足,也是不可忽视的。因此,我们一方面积极地肯定鲁彦周早期创作中体现出的那种饱满的政治热情,并高度评价他的那些关注现实的优秀作品,同时也需指出,一个作家热心追踪现实生活中的新颖题材,还必须与透彻地熟悉生活,正确地认识生活和艺术地表现生活很好地结合起来,才能使作家的政治激情化为真正的艺术果实。

鲁彦周早期创作的再一个特点是多样的追求和多样的探索。

我们在前面说过,鲁彦周是一个多产而又多能的作家。这多产和多能,是他的多样的追求和多样探索的结果。任何一个作家的早期创作都有一个选择过程,无论是艺术样式、题材内容、技巧手法、风格形式,大都经过几番选择,才能逐步被化为个人的美学趣味。鲁彦周选择了什么呢?他选择了什么都摸摸,什么都试试,什么都钻钻的态度。这看起来似乎是无定见,其实就是一种明确的定见。从艺术样式上说,他的处女作是短篇小说,但正式打响的第一个作品是戏剧,紧接着他又去写电影剧本,然后又是多幕话剧、戏曲、散文、特写、儿童故事、中篇小说、长篇小说,都被他尝了个遍,而且除长篇小说《在这块土地上》因原稿在“文革”中遗失未得出版外,其他各类形式作品都得到了公之于社会的机会,并有各自的代表作。从题材内容上看,他也是什么领域都去接触,农村、山区、工地、老区、城市的许多角落,都在他的作品中得到过真切的描绘,现实题材和革命题材也同时在他的作品中占有主要地位。从风格手法上看,他也是多方兼容不死守一格,《归来》似乎激越,《婆婆妈妈小传》则是娓娓而谈的,《凤凰之歌》明快而又深沉,《故乡书简》以抒怀见长,《人在春风里》以凝重取胜。看来,他的选择就是多样的艺术和艺术的多样,可能压根他就没有打算成为一个以什么为主或者是只善于写什么的作家。这种多样的追求和探索，给作家带来的最大好处是多方面地训练了自己的才能，有助于扩大自己的艺术视野，容易将多种艺术的特长融于自己的创作，从而逐步形成他个人特有的风格特色。有趣的是，作家早期创作这个特点，也如同前两项一样，已经延续到作家的整个创作生涯里，直到今天，他还在多样的艺术和艺术的多样中探索着前进，所不同的是，今天是以比较成熟的姿态进行着创造和探索，而早期创作则显露几分稚嫩的尝试性。

从上世纪50年代中期到“文革”开始，鲁彦周的早期创作，基本上经历了十个年头，我把它称之为鲁彦周创作的第一个十年。

在这十年中，不论有多少客观的和主观的局限性，鲁彦周的收获是丰硕的，几部代表性的作品奠定了他在文坛的地位，百余万字的数量表明了作家的辛勤耕耘，然而更重要的是，他在成功和失败两面都获得了有益的经验，本文开头所说的他在“牛棚”里进行的自省，就是在正反两面经验的基础上进行的，而那个自省，又恰恰是鲁彦周在新时期的创作中走向成熟和实现超越的基础。从某种意义上说，“牛棚”生活从反面促进了鲁彦周的超越，或者说是给鲁彦周帮了个大忙。

从鲁彦周整体生涯看，他的第一个十年，还是他的文学的准备期。尽管他有的作品得了奖，有的作品被译到了国外，有的作品也可能在影剧文学史上占有一席地位，但那时的鲁彦周还不能算是已经成熟了的作家，他的作品多数也不能算是成熟的文学。

作为成熟作家的标志，至少应当包括：个人风格的形成、明确艺术观的固立、具有独立评价生活的哲学辨析力、具有创造的自觉意识等等。那时的鲁彦周还没有达到这样的境界，虽然他热情洋溢，刻苦勤奋，并在文学上表现出了多方面的才能，但那还是作家走向成熟的准备，而不是成熟自身。也许那一阶段的文学还没有完全进入自觉的时代，因而那时的作家也难以建立起明确的、自觉的主体意识。鲁彦周早期创作的最大局限性，是他有一些创作的动因，并非来自自觉的创造欲望，或者说不是来自生活唤起的创作冲动，而是来自形势的召唤、政治任务的需求以及某种大气候的影响等等，哪怕所有作品都是自己主动写出而不是外部强派的，我们仍然不能认为这种动因是自觉的创造欲望，因为它的本质不是发自自我的真情本态，而是非文学的外力强化。在这种条件下产生的作品，总是观念的因素大于情感和形象，难以构成具有创造意义的文学。

当鲁彦周顺着当时的文艺从属于政治的观念，顺顺当当地走下去的时候，他获得了肯定和称赞，获得了作家的称号。但也正是在他这样走下去的时候，正是在他获得了所获得的一切的时候，他并未真正获得文学——那种富有鲜明主体意识的文学。

《天云山传奇》的问世，显示了鲁彦周创作道路上的一次突破性超越，作家的思想和美学个性都成热了，并以精湛的艺术描写，为我们塑造了宋薇、冯晴岚、吴遥这样的典型形象。在此以后的《呼唤》、《山魂》等新作中，作家又有新的追求和成就，使我们看到了鲁彦周的创作，既有延续他早期创作的传统的一面，又有跨越新的层次，登临新的阶梯，攀向新的高度的一面。关于这些，笔者准备在另外两篇文章《第二个十年》和《跨越自我》中加以考察。

（1984 年 12 月初稿，1987 年 7 月修改）

# 求新求异求变

——读《阴阳关的阴阳梦》

在鲁彦周的艺术天地里，他新近又以《阴阳关的阴阳梦》创造了一个全新的境界。这是一个梦幻世界，一个充满着光怪陆离色彩的神秘世界，一个阴阳交错、真幻莫辨、人鬼共存、昼夜不分、今昔交替、恍兮惚兮的混沌般的世界。作者用梦幻把我们引到这里，又让我们在这里领略了一场触目惊心的人间悲剧。在这个世界里，有跃动着的生命意识与泯灭人性的封建礼法的殊死搏击，有民主主义思潮与旧势力顽固堡垒的抗争，有资本主义工商者与地方宗族势力的较量，有正义同邪恶的格斗，而更为集中的则是一批争取个性解放、爱情自由、人身自主、人格独立的纯真女性，向肆意虐杀她们美丽心灵和生命的封建道德的挑战。不幸的是，尽管有无畏的挑战与冲击，尽管有来自阴阳关内部和外部几种力量企图给阴阳关吹进一丝新风，带进一些新的社会思潮或传播一点新的道德观念，但由于阴阳关力量对比的悬殊，也由于改革者自身乏力，因此整个进程乃是美被绞杀、自由被窒息、真情被毁灭、人性被摧残、阳光被遮掩，留下的，仍是弥漫着阴阳关的阴森森的毒雾和几代挑战者的悲哀和叹息。

特殊的地理环境、社会环境以及与此相关的特殊的地域文化背景，为作者所创造的神秘世界提供了可以理喻的依据，奇异的梦幻艺术手法，又为这神秘世界增加了几分扑朔迷离的气氛。

阴阳关是把政权、神权、族权、夫权融为一体的绝对封闭的封建堡垒。因为地域的特殊封闭性，它几乎成为一个与世隔绝的、独立的、孤立的封建王国，因此在辛亥革命十几年以后，五四运动前后那样的剧烈社会变动，对阴阳关似乎毫无影响，仍然袭用着大清王朝的礼法和道德，而这里所袭用的清朝的老规矩，又是被阴阳关的神权族权地方化了的，它的封闭性决定了它的保守性，而保守性又保护着、延续着并加强着这种封闭性。因为只有封闭，才能保住那里的统治者的政治和经济利益，只有封闭起来，让那里的人们处于与外界隔绝的状态，才能使外界的社会变革波及不到这里的人心和民性，才能延续这座封建堡垒的生命。而这里的统治者为了巩固这种封闭性和保守性，就必然在统治手段上显示出更加残酷阴险和毒辣，政权、神权、族权、夫权的一体化，正是他们统治手段的集中体现。对于一切敢于试图反抗的人，不仅有砍头、沉河这样的镇压手段，更有日常化的对人们的思想统治的礼教规范和神魔邪术的迷惑。因此这里除统治者和从属于他们的那一伙人以外，只能容许并造就两种人的存在：一种是老老实实为他们服务者，再一种就是半痴半呆的弱智者。有了这样牢固的社会基础，那些来自内部和外部的几代试图冲决这座堡垒的男男女女，都难免不幸遇害。这部小说正是通过这些抗争者的悲剧命运，反映出历史上资产阶级民主革命几遭挫折的悲惨图画，同时又借此折射出：面对强大的势力的存在、中国社会变革的艰难曲折，要想使新的历史思潮全面战胜旧势力是必然要付出沉重代价的。小说中多次借人物之口说"人生也就是梦"，恐怕就是作者对那段噩梦般的历史的痛苦的审视，也可以说是作家借助梦幻来隐喻现实人生的悲欢因果。

然而《阴阳关的阴阳梦》的主要价值并不在于作家准确地表达了某种历史思考，而是在于作家运用这一历史背景展现了形形色色人的灵魂。阴阳关的社会冲突，无论是人鬼冲突、善恶冲突、正邪冲突，实质上都是人性冲突，即人性与反人性的冲突。作品正是紧紧扣住这个中心，在揭示人物内心隐秘和艺术表现手法上，取得了重大突破。

塑造人物、刻画性格、展示人物的命运，是叙事文学共有的命题。鲁彦周在其丰富多彩的电影和小说创作中，早已在这方面取得了良好的成果，像《凤凰之歌》、《婆婆妈妈小传》、《天云山传奇》、《呼唤》、《古塔上的风铃》等名著中，都有性格鲜明、情趣可人的女性形象。但在这些作品中，主要是以抒写人物的命运来牵动作品情节的展开和变化，对人物的描写和刻画多是侧重外部和行动，即使涉及人物内心世界，也多半是为着印证人物行动和性格形成的内在依据而写。但在《阴阳关的阴阳梦》里，作家一方面保持了他精细地描绘人物的音容、举止以及人物性格和命运的发展历程；另一方面则把主要笔墨转向人物的内心世界。在这部作品中,作家有意无意地运用了弗洛伊德的某些观点,在揭示人物情感世界的隐秘区域时,不仅袒露了情感与理智的冲突,更把笔触深入到潜意识层,让人物的"原我"冲脱"自我"和"超自我"的控制,将埋藏在潜意识深处的平时说不出道不出、想不清理不清的本能欲望,时不时地显露出来。作品中的一个接一个的梦幻,虽也有引发故事、叙述情节的作用,但更主要的是用于开掘人物的内心世界,特别是开掘潜意识层。这些梦幻不仅深入地揭示了女主人公星仪的丰富而复杂的情感世界及潜意识层的某些隐秘区域,也从中揭示了梅荪、冰云、水静以及徐明清和郁林一干人等的内心隐秘。值得称道的是当作家致力于探索人物内心世界时,他并没有孤立地、片面地游离于人物命运和作品情节去玩弄宇宙游戏,也没有因内失外忽视了对人物行动的描绘,而是把刻画性格,叙写人物命运历程和开掘内心做了较好的结合,从而使人物更加立体化,更加真切可信。像徐三老爷对冰云的爱、恨、怀、惯的多重复杂心态,只通过几个细节,便入木三分地勾勒出来。而冰云和肖思两个独特性格的出现,又为本书增添了几分浓郁的浪漫主义色彩和引人入胜的魅力。肖思的豪放和野气令人注目;冰云一出场,便以她的美丽、潇洒、雍容强而有力地吸引住了读者,随着情节的进展,她的火一样的性格,为追求自由而奋不顾身的大胆妄为,她以美丽面容征服甚至敢于挟持三老爷的叛道行径,她的大胆的爱,大胆的袒露内心隐秘,大胆的获取,大胆的举动,一步深入一步地被表现出来。特别是跳舞和吻尸两节,前者令人意乱神迷,后者使人触目惊心,把人物性格刻画得淋漓尽致,其魅力着实令人赞叹。冰云与梅荪、星仪、水静都是体现个性解放与封建法规冲突的主要人物,她们各自有自己的性格特征和不同的命运历程,尽管作者施笔墨于星仪者更为细腻入微,但冰云形象的强烈浪漫主义色彩,却构成了本书最为引人注目的典型。

在艺术表现方法上,《阴阳关的阴阳梦》体现了作家的大胆求新求异求变的突破精神。她在人物刻画上的向内转,是与表现方法的转变相辅相成、互为因果的。作品对人物内宇宙的探索,得力于梦幻手法的应用,而梦境中的真幻交错、虚实相间、人鬼对话、恍惚迷离的诸般情景,则可以释放潜意识,借以充分揭示人物自身以及人物之间的感情纠葛,甚至让"原我"冲破道德和理智的束缚,把某些非自觉的、无意识的本能释放出来。

与以往的著作不同,鲁彦周在这部小说中较大幅度地运用了魔幻现实主义的表现方法,并且对西方现代主义艺术方法的意识流、象征、意象诸手法均有所借鉴,对人物心态的把握上,也多多少少吸收了弗洛伊德精神分析学的某些观点。这在主人公杨星仪身上表现得十分突出。她的十五个梦幻,既是引发故事、推进情节发展的真实生活场景,又是非真而真的幻觉幻听幻象的朦胧境界,它可信又不可信,要摆脱它又要寻求它,作家正是依托这样的境界,有层次地展示了主人公内心世界里的愿望、矛盾、恐惧、痴怨、悲哀等诸般异常复杂的感情纠葛。此外,如阳山阴湖的象征意蕴,大自然的阴阳和谐与社会生活中的阴阳对抗,原始自然的诱惑力和破坏力,都含有某些隐喻和暗示,这比之于以往的创作确有突破和超越意义。

然而鲁彦周对于西方现代主义艺术方法,目前还只是某种借鉴和吸收,并非把现代主义某一流派拿来做自己的追求目标。尽管魔幻现实主义惯用真幻交错的方法来叙述情节和描写人物,但将梦幻融于文学作品,却是中国传统文化古已有之,且是被运用得相当纯熟的一种艺术方法。唐人小说中《黄粱梦》、《南柯梦》早已脍炙人口,《红楼梦》中的太虚幻境乃是关系全书主旨的重要章节;至于《牡丹亭》更是梦幻艺术的杰作,那是先在《惊梦》一折中先出了一个梦中的柳梦梅,而在杜丽娘因情而死后才出了个真实的(也是梦中那个)柳梦梅,世人均把此作视为"四梦"的最佳代表。董说在其《西游补》的序言里,就他小说中出现的唐代赴西天取经的孙悟空何以在地府审讯宋代的秦侩一事,对梦做了非常有趣的解说。他说:"譬如正月初三梦见三月初三与人争斗手足割伤,及至三月初三果有争斗,目之所见与梦无异。梦中见之者,心无所不至。"他的这个解说,和弗洛伊德的《梦的解析》所说"梦是愿望的达成"有点近似。中国古典小说和戏曲对于梦幻手法的应用是非常广泛的,鲁彦周的《阴阳关的阴阳梦》可以说是既吸收了西方某些思潮和方法,又继承了中国传统文学的精神和方法,不管这种尝试是否已达到完美的程度,但求新求变求异之举,应该得到我们充分的理解与支持。

(原载《文艺报》1993 年 9 月 19 日)

# 人性的视角

## ——《双凤楼》管见

一个鲜活的故事，一个曲折多变饱含着血泪的悲剧故事，被鲁彦周在长篇小说《双凤楼》中讲述得淋漓尽致而又凄婉动人。小说最后一章的结尾，那张“白雪、老树、青枝和一个美得让人心跳的新娘照片”完成了这悲剧故事所要表现的主旨。“美得让人心跳”的“美”，被撕毁了；丑，在黑暗中发出了惨笑。但作家向我们传达的信息并不只是展示美被撕毁，而是在讲述美与丑的对峙中，丑是凭借什么力量、什么方法、什么思潮、什么手段、什么心机战胜了或撕毁了美的。当然，小说不是历史经验的总结与分析，它是透过人物的命运和人物的心灵历程来表达作家自己的人生体验和在这种体验中所形成的一个观念，那就是：任何悲剧的产生，并不仅仅是为历史的、时代的思潮所铸造，人性扭曲、人性泯灭、人性失衡同样是铸造悲剧的根源。真善美与假恶丑的冲突与搏杀，不仅在社会政治生活中有着屡演不衰的记录，同样也在人的心灵世界，在人性的本能领域内有着剪不断、理还乱的搏击，因此人性失衡，往往是酿造悲剧苦酒的发酵剂。《双凤楼》内外所演出的一幕一幕悲剧，其内因均是来自人性的失衡。

关心鲁彦周创作的人会发现，在中篇小说《逆火》出现前后，鲁彦周把自己探视生活的目光，从政治的、历史的视角，转向了人性的视角。就是说作家在开掘题材、把握人物命运、探索人物心灵世界时，不再仅仅从历史社会环境决定一切的观念出发，而是在重视这些外部条件的同时，更注重人性的美恶以及人性的非常状态和失衡状态所引发的内因。这，我们在《阴阳关的阴阳梦》和《双凤楼》中可以看得很分明。当然，这两部小说的题材内容与时代背景完全不同，作家所表达的思绪也各自不同，但在注重从人性视角把握人物命运和开掘人物内心世界方面，却是完全一致的。作家把压抑人性、扭曲人性视为罪恶的渊薮，并且把它看做是铸造社会悲剧和个人悲剧的基因。《双凤楼》中燕朋的悲剧始于人性冲动，终于人性复归；曾季素的悲剧看似政治因果，实则是人性美的升华；季小纯的悲剧命运波折，既源于父母的人性基因，更有他自身本能的对于爱和美的执著追求和凝固信念；珍珍是美的化身，也是真诚与善良的化身，她的悲剧含有某种崇高境界，她的至高的人性美恰恰是被卑微的人性恶、人性失衡的丑恶势力所绞杀。因此可以说，燕朋父子两代人的命运历程，正是人性的美与丑的对峙和较量的过程，作家写了美的被撕毁，正是批判与鞭挞人性扭曲、人性泯灭的可悲、可叹与可怖。

反过来看，作为人性恶或者人性异化的代表人物杨秀、燕载、宫为安等，他们固然在社会政治斗争中获得了一时的胜利，他们多次用邪恶战胜了正义，但他们的命运最终也只能是悲剧性的。因为对于人来说，人性是本质的东西，人性泯灭了，失去了人性的人，那将不成其为人，而不是人的人，岂不是另一种意义上的悲剧？人们可以提出疑问，杨秀等人的扭曲不也是特定历史思潮的异化产物吗？是的，有这样的外部条件，但在同样的环境下为什么会有另一种完全不同的人呢？作家把它归结为他们自身的人性恶是他们铸造自己悲剧命运的内因。

尽管作家在小说《引子》里开宗明义地说："没有想要写什么运动和施教于人"，"更不想对它作出什么评价，但事实上他还是让人物的悲剧命运对那段历史作了评价"；他说他"不想施教于人"，但他呼唤用真善美、用爱心、用诚挚来铸造人的灵魂。这本身也是一种教化；他没有用什么解气的语言来诅咒那个动乱年代，但他写出了那场运动怎样把人性恶调动得淋漓尽致，怎样把人性美摧残得无以复加，便更深一层揭示了那场运动的非人性和非正义性。

从人性的角度来观察和思考生活，从人性的视角来把握人物的命运，使得鲁彦周的创作在摆脱政治观念化方面，有明显的突破。他的人物不再跟着政策需求走，情节架构也不再以政策观念冲突为核心，对人物性格的内心世界的开掘也更加深入和更加丰富了，有的甚至深入到了潜意识层。作家也不再背着超重的政治负荷来阐释某种观念、某种思潮的正误，而是在一种轻松自如的心境下讲述按照人的本性、人的常情所能发生的故事。如果说

《彩虹坪》、《古塔上的风铃》还残留某些形象图解痕迹的话,《双凤楼》在这方面确实有明显的突破。

但是,从人性的视角来观察和思考生活,也会面临某种挑战。那就是:人性的观点能不能超越时空,超越历史思潮,超越阶级意识的影响、渗透和某种制衡?当作家从人性的角度把握人物命运时,应当如何恰当地、准确地掌握环境与人性两者的关系,如何使你的人物和故事的走向合情合理,写出典型环境中的典型性格,便是一种不可避免的挑战。

我们过去的理论不承认人性的存在,认为只有带着阶级性的人性而没有普遍的共同人性,这当然是不能解释人类生活复杂性、多样性以及人的共有本能的简单化理论。这种理论造成了文学的公式化、概念化长期泛滥,也造成了人们对现实生活极为简单化的理解。新时期以来的文学创作很好地改正了这种倾向,但随之而来也出现了泛人性的弊端。早在寻根文学发热时期,便有少数作家把他的人物故事放在与世隔绝的深山老林里,编织荒诞故事,塑造只具备人的本能的怪胎形象。这种超越时空现实的人物故事,没有可信性,当然也就没有文学的真实性。目前正流行的正三角、反三角的情爱游戏电视剧,更把泛人性化推向高潮。

泛人性化还引发了或者说导致了泛性化。于是男女作家、老小作家都毫不吝啬地写起性来。鲁彦周也似乎不甘示弱,在一些中篇和《阴阳关的阴阳梦》、《双凤楼》两部大作中,性描写出现的场面相当多。我并不一般地反对性描写,但性描写应有两个基本条件:一个是必要性,一个是真实性。所谓必要性,就是看这种描写是否有助于揭示人物性格的精神实质,是否有助于深化作品的思想内涵;所谓真实性,就是此人此时在此景此情中发生性行为的环境依据和心理依据是否真实可信。如果不关注这两点,就可能使性描写失去应有的意义而流于撒"胡椒面儿"。

《双凤楼》中燕朋对曾季素的强暴并由此引发出至真至深的爱,我以为作家过多地从性本能的角度把握角色,故而缺少充分的艺术真实性和说服力。我不是说一个党员领导干部不能犯错误,但那时的燕朋是一个在政治上、思想修养上、处理公务能力上都已相当成熟的人,而那个历史时期又是思想、立场、品德、阶级观念都处在强化的时候,让燕朋这样的人,仅仅出于一种报复心理和美貌的吸引，竟然去强暴一个反革命家属，我以为作家为主人公这一唐突行为提供的环境依据和心理依据都不够充分。我绝不敢断定生活真实中没有燕朋或超越燕朋这样的事，我要求的是艺术描写的真实性和应有的说服力量。正面人物当然可以有两面性，哪怕是描写反差较大的两面性，但应当写得合情、合理、合时、合宜，让人信服，让人认同。要做到这一点，我觉得作家观察和思考生活的视角，应该更加全方位化、综合化、整体协调化，而不是凝固在一个视点上，因为这也可能失衡或流于另一种简单化。

# 追　求

——贺《鲁彦周文集》出版

鲁彦周新近出版的《鲁彦周文集》，厚厚八大卷，洋洋四百多万字，称得起是彪炳史册之鸿篇巨制，令人赞佩。诚然，一个作家用毕生精力写出几百万字，并不特别罕见，然要有一部、几部或多部作品存留于文学史册，那可就不多见了。鲁彦周做到了这一点。他为新中国当代文学史留下的一些堪称时代精神写照的精美篇章，将永远为人们所珍视。

鲁彦周的文学精神在“追求”二字。

他一走进文学门槛就开始了追求，直到古稀之年以后还在追求。他，早年追求成功，中年追求成熟，晚年追求超越。一生的矢志不渝的追求，锻炼了鲁彦周，也造就了鲁彦周。三个历史阶段的三大步，步步有根基，步步有成果，步步留下了成功的脚印，留下了属于他自己也属于文坛的代表作。青年期他捧出的是《归来》和《凤凰之歌》。这两部作品以塑造新中国第一代新型女性形象而饮誉文坛。童蕙云(《归来》女主人公)一反传统女性遭遇婚姻不幸时的忍辱、无奈、悲怨情愫，而以自强自立捍卫了新女性的尊严，并在精神上、情与理上战胜了无情无义的丈夫。王金凤(《凤凰之歌》女主人公)则逼真展现了冲破山乡封建宗族势力、封建礼法、封建陋俗等层层罗网的新一代年轻女性的成长历程，显示了人权意识的萌生和人性尊严的觉醒。中年期他留下了震撼文坛的《天云山传奇》和它的姊妹篇《呼唤》。《天云山传奇》因其在题材和主题开掘上的巨大突破性和超前性而被人广泛称颂，其实从真正的文学意义上说，使其可以成为传世之作的还是冯晴岚和宋薇两个感人至深的艺术形象。《呼唤》中的韩越芳和尹飞也有类似的魅力。冯与韩可能具有某种理想色彩。但首先她们是真实人生、真实情感、真实心灵的艺术再现，作家倾心于她们身上的是人性的升华和人性的复归，而这，恰恰是

《天云山传奇》的最大成功。

如果说从《天云山传奇》到《古塔上的风铃》标志着鲁彦周中年期的成熟，其晚年力作《逆火》和《双凤楼》则是体现他自我超越的新追求。从《阴阳关的阴阳梦》起，鲁彦周将其创作视角，从政治转向文化，转向人性，转向对人的心灵的开掘与探索；创作手法上也在坚持写实的基础上吸收或融入了象征、意识流、魔幻等手法，追求着求新、求异、求变的新路。《逆火》、《双凤楼》使鲁彦周的创作出现了新的创作思路和新的表现手段，使晚年的鲁彦周摆脱了早年时期形成的某些思想束缚和困扰，主体意识更加自觉，对文学本性的把握更加成熟，对人性和人的心灵的开掘也更加深入，写起来也更加从容。应该说，他的追求是一步一个脚印地实现了。

# 泣书别词

——悼彦周

中国著名作家鲁彦周于2006年11月26日与世长辞，这是安徽文坛继陈登科、公刘之后又失去的一位杰出作家，实为安徽文坛和中国文坛又一重大损失。他生前是我的好友，我们相交近半个世纪，从无芥蒂，彼此相知，保持终生。我与他年龄相仿，志趣相投，具有共同的文学理念和事业追求，他在创作上追求真善美，我在理论批评上力主求真求实，故有许多共同话语相互交流，连共同落难在“牛棚”当“棚友”时，这种交流也未停止。他是文学大家，以独幕话剧《归来》崭露头角于文坛，此剧在1956年全国话剧会演中获剧本一等奖；以电影《凤凰之歌》饮誉文坛，此片于1958年获文化部电影剧本征文奖；以中篇小说并被改编为电影的《天云山传奇》轰动文坛，小说获全国中篇小说奖，电影获金鸡、百花双奖；以长篇小说《梨花似雪》封笔于文坛。他终生为千百万读者和观众留下了七八百万字的小说、戏剧、电影、散文，以高度关爱人民的情怀、鲜活的艺术形象、深厚的思想力度、卓越的艺术技艺感召并打动了千千万万的受众，成为人民喜爱的优秀作家。他小我一岁，竟先行而去，痛失良友挚友之悲油然而生，仅以悲歌《泣书别词》祭之。歌曰：

彦周鲁公，文坛灿星。
江淮文魁，神州俊英。
稗林巨子，幕屏双雄。
撒手西去，文苑失骢。
痛失挚友，老泪纵横。
与君相交，受益半生。
慕君高洁，敬君赤诚。

羡君才识，仰君宽容。
庐州运笔，海内驰名。
著作等身，德艺双馨。
归来起步，凤凰腾空。
天云山顶，银稗高峰。
举国瞩目，海外扬声。
古塔铃响，坪映彩虹。
阴阳关内，迷雾重重。
双凤楼外，风起云涌。
悲歌逆火，浪漫于笙。
梨花似雪，封笔匆匆。
君虽西去，青史留名。
真情美文，代代传承。
文友景仰，百姓认同。
一世辛劳，美丽人生。
祝君安息，从容运行。
归去归去，永生永生。
泣书别词，悲从心升。

（2006 年 11 月 28 日夜）

（注：自“归来”句起至“梨花”句止，皆指鲁彦周作品篇目）

# 陈登科的小说世界

# 陈登科的小说世界

1950年10月11日的两期《说说唱唱》杂志上，连载了一部中篇小说，书名《活人塘》，作者是陈登科。这是一个在文坛上鲜为人知的名字，但这家杂志的主编却是大名鼎鼎的赵树理，而这位著名作家不但选中这位新人新作予以发表，而且还为书中四个主要人物题写了热情洋溢的四首赞美诗，发表在同一刊物上。与此同时，他还写信给这家刊物的编委田间、康濯等人，力荐这部作品，并要求他们撰写评论文章向公众介绍这位新起的工农作家。康濯在1951年4月22日的《人民日报》上发表了题为《陈登科和他的小说》的评论文章，指出《活人塘》“朴实、自然地描写了解放战争初期的情况”，“一切惨烈无比的甚至很难用文字表现的场面，作者都大胆地展示开来，色彩浓，气势大，使我们完全感到当时中国人民严重的情况和斗争情景”；“小说是那个时代的真实记录”。此后不久，在6月25日出版的《文艺报》上，周扬又以十分热情的语句，称赞陈登科“写出了劳动人民的强烈的真实情感和力量。在他的作品中，简直不是作者在描写，而是生活本身在说话。生活本身就是那样一场惊心动魄、天旋地转的斗争风景”。我们知道，周扬的文艺批评往往是从政治角度探视多于学术探究，但他这句“生活本身在说话”却十分简洁又十分确切地概括了陈登科的文学特色。我们甚至可以说，它不仅道出了《杜大嫂》、《活人塘》的基本特色，它还概括了陈登科毕生文学生涯的最显著、最个体化的主要特征。无论是成名作《活人塘》，还是扛鼎作《风雷》，抑或是晚年力作《三舍本传》，他几乎都是“以生活本身在说话”这样的叙述方式，展现着生活真实和人物性格的复杂性和多样性，他的小说世界和生活本原世界浑然一体，时代影像、地域风情、人物话语等，都是以逼真而又传神的形态出现在读者面前，所以他的小说艺术魅力，主要不是靠情节设计的诡谲多变或故事的波澜起伏来吸引读者，而是靠真实的生活情境、真实的人物形象、真实的感情表达、真实的地域风情、真实的性格化语言等特色，构筑起陈登科小说世界独特的艺术个性。当然，我们这样说，不是意味着陈登科不善于应用情节和故事。不，作为农民出身的作家，他自幼受到许多民间文学、传统戏曲及曲艺文学的影响，他深谙故事情节的巧妙曲折对于打动读者的作用，而且他也是长于编织故事的能手，但他的小说特色主要的却不在于讲述或演绎一个有趣的故事，而在展现"生活本身在说话"，并使读者走进其中，亲历生活本身的多面、多层、多边、多样、多变、多彩等形态，让读者从中领略生活本身给你的启迪、感悟与认知。

这一特色，构成了陈登科的文学个性，也贯穿陈登科的整个文学生涯。然而，《活人塘》只是形成这一特色的起点，它只是作者按照个人生活体验来复制生活本来面目，因而它不可避免地还受着素材的限制，受着真人真事影子的限制，缺少更高的艺术概括力，故多多少少带有自然主义痕迹。作家在以后的长期实践中，逐步摆脱了这种模拟现实的非自觉的创作状态，逐步领悟了形象思维创造性特征，在忠于"生活本身在说话"这一基本素质的同时，将艺术典型化原则，将想象、提炼、虚拟、集中、烘托等诸般现实主义方法与技巧，融入到他的创作过程之中，从而使作品展现的生活景象不再受一时一地之局限，其人物也不再受真人真事的拘泥，而是将作家的广泛的生活积累和人生体验，融于塑造更富有典型性、更具美学涵盖性的人物形象上。特别是在《风雷》的创作过程中，作家花费了多年心血，精心构思，反复修改，刻意打磨，终于体现了将"生活本身在说话"的艺术特色，发展和提高到成熟阶段，形成了陈登科特有的真善美相统一、直面人生与作家党性良知相统一的现实主义道路。

"生活本身在说话"从起步、形成到成熟，是与陈登科的个人生活经历及其个性本能密切相关的，也是伴随着他的文学实践而逐步走过来的。

陈登科于1919年出生于江苏省涟水县上营村的农民家庭。十二岁时，靠母亲为塾师洗衣而进私塾读了两季寒学。但因"愚钝"且顽皮，被先生视为"只能放猪，不能读书"而逐出学门，从此便在家里务农。又因父亲早故，十五岁便担负起全家的生活重担。1940年参加新四军，先后在涟水、阜宁、淮安、盐东等地参加抗日游击活动,当过警卫员、侦察员、通信员等。他杀敌英勇,斗志顽强,手刃伪军、匪军百多人,且在上级的关怀和帮助下,刻苦学习文化,逐渐掌握了写信、写日记、写墙报稿的基本要领。1944 年秋,他在《盐阜大众》报上发表了第一篇通讯稿,题目是《鬼子抓壮丁》,内容是记述游击队小队与日寇一次遭遇战情况,此稿共六十多字,其中的错别字竟有二十多个,经编辑钱毅校订修改发表。从此陈与钱毅交上了朋友,并由此产生了写稿热情。以此为起点,陈登科开始了新闻写作,在 1945 年 1 月 5 日至 4 月 5 日期内,他为《盐阜大众》通讯员活动中写稿二十九篇,发表二十三篇,被评为盐阜区特等模范通讯员,并被该报聘为"特约工农记者"。同年 7 月,正式调入《盐阜大众》任工农记者组织委派钱毅同志在思想、学习和写作上对他进行辅导与帮助,使他的文化水平和写作能力得以日益提高。在此后的五年左右时间里,陈登科连续发表了数百篇通讯报道以及战地小故事。这,为他日后的文学创作积累了素材,也锻炼了他的写作能力,且在不知不觉中培养起一种生活本身在说话的写作路子。1947 年 5 月,他发表了第一篇报告文学《铁骨头》,从此开始了文学生涯,并在 1948 年冬出版了第一篇中篇小说《杜大嫂》,成为开创他的小说创作的起点。1950 年《活人塘》的问世,则标志着陈登科正式步入了新中国第一代优秀工农作家群体,并以这部小说显示了陈登科身上蕴藏的文学潜能和非凡的毅力。

《活人塘》的成功,使陈登科有机会被送入由著名作家丁玲主持的培养中青年作家的文学研究所(后更名为文学讲习所,今为鲁迅文学院)学习和深造。在两年多的时日里,陈登科受到了关于文学史、文学基础理论、中国和世界文学名家名著选讲、作家修养、创作方法与技巧等方面的系统性培训。尽管他的基础文化理论不高,但他以加倍的刻苦和虚心,很好地完成了学业,使他的思想理论水平和文学素养有了较大程度的提高,并在就学期间,完成了长篇小说《淮河边上的儿女》最后定稿,于 1953 年在《人民文学》上全文连载发表。这是陈登科第一次驾驭长篇,其情节和人物都超过了《活人塘》规模,特别是由于人物较多,战斗场面又要一个接一个,要避免模式化和雷同化,其难度是显而易见的。但由于作品所描写的内容都是陈登科所亲历过的生活情景,其人物也都是他十分熟悉的战友和亲人,因此他仍能运用“生活本身在说话”的叙述方法，将故事和人物都写得真真切切而又鲜活生动，比之《活人塘》，它在更广阔、更复杂的背景下，真实而具体地描写了解放战争最激烈时期的一段惊心动魄、可歌可泣的历史斗争。作家怀着强烈的爱憎，朴素地描写了那场斗争的严酷、惨烈和悲壮，以昂扬的崇高感赞誉着李振刚等英雄人物，又以强烈的仇视和蔑视之笔，描写了敌人的血淋淋的残暴和叛徒的可耻堕落。这部小说发表后，丁玲曾在 1954 年 2 月号《文艺报》上发表了《给陈登科的信》，指出作品“有生活，真实，能感动人，使人惊心动魄、提心吊胆，使人对书中的故事和人发生感情。因此这是一部有内容的结实的作品”。另一方面，丁玲也指出“人物毕竟还没有立体地显示出来，人物本身行动少，而由你讲述的多，你越用力就感到你缺少办法……你笔下的战斗打得局促，打得不精彩，而且使人疲乏”。丁玲在分析其原因时又指出“你看见一些山，一些水，但由于你的修养，这些山水在你脑中还不能成为‘丘壑’，你还缺乏一种天然的创造，也就是说你的创作还有些勉强，还不成熟”。此外，丁玲还要求他在原来的生活上，要有“新的提高，而且应当是相当大的距离的提高”。丁玲的信只有两千多字，但她以成熟作家的眼力和真知，看准了陈登科创作上的优势和弱势，堪称对症下药地向陈登科发出了切实而有益的忠告。从《活人塘》到《淮河边上的儿女》，表明陈登科的“生活本身在说话”仍是处于初级阶段的自在状态，他一方面能够再现生活的本原面貌，另一方面又缺欠艺术上的提炼和再创造，故难免有堆积素材之嫌。

讲习所学习结业以后，陈登科从新闻单位转入文学界从事专业创作活动。由于他牢记毛泽东同志一再强调的作家必须深入生活的教导，回皖不久，就立即全身心地投入到治淮大军的佛子岭水库工地。在现场，他担任一个工区的教导员，管理一百多民工，除参加日常实际工作外，还要从创作需要出发，走访各方管理人员、工程技术人员、高级专家等各路人才，使他的眼界从一贯关注农民和战士的角度，开始扩及他原来不熟悉的工人和科技界的高级知识分子。随着生活视野的转变，陈登科的表现对象也发生了一定程度的变化。他写出了一系列描绘水利战线新人新事新风的散文、特写、小说，结集出版有《治淮的人们》、《春水集》和中篇小说《黑姑娘》等。这些篇章既敏锐地反映了新中国第一个大型水利建设工程的风貌，同时也为陈登科积累下了大量新的文学素材，并在此基础上孕育了长篇小说《移山记》的构思。

《移山记》是1958年由中国青年出版社出版的。这是陈登科的第一部规模最宏大的长篇小说，也是新中国第一部宏观描写水利建设中的路线斗争、思想斗争和表现建设者们的艰苦奋斗历程及英雄主义精神的长篇小说，作为一个农民出身的作家，作为第一次涉及工业题材和工人及中高级知识分子生活领域的作家，陈登科面临的新课题、新挑战是多方面的。他虽然已在工地生活多年，对周边的各色人物都有了一定程度的熟悉和了解，但他毕竟是从泥土中走来、在战火中锤炼的具有典型农民性格的人，他对来自农村的民工和一些与农民有着千丝万缕联系的工人，自然容易把握，但对工程技术人员，特别是高级知识分子及高层管理人员的思想状态和感情世界的了解和把握，便难以达到非常深入的境界，不可能再像他写《淮河边上的儿女》时所说的那样："那些人（指书中人物）吐出一口唾沫是什么样的动作我都清清楚楚。"再加上从宏观角度表现大型水利建设工程，涉及的矛盾、斗争也远比从一支游击队角度写战斗故事要复杂得多，因而在生活体验和创作过程中，必须多观察、多思考、多琢磨、多费心思地去刻画他们的性格，展现他们的精神世界；在结构故事时，还要顾及工程建设中所出现的各种错综复杂的矛盾，包括建设路线上的、思想上的、方法上的、人际关系上的以及敌我与人民内部之间的多重矛盾相互交错的实际情况，梳理好中轴主线与横竖支线的关系，再现人在改造大自然过程中改造自我的宏伟图景和人的精神面貌的变化。尽管摆在陈登科面前的新课题和难点很多，但他仍以当年学文化、学写新闻稿的顽强毅力，以全身心地投入和在实践中学习的劲头，努力拓展自己的知识领域，多方面地接触人，深入探索各色人物的精神世界，在日常的观察和思考中，积累起众多人物形象，经过反复构思、反复结构、反复推敲、反复修改，终于啃下了这一块硬骨头，完成了新中国第一部反映新中国第一项伟大治水工程的长篇小说——象征着中国人民用智慧和力量，进行移山填海的《移山记》。

《移山记》的问世，表明陈登科追求开拓新的表现领域和驾驭长篇巨著的努力是应予肯定的。在作品中，他塑造了袁久皋、常云翔、江海峰、杨熙等一系列有个性、有特点、有情趣的人物形象,并在展现他们与大自然搏斗的同时,也展现了他们之间以及他们自己的灵魂搏斗历程。值得注意的是,陈登科在把握和处理这一规模宏伟的素材时,敢于正视人民内部矛盾,敢于正面表现工地上出现的闹事风潮,并在妥善处理事件的过程中,有力地表现了常云翔那样的高层领导干部的智慧和魄力,也批评了某些干部的官僚主义作风并揭露了暗藏敌人的挑拨。应当说,这种不回避矛盾、不粉饰生活的态度,是陈登科继续坚持"生活本身在说话"叙述方式的延伸。但由于受到历史思潮和当时流行的文艺观念的限制,另有作家本人才力尚未达到应有高度,驾驭大型长篇尚力不从心,使得《移山记》有图解政策和人物标签化痕迹,也有结构不严、松散拖沓和对高级知识分子心态缺少理解等弊端。

《移山记》写于1956年,出版于1958年。这期间中国文坛发生了一场空前浩大的政治运动。陈登科因与丁玲师生情谊深切,加之他的某些短篇小说受到公开批评,险些被纳入右派罗网。据他自己后来回忆说,是因周扬替他说情,以保护工农作家名义,使他得以宽大处理,免于加冠。但未加冠不等于过了关。随着无休止的批判和检讨,随着身边的一批文友被打成"右"派,纷纷被送去劳改或劳教,他一方面茫然不知所措,另一方面又要自觉地感谢党对他的教育和挽救,故在《文艺报》上发表了《回到党的怀抱里来》的表态文章,而在1958年的"大跃进"日子里,他又会同几位作家并领衔发出《我们要红旗,不要钞票》(取消稿费)的呼唤,成了中国文艺界第一批向所谓资产阶级法权宣战的"斗士"。与此同时,他又在"大跃进"声浪的催逼下,写出歌颂"大跃进"的《卧龙湖》(与鲁彦周合作)、《柳湖新颂》等电影文学剧本和一些散文与短篇小说,为"大跃进"泡沫撒了一点彩粉。应当说,粉饰生活、讴歌浮夸、颂扬"五风"等,是与陈登科真正的文学观念格格不入的,但一来是当时的风气使人们大都不自觉地跟着瞎起哄,二来也是陈登科以负疚的心情在创作上显示一下他在政治上的悔悟之态。那时,有人以个人意志可以改变客观规律为信念,创造了"大跃进"神话,但客观规律本身,无论是自然规律还是社会规律,却并不以任何个人意志为转移,你硬要违背它,它就发了个大脾气,很快把"大跃进"变成了大灾害。在三年左右的时间里,建设停顿了,生产停滞了,田园荒芜了,老百姓吃不饱了,仅在安徽大地就有几百万人拿着生命为跑步进入共产主义交了学费。党和政府为了扼制此种现象的发展和蔓延，决定派出大量工作队赶赴农村基层开展整社工作，陈登科也奉命领导一个工作队，去淮北某地参与此项工作。工作重点是在基层整顿干部作风，整顿因"五风"(共产风、浮夸风、强迫命令风、瞎指挥风、高征购风)所造成的严重后遗症，抢救农民健康，逐步恢复生产，查处少数严重违法乱纪分子，等等。当时的工作条件极端艰苦，工作队也面临着饥饿和营养不良的威胁，且各种问题繁多，事事棘手，既要想方法让农民有食物入肚，又要医治那些因饥饿而造成的种种病状，还要打点生产自救，恢复农村生机等事项，可谓难而又难。但陈登科凭着共产党员的良知，凭着他对农民的天然的关爱情怀，他率领的工作队认真执行党和政府的各项政策，体察党的良苦用心，经过两年多的艰苦奋斗，终于妥善地扭转了危机局面，使农业生产得到了一定恢复，农民得到了休养生息，农村面貌得到了某些改变。

我们之所以在这里提及这段经历，是因为这段经历不仅是陈登科的工作经历，而且也与他的文学经历以及他的小说创作有着极密切的关系。这段经历使他从盲目跟风写作的境地走出来，使他再次回到了直面人生、正视现实、关怀人民的命运的正确轨道，并且为他彻底修改《寻父记》(初稿名《樱桃园》，后改为《寻父记》，出版时更名为《风雷》)积累了最鲜活的素材，也提供了变更主题，变更中心情节、变更切入点的新颖构思。这期间他曾经陆续发表了《写不完的日记》、《百岁图》、《三省庄的一段插曲》、《短篇三题》等短篇。这些作品一扫早年的热情有余而深沉不足和"跃进"期的虚浮痕迹，显示了作家对农民命运的深切关怀和对现实的深入思考，在短小的篇幅里，融进了作家关心人、爱护人以及尊重农民自主意识的呼唤。

《风雷》的原始初稿始于1958年。但那时只完成了十七章，1960年下乡工作后就没有继续写下去，1962年返回原单位后，他把在整社工作中对农村和农民问题的观察、体验、思考、感悟以及各色人物形象的积累，作为重新改写这部作品的立足点，以主人公祝永康寻父为线索，将改造落后乡所面临的多方位、多层次的曲折复杂斗争，全面铺展开来。形成展现农村社会主义改造历程的立体画卷，生动而逼真地记载下那一历史时刻中国农民为改变自己命运所付出的汗水、泪水、智慧和苦搏，刻画出祝永康、陆素云、熊彬、杨秀英等一系列个性鲜明、富有典型意义且饱含内心隐秘的人物形象，陈登科再一次回归到“生活本身在说话”的创作境界，突破了描写农村题材作品中常见的图解政策、人物分属阶级标签或成分符号的观念化、模式化的框架，而是将生活本身的纷繁景象，将变动着阶级关系、社会思潮和多种多样的农民心态，都做出了惟妙惟肖的逼真描写，形成了一部全景式的中国农村的政治、经济、文化以及淮北地域的民风、民俗、民性、民情、民心、民气的长幅画卷，令读者对那个时代的农村和农民的生存状态和心灵状态，在身临其境中，产生真切的感受和认知。《风雷》的另一重大贡献是塑造了一个被权力和私欲异化了的腐败分子区委书记熊彬的形象。这个人物可以说是中国当代文学中最早出现的非符号化、非脸谱化的真实而可信的腐败分子典型，在当时的文学界曾引起很大的震撼和争议。尽管陈登科这部作品是回归“生活本身在说话”的基本叙述方式，但此次回归，乃是陈登科的文学生涯走向成熟、走向创作自觉的飞跃。此时的“生活本身在说话”，已不再是《活人塘》时那样的简单地复制生活原貌的自在状态，而是自觉地遵循现实主义原则，以直面人生、再现真实为圭臬，以创造典型为宗旨，以表达农民心声为己任，以求索改变农民生存环境为理想，以追求上乘的艺术表达为目标，基本上体现了思想、内容与技巧较为完美的融合。使陈登科的“生活本身在说话”，从初级阶段上升到成熟阶段，使他从此不再仅仅被人们视为欠缺文化修养的工农作家，而是当代文坛中的一位有胆、有识、有为、有才的成熟作家。

《风雷》的创作过程正是陈登科追求自我超越并实现了自我超越的过程。从初稿到定稿，历时五年有余，1963 年完稿时定名为《寻父记》，在朋友、同行、编辑间多次征求意见后，又进行了数十次较大幅度的增删、修改和润饰。可以说陈登科为这部作品所付出的心血和汗水是空前的。他为了写出真实，写出当时农村面临的内外交错的种种矛盾，写出独具个性的人物，他显示了一个党员作家应有的勇气、胆略和良知，他以入骨之笔刻画了熊彬，又以绝妙之笔塑造了杨秀英，更以神来之笔描绘了陆素云，复以史鉴之笔书写了祝永康的寻父情节实为改变农民命运的求索情怀。另外，作者对地域风情的描绘和语言的运用，也都做到了刻意琢磨，精益求精，力求传神。

《风雷》出版以后，在创作界、批评界和广大读者群众中引起极大反响。

在不到两年的短短时间里，发行量达百万册以上，不少“四清”工作队把它作为认识农村、了解农村的必读书，人手一册。《文学评论》杂志在1965年第4和第6期两期上，连续发表论文对《风雷》的成就和不足展开了深入的评析和认真的探讨。

当然，由于历史思潮的局限，《风雷》在思想和艺术上也的确存在某些不足和缺憾，比如作品把阶级斗争，特别是敌我矛盾描写得有些过分严重或者失之于牵强，有些人物仍有符号化痕迹，对某些人和事的认识，尚有受当时“左”倾思想影响的偏颇。尽管如此，《风雷》仍不失为当代文学中反映农村题材长篇著作中颇具独创性的力作，它提供的形形色色的人物典型，至今仍富有魅力，它以“生活本身在说话”所展示的农民和农村干部的生存状态和心理状态，至今仍富有极高的认识价值，作家在创作这部作品中所体现出的心血、勇气、见识和才力，也都可以使其在当代文学史中留有一席地位。

不幸的是，《风雷》的成功，不仅没有给陈登科带来好运，相反却使他遭劫受难，蒙受了五年牢狱之苦，身心备受摧残。在十年动乱期，江青公开点名诬指曾与国民党军队血战数年并手刃敌人百多名的陈登科，是“国民党特务”，是“黑手”；他的《风雷》则被定性为“特务文学”，为“刘少奇树碑立传”的“复辟资本主义黑碑”。由于《风雷》在广大公众中具有深厚影响，“四人帮”为了把它“批倒批臭”，不惜花费大量人力、物力和财力，组织起多次规模宏大、声势浩大的批《风雷》运动，除见之于大报小报的胡言乱语的所谓大批判外，省内还组织一个专门从事批《风雷》工作的专业写作班子，耗时经年，抛出署名安学江的《彻底砸烂中国赫鲁晓夫篡党复辟的黑碑》的大批判“杰作”，于1968年7月8日在《人民日报》和《新安徽报》同时发表。《人民日报》所加的编者按语中的一段话，提纲挈领地概括了这篇大批判的重点，说什么“《风雷》这株反党反社会主义大毒草，是在中国赫鲁晓夫亲自授意下炮制出笼的。它披着‘写农业合作化’的外衣，大刮反革命的黑‘风’，大打资本主义妖‘雷’，穷凶极恶地攻击我们伟大的党，肆无忌惮地诬蔑无产阶级专政，为中国赫鲁晓夫篡党复辟制造反革命舆论”。在这以后，《新安徽报》又以两篇社论、十个版的文章和报道进行了旷日持久地批《风雷》活动，省革委会还专门组织了一次全省广播大会，让全省人民都来听省革委会领导人的批《风雷》的报告和一片嘈杂的批判与表态。我们可以毫不夸张地说.围剿《风雷》规模之大、时间之长、气焰之烈、帽子之多,参与之众实为文坛罕见、历史罕见。

但牢狱之灾和大批判唾沫都不可能消除陈登科对党的忠诚和对文学事业的挚爱。尽管他身患高血压、心脏病、糖尿病等多种病症,甚至被下达过三次"病危通知",他依然铁骨铮铮,坦然面对牢狱生活,甚至用铁钉在狱中墙上刻下"一时强弱在于势,千秋胜负在于理"的诗句,以表明他不向恶势力低头的心态。在狱中,他先后构思了《不废江河》、《颂歌声中》、《烽火大地》、《破壁记》等四部长篇小说,并着手写了《不废江河》的提纲和回目设计。因此,他在出狱不久,便很快完成了这部近五十万字的长篇小说,并定名为《赤龙与丹凤》。

粉碎"四人帮"后,陈登科已步入花甲之年,且体弱多病,心力交瘁。但他在精神上、气质上、思想解放的前卫性上,却都显示青春焕发、朝气蓬勃之势,不仅积极参与政界、文艺界、社会各界的各种活动,且旗帜鲜明地表示他对党的十届三中全会路线和全国第四次文代大会上邓小平重要讲话的竭诚拥护,理直气壮地与"两个凡是"观点以及"四人帮"极"左"思潮余毒进行针锋相对的斗争,而且创作精力上也显示出一种一发不可收拾的活跃态势。除了在报刊上发表了大量的散文,随笔、回忆录、报告文学、文艺思潮见解外,他还相继完成了《赤龙与丹凤》、《破壁记》(与肖马合作)、《三舍本传》、《暴尸滩》等四部共一百五十多万字长篇巨著。其中,除《暴尸滩》(实为《三舍本传》下集)系已完成之手稿,其他则均已公开出版。此外,他还与鲁彦周、肖马、韩瀚等人合作有电影文学剧本《柳暗花明》、《淝水大战》、《徐悲鸿》等多部。就陈登科的小说世界而言,《赤龙与丹凤》是以土地革命和抗日战争为背景,反映农民革命斗争悲壮历史故事的;《活人塘》、《淮河边上的儿女》是以解放战争为背景的;《移山记》是描绘新中国成立初期大型水利建设工程宏伟面貌的;《风雷》、《三舍本传》是表现中国农村改造之路的;《破壁记》则是揭露"四人帮"制造十年浩劫的历史悲剧和呼唤改革开放的。可以说,陈登科是为中国社会变革历程书写了它的方方面面,书写了中国人民在这一历程中的奋斗史和心灵史。他把自己毕生的人生体验和人生感悟都献给了他的小说世界，同样他也是在小说世界里咀嚼着自己的人生体察。其间特别值得我们关注的两部作品是《风雷》和《三舍本传》。这是因为陈登科最关注的题材是农村，他最关爱的对象是农民，他最善于描写的人物是农村的老老少少、男男女女，他的语言是农民口语，他的民俗情趣也重在农村，而更为重要的是，他一直把关注农民命运的变化视为自己的永久性主题。《赤龙与丹凤》是寻求农民革命的路；《活人塘》、《淮河边上的儿女》是寻求农民解放的路；《风雷》、《三舍本传》则是寻求农民发展的路。如果说写作《风雷》时，陈登科还不可能完全摆脱当时政治思潮和政策影响的话，写《三舍本传》时的陈登科，已经能够站在新的历史高度，重新审视过去年代农村所发生的一切。因此《三舍本传》便能更好地体现作家的主体意识，更真切地表达作家对农村发展道路的思考与叩问。《三舍本传》虽然在题材和立意上与《风雷》形同姊妹篇，而且也是以淮北农村为背景，把小镇上的三教九流各色人物都纳入一个共生的生存环境里，但作家此刻已没有了左顾右盼的疑虑，没有原有的那些条条框框的限制，没有对文学的非文学干涉，能够更加自如地把"生活本身在说话"发挥得淋漓尽致，写活了姣姣、五斗、三舍等一大批人物形象，妙趣横生的生活情景、令人啼笑皆非的生活情景、叫人怒不可遏的生活情景，时不时地把读者引入其境，让你和作家和书中人物一起品味生活本身的苦辣酸甜。《三舍本传》几乎是陈登科笔下的农村社会百科全书，上上下下、方方面面，贤愚良莠，个个扮演着历史赋予他的角色，且鲜活生动无比。可惜，由于作家没有来得对作品进行深度加工，没有像对《风雷》那样反反复复的打磨、修饰、润色，故而显得粗糙一些，某些人物交代得不清楚，某些细节尚有漏洞，个别场面写得有些过于直露。但不管怎么说，《风雷》和《三舍本传》既是标志陈登科文学成就的主要代表作；也是体现陈登科关怀农民命运的政治思想和社会理念的代表作。陈登科的心在农民一边，陈登科关注农民的心也在这两部书里。

陈登科以不自觉地应用"生活本身在说话"开始了文学生涯，又在长期的创作实践中提升和完善了这种叙述方式。它的成熟过程就是现实主义精神在陈登科的小说世界里完美体现的过程。它要求真实、真诚、真切，以真诚的话语表达人民的心声，以真挚的情感关怀人民的生存际遇，以真知来诉说作家的思考,以真心来回报养育他的人民和培育他的党。

陈登科的小说世界是一个真字。

陈登科的"生活本身在说话"也是一个真字。

# 文苑失骏

## ——悼陈登科

万万没有想到，老陈辞世的噩耗来得那么突然，那么难以令人接受。就在他辞世的前一天，我还和家人和朋友谈到他近时病情大有好转：能说了，能吃了，能走动了，还爱坐轮椅观观街景，国庆节之夜还去了闹市赏灯，精神状态和生活情趣，都表现得相当良好。我甚至说："这简直是奇迹！"不料第二天中午，女儿告诉我，"陈伯伯摔了一跤，已送医院抢救"，晚上又告诉我："陈老已去世。"这一夜我辗转多时，想起我们多年相识的情景，想起身边一位忠厚长者离去，想到文苑失去一位德高望重的大家，颇多黯然神伤之情，并腹拟了两副挽联，其一是："泥土中走出，战火中锻炼，铸就了民魂正气胆；小百姓视角，大作家胸怀，谱写出千古醒世文。"另一联是："著作等身，彪炳史册；文苑失骏，悲哉痛哉！"第二天清早，正好陈夫人梁寿淦大姐嘱我草拟追悼会灵堂大厅的挽联，我便把第一联托书家刘天明书写送去。两副挽联都藏着我对老陈的敬意与悼念。

我于1959年来皖，与老陈共事四十个年头。在皖省文苑他是长者前辈，在工作上他是我的上级，在私交上则是相知相敬的朋友。我们之间有过长久的融洽共事，有过诚挚的文字切磋，有过愉快的对饮，有过海阔天空的神聊，当然也有过口角、争吵，甚至也有过某一小小过节。但不管在怎样的情况下，我始终对他怀有敬佩和尊重之情。我敬重他是一个真实的人、奋进的人、正义坦荡的人。

真实，是陈登科文学的灵魂，也是他为人的灵魂。纵观陈登科的创作历程，无论是初登文坛的《活人塘》，还是巅峰之作《风雷》以及晚年的巨制《三舍本传》，全部是以真实为魂，以真实来展现时代风云变幻和现实人生的千姿百态，以真实来刻画各色人物，把艺术描写的真实性和塑造典型较完美地融为一体,令读者情不自禁地走进他的艺术天地。在做人方面,陈登科也是表里如一,言行一致,敢爱敢恨的人。他不矫饰、不装腔、不包藏自己的真心真话。为此他得罪过朋友,得罪过同行,得罪过领导,甚至惹过是非,招致误解与指斥。但他还是他,还那样口无遮拦,笔无粉饰,行无藏头缩尾,我认为这就是一个真实的人的可贵可敬处。要知道,在高度张扬阶级斗争的年代里,做一个真实的人是很难很难的。特别是文艺界,历来被视为阶级斗争的晴雨表,多少人就因为写了真实,说了真话,表达了真情,吐露了真心而被整得死去活来或家破人亡啊!老陈也为此付出了惨痛的代价,“文革”中两年多的逃亡,五年的牢狱,数不清次数的批斗,长年累月的审查逼供,疾病的折磨,家人的灾祸,他都经受了,但他依然故我,始终保持本色,真实地做人,写真实的生活。

奋进,学习奋进和写作奋进是陈登科一生的求索,也是他事业成功的通天大道。他是上世纪50年代初以工农作家身份登上文坛的,那时还有与他相仿的一批人同时崭露头角,但随着时间的推移,有的人销声匿迹了,有的人势头渐衰,但陈登科却日益精进。在连续推出《淮河边上的儿女》、《移山记》等长篇小说之后,又把一部震撼力极强的长篇小说《风雷》奉献给读者。这部小说以思想的深刻、内容的丰富、人物形象的典型,故事情节的生动、艺术描写之传神与语言运作之贴切,被视为当代长篇小说精品,并也以此奠定了他在当代文学史上应有的地位。尽管这部作品也有某些时代思潮的局限,但形象大于思想,我们今天读着它,还是被那浓郁的生活气息、鲜活的人物形象所感染和震撼。在五年的牢狱生活中,他写出了数十万言的《赤龙与丹凤》,古稀之年以后,又捧出五十万言的力作《三舍本传》,这期间还发表出版了近百万字的散文、随笔、中、短篇小说。我认为他能始终保持旺盛的创作精力,主要是靠勤奋的学习和勤奋的写作实践。他虽是文化起点不高的工农出身作家,但从他开始笔墨生涯起,就不间断地读书、学习,扩大知识面。文学讲习所算是他进了一次正规学习的科班,更多的则是从大量阅读同辈的、前辈的以及中外古今名著以及各类书刊中索取知识,开阔视野,领悟技巧,提高素养,充实自己的思想和文化境界,从而逐步改变了原有的知识结构。同时他又在不间断地创作实践中,努力改善自己的观察能力、认识水平和写作技巧，故而才能成为当代文坛中拥有良好声誉并在文学史上占有一席地位之人。

富有平民意识和正义胆略，也是陈登科为人为文的一个重要方面。他的作品之所以具有强烈的真实性，不仅是因为他深入了生活，而是因为他能够站在人民的立场，以平民意识来感受和把握生活的真谛，敢于直面现实人生，既不歪曲生活也不粉饰生活，既不邀功也不媚俗，以这样的情感来颂真扬善，鞭丑挞恶，故能显示出民魂、正气。例如在三年灾害期，不少地方明明是民不聊生，但某些作家偏偏唱甜蜜蜜歌，吟乐悠悠曲。陈登科那时一面在实际工作中替群众排忧解难，申冤解困，又通过《百岁图》等系列短篇发出关心人、尊重人、爱护人的呼唤。以后又在《风雷》、《破壁记》、《三舍本传》等著作中深入地开掘了这一理念，借助艺术形象表达了他的平民意识和正义胆识，实是一个党员老作家的党性和良知高层次体现。

陈登科人虽走了，但他的作品仍在，他的可敬佩的精神仍在。

# 附　录

# “四闲”“四动”苏中老

贾梦雷

今年7月1日，中共安徽省文联党组召开庆祝建党八十二周年表彰大会，由党组副书记主持开会，党组书记讲话，机关党委书记宣布一项决议：评选出十五位同志为优秀共产党员。每人发一份荣誉证书，深咖啡色封面中间，四个重甸甸的金字，里面盖了镰刀斧锤章，非同于一般奖状。举行新党员入党宣誓后，由苏中同志代表十五个获得表彰的党员讲话。

苏中老说：“获得党组织的表彰，我和大家一样，心里很高兴。我现在是一个‘四闲’‘四动’老人，有哪‘四闲’？读休闲书籍以养性，写休闲随笔以寄情，打休闲麻将以自娱，饮休闲美酒以自醉。有哪‘四动’？清晨动腿买菜，午间动手烹调，静坐动脑思考，得暇动笔抒怀。优哉游哉……”听了他的“四闲”“四动”，觉得精彩有趣，值得推广，于是决定写这篇文章。“四闲”“四动”是他目前生存状态、精神状态的真实写照，也是他豁达乐观、潇洒自如的性格写照。几十年来，他为许多人的作品写过评论，为许多人的书写过序言，却没人写他，没人评论他。其实他是一个可爱、可敬、可交的朋友，我和他相识相处四十多年，而且两度是门挨门的近邻，彼此了解的程度，不说十分也有个八九分。我应该写出一个真实的苏中。

老评论家苏中，乃辽宁省人氏，但不说东北话，而说基本纯正的普通话，今年七十有六，仍声音洪亮，话语清晰，文思敏捷，逻辑周密，文章越写越有文采。不久前他担任了新成立的安徽省文艺评论家协会主席，主持召开“大时代呼唤大散文”座谈会，并作长篇发言，思想敏锐，视野开阔，用语生动，从创作实际出发，没有八股气和学究气，这也是他的论文和发言的一贯风格。

他说的“四动”，有两动是我亲眼所见，并非他自夸：“清晨动腿买菜，午间动手烹调。”他担任家庭厨师，几十年一贯制，直到七十多岁依然风雨无阻，尽职尽责。他女儿告诉我："我们吃惯了老爸做的菜，他一出差，我们就不开心，饭菜难吃。"我们每次到他家做客，总见他围个围裙，忙得不亦乐乎，等菜上齐了，他才上桌给客人斟酒畅饮。这个"饮"字对他很要紧，是生活中不可或缺的。记得1968年冬天，特冷，我们一同在舒茶公社麻冲生产队搞所谓的"斗批改"、"蹲牛棚"。冰天雪地里，除了想老婆孩子，就是想酒。工宣队分配给我们这些老"牛"们一项任务，到南港镇和舒城县城运米运菜，用板子车拉几百斤、上千斤，走几十里冰雪覆盖的山路、公路，那活够重的，可我们几个劳力强的人都抢着干，为什么？就为一碗红烧肉、二两山芋干子酒。因没有专政人员跟着我们，到了"大城市"南港和县城，可以来点小自由。领受这一任务最积极的，第一数江流，第二数苏中，第三才能数到我。从舒茶回到合肥，从"牛棚"里解脱出来，便畅饮无阻了，而且越饮酒越好。直到如今，他并没因年龄问题而冷落老朋友，依然每天两顿白酒，未曾间断，不能间断。目前安徽酒席宴会时兴用啤酒杯喝白酒，他一般要来上大半杯，才能进入最佳状态。

我写这些是要证明，他是一个"三好老头"。一、脾气好，随和，我们几个喜欢在一块玩的人，就喊他苏老中，他也乐意接受这一称谓。二、身体好，这么多年，他从没住过医院，为公家节约一大笔医药费，也不知他吃了什么灵丹妙药。三、牙齿好，至今一个不掉，还能咯嘣咯嘣地咬山核桃。

灵丹妙药之一，可能是幽默，笑一笑，十年少。1968年秋，省直文艺单位集中到西郊农机校，深入进行"斗、批、改"，我们同住在那个"红色"集中营，从早到晚"请罪"十次，就那种气氛下，苏老中仍改不了爱说笑的脾性，当然，只能地下进行。每天早晨六点，在进行过第一次"请罪"后，我们便到院子里扫树叶，拔砖缝里的小草，这时革命群众们正在操场上跳"忠"字舞，有些人的姿势实在滑稽，我看着看着不由得笑出声来，这时苏老中便走过来捅捅我，故做严肃状地说："喂，知道吗？这是'忠'字舞，跳的人要恭敬、严肃，看的人也要严肃、恭敬，可你竟敢笑！是态度问题，很错误的，必须深刻检查，灵魂深处爆发革命，以后不准随便乱笑。"我打个立正："是！"继续扫树叶，一面暗笑。我没听苏老中的告诫，为这笑，真的惹了麻烦，差点挨打，专政队明令禁止我再笑。我在1980年写的一篇散文《笑的权利》中详细记述了那场悲喜剧,那场面苏老中看在眼里,记在心中,待“文革”结束,“四人帮”粉碎后,正是笑的年代,每当开会,我面带微笑或呵呵大笑时,苏老中便会学着那位专政队长的原话和语调说:“贾梦雷,你笑什么?太过分了吧,以后不准笑!”结果引得哄堂大笑。

人是多侧面的。爱说笑只是苏老中一个侧面,他在工作中却是严肃认真一丝不苟。他从事编辑工作五十年,从1950年在《长江文艺》当编辑,然后到《人民文学》当了五年评论组长,1956年加入中国作协,再到《安徽文学》评论组长、编辑部主任,用了多少心血浇灌文学园地?无法衡量。为多少人铺路架桥做嫁衣?难以数计。只能用一个整数:一辈子。

作为一个评论家,他捍卫真理,立场鲜明;批判极“左”,尖锐雄辩;扶持香花,热情诚恳。党的十一届三中全会后他“真的像重新焕发了青春一样,在精神上显示出前所未有的振奋,完全自觉地把自己的生活步履与时代要求合二而一,全心全意勇往直前地冲向揭批‘四人帮’斗争的前列”(引自苏中《七十自述》),这期间,他发表了几十万字的评论,组织和参与了近百次理论学术研讨活动,在拨乱反正的斗争中,思想解放运动中,做出了突出贡献。之后他主持文联理论研究室的工作,十分注重理论与创作实践的结合,每开理论工作会议,必请我到会介绍我省创作情况,作出选题规划,引导评论家们与当前创作思想、创作成果紧密联系,同时支持各个门类的文学研究,主张各尽所能,各选所好,百家争鸣。他在文艺思想上从不保守,能根据新形势,调整新思路;但绝不赶时髦,追逐玩弄新名词。

他待人热诚,能团结同志,并有组织才能。文联在准备换届的过渡时期,曾成立临时领导小组,他担任组长,主持全面工作,解决各种矛盾。但到换届时他年龄已过,只好担任文联顾问,一直顾问到如今,心胸宽广地进入“四闲”阶段。

他和鲁彦周同志的亲密友情,是在新马桥“五七”干校打下的基础。我们在一片梨树园里分住两间大房,他和老鲁在东头一间。白天劳动,艰苦繁重,到了晚上,我们这边主要是玩蟋蟀,他和老鲁却在悄悄读书,他俩从干校图书馆借来一套《资治通鉴》,就在十几人合用的一个灯泡下,通读全书。后来老鲁生病,工宣队同意他回合肥治疗。苏中老借来一部板车,拉着老鲁和他的行李，送到新马桥车站，两人在站台上挥泪告别，心中播下友谊的种子，日后生根发芽。

他为陈登科同志的许多小说写过评论，在文艺思想上志同道合，工作中是上、下级同时是合作者。但搞文学的人大半个性太强，免不了磕磕碰碰，两人一度不大和谐，而在登科老过八十大寿时，他在寿宴上朗诵了一首四言体祝寿歌，将登科老的小说书名，都巧妙地编了进去，大伙儿反应热烈。祝寿歌曰："陈公登科，福寿多多。子孝孙贤，家旺人和。耄耋高齿，精神矍铄。文坛宿将，笔耕不辍。著作等身，文名远播。颂真扬善，鞭丑挞恶，妙语珠玑，形象鲜活。杜嫂英烈，可泣可歌。活人塘内，气壮山河。淮河儿女，英姿勃勃。移山造坝，佛岭扬波。百岁图卷，憨孙仁婆。风雷激荡，岁月蹉跎。赤龙丹凤，狱中雕琢。破壁而出，欢呼改革。外传祝同，本传三舍。名篇传世，永载史册。祝君笔健，宝刀砺磨。恭逢华诞，敬献寿歌。"

1998 年登科同志去世后，成立了"安徽省陈登科文学研究会"，苏中同志是副会长之一。该研究会一项重要任务，是编辑出版《陈登科文集》，苏中同志主动背负起这项重任，在半年时间内，他逐篇逐句通读了登科老三百五十多万字的著作，完成了文集的编辑、校正，并与鲁彦周同志联名为文集写了题为《生活本身在说话》的总序，全面而中肯地评价了陈登科的创作生涯。字里行间渗入了他对登科老的高尚真挚友情。

"四闲"老人苏中老，其实并不闲，并未老。

# 记评论家苏中

黄季耕

我早就想写一篇《记评论家苏中》的文章,所以迟迟动笔,因为心中始终感到有个缺憾。这要从我在大学读书时谈起,当时我在老苏手中已发表过两篇文章,并时有通讯,还当面求教过。从此,老苏对我请教的问题,及作品中需要修改加工之处,总是用毛笔工工整整地给予指点。遗憾的是,这些信在多次搬家中丢失了,成了我心中一个愧对的结。我终于鼓起勇气,决定以有限的材料撰文,以弥补我心中的遗憾。

记得我写的第一篇文章,是对一篇反映“大跃进”时期的小说《老英雄三上岳西》提出自己的不同看法,题为《为什么缺乏感人的力量?》。我认为:小说可以虚构,但不能虚假。小说所写的人和事虚假不实,不合情理,所以这位“老青年”“与我们不那么亲近,不那么令人喜爱”。我的这个不同声音,居然被老苏采用,刊登在《安徽文学》1959 年第 3 期上,这对我的写作真的起到很大鼓舞作用。接着在第 6 期又发表我的《读郭沫若写给孩子们的诗》,这篇文章赞美郭老不仅是热爱和平的活动家和诗人、学者,他还是孩子们的良师和好朋友。诗人以澎湃的激情、丰富的想象和崇高的人道主义精神,在孩子们的每个节日都捧出诗篇:《六一颂》、《向儿童献花》、《有生命的宝贝》等,1956 年郭老在“六一”儿童节发表的《永远的春天》,是写给世界小朋友的,诗中有十岁的朝鲜孩子金东圣,四岁多的前苏联小孩玛娜娜。诗的末尾是:“原子弹要成为和平的源泉,全世界要成为美丽的花园,我们要坐着星际火箭,去向那星球上去探险。我要告诉星球上人们,地球上多么好啊,永远都是春天。”这篇文章很快被老苏发表出来,对我的写作进一步给予激励和鼓舞,大大地增强了我的写作信心。

1962 年,我大学毕业的第二年,曾参加由《安徽文学》编辑部组织的诗歌讨论会，对诗人严阵的诗进行研讨，我在会上的发言稿，后来整理为《生活和激情》，发表于当年《安徽文学》第一期。1966年，针对“大跃进”民歌创作问题，我写了《仿古和创造》，批评有的诗作一味仿古而缺少创造，因而诗篇苍白无力。此前，还在《安徽日报》副刊发表《千锤百炼》和《生活知识》短文，与苏中的推荐和介绍也是分不开的。

1962年和诗人田间及作家陈登科同期发表较长的评论《一洗苍生忧——略谈杜甫和他的诗》。这篇文章是和当时省教院中文系主任合作，由我执笔写成，凭着年轻热情，文中歌赞杜甫爱憎分明的精神：“新松恨不高千尺，恶竹应须斩万竿”，及杜甫的民胞物予思想。诗人以高洁的凤凰自比，“心以当竹实”，“血以当醴泉”，体现诗人的伟大人格。甚至在“身多疾病”的情况下，仍“忧思田里”，怀着深厚的同情，感慨“邑有流亡”而愧拿“俸钱”，难道这种精神不应该学习和继承么？不料这篇歌赞诗圣的评论，在“文革”期间竟被视为比吴晗、廖沫沙的“毒草”还要毒的“大毒草”。

1973年所写的《鲁迅与儿童文学》，这篇文章的手稿仍在。原文首段较长叙述，老苏给予删去，并将其中重要引语插入后文，这样便使文章更简洁明快。对“绝对不让第二代孩子再尝到他所受的一切”他删去前四字，改为“坚决反对”，显得坚定而明确。我深深感谢苏中同志的细心和热忱，因为他的帮助和提携，我在写作上能有较快的进步，对老苏这种热诚帮助青年的精神我是感佩不忘的。

在十年灾难的岁月之后，苏中同志在深深的思考中萌发着觉醒，萌发对历史和现实以及社会和自我的再认识，从而寻找自我，乃至萌发不甘心忍辱的冲动。“四人帮”覆灭后，他重新焕发了青春，显示了前所未有的振奋，决心以《安徽文学》为从小阵地，有系统、有层次地深入揭批“四人帮”阴谋文艺理论，荡涤文艺领域的极“左”思潮，在全国文艺界引起关注，从而使安徽文艺界呈现昂扬激情和创作上的进取意识。老苏在度过知命之年，呈现出生命中最昂扬最活跃状态，得以展示个性，实现自我价值，在此期间竟写了几十万字的评论文章，还组织和参与了近百次的理论讨论会，并出版了有见解、有分量的文艺评论专著《走向生活》，真是豪情满怀，老当益壮！

老苏退下来之后，我不止一次拜望过他。岁月虽然无情地在他脸上刻下印记,但他鹤发童颜,风度依然。他开怀地笑时,眼中仍闪烁热忱而睿智的光。他离而不休,曾给安徽大学研究生讲过文学评论,并不断地写些杂感和评论。我也将自己的文章结集《耕耘集》、《秋实集》送给他。前年还收到他寄来的《魂牵梦萦》散文、随笔、报告文学集。通过书中的《七十自述》,我对老苏有了更多的了解。他在1948年前就在鲁迅艺术文学院学习,并发表过小说、诗歌和评论。上世纪50年代调至中南文联,任《长江文艺》编辑。1952年调至北京文协,在《人民文学》编辑部工作六年。1959年来到安徽。这位"塞上男儿",终于成为"安徽迷"。他支援安徽建设,以其真诚挚爱之心,精心编辑,关怀培育许多新人。

老苏离休之后所写的散文、随笔等,抒发了胸中的深挚真情。他写了在"鲁艺"学习时的骆文老师,对这位把自己引向文学之路的导师,流淌着深深的感恩之情。他还写在《长江文艺》工作时的李季,这位诗人兼老师的领导,为人亲切而又严格,文中流溢出深厚的敬爱之情。他还魂牵梦绕地写了鲁艺文学系的动人往事,流泻的真挚之情,感人至深。老苏在若干笔谈、随想等短文中,还说了自己想说的话。在"遐想"一组文章中,既有《说官员写书》,揭示"以权换文"、"依权卖书"的现象,也有对文艺界的《演艺行情推断录》及《续话》,抖出文艺界的不正之风种种,既有尖锐的批评,亦有积极的建设性意见,显示作家苏中对文艺现状的关切。老苏的情犹在,心不老,这种乐观、愉悦的良好心态,预示他必定健康长寿。我衷心地祝老苏笑迎米寿,快乐地迈向茶寿。

(2005年3月16日初稿,2006年4月20日改定)

# 苏中:与共和国同成长的文学人生

秦　鸣

苏中,1927 年 12 月生于辽宁阜新。1948 年毕业于冀察热辽鲁迅艺术文学院文学系。早年从事戏剧创作,后转入理论批评,发表各类评论稿二百余篇,出版论文集《生活探索与艺术探索》、散文随笔集《魂牵梦绕》、评论文集《走向文学》。

苏中从事文艺工作六十余年,作为安徽文艺理论工作的开拓者和奠基人,他至今仍担任着省文艺评论家协会主席之职。他孜孜不倦地带领着全省老中青三代文艺评论家,在文艺理论的道路上越走越宽。

## 苦孩子对文艺情有独钟

苏中出生于一个贫苦家庭,八岁父亲去世。小时候日子虽苦,但他的母亲为排遣寂寞,经常领着他一起去听评书,他自小就喜欢上了唱本、大鼓书、评书。读小学时就看完了《水浒》,后来市井、通俗、民间、五四后新文学以及武侠小说等,凡能找到的书他都读了,这些都为他以后走上文学道路打下了扎实的基础。

家乡解放后,他成了最早参加革命的青年,1948 年义无反顾地投入冀察热辽鲁迅艺术文学院文学系学习,同年便发表了第一篇小说习作《童养媳》。1949 年 2 月和 5 月,他先后在《天津日报》上发表了第一篇评论文章《工人看了〈白毛女〉》和第一首小诗《光荣花》,就是这几篇苏老自称今天看来会觉得幼稚和粗浅到脸红羞愧的作品,却由此铺就了他长达六十余年的文学之路。

## 一辈子的目标是当“好编辑”

“当好一个编辑,当一个好编辑,当一个对文学有贡献的好编辑,这是我文学人生的三个阶段。”谦虚的苏老谈起他六十余年的编辑工作,一下子打开了话匣子。

1950 年 8 月，苏中调往中南文联，在《长江文艺》编辑部当编辑。当时，《长江文艺》先后在中南六省一市及部队的广大工农兵和干部中发展了近千名业余作者为通讯员。苏中时任编辑部通联组长，在实践中培育了敬业精神和光荣感、责任感。“我能安心当一辈子编辑，就是那时打下的基础。”1952 年，苏中被分配到《人民文学》编辑部，实际任职五整年。苏中感慨道：“这五年是我的人生际遇中最充实、最具活力、个人进取心最强的五年，也是对我整个文学生涯影响最深的五年。”为提升自己的文学见识、提高文艺修养，他多读书、勤练笔，拼命汲取各种文学知识，一本《神曲》他啃了五遍，小说《浮士德》他读了七遍，直到读懂为止。

## 安徽文艺理论界的“指路明灯”

1959 年苏中来到安徽，担任《安徽文学》编辑部评论组长。当时安徽文艺理论基础薄弱，少有理论作品出现，他把主要精力都放在组织、建设、培育理论队伍上，没几年便形成了一支以中青年为主力的理论批评队伍。“十年动荡”之后，他组织省内一批有实力的中青年理论家，以《安徽文学》为基本阵地，对“四人帮”的阴谋文艺理论，采取了普遍揭、逐个批、重点打、破中立的方式，进行了有系统、有层次的深入批判。这些文章有锋芒，有理论深度，在荡涤文艺领域中的极“左”思潮方面，起到了一定的积极作用，不仅在国内文艺界引起较强反响，还引起了国外专家、学者的关注，英、法、澳大利亚等国学者都来进行过访问、交流。这一做法及时解禁了当时的文学创作禁锢，为文艺理论创作指明发展方向，安徽文艺理论创作枯木逢春，如雨后春笋般生长起来。

如今，苏老已离休十六年，但他仍然不愿丢下手中的那杆创作之笔，“活到老，创作到老”是他一直以来坚持的生活状态。2002 年，他荣获安徽省宣传系统的晚霞奖。

# 革命情怀,战士本色

## ——访著名文艺评论家苏中

乔延凤

苏中是安徽省文联一位我敬重的前辈和领导,从上世纪80年代初我和他第一次见面,至今快三十年了。他今年八十一岁,依旧行动迅速、思维敏捷、谈锋甚促、目光炯炯,让人想到"革命人永远是年轻"这句话。

他是安徽文艺理论工作的开拓者和奠基人,至今仍担任着省文艺评论家协会主席之职。由他挂帅,协会团结了全省老中青三代文艺评论家,工作开展得有声有色。

### 艰苦的童年

苏中是辽宁北镇人,1927年12月26日出生在一个贫苦的家庭里,八岁父亲去世,母亲靠手工活带着姐姐、他、妹妹和弟弟四个孩子艰难度日。十四岁那年,他考上中学念不起,进了日本人办的技术工养成所学习电工,十六岁进新邱矿当井下电工,两年后累病失业。日寇投降后,当地招考小学教师,他又当了几个月教师,发不出工资,再次失业。

母亲年轻守寡,为排解孤独,常领他去一道听评书,他自小就爱上了唱本、大鼓书、评书,读小学就看完《水浒》,后来武侠小说、市井文学、通俗、民间文学、张恨水、五四后新文学,凡能找到的书他全读了,这为他以后走上文学道路打下了基础。

贫困的生活和失业使他萌生出投奔解放区的念头,刚好家乡不久即解放,他成为最早参加革命的人。当时有几个选择:行政学院、军大、鲁艺,他选择鲁艺,进了冀察热辽鲁迅艺术文学学院文学系,由此开始了六十余年的革命文艺生涯。

### 魂牵梦绕,革命情深

苏中是个正直而重旧情的人。

他有一本散文随笔集《魂牵梦绕》，记载了他的这些深情。

书中第一篇《骆文老师》是写他 1948 年在冀察热辽鲁迅艺术文学院学习时的老师骆文先生的。

他进鲁艺后，时值辽沈锦州战役结束，他被派去参加冀察热辽军区解放军官教导团的工作，主要任务是安置、教育并遣散锦州战役中被俘的一万七千名左右的国民党中下级（少尉以至上校）军官。《魂牵梦绕》书前所附十七张照片，就有摄于锦州解放胜利牌坊前的一帧合影，照片上的他，身着军装，英姿飒爽，朝气蓬勃，骆文老师作为学校领导，也坐在他们中间。

1948 年底，鲁艺在锦州北大营进行大整编、大改组，组团后随军南下，苏中被分配在平津文工团，这个团由骆文、程云为正副团长，所有人员包括炊事员都是鲁艺原班人员，大家见面还是喊老师同学，跟在校时一样，所以从建制上说虽已不是鲁迅艺术文学院，从感情上说，却丝毫没有离开鲁艺的感觉。

他们在天津待了半年，这期间，苏中接受任务到工人中组织座谈《白毛女》，写了篇《工人看了〈白毛女〉》的评论性文章，这是他写的第一篇评论文章，对他来说，“一生起了决定性影响”。

之后他们又到武汉，文工团更名为中南文工团，这时是 1949 年 6 月。

在武汉，苏中大部分时间下到铁路局江岸机厂、机务段体验生活，职工们把他们看成军代表成员。他们参加汉口至信阳线路大修，他和同去的沈沙吃苦耐劳，一边和工人一块干活，一边还搜集创作素材、辅导工人业余演出活动，帮助他们排演、写小演唱，两人都被评为劳动模范。

1950 年 7 月，从江岸回到文工团不久，骆文和海默通知他调到外单位——中南文联，从感情上说他不愿离开老师、同学们，但他服从了分配。这时，他才从感情上说，离开了鲁艺。

他对鲁艺的一片深情，从《骆文老师》一文中能够看得到。

骆文先生也是我的同乡前辈，他和他的革命伴侣王淑耘都是江苏句容人。他的歌词《纺棉花》（莎莱曲）、《三套黄牛——套马》（安波曲），早就传唱全国。1997 年国庆，我去武汉开会见到他，他已八十多岁，高高的个子，笑声朗朗，感人至深，他向我说，苏中每次到武汉都住在他家中。由于这层缘故，我和苏中先生的感情更加亲近。苏中对他老师那一腔真挚的情谊，读了真令我感动。

陈登科也是我敬重的安徽文坛的前辈，在《魂牵梦绕》中，苏中专门有篇《文苑失骏》的文章，就是写陈老的，字里行间洋溢着动人的真情。陈老去世后，苏中先生参与主编《陈登科文集》和"陈登科研究会"的工作。他对我说："陈登科在世时有许多人在他周围，他去世后，我们应当为他多做些实事。"苏中以一个正直的文人与革命者的坦荡，为我们树立了风范。

从《魂牵梦绕》书名，就能看出他对老师、战友们那一腔真情。

## 从《长江文艺》到《人民文学》

到中南文联后，他任《长江文艺》通联组长。

当时诗人李季任《长江文艺》主编。李季把发现作者、培养作者、"为他人作嫁衣"列为编辑的主要任务，这对苏中的一生从事编辑工作产生了重大影响，坚定了他热爱编辑工作的信念，奠定了他热心扶植业余作者的终生信条。他在《长江文艺》组织起中南六省一市近千名的通讯员队伍，这些人中有不少后来都成为国内文坛的知名作家。

这期间，1952 年末，苏中与鲁艺三期同学、仍在中南文工团的黄珉结为革命伴侣。

这就是在 1952 年底，中南大行政区建制撤销，苏中随李季来到全国文协（后改为全国作协）的《人民文学》工作。

起初，中南大区撤销，李季调全国文协，陈荒煤到国家电影局，每人可带一人去北京，李季带王黎柘，陈荒煤带苏中，可王黎柘喜欢电影，两人就找陈荒煤，说调换一下行不行，陈荒煤说行，这样，苏中就于 1953 年初跟李季一同到了北京的《人民文学》。

当时，《人民文学》编辑部由执行编委陈涌、肖殷负责日常工作，不到半年，肖殷调到《文艺报》去，陈涌也有工作变动，原来负责评论工作的陈涌，就将理论组长工作交由苏中承担。苏中用极大的毅力，几年工夫靠上政治夜校的自学，将一个大学文科教师应读的书、应学的知识，全部学了，磨炼自己成为一名称职的编辑。

在工作中，他倾注心血关注、扶植青年作者。

新中国第一代研究生潘旭澜、范伯群的毕业论文有三万多字，苏中收到文章，就找领导商量，辟专栏予以刊登，武汉大学学生叶橹的文章、大学毕业后刚分到《文艺报》工作的蒋和森写的《红楼梦人物论》，他都予以刊登了，当时还是青年作家的南丁小说发表后，他立即组织评论文章予以推介……他所辟的《作家论》、《创作论》等栏目，后来成为广有影响的特色栏目。

这一段生活，成为苏中文学生涯中第一个闪光点。

这期间，他自己也在《文艺报》、《人民文学》、《文艺学习》、《光明日报》上发表了不少理论文章。1956 年 12 月刚刚二十九岁的他，就被批准加入了中国作家协会。

他说："《人民文学》编辑部是我的最高学府，那里的前辈和同事，如邵荃麟、严文井、何其芳、秦兆阳、陈涌、李清泉、陈白尘、吕剑、唐祈等等，都是我的老师和学长，他们对事业的执著，他们的人品和文品，他们的言传身教，他们的渊博学识，给了我永生的享用。"

1959 年 3 月，作协和《人民文学》六十多位同志，被调往边远省份，本来苏中也要去那里，可安徽省文联陈登科以前到北京见过苏中，对他业务水平、工作态度印象深刻，就点名要苏中来安徽，这样，苏中于这年 3 月 12 日来到了安徽。

## 安徽文艺理论工作的奠基者

苏中的到来，使安徽文艺理论工作者的队伍逐渐形成起来、壮大起来。

他特别关注青年文艺理论工作者的成长。一代接一代，现在已是老中青三代同堂，人才济济。

苏中当年关注的大学生、青年助教、青年作者，如严云绶、沈敏特、王多治等，都成为有影响的文学评论工作者，现在都已步入老年；而后起的中年评论工作者、青年评论工作者，也都是他倾注心血培养的。由他做主帅，安徽的文艺理论工作，在全国一直有相当的影响。特别是粉碎"四人帮"后、拨乱反正之中，安徽的文艺理论研究队伍，在全国都是走在前面的。

这是苏中在文艺事业上的第二个闪光点。

说到那时的情景，苏中脸上放着红光。

从 1977 年开始，两年多时间里，苏中先后组织与参与了近百次理论研讨会，发表了几十万字的理论、评论文章。当时他担任《安徽文学》编辑部主任，主编是江流，两人配合得很好，理论文章由苏中定夺，每次理论研讨会后，都发一篇有分量的综述文章和一组单篇评论，这些文章有锋芒，有理论深度，与“四人帮”的理论观点彻底决裂，不仅在全国文坛引起反响，也引起国外专家、学者的关注，美国、英国、澳大利亚等国的专家、学者也前来访问、交流。

苏中总结这第二个闪光点时说：“这不仅要有勇气、要有理论基础，同时也因为与时代潮流一致，符合中央拨乱反正、否定‘两个凡是’与‘四人帮’彻底决裂的总的精神。”

1977 年 3 月，上海《文汇报》、《解放日报》发表《评反革命两面派姚文元》的长篇文章，苏中认为这篇文章根本观点错误，以“左”批“左”，不是批“四人帮”，而是在“帮四人”，就化名李文群写了篇《一个值得注意的倾向》的文章，在安徽发表了，这篇文章给了中央政策研究室，时任中宣部副部长的贺敬之，拿到《人民日报》内参上发了，说：“这是粉碎‘四人帮’后内部第一个争鸣声音。”

## 同学、伴侣，一世情缘

苏中有个和美的家庭，爱人黄珉是他冀察热辽鲁迅艺术文学院三期同学和战友，1952 年结婚，今年五十六个年头了，两人现在都是八十一岁，身体都非常好。

2002 年是他们金婚之年，那年他们拍了纪念照，办了金婚庆典筵，还应邀到电视台做了半个多小时的节目。苏中深情地说：“半个多世纪来，不论我的处境有何等变化，她始终如一地陪伴着我，无怨无悔，宠辱不惊，含辛茹苦地把四个子女抚养成人，我感谢她给了我一个幸福的家、安定的家。”

说到苏中的真情关爱，黄珉说起“文革”期间一件事件：

“那时我们一家七口分在五个地方，大女儿十六岁初中毕业就下放萧县，大儿子留在合肥上学，奶奶送回了东北，苏中在新马桥干校，我带一儿一女下放在和县香泉公社。我们住处靠近池塘，地下潮湿，房子不通风，地上长着一两寸深的草。苏中来探望时，就自己动手挑了两千多担干土，倒在地上用木槌夯实，又开了一扇窗户、一个后门，才使房内干燥起来。”

黄珉为人文静、平淡、善良；苏中智慧、雄辩、干练。他烧得一手好菜，把家务事安排得井井有条。两人相互体贴，相得益彰。

从他们身上，我看到的是革命的情怀、战士的本色。

临别时，我紧紧握着他的手衷心地祝愿他们永葆革命青春，超过百岁！

# 苏中文学评论选

SUZHONG
WENXUE PINGLUN XUAN

苏中◎著

## 上 卷

时代出版传媒股份有限公司
安 徽 文 艺 出 版 社

图书在版编目(CIP)数据

苏中文学评论选/苏中著. —合肥:安徽文艺出版社,2013.2
ISBN 978-7-5396-4267-3

Ⅰ. ①苏… Ⅱ. ①苏… Ⅲ. ①文艺评论-中国-当代-文集 Ⅳ. ①I206.7-53

中国版本图书馆 CIP 数据核字(2013)第015021号

出 版 人:朱寒冬
责任编辑:岑 杰 沈喜阳　　装帧设计:许含章

出版发行:时代出版传媒股份有限公司 www.press-mart.com
安徽文艺出版社 www.awpub.com
地　　址:合肥市翡翠路1118号 邮政编码:230071
营 销 部:(0551)63533889
印　　制:合肥星光印务有限责任公司 (0551)64235059

开本:700×1000 1/16 印张:36.5 字数:600千字
版次:2013年2月第1版 2013年2月第1次印刷
定价:58.00元(上、下卷)

(如发现印装质量问题,影响阅读,请与出版社联系调换)

# 目　录

## 荡涤文艺领域的极“左”流毒



## 论直面人生

## 慎言经典



## 安徽文坛感怀

## 序/我与文艺批评

我从文65年了。在岗时，我当文学期刊的编辑兼及文艺批评写作；离休后，仍然时不时当当编辑也时不时写点文艺批评。这两件差事伴随我一生，虽然哪件事都没做好，但除此，我无可告白于世，只能将拉拉杂杂记下来的心得和拉拉杂杂的所谓文艺批评稿件，整理出来存作资料。

我参与文艺批评工作纯属偶然。1949年初，随着天津解放，我所在的文工团进入了天津。那时我是文工团的创作员，主要任务是写演唱材料，个人的梦想则是写出一批歌词谱曲后能传唱开来，更高的目标是创作出一部能够上演的话剧或歌剧，并且一直为这个梦想而孜孜不倦地准备着、努力着。我们文工团在天津的主要演出活动，除综艺晚会外，重头戏是演出歌剧《白毛女》。一次在天津的津浦大厂（火车头检修的大型机械厂）对工人慰问演出后，我在厂内与工人聊天时，谈起了他们看《白毛女》的印象，我汇总了他们的议论，写了一篇《工人看了〈白毛女〉》的文章给《天津日报》，并在1949年2月21日的报纸上发表出来（此文被收录于《中国解放区文艺大词典》），这是我生平第一次撰写的涉及评论性的文章，不料被领导认为我可以写这类文稿，以后南下至武汉后，便指派我写类似的宣传文稿。尽管我于此道并无兴趣，目标还是盯在戏剧和演唱材料上，但那时年轻，有发表欲，只要有稿子能见报，也就喜滋滋地自鸣得意，可以说我是无意间偶然涉及这一工作的。1950年8月，我从中南文工团调至中南文联，被任命为《长江文艺》编辑部通联组长，从此便走上了编辑岗位。尽管那时文学界流行一种说法叫“一等人当作家，二等人搞评论，三等人当编辑”，但我认为那可能是针对成熟的文人来说的，像我这样二十刚出头的小青年，能在这样大型刊物上当一名编辑，已经是荣耀非凡之事，哪还管什么几等人的身价？我个人认为，编辑工作虽有为他人作嫁衣的一面也有学习条件极为良好的一面，比如经常与成熟的作家们打交道或阅读他们的文稿，便能从他们的言传身教中领悟到文学理念、创作经验、社会学识、语言功力等方面的学识；即便是阅读初学写作者的文稿，也能从中体会到得失的所在，对以后无论是从事创作、评论或者文学组织工作，都是大有裨益的。更重要的是，当编辑的人，出自版面安排和组稿需求，往往都要关注、观察或追踪文艺创作、文艺活动、文艺思潮、创作态势的走向、趋势等等现象，并要对这些现象的正误、是非、优劣、得失、高下等等状态，进行思考与辨析，这无形中就启发了你对文艺创作或文艺思潮的热点话题，必须投入较深的思考和探究，逼着你无意间走进其中参与议论、表态或对应，如果你写成文稿表述一下，便是被拉进了文艺批评圈子里，我就是这样“误入歧途”的。

1953年元月，我被调入中国文协（二次文代会后改为作协）《人民文学》编辑部工作，当时的执行编委肖殷让我拿能展示个人业务能力的东西给他看，我把出版过的两个剧本和几篇言论性文字给他，他只看了看那几篇评论文稿便说：“现在评论组缺人，你写过这方面的东西，就到评论组吧！”老实说，我内心是想到小说组的，但那时候谈工作，是没有讨价还价这一说的，因而就立即成了评论组的一个编辑，而且也从此就算正式进入文艺评论的圈子了。过了一段时间，编辑部再度改组，由邵荃麟接替丁玲任主编，严文井、秦兆阳任副主编，执行编委肖殷调往《文艺报》，另一位执行编委杨思仲（陈涌）调往北京大学文学研究所（何其芳任所长，即中国社科院文研所前身），根据工作需要，我被任命为评论组组长，我因资历浅，学识低，文化底蕴不足，美学理论薄弱等等缺陷的存在，自感难以担当重任，压力很大，便横下心来，几乎把所有的业余时间都付与读书、学习、求教、钻研方面，力求全面提高素养，同时也在评论写作上争取跟上时代需要的步伐，在实践中提高理论批评水平。

由于工作性质的关系，我参与的文艺批评活动，多是面对当时的文艺思潮和创作态势所面临的现实问题而发出的议论，因此它的针对性、现实性和时效性都比较强，有些人不无讥讽地说此类文艺批评为“时文”，意思是说它是因时因事而作，没有长久的生命力。时至今日，学术界仍有人认为当代文艺批评是没有多少学术理论价值的，故不屑于此道。这是偏见。其实“时文”也有“时文”的长处和独特作用，是其他学科取代不了的。因为文艺运动的发展，总是在动态中行进的，其间必然会出现以前不曾有过的新现象、新课题、新矛盾、新挑战，文艺批评有必要也有责任对于文艺活动面临的新情况和新问题予以关注和辨析，提出自己的思考、解读和认知。无论你是认同也好，商榷也罢，倡导也好，劝阻也罢，总是可以充分运用文艺批评的力量，引导和促进文艺思潮的正常健康发展。这种针对性和时效性，如确系从当时的实际情况出发，定然会发生一定的正面作用，这样的时效性是积极的有价值的实效，是文艺运动发展过程中不可或缺的。即使后来的实践证明，当时的参与者的观点未必完全正确或全面，但也为后来人的认知积累了一些经验和教训，这是人的认知历程必有的积累。当然，这是指正常的学术范围内的文艺批评而言，至于那些在政治运动中披挂上阵、找茬子、抓辫子、打棍子、扣帽子的棍棒批评，是不在我们所说的话题之内的。更重要的是，一些有思想深度的当代文艺批评，并非只是时效短暂的速朽之作，而是从批评中提炼出独创性的理论原则或思想体系，极大地丰富了文艺美学的内容和涵盖量，构成了文艺美学的主体成分。别林斯基、杜勃罗留波夫都是俄国那个时代的最权威的伟大批评家，他们的评论对象，大多是当时俄国当代文学家，这些文论不仅没有因针对性和时效性而减弱它的理论价值或成为速朽之文，相反倒成了当时和后人的双重经典。莱辛的《汉堡剧评》，几乎是跟着每部上演的新戏走的戏剧批评，但同时也是那时和后世的戏剧理论经典论著。鲁迅的文艺思想中的许多精辟论断，也多是在当时的文艺思想交流中迸发而出，然而它的时效性却是至今永存。我国许多从事或参与当代文艺批评的批评家和作家，也曾在不同时期，就文艺的发展问题和文艺的基本规律问题，发出强力的呼唤和积极的改革建议，如上世纪50年代中期和60年代初期的钟惦棐的《电影的锣鼓》、秦兆阳的《现实主义——广阔的道路》、胡风的《我的意见书》、张光年的《题材问题》，等等，包括后来被“四人帮”诬为“黑八论”的许多理论批评，都是富有理论智慧的真知灼见，堪称我国当代文艺批评史上的经典篇章。它们出现时虽遭到强力打压，但它们为历史留下了宝贵的思想财富。可见“时文”并非只有时效，它是可以与永恒性共存的。

1959年春，我调至安徽，还是在文学期刊当评论编辑。这时，除了忙于组建理论批评队伍和积极开展理论批评活动外，个人的评论关注点则主要集中在本地区的文学活动、文学思潮和文学创作的态势上。从学术眼光和批评视野的角度看，这样做是有地域局限的，但我想只要能为地域文化出点力，既算是对一方水土一方人的回报，也算是对整体的文学事业尽了一点绵薄之力（哪怕只是从外围的角度或基层的角度）。当然，在工作和我个人的写作上，我也努力做到立足地域，放眼全国，尽可能地使地域的理论批评活动与全国性的课题挂钩或对应，以增强地域基层对全国的参与度。上世纪70年代末至80年代初，我们所主办的多次理论批评活动，刊物的评论版面，以及我个人的评论写作，都在这方面做出了相应的努力，力求与全国声音共鸣，尽可能地使地域文化与全国的大趋势和大格局融为一体。

我的编辑生涯是以服务性工作为主，自忖在服务态度和服务质量上都说得过去，但于文艺批评写作，则属一般般，很少闪光之言。不过因年深日久，也无形中积累了不少篇什，从中选择出一部分多少有点资料价值的杂论编成这本文集，算是在文坛上干了60多年的一个回顾与交代。我自知这些文章的理论价值不高，让它面世，主要是展现一个文坛老人对经历过文坛诸事的记忆和心得，从中可以部分地折射出昔日文艺思潮的起伏状态和文艺创作的点滴景象，以供文学史家和地域文化学者研究文坛过往备做资讯之用，我的文章多是因时、因事、因地而作，既没有理论框架，更没有思想体系的系统性，故只好把它分为上下两部分，一为“批评论”，一为“创作论”。“批评论”部分，一是对批评自身的性质、任务、地位、意义、功能、价值等等方面的思考与认识，二是对不同时期文艺批评发展态势的观察、思考与进言，三是对某些问题的认识分歧的质疑与争议。“创作论”部分，主要就是作家和作品评论以及对某些创作问题的探讨。

出于评论编辑的职业习惯，我平时很喜欢观察文艺思潮的变化和起伏，也喜欢对我尚未弄通的问题提出求解性的质疑。比如

《爱情和写爱情》那篇东西，就是针对当时（上个世纪50年代中期）一度对爱情题材和书写爱情大力挞伐的反批评。又如1977年春，上海《解放日报》和《文汇报》同时发表的论文《评反革命两面派姚文元》，完全是沿用“四人帮”的理论和观点，来批判姚文元“亦步亦趋紧随周扬”的种种表现，于是以批姚为名，让周扬当上了头号罪人，同时还拉上了欧阳山、杨沫等等一大批作家陪批，把矛头直指周扬和所谓的周扬黑线人物，从而颠倒了斗争的方向，混淆了是非，将拨乱反正变为驳正返乱。对此我写了一篇题为《一个值得注意的倾向》的短文，严正指出其干扰拨乱反正斗争的危害性。再如，上个世纪80年代初，北京出版的《时代的报告》杂志，以捍卫毛泽东《在延安文艺座谈会的讲话》为名，将“文革十年”与十一届三中全会后新时期的六年相提并论，提出“十六年”的提法，混淆了两个历史时期的本质区别，引起了思想混乱，干扰了文艺运动的正常发展。我在安徽评论界组织了一场小型研讨会，批评了“十六年”提法的危害性，以《对十六年提法的异议》为题，公开发表了我们质疑的声音。还有，上个世纪80年代中期，文坛正在热议“宽容”的时候，我在《百家》杂志《创刊词》中，提出一个“兼容”的观点。因为当时我觉得，要求“宽容”或给予“宽容”虽有积极的正面意义，但总还是属于恩赐观点的反映，而在多元文化并存的开放社会里，各种文化理念应是兼容的、包容的，无论是何种创作方法或何种批评模式，都应当有竞争的生存权与发展权，应当在竞争中检视其能量、活力与作用，在竞争中决定其生死存亡，在竞争中由历史和公众来选择，而不是要求对谁宽容些、宽厚些、宽松些、用意是以兼容取代宽容。这篇短文只有一千多个字，但却引起了一位理论家的关注，他在1988年第二期《文学评论》上发表文章呼应并支持了“兼容”一说。文集中还有一些篇章也是争鸣性的，如《从“真实的辩证法”走到真实的禁区》、《请模特作证》等等。不是我好斗或爱找茬，而是出于一种求知、求解和较真的情绪，希望在交流中把问题弄明白。我一直以为，文艺思想上的问题，都应当通过探讨、研究、商榷、争鸣的方法来求同存异或化异为同，而不能一言独尊。

《批评论》还收录了几篇我参与拨乱反正所写的文稿，这些篇章，现在都已时过境迁，今非昔比，当时所破解的难题，如今已不复存在，当时激昂慷慨的话语，现已随时间的推移化作过往云烟。但在这里有记忆，它既是我个人记忆的储存，也是文坛在一段历史里留下的记忆。“创作论”中的篇章，多属作家作品评论和我对某些创作问题的思考与探究。撰写作家作品评论时，我虽然力求深入到创作内部规律里去，但限于我对形象思维规律的认识不足和把握不够，故往往流于涉及作品内容及其社会意义层面者较多，而深入发掘艺术表现技巧层面者则相对薄弱，难免有泛泛之嫌，又因在皖工作时间较长，评论对象多属本省及省内基层作家，他们的代表性各有不同，但我于他们，绝无尊卑亲疏之分，其中既有老中青三代专业作家，也有基层业余作家乃至刚出道的新手，无论高官挚友或素不相识者，我一视同仁，完全出于尊重他们的创作、认同他们的成就而做出的评议，有的做综述性评析，有的是解读，有的是赏析点评，有的是读后感悟，有的读书札记，有的是即兴发言。这些评论是否深刻或是准确得当，我不敢说，但所说全是真话实话，没有刻意为谁造势捧场之意，更无对谁挑刺之心，有些批评性或否定性意见，也是当时的认知，只是个人的读后观感引发的质疑，并无存心伤人之念。

在对创作问题的思考和关注上，我除了对人物塑造个性化谈论得比较多以外，对文学题材、主题的开掘、深化和艺术处理，议论得也相对多些，再就是对美与刺也就是所谓的歌颂与暴露的关系问题，也进行过较多的思考。在强化文艺为政治服务、政治标准第一的年月里，文学题材问题往往被过度政治化，甚至导致题材决定论的片面观点之中。题材的新颖性、独特性和重大性对创作会有一定的影响，但绝非是关键的决定因素，决定作品成败的关键，不是写什么，而是怎样写和写的怎样，也就是说对题材的思想深度开掘和精巧的艺术处理，才是根本性的关键。不过，那时我对题材问题的议论，多是着眼于突破题材禁锢，呼唤多角度多层次多侧面地开放题材视野，力求题材的多样化和多彩化，这和我们当前所面临的情势，则完全不同。当下的文艺创作，在题材多样化方面，是做得卓有成效的，天上地下，古往今来，人间万象，异彩纷呈。眼下面临的问题是，一方面是欠缺如新闻界所倡导的走基层精神，即欠缺直面基层百姓生存境遇的真实书写，同时又在“票房第一”“娱乐至上”的商业理念支配下，过度痴迷于某些题材领域，如宫闱争宠、阿哥谋权以及谍战特战等类题材的一窝蜂地扎堆，相互雷同、相互因袭的情况十分严重，许多人拥挤在一个狭小的胡同里，也是值得十分注意的倾向。

我随着中国当代文艺批评的发展历程走过了一生，个人在批评实践中虽毫无建树，但也从前辈和同代朋友那里，学到和悟到批评之道，在于求真、求实、求异。求真就是说实话，求实就是尊重文本和评论对象的实际，求异就是说出自己的真知独见。眼下的评论风气是，谀言太多、虚言太多、同言太多、难见真言真话、难闻争鸣求异之声，此风必须改一改。

# 文艺批评断想

苏中文学评论选

# 文艺批评断想

## 一、呼唤直言批评

时下的文艺理论界，可谓五花八门，学派林立，理论体系和批评模式也多得不胜枚举，令人眼花缭乱。书，出了不少：大厚本的、多卷头的、系列话题的、单本专著的，什么样的都有；洋洋洒洒的宏论、闲言碎语的杂谈、精雕细刻的赏析品评、大而化之的综合评述，报刊上也屡见不鲜，应该算是很活跃也很热闹的了。但我又总觉得好像缺点什么，还觉得文艺论坛似乎过于平静和过于书院化了。是的，我们需要深厚的理论探究，需要多元多样的批评模式的引进与运用，需要一批埋头于书斋做学问的大家。但同时也需要（或者说眼前更需要）密切关注文坛现状，对当前文艺创作和文艺理论的成败得失、优劣高下、文野精粗做出直言的、切实的、中肯的评估的文艺批评。对创作，对文化市场里的非规范动作，对某些号称“家”的人的不佳之作，对一些腕儿级明星的腕儿级失德，对文化风景线上的反文化景观，对精神文明园地里的不文明勾当，都缺少直言批评，以致在公众中产生了许多错觉和误解。当然，我所说的直言批评，不是整人，不是打棍子。文坛永远不需要打手来维持秩序。（棍棒式的批评，从来不是真正的文艺批评，只不过是整人运动的工具，故而理所当然地遭到唾弃。）但文坛永远需要讲真话，讲实话，讲读者、观众的心里话，讲普通老百姓想说的话，讲一般人听得懂的言之有据、言之有理的批评。因为，这样的批评就是好处说好、坏处说坏、几分美就是几分美、几成丑便是几成丑的客观公正的评论，而且也只有这样的评论才能真正帮助读者、观众鉴别优劣和提高欣赏水平，也只有这样的评论才能有助于净化文坛和规范文化市场的非文化、反文化、假冒伪劣文化、庸俗下流文化等不良倾向的侵扰。

文化进入市场,难免有商业操作行为,也难免有冷炒、热炒、爆炒乃至翻来覆去地炒的“叫卖”,我们不能也没法限制别人的炒,但论坛应有严肃、客观、公正的直言批评,来鉴别一下那些被炒、炒热、炒爆了的货色到底如何。如果是好的,就要说清楚它好在哪里、怎样好法、为什么好;如果是粗劣的,也应直言讲明到底存在什么问题;如果是坏的,则应当毫不含糊地指明它的失误所在、错误成因以及由此引发的教训,等等。倘没有这样的批评,那就只剩下炒卖者的一种声音,文化消费者不仅可能上当,还可能受害。可惜时下这样的直言、真言批评太少,而尽捧场、捧角、捧圈、捧友、捧利义务的文字似乎多了些。我虽然承认应时应酬文字也有其存在理由,不可一概非议,但更期待和呼唤直言批评兴旺起来,让直言批评成为当代文艺批评的主流。

## 二、给批评定位

文艺批评是什么?一般说来是指批评家依据一定的批评标准和批评方法,对各种文艺现象(包括文艺家、文艺作品、文艺思潮、文艺运动)所做的理论上的鉴别和判断。小到对一人、一事、一文甚至是一文中的一段或一句进行微观透视,大到对天下文坛大业和一切艺术的一切方面进行大而有当的宏观考察,都是文艺批评。

文艺批评的对象是一切文艺现象,但核心是创作。因为创作是文艺运动的基础和核心,探究创作领域中的从内容到形式、从本体到相关事态的各种问题,对整个文艺动态的发展有着不可估量的作用。因此,文艺批评应当特别关注创作(特别是当代创作)实践中面临的新探索、新尝试、新争议、新困惑、新障碍、新难点等实际问题的观察、思索、研讨和回应。如果说要给文艺批评定位,我把它视为一种学科,一种独立的、有自主品格的学科。批评家应当站在科学的立场上,以历史的和美学的眼光来审视和鉴别文艺现象,既不能充当政治运动的工具,为它扮演打手、枪手、杀手的角色,也不能沦为文化商战中的帮闲,甘为炒作手、吹鼓手和参与作伪的托儿。批评家是沟通创作主体和接受主体相互理解的中介,又是构建双方达成共鸣、共识的纽带和桥梁。创作主体借助批评的鉴赏、解析和告诫不断地发现自我和改善自我,从而使创作走向更真、更美、更新、更高、更多样、更多彩的境界;接受主体则借助批评的解读和破译,更深入、更准确理解创作文本的美的意蕴、理的意蕴以及它的历史的、社会的、民俗的文化精髓，从而使接受主体在精神上、情感上、思维上、智慧上乃至价值观念上得到充实、完善、提高和超越。批评家是创作主体、接受主体双方的朋友，但不是哥儿们义气上的那种朋友，而是挚友、诤友那样的朋友。基于此种认识，我认为弥漫于当前文艺批评界的缺少直言、缺少真语、缺少睿智、缺少热情、缺少敢于面对现实提出独立见解、缺少对当代文艺现状进行高层次理论探究和争议的诸般现象，感到很不是滋味。

眼下，批评阵地大大缩小了，各省的理论刊物，除少数几家变性苟活之外，绝大多数均因经费无着而倒闭；从前各文学期刊都登载批评稿件，而且占据相当篇幅和地位，如今除对本刊作品登一点小评小议以外，基本上不参与公共性文艺批评；各种报刊上的书评、文评、影评、视评、歌评、舞评，等等，大多数是简短的介绍，有的像说明书，有的近似广告，有的是勉勉强强的应酬文字，就连商业意味十足的影视炒作，也少有俏皮的妙语和新颖的思路，当然就谈不上有什么客观公正的评议了。文艺批评的弱化、淡化、冷化以及日益强化的商业炒作趋势，造成了当前文艺批评一定程度的危机。这种危机正在影响着当代文艺创作和文艺活动的正常健康发展。例如新潮派批评家对新潮派创作的鼓吹和解读，往往只是在他们那个小天地的一孔来观察世界、观察人生和观察文学，于是便只能给那些别人读不懂的作品又增加了一些别人更读不懂的新理论语码。他们把新潮派文艺当作唯一代表新时代、代表未来、代表文艺的必然走向来推而广之，并相当极端地对传统文化人文精神大加挞伐，反传统、反理智、反道德、反崇高、反主流，不能不说它对接受公众具有某种程度的误导。当然，他们有权为新潮派文艺的生存和发展争取空间并捍卫他们的尝试与探索，但别人也有权指出他们的褊狭情绪可能既误人又误己。又如，某些写实派批评家看到有几部现实主义文学在公众中获得了声誉，便急不可待地宣布现实主义回归、现实主义重振雄风之类的断语，似乎当代文艺又将恢复往日的面容，也是无视当代文艺多元化格局的某种偏颇之见。至于常见于报刊上的应景评论，应时评论，为他人评职称参评奖拉票的评论，为朋友出新书祝贺的评论，为先得奖后公演向接受者灌输先入为主观念的评论，为各种获奖作品、获奖艺员高声喝彩的评论，为张扬主旋律而不顾艺术品位的评论，为包装某人、推出某作品而热炒、爆炒的评论，形形色色，热闹非凡，其间自然也不乏求实之言、真知之见，但总体看来，泛泛者居多，平平者居多，且有一些言不及义或言不由衷之言。批评失去了权威，批评失去了公正，批评失去了群众，批评失去了责任，批评面临挑战和危机。

当今文坛现状是高度活跃与无序并存，以大众化、世俗化、市场化消解主流意识形态与坚持守望精神家园、张扬人文精神并存，精品与庸品、劣品并存，人才辈出与文化商贩混迹其间并存，美乐与杂声、噪音并存，求新求异求变与光怪陆离并存，多元多样格局形成与假冒伪劣蒙混视听并存，精心磨炼与粗制滥造并存。因此，特别需要慧眼的批评和批评的慧眼。文坛拥有这样的批评家，改革开放的新思维也正在培育这样的批评家。批评风气的改变，强化批评的历史功能和美学功能，强化批评对文学走向的导引，强化批评更加关注文学本体和注重文本，用慧眼的批评来扶正祛邪，用批评的慧眼来鉴别真假美丑、高下优劣是批评家应尽的责任。我们并不害怕批评中出差错，有了错解或不同认识可通过辩论式的批评来加以匡正。我们只担心批评陷入平庸化、冷漠化，那将失去批评的品格和风采。愿批评家振作起来，勇敢地面对现实，勇敢地回答创作体和接受体期待回答的问题。

## 三、关于批评标准

邓小平同志在全国第四次文代会上的《祝辞》中提出了“不提文艺为政治服务的口号”和对创作“不要横加干涉”两项重大的理论原则，从此，关于文艺批评的标准便基本上摆脱了“政治标准第一”、“文艺从属于政治”的羁绊，开始走向按照文艺的基本规律和批评家自身的美学观念独立评判文艺现象的道路。小平同志的文艺观是邓小平理论的重要组成部分，是文艺方针政策和理论原则方面的重大突破，其重要性可以与“三个有利于”那样的经典名言并列。它使文学艺术回归到本体，并为创作自由、批评自由开启了理论通道。尽管当前仍有少数人坚持政治标准第一，甚至坚持在文艺领域搞阶级斗争，他们还办刊物发宏论、训斥人，今天批这个，明天又批那个，但时代思潮并不以他们的意志为转移，文艺还是按照时代的要求和文艺自身的规律，走向了新的天地。随着多元化文艺格局的形成，理论批评模式也呈现了多学派、多体制的局面，因而批评标准便也因各自的美学观念不同，出现了各自不同的标准。例如前些年我国批评界就流行过系统论、心理分析、比较美学、接受美学等许多模式的运用，自然也在批评标准上出现了不同的差异。对此，我们应以兼容的态度，让大家在实践中检验自身、匡正自身、完善自身。我们尊重批评家对批评模式的引进与选择，尊重他们的尝试与探索，但我们也坚信马克思主义文艺观在当代仍是研究、分析和解决文艺问题的最权威的指导思想。我个人至今仍信奉真善美的标准是检验一切艺术的最佳尺度，恩格斯所说的“巨大的思想、意识到的历史内容和莎士比亚式的情节生动性和丰富性完美融合”，仍是评价任何一部严肃作品的基本依据。当然，马、恩生活的时代的文化艺术，主潮是现实主义和浪漫主义，他们的文艺理论观点基本上是针对现实主义而提出的。我们今天不能生搬硬套地以此来规范形形色色的现代主义艺术，然而我们又深知，我们的文化阵地在兼容各种艺术的生存与发展的同时，又应对主流文化、民族精英文化寄予的厚望。也就是说，我们应当全力推动敢与世界文化接轨又能称雄于世界的民族文化精品的诞生与走向强大。这样的文化精品必然是思想、内容、艺术三优之融合，必然是既能启迪人又能感染人、既可振聋发聩又能赏心悦目的完美融合，倡导这样的批评标准，坚持这样的批评风格，无疑会大大有助于民族精英文化的成长和发展。

当代文艺创作的最大弱点是真实性差，特别是城市题材的影视文学，尤其是那些反映商战的影视文学常常远离生活实际，回避真实矛盾，多在感情纠葛中制造情爱游戏，正三角、反三角，脂粉气浓得叫人发腻。有些写普通人日常生活的作品，往往又以表现百姓的生存状态为由，要么鸡零狗碎，要么油腔滑调，淡化或转移了真实社会矛盾的焦点，故而也缺少现实感和真实感。就连某些受到舆论交口称赞的作品，它们虽涉及了某些重大的社会矛盾，但也只能停留在描写表面现象上，揭露腐败分子多在个人品质上做文章，缺少对其成因、根源的深层探索；再不就是极力歌颂人治精神、清官意识、感恩情结，因而它的真实力量、思想力量、震撼人心的艺术感染力量便也显得很不足。批评界有责任与接受体共同呼唤文艺创作正视这一现象，早日改变这一现象。江泽民同志要求我们出精品，但精品首先应是思想精深、艺术精湛,应是真善美的和谐统一,而不是一味醉心于大场面、大制作、大呼隆,因为简单化的、单纯从形式上追求恢宏代替不了大手笔、大气度地弘扬大时代的艺术画卷。我们期望作家、艺术家潜下心来,在写真实、说真话、抒真情、表真意等方面多下工夫,以真善美征服读者,以真善美抢占文化市场,以真善美净化自我,以真善美沐化人生。

## 四、重整旗鼓,重振批评信誉

要重振批评信誉,强化文艺批评对文艺走向的导引功能,构建创作体与接受体共鸣共识的纽带与桥梁,在当前最迫切的是,加强理论批评队伍的组织建设、思想建设和学术建设。

安徽文艺界有一支素质良好、学风正派、热情参与的理论批评队伍,曾经为促进本省文学事业的健康发展,显示过活力、合力和实力,无论是在专题学术研究领域的求新求深求变的探讨上,还是在关注本省当代文学创作态势上,大家都共同或独自付出过艰辛努力,并取得了可喜成就。不少同志的专著和论文在全国和本省获奖,在省内和全国文艺界、学术界产生了良好的反响。近年来,由于批评风气不振和批评阵地的急剧萎缩,理论批评界的许多同志转向了学院化的理论研究,埋头于著书治学,收获甚丰。但在面对当代文学的发展态势上,大家的关注显得冷淡了,理论界相互间也缺少应有的交流与合作,失去了往日曾有的协同精神和参与热情。因此,理论批评界面临的当务之急,便是重组队伍、重整旗鼓、重振批评信誉,热情希望有关部门进一步做好对理论界的联络、协调、服务工作,成立安徽省文艺理论家协会或类似的社团组织,原有的群众性文学社团也应重新组合或调整,使其以新的面目参与国内和省内的理论批评活动。理论批评界的大多数同志都希望有这样一个自己的家园,一个便于相互交流、便于协同攻关的家园,使理论界人才既能各自为战地发挥个人独创性,又能增进合力,发挥团队优势,为本地区的文化建设做出积极贡献。安徽文艺理论界专业人员众多,由于缺少协调和组织,力量分散了,未能充分发挥其实际能量,现在已完全具备重组队伍的各项条件,望能引起重视。在重新组建理论批评队伍的过程中,应特别注意吸收中青年人才,要努力为青年批评家的成长提供发展空间,让青年批评家知识新颖、思想敏锐、信息广博的优势得以充分发挥,让以中青年批评家为骨干的理论队伍更加富有朝气地面向当代、面向未来,迎接21世纪面临的挑战和机遇。

理论队伍的组织建设必须与思想建设有机结合,实现双轨同步,方能从根本上改善理论批评的基本面貌。

思想建设的中心课题是进一步学好、用好邓小平理论,坚定不移地以马克思主义的哲学观点和美学观点来观察、认识、分析当代文学所面临的新问题,要勇于面对实际、面对矛盾,提出适应新时代、新形势的理论思路,使理论批评真正成为沟通文学与时代、文学与人民的思想动力。当代文学多元化格局的形成,包括理论批评模式的多元发展,是文学发展的必然趋势,我们既不能阻挡也不应排斥。但我们应当高举邓小平理论的旗帜,主动地开展正当的理论批评活动,强化多元文学中的积极因素,克服其负面影响,梳理纷繁无序的文学现象,澄清某些思想误区和混乱理念,使多元文学得以健康发展,这是我们义不容辞的义务。

邓小平理论的文艺观有很深刻、很丰富的内涵和独创性,是马克思主义文艺观当代形态的集中体现,是解决文艺领域各种问题的指导原则,学好、用好这个思想武器,必然会使理论批评在公众中的信誉振兴起来。

在学术建设方面,我呼唤各方同人在做好自身或公务规定的研究课题的同时,请多多关照本省作家、本省创作的现状,并希望有关部门出面牵头开展一些系统性的文学理论建设工程,比如是否可考虑集中一些人力编写安徽当代文学史或20世纪安徽现代、当代文学发展史,编写20世纪安徽文学艺术名家传略,编写系列的作家论、作家评传等。除此,我还希望有关部门多举办一些小型的、多样的、求实求真的创作研讨会或作品研讨会,不求大场面、高级别,只求讲实话,有交流,甚至有交锋,长此以往就自然而然地会使重新组织起来的队伍长期保持活力。

歌德说:“理论是灰色的,生活之树常青。”我愿今日的理论是多彩的,并祝它像生活之树一样常青。

# 当代文艺批评之我见

## 担 当

文艺批评是一种文体，也是一门科学。作为文艺学的主要组成部分之一的文艺批评，它的研究对象是文艺创作以及文艺活动的方方面面，它的研究范畴则是涵盖整个文艺事业的一切领域。它可以处处插嘴，处处涉足，但它只能以有说服力的理论批评话语来评说它的研究对象，既要客观公正，又要富有独立的品格和个性。它扮演的角色是评议员，而不是裁判员。

文艺批评的职能和责任是：

一、诠释政策。对党和政府的既定方针政策，以及因时因势新出台的各项政策、法规和相关举措，及时地进行阐释，帮助广大文艺工作者正确理解和执行相关政策，推动文艺事业健康发展。

二、解读作品。从内容到形式，从思想到艺术技巧，全方位地解读和评价其成就与不足。

三、观察、分析、比较、研究并评议文艺运动、文艺思潮进程中的正误、是非、功过、得失，借以引导文艺思潮向健康方向发展。

四、沟通与协调创作体与接受体之间的相互理解和对话。

此外，批评在助推新人、提高公众鉴赏水平和净化文坛风气等方面，也都可发挥正面的积极作用。

文艺批评虽然不能直接地指导创作和领导文艺运动，但它可以凭借理论的说服力和评价优劣的可信度，影响创作和文艺运动的走向。文艺批评对于创作可以是解读和判断，但当它深入到创作内部深层结构时，也可以是参与和创造。脂砚斋解读《红楼梦》便是这样一种参与和创造。

批评的功能就是解读与评判。在解读中评判，以评判的眼光解读。以褒优励新来助推文艺创作和文艺运动在精优化的道路上良性驱动,同时也以发现瑕疵、提出疑虑,以及贬抑庸劣、荡涤污垢等评判功能来保护文艺大环境的纯洁和健康。

这就是文艺批评的担当。

## 团 队

文艺界通常把文艺批评阵营划为三大板块,一曰“媒体批评”,二曰“学院批评”,三曰“专业批评”。所谓“媒体批评”,包括报刊的平面媒体,也包括视频、广播及网络、微博等电子媒介。报刊等平面媒体,曾经是文艺批评的主战场、主阵地和大本营。它曾经是专业和业余的批评家在文坛上施展身手和展现个人批评视野的主要阵地,也是他们交流思想、开展学术争鸣的主战场。那时全国各地及各级文艺团体所主办的文学艺术期刊,均设置有文艺评论专栏,每期都刊有一定数量(占整个刊物版面的15%至20%)的理论批评文章,各类报纸也都有文艺副刊或文化版面,也经常发表宏观的或微观的评论文稿。而且那时很多省份还出版有专业性的理论批评杂志,既兼顾学术性和现实针对性的统一,也兼顾全国性和地域性的统一。再加上国家级文艺部门所主办的各种类型的文学艺术期刊(如《文学评论》、《文艺报》、《美术》、《戏剧报》、《大众电影》、《人民音乐》,等等),专业性期刊均以理论批评为主,所以就形成了一个从中央到地方的广阔的文艺批评网络,一个可供各类批评家驰骋文坛的宽广平台。从上世纪70年代后期到80年代末,文艺批评呈现出一种高度活跃的景象,作品评论、文坛观察、文艺思想交锋、热门话题论战、文艺鉴赏品评、新人推介等有关文艺活动的各种话题和各种观点,都得到了比较充分的展现,形成了创作与批评比翼双飞、相辅相成的局面,对当时的文艺运动的繁荣与发展,起到了巨大的推动作用,而当时平面媒体对文艺批评的强大支撑,也是不可低估的。

后来由于市场经济的迅速崛起,市场化大潮席卷了社会生活的各个领域,文艺领域自然也不例外,市场化、商品化、时尚化、娱乐化很快成了文艺活动的主潮,票房第一、娱乐至上、赢利为先等等观念促成了大众文化主导文坛,而精英文化、高雅文化、严肃文学等则日益边缘化、冷寂化。长年伴随精英文化、严肃文学共生的追求精神品位的文艺批评,此时则显得很无奈、很无力、很无着落。于是,有的躲进书斋研究学问,有的远离现场冷眼向洋,有的不冷不热地应付现状,有的干脆退隐江湖,使文艺批评从热络走向冷漠,从千言万语走向失语,从热情参与走向缺席,从多音共鸣走向默默无言。

媒体批评的另一种呈现则是视频和网络。电视屏幕上呈现的多属访谈性的,而且群体性访谈居多。大家在一起畅谈创作过程,虽也涉及内容评点、思想感悟,但多是在聊天中爆点料,相互间美言一番,基本上属于宣传广告,难有或少有思想的或艺术的深入交流。

网上批评的最大好处是参与者众多,且直截了当,有啥说啥,评优点热情洋溢,指缺点直言不讳,短平快,生动活泼,口语式、直感式、随意式的评说,让人感到很自然、很亲切。但由于它所表达的多是感性直觉,欠缺理性思考和理性分析,多是表层印象,欠缺对作品深层内涵的深入解读,故而虽然可以引起人们对某一作品、某一现象、某一人物、某一事态的关注,却难以达到文艺批评要求的评判性、引领性和指导性。

学院批评,因作者多系高校教授、学者而得名,也因各文科高校的学报多登载书卷气较重的批评文章,而被确认为一种批评模式或批评群体。其实我个人更倾向于把它称为学术批评或书卷批评,它是当下批评团队的主力军之一,也是实践批评美学的中坚力量。它在审视文本时,往往不是止于鉴赏的感觉,而是着重于由表及里、由内及外、由内容到形式的全面解析,从哲学的、社会学的、美学的、伦理学的、历史学的、时代精神的相关理论层面,指出评判对象的思想价值和艺术价值之所在以及它的尚需改进之处。这种学术批评,在引导创作、梳理或匡正文艺思潮、提升受众鉴赏水平、澄清文艺思想是非等方面,都是有重要意义的。尽管社会上有些人认为此种批评学究气太重,甚至称之为学院派,但它在引领批评走向科学化、学术化,将理论与批评融为一体这方面所做的努力和成果,是不可忽视的。但不可否认的是,学术批评中,确有一些专著和论文,对文艺创作、文艺活动、文艺思潮中出现的具体问题、新颖问题、疑难问题缺乏应有的关注,欠缺对现实性较强的现象和问题的具体分析和评判,往往以太多的从理论到理论的抽象议论,取代了明晰的批评指向,使批评文本难以为大众所接近,认为它学术性较强,现实针对性较弱,大道理说得多,具体问题涉及度较弱,故公众更期待以学术化与大众化相结合的方式改善学术批评。

专业批评，主要是指文化岗位上的专业人士和积极参与当代批评的人士的批评文本和批评活动。专业文艺评论报刊与综合性文艺报刊之评论版面，以及某些大报的理论版面或副刊版面，也偶尔发表这类专业批评文章。各专业文艺团体或宣传文化部门经常召开的作品研讨会、评奖、文艺专题论坛等形形色色的理论批评活动，均属专业批评范畴。

专业批评主要是针对当代创作、当代文艺思潮、当代文艺活动所面临的现实问题、热点问题、争议性问题以及创作或批评趋向的正误、是非、优劣、高下等情况做出个人评判，借以引导文艺创作思潮健康发展。如表彰优秀创作以促进创作良性驱动、提出关切问题以警策负面影响、阐释热点话题以化解思想纷乱、解答现实疑难以明辨是非，这类批评应是兼具学术性、现实性、大众性等各种特点的科学批评，理应是当代批评的主力与核心，理应是掌控当代批评的主战场。可惜，目前园地稀少，从业者稀少，有关方面的支持力度不够，社会的关注度不够，再加上文艺批评本身欠缺思想锋芒，欠缺审美个性的张扬，故没有形成批评在公众心中的权威性和可信服性，所以并没有形成气候，没有形成有公信力的权威批评。专业文艺报刊是专业批评的主阵地，发表的各类文章也浩如烟海，但真正引起文艺界以及社会公众广泛关注的也不是很多。究其原因，一是所议论的话题焦点，不是众所关注，不是公众具有同感的大众话题；二是批评家的关注点不是过多倾向于主旋律，就是过多倾向于市场需求，欠缺统合性；三是对思想性与艺术性关系的把握失衡，有些评论往往过多地谈论价值尺度、社会意义和道德理念，等等，而对于艺术表现力、艺术感染力、艺术技巧层面的成败得失则闭口不谈或一笔带过；四是热捧过度，指误缺失，失去了批评的客观性和公正的评估，因而也失去了批评的信服力。

现在应当提倡专业批评的导向性与大众化融合，学术性与现实针对性融合，直言批评与争鸣融合，将媒体批评、学院批评与专业批评整合为一体，形成一个强大而宽广的批评网络，使批评成为能够正常发挥导向影响力，并对文艺事业的繁荣发展起着巨大推动作用的力量，让批评从缺席到积极参与，从失语到发出强音，从冷寂到热络。

## 标准

从我参与文艺批评那天起，我就一直信奉“政治标准第一，艺术标准第二”的理论原则，在批评实践中也是坚定执行这一原则的。渐渐地，在长期的文艺批评活动中，我又看到“政治标准第一”往往在实践中被搞成政治标准唯一，“艺术标准第二”变成艺术标准无所谓，可以置之不顾，于是就鼓励了公式化、概念化、说教化、传声筒化的艺术上粗制滥造的作品大量问世，并且受到舆论的保护，而且只要有谁在作品中多一些情趣，多一些感情细腻，多一些美感表述，便会被扣上小资情调、人性论、唯美主义、违背“政治标准第一”的原则而加以挞伐。后来有人觉得过分强化政治标准可能有些片面化、简单化的嫌疑，于是改提“政治标准第一前提下的政治标准与艺术标准的统一”，看起来好像是兼顾了艺术标准，而且把两者统一了，其实既有“第一”做“前提”，哪里还有什么真正的统一呢？后来我们又从批评实践中看到，在历次政治运动中，那些被认定政治上有严重错误倾向的“大毒草”，又变成了“重放的鲜花”，当初给它扣上的所有政治帽子也都一一遭到了否定，可见“政治标准第一”是没能经得起时间和实践考验的，更何况政治标准自身又没有科学的界定，常常是随着政治气候而随意裁定的产物。再后来，随着不提文艺为政治服务，“政治标准第一”也随之不提了，改提思想性与艺术性的统一，又因大众文化的娱乐性与时尚性的日益强化，当今的批评标准中又加上一条观赏性，即思想性、艺术性、观赏性的统一。

然而，当今是文艺多元化的时代，文艺百花园内是多种创作方法、多种艺术流派、多种艺术个性并存的时代，既有写实的，也有荒诞的；既有传统模式的，也有专门打着反传统旗号的；既有载道的，也有载乐的；既有正宗的历史正剧，也有戏说历史、颠覆历史、穿越历史的形形色色的古装大戏，而任何一种文艺现象，又都伴有理论批评的支撑和一定数量的受众的支撑。面对这种多元的文艺现象，我们不好用一把尺子衡量一切文艺现象，即我们不能用现实主义审美原则，去衡量并评判现代主义、后现代主义等新潮艺术，也不能用写实派的真实观去审视荒诞艺术、象征艺术的隐喻性。反之亦然。这种状态，使批评陷入了尴尬无奈和困惑的境地，只好各吹各的号，各说各的话。但文艺事业的发展和社会需求，又期待理论批评界能够提出一个可以使各方都大致认同的标尺,以协调和促进各派艺术的健康发展,需要理论批评界以大智慧、大气度的心胸来化解眼前面临的困顿。我们承认标准的个别性(或独立性),又期待统一性。

我想,在思想价值层面上,我们应当化解意识形态上的对立思维,力求既要大力弘扬社会主义核心价值体系,也要尊重人类的普世价值,尊重以人为本的人权、人道、人性、仁爱理念,尊重具有恒常性和超越时代的道德精神,把对艺术品的思想要求,放在人类性和世界性的视点上,放在长远的大局视点上,而不是放在眼前的局部功利视点上。

在艺术价值层面上,也有个艺术标准的共性与个性的关系问题。共性是指,各类艺术、各流派艺术无论如何千差万别,但都具有共同的宏观的美学标准,即:

一、形象鲜活。形象是一切艺术的本质和根基。不论你是写实也好,直觉也好,荒诞也好,还是任何一种新潮艺术品种也好,大家都是靠形象说话,靠形象鲜活来验证自己的艺术特征。非形象,则非艺术。

二、情感饱满。任何一种艺术都是依托传递情感、释放情感来打动受众、感染受众的,感染力磁性越强大,便越能使受众在心灵上得到更大的满足。

三、语言精湛。这里说的语言,包括旋律语言、色彩语言、肢体语言、表意语言等,它们是各流派艺术都要力求达到的高精湛度。

四、美感效应。赏心悦目、美轮美奂是一切艺术种类、一切艺术流派共同追求的目标。

五、技巧高超。技巧的独特性、新颖性、时尚性也是大家共同追求的一个境界。

以上所说的是共同性的一面,但各类艺术的个性、个别特殊规律所形成的美学个性,是艺术性的主要标志,这需要批评家、鉴赏家深入到作品深层结构中去开掘和解析。

任何种类的文艺作品都是由完美的艺术手段来完成精神价值的传递的,没有艺术性的作品不是艺术品,艺术性低劣的作品便也只能是平庸低劣之作。游离于艺术表达手段之外的思想性是不存在的。概念化、图解化所宣传的观念，不论多么正确、多么切合时宜，都不是文艺作品所需求的思想性。

我们既然提出思想性、艺术性、观赏性相统一的标准，我们就不要割裂它的统一性，不要搞失衡的、跛足的片面批评，不要搞一窝蜂的捧场批评，不要搞乱封经典、乱造大师的批评，不要搞红包批评，不要搞哄人批评，不要无视文艺繁荣局面中的某些乱象、俗象、不雅象，不要欲言又止；要敢于触摸实际，敢于放言，敢于创新理论批评的新观念、新思维、新方法，要坚守批评家的独立品格，坚信文艺批评能走出困境，坚信文艺批评是有能量、有作为的，希望各方各界协力打造文艺批评的新景象。

# 《文艺评论家的角色意识》补说

沈敏特教授才思敏捷,文笔犀利,对世间百态多有自己的观察与思考。《文艺评论家的角色意识》一文说的是我们圈内的事,侃侃而谈,多见真知真情。

说来惭愧,我也算是一个半吊子评论家,对于这个角色,虽然扮演了半个多世纪,但真的让我说清楚角色意识也很难。因为我看到了太多人,包括我自己,差不多都是在摇摇晃晃、跌跌撞撞、疑疑惑惑的状态中,行走在文艺评论圈子里,角色不断变化着,角色意识大概也与时俱进着。从前,文坛极力强化文艺从属于政治,文坛的政治运动又接二连三,那时的评论家往往都自觉或不自觉地卷进去,充当冲锋陷阵、摇旗呐喊、声讨批判、穷追猛打的急先锋角色,若干年以后,忽又发现自己声讨的那些人都是大大的良民,自己当初的"勇士"角色竟变成"打手"了。如今的文坛崇尚市场效应,讲究挣钱第一。一些识时务的评论家,便忙不迭地为商业化、市场化的文化产品做广告,炒气氛,拉抬声势,担当起文化市场推销员的角色,那些不谙此道或不屑此道的评论家,则无形中成了淡出江湖的边缘人物角色。当下,不要说找不到敏特君所期许的那样的"伟大的评论家",就连诚恳的评论家,说真话的评论家,敢于直面文坛、直面公众的评论家,恐怕也很难找到很多。因为评论家的生存环境变了。尽管在文件上和会议上,人们都说文艺评论多么多么重要,是什么"车之两轮"、"鸟之双翼",但在现实的文坛中,他实际上已被边缘化到很尴尬的境地。阵地大萎缩,人员大逃亡,理论大颠覆,激情大消解,研讨会上只唱赞美诗,报刊上只登广告式和人情网的千字文,网络传媒上只有浅层次的吵吵嚷嚷,学术刊物上只登那些不涉及现实状况、具体作品、具体作者的学理化论文。文坛无争鸣,评论无异见,评坛无新语,对什么样的作品和什么样的文艺现象，都没有批评的声音，没有说“不”的声音，没有对文坛是非、正误、美丑、得失的评论和指误，没有商榷，没有忧思和警策，哪里还有评论家的正常角色和担当意识？敏特君给我们定的“角色底线”是“甘于寂寞、甘于清贫，勇于探索、勇于担当”，我自己也不知道是否守得住，只能身后由他人评说吧！

# 《百家》创刊词

刊名“百家”,意在兼容,这是不待多说的了,然兼容并不意味着这个刊物是一家没有自己独立个性的超然园地。我们所理解的兼容,一方面是要承认当代文学中存在的创作方法、批评方法、文学观念、价值尺度、审美情趣的多元化格局的合理性和必然性,从而极力促使凡是有利于社会主义初级阶段文艺事业繁荣发展的各种形态、各种模式、各种方法、各种流派的理论批评,都能受到应有的支持和尊重,并有效地发挥自己的独特作用;另一方面又大力倡导直言批评,倡导探索争鸣,倡导求新、求异、求变、求实,倡导敢于提出和回答新的社会实践所提出的新问题的挑战精神,倡导以理解和尊重为基础的民主学风和文风,倡导不迷古、不崇洋、不唯书、不唯上的独立思考,倡导继续解放思想,大胆破除对马克思主义文艺理论教条式的理解和强加到马克思主义头上的一些错误论断。

党的十三大所阐明的社会主义初级阶段的理论,是科学社会主义理论的重大发展。文艺理论工作者应当很好地学习、消化和掌握这个理论的精神实质,并以此作为指导思想,对于文艺创作、文艺理论、文艺运动、文艺批评中出现的许多问题,进行再研究、再思考、再认识和再评价。只要我们很好地坚持四项基本原则,坚持改革和开放,文艺理论批评就一定能够在新形势下更好地发挥自己的作用。

然而,当今刊物如林,且各有千秋,《百家》作为新办之刊,能够在报刊界赢得一席之地,能够赢得广大读者的青睐吗?

我们不无忐忑;

我们充满自信;

我们怀着“野心”:

——不办便罢，既办就要办出特色、办出个性！

——我们不希望《百家》仅仅在报刊征订目录上添列一格，我们希望《百家》走进广大读者的心中！

而今，带着匆忙的痕迹，《百家》创刊号问世了。首次亮相，它的效果如何呢？我们期待着批评和指正。

附：

# 兼容种种

## ——读《百家》创刊号有感

骊 声

大约是去年年底,《文艺报》刊出一条消息,说是今年将有两家文艺理论刊物停刊,同时又有两家同样性质的刊物创刊。停刊的,是甘肃的《当代文艺思潮》和福建的《当代文艺探索》;创刊的,是江西的《创作评坛》和安徽的《百家》。说实在的,看了这条消息,我的心情是相当复杂的。

我曾是两家被停掉的"当代"的热心读者。而今,它们忽然要从众多的理论刊物之林里长久地消失了,我不免感到几分惆怅,心里不是滋味。惋惜?遗憾?不平?说不清。也许,都有那么一点。但转念一想,毕竟还有两家刊物要创刊。创停相抵,不增不减,也算是一种宽慰了。从那时起,我便翘首盼望着这两家刊物早日问世,希望它们能带来新机,能以各自独特的风采,填补两家"当代"停刊后留下的空白。

正是在这样企盼的心境中,我接到了《百家》的创刊号。那是春节刚过没多久。我几乎是一口气读完了大部分文章。从学术水平上看,这些文章的质量并不平衡,不少观点我也不完全赞同,甚至有完全不赞同的。但是在总体面貌上,刊物却给人以新颖、坦直、活泼的印象,让人感到痛快。

冠于卷首的《创刊词》,不过数百字,倒是快人快语,干净利落。编者们不讳言自己的自信,不讳言怀着的"野心",甚至还承认有那么一点忐忑不安的心情。他们声称:"不办便罢,既办就要办出特色、办出个性!"

现在办刊物,谁也不会忘记提"双百"方针。但是,落实到具体行动上,能实实在在说明自己如何理解和如何贯彻,其实并不容易。因此,《百家》的《创刊词》中,下面一段话,就颇值得玩味了:"刊名'百家',意在兼容,这是不待多说的了,然兼容并不意味着这个刊物是一家没有自己独立个性的超然园地。我们所理解的兼容，一方面是要承认当代文学中存在的创作方法、批评方法、文学观念、价值尺度、审美情趣的多元化格局的合理性和必然性，从而极力促使凡是有利于社会主义初级阶段文艺事业繁荣发展的各种形态、各种模式、各种方法、各种流派的理论批评，都能受到应有的支持和尊重，并有效地发挥自己的独特作用；另一方面又大力倡导直言批评，倡导探索争鸣，倡导求新、求异、求变、求实，倡导敢于提出和回答新的社会实践所提出的新问题的挑战精神，倡导以理解和尊重为基础的民主学风和文风，倡导不迷古、不崇洋、不唯书、不唯上的独立思考，倡导继续解放思想，大胆破除对马克思主义文艺理论教条式的理解和强加到马克思主义头上的一些错误论断。”这段话的核心和灵魂，是兼容。从兼容立意，又对兼容的含义做了阐释与发挥。

对于一个学术刊物、学术园地来说，兼容并不是目的。它的目的是为了达到批评的繁荣、学术的昌明，从而促进创作的进步。这就是说，可以把兼容理解为一种方法、途径，也可以理解为一种必不可少的精神与气度。

这里，我不禁想到近些年来常被提倡的宽容。宽容的提出，也是为了排除某些在贯彻“双百”方针时会遇到的障碍，应该说不无积极意义。毕竟宽容比不宽容要好得多。但是我总觉得，与兼容的提法相比，宽容似乎缺少一种平等的精神。对于被宽容者来说，是在乞求别人宽容，好像理亏似的。然而，如果自己相信在坚持真理，在追求和探索真理，有什么必要求人家宽容呢？真理面前，人人平等，谁也不比谁天生矮半头。对于宽容者来说，好像握有宽容与不宽容的绝对权力，可以宽容，也可以不宽容。如果宽容者高兴，宽容了，当然是被宽容者的幸运。但如果他在某一个早晨或晚上，突然不高兴了，不愿宽容了，甚至要“严惩不贷”了，那么被宽容者的灾难便来了。这就是说，宽容，对于宽容者和被宽容者，在人格上是不平等的。至于兼容，则是兼而有之，容你，也得容我，机会均等。你对我，是兼容；我对你，也是兼容。双方谁也没有更多一些宰制对方的权力。

然而，自“双百”方针提出以来，盖有年矣，人们却从来不把兼容看作题中应有之义。学术界高喊“百家争鸣”，喊来喊去，文章倒是写了不少，却一直收效甚微，只落得“可怜无补费精神”。究其原因，当然可以举出多条，但缺乏一种必要的、平等的兼容精神，怕也是重要原因之一。其实，道理很简单，没有兼容，何来百家？百家不存，何以争鸣？所以，《百家》的编者声言：他们“刊名‘百家’，意在兼容”，强调的也许正是这个道理。

兼容立足于学术上的平等，是一种现代意识，也是一种科学精神。《百家》创刊号上发表的沈敏特的《政治意识科学化漫议》中，很能给我们一些这方面的启示。沈敏特的这篇文章，是对去年林默涵同志在全国政协六届五次大会上的长篇发言《坚决而持久地反对资产阶级自由化》中某些重要观点的驳议。撇开这些具体的驳议不谈，我觉得更重要的是，文章实际上解剖了一种泛政治，即泛阶级斗争的思维模式。这种思维模式是一种非兼容的独断模式，它在几十年的历史时期内，曾经长期占统治地位，给国家和民族带来过深重的灾难。表现在文艺方面，就是把文艺问题混同于政治问题，用专政的办法、搞政治运动的办法、处置人的办法，解决艺术上和学术上的复杂是非。在这种思维模式下，文学批评变成了政治审判、政治裁决。一方是裁决者，一方是被裁决者，根本不可能有真正的平等。不要说平等的讨论、商榷不会有，就是被裁决者的申辩权也常被剥夺殆尽。于是，是非之争，便不可能取决于谁掌握着更多的真理，而取决于谁在政治上处于更有利的地位。有了这种有利地位，就掌握了主动权，可以稳操胜券；没有这种有利地位，或丧失了这种有利地位，就会陷于被动，就要灾难临头。因此，很长时期以来，几乎所有艺术、学术之争，都无不演化为双方争夺政治主动权的恶战。于是，千方百计地使对手在政治上处于不利地位，变成了一切论争的第一要义。于是，出现了如沈敏特所说的那样一种畸形的社会心态：“一讲‘阶级斗争’，什么都是‘阶级斗争’；一讲‘反右’，什么都是‘右’。一些人已经习惯于这种思维惯性，每当政治波浪袭来，就把自己不以为然或是不习惯、不适应的一切纳入到‘反对’的范围中去。”在这种非科学的社会心态下，“上纲”“上线”、深文周纳，以至罗织罪名，等等，便成了司空见惯的文化性格。沈敏特所说的“政治意识”，就是指这种泛政治的思维模式和泛政治的文化性格。这种思维模式和文化性格，是那个已经过去了的历史时代的畸形精神产物，它带有很强烈的保守性、封闭性和排他性，至今仍然是文艺思想解放的严重阻力。沈敏特主张政治意识的科学化，其用意就是要排除这种阻力，促进新的、开放的、多元的思维模式和文化性格的形成，以适应急剧变革中的历史现实的要求。事实说明，只有抛弃独断的唯政治模式，兼容的、多元的文学创作和文学研究格局才可望形成。否则，达摩克里斯之剑就会始终悬在人们的头上，不要说根本不可能出现任何兼容的局面，就是提倡兼容，也有风险。

兼容，作为一种多元的现代意识，它是以承认多元中各元的合理性，以及它们并存的合理性为前提、为条件的。但各元之间的并存关系，并不是僵化的、静止的、孤立的，而是生动的、可变的、相互联系的。它们有矛盾，有交叉，有碰撞，有尖锐的批评与反批评，有激烈的竞争与淘汰。唯其如此，在兼容的格局中，文学事业才充满着创造的生机，才处于永恒的、变动不居的前进中，而不会在某一点上停滞下来，显出死相。问题不在于有没有竞争、驳难、批评、交锋，而在于这种艺术的或学术的竞争、驳难、批评、交锋是不是在平等的条件下进行的，是否仍然存在着唯政治、非科学的独断思维模式的干预。《百家》的办刊宗旨中，还标举着求新、求异、求变、求实，而其中的求新、求异、求实，又赫然印在扉页上端“百家”二字的旁边，足见它们在编者心目中的重要性。如果我们像前面所说的，把兼容当作某种方式、方法，或手段，那么新、异、变、实，也许就是它的具体目标的特征。只有在新、异、变、实的具体追求中，兼容才体现出它的方向和性质。兼容，是开拓者的气度，而不是守旧者的渊薮。因此，求新的指向，只能是探索与前进；求异所要达到的，则是独特性的确立；求变，也始终注目于发展；至于求实，应该说从根本上规定着求新、求异、求变的限度。这里的实，既是主体的一种态度，又是最后的检验标准。有了这个实，求新，就不会趋于诡；求异，就不会趋于怪；求变，也不会趋于险或浮。这期刊物在“姜诗元评论小辑”里发表了这位作者的两篇文章，一篇是《生活方式，作为对抗的文学》，一篇是《第三批评观》。文章分别阐述了作者的文学观念和批评观念。在文学观念上，强调人的真实的生命体验和生命意识；在批评观念上，强调主体，强调进入非理性的意识层次。作者的许多观念，可能为许多读者所不认同，但是却不能不承认，他的态度是严肃的、认真的。即使争论，这也是实实在在的对手。曹文轩的《文学对哲学根底的寻找》，是从哲学角度对中国当代文学的某些重要特点与规律的把脉。这篇文章,不仅涉及了文学与哲学的一般关系,而且从生活哲学、生命哲学、历史哲学、宇宙哲学、主体哲学等特殊角度,联系具体作品,做了认真的分析与思考。这些分析与思考是否准确,当然还可以讨论,可以争鸣。姜诗元的文章和曹文轩的文章,都不无《百家》所标举的求新、求异、求变的特点,然而也都不曾有意逸出求实的规范。另外,胡永年在《评坛三弊》中大声疾呼:"读者要求真诚的批评。批评家们,请真诚些,再真诚些!"他自己批评某些负面现象,也目光敏锐,辞锋犀利,一针见血,不留情面,有实实在在的坦诚。梁小斌的《走出优雅》,更是毫无隐讳地解剖了自己,反思了他和他的同代诗人的创作道路,处处流露出让人感动的赤诚,流露出忏悔与自强交织的矛盾心态。从这类文章的编发中,可以进一步辨识《百家》编者们力倡兼容的用意,揣摩出他们心目中的兼容具有怎样的格局、性质和方向。

特别让我感兴趣的是,《百家》还特意辟了个《一百零一家》专栏,刘晓波的《再论新时期文学面临危机》就发在这个专栏里。编者在为这个专栏所写的按语中说,此栏取名"一百零一家","无非是力倡学术自由,鼓励探索创新,不论是新奇之见,还是怪诞之论,乃至被视为异端邪说的观点,只要能言之成理,均可在本栏占有一席之地"。编辑们真是"异想天开",亏他们想得出这样的点子,他们的兼容,已经"兼"到了"百家"之外。当年杜甫从秦州入川,途经木皮岭,有感于此岭之高峻,写了两句诗,叫"不知五岳外,别有他山尊"。套用一下,改几个字,可谓"岂知百家外,别有他一家"。承认学术上山外有山,天外有天,这不能不说是一种高见。当然,这《一百零一家》栏目的设立,既有编者的苦心,也显示出一种智慧,但同样也表明某种潜在的顾虑。

总之,《百家》力倡兼容,锐意进取,创刊号一问世,便追求着自己独特的面貌,追求着自己不与他刊雷同的个性,显示出一种让人钦佩的胆识。睹新思旧,于是我不能不又想到两个停刊的"当代"和它们的编者。这两个刊物都是很有个性的学术园地,为我国新时期文学的发展做出过令人瞩目的贡献。特别是《当代文艺思潮》,是新时期地方上创办最早的一家文艺理论批评刊物,直到停刊,仍拥有两万以上的订户。无论是谁来写新时期的文学批评史,不提它,恐怕都是很难过得去的。《当代文艺探索》虽则创刊稍晚,却也曾独秀东南,而与西北的《当代文艺思潮》遥相呼应。然而,这两个刊物都停了。最近听说,除《百家》和《创作评坛》之外,湖南和广西也将各有一个评论刊物要创刊,只是不知道两家"当代"会不会再生。我想,一个刊物的内部格局需要兼容,众多刊物的总体格局,也同样需要兼容。以中国文坛之大,茫茫万汇,总不至于兼容不下西北一家《思潮》、东南一家《探索》吧?

(原载《文学评论》1988 年第 3 期)

# 创作的新潮头与评论的新课题

## 一

改革题材文学,是应运而生的一个新的文学浪潮。

党的十一届三中全会以来,随着我国农村经济体制的变革,随着这种变革的日益发展和完善,一股强大的改革浪潮,已经对其他各条战线,包括城市中的各行各业,都产生了极大的冲击和影响。目前,改革的浪潮已经席卷全国。现在,可以说是人人都在议论改革,处处都在着手改革。改革,已经成为不可逆转的当代生活的大趋势,成为当代社会思潮和社会心理的中心。我们社会生活的各个方面,从社会到家庭,从集体到个人,从经济基础到上层建筑,从政治观念到经济观念乃至道德伦理观念,都在发生着重大的变化。而面对这种种令人振奋的变化,面对这场历史性的变革,文学不可能漠然置之,无动于衷。有一些敏感的作家,及时地把自己的目光投向了变革的现实,并写下了一批反映变革生活、体现时代精神的好作品,这就是我们所要研究的"改革题材文学"。

有人提出,文学要和生活同步前进。这个提法,毫无疑问地表现了论者对现实生活的热情关注、对作家社会责任感的高度重视。但是,这个提法本身,却是不太科学的。一般说来,文学总是后于生活的。从这个意义上说,把上述提法改为"文学应当和时代精神同步前进",似乎更为妥帖。改革题材文学,就是和时代精神同步前进的文学。

要使文学和时代精神同步前进,必须有敢于紧紧拥抱现实的作家。新时期文学之所以能近距离地反映生活,与人民群众声息相通,改革题材文学之所以能应运而生、勃然崛起,正在于我们的作家队伍中有那么一批时代的弄潮儿。蒋子龙是这样的作家。他最钟爱的人物,被人们誉为"开拓者家族”;他笔下的乔光朴,已经成为改革带头人的共名。张洁是这样的作家。她很早就以相当敏锐的目光和深沉的思考,写出了《沉重的翅膀》那样反映工业战线改革的引人注目的作品。李国文是这样的作家。他的《花园街五号》在较为广阔的社会背景上,围绕着接班人的问题,相当深刻地反映了改革时期两种思想、两种性格、两种价值观念的矛盾和斗争。鲁彦周是这样的作家。他的《彩虹坪》开启了长篇小说反映农村变革的先河。陈世旭、水运宪、贾平凹、刘兆林等也是这样的作家。他们在《天鹅湖畔》、《雷暴》、《鸡窝洼的人家》、《呵,索伦河谷的枪声》等中篇新作中,以激情充盈的笔墨,为在20世纪80年代新崛起的一代新型农民塑像写照,为在变革中拂去历史的污垢,显示出崭新的性格光彩的一代新人谱写赞歌。他们理所当然地赢得了广大读者的赞赏和称道。

## 二

正像改革本身还需要不断探索一样,年轻的改革题材文学也需要不断向高级程度发展。而要提高和发展,既需要充分肯定它的成绩,更需要及时探讨和研究它所面临的问题。在这方面,文学评论必有义不容辞的责任。

我认为,当前有以下几个问题值得我们关注和探讨:

1. 如何避免和克服观念化的问题。

由于“左”的文艺思想的长期干扰,创作上存在着一种违背艺术规律的“文学慢性病”,在我们提倡某种题材创作的时候,很容易出现一些从概念出发,从主观愿望出发,图解政策的作品。这似乎成了一种惯性。粉碎“四人帮”之后,许多作家为克服这种惯性进行了艰苦的努力。但是,这种惯性的余波并未完全消失,在改革题材文学中仍有表现。我并不否认这些作品往往具有一种十分可贵的及时性,也不否认作品中所透露出的作家对于沸腾的现实生活的满腔热情。然而,我们也不能不遗憾地指出,由于作品的生活实感不足,由于作品并未提供生动感人的艺术形象,作家的热情也就无所附丽,显得空泛虚飘,作品的客观效果也与作家的主观愿望相去甚远。文学必须从生活出发,从作家对现实生活的真实感受出发。改革题材文学也是如此。我们只能按照变革现实的本来面貌来反映变革,决不能本末倒置,主观臆造。

2. 如何正确认识和反映正在变化的各种观念的问题。

这是改革题材文学创作面临的一个非常突出的问题。改革,不仅是经济改革,而且是思想观念的改革。而思想观念的改革,是最内在、最本质的改革。从某种意义上说,思想观念改革的程度,正是检验这场改革的深度的一把最严峻的标尺。因为我们无法想象,思想观念面貌依旧,经济体制改革如何健康推进。

现在的问题是,伟大的变革已经带来了一系列观念的变化,如职业观念、人才观念、经济观念、价值观念以及道德观念和审美观念,等等。这些观念的变化,又在推动着经济体制改革的进程。如何认识这些变化?怎样表现这些变化?这是从事改革题材文学创作的作家们无法回避的问题。

要正确地反映这些观念的变化,作家的思想观念理应首先来一番变革、更新,剔除某些落后的、保守的传统因素,树立起崭新的审美观念。这正像要正确地分辨色彩,必须首先疗治色盲一样。《沉重的翅膀》、《彩虹坪》、《花园街五号》、《天鹅湖畔》、《雷暴》等作品之所以能取得较好的效果,能塑造出体现时代精神的改革带头人形象,首先是由作家们具备了新的审美观念所决定的。而《鲁班的子孙》之所以在人物的道德评价上出现偏颇,也是因为作家在审美观念上存在着某种困惑。

3. 如何进一步开拓改革题材文学的题材面的问题。

前面说过,改革的浪潮已经波及各条战线、各个领域。这个事实本身,决定了改革题材文学的天地广阔。有些人担心提倡改革题材文学会导致创作题材的单一、狭窄,这是不必要的。但是,目前的改革题材文学在反映的生活面上不够开阔却是事实。有些领域似乎成了被作家遗忘的角落。比如,我们的创作很少涉及知识领域,很少反映文教科技战线的改革生活。我们只是在为数不多的作品(主要是报告文学)中,看到知识分子在改革中所发挥的作用和面临的新问题,更多的作家还多是把他们作为一个少不得的陪衬角色来表现的。知识分子在这场变革中发挥着重大的作用,冷落他们是不公正的。作家们应当热情地关注他们,认真地研究他们,积极地表现他们,表现他们各式各样的精神风貌,表现他们的心理状态,等等。

4. 如何塑造好真实的、有生命力的改革带头人的形象问题。

改革题材文学，归根到底还是要落实到塑造人物形象上去。这是无须赘述的常识问题。现在，作家们已经给我们提供了一些很有真实感、很有历史感的改革带头人形象。但是，也出现了不少比较简单化和神化的形象。如何既不神化也不俗化、既不简单化也不人为地复杂化，塑造出那种真真切切、有血有肉、富于艺术感染力的改革带头人形象，需要我们从已有实践中认真总结一下经验和教训。

胡耀邦同志在《给第四届电影“金鸡奖”、第七届电影“百花奖”的祝贺》中，号召我们“努力再现‘四化’建设沸腾生活，塑造勇于创新、积极改革的社会主义先进人物形象”，这是改革题材文学创作的中心课题，评论界和创作界应当共同努力，来更好地完成这项光荣使命。

除了以上四个问题外，还有改革题材文学的发生、发展问题，它在新时期文学中的历史地位问题，新人观的发展和更新问题，改革题材文学的生命力问题，等等，都希望大家在讨论中交换意见。我在这里，只是就个人思考所及提出一些问题而已。

## 三

最后，简单谈谈当代文学评论自身的问题。

如果说作家们受到了变革生活的挑战，那么对于评论家来说，面临的则是双重的挑战，这就是变革生活的挑战和反映变革生活的创作的挑战。对于这双重的挑战，评论工作者必须做出毫不含糊的回答。

我认为，在倡导和促进改革题材文学方面，文学评论负有重要的责任。不敢倡导，是文学批评的怯懦；不敢促进，是文学评论工作者的失职。我们应当理直气壮地为改革题材文学鸣锣开道，推波助澜。

当然，倡导改革题材文学，不是要求作家去简单地图解政治，配合形势，也不是强迫作家写自己并不熟悉和并不理解的东西，而是为了促进作家把更多的热情投向现实，更好地和时代相结合，使文学创作沿着时代的需要和人民的需要向前发展。

应当承认，文学批评在新时期文学的发展和走向成熟的过程中，曾经做出了巨大的、特殊的贡献。否认或低估新时期文学批评的作用，就无法说清楚新时期文学的发展过程。没有文学批评在拨乱反正时的披荆斩棘、冲锋陷阵,没有文学批评对新人和佳作的热情扶持,没有文学批评对文学思潮的因势利导,新时期文学的发展和繁荣将是不可思议的。但我并不讳言,文学批评也和文学创作一样,曾经有过迟钝、犹豫,乃至失误,在评论活动中有粗暴的干涉,也有庸俗的捧场,有言过其实,也有平庸浅薄,有一阵冷一阵热、一阵活一阵死等现象,但其主流和成就是应当充分肯定的。

列宁说过:"理论,要由实践赋予活力。"同样的道理,文学批评活动和文学理论研究,也要在对创作实践和文艺现状的研究中焕发朝气。因此,我们要以马克思主义为武器,把握时代精神的主流,把握人民群众的思想和愿望,大胆地、准确地鼓吹时代的先进思想,热情扶持改革题材文学,及时探索创作中出现的新情况、新问题,总结新经验、新创造,把当代文学评论提高到一个新水平!

(本文是作者根据在改革题材文学学术讨论会开幕式上的发言删改而成的)

# 和谐文化浅识

“管子和谐思想与当代和谐文化建设”，是当代文化建设的大主题，是当代文化建设的中心议题之一，是我国文化界各方面人士共同关注的一个议题。管子是我国历史上的一位著名的政治家、思想家、经济家，他的政治思想、哲学思想博大精深，恢宏浩瀚，影响深远，他的思想体系影响了历史几千年，今天仍然值得我们认真地研究、思考、借鉴和参照。我党构建和谐社会这个理念，是随着时代的发展，随着时代和人们的需求提出来的。这是一种新的理念，是治国经邦的理念，也是人类生存方式新的理念。在这个理念支撑下，在这个理念的要求下，社会各阶层与社会的关系、人与人的关系、人与自然的关系、人的自身理智与情感的关系，构成一个多元共存、多元共融、和谐共生这样一个形态。改革开放以来，我国放弃了“以阶级斗争为中心”的治国方针，实行“以经济建设为中心”，实现“四化”，奔小康，构建和谐社会。那么构建和谐社会，除了政治的、经济的、法制的等制度层面的支撑和配合之外，还需要文化层面的支撑和呼应。这文化层面的支撑和呼应，我想就是在精神领域内的全面改革，改善现有的文化理念，使它全方位走向和谐文化之路。文学艺术是文化的重要组成部分，当然也要融入和谐文化之路。那主要是要求我们在文学艺术作品当中形象地、艺术地传播和谐精神，张扬和谐理念。为了实现这样一个目标，我想下面几点是我们文化工作者所要考虑的。

一个是认识它的长期性、艰巨性。和谐社会构建不是短期可以实现的，它需要长期艰苦地努力、艰苦地付出、艰苦地实践，才能够取得成功。它是百年大计、千年大计。从步入小康到步入大同，以至进入我们理想的共产主义社会，它整个过程都要在和谐社会这个社会形态中逐步完善、逐步实现。

因此,它对文化来说,这个逐步发展的过程就是文艺创作的一个大主题、一个永久性的主题。因为和谐观念是新的观念,它必须改善、改变和改造原有的文化理念。为完成这样一个文化思想的变化,对于我们来说,首先要淡化、弱化乃至清理长期以来斗争文化的思想,以及在这种思想观念的影响下形成的思维定式。长期以来在文化界实行的、主张的、传播的包括我们所接受的,都是斗争文化、战斗文化。斗争文化或者战斗文化在历史上曾经有过伟大的贡献,有过伟大的历史功绩,创造了辉煌的文化成果。从上世纪30年代、40年代,从五四运动以后,抗战胜利、解放战争,等等,这整个历史过程中间,战斗文化都给我们留下了大量的、丰富的、深厚的文化经典。那么战斗文化和斗争文化给我们形成的观念,就是我们的作品叫匕首和投枪,诗歌叫炸弹和旗帜,电影和小说叫作42毫米口径的大炮;作品成功的首要条件是政治性和战斗性;文艺的根本任务就是运用文学艺术的方法、样式,去完成团结人民、教育人民、打击敌人、消灭敌人的任务。

这个斗争文化的历史有过伟大的功绩,但是在一定历史条件下,在新中国成立以后很长一段时间里,这种斗争文化、斗争哲学遭到了非理性的发展,斗争哲学有了错误的指导,扭曲了文化本体,扭曲了人性,扭曲了人际关系,扭曲了国际关系,也扭曲了人与自然的关系。因此,在某个观念上形成了一切事物都是对立的,都是两极的,都是非此即彼的,都是非黑即白的,都是一方消灭一方、一方打倒一方的。这样就造成了在我们的文化观念以及文学创作之中,形成一个固定思维、两极化的思维、对立化的思维、斗争化的思维、绝对化的思维,使文学艺术的发展形成了简单化、单一化。我们的创作几乎都受到这种单项思维、绝对化的影响,而影响了文化的正常发展、健康发展。

提倡建设和谐文化,就要适当地弱化、淡化我们原来强化阶级斗争时期的某些理念。要改变一些理念,要以和谐精神来重新认识和重新认定和谐文化建设,因为这是一种超越、一种跨越。当然,提倡和谐,不是否认矛盾、否认斗争,不是是非不辨、善恶不分、美丑不论,而是要正视矛盾,直面是非,正视现实,直面现实人生,既敢于斗争,又善于化解。以沟通求化解,以善意求化解,以真诚求化解。因为矛盾是普遍的,没有矛盾的社会和人生是不存在的。有矛盾,怎么看待矛盾,怎么对待矛盾,这是我们建设和谐社会所需要重新认识的问题。因此,我们要有化解的精神、沟通的精神,来对待现实中的各类矛盾。文艺创作当然也不是以无冲突论来构造和谐,以无冲突论取得和谐,而是要直面人生,深入开掘人性,开掘人性美与丑、善与恶的斗争,开掘善与恶的冲突,推动人性欠缺者向人性美转化。这是说批判精神、和谐精神是共存、互动的,不是因为我们倡导和谐就不需要批评,不需要战争。历史上,斗争文化有的曾经扭曲了人性。当前的金钱魔力,也同样会扭曲人性。因此,在这个问题上,我们还是要保持科学的、冷静的态度。

在提倡、弘扬和谐文化的时候,我们也要避免历史上形成的那种图解政治文化留下的弊端。因为我们的文化长期以来有图解的倾向。有什么政策有什么思想有什么主张,我们文化艺术就要立马跟去图解它、诠释它。我觉得现在我们应该认识到,构建和谐文化本身,必要关注一些新的现象,要改善许多方面的矛盾,如社会保障、分配机制、城市反哺农村、农民工的生存权利,等等。这些保障都要提出来,例如农民减免税,等等,现在已经提出来并实现了很多这方面的政策和方针。这些都是党和政府为推动和构建和谐社会而制定的好政策、好方针,也是政府和它的公职人员必须实行的职责。我们要在构建和谐社会的措施中给予极大的关注,要在文化上有所表示、有所反映。但是表达时要避免恩赐观和宣传恩赐观,不要把这看作是恩赐和赏赉。

如何以人为本?今天我们讲的“以人为本”已经和管子时代讲的“以人为本”概念不完全一样。就是说今天我们讲“以人为本”不再仅仅是以德化民、以德育民,或者是劝导领导者、统治者要注意到“水亦载舟,水亦覆舟”这样的道理。今天我们提倡和“以人为本”,包含着我们必须要认真地尊重、保护人道,保护人性,尊重人性的多样发展。同时,我们应该在新的所提倡的和谐文化过程中,既要借鉴这种旧的政治文化留下的经典,又要建和谐文化,必须留下传世的经典。

和谐文化在今天应该写下在中国和谐崛起中突出的新一代人的身影和灵魂。在这个方面,我觉得有些东西是值得我们思考的。比方说,一般说来盛世时代文化容易倾向于恢宏、华丽、欢乐,而在衰世时代文化容易产生忧患意识、深沉意识。但是盛世时代对于作家文化人来说，同样需要具有深厚的忧患意识，因为盛世时代本身所存在的矛盾和问题有的是以前遗留下来的，有的是在盛世时代自身发展过程中形成的，危害都很大，如生态问题，等等。要有这种忧患意识，保持对社会发展方向的清醒认识。目前在文化现象的中间，特别是大众文化的中间，那种消解社会主义核心价值观念的问题，那些反文明、反道德的东西，那些鼓吹游戏人生、享乐人生、为我人生、财色人生等的价值观，这些东西是与和谐精神及和谐价值体系相对立的。我们给这东西以理性的批评，使它转化。它既要保持欢乐文化的欢乐色彩，同时也要用积极的、健康的思想来发展下去。因此，应该写出这个时代的新人物、新典型。和谐社会倡导下的文化艺术，应该体现出来深广的人道关怀、深度的人性开掘、深刻的悲悯意识、深沉的人生思考和生命关爱。这是我们以前文化和当代文化意识中相当欠缺的地方。我们有欢乐，有小品，有相声，有大场面。前段时间我到云南去，看到他们准备造一个文化景点，某导演拍片子要砍掉几十棵树，他们追求恢宏、追求庞大、追求美丽，他们一个演员衣服要有几十套、几百套。一个《贞观盛世》的什么公主要有上百套衣服，每出场一次就换一套衣服。恢宏同时是挥霍，有些所谓"大制作"、"大片"鼓吹和宣扬的是暴力，是血腥，是豪华，是奢侈，这些东西和我们的核心价值观念是不一样的，和我们的文化艺术应该有的人道关怀、人性开掘、悲悯意识、人性思考、生命关爱等都是不一样的，是欠缺的。因此，用和谐精神去改造暴力精神，用和谐精神去改造和推动人性恶、人性丑向人性美方向发展和转化，是今天我们文化工作者应该深刻思考的一个问题。

因此，我们必须十分关注道德情操建设。我们提出以德化民，"八荣八耻"社会主义荣辱观，等等，就是以道德精神改造人、影响人，这是一个重要的方面。但是，仅仅靠教育、靠自我完善，是不能够完全解决问题的，我们必须有相应的法制和社会契约来约束。我希望在和谐文化建设中间融入这样的观念，对于消解我们社会主义核心价值观念的人和事给予批评和批判，削弱他们对人们的影响，逐步地用正面的影响来改造他们。

# 鲁迅论文艺批评

在漫长的战斗文学生活中，鲁迅先生一直是非常重视文艺批评的。当他成长为共产主义思想战士以后，他的批评实践和关于批评的论断，都十分鲜明地显示了他是以马克思主义观点来看待文艺批评的。在他看来，文艺批评既是向一切反动文艺思想进行斗争的武器，又是促进革命文艺向正确方向前进的动力；既是帮助读者鉴别作品的钥匙，又是提高创作水平、培养新人、解决文艺运动问题的不可缺少的手段。

《我们要批评家》——鲁迅曾以此为题，写过一篇短文。在这里，他批评了当时文艺批评中的若干不良现象，并且，为着从根本上解决批评问题，他提出："我们所需要的，就只得还是几个坚实的、明白的、真懂得社会科学及其文艺理论的批评家。"毫无疑问，他自己正是这样的批评家。他的文艺批评实践和他对于批评的要求，为当时并且也为现在的文艺批评工作者，树立了良好的榜样。

批评既是武器，就应该锋利。但，什么样的武器才是真正锋利的武器，以及应该怎样更好地运用这武器来进行斗争呢？鲁迅在自己接受马克思主义的过程中，深刻地认识到了唯有马克思主义的科学原理及其文艺理论，才是真正认识和解决文艺的问题的钥匙。当他在与革命文艺阵线内部同志论辩的时候，他一方面"等待有一个能操马克思主义批评枪法的人来狙击我"①，另一方面则是积极地、认真地去研究马克思主义著作，并以此武装了自己的思想。这以后，在他批评梁实秋、胡秋原、苏汶等人的谬论时，他就能完全以深刻的马克思主义观点，揭穿并粉碎了"人性论"、"超阶级论"等谬论

① 《对于左翼作家联盟的意见》，《鲁迅全集》第 4 卷第 186 页。

的反动本质，并发挥了马克思主义文艺批评的强大威力。鲁迅正是从革命文艺运动的迫切需要和自己的切身体会出发，要求批评家须是“坚实的、明白的、真懂得社会科学及其文艺理论”的人。这个要求，看来既是最基本的要求，同时又是很严格、很高的要求。“坚实”、“明白”、“真懂得”这些字眼是颇有深意的。这就是说，批评家要真正能“操马克思主义批评枪法”，那得“真懂得”马克思主义才行。如果全凭一知半解、似通非通的见解，甚至仅靠几句马克思主义理论的片言只语对文艺问题大发议论，那实在是什么问题也解决不了。这样的批评，因其不能确切运用马克思主义的观点和方法来分析实际问题，所以不管它引用了多少马克思主义著作中的词句，都不会是坚实而有力的批评。我们都知道，鲁迅的文艺批评论著，最富有战斗锋芒。其论点之鲜明、分析之透辟、论据之充足、逻辑之严密、语言之有力，使他的文章既富有最强烈、最坚韧的战斗风格，又富有极其严肃认真、实事求是的科学精神。他的批评文章和他对批评的要求，都贯穿着战斗性与科学性相结合、有理和有力相结合、准和狠相结合的精神。很显然，这正是鲁迅真懂得马克思主义并善于运用马克思主义观点及方法的缘故。

像那些对敌进攻的社会评论性杂文一样，鲁迅的许多批评文字，也是最犀利的匕首。投出去，就要刺敌心脏，致敌于死命的。例如他对梁实秋、苏汶、胡适、林语堂诸人的批判，笔锋一下子就戳到他们的灵魂深处，真可以说是把这群人的骨髓都给敲出来了。那是相当狠的。但这里的所谓“狠”，又正是打得“准”的表现。“准”，就是看得透、打得正，有理有据，没有空枪虚弹，发而命中要害，所以它就特别“狠”。“准”也就是事实确凿，按事实的本来面目认识它，并揭示出它的本质，叫人一看就知道了到底是怎么回事。

为着使批评达到这种准确而有力的效果，批评家不但应有较高的理论水平和英勇的战斗精神，也还得十分重视对于批评对象和所涉及的问题进行全面的、认真的调查研究工作。用鲁迅的话来说，就是“首先得调查一下他的言实”。只有这样，才能真正了解对方的底细，并使自己的立论建立在可靠的、确凿的事实的基础上，从而对问题做出正确的判断来。如果离开了这个基础，那就很容易形成放空炮，或者使自己的论点陷入主观、片面的见地之中，当然也就谈不上准确和有力了。因此，鲁迅反对在对敌斗争中不认真研究敌情的态度。他认为“批评家对于愈认为敌人的，就愈是无话可说，也就是愈没有细看”是不行的，并指出：“我们看书，倘看反对的东西，总不如看同派的东西舒服、爽快、有益，但倘是一个战斗者，我以为，在了解革命和敌人上，倒是必须更多地去解剖当前的敌人。”①所谓“解剖”，就是要从表及里地彻底看透敌人的原形。建筑在这样基础上的批评斗争，才会是理直气壮、准确有力的。因为敌人害怕的不是激烈的言辞，也不是虚张声势的空枪空炮，他怕的是真理，怕的是那种足以揭穿他们那些“诬陷、造谣、恐吓”等卑劣行径的事实，怕的是有说服力的分析和论述。马克思主义文艺批评之所以具有强大威力，就因为它的战斗性和科学性是紧紧结合在一起的。正是在这样的原则和基础上，鲁迅反对以“辱骂和恐吓”代替严肃的战斗，指出“况且既是笔战，就也如别的兵战或拳斗一样，不妨伺隙乘虚，以一击致敌人的死命，如果一味鼓噪，已是《三国演义》式的战法，至于骂一声爹娘扬长而去，还自以为胜利，那简直是‘阿 Q’式的战法了。”②又说：“辩论事情，威吓和诬陷，是没有用处的。用笔的人，一来就发你的脾气，要我的性命，更其可笑的很。”③当然，鲁迅绝非主张对敌人要讲什么情面，来个“赔笑脸，三鞠躬”。相反，他一贯主张打击敌人要狠，甚至即使是“落水狗”，也还要狠狠地打。问题是，“辱骂和恐吓”、“一味鼓噪”的战法，并不足以达到真正致敌死命的效果，所以他十分强调“战斗的作者应该注重论争”，即以真理驳斥谬误，以事实揭穿谎言。即使“笑骂”，也应“‘嬉笑怒骂，皆成文章’，使敌人因此受重伤或致死，而自己并无卑劣行为，观者也不以为污秽，这才是战斗的作者的本领”④。上述论断，是鲁迅就对敌斗争发表的意见。但它的精神，也同样适用于一般的文艺批评，在今天也仍然值得我们十分重视。对敌斗争固然需要英勇的斗志、尖锐的笔锋和深刻的科学分析相结合，我们自己内部一般的文艺批评，也同样需要敢于大胆地、尖锐地接触问题，也同样需要实事求是的科学精神，含糊其辞，四平八稳，以及不调查，不研究，不顾实际情况的

---

① 《对于左翼作家联盟的意见》，《鲁迅全集》第 4 卷第 186 页。
② 《对于左翼作家联盟的意见》，《鲁迅全集》第 4 卷第 186 页。
③ 《上海文艺之一瞥》，《鲁迅全集》第 4 卷第 238 页。
④ 《辱骂和恐吓决不是战斗》，《鲁迅全集》第 4 卷第 346 页。

批评，不但什么问题也解决不了，而且往往还会产生有害的效果。文艺批评，最主要的是靠以理服人，不论是称赞还是批评某一作品，抑或是同志间讨论问题，都要靠说理。说某一作品好或者坏，不能空洞地赞誉，也不能信口指责，既要指出好在哪里、坏在何处，又要讲明是好是坏的道理来。文艺批评本身就是一门科学，因而也就要求批评家必须以科学的精神对待它，是万万容不得马虎、草率和简单化的。严肃的批评家在评论一个作品时，至少也还要浏览一下这位作者所写过的别的作品，也总还得对这作品所反映的生活斗争有所了解，甚至于也还需要多少涉猎一下与此大致相仿的作品，做一个比较，也需要尽可能地了解些一般读者的意见。尽管这种考察的深度和范围可以有所不同，他所考察的各类材料也不必都写进他的批评文章里去，但这种考察却是不可少的。离开这种考察，那些所谓分析论断，就成了无的放矢、满纸空言，经不起一次推敲，撑不住两句反问，当然也就无法令人信服了。某些文艺批评之所以失之于简单化，评论、见解片面固然是主要原因，但不以科学的态度全面考察实际情况，全凭个人的一时感觉来简单地判定或好或坏，也常常是造成理论上片面性的重要原因之一。至于断章取义、摘句引申推论，那就更使其失却了科学论证的基础。鲁迅是坚决反对不顾事实全面真相的主观主义批评态度的，他主张："倘要论文，最好是顾及全篇，并且顾及作者的全人，以及他所处的社会状态。这才较为确凿，要不然，是很容易近乎说梦的。"①他以陶渊明为例，指出历来的评论家往往都是只根据"采菊东篱下，悠然见南山"这类的诗，片面地把陶渊明看成单是一个飘逸、静穆的诗人。但事实上，这仅仅是诗人的一个方面，在《述酒》和《读〈山海经〉》等诗中，诗人分明又有着"怒目金刚"式的另一面。据此，鲁迅指出："这'猛志固常在'和'悠然见南山'的是一个人，倘有取舍，即非全人，再加抑扬，更离真实。"②由此可见，对于批评对象倘不做全面考察，不以科学态度对待事实，是很容易变成取一端丢一端，见一面弃一面，甚而以主观所好的断章摘句代替全面的科学分析的。

---

① 《对于左翼作家联盟的意见》，《鲁迅全集》第4卷第186页。

② 《对于左翼作家联盟的意见》，《鲁迅全集》第4卷第186页。

鲁迅不但十分重视对批评对象的全面考察工作，在评述作者、作品以及论争问题的时候，也十分注重以事实来说明问题。《“连环图画”辩护》，是鲁迅继《论“第三种人”》批判了苏汶的“超阶级论”、连环图画和唱本产生不了伟大作品的谬论以后，专就连环图画问题写的一篇文章。这篇文章不但在理论上再次肯定了前文曾论及的连环图画“可以产出密开朗该罗、达文希那样伟大的画手”，而且还具体考察，引述并论证了中外古今的大量美术名作，指出那些举世闻名的作品本身都是艺术价值极高的连环图画。他列举的作品有意大利的、印度的、法国的、德国的、苏联的、英国的、比利时的、美国的以及中国的，其中有油画、石窟壁画、木刻、石刻、书籍插图、中国古代木版画，等等，并且指出了它们的出处、版本、帧数之类的细节，从而非常有力地证实了“连环图画不但可以成为艺术，并且已经坐在‘艺术之宫’里面了”。在这样有根有据、有理有力的批评文字面前，苏汶所说的“它这种低级形式产生不了伟大作品”，以及左翼作家“没出息”之类的谬论，显得多么荒谬可笑啊！苏汶本来打算拿连环图画问题做武器，诽谤左翼作家并反对文艺大众化的方向，可是鲁迅这么一解剖，不但粉碎了他的诽谤，而且也暴露了苏汶对被他称为“低级”的连环图画，原是一窍不通的。这篇文章，看起来好像没讲什么大道理，但以事实证理，理也就显得更透，故极有说服力。这不过是一个具体例子而已。事实上，鲁迅的批评文章，不论是论争性的还是评价作品的，都是以不可驳斥的事实和对具体问题的分析来阐述道理的。

批评和创作，是文艺运动中相辅相成的两支力量。但由于思想艺术观点的分歧，或者由于批评的不当以及对待批评的态度不当之类的原因，两者之间又必然会出现矛盾和斗争。特别是在鲁迅生活的年代，那时文艺界的阶级斗争非常尖锐、复杂，作为文艺思想斗争主要武器之一的批评，便也不能不反映出种种错综复杂的状态。反动的文艺批评，对于革命的、进步的文艺创作，当然总是一味诬蔑、中伤和排斥，企图扼杀它的生命。对这类货色，鲁迅一贯是毫不留情地给以口诛笔伐，这是毫无疑问的了。但除此之外，在当时的文坛上，也还存在着不学无术、滥用批评权威随意伤害创作的所谓批评，也还有专门替自己的小团体吹捧的“广告式的批评”，也还有端着一副教训人架子的乱骂乱捧，也还有作品才到面前，便狠狠地磨墨，立刻写出很高明的结论道,“唉,幼稚得很”之类的“恶意的批评”,等等。既有“批评家和非批评家都批评文学”,也有“文学家和非文学家”都来“批评批评家”,甚至“不承认有真的批评家”,故而主张取消一切批评。对于所有这些歪曲批评功用的倾向,鲁迅都是采取有分析的批判态度的。他认为,“批评家的职务非但是剪除恶草,还得浇灌佳花——佳花的苗”[①]。除恶草,是为了佳花的生长不受其妨害,也是为了免得被读者胡乱“大口吞下”而中其毒;浇佳花,是催促佳花的茂盛、茁壮、开放,又是向读者介绍精神食粮佳品。这是既关系到作者,又关系到广大读者的事。所以必须很好地掌握马克思主义批评标准,严肃对待这一工作,既要有对反动、腐朽的东西的憎恨,又要有对新生事物的热爱。因此,鲁迅反对以“漫骂”代替批评,但也坚决反对“含含胡胡的扑灭‘漫骂’,却包庇了一切坏种”,而又抹杀了正确批评的取消态度。对于所谓“漫骂”,他以生动的比喻做了分析,指出:“假如指着一个人,说道:这是婊子!如果她是良家,那就是漫骂,倘使她实在是做卖笑生涯的,就并不是漫骂,倒是说了真实。”[②]捧与骂的问题也是如此。“指英雄为英雄,说娼妇是娼妇,表面上虽像捧与骂,实则说得刚刚合适,不能责备批评家的。批评家的错处,是在乱骂与乱捧,例如说英雄是娼妇,举娼妇为英雄。”[③]反对乱捧乱骂,主张实事求是,说真话,该好说好,该坏说坏,不应混淆是非。这是鲁迅对批评家的要求。反过来,他又主张作家理应认真听取正确的批评,万不能笼统地反对一切批评。对此,鲁迅也做了一个很生动的比喻。他说:“作家和批评家的关系,颇有些像厨师和食客。厨师做出一味食品来,食客就要说话,或是好,或是歹。厨师如果觉得不公平,可以看看他是否神经病,是否厚舌苔……倘如他对着客人大叫道:‘那么你去做一碗来给我吃吃看!’那却未免有些可笑了。”[④]这就是说,批评家有评议作品的权利,但不应以个人癖好代替客观分析;作家有听取批评的责任,也有“解释或抗议”的权利,却不应堵批评家的嘴。据此,鲁迅指出:“文艺必须有批评;批评如果不对了,就得

---

① 《漫骂》,《鲁迅全集》第5卷第350页。

② 《对于左翼作家联盟的意见》,《鲁迅全集》第4卷第186页。

③ 《上海文艺之一瞥》,《鲁迅全集》第4卷第238页。

④ 《辱骂和恐吓决不是战斗》,《鲁迅全集》第4卷第346页。

用批评来抗争，这才能够使文艺和批评一同前进，如果一律掩住嘴，算是文坛已经干净，那所得的结果倒是要相反的。”[①]用正确的批评来促进文艺的前进，对不正确的批评要以批评来抗争，互相尊重，服从真理，通过辩论的方式促使文艺与批评共同前进，这才是批评家与作家的正常关系，也是解决彼此间矛盾的正当途径。倘若彼此对立，相互抱怨，作家责怪“批评家的七嘴八舌”，把写不好作品的责任一股脑儿推到批评家的头上，或者是批评家“高踞文坛”，指手画脚，不从实际出发，什么都看不顺眼，要不就是胡捧乱骂，其结果定是使批评和创作都不能得到正常的、健康的发展。鲁迅的这些论点，虽然是涉及几个方面的情况，但其中无不贯穿着认真求实的科学精神。他站得高，看得准，对什么事情都采取科学分析态度，提倡什么、反对什么，都有根有据，在任何情况下决不放弃原则，对任何事情又决不马马虎虎，这正是他所提倡的“坚实的、明白的、真懂得社会科学及其文艺理论的批评家”的风格。

我们常说，鲁迅是一片大海，他的思想的深邃和广阔值得我们永远学习。如果说，有关文艺批评问题的观点，还只是鲁迅思想的一个方面的话，而本文所谈到的又不过仅仅是文艺批评问题中的某几个侧面而已。鲁迅关于文艺批评的许多论断，已经作为经典性的指示留给我们了。我们今天搞批评的和学习搞批评的人，无论在对敌斗争中还是在一般的文艺批评工作中，都应该好好学习鲁迅的教导，以鲁迅为榜样，学习他那对敌斗争的最英勇、最坚定的战斗品质，学习他那事事认真求实的科学态度，把我们的文艺批评的战斗性和学术水平更提高一步。

（原载《安徽文学》1961年11月号）

① 《题未定草七》，《鲁迅全集》第6卷第344页。

生活探索与艺术探索

苏中文学评论选

# 生活探索和艺术探索

## ——学习漫记

### 一

作家的生活和创作，是个反复不停的实践过程。因此，所谓长期深入生活的“期”，就不但意味着是一个很长的时期，实际上乃是无限的“期”。伟大作家的经历表明，他们毕生的文学历程，也就是他们在生活中不断追求、不断探索、不断积累生活财富、不断扩大和加深艺术表现领域的历程。生活，不但是创作的唯一源泉，而且也是对作家的思想锻炼和技巧锻炼有着深刻影响的课题。要进一步提高创作质量，当然要从许多方面探寻解决问题的途径。然而，生活问题，在任何时候都始终是关系着创作命运的最根本的问题之一。

今天，当我们探讨生活与创作问题的时候，首先应该确认，有许许多多的作家和业余作者，在解决生活和创作的关系上，做得相当好或比较好。他们一直采取适当的方式保持着同人民群众、同实际斗争生活的密切联系，写出了很多结结实实的作品。这是我们文学创作活动中最可宝贵的传统，值得很好地珍视。但是，这还不等于说生活问题已经彻底解决了，也不能说它已经不再是当前创作中最值得注意的问题了。这，一方面是因为客观的现实生活是瞬息多变的，人们的精神世界也每年每月都在变化着，因而，即令我们原有一定的丰富的生活阅历，但我们也总还面临着熟悉新的生活领域和新的一代人物的任务。特别是在今天，生活海洋更加宽阔了，这要求我们要更加踏实、更加认真地去熟悉它。正如《人民日报》社论《为最广大的人民群众服务》一文所指出的那样：“新事物战胜旧事物的过程，人民内部矛盾及其解决的过程，人民群众新的精神品质成长过程，是复杂多样的，需要深入地观察、研究才能辨认清楚。我们的作家、艺术家，如果放松了同群众生活的联系，就不能高度真实地反映社会主义的新时代，如果不了解群众的思想和情绪，就无法充当社会主义时代人民群众的忠实代言人。”另一方面，也还因为我们的创作队伍之中还有些同志或者是“同群众生活的联系比较薄弱了”，或者是还没有真正建立起自己的生活储备仓库，因而在创作上就不能不受到损害或遭到失败。看来，无论从哪一方面说，进一步解决生活问题，把根子扎得深些、更深些，将仍然是提高创作质量，在创作实践中体现百花齐放精神的关键。

是的，在理论上今天是很少有反对深入生活的主张了。问题在于实践。即是在具体的创作活动中如何对待、认识和解决生活和创作实践中所碰到的一系列问题。

生活是创作的唯一源泉。这个学说大家都知道，甚至也都能说出一番道理来。但一联系实践（包括创作、批评和组织创作，等等），我们又常常感到，真正理解这句话的深意并在实践中踏踏实实遵循这个原则，却是不那么简单和轻易了。比方说，某些地方曾一度流行过集中一切力量并且是快速地搞重大题材和“尖端题材”的创作活动方式，其中固然也有一些成功的事例，但确实也有相当多的失败的教训。原因也许有许多条，但我觉得最主要的教训还是脱离生活。问题不在于应不应该提倡反映重大题材、引导和鼓励作家去熟悉并表现更能充分体现时代精神的重要生活领域——这是好事情，问题甚至也不完全在于过分强调了这一点——假如大家都把重大题材或所谓“尖端题材”写好了，真正产生了一把“重大”作品、“尖端”作品，那也还是大大的好事。问题在于，单纯从题材意义着眼而忽视作者的生活基础，甚至不给予作者足够的时间去熟悉生活，那是注定要失败的。最有才能的作家也并不是什么都会写、什么都写得好。作家只能写他所熟悉的生活，也只能写好他所热爱和他深受感动的事物，离开了这个基础，多高明的能手都将无能为力。某些同志不正视生活和创作关系的基本规律，简单地要求作者今天写这个，明天写那个，忙于追赶“尖端”，无法安定下来参加实际斗争，或者是写他所熟悉的东西，结果往往是费力不讨好。我觉得，这种做法无异于脱离生活，或者是肯定创作可以不要生活。

有少数作者把获得题材和主题的源泉寄托在报纸上，找到了中意的“题材”或“主题”以后(其实往往只是个概念),或者根据消息虚构故事,或者到现场“深入”个三天两夜,然后就写成一部洋洋洒洒的大戏或中篇;有的甚至完全依靠主观想象“创造”些人神混杂的故事,以纯然是现实的人(农民)打败非现实的神(龙王、天将、玉帝),来歌颂农民群众在“大跃进”中的英雄气概。这些同志的愿望和创作热情是无可非议的,但这种创作活动方式,确实是脱离生活的。我丝毫也不怀疑报纸上的消息甚至朋友的一席谈话可以引起的创作冲动,根据报纸所提供的线索去了解某些生动的素材更是完全可以,但要进入创作过程,那则必须基于或者是过去就熟悉这种生活,或者是现在花了足够的时间和精力熟悉了自己所要表现的对象。不经过这番从生活中孕育题材和形象的过程就进入创作,往往要导致概念化。至于让公社社员“闹龙宫”、“闹天宫”一类的情节,我想这恐怕不是对想象、夸张、虚构的正确运用。让农民牵着龙王的鼻子,吓得他哆哆嗦嗦、磕头求饶,或者让农民用玉米棒子把天兵天将打得落花流水,看起来是大大歌颂了公社社员的“管天管地管神仙”的英雄气概,但仔细一琢磨,又觉得这些农民也没有什么了不起。因为他们所打败的乃是子虚乌有,因而这里所歌颂的胜利,就远不如真正开了一条渠、打了一眼井、克服了某一具体困难来得更有力量些。这里的想象似乎很奇异、很丰富,其实完全是脱离了现实土壤的想象(神的形象又是从传统文学中搬来的),那又是来得最容易,而且没有力量。这里,我想起了韩非著作中的一个故事。那意思是:齐王问一个画家“画什么最难”,回答说“犬马最难”。又问“画什么最容易”,回答说“鬼魅最易”。理由是:像犬马这样的东西,人们每天都看见它,知道它是什么样子,所以很不容易画好,而鬼魅原来就是无形的,谁都没看见过,所以最好画。这则故事启示我们:扎扎实实地反映现实生活确实是件难事,然而作家只有勇敢地选择这条困难的路,那才能使自己的作品获得高度真实的艺术生命力。革命浪漫主义之所以可贵和有力量,正是在于它牢牢地扎根于现实土壤中,不但对现实有着深刻、透彻的洞察,而且也能从现实的动向中觉察到它的发展。在真正的浪漫主义艺术中,它所创造的理想的现实形象也好,或者是虚幻的神魔形象也好,无论是《西游记》还是《浮士德》,无论是《镜花缘》还是《格列佛游记》,那里面总是饱藏着作者对现实人生的深切感受和了解,而不是和现实生活毫无瓜葛的臆造。

我相信，这样的现象，目前可能已经不存在了。但类似性质的问题，即不是把自己的创作活动牢牢扎根在生活的泥土里，而是以抓取道听途说的些许材料代替踏踏实实地深入生活、反映生活，以间接猎取代替直接感受，以冥思默想的虚幻臆造代替真实生活的描写等状况，在若干创作实践中还一再被重复着，甚至往往被当作创作活动中的捷径。

## 二

进一步解决生活实践问题，对于更多的同志来说，可能不是一般的深入下去的问题了，而是要解决深入下去以后如何正确处理实践中的许多问题。

生活实践有个深与广的问题。大概是契诃夫吧，他曾说过“作家应当样样都知道，样样都研究”，中国的古代学者也提出过“行万里路，读万卷书，交万人杰”的说法，而无产阶级文学的奠基人高尔基，则更明确地指出“作家必须了解一切，生活的一切川流，川流的一切细流，现实的一切矛盾”。看来，他们都是把追求无比渊博而深邃的生活知识，当作作家的终生任务。在这一点上，我们的社会主义时代的人民作家，岂不应该比过去的艺术大师们，要更加自觉地走入人民生活海洋，去追求广阔的生活知识吗？越是深入到生活里面去，就越会感到自己生活之不足，也就会愈加坚定自己的生活信念，甚至对生活产生迷恋程度的爱。倘若获得一些新鲜的生活财富就感到满足，不再努力进行新的探索和追求，那是很危险的。

毛泽东同志在教导我们解决生活问题的时候，他是把深与广同时向我们提出来的。他在指示我们要长时期投入到火热的斗争生活的同时，又指出在生活中还要“观察、体验、研究、分析一切人、一切阶级、一切群众、一切生动的生活形式和斗争形式、一切文学和艺术的原始材料……”。在这里，深与广是统一的。即是说，我们的生活实践既要有和工农兵在思想感情上“打成一片”的深入基础，又要有观察、研究一切社会生活的广阔性；既不能单纯依靠走马观花以求博闻，也不能仅把熟悉三二知己当作深。必须把两者统一起来，统一在“了解各种人，熟悉各种人，了解各种事情，熟悉各种事情”的基础上，统一在与人民生死与共、与生活海洋息息相通的基础上。

在对于生活广阔性的理解上，我们一方面坚决反对以“到处是生活”为借口的拒绝深入工农群众、拒绝参加社会主义建设斗争的倾向，同时也不能同意把生活理解得过分简单和狭窄。工农群众及其他劳动人民，是历史的主宰，是社会主义革命和建设事业的主力军。为广大的人民群众服务，并把他们的生活和斗争作为表现主体，这是革命作家的天职，也是我们的艺术表现领域最宽广的天地。倘若不采取适当的方式深入到人民群众的火热斗争中去，那就无法深刻反映我们的时代。然而，这并不是说，只有工农兵的生活才是生活，而别的领域则不是生活；只有当前的现实斗争是生活，而过去的事情就不是生活；只有敲锣打鼓的勇猛战斗是生活，而细细致致的埋头实干就不是生活；只有人们的劳动、工作、斗争是生活，而他们的私人事件、个人问题就不是生活。应该看到，我们的社会主义事业是一个庞大而复杂的整体，亿万人民的献身、千百种行业的工作，都集中在一个伟大的目标上，因而凡是对社会主义事业有所贡献的人和事，就都可以构成文学艺术的表现内容。而且，更重要的是，工农兵生活本身，乃是人类社会生活中最丰富、最多彩、最广阔的领域，我们决不能把它理解得过于狭窄。百花齐放的生活基础正是在这里。如果无视我们时代生活的丰富多彩性，那就很容易使我们的视野不开阔，反映到创作上自然就要狭窄、简单。

## 三

有人在生活中待了较长时间，好像还没得到多少东西，而另外的人下去不久，却竟然写出不少作品，而且质量不错。这种情况，往往容易引起某些错觉：长时期泡在生活底层，是不是必要啊？我这个地区是不是没有别的地方材料丰富啊？我没有才能吧？这里涉及生活实践中的艺术感受和认识生活的问题。

客观生活对于所有的人都是不偏不倚的，正像金矿对于所有淘金者都一律平等一样。问题在于，你能不能发现金子，能不能很快地把它从沙里筛出来。假如把生活就比作是一座金矿，那么，在生活实践中的作家，就千万不能幻想凭空捡到大块的金子。他应该做一个踏踏实实的淘金工人，眼睛一秒钟也不停止观察，思想一分钟也不停止比较，手脚一刻钟也不停止辛勤劳动。沙里淘金，世称难事，从生活矿藏中发现最好的艺术素材，恐怕比前者更难。有的同志到生活中去很快就得到了东西，大概不是他的运气特别好，而往往是由于他在这里的生活时间虽不长，但背后却有漫长的生活经历和此时此地的感受相通，或者是由于他的感受和认识能力较强，善于揭开掩盖着矿苗的浮土和岩石，善于捕捉生动的艺术素材之故。如果说才能，我看这就是。

体验生活和认识生活，是作家生活实践的统一过程，深入下去，只是完成实践的最基础的一步，但还并没有完成全部过程。只有把那些感受到的东西认识了、消化了，对自己所接触到的诸般现象的内在本质及事物的内外、上下、彼此、因果关系等，有了明确而深刻的认识以后，我们所得到的生活知识才是完整的、可靠的、坚实的。在生活中，我们往往容易注意观察、体验、搜集和占有材料的一面，而分析、研究、思索和提炼生活的功夫则做得不够。在这种情况下，即使我们接触或获得了不少材料，但那些东西还不能真正化为自己的生活财富。

作家在实际生活中，应该首先是个好干部、好劳动者，这是不错的。但作为一个作家，他同时又应该随时随地把自己的艺术视野投射到人物的心灵世界中去，运用形象的感觉，去捕捉那些适于构成艺术素材的印象，不让任何强烈的艺术感觉溜走。作家要以普通的劳动者、工作者面目在群众中出现，那是要求作家不要摆架子、特殊化，而不是作家完全忘却创作劳动的特殊性。强烈而敏锐的艺术感受，对作家的劳动有特殊的重要意义。这种重要性不但不应该受到忽视和非议，相反，倒是应该经常地训练这种感受能力。福楼拜教导莫泊桑时，常常要求他用一句话指出这匹马与另外五十匹马的不同之处，或者是要他每天上街观察人和事，并要速记下他们各自的突出特点。巴甫连科时常给自己出一些小小的题，用三四页的篇幅速写一个熟人的肖像，描写当天的天气是什么样子，然后再描写明天。不少作家的速记本上常常写满了第一眼的鲜明印象，以及许多零散的、有趣的、有特征的生活片断，等等。高尔基在《忆列宁》一文里更坦率地说："我是个文人，职业使我必须去注意细枝末节，这种必须，已经成为习惯……"这种工作，自然是包括了练笔和积累素材，同时也更是培养和训练自己的艺术感受能力。作家在感受和观察客观事物时，有和常人相同的一面，但也有不同的一面。这就是，作家对事物的观察始终要保留着一种最鲜明的形象感觉，甚至可以开动想象机器，把此时此地的感受与遥远的过去或者是美妙的未来联结在一起。在一株大树面前，木匠要揣摩它适合做什么材料，而作家却要注意它的可视形态的风度、气质、特点以及它和人的生活的某种关联；木匠注意的质是材料的质地，而作家注意的质则是气质。同是研究人的工作，一个组织者和作家的角度也有不同之处。在作家，他除了要研究人的一般情况，更为注意人的心灵状态、性格特征以及性格的历史因素和社会因素，而且人物的许许多多不为常人所注意的细枝末节（包括语言、动作）也是作家所密切注意的东西。从这个意义上说，作家几乎每时每刻都在进行创作活动。不过在更多的时间里，他不是用笔，而是运用感觉、思维在捕捉、积累、孕育和提炼形象。有了这种孕育过程，他就可能在某些事物的触发下，忽然间爆发了灵感，像油井喷油一样，任你怎么压，都挡不住它喷射。

## 四

如果说作家的生活和创作应该是探索新世界的历程的话，那么故步自封、安于现状，则是艺术创造的大敌。人们在谈探索时，往往喜欢在前面加上“大胆”或“勇敢”的字样，这是有道理的。因为既称探索，那总是一种新的追求，不能不含有或多或少的创新因素。而这种新东西在它刚刚出世的时候，由于具有某种与众不同的特质，比较罕见，所以也就可能招致非议或阻力，甚至也可能被认为是邪魔外道的东西。因此，作家在进行艺术探索时，不但要有艺术创造的雄心，还要有足够的敢于“标新立异”的胆量和勇于坚持创造的韧性。哪怕在探索过程中有某些失败，甚至是碰了钉子，也仍然需要勇于吸取教训，并在新的基础上大胆前进的精神。

胆从何来？来自识。有胆、有识、有略，是真正的探索，是通向成功的路。无识的探索，往往是盲目乱撞，其结果不会带来艺术上的真正创新。这所谓识，是基于对马克思主义真理的坚定信念，基于对生活的坚定信念，基于对艺术规律的把握。有了这种真知灼见的识，才能有不怕困难、不畏风险的胆；有胆有识，才会有踏踏实实、不辞辛劳地坚持艺术探索的精神和作风。

成功的艺术探索，总是随着作家在生活中的探索而取得的。一个作品能否具有或多或少的独创性，能否发掘新颖的主题，能否塑造出新的性格典型，能否处理新的矛盾，主要是决定于作家能否在生活中有新的发现。中国的古代文论常常强调“创新意”、“立新格”，反对跟在别人的屁股后面跑。但是，靠什么才能追求到自己的东西而达到“不蹈袭前人一言一语”的地步呢？有的作品确实毫无模仿别人之意，但出世之后竟可能和别的作品撞车，而有的作者虽写了别人表现过好多次的题材，却又有着全新的意境和形象。其秘密不在别处，而是在于作者在生活中做了深入的探索和追求，对生活有了自己的独特的感受和独特的发现，找到了别人不曾看到的东西，因而才可能在作品中创造出与众不同的形象。有一百个作家写农民，那就应该写出一百个个性迥然不同的农民典型。甚至有好几位作家同写一个人物，那也应该是各有千秋。而这，则要求每一位作家要在生活中找到自己的典型。可见任何新的性格典型或新的意境的产生，任何新思想、新问题的提出，最主要的是以作家的生活探索为基础。若没有这一条根，不管在表现手法上想出多少新花样，总是不能从根本上解决问题。

永远保持着同火热的斗争生活的密切联系，永远在生活中、在艺术创作中以探索新大陆的精神去追求、去发现，这是真正通向成功的大路。

（原载《安徽文学》1962 年 6 月号）

# 一个必须丢弃的荒诞公式

## ——论关于歌颂和暴露

### 一

最近一个时期，文学创作上歌颂和暴露这个总是争论不休的问题再一次被尖锐地提了出来。《河北文艺》今年第6期上，就在显著位置发表了两篇文章，它们打着捍卫“无产阶级文艺”的“阶级性”、“党性”的旗号，指责当前一些揭露“四人帮”的罪恶、歌颂人民群众和“四人帮”作斗争的作品是什么“暴露人民”、“对社会主义制度恶意攻击”。这两篇文章颇有代表性，表达了长期以来在文学创作的歌颂和暴露问题上影响深广的一种观点。

长期以来，评价文学创作，实际上存在一个荒诞的公式。这个公式是：

歌颂＝革命，揭露＝反动

根据这个公式，凡是歌颂的作品，不论其内容如何，便认为是好的、革命的；而如果在作品中揭露了社会生活的阴暗面和消极现象，也不论其内容如何，就几乎毫无例外地被判处为“揭露人民”、“攻击社会主义制度”，作者也因此跌入“反动”的深渊。

有一个时期，曾经出现过许多狂热鼓吹共产风、浮夸风、瞎指挥风的作品。这些作品把违反党的政策、破坏生产力、打击农民生产积极性的人和事，当成“堵资本主义的路”的英雄人物和高尚行为来加以歌颂。不少作品大肆鼓吹“人有多大胆，地有多大产”，把脱离群众、违背客观规律的盲目性和蛮干作风，当作“敢想敢干”的“革命精神”来加以歌颂。也有一些作品在歌颂英雄人物的名义下，提倡现代迷信和天才论，宣扬恩赐观念和愚昧盲从。对于这些作品，从来没有人说过有什么不好。还有一类作品，绝不涉及生活中尖锐的矛盾斗争,一味歌舞升平。明明是群众在和严重的灾荒、饥饿作斗争,却"歌颂"道:"江南春色浓于酒,农家幸福乐陶陶。"明明是在革命和建设中每前进一步都要同错误的倾向和旧的习惯势力进行艰苦的斗争,而在一些作品中却只见红旗似海,歌声如潮,龙腾虎跃一片欢笑。对这些也不曾见有人提出过什么异议,仿佛只要歌颂便是"唱出了时代最强音",功德圆满了。

与此适成鲜明对照的是,我们却历来把对人民内部矛盾的揭露,也统统目为"暴露"而加以反对。在作品中揭露"地富反坏右"以及匪徒敌特之类,是允许的,但除此而外,倘揭露和批判剥削阶级遗留在人民中间的恶劣影响,揭露和批判阻碍生活前进的旧的习惯势力,特别是反映和批评工作中政策、作风上的偏差和失误,指出我们体制上某些方面的缺陷和漏洞,尤其是涉及领导工作中的官僚主义、特权思想、家长作风,等等,就往往被安上"暴露"的罪名——"暴露人民"、"攻击社会主义",遭到禁止和讨伐。一些真实地反映了人民群众跟生活中的阴暗面和消极现象作斗争的作品,往往被打成反党反社会主义的"毒草",许多作者也因此而蒙不白之冤,被打入"另册",沦为异类。

这个"歌颂 = 革命,揭露 = 反动"公式之荒诞,是显而易见的。但是长期以来,它却像宗教的符咒一样禁锢着文学创作。时至今日,还有人在念念有词,竭力维护它的法统,甚至对揭露"四人帮"反革命匪徒们罪恶的作品也要竭力攻击,这不能不引起人们的严重注意。

毛泽东同志早有非常明确的论断。他说:"一切危害人民群众的黑暗势力必须暴露之,一切人民群众的革命斗争必须歌颂之,这就是革命文艺家的基本任务。"问题的关键在于作者站在什么立场上,歌颂什么,暴露什么,在于作品的真实性和思想倾向,以及起了怎样的社会作用。离开作品的思想内容和社会实践,简单地把是歌颂还是暴露作为评价作品的标准,是十分荒唐可笑的。

在我们社会主义社会中,在党的正确政策的领导下,我们的生活是充满光明、蓬勃向上的。但是,不可否认,我们的社会也有阴暗面,也有严重地阻碍我们前进的消极现象。在生活中,除了敌人的破坏之外,还有许多旧社会遗留下来的腐朽的事物和落后思想,从各方面阻碍着我们事业的发展和社会的进步。革命队伍中也不可避免地要混进一些投机分子、两面派、阴谋家和野心家,他们对革命事业的危害,往往比明显的阶级敌人更为严重。同时,社会主义是人类历史上的新事物,它在实践过程中,难以避免地要产生一些缺点、偏差和错误,甚至遭到重大的挫折。我们应该不断总结经验,及时纠正失误,改进工作,使社会主义日趋完善、日益巩固。这是生活本身的客观规律。在文学作品中真实反映这些矛盾斗争,本来是文学的重要任务。揭露和鞭挞黑暗的事物,提示和批评生活中的消极现象,正是为了引导、启发读者去正视现实,鼓舞他们去战胜前进道路上的障碍,使我们的社会发展得更健康、更美好。有什么理由把这样的作品指责为"暴露人民"和"攻击社会主义制度"呢?这是过去有些刀斧手式的评论家惯用的手段。一些有才能的、对党对人民的事业有高度责任感的作家,就是在这种罪名下被诬陷,被剥夺了政治权利和写作权利的。这种做法,表面看来似乎是在竭力维护社会主义的,实际上恰恰是在掩盖一切有害于社会主义的黑暗、落后的事物,使它们得到庇护,免于遭到揭露和批判,得以滋长、泛滥,危害社会主义健康的肌体。

我们的文学应以歌颂光明为主,这是毫无疑义的。歌颂社会主义的光明,是党和人民托付给革命文艺家的光荣职责,也是他们高度的政治觉悟和革命热情的自觉要求。几十年来的实践证明,我们绝大多数的作家都是在热烈地歌颂光明,而且写出了许多鼓舞人心的、深受群众喜爱的作品。但是,"为主"并不等于"唯一"。在现实中,光明和黑暗总是互相依存、互相斗争着的。文学作品,特别是叙事形式的作品,总是在歌颂中有暴露,暴露中有歌颂。把歌颂当成唯一的东西,因此排斥对生活中消极现象的揭露,就根本不可能真实地反映生活,因而也不能真正有力地歌颂光明。同时,以光明为主,是就整个文学现象而言的,决不能简单地对某一具体作品定出"为主"和"陪衬"的比例。

有一种颇为流行的维护"歌颂唯一"的理论。这种理论认为,只有歌颂正面的、光明的东西,作品才有巨大的教育作用,而揭露黑暗、落后的事物,则不但没有什么教育作用,甚至还要导致对生活的歪曲。这种离开了作品的思想质量和艺术质量,仅从所描写的是什么来评定作品价值的理论,也是不经一驳的。歌颂先进人物和人民群众的英雄业绩,如果写得真实深刻,对读者,特别是青年,可以起很大的鼓舞、教育作用,我们自然应该提倡这样的作品。但是,能够说揭露黑暗、落后事物的作品,如果写得真实深刻,就不能引人深思、发人深省、动人义愤、催人猛进吗?这样的作品,如果能够切中时弊,创造出成功的典型,体现出生活发展的规律,表达了人民迫切的愿望和要求,其社会作用必然是远远超出那些浮泛无力的歌颂之上的。

有的作品较为尖锐地触及人民内部的某些重要矛盾,严肃地批评了工作、思想、作风的错误的倾向或落后事物,就往往被说成不是"满腔热情",因而就"把人民当成敌人来暴露",就是"暴露人民"。文学作品对揭露和批评的现象,应该尽可能深刻地提示它的社会根源、思想根源和它所造成的危害,以动人心魄、引人感悟、促人奋发。这正如鲁迅在《阿Q正传》中,深刻地揭露和鞭挞了剥削阶级遗留在阿Q身上的种种恶劣的精神影响,但是,这毫不掩盖他对阿Q命运的满腔同情,即所谓"哀其不幸,怒其不争"。得到斯大林同志高度评价的剧本《前线》,对红军高级指挥员戈尔洛夫就作了毫不留情的批判,对专搞"客里空"的记者也作了尖锐的讽刺。这个作品在当时起了极大的教育作用。满腔热情并不等于对所揭露的事物应该容忍和姑息,并不等于在揭露矛盾和它产生的根源时,应该采取软语温存、轻描淡写、浮光掠影、隔靴搔痒的态度。正因为作者对人民和人民的事业怀着满腔热情,他在揭露和批评危害革命事业的消极、落后现象时,就不可能无动于衷,而是有着强烈的爱憎、激情和义愤。

另有一种做法,就是凡看到作品中揭露了消极现象,有关的领导人就以"我们这里没有这种人"、"这是个别的,没有代表性"等为理由,说这是对他们那个地区或行业的侮蔑,于是提出抗议,对作品加以扼杀。这种现象一般在基层更为普遍。这不单是由于缺乏常识,把文艺和新闻等同起来,更是表明这种领导人讳疾忌医,是其一贯爱听奉承,压制民主的表现而已。

运用这个荒诞的公式对作家进行压制和打击,就使敢于揭露生活中阴暗面和消极现象的作品在一个时期中几乎绝迹。与此同时,除了一些坚实的、有胆识的作家而外,一般的创作也就滑入一条回避矛盾、涂抹现实、粉饰生活的在政治上“安全”而在文学上“衰败”的道路,大大削弱了文学的真实性和战斗性。这个公式在一个时期中导致了无冲突论的盛行,许多作品为了绕开人与人之间的矛盾,就单纯地去描写人和自然的斗争;有的作品一味地写“好的和更好的之间的矛盾”;有的则专去编造有趣的误会和出奇的巧合;有的为了避免描写人物成长过程中发生的矛盾,就以罗列和堆砌人物的善行和苦行为满足;有的作家则发明了所谓“反面题材正面写”的“创作方法”,其诀窍是:明明体验到生活中有值得严重注意的现象,但畏于揭露,就反其“事”而“写”之,写出与此恰恰相反的人物来,进行歌颂。至于在浪漫主义的名义下,狂热歌颂错误倾向的作品,更是盛极一时。许多充满假话、空话、大话的所谓“高调文艺”,一个时期中曾经充斥我们的报刊、舞台和银幕。

文学是教育人民、团结人民、打击敌人、消灭敌人的战斗武器。文学应该根据实际生活创造出各种各样的典型,帮助人们认识生活,推动历史前进。可是,在我们一个时期的许多作品中,却看不到发展社会主义所进行的各种复杂、艰难而又曲折的斗争历程;看不到人民在战胜各种黑暗、腐朽、落后势力的过程中所表现的伟大的创业精神;看不到隐藏在革命内部的打着极“左”旗号的阴谋家、野心家是怎样利用时机,蝇营狗苟、为非作歹的;看不到蔓延一时的“左”倾思潮给人民带来的深重灾难;看不到长期的封建社会遗留下来的官僚主义、特权思想的毒菌是怎样侵害和腐蚀着我们的事业;更丝毫看不到我们某些方面的体制的严重缺陷和漏洞;看不到我们曾经确实存在的封建法西斯反革命复辟的巨大危险;看不到人民群众对健全社会主义民主和法制的迫切愿望,以及对扫清前进道路上的障碍的强烈的革命要求。那种廉价的涂脂抹粉的“歌颂”,根本不能使读者,特别是青年读者从中看到生活的多样性、复杂性和它在斗争中发展的客观规律。那种貌似豪迈实则空洞的口号、那种不食人间烟火的无血无肉的纸糊的“英雄”、那种不着边际的甜言蜜语、那种虚假的“浪漫主义”和“乐观主义”,只能使读者远离现实,变得头脑简单,在生活复杂的斗争面前,往往就感到不可思议,变得困惑迷茫,甚至动摇。林彪、“四人帮”所造成的十年深重的灾难,使我们开始清醒。痛定思痛,总结经验,难道这类文学作品,在掩盖真实、松懈警惕和麻痹人民的斗争意志方面,没有起过助长的作用吗?我们的文学,在一个时期中,被剥夺了它真实反映生活和表达人民心声的权利,严重地丧失了它应有的战斗职能。这在我们革命文学的历史上,实在是一个令人沉痛的、不能不引起深思的教训。

二

对于文学创作中这种严重的反常现象,党和文艺界的许多有识之士是进行了反复的斗争的。1962 年中央批发的《关于当前文学艺术工作若干问题的意见(草案)》(即"文艺八条")里,为了纠正这种倾向,就做出过十分明确、具体的规定:"可以写正面人物,也可以写反面人物;可以写敌我矛盾,也可以写人民内部矛盾;可以写喜剧,也可以写悲剧;可以歌颂,也可以批评或者讽刺。"从这里就可以看出,当时加之于创作的束缚,特别是在歌颂和暴露问题上的荒谬的清规戒律,已经达到何等严重的程度,以致党的领导机关不得不出来干预,通过具有某种法律效力的文件,一一做出具体的政策性规定,以保障在创作中允许进行揭露和批评。这种现象,在文学史上真是极为罕见的。

对于这个问题,文艺界曾经多次争论。尽管一些持有正确意见(如认为文学应当干预生活以及关于现实主义深化的主张,等等)的同志,几乎无例外地遭到打击,仍有许多同志坚持真理,不畏风险,在理论上和实践中继续进行争论和探索。但是,虽然这不过是一个文学常识范围内的问题,虽然为争取文学真实地反映生活和表达人民的呼声的权利而进行了曲折的斗争,付出了沉重的代价,却始终没有冲破这个荒谬的公式的禁锢,就连党中央批发的"文艺八条"也没有在实践中得到贯彻。后来,更兴起了禁止"为民请命"的"文字狱",文学作品更无从表达任何人民的愿望和要求。"四人帮"十年复辟时期,根据他们反革命阴谋的需要,先是严禁任何揭露和批评,连对阶级敌人的揭露,也有种种严格限制。后来,随着他们反党夺权阴谋的升级,就竭力推行把光明和黑暗、歌颂和暴露根本颠倒过来的阴谋文艺,把革命干部、人民大众和知识分子统统作为专政对象,用尽一切歪曲、诬陷、诽谤、丑化的手段,加以暴露,而把他们自己歌颂为救世主。在歌颂和暴露问题上,就制造了严重的颠倒和混乱,它的流毒至今还没有肃清。那些以种种借口阻拦和反对在文学中揭露"四人帮"罪恶的主张,都是与此有关的。

问题在哪里？为什么这样一个十分浅显、任何正常的头脑都能理解的问题，在我们这里却仿佛是一个危险的雷区，是一种疑难绝症，总是难以进入，难以医治，而且总也纠缠不清呢？

事情是明白的：这个“歌颂=革命，揭露=反动”的公式，正是长期以来政治生活中忽视和违背社会主义民主的倾向在文学上的表现，是实事求是和群众路线的革命传统遭到破坏，习惯于“舆论一律”，杜绝批评，不容许发表不同意见，大搞“一言堂”和“长官意志”这种错误作风控制了文学创作的不幸结果，是“左”倾思潮和牢固的形而上学观念影响下的可悲产物。无产阶级所以是一个最先进的阶级，无产阶级政党之所以是革命事业的领导核心，并不因为他们是奥林匹斯山上的众神或瑶池会上的群仙，而是因为他们代表了最先进的生产力，能够在实践中根据马克思主义的科学原理，掌握事物发展的规律。社会主义制度之所以有无限的生命力，不是因为它预定地不会在实践过程中发生任何偏差、错误和挫折，而是领导者能够不断地总结经验，及时地纠正失误，使矛盾在处于萌芽状态时就被发现，得到解决。因此，敢于正视矛盾，善于听取批评，勇于改正错误，正是无产阶级政党区别于任何阶级政党的显著标志。毛泽东同志把批评与自我批评作为我们党的三大作风之一，正是他对无产阶级建党学说的重大贡献。我们党正是由于贯彻了这些原则，才保证了中国革命取得伟大的胜利。毛泽东同志一贯十分重视民主集中制的政治原则，一贯提倡积极开展批评与自我批评，把它比作人每天必须洗脸一样。他所提出的“知无不言，言无不尽，言者无罪，闻者足戒，有则改之，无则加勉”的著名原则，是社会主义民主的根本指针。

无产阶级革命导师们历来十分强调批评与自我批评的重大意义。斯大林同志在写给高尔基的信中说：“我们不能没有自我批评。无论如何不能，阿列克塞·马克西莫维奇。没有自我批评，机关的停滞和腐朽、官僚主义的滋长、工人阶级创造主动性的破坏就不可避免。当然，自我批评会给敌人提供材料。在这一点上你是完全正确的。但是它也为我们的前进、为劳动者建设力量的发挥、为竞赛的开展、为突击队等等提供了材料（和推动力）。好处是会抵消和盖过坏的。”（《斯大林全集》第12卷第152页）任何压制民主和扼杀批评、讳疾忌医的作风，都是和无产阶级格格不入的。马克思曾经说:“批评是工人运动生命的要素,工人运动本身怎么能避免批评,不要争论呢? 难道我们要求别人给自己以言论自由,仅仅是为了在我们队伍中又消灭言论自由吗?”(《马克思恩格斯全集》第37卷第324页)特别是在无产阶级取得政权以后,由于它成为国家的领导阶级,就更应该充分发扬民主,充分运用批评和自我批评的武器,以保证社会主义革命和建设沿着正确的轨道前进。正如列宁所说的那样:“胜利了的社会主义如果不实行充分的民主,它就不能保持它取得的胜利。”(《列宁全集》第23卷第70页)

文学艺术作为无产阶级的一种精神武器,理应通过它特有的功能,发挥它在批评与自我批评方面应有的战斗作用。在这个意义上说,文学也应该是人民群众运用民主的一种手段,也应该是对国家的政治、经济、文化设施实行监督,对社会生活提出批评、建议的一种有力的工具。如果不是努力加强,而是企图削弱甚至取消文学的这种作用,是和无产阶级文学的性质和任务格格不入的。但是,由于人所共知的历史、社会的原因,我们过去某一时期,在政治生活中出现了极不正常的现象。革命导师们奠定的民主原则被忽视了,民主集中制遭到损害,党的传统作风受到削弱。社会主义民主日趋衰微,压制批评、堵塞言路的风气日益滋长。有的人把党和人民托付给他们的责任当成个人独断专行、作威作福的特权,只要集中,排斥民主,醉心于“长官意志”,丢弃群众路线,只爱听顺耳的虚假奉承,不愿听逆耳的真诚劝告,不是闻过则喜,而是闻过则怒,以偏听为明,以兼听为暗。在他们掌握权力的地区或部门,逐渐形成一种恶劣的政治风气,一切按家长式的命令办事,在人民内部也必须“舆论一律”,凡有不同的意见或善意的批评,往往都被指为“反党”、“反领导”,受到打击和迫害。哪怕只是在某个具体问题上提出明明是正确的建议,也往往不问情由横加挞伐。特别是在若干政治运动中,由于混淆了两类不同性质的矛盾,混淆了政治问题和思想问题、学术问题的界限,出现了严重扩大化的现象,一再误伤了许多好同志。一时防民之口,甚于防川,终于忠者遭谴,贤者缄默,而黠者腾达。

在这种政治风气下,宣传工作也必然只能报喜不报忧,因而“克里空”之风大盛,党的新闻宣传工作尊重事实的原则和优良传统遭到践踏。有的为了哗众取宠,甚至不惜捏造事实,制造假成绩、假经验、假典型,大大败坏了无产阶级宣传工作的党性原则和它在人民群众中的崇高信誉。这种倾向表现在文学创作中，就形成了“歌颂 = 革命，揭露 = 反动”的荒诞公式，成为强加于文学创作的沉重的枷锁。

在压制文学对生活作真实反映的同时，那种虚假的、浮夸的所谓“歌颂”就势必应运而生。文坛上有一些自称为“歌德派”者，也正是在这种背景下打出旗号的。他们标榜自己特别革命，因而专门致力歌颂，反对任何揭露，并且总是以正确路线的卫道士自居，动辄攻击他人为“暴露人民”、“攻击社会主义”。他们人为地在文学界创造出“歌德”和“非歌德”两派，从而把不赞同“歌德派”主张的人们都打入敌对的阵营，这正是政治上压制民主、文艺上扼杀艺术民主和自由竞赛的恶劣作风。归根结底，自命为“歌德派”者，不过是想博得政治上的私利和想走艺术上的捷径而已，“因为既自称‘歌德’”，则不仅在政治斗争中永无风险，而且必是响当当的“左”派，功名利禄，皆在其中；写写浮光掠影甚至弄虚作假的颂扬之文，自然也较写经过深入的体察、有独到的见地、深刻揭示生活中矛盾斗争的坚实的作品省力得多。聪明人何乐不为呢？

有一种流行的最为惯用的方法，就是不作具体分析，便指责在作品中有所揭露和批评的作家“有阴暗心理”，“站在错误的立场”，甚至蛮横地质问道：为什么不全力歌颂，而偏偏要去揭露？必然是居心叵测无疑了。诚然，站在错误立场上的揭露，是要坚决反对的。但是，事实证明，所谓“阴暗心理”，等等，其实不过是吓人、打人、罗织罪名的借口。几十年来文艺创作的实践表明，我们的文学中从来没有出现过如有些人所诬陷的什么“揭露派”和“揭露文学”，历史证明，因此而遭到打击的，绝大多数是冤案。过去有一些作家写了一点侧重于揭露和批评的作品，都是出自对革命事业的热爱和高度责任感，语重心长，切中时弊，代表了人民的愿望，希冀引起警觉，防微杜渐。他们这种忠于现实、忠于人民的信念和勇气，很值得赞美和发扬。他们的作品是革命现实主义传统的优秀成果，它们对群众的启发、鼓舞作用，是那种“皇帝的新衣”式的自欺欺人之作根本无法比拟的。还有所谓“为民请命”的罪名。持有这种判决权者，都有一个虚拟的前提，即我们的生活中万般皆好，现行措施，绝对正确，人民群众，一切美满，无须为之请命。所以凡有揭露和批评,表达了人民的心声,就是图谋不轨,进行“猖狂进攻”。这分明是闭着眼睛胡说。作家表达人民的愿望和要求,正是他们的神圣职责,是政治民主在文学中的体现。毛主席号召作家要做“人民群众的忠实代言人”,不就是要我们老老实实地反映人民群众的意愿吗?这样的“为民请命”,何罪之有?反对“为民请命”,实际上已经把自己放在和人民对立的立场上。遥想孔丘当年,编订《诗三百》,这位封建传统的大宗师还并不排斥民歌中对反动统治者的暴露和批判,以风、雅、颂并列,且以风为《诗经》之首。这证明他还没有褊狭到不能容忍在文学中批评和讽刺当权者的顽固地步。他把文学的职能规定为“兴观群怨”,明白地把歌颂和暴露都看成是文学的基本任务,没有鼓吹只有一味歌颂才能巩固剥削制度,而把暴露视为洪水猛兽,必须彻底铲除。历史上的一些开明的统治者还设置采风之官,意在从民间文艺中观政事之得失和民心的动向,从人民的呼声里体察他们在宫廷、朝堂中听不到的声音,作为他们制定政策、进行统治的借鉴。因此,许多真实地反映了民间疾苦的优秀作品,不仅没有遭到取缔,而且不胫而走,千古之后,也还脍炙人口,成为传统文学的瑰宝。只有剥削阶级在感到他们的政治地位不稳或变得十分虚弱的时候,才采取极端的镇压政策,文字狱每每由此而兴。不幸的是,在某一个时候,我们这里竟也出现了文字狱式的灾难,而“歌颂=革命,揭露=反动”这个公式,也就成为制造这种灾难的枷锁和棍棒了。

这个公式的产生,还有一种“理论”基础。这种盛行一时的“理论”认为,只有光明的、正面的、进步的东西,才是生活的“本质”,才能写进作品;而一切黑暗的、反面的和落后的东西,都是“非本质”的,因而不得写进作品,倘写了便是“歪曲了生活的本质”。这种“理论家”竟如此可怕地无知,居然把“社会主义制度”和“社会主义社会的生活”两个不同的概念完全混同起来。社会主义社会是从旧社会的废墟上建立起来的,这样的社会必然在许多方面保留着旧社会的残余和烙印。剥削阶级遗留下来的黑暗、腐朽、落后的东西,自然不是社会主义制度的本质,但是它却体现着留存在我们生活中的剥削阶级旧事物、旧意识的本质,它就总是在阻碍、破坏社会主义制度的健康发展。整个社会主义阶段,正是人民群众和这种旧事物、旧意识进行反复斗争并最终取得胜利的过程。把社会主义社会抽象为一个绝对观念，把我们的社会生活看成是这个绝对观念的外化，是在真空管里发生的没有任何杂质的某种“本质”。因而，把一切与这个绝对观念不符的东西都视为“非本质”，不许在文学中有所反映，这恐怕是古往今来一切千奇百怪的“文艺理论”中最为奇特的“理论”了。

这种“理论”的另一特征，就是只承认事物的共性、普遍性，而否认、排斥事物的个性、特殊性。因为这种“理论家”认为，只有前者才是“本质”，而后者是“非本质”的。在他们看来，只有生理学的人体标本才是最“本质”的，而各种活着的人和纷繁的世相，因与这个“本质”并不一致，就都是“非本质”的。这种“理论”除了制造出“光明的、正面的、进步的 = 本质；黑暗的、反面的、落后的 = 非本质”这个公式外，还制造了“一个阶级一个典型”、“一个时代一种生活”、“一种生活一个题材”、“一个题材一个主题”等实际上根本否定文艺创作的奇怪公式，它在文艺思想上造成的混乱和给文艺创作带来的危害，是文学史上所罕见的。就是这种超级唯心主义、形而上学的可笑观念，曾经蔓延在我们过去的许多文艺评论中。它为“歌颂 = 革命，揭露 = 反动”这个公式提供了“理论根据”。而且事实证明，它也是为堵塞文学的现实主义道路、为压制艺术民主服务的。

## 三

林彪、“四人帮”所造成的十年浩劫，对中国人民是一场沉痛的教训。人们在付出了鲜血凝成的重大代价后，开始认识到，“四人帮”这类匪徒之所以能够产生和横行一时，有着深刻的历史原因、社会原因和思想原因。缺乏社会主义民主和法制，人民群众无权对国家各级领导机关实行必要的、有效的批评和监督，是一个极其重要的原因。所以，在粉碎“四人帮”之后，在实现四个现代化的进军中，就必须肃清“四人帮”封建法西斯的余毒，努力保证我国在政治制度上不再存在林彪、“四人帮”一类阴谋家可以利用来进行反革命复辟的严重漏洞，迫切要求我们加强社会主义民主和法制。这是为实现“四化”而进行的斗争的重要环节。

但是，为了发扬社会主义民主，加强社会主义法制，我们还要做艰苦的努力，进行反复的斗争。正如华国锋同志所说：“我国封建主义的历史很长，经济文化比较落后，加上我们过去对民主的正确宣传和正确的实行不够，制度上也不完善，在这种情况下，专制主义、官僚主义、特权思想、家长作风以及无政府主义很容易滋长。正是由于这种情况，我们的国家才被林彪、‘四人帮’一类阴谋家钻了空子。林彪、‘四人帮’打倒了，但是他们的流毒，特别是派性和无政府主义的流毒，还不能低估。我们的管理体制、管理方法还存在很大的缺陷。在一些地方和部门，人民的积极性、创造性还受到不同程度的压抑，人民的民主权利、人身自由和合法的经济权益有时还得不到可靠的保障，危害社会主义的政治和经济、危害人民民主权利和民主集中制的行为有时还受不到应有的制止和追究。这一切表明，要充分实现社会主义民主，要使社会主义民主制度化、法律化、秩序化、纪律化，还需要我们进行巨大的努力。”

文学作为党的事业的一部分，作为动员人民、鼓舞人民向“四化”进军的号角，就应该大力表现亿万人民意气风发为实现“四化”而斗争的英雄业绩和革命精神。在文艺作品中，揭露“四人帮”的罪恶及其余毒，揭露和批评现代迷信、官僚主义、特权思想、家长作风以及无政府主义等的危害，表现人民群众同阻碍“四化”的旧事物、旧意识的斗争，正是文学艺术工作者对“四化”应该做出的贡献。

对于这样一个事关巩固我们社会主义事业和社会主义国家的头等重要的大事，社会上和文艺界还有一些人抱着怀疑态度，甚至吹冷风、放流言、射暗箭、打棍子。这一方面表明他们没有摆脱极“左”思潮的严重影响，对党的三中全会以来的大好形势有着完全错误的估计，因而颠倒地把光明视为混乱，把前进目为逆流；另一方面也表明，他们仍在死死抱住“歌颂 = 革命，揭露 = 反动”这个荒诞的公式，以此作为反对思想解放、反对揭批“四人帮”、反对艺术民主的棍子。他们是“左”视眼患者，总是以“左”为正，以正为“左”。“左”比右好，宁“左”勿右，“左”是方法问题，右是立场问题等“信条”，对文学创作的种种唯心主义、形而上学观念，仍在牢固地统治着他们的头脑。就以上述《河北文艺》上的那篇《“歌德”与“缺德”》为例，所念的仍是“歌颂 = 革命，揭露 = 反动”这个符咒。这位自称最有“党性”、自命为“歌德派”的“勇士”，从“四人帮”的帮腔帮调中选用了最肮脏、最横暴的字眼，甚至原封不动地重复阴谋家江青的语言，对革命作家大肆辱骂，诬之为“只应到历史垃圾堆上的修正主义大师们的腐尸中充当虫蛆”，“善于在阴湿的血污中闻腥的动物”。他大叫大嚷：文学只能歌颂。歌颂什么呢？除了深感“四人帮”封建法西斯统治的“历史是前进了的”，所以应当大力歌颂外，他还认为：“现代中国人并无失学失业之忧，也无无衣无食之虑，日不怕盗贼执杖行凶，夜不怕黑布蒙面的大汉轻轻叩门。河水涣涣，莲荷盈盈，绿水新池，艳阳高照。当今世界上如此美好的社会主义，为何不可‘歌’其‘德’？”原来，他之所以提倡“歌德”，是为了要作家在我们和困难作斗争的事实面前，在一切黑暗的、消极的、落后的事物面前闭起眼睛，一味用什么“河水涣涣”之类花花绿绿的辞藻去粉饰现实，用“歌德”这块障眼布，把包括“四人帮”余毒在内的一切阻碍我们前进的旧事物统统掩盖起来、保护起来，使它们免于遭受揭露和鞭打。如此明目张胆地鼓吹早为鲁迅所痛斥过的“瞒”和“骗”的文艺，这位作者站在什么立场上，他之所谓“歌德”用意何在，不是很清楚了吗？

还有一种议论，认为文学作品中揭露“四人帮”的罪行及其流毒，在前一段时间还可允许，现在已是人人心奔“四化”，这种揭露就必须停止，因为这是“向后看”的，最多也不过等于“战前诉苦”，现在要实现“四化”，就不应该有这种“向后看”和“诉苦”，而是应该“吹奏冲锋号”，“踏着革命的鼓点前进”了。这种议论虽打着堂皇的旗号，其实仍旧是把生活中的光明和黑暗截然割成毫不相关的两块，仍旧是不准表现新事物和旧事物的斗争，仍旧是“歌颂＝革命，揭露＝反动”的公式的变种。在他们看来，仿佛实现“四化”只是一场纯粹的人和自然的斗争，只是一种纯粹的科学技术研究和生产活动，而不是从经济基础到上层建筑的一场深刻的革命。仿佛为了一心奔“四化”，就根本不需要肃清“四人帮”的流毒，根本不需要和现代迷信、官僚主义、特权观念等黑暗的、腐朽的东西进行坚决的斗争，或者这种斗争即使存在，也和实现“四化”毫无关系。他们实际上根本否认实现“四化”正是在斗争中进行的，想用单纯的科研、生产活动来取消我们在政治上、思想上进行的艰巨的斗争。因而他们认为揭露、批判“四人帮”的流毒和阻碍实现“四化”的旧事物，就是“向后看”，是拖后腿，应当吹奏与此毫不相关的一种什么“冲锋号”，才是“向前看”，才是为“四化”服务。这是一种多么奇怪的逻辑！

应该说，在文学作品中表现人民群众为扫除实现“四化”的障碍而进行的种种斗争，都是鼓舞进军的冲锋号，都是向前看。在现实的斗争面前背过脸去，空喊什么“冲锋呀冲锋”，倒显然不是什么真正的“向前看”。这样的“冲锋号”即使声嘶力竭，也必定空虚无力，起不了什么鼓舞作用。

在和“四人帮”作殊死搏斗中巍然屹立，光照日月、气壮山河的无产阶级之花、中华民族魂张志新烈士，代表了我们生活中最大的光明面。她的伟大精神，正是在跟万恶的“四人帮”作不屈的斗争中表现出来的，我们歌颂她的崇高品格，能和揭露“四人帮”灭绝人性的罪行分割开来吗？在作品中歌颂她的英勇斗争，不正是最能鼓舞我们为实现“四化”而奋勇向前吗？难道这不是冲锋号，而是什么“向后看”，必须加以取缔，才算是“向前看”吗？谁想用任何借口，来阻挡、反对我们对“四人帮”余毒的斗争和对其他阻碍实现四化的旧事物的揭露，都不过证明他在为这种黑暗、落后事物的免遭覆灭效劳而已。我们决不主张文学应该一味揭露。用热情洋溢的、激动人心的赞歌，歌颂人民的光辉业绩和英勇精神，以鼓励人们一心奔“四化”，这是革命文艺家的重要任务，必须大力提倡，积极促进。但是，决不允许排斥表现人民和黑暗、消极、落后的事物的斗争，决不允许排斥文学作品对旧事物的揭露。在揭露黑暗和消极现象的作品中，也难以避免会出现罗列丑恶现象，而解剖不深、含义浅薄的作品，出现虽有悲愤而情绪低沉的作品，出现震惊于黑暗之可怖而对我们的事业信心不足甚至有所怀疑的作品，而且，也不能保证绝对不会出现对社会主义表示动摇甚至恶意攻击的作品。但是，这一切都必须通过具体的分析，经过群众的检验，应该从实际出发，进行批评和帮助。确属站在反动立场上的诽谤，则自然必须严肃批判，不能任其放毒。然而这一切，都不能成为在文学中杜绝揭露黑暗、落后事物的理由。在贯彻“双百”方针的过程中，即使出现了反党反社会主义的毒草，也用不着胆战心惊、神经衰弱。应该相信无产阶级的气度，相信人民群众的政治觉悟，相信毒草铲除之后，是可以变为肥料的。“四人帮”制造的那种“一文可以兴邦，一戏可以亡国”的神话，不过是借以吓人、打人，为了妄图从打击革命文艺入手，达到他们篡党夺权的罪恶目的。这种把文艺的作用强调到荒谬程度的邪说，不过是他们反动的“上层建筑决定论”和唯意志论的表现，而这曾经毒害过不少人,它的流毒至今尚未肃清。

为什么总有人见揭露而摇头,听批评而皱眉呢?为什么一有侧重于揭露的作品出现,就连揭批"四人帮"的,也要有人出来放冷风、抡棍子,必欲将其扑灭呢?难道应该怀恋"四人帮"的"王道乐土",还要对之感恩戴德吗?为什么在经历了如此严峻的考验,得到了如此深刻的教训之后,在发扬社会主义民主的今天,"歌颂=革命,揭露=反动"的公式仍在顽固地据守它残破的阵地,并且继续发挥它的影响呢?难道这是一种什么宝贝,丢弃了它,就要天下大乱吗?这说明,极"左"思潮和文学理论中的形而上学观念仍在作用于一些人僵化、半僵化的神经,丢弃这种荒诞的公式,破除强加于文艺的种种无知而又蛮横的符咒,批透极"左"思潮,继续解放思想,仍是文艺战线当前严重的战斗任务。

(本文与于晴合作,原载《北京文艺》1979年9月号)

# 题材杂议

## 由题材“顺序”说引起的回顾

题材问题，多年来聚讼不休。近两三年又出现了一种新规定，即所谓“按顺序”。那意思是：写歌颂领袖和老一辈无产阶级革命家的作品，必须严格按照其地位顺序，依次进行。倘关于前面的一位的作品还未写出，或者认为写得还不够，后面的一位就不能写，写了也不准问世，不能上演，不能拍电影。有些作家没有遵从这种排座次的规定，或者对此提出异议，便受到申斥，说是搞乱了“党和国家的宣传工作”，“造成社会混乱”，云云（见一份《电影工作简报》）。

这种规定，使人们在惊愕之余，不禁回想起许多文坛旧事，特别是多年来关于题材问题的种种争论、种种纠纷、种种磨难。

倘能真正依据马克思列宁主义文艺原理，这个问题本来不难明白。毛泽东同志所说的“一切危害人民群众的黑暗势力必须暴露之，一切人民群众的革命斗争必须歌颂之，这就是革命文艺家的基本任务”，就表明文艺创作的题材极为广阔，并无限制。党在提出“百花齐放，百家争鸣”方针时，也说得很清楚：“作家艺术家有选择和处理题材的充分自由”。可是不知为什么，长期以来，在理论和实践上，对题材的成文和不成文的限制、对创作的有形和无形的束缚，却越来越多、越来越严。

弄到后来，几乎在各条路口，都赫然高悬着“禁止通行”的牌子。大概从来没有哪一个时代，在文艺题材上设置过那么多的障碍，制定过那么多的戒律，引起过那么多的混乱和纷争的。

譬如，有一阵就特别提倡过“赶任务”，即认为文艺的使命就是必须“及时、直接”地“配合”当时当地的某一中心工作（如爱国卫生运动），图解某一具体政策(如增产节约),推广某一工作经验(如技术革新),要求甚至强令作家去写这类东西,因而实际上就贬低了除此而外的各种题材。这种错误后来有所纠正,可是到了新的场合,却又发展到极端,一时掀起了狂热的所谓“写中心,画中心,演中心,唱中心”的运动,中心之外即不可写。这种做法怎样遏制了文艺的生机,导致了创作的贫乏,人们是记忆犹新的。

又如,在提倡写现代题材(这无疑是很必要的)时,却又出现了把它同历史题材对立起来,并且排斥后者的倾向。倘有涉及,也只限于反映过去的农民起义和反帝爱国斗争,而关于历史上的许多杰出人物,却往往不便问津。至于写现代,实际上也有限制,在提倡以当前为主时,又出现片面地强调,以致五四运动这样的伟大斗争以及后来的革命运动,竟也不被重视。到了张春桥和他的后台那里,为了反对党关于扩大题材范围的号召,镇压文艺界的要求,就抡起所谓“大写十三年”的狼牙棒,顺我者昌,逆我者亡,排斥了“十三年”以外的一切题材。

再如,提倡写当代题材,则在此范围内,应该是较有采择的余地了,但是也不行。在实际上,又把写工农兵群众和写知识分子及其他方面的题材绝对对立起来。知识分子不得成为作品的主角,写了就是“和工农兵争夺文艺阵地”,即使是配角,也必须丑化,否则便是“资产阶级知识分子的自我表现”。

倘写民族资产阶级,意在揭露其剥削本性和政治上的两重性,也很容易被当成“为资本家歌功颂德”,事关政治立场,至为危险。你不写工农兵而偏向这类事物,就证明你反对为工农兵服务,自然是“违背工农兵方向”无疑了。

可是,写工农兵,也只能写“重大题材”。倡导者认为,文艺必须大写生活中已经或正在发生的重大事件(如某一政治运动、某一巨大建设、某一惊人事迹,等等),只有写这种重大事件,作品才有重大意义。而在“重大题材”中,又最为强调所谓“尖端题材”,要求和指定作家攻“尖端”,去写最重大的事件,因为提倡者认为,写这种“尖端”,才算“唱出时代最强音”,才有最大的意义。与此同时,把作家从人民生活斗争中发掘的各种题材,一律贬为“一般题材”,以其事件并非“重大”而列入“副册”或“又副册”,当然不应提倡。

这种把生活事件和文艺题材完全混为一谈,并从而作出片面强调的主张,一直极为流行,使作家深感困惑。

除此而外,还有所谓“正面,直接反映火热斗争”和所谓“侧面,间接反映”之间的对立。其意若曰,写工人在炼钢炉前艰苦奋战,或与敌特搏斗等,才是“正面、直接”,才算重要;而写工人的日常生活斗争,即使揭示的意义重要、深刻,也由于是“侧面、间接”,其价值就必定微小。倘若涉及爱情、婚姻之类,则更是“家务事、儿女情”,有堕入“资产阶级人性论”、“歪曲工农兵形象”泥坑的危险了。

还有一种题材分类,不但最易引起争端,而且极易招惹灾祸。那就是把歌颂和揭露、批评、讽刺的题材绝对对立起来。篇篇皆是歌颂,才算彻底革命,倘要有所揭露,自然居心不良。而且事实又证明,凡敢对社会生活的消极现象投一光辉,略作解剖,切中时弊者,几乎无例外地要连人带作品,一并算作异类、反面教训,昭昭在人耳目,因而这类题材也就成为特种禁区,无人敢于涉足了。

在我们这儿,还流行过一种特别奇怪的“文艺理论”。这种理论要求按照书本中的定义来“反映”生活,即要求把无比丰富、复杂多样的生活抽象化,使之符合某种绝对观念,才算是写出了“本质”,否则便是“歪曲”。此种“理论”认为:只有生活中光明的、正确的、进步的东西,才是“本质”;而黑暗的、错误的、落后的东西,乃是“非本质”,不得写入作品。这种“理论”推演的结果,是一种生活只许有一个题材、一个主题、一个典型。按照这种主张,则我们只要政治课本就够了,文学艺术均可废除。可悲的是,这种“理论”却在我们这里长期流行,甚至往往居于上风。这种“理论”不仅造成思想上的混乱,而且由于它往往以此打人,也就必然导致创作的概念化与模式化。可惜的是,至今它还在以“正确”的面貌出现,还没有得到有力的批驳。当然,在作种种其实是绝对化的提倡时,也列出过若干“允许”的题材,如抒情的、愉悦的、知识性的,等等。但较之其他题材,更是等而下之,自然很少有人愿意甘居末流,去写这类“脱离政治”、“违背正确方向”的东西。于是所谓“允许”,也就落了空。

此外大概还有其他的。层层设障,创作上可以通行的路,是多么狭小。

一个作家要绕过多而且深的壕堑，该有多么困难，不得已而涉及禁区时，是何等栗栗危惧，要充分发挥艺术的创造性，又是何等不易。文艺之苦于禁忌者久矣！

不过，文坛上有很多坚实的战士。许多优秀的、至今仍在传诵的作品，就是因为没有囿于种种戒律，敢于创新，有充实的内容、深刻的体验和独到的见地，才得到群众的承认的。这是我们的文艺的主流。也有些作品一度曾因"不合规矩"而遭到非议，但是终于因读者的欢迎，得到社会的肯定，才得以存在。有的作家因不合所提倡的口径，所写被贬为"小小的悲欢"，于是试图改弦易辙，强攻"尖端"、"重大"，结果反倒失去了自己的风格，后来终于又改了回来。有一些作品则由于公然违反禁令，就跌入深渊，无从自拔。至于旁的，如利用古代题材，在作品中写出向强暴者复仇的鬼魂形象，等等，则更属歪门邪道，要杜绝就更为容易了。许多作者因犯忌而蒙不白之冤，事隔多年，才得重见天日。可见，在题材上想有所突破、有所开拓，不但艰难，而且要承担大风险的。

诚然，在作种种提倡时，也并未明令禁写其他题材，一般还表示允许。但是，由于运用行政命令方式来推行这些主张，结果往往就成为绝对化。作具体部署时，不免又层层加码，调子越来越高，"主要"的就成为"唯一"的。某些简单化的评论则努力鼓吹这"唯一"的主张。为了落实，有些地方还生硬地制定比例，主观地拟出题目，分配给所属作家，甚至创造出"定题材、定任务、定时间"，即"三定"的"先进经验"。作家非规定者不准写，写了也是"私活"；按规定写出者即使并不成功，也往往得到支持、赞扬。事实证明，由于违背艺术规律，统购统销，限制太死，结果难以产生内容充实、技巧上达的作品，那种主观拟定的比例、主次，等等，实际上也并不能实现。有时，在这种硬性摊派之外冒出来的东西，反而有生命、有独创，为读者所喜爱。这实在是一个具有讽刺意义的教训。

如此横拦竖挡，一个作家想根据自己的特长，去表现感受深刻、孕育成熟的题材，自然不仅要有坚实的基础，而且要有相当的勇气。于是，不少人只好去写一些正被绝对地强调，而自己尚无真切体察的东西。为了免于越轨，不少作品只能离开生活中真实的悲欢，作浮光掠影的描绘，或者编一点有趣的误会，凑一点“好的和更好的矛盾”。甚至还有人发明了一种所谓“反面材料正面做”的“创作方法”，即写升平气象来掩盖他明明看到了的、意义并非轻浅的社会矛盾，还自以为是一种“创造”。正因如此，当时的有些作品就滑到远离生活、回避冲突、粉饰真实的道路上去。艺术上的公式化、概念化，也正是因此而产生的。在创作上，当时就有一些同志自命为“歌德派”，声称此生专门歌颂，决不暴露。这自然也是一家之说。不过究其实质，也不过是想求得政治上的优越和艺术上的省力。因为歌颂和暴露，并不仿佛天文和地理，是两种截然不同的科学，必须严格分工，更并非革命和反动，必须划清界限，才能显示自己的坚定、纯洁的。

对这种极不正常的现象，广大群众和文艺界的许多有识之士都颇不以为然，因为它严重妨碍文艺的发展，于是就发生过种种争论。党的领导方面也及时察觉，出来努力纠正。周恩来同志在对文艺界的多次讲话中，就一再提出必须打破限制，扩大题材领域，并且反对所谓“五子登科”等错误作风。他指出：“至于题材，完全可以允许作者自由选择。”（1961 年 6 月 19 日《在文艺工作座谈会和故事片创作会议上的讲话》）周扬同志在第三次全国文代会上作的《我国社会主义文学艺术的道路》的报告中，以及经党中央批准的《关于当前文学艺术工作若干问题的意见（草案）》（即“文艺八条”）中，都以非常鲜明的态度，阐明了党的政策。“文艺八条”把扩大题材作为实践“双百”方针、繁荣创作的政策性问题，做出规定：“文学艺术创作的题材，应该丰富多样，作家艺术家有选择和处理题材的充分自由。”这些积极措施，解除了文艺工作者的重重顾虑，曾一度使题材问题上某些非分的干预有所收敛，并因此产生了不少题材、形式较为多样，内容较为切实的好作品，创作遂有活泼生动的局面，情景是令人鼓舞的。

但是，围绕题材问题的论争并没有结束。在“左”倾思潮的影响下，特别是由于混在文艺队伍中的奸细、恶棍姚文元、张春桥之流的兴风作浪，题材问题的争论又出现反复，陷于混乱。不仅某些正确的主张统统被诬为“题材无差别论”，而且在“大写十三年”的棍棒下，文艺创作几乎濒于绝境，因为即使写“十三”年，也有许多严酷的戒律。创作上的探求和理论上的研讨，都动辄成为政治问题甚至敌我问题。题材问题从此就是一个谁也碰不得的禁区。

到了“四人帮”的十年动乱时代，他们为了实行封建法西斯专政，就力图扑灭革命文艺。他们打出极左旗号，蛮横推行“题材决定论”、“根本任务论”和从根本上取消艺术创造的所谓“样板化”，把党一贯倡导的关于题材的正确方针诬蔑成“为复辟资本主义的罪恶阴谋大造舆论的反革命文艺之路”。他们胡说提倡题材多样化就是“反对描写工农兵革命斗争的题材”，把描写工农兵的日常生活，说成是“企图用生活上的卑微琐事来取代对工农兵革命斗争生活的描写……以达到宣扬资产阶级情趣的罪恶目的”；把抒写劳动人民优美情操的作品诬为“散布地主资产阶级反动思想和腐朽的生活情趣，以便毒化革命人民的精神生活”；写历史题材，则“不过是妄图抬出封建僵尸的亡灵，借古讽今，含沙射影，寄寓反党反社会主义的祸心”；至于神仙鬼怪一类，那更是“传达在无产阶级专政下受镇压的一小伙反革命分子的心声”。（以上所引，见《人民日报》1972 年 2 月 18 日刊登的《坚定不移地表现新的人物、新的世界》）他们特别仇恨歌颂老一辈无产阶级革命家的作品，诬为“利用小说反党”，是给所谓“走资派”“涂脂抹粉，树碑立传”，并且制造了骇人听闻的冤案。在剿灭这一切的同时，他们制定出文艺上的一条“根本”帮规，即所谓“在阶级斗争、路线斗争的风口浪尖上，塑造高大完美、叱咤风云的无产阶级英雄人物形象”。他们之所谓“英雄”，当然就是他们这帮匪徒及其大大小小的鹰犬，而在文艺上，也就根本消灭了题材的多样化，彻底堵死了除他们的阴谋文艺之外的一切题材。

这实在是史无前例的。我们历代的文艺先辈们泉下有知，恐怕也会无从索解，只得哑口无言吧？

实践检验一切。我们在题材问题上的种种斗争、我们亲历的这正反两方面的经验——包括血的教训，还不值得我们深思吗？

## 错乱出在哪里

那么，错乱出在哪里呢？虽然所涉及的不过是属于常识范围的问题，但因为倘有争论，就很容易沦为敌对阶级，立即失去发言权，不容分辩，而且还时有反复，一时似乎已经明确，而终于又生变故，被弄得糊涂颠倒，于是纠纷也就绵延不断。

在我们中间,“题材决定论”的赞同者历来把题材问题当作严重的政治问题来看待,又加上他们的姿态很吓人,所以总是容易取胜。其实,他们对于什么是文艺、什么是政治,以及这两者的关系应当怎样,不仅十分模糊,而且分明是扭曲了的。

文艺和政治的关系,是文艺工作的一个根本问题。从革命文艺诞生的时候起,在这个问题上就一直进行着斗争。资产阶级往往打着文艺超阶级的旗号,掩盖文艺和政治有密切的关系的实质。无产阶级则公开声称革命文艺是整个革命事业的一部分,文艺应当以自己的特殊手段,积极影响自己的时代。今天在党的领导下为实现“四化”而进行的斗争,就是我们所处的历史时期最大的政治。文艺发挥自己特有的功能,从多方面有利于实现“四化”,就会积极影响我们的伟大事业。倘把政治看成仅仅是当时当地的某项中心工作、某条具体政策、某个具体指示,这是对政治的简单化的理解。要求文艺的题材这样来“配合”政治,只可能把创作的题材束缚在狭窄的框子里,必然大大限制文艺为人民服务的广阔范围,必然大大限制文艺创作内容、形式、风格的丰富性和多样性,降低文艺素质,甚至产生把政治庸俗化的倾向,为群众所不满。这样来“为政治服务”,其实正是严重损伤了文艺应该发挥的特有的、多种多样的功能,不能真正达到为革命斗争服务的目的。

文艺家应该努力反映当前历史时期中人民群众为实现党所提出的革命任务而进行的斗争。这方面的题材自然应当提倡、应当鼓励,但是也不能绝对化,因为文艺为革命斗争服务的途径和方式是多种多样的。凡是能激励人民在实现一定时期的革命任务而进行的斗争中奋发图强,鼓舞人民的革命热情和劳动热情,培养和提高人民的共产主义觉悟和道德风尚,增强民族自尊心和国际主义精神,揭露和批判剥削阶级遗留在人民中间的恶劣影响和旧的习惯势力,乃至可以扩大知识领域、启发智慧、陶冶情操、提高审美能力、娱乐身心、丰富人民精神生活的一切题材,都是为革命斗争服务、为人民所需要的。倘把问题看得非常机械、狭隘,以为只有某种题材才算是为政治服务,而其他多种多样的题材都是“脱离政治”,甚至是“反对为政治服务”,则必然遏制文艺的生产力,也堵塞了文艺为人民、为革命斗争服务的广阔道路。这样的“为政治服务”喊得越响,调子越高,就越是剥夺了文艺为革命斗争服务的功能。

文艺是通过形象思维的方法,用形象化的手段,主要是以典型形象的塑造来反映生活并服务于人民大众的。文艺的政治性、思想性寓于形象之中,必须通过真实、生动、独创的艺术形象,融理于情,动人以情,才能真正达到它为人民大众、革命斗争服务的目的。文艺的教育作用和愉悦作用是辩证的统一。这本来也是一些普通常识,可是"题材决定论"的赞同者却总是不肯承认文艺之所以为文艺这个尽人皆知的事实。他们总是把文艺和其他的宣传手段刻板地视同一律,看成是和新闻报道、政治读本和宣传手册一样的东西,要求文艺去完成这类宣传工具的职能。他们总是不愿意去弄明白鲁迅所说的:"我以为一切文艺固是宣传,而一切宣传却并非全是文艺……革命之所以于口号、标语、布告、电报、教科书……之外,要用文艺者,就因为它是文艺。"利用某种文艺形式,进行政策、时事的宣传,在一定条件下也需要,但这种宣传并不等于是文艺创作,更不是文艺创作的全部和文艺创作的主要任务。还有一类作品,并非从真实的生活体验出发,不是从真实生动的艺术形象中体现其社会意义,而不过是为了图解某个概念,宣传某种政策思想、战略思想,才编造出故事、场景,看来具有类似文艺的外形,其实也不过是一种较为复杂的化装宣传,并无艺术的素质。所以,我们还必须努力去弄明白鲁迅在谈木刻时说过的话:"木刻是一种作某用的工具,是不错的,但万不要忘记它是艺术,它之所以是工具,就因为它是艺术的缘故。"在我们这里,长期以来有一种奇怪的现象:有些人总喜欢把并非文艺这种工具所适宜承担的工作,硬要它来完成,而明明是文艺应尽的责任,却偏偏不让它承担。譬如要求某个戏剧或电影去宣传游击战的战略战术,或者无痛分娩法、计划生育之类,而文艺作品融理于情,写人的命运,写悲欢爱憎,却往往容易被说成是"宣扬资产阶级人性论"。这犹如锯和斧虽同是工具,倘硬要锯来劈木头,而应当用锯之处,却又偏不令去锯,结果怎样,是不言自明的了。这里又涉及了文艺的功能。"题材决定论"的赞同者看来十分重视文艺的教育作用,而其实对于文艺这种东西有怎样的作用,以及如何才能发挥这种作用,却又往往不肯去弄个明白。他们总是不承认,文艺除通常所说的教育作用,还有认识作用、审美作用和愉悦作用,而且它们总是融为一体的。而关于教育作用，也仿佛只有教科书式的宣讲、化装演说式的图解、耳提面命式的教训，或者只有在作品中树立一个值得仿效的榜样，才算是教育，不愿意承认宣讲、图解之类并非文艺，而文艺所具有的是多种多样的教育、鼓舞、启发、省悟、感染的潜移默化的功能，这一切，又必须是通过真正的艺术形象才能达到的。在作品中创造真实感人的先进人物和英雄人物形象，对人民群众特别是青少年有着巨大的教育作用。这方面的题材无疑应该大力提倡，无疑应该受到作家、艺术家的特别重视，但是却不应该因此而贬低甚至排斥其他多种多样的题材。凡是能够帮助人们认识世界的多样性、生活的复杂性和历史的规律性，帮助人们培养美好品质和优良风尚，同时得到健康的娱乐和向上的精神享受的，什么题材都可以写、应该写，不应该受到限制。

人们说过许多关于文艺题材的话，然而对究竟什么是“题材”，却一直存在种种总也说不清楚的误解。问题也就出在这里。譬如，长期以来，有一种简单的、似是而非的看法，即把文艺创作的题材和生活事件混为一谈，仿佛只有写了重要的生活、重大的事件，才算是重大题材，才有重大的教育意义。那种把“重大题材”和“一般题材”对立起来，从而贬低或排斥后者的做法，就是由此产生的。其实按正常的理解，所谓题材，并不等于生活中的原始材料，而是指作家在对生活做深入的观察体验的基础上，独创地选取的可供自己写作的艺术材料，它本身就孕育着主题和主题思想的胚胎。同样的生活、事件，不同的作家由于观察的角度、深度和独创之处不同，必然会产生许多不同的题材。对于值得重视的生活方面和重大事件，倘作家有深厚的生活基础和深刻的观察，固然可以提炼出有重要意义的题材。但是，倘只有泛泛的了解，记下了一些数字、过程和人物事迹，却未必算是获得了“重大题材”，写出来的作品也必然不能动人。同时，在看来并非重大的事件，即“题材决定论”者最为轻视的人民群众的“普通的日常生活”中，倘有独创的见地，也完全可以提炼出有重要意义的题材来。“重大事件 = 重大题材 = 重大主题”这种简单的公式，并不符合艺术创作的规律，倘强加于文艺，则只能造成题材的狭窄和单调。这已经是为多年来的实践所证明了的。

那么，文艺的题材就并无“大小轻重”之分了吗？当然有。生活有无限丰富的侧面，其中自然有大小轻重之别。反映生活中比较重要的侧面而又能从艺术形象中体现重要的思想意义,自然应该提倡和鼓励。但是,却不能以此作为限制题材的理由,不能因此贬低或反对无限丰富的生活侧面的反映。因为归根结底,一个作品成功与否,决定于作家的生活基础、思想素养和艺术创造的才能,决定于它所创造的典型及其社会意义,而不仅仅取决于所写的是怎样的事件。把反映的生活内容的差别,作为"题材决定论"的根据,并从而指反对者为"题材无差别论",实在是一种不顾事实的纠缠。鲁迅说得明白:"我以为根本的问题是在作者可是一个'革命人'……从喷泉里出来的都是水,从血管里出来的都是血。"莫非这也是在宣传什么"题材无差别论"吗?

文艺既然是反映生活的,生活无比广阔,文艺的题材也必然无比丰富。题材必须新颖独到、引人入胜,才能真正发挥文艺的作用。雷同、刻板、单一的题材只能使人厌倦。各种文艺形式、体裁,都各有自己的特长和局限,某些文艺形式适宜于表现某一类题材,而另外的形式则不适宜。文艺是富于创造性的精神劳动,不同的作家对题材、形式、体裁、风格的擅长和爱好也因人而异。我们应当鼓励作家发挥自己的专长,决不能硬性规定,强求一律。人民群众对文艺的爱好和欣赏要求也是多种多样的,文艺必须尊重和努力满足群众多方面的需要。因此,在题材上控制太死,调子太高,棍子太多,是和文艺的繁荣、和为人民大众服务的目的背道而驰的。

## 必须解放思想,广开文路

然而,就是这样容易明白的问题,现在还不得不来争论。

"四人帮"覆灭后,文艺界恢复了生机。文艺家们冲破重重障碍,不断砸碎"四人帮"的枷锁。人们的思想开始活跃,创作也屡屡突破禁区,从各个侧面反映了我们时代光明和黑暗的大搏斗,不少作品提出了人们关切的问题,表达了人民的愿望和要求,动人心魄。这是一种很好的气象。

但是,文艺界拨乱反正、思想解放的运动并非如有些人所说,是"过了头",而只能说是刚刚开始,文艺界受"四人帮"之害最深最重,被他们搅乱、颠倒了的许多重大问题,都还有待于进一步澄清。对于《纪要》这样流毒远远超出于文艺界的反革命纲领,虽已为党中央明令撤销,但至今还没有全面、深入地批判。而这个《纪要》的若干观点,至今仍在我们中间留有影响。

至于题材这类问题，则在理论和实践上都仍有混乱，原则上的是非也远没有分清。例如，有人在批判张春桥、姚文元时，竟还袭用“四人帮”的论点和语言，说他们之所以可恶，是因为“鼓吹题材多样化”之故。这实在不能不令人吃惊。

我们的作品还远不能满足新长征中人民群众的需要。群众不断向我们发出强烈呼吁。重要原因之一，是文艺的题材还比较狭窄、单调。这类问题，既有深刻的历史渊源，也正说明必须进一步砸碎精神枷锁，正视过去的经验教训，解放思想，广开文路，才能使文艺大有作为。林彪、“四人帮”的极“左”思潮的影响，文艺思想中牢固的形而上学观念，忽视或者抹杀文艺的特点及其客观规律，这就是在文艺题材问题上产生混乱和障碍的根本原因。由于这种习惯势力所造成的扭曲和束缚，今天在创作上要有所突破、有所创新，都是不免要遇到阻力、受到责难的。特别是倘闯入长期以来形成的某些禁地，就很容易被目为“异端”。即使作品得到群众的好评，也还有人侧目而视，忍不住要赐以恶名。这就使得有些作家余悸难消，总在忐忑不已。

譬如，一个时期以来的不少作品揭露了“四人帮”的罪恶，包括他们的暴行在人们心灵上造成的创伤，也歌颂了人民群众和“四人帮”斗争的英勇精神。这些作品在群众中引起了强烈的反响，为他们所欢迎。由于它们冲破了过去创作题材的种种戒律，有些人就很不以为然，抓住这些作品（大多是青年作者写的）中的某些缺陷，以偏概全，统统斥为“暴露文学”、“伤痕文学”、“感伤文学”、“向后看文艺”，甚至称之为“四反（反对四项基本原则）文艺”。还有人责问道，现在的作品“多是爱情、伤痕一类，这样下去，毛主席的革命文艺路线不是要否定了吗”？对于这批作品中的成功和失误，还可以有专文讨论。可是，总的来说，揭露“四人帮”封建法西斯统治的凶残酷毒，从中吸取惨痛的教训，激励人们为铲除“四人帮”滋生的根源、为扫清“四化”道路上的障碍而奋斗，赞颂人民群众为保卫社会主义事业而浴血战斗的大无畏精神，以鼓舞为改变祖国落后面貌而进行新的长征，这正是当前文艺重大的题材。应该说，现在表现得还不够深刻，不够有力。为什么就不容于当世呢？为什么连“四人帮”的黑暗也不得暴露呢？许多这样的作品，使人于悲愤中有所深思，有所激励，明明有利于向前看，又怎么成了“向后看”呢？至于“四反”云云，则更是过去某些人惯用的老办法，动辄诬人以罪，此风至今未灭，倒真是令人可悲的。

至于人民群众的爱情之类，本是生活的一个方面，人们的思想、品德、情操和社会生活中的矛盾，往往在这里有鲜明的反映。最近的有些作品，是从揭露“四人帮”的恶劣影响的角度，以歌颂先进的青年人的优秀品德为内容，写他们的爱情、婚姻问题的。“四人帮”曾将这方面的题材列为禁区，这种假清教徒式的禁锢，剥夺了文艺在这类问题上对青年进行启发、引导的职能，结果造成了暗地传播的淫秽下流的毒品泛滥，使不少青年深受其害。这种教训，难道还不够惨痛吗？莫非一定要重新列为禁区，才算是符合“革命文艺路线”吗？

还有，由于有一些作品写了知识分子在“四人帮”迫害下的遭遇和他们的斗争，也有人“挺身而出”，斥为“反对文艺为工农兵服务的方向”。这种宣判，听来颇为耳熟。劳动人民是我们社会的主人，也应该是文艺主要描写的对象。但是，马克思主义的文艺主张中，从来没有不准描写知识分子的规定。中国革命的知识分子从来就是人民大众的一部分，今天，知识分子的绝大多数，已经是无产阶级的一部分，是和工农并肩战斗的劳动者。“四人帮”对革命知识分子进行人类历史上罕见的残酷迫害，正因为知识分子也是他们实行封建法西斯专政的一个重要障碍。不少知识分子在和“四人帮”的斗争中，和工农群众一样，表现了壮烈的精神，张志新烈士就是光辉的典范。许多忠贞不屈和对人民做出了卓越贡献的知识分子，同工农兵群众中的杰出人物一样，都是我们民族的精华。只有“四人帮”一类的匪徒，才把知识分子中顺从者“为我所用”，不驯者诬为“臭老九”，必欲置之死地而后快。知识分子当然还必须在实践中不断求得进步，但时至今日，对他们还怀着偏见、存有戒心，甚至令其不得进入文艺题材领域，这不过说明极“左”思潮的余毒还必须进一步肃清。

由此看来，至今还有人企图严守文艺题材的一切禁区，不准稍有逾越。这也正说明，那种似是而非或是非颠倒的形而上学的符咒，还在作用于某些人的头脑。对于这些，还必须做一番彻底打扫的工作。至于那种论文艺虽格格不入，抡棍子则砰砰有声的风气，则更应早日杜绝为好。

这又使人想起那个使文艺工作一度活跃兴旺起来的“文艺八条”。它规定:“可以写今天的生活,也可以写历史的事迹;可以写尖锐的政治斗争,也可以写普通的日常生活;可以写正面人物,也可以写反面人物;可以写敌我矛盾,也可以写人民内部矛盾;可以写喜剧,也可以写悲剧;可以歌颂,也可以批评或者讽刺。”这种规定在当时显然是很必要的。但由此也看到,那时创作上千奇百怪的清规戒律何等繁多,以致不得不在这样的文件中明文规定“可以写普通的日常生活”,等等,以近乎法律的形式,宣布这些并非禁区,来保障作家免受过分的困扰和不公正的谴责。文艺题材居然被套上了这么多紧箍咒,无论在哪一个时代,恐怕都是少有的。

看来,由于“四人帮”的破坏,由于他们在文艺界的流毒还远没有肃清,题材问题上极“左”思潮的影响和牢固的形而上学观念,其谬误和危害之处还远没有被充分揭示出来,因而还占有相当地位。题材必须“按顺序”这类新戒律的出现,便是一例。文艺题材并非领导机关确定的名单,怎能要求严格按照等级和先后顺序一一写来?写作也并非机械操作,前一道工序未完,后一道即不能进行。而且,为什么没有严格遵循,竟造成“社会混乱”了呢?自然,之所以有此种规定,是有其更为根本的原因(如现代迷信的影响之类)的,这里暂不论及,但是,这和贯彻“双百”方针、和文艺工作的领导必须按照艺术规律进行等,不是也过于逆忤了吗?

除此之外,其他的议论也是不少的。例如,还在片面强调“重大题材”,而且认为只要写了重大事件,其“反映生活的深度和广度要强得多”,而对反映和“四人帮”斗争这样的重大题材,却又偏偏认为不“重大”。又如,提倡“向前看文艺”,而其本意,是认为当前的有关揭露“四人帮”罪恶的作品都是“向后看”,而必须写出与此毫不相关的作品,才算“向前看”。甚至也有人公然指斥当前的揭露“四人帮”的作品为“攻击社会主义制度”,作家只准去写“泥土和油浪的芳香”、“绿于金色软于丝的万千细柳”、“塞外原野悠扬牧歌和战士打靶归来的阵阵欢笑”(见1979年第6期《河北文艺》)之类。真是剑拔弩张,严禁文艺越轨。自然,之所以如此,还有根本的原因在,即某些论者对我们同“四人帮”的斗争和当前大好形势,另有不同看法,这里也可以暂不论列,但是,为什么在题材问题上还要重新挂起并且牢牢护住那些“禁止通行”的牌子呢？难道因为文艺历来是可以任意打击的地区，所以就按照惯例，设关卡、立禁区，而且动辄扣帽子、打棍子吗？

为了促进文艺大有作为，使之更好地为实现“四化”、为人民大众服务，就必须大大改变文艺题材狭窄、单调的局面。党的领导同志一再号召，必须扩大文艺题材的领域。在提倡和要求努力反映现代的生活斗争的同时，必须广开文路。上下几千年、纵横数万里，都应该在作家、艺术家的视野之内。这个号召鼓舞了文艺界。这是进一步解放艺术生产力，调动一切积极因素，繁荣社会主义文艺，以满足人民文化精神生活需要的积极措施，正在推动文艺创作的活跃和发展。为了响应这个号召，我们还要做许多努力，其中之一，是必须同极“左”思潮的影响和种种形而上学观念，进行肯定不会是轻松的斗争。

说到这里，大概有人禁不住会问道：什么？这跟“自由化”不是差不多了吗？文艺创作就不要领导，题材就不要平衡了吗？且慢。创作当然要领导，在题材上，也当然应该根据时代和人民的需要，有所侧重，有所提倡，在具体工作中，也自然应该有所规划，有所安排。但是，正确的领导，却必须按照而不能违背文艺创作的特点和它的规律。正确的领导，应当通过社会方式来进行，而不是依靠简单的行政命令。正确的领导，就不应该用生硬的办法，强令创作题材必须符合某种“比例”，否则就要把它“平衡”掉，更不能搞什么“按顺序”。正确的领导，应当是按照“双百”方针，通过艺术上的自由竞赛，使题材越来越多样、越来越宽广。种种与此相反的做法，只能给文艺的繁荣带来损害。

有些好心的同志唯恐在题材上控制不严，怕一旦放宽，作家们就会乱写一气，怕多样化了就会乱，既不成“比例”，还要出错误，危害革命。这实在是一种过分的忧虑。其之所以如此，是林彪、“四人帮”那种把文艺的作用强调到荒谬程度的观点和做法还有它的影响。“四人帮”的封建法西斯复辟，是从扑灭革命文艺入手的。他们故意危言耸听，无限上纲，把一切文艺问题都抬到骇人听闻的政治高度，以便进行迫害、镇压。影响所及，在我们这里，就仿佛一文可以兴邦，一戏可以亡国。即如题材问题，“四人帮”就把题材多样化的主张，说成“根本问题是复辟资本主义”，是为了“夺取我们的无产阶级政权”(见1968年6月20日《光明日报》)。这种极“左”面貌吓住过不少人,以致今日,还有人闻艺术民主而皱眉,谈题材多样而色变。其实大可不必。我们不赞成把文艺的重要性估计不足,但是也不赞成把文艺的重要性过分强调到错误的程度,这是毛泽东同志早已说过了的。

题材多样化了,各种题材都写,是不是会冲淡了主要的方面呢?这也是一种忧虑。文艺作品是以质、以独创取胜的。生硬规定的“比例”并不能保证产生优秀的作品,倘作品并不成功,则实际上仍是“冲淡”。但是实行多样化,同时又有所提倡、有所扶植,就可以使许多重要的题材被作家从各个不同的生活领域中发掘出来。这里还需要解决一个很重要的问题,那就是应该充分相信今天绝大多数作家的政治觉悟和他们对革命事业的责任感。他们在党的号召和推动下,是会自觉地深入他们所需要熟悉的生活,采择各种有意义的题材,不至于如想象的那样,瞎写一气的。而且,还应该充分相信群众的需要和他们的鉴别能力。群众是文艺作品最有资格的评判者,他们的赞誉、批评,他们的取舍,就是对作家的监督,任何一个作家都是离不开,也需要这种监督的。我们有党的领导,又有作家的革命积极性和群众的评判,即使出了坏作品,经过鉴别、批评和斗争,也可以从中吸取教训,又有什么可怕的呢?因为怕出岔子而把题材限制得死死的,不敢大胆放手地鼓励作家不断开拓新的题材,不是因噎废食吗?

题材多样、百花争艳、自由竞赛、自由争论,在有些习惯于“舆论一律”的人看来,就是“混乱”,而只有死水一潭、万马齐喑,才算天下太平。这种看法,也未免过分落后于时代了吧?

列宁在确立文学的党性原则,论证文学必须成为党的事业的一部分时,就明确指出过:“无可争论,文学事业最不能作机械的平均划一,少数服从多数。无可争论,在这个事业中,绝对必须保证有个人创造性和个人爱好的广阔天地,有思想和幻想、形式和内容的广阔天地。”(《列宁选集》第1卷第648页)为什么本来是“无可争论”的事,而我们却总在不断争论呢?但愿我们时时三复斯言。

(本文与于晴合作,原载《文艺研究》1979年第3期)

# 从“真实的辩证法”走到真实的禁区

## ——与冉欲达同志商榷

### 一

冉欲达同志所著《论情节》(新华出版社出版)一书,是专门研讨叙事文学的情节问题的专著,内容比较丰富,写法也很别致,介绍了中外古今许多名家关于情节的论述,解剖了不少作品的情节构造,且附有若干花样翻新的图表,对初学者应是有帮助的。但书中关于真实性的论述,既有自相矛盾之处,又有一些不科学的论断,特别是《真实的辩证法》和《不能进入艺术领域的四个方面》这两节,其基本论断,我以为是很难令人信服的,特不揣冒昧提出来,以就教于冉欲达同志。

在本书第20节《真实的辩证法》中,作者写道:“在辩证法看来,一切以时间、地点、条件为转移。局部看来是真实的,整体看来可能不真实或者不完全真实;现在看来是真实的,将来看来,它的真实性可能发生巨大变化;在一定历史条件下是真实的,在另一种条件下,就不那么真实或者完全不真实,这是生活中常见的现象。”又说:“个别人看来可能是真实的,千百万群众认为是不真实的;这个阶级认为是真实的,那个阶级认为是不真实的;在这一时间、地点、条件下是真实的,在时间、地点、条件变化之后,它的真实性可能逐渐缩小,甚至可能不复存在。”据此,作者提出,在文艺创作上,“问题的本质,不在于应不应写真实,而在于从广大人民群众的观点来看什么是真实”,并且又进一步引申说:“我们认为真实是客观的,又是和最广大的人民群众的利益相一致的。”到了《生活的真实》一节中,作者正式宣布:“我这里所说的生活的真实,就是历史上、现实生活中,曾经发生、正在发生或者普遍认为可能发生的事实,或者与这种事实十分相似的事件。”

这个是说,把人们“普遍认为可能发生的事实”列入生活真实,又把真实与否说成变幻莫测的事,至少是令人费解的,我们应该把生活真实理解为不以人的意志为转移的客观存在,即自然界和人类社会曾经和正在发生的事实。它们是具体的、可见的、有质的规定性的、确确实实存在的事实。诚然,对于作家来说,真实、认识真实、写真实,往往是密切结合在一起的,不同立场、观点的人,对生活真实的认识可以是很不相同的。但生活真实本身,毕竟是存在着的客体,我们不能按自己的需要宣布它是真实的或不真实的,也不能按自己的愿望,把它"辩"小或"辩"大。生活真实并不等于人们对真实的认识和评价,不能用后者取代前者。

生活真实是一个纷纭复杂的大千世界,其间充满了矛盾和斗争。生活中既大量存在着光明的、积极的、美好的、引人神往的事物,同时也存在着阴暗的、消极的、丑恶的、令人不快的景象。革命的任务就是壮大发展光明、美好、积极的事物,来战胜并消灭阴暗、丑恶的消极因素,而且我们从不怀疑,无限光明、美好的共产主义世界必定实现。但理想的实现还得从现实的战斗开始,而无产阶级革命的强大武器是实事求是的科学。我们应该热情地支持、赞扬和鼓吹生活中光明、美好的积极事物,因为它是"和最广大人民群众的利益相一致"的。可是历史经验告诉我们,如果背离了实事求是的科学态度,如果对这种光明、美好的积极事物缺乏正确的认识,我们的热情往往得到始料不及的反效果,例如"跑步进入共产主义"的浮夸宣传,就是不应轻易忘记的痛苦经验。同样,我们理应对生活中的阴暗、丑恶的消极现象有一种誓不相立的敌忾,但为了打击它、消灭它,也得认真地研究、分析它,因为它既然确实存在着,就不会因我们宣布它不真实便自行消失。冉欲达同志在小册子中表示他很不赞成瞒和骗的文学,在这一点上我们是完全一致的。为了杜绝瞒和骗的文学,我们以为,对生活真实的问题应该有两个比较准确、完整的看法。

一切事物都始终处于发展和变化之中。事物在每一瞬间是它自身同时又是别的什么,把它看作是孤立的、静止的、不变的、当然是错误的。正如恩格斯所说:"辩证法在考察事物及其在头脑中的反映时,本质上是从它们的联系、它们的联结、它们的运动、它们的产生和消失方面去考察的。"但是,应该指出,马克思和恩格斯的唯物主义辩证法虽然包含着相对主义,却并不归结为相对主义，更同信仰主义、不可知论无任何共通之处。比如，今天的小孩，若干年后就会逐步变为青年、壮年以至老年。我们不能因为我们今天确确实实看见他是小孩，就认定他永远是小孩。但今天他是小孩，这个真实性是不容怀疑的，我们不能因他明天将变为成人而否认这小孩的真实存在。又比如，某地暴雨成灾，发了大水，此时此地所发生的这个事实，无论从局部还是整体看，它都是真实的。倘有人看见此时此地发水，就认定一切地区都发了大水，那他就犯了以局部代替整体的错误；或者他看见此时此地发水，就认定此地将永远处于水泽之中，那也是不对的。但同样也不能反过来，既不能因为暴雨成灾仅是个别地区所发生之事，就不承认它存在的真实性，也不能预见雨停水落就否认曾经发过水的事实，更不能因此事不是"和最广大人民群众的利益相一致的"，就不承认它是真实的。

人们在认识、判断和评价客观真实生活的时候，离不开个人的立场、观点的影响，我们也有理由要求作家们应当站在人民的立场上，运用马克思主义世界观来观察、判断和认识客观世界（生活真实）。作家在反映生活时，也应当从人民的利益出发来考虑选材或取舍。但我们无法要求客观世界（生活真实）必须服从人们的立场和观点，也无法强使一切生活真实都必须"和最广大人民群众的利益相一致"。

艺术是不能躲避真实的。既不能躲避好的，也不能躲避坏的。而要直面人生，面对真实。问题是要深入地了解真实，正确地认识真实，深刻而艺术地反映真实。

当然，这里所说的面对真实，决不意味着作家只能原样复制或描摹生活真实的一切。不，艺术的职能是创造第二现实。作家、艺术家在反映现实的过程中，是从广阔多彩的生活真实里，经过选择、提炼、加工、概括一直到加以想象的虚构，从而再造了比自然形态、生活真实更集中的典型的艺术境界。毫无疑问，在艺术典型化过程中，作家的思想能力对他的创作，是有巨大影响的。泰纳在《巴尔扎克论》里曾说："对于事物有总体观是高级才智的标志，底子里，这就是一个人的主要部分，其他才能只能为这一种才能做准备和发扬的工作，如果他这方面有缺，其他方面就只能显得平平无奇。一个科学家，如果没有哲学思想，便只能是个做粗活的工匠。一个艺术家没有哲学思想，便只是个供玩乐的艺人。”正是在这个意义上，我们强调作家、艺术家应当具有较高的思想水平，应当站在时代的高度，对生活有一个总体观，以防止囿于局部的、个别的甚或是狭小的个人生活天地里。但我们指出这两点，丝毫也不意味着我们可以无视局部的、暂时的以及某些不符合人民利益的诸般现象存在的真实性。曾见有的批评文章在论及开掘题材时，往往以“去粗取精、去伪存真、排除个别偶然现象、提取本质”之类的说法来要求作者。其实，艺术的典型化与哲学的抽象化是不同的。艺术不能舍弃现象求本质，不能轻易摒弃个别的、偶然的或独特的现象，而是要抓住最有特点的现象来反映本质。

生活中的偶然，有时竟是艺术上的必然。因为艺术的法则是写出“这一个”，或者是借助“这一个”来显示一群、一片、一类、一个时期、一个时代、一个民族、一个阶级的某些本质方面。“这一个”，在艺术里就是典型。它不是统计学上的平均数，也不是某种观念的抽象物。因此，偶然、奇诡之类的现象，对艺术家来说，就不像对于经济学家、统计学家那样无足轻重甚或不屑一顾了。相反，艺术家就要抓住或者透过某种偶然现象写出它的必然性来，抓住奇诡的东西表现出它的合理性来。这种必然性或合理性，不能是作家赋予事物的，而是生活本身就具备的，看你有没有本事发现它并写出它来。

我们提及这一点，绝不是要求大家只去关注偶然的、奇诡的事物，而是为着说明生活是复杂的，我们不能采取简单化的不承认主义，不能无视存在的事实，以主观愿望来判定何者是真实的、何者的真实性正在缩小、何者是不真实的。

## 二

在《艺术的真实》一节中，冉欲达同志给艺术真实所下的定义是这样的：“在艺术作品所反映的过去、现在或未来的生活（人物、事件、情节或细节）确实是真实的，即与上面所说的生活的真实是一致的，或者，由于艺术家的艺术创造，使读者或观众认为是可信的，或者是可以接受的，由于他们知道艺术的特点，所以不追究或者忽略在实际上不会出现的那些事件、情节或细节的真实性。符合这两条当中任何一条的，都可以是艺术的真实。”

这个定义既有些含糊，又没能充分揭示艺术真实的实质。艺术真实与生活真实既不是简单地复合,也不是量的类比。例如普通照相或动植物挂图,也完全能达到与生活真实一致,但并未创造出艺术的真实;通讯、社会调查报告也可以写出和生活真实一致的人物、事件、情节或细节,但也说不上艺术的真实。我们在前面已讲过,艺术的真实是作家、艺术家的再创造。艺术家不是直接仿照自然界和仿照生活来写作的,而是在创造它们的逼真物。用卢那察尔斯基的话来说:"艺术家的职责根本不是照相,不是记录事实,而在于用想象和幻想的办法去创造事实,即虚构事实而又做得叫你感觉不到这是虚构,却说:这就是它,真实!"可见,艺术的真实是应当比实际的生活真实更强烈、更突出和更具有逼真性,如果我们创造的艺术,只能依靠读者观众"不追究或忽略"它的不可能性,岂不是太可怜了吗?

接下去,作者开列了四种生活真实不能进入艺术领域,就更使人费解了。他说:

> 有一些生活的真实不能进入艺术的领域,也就是说,尽管在现实中,它们是千真万确地存在着,在可预见的将来,也不见得完全绝迹,但一般说来,在正常情况下,它们不能进入艺术的领域,不能成为艺术的真实。一定要在某种动机的支配下,赋予它们以"艺术"的形式,人们——大多数人民群众,也是不会接受、不会承认的,因为它们失去了艺术应有的主要特征,它们不是艺术,更谈不到艺术的真实。这些不能进入艺术领域的生活真实,大体上有下述四个方面:
>
> 1. 那些触犯、违反或者伤害人民群众正常的和正当的理想与愿望、爱国感情、阶级感情、民族感情、人道感情、审美感情的情节、细节、人物与事件,对人民群众所从事的事业有不良后果者。
>
> 2. 恐怖、凶杀、残暴、淫秽、迷信等等事件、情节或细节,对人民群众特别是青少年的身心健康有危害后果者。
>
> 3. 空泛的、枯燥的政治的、哲学的、宗教的、伦理的或道德的宣传或类似的说教。
>
> 4. 正常的头脑无法理解和接受或者没有任何审美意义的思想与形象。

作者接着指出:“这四条当中,前两条是不准进入艺术领域的,即在社会主义制度下是非法的、应该取缔的。”“后两条是不宜进入艺术领域的。”并又一次强调:“上述四个方面的内容,在生活中都是存在的,但它们与艺术是不相容的,在艺术上是不真实的。”

我之所以不厌其烦地摘抄原文,是怕我误解或曲解了作者的原意。我也曾多次推敲过这段话,并反复查看前后文的联系,希望找出另一种解释。但很遗憾,作者反复强调的就是:不准进入。

这是很简单的一句话,但对于创作,却是事关要害的大问题。前面作者已用他的“辩证法”和立场、观点,否定了生活真实的若干方面,这里又开列出了四个方面的生活真实不准进入艺术领域。如果我的理解不错,这四个方面是包括了现实生活中的大部分反面现象的。那么,留给作家、艺术家的表现空间,不是太狭小了一点吗?冉欲达同志在这本著作中,写了专门一节题为《情节是生活中矛盾发展进程的艺术反映》,正确地指出:“没有矛盾,也就没有生活,没有世界,没有作品。”我们知道,矛盾的构成,在大多数情况下,是由事物的正反、是非、善恶、美丑、高低等两个方面来体现的,舍弃或排斥了一方,矛盾即难以形成。人们不禁要怀疑,在冉欲达同志四条禁令的范围之内,还有没有矛盾,有没有作品呢?

以作者所提出的第一个方面而论。那些“触犯,违反或者伤害人民群众正常的和正当的理想与愿望”,“对人民群众所从事的事业有不良后果”的“情节、细节、人物与事件”,在生活中无疑是要受到我们的法制、纪律、道德、情感所禁止或抵制的,人民群众也将毫不犹豫地反对任何反人民、反社会主义、反爱国主义的思想和行为。但法纪或道德禁止它们横行,不等于不准许它们在艺术里充当一个角色。即使如希特勒、东条英机、袁世凯、汪精卫、林彪、江青这些历史上的巨憝大恶,他们的所作所为,当然都是“触犯、违反或者伤害人民群众的正常的和正当的理想与愿望”的,但他们难道不应当在艺术中留下几个形象,让世世代代的人民群众运用一切思想武器(自然也包括艺术武器)来诟骂、谴责,借以警策后人吗?在杭州的岳坟前有秦桧等四人跪像,“文革”中被毁去,近年又恢复了,让他们永远跪着受到参观者的唾骂,难道不是大快人心吗?

把生活真实中的某些反面现象加以艺术地概括和再创造，使之成为典型，将会更加深刻地揭示它的恶的实质，从而也就会激起人们对它更强烈的憎恶和扫荡它的决心，这正是艺术真实的一个特有功能。冉欲达同志在小册子的第32页称赞《李自成》第三卷《燕辽纪事》这一单元写洪承畴叛变，“很富有启发意义”。这样的情节、细节、人物和事件，显然同作者所开的第一条禁令颇有扞格之处，好在作者在分析具体作品时并不过分拘执，才没有把中外古今许多优秀作品摒弃于“艺术领域”之外。

关于第二个方面。我们坚决反对宣淫诲盗、迷信祸人或者专门以官能刺激为能事的文艺。但是，宣扬恐怖、凶杀、残暴……是一回事，揭露这些丑恶现象并与之斗争又是一回事。作者显然很清楚《红楼梦》与《金瓶梅》的优劣何在、但丁《神曲》与十殿阎王的区别何在，更不会不知道他所称许的希腊史诗和悲剧中有些神怎样杀父娶母，以及许多血流盈野的场面。因此，问题不在于什么能写、什么不准涉及。就是在今天，为保卫和发展我们的社会主义伟大事业，我们仍然要随时准备作严峻、残酷的斗争，以至必要的牺牲。因此，在某些作品中，根据主题和情节的需要，涉及一些恐怖气氛、残暴场面，只要处理得当，分寸适宜，是应当允许的，也是必要的。我们的人民英雄正是经历并战胜了国内外敌人的残暴恐怖威胁或自然灾变的严峻考验，才显示出他们惊天动地的光辉品质。怎么能简单地把生活真实的这些方面一概逐出艺术领域呢？（青少年读物当作别论，此不赘述。）

至于第三条，我们当然是反对艺术说教化的，因为那不符合艺术的特征。但在叙事文学中倾注某些政治的、哲学的……议论，而并不空泛枯燥，这样的先例也是有的。何况说教和反映说教完全是两回事，正常的宣传或“说教”，在人们的日常生活中几乎是不可避免的常见现象，怎么可能把生活真实中的政治、哲学、宗教、伦理、道德诸般宣传或“说教”行为都列为艺术表现的禁区呢？我们所常见的某些空泛枯燥的说教，多数出现于作家脱离生活、作品违背生活真实的地方。设立新的禁区并不能禁绝空泛枯燥的说教，也许只能使作家离生活的这一方面更远。

我曾怀疑冉文所说的不准进入是不准歌颂、不准肯定之类的语意，但他的清清楚楚的文字，驳斥了我的怀疑。他一再强调：“尽管在现实生活中，它们是千真万确地存在着，在可预见的将来，也不见得完全绝迹"，但"它们不能进入艺术的领域，不能成为艺术的真实"，甚至说"它们与艺术是不相容的"，故而坚决排斥，不准写它。这样，冉欲达同志对生活真实和艺术真实两个方面，都采取了一些简单化的随意性态度，把一些本来很简单的问题弄得相当复杂难解。

我以为艺术的表现空间是极为广阔的。凡人类社会的一切方面、大自然的一切领域，都可以成为它的表现对象。不仅人世间发生的事可以表现，就连人世间没有的幻化仙境、魑魅魍魉也是可以表现的；不仅过去、现在的事物可以进入艺术殿堂，就连未来世界、宇宙天际也是可以走进这个殿堂的。因此，我们应当鼓励艺术家不断扩大自己的生活视野，不断扩大艺术的表现领域，鼓励作家们以更加多样的题材和更加深厚的思想来表现我们伟大的时代，而不是人为地设置禁区，或者随意地判定何种真实不算生活真实，何种生活真实又不准进入艺术领域。

冉欲达同志对这一问题的提出，也做了美学的解释。他说："有一部分生活的真实，由于与艺术的特点、艺术的审美要求之间，存在着尖锐矛盾，这一部分就不能——不准或者不宜——进入艺术领域，不能成为艺术的真实。"这里，似乎是把生活美与艺术美的关系混淆了，故而得出生活真实中有违于"审美要求"的事物不能成为艺术真实的论断。其实，艺术美的取得，并非直录或复制生活美。生活中的美可以构成艺术美，生活中的丑也可以构成艺术美，生活中的美进入艺术不等于就是艺术美，生活中的丑进入艺术也不等于就是违反"艺术的审美要求"。以作者所开列的四个方面为例：那些生活现象在道义上或形态上是丑的，在生活中人们是把它当作丑来憎恶或痛恨的，但它们可不可以变成具有审美价值的艺术形象呢？我看可以。反面艺术典型就是极好的例证。当然，这里的美学价值表现为艺术创造力的成功，表现为艺术典型比自然形态的生活真实具有更深广的认识意义，而不是使原来的丑恶实质变成美的了。卓别林所塑造的大独裁者形象、果戈理在《钦差大臣》中所塑造的市长形象、《红色娘子军》中的南霸天、《茶馆》中的庞太监、《阿Q正传》中的赵太爷、《子夜》中的赵伯韬，他们都是反面的艺术典型，读者和观众可以通过他们认识旧世界的反动、腐朽、没落的本质，其美学价值是不容否认的,我们没有理由判定生活中不具有美感的东西就不能成为艺术的真实和不准进入艺术领域。曾见有的美学论文,说文学的任务就是:怀着美的感情,在美的生活中寻找美人美事,经过美的加工,赋予美的理想,从而创造美的形象。我以为这也是把问题简单化了,把艺术形象的美理解为只是生活美的复制或加工,忽略了成功的艺术创造能够化腐朽为神奇,不承认对丑的事物加以典型化,也能创造出具有审美意义的艺术真实来。

生活真实是艺术真实的基础。它们之间的关系,不是哪一部分生活真实可以进入艺术,哪一部分不准进入的问题,也不是谁有资格充当艺术真实的模特儿,谁又没有这种资格的问题。理论批评也不必要在这个问题上搞分类、画框子、贴标签。生活之于艺术,没有什么准不准进入的问题,而是进入得是否正确、是否成功、是否艺术化的问题。这在作家,就还是那个深入了解生活、正确认识生活、深刻反映生活的老问题。如不从提高思想艺术水平方面解决根本问题,即使编出一本不准进入艺术一百例给他参照,也还可能在创作上出问题。

我们主张生活真实的广阔领域,都是艺术真实的当然领域,都可以成为艺术的真实。但这不等于说,一切生活现象都具有同等的思想价值和美学价值,也不意味着作家在选材上可以不受时代的、人民的思想与美学倾向的影响,更不是说任何生活现象在任何时候、任何条件下都宜于艺术再现。更何况,各种不同的作家和各种不同的艺术形式,又都有各自的长处和局限性,这在艺术反映上就必然会有一定限制,特别是时代和人民的需要,更应成为各种艺术所关注的中心,作家们的选材和艺术表现领域,也必然会受到这种正当要求的影响。因此,我们提倡题材要进一步多样化,上下几千年、纵横数万里,任你驰骋,同时又提倡应当更加关注那些有助于振奋民族精神、有助于两个文明建设、有助于启迪人民智慧的多种题材。以无限丰富的生活真实为基础,创造出无限丰富的艺术形象来满足人民的需要吧!

由于是和冉欲达同志探讨问题,故本文只就争议中所涉及的一个方面的问题谈了一点看法,既不是全面论述生活真实与艺术真实的关系,也不是全面探讨题材问题的。偏颇之处是难免的,望得到冉欲达同志和批评界的指正。

(原载《清明》1984 年第 2 期)

# 漫谈文艺的真实性

擅长说谎的江青,有一次无意中露出了一句真话:“电影片子嘛,就是电影骗子。”这句话说得那么干脆,是很耐人寻味的。

“电影骗子”,虽只简单四字,却准确而生动地概括了“四人帮”整个阴谋文艺的本质特征。因为他们不只是电影骗子,同时也是戏剧骗子、文学骗子、美术骗子、音乐骗子、曲艺骗子。他们所搞的一切文艺,都是彻头彻尾的骗子文艺,即用欺天瞒地、歪曲生活、吹牛说谎、影射中伤所组成的阴谋文艺。对于这种文艺,鲁迅先生早在20年代就指出,由于中国的反动统治阶级及其文人向来“不敢正视人生,只好瞒和骗,由此也就生出瞒和骗的文艺来,由这文艺,更令中国人更深地陷入瞒和骗的大泽中,甚而至于已经自己不觉得”。“四人帮”利用这种“瞒和骗”的文艺,不仅要使广大群众“更深地陷入瞒和骗的大泽中”,而且使文艺完全从属于“四人帮”反革命政治纲领,把文艺变成他们向党进攻的“排炮”或篡党夺权的工具。直到“四人帮”垮台前夕,他们还在策划要把《盛大的节日》,搞成“一部‘按既定方针办’的教材”,并且“还要准备写《盛》的续集,写造反派头头是怎样当中央委员的”。由此可见他们把阴谋文艺放到何等重要的地位。江青不是说“林彪有舰队,我有炮队”吗?阴谋文艺就是她的“炮队”。

阴谋文艺一刻也离不开说谎和模式化。因此在它的发展历程中,始终把反对文学的真实性和多样性的原则作为它生存的前提。为了给这种“瞒和骗”的阴谋文艺提供合理合法的依据,“四人帮”及其文学侍从编造了一大堆反动透顶的所谓理论,其中最关键的一条,就是反对文学的真实性,反对革命现实主义的基本原则。

他们摆出一副极“左”面孔,以反对“写真实”论和反对写“真人真事”为借口，用来反对文学必须真实地反映客观现实生活的唯物主义创作观，他们主张的“从路线出发”、“高于生活”、“主题先行”的唯心主义创作观，颠倒和割裂文艺和生活的关系，割裂政治性和真实性的统一关系。这种理论，不但为炮制阴谋文艺打通了道路，而且还把它当作文艺法规强行推广，以致毒害了一代文艺青年。

真实性，是马克思主义美学思想的基础。艺术的真善美，是以真为基础的，艺术作品的思想性、真实性、艺术性的辩证统一，也是以真实性为基础的。这就是“两结合”的创作方法为什么要以革命现实主义为基础的根本原因。一切优秀的文艺作品，其所以能够发生强大的教育作用、认识作用、美感作用，首先是因为它们运用艺术形象手段，真实地展现了特定历史时期的生活和斗争，发掘了生活中蕴藏的真理，提炼了生活的美，才能对人发生深刻的影响。倘离开了内容的真实性，不管它有多么美的躯壳，终将不能给人留下任何有用的东西。

《红楼梦》正是因为它以高度的艺术真实性，再现了我国封建社会末期从经济基础到上层建筑的整个社会的崩溃、衰败情景，接触到了封建社会的本质方面，才不愧为封建社会的“百科全书”。

《水浒传》之所以遭到明清历代统治阶级的查禁，而又始终在劳动人民群众中有着广泛而深远的影响，其根本原因，也是在于这部书真实而生动地反映了北宋末年尖锐的社会矛盾和阶级斗争。

欧洲的古典作家们，无论是属于现实主义流派的莎士比亚、巴尔扎克、托尔斯泰，还是属于积极浪漫主义行列的雨果等人，他们的作品至今还保有强大的现实性并继续给我们以高度的认识价值，也完全是由于它们以不同的艺术方法，真实地描写了他们所处的时代。歌德说：“我的诗，都是即兴诗，从现实受到暗示，以现实为基础的。”莎士比亚认为戏剧是“时代的综合而简练的历史记录”。托尔斯泰声称“写不真实的东西是可耻的”。巴尔扎克则表示：“法兰西社会还是要成为历史家的，而我只要做他的书记。”并且又说：“同实在的现实毫无联系的作品以及这类作品的全属虚构的情节，多半成了世界的死物。至于根据事实，根据观察，根据亲眼看到的生活中的图画，根据从生活得出来的结论写出来的书，却享有永恒的光荣。”

这些丰富生动的艺术实践,雄辩地证明了真实是艺术的生命。

无产阶级革命导师,以历史唯物主义和辩证唯物主义世界观,正确总结了文学艺术实践的基本经验,一贯主张文艺的政治性、真实性、艺术性是应当统一的,即“巨大的思想深度、意识到的历史内容,同莎士比亚式的情节生动性和丰富性的完美融合”。但同时他们又总是把描写的真实性作为基础加以强调。

马克思在论及一批法国领袖的传记时曾说:很希望把他们“以强烈的伦布朗式的色彩栩栩如生地描写出来。但是迄今从来没有把这些人物的现实面貌描绘出来。他们被表现为官场人物,脚穿长靴,头上绕着光轮。在这些具有拉斐尔式的美的神化中,描写的一切真实性都消失了”。恩格斯提出的著名的现实主义定义说,“现实主义的意思是,除细节的真实外,还要真实地再现典型环境中的典型人物。”毛主席在对文艺与生活关系的科学论述中指出:“应该根据实际生活创造出各种各样的人物来,帮助群众推动历史的前进”,“文艺就把这种日常的现象集中起来,把其中的矛盾和斗争典型化,造成文学作品或艺术作品”,等等,都清楚地阐明了,真实性是革命文学艺术创作必须具备的基本要素,也是在创作上应当遵循的一个美学原则。

新中国成立以来,我们在真实性问题上进行过几场论战。在文艺界所进行的一系列政治运动和所谓的文艺思想斗争里,有些人,曾多次把“写真实”的主张,当作资产阶级文艺观的核心加以批判,故而不但造成理论上的极大混乱,且严重影响了创作的正常发展,使许多作家不敢直面人生,不敢触及重大社会矛盾,不敢真切地描绘复杂而生动的生活本来面目,不敢揭示人物心灵世界的复杂性和多层次性,致使大量作品陷入公式主义和概念化的泥坑。冯雪峰、邵荃麟、秦兆阳等同志,皆因捍卫真实性的原则,遭到不公正的打击和迫害。

但到了“四人帮”那里,他们又来了个是非大颠倒。明明是“左”倾思潮和教条主义在文艺界泛滥成灾,他们偏捏造出个“修正主义黑线专政”;明明是马克思主义的文艺真实性原则在理论上和实践上均遭到严重破坏,他们却硬说什么“真实论”等“黑八论”统治着文坛,甚至还变本加厉地胡批乱砍,把“艺术贵在真实”、“真实是艺术的生命”这种完全符合马克思主义观点的提法，也都宣布为“修正主义谬论”；同时，他们又把受到马、恩等革命导师高度称赞的18、19世纪的批判现实主义文学的真实内容，一律诬蔑为“谎言”和“欺骗”；他们还把一切不符合他们口味的革命作品，都冠以“写真实”论的“标本”或“余毒”而讨伐之，连歌剧《白毛女》也未能幸免，因为歌剧《白毛女》中的杨白劳是含着悲愤喝盐卤自杀的，所以就被认为“诬蔑歪曲了农民形象”，甚至还声称暴露了作者的“地主资产阶级的反动立场”。据说只有让杨白劳抡扁担，那才符合历史真实，他们并且从扁担中看到了“写真实”谬论的彻底“破产”。他们就是这样向马克思主义美学原理进行了最猖狂的攻击。按他们的逻辑，文艺创作不许反映生活真实，不许透露真情，不许说真话，不许表现生活中的真实矛盾，不许歌颂真正的英雄，不许批判真正的坏人，不许对文艺提出真实性的要求，更不许写真人真事。总之，他们是真善、美的大敌，他们反对真，崇尚假，存伪去真，以假乱真，目的就是把文艺引到弄虚作假的轨道上去。恩格斯说：“资产阶级的本性，它生存的条件就是要伪造一切商品，因而也要伪造历史。”瞒和骗的阴谋文艺，不也正是“四人帮”伪造历史的一部分吗？

“四人帮”也有其反革命的破立手段。就在他们疯狂攻击马克思主义文艺真实性原则的同时，他们又抛出一套纯属为制造阴谋文艺开路的理论。所谓反“真人真事”论，所谓“从路线出发”、“主题先行”、“高于生活”等便都是这类货色。这是“四人帮”及其文学侍从们“立”起来的唯心主义创作观。他们不仅按这套法规炮制了一批反动作品，而且也严重毒害了一般的文艺创作，扰乱了不少人的创作思想。要做好这个消毒工作，是还要花大力气的。

文艺创作究竟是从观念出发，还是从生活出发？这本来是在理论上和实践上已经解决了的问题。但“四人帮”发明了个“从路线出发”，又把这个问题搅得混乱不堪。按照唯物主义的认识论来看待文艺与生活的关系，那是很明确的。毛主席说：“作为观念形态的文艺作品，都是一定的社会生活在人类头脑中的反映的产物。”生活是第一性的，是创作的唯一源泉。作家只有深入了生活，认识了生活，才有可能反映生活，才能创作出文艺作品。因此，文艺创作只能从生活出发，而不能从任何别的地方出发。资产阶级形式主义文艺爱搞什么从美出发，从灵感出发，从情欲出发，甚至从幻梦出发之类的唯心主义花招，但说来说去都是从自我出发，都是为他们自己随心所欲地表现资产阶级性格做掩护的。“四人帮”的所谓“从路线出发”，看起来好像是非常突出政治，也曾吓住过一些人，其实，它不过是资产阶级唯心主义理论的变种而已。“四人帮”的路线，就是他们的反革命政治纲领，就是他们的篡党夺权的整套阴谋。因此，他们的所谓“从路线出发”，不过是“为我所用”的同义语。今天批儒，就从“批儒出发”；明天揪走资派，就从“揪走资派出发”；后天反回潮，就再从“反回潮出发”。总之，它可以紧密配合“四人帮”的反革命部署，随时随地都可以按其反革命日程表从这项或那项阴谋出发。

“从路线出发”，也是他们编造说谎文学的最好的护身符。文艺创作既然可以无须从生活出发，不要真实性，那就可以随心所欲，信笔胡诌。这种作品一无生活气息，二无活人气息，三无合理依据。写工厂，看不到真正工人阶级的形象；写农村，看不见农业战线的实际斗争；写家庭，毫无家庭生活的气氛；写儿童，全都是一些老人精。他们把一切地方人物都变成他们斗、斗、斗的工具。反动枯燥的说教、自我膨胀的大话空话、千篇一律的情节，使人一看就厌，一听就烦，这就是他们“从路线出发”所创造出的低劣传声筒的典型特征。

和“从路线出发”同时并存的，还有个“主题先行”。据说这个“先行论”，是“四人帮”的文学侍从们花了好多年时间总结出来的“重要经验”。早在1969年，“四人帮”死党于会泳就在一个戏的总结发言中说：“要过几个‘典型关’。一个主题确定后，用什么题材去反映这个主题，反映主题本质的东西，有了典型题材后，用什么典型人物以及情节去体现这个题材……”到1976年，他又把这个“经验”提炼一下，叫作“围绕主题塑造人物，然后找情节，不能倒过来”。于会泳的另外一些同伙也有类似的“经验”，说：“从主题到人物，相对地说，也是从内容到形式的关系。这个关系不能颠倒。在进行调查研究时不是去搜索故事、情节，然后加主题，而是首先确定主题思想。”这就叫“主题先行论”。照他们这个理论来看，文艺创作的主题、题材、人物、情节都是互不相关的，它们根本不是统一存在于作家的生活经验中，而是谁也不知道它们究竟在什么地方、它们的相互关系，只是在进行写作的时候，按它们被排列的次序临时去找,按主题找题材,按题材找人物,按人物找情节,按情节找表现手法。找好了,作品就成功;找不到,就磨上十年慢慢找。

这是何等荒唐愚昧的"理论"!稍有一点文艺常识的人都知道,人世间根本没有什么主题、题材、人物互不相连的情况。没有题材哪来的主题?没有人物哪来的题材?没有长期深入生活,没有对生活的深入观察、体验、研究和比较,怎么可能获得丰富的创作题材?怎么可能孕育出有深刻社会意义的主题?他们把艺术创作过程颠倒成头朝下,还声色俱厉地教训别人"不能倒过来",真是可笑之至。至于他们发明的那个"从主题到人物,是从内容到形式的关系",就更加离奇得莫名其妙。主题是作者通过对现实生活的观察和分析以及对人物命运的研究而形成的某种思想,如高尔基所说,"主题是从作者的经验中产生,是生活暗示给他的一种思想"。可是到了"四人帮""理论家"手里,主题则是离开了生活,离开了人物,离开了题材,从天上掉下来的或作者头脑中固有的东西了。这是彻头彻尾的唯心主义先验论在创作上的反映。人物、题材、主题是统一在作家的生活感受和理解之中的,既用不着让谁去找谁,更谈不到主题与人物是"内容到形式"的关系。难道人物不是作品的血肉内容,不是体现主题的基本内容,反而是形式吗?

"四人帮"为什么如此热衷于"主题先行"?这还是他们那个"从路线出发"决定的。那些帮派文人们要炮制阴谋文艺,就要从他们的"首长"那里领"主题"。"首长"有什么指示,就算有了什么"主题"。所以他们的"经验"都是先有"主题",这也是真的,而主题既是"首长"所示,那也就理所当然地要排在第一位,坐第一把交椅。虽然这是对创造过程的彻底颠倒,但"四人帮"本来就是专干颠倒乾坤勾当的能手,他们就是要以颠倒黑白的阴谋文艺,来为他们的反革命政治目的服务,因此派生出这一套荒唐的理论也就毫不足怪了。由于这种创作方法既不用长期深入生活,也不用艰苦劳动,似乎是一种创作的"捷径",因而至今还在影响某些同志的创作活动。这就告诉我们,对这个反动谬论的危害决不可等闲视之。

什么叫"高于生活"?

一位样板小说的作者,自称尝到"高于生活"的甜头,曾津津有味地大谈他没有生活反而写出了几十万字的"经验"。那"经验"虽十分丰富,但精华却很简明,即“高于生活”。真的,如果强调创作必须从生活出发,必须真实地反映生活,那他的样板小说就不会这么高速度地顺利产生了。你看,写的是“自己不熟悉的题材”,而且又“没有一点生活素材的积累”,只做过短短的访问,却仅用了“不到三个星期”的时间,30 多万字的两部书就出来了,何等的速度,何等的轻快!这是怎么得来的呢?据说一是靠他对“首长”的忠心,再就是靠“高于生活”这个法宝了。对此时此地的生活、人物、情绪、风俗、语言都不熟悉,不了解,怎么办呢?不要紧,按“从路线出发”的“需要”,通过“主题先行”的“必由之路”,运用“高于生活”的妙法,就可产生样板小说这样的高速度奇迹了。

“高于生活”这个词是被“四人帮”及其文人学士特别加以鼓吹的口号,曾经在文艺界广泛流行,至今也许还在沿用。这口号刚出现时,本是和“源于生活”在一起提的,但由于“四人帮”是根本反对“从生活出发”的,因此在运用时,“源于生活”只剩下了一句空话,而“高于生活”却颇能大显其臆造之神通。他们借口突破真人真事,在文艺创作中不许有“生活原型”的东西,甚至连真人真事的“痕迹”都不许存在。若查到一点,哪怕几句台词,也要被扣上“替活着的真人真事树碑立传”等可怕的帽子,要不就诬你为谁翻案或者是“写真实”论“回潮”。特别是在“三上桃峰”事件以后,因为他们拉开架势还准备要揪“四上、五上”,所以就开展了一个审查作品历史的运动,而且不只查三代,还要从原始素材和初稿查起,有几稿要查几稿,弄得作者十分紧张,生怕被查到什么“原型”、“痕迹”。“四人帮”这种别有用心的做法,除了造成其他方面的危害,也割裂了生活真实和艺术真实的关系,使艺术真实成了可以完全离开生活真实的臆造,把“高于生活”变成了臆造的代名词。艺术真实既不是存在于生活真实之外,也不是位于生活真实之上,而是从生活真实里提炼出来的典型化了的东西。“四人帮”所要的那种和“生活原型”毫不相干的艺术真实,实际上是根本不存在的。鲁迅在论及艺术真实与生活真实的关系时指出“但一肢一节,总不免和某一个相似,倘使无一和活人相似之处,即非具象化了的作品”。毛主席在论述典型化原则时,谈到了“文艺作品中反映出来的生活却可以而且应该比普通的实际生活更高、更强烈、更有集中性、更典型、更理想,因此就更带普遍性”。但毛主席这里所说的“比普通的实际生活更高”,是就“文艺作品中反映出来的生活”而言,是写出来的、典型化的生活。并且指出为取得这个“更高”,就必须“长期地无条件地全心全意地到工农兵群众中去,到火热斗争生活中去,到唯一的最广大最丰富的源泉中去,观察、体验、研究、分析一切人、一切阶级、一切群众、一切生动的生活形式和斗争形式、一切文学和艺术的原始材料,然后才有可能进入创作过程”。而“四人帮”所说的“高于生活”既非指典型化,也不是指要站在一定的思想高度认识生活,而是把它作为创作准备的出发点提出来的。因此,这个“高于生活”和“比普通的实际生活更高”则是完全不同的两个概念。两者根本不是一回事。作为创作的出发点,只能是以生活为源泉,即所谓“源于生活”,而不是什么“高于生活”。把“高于生活”作为创作的出发点,不是引导作者脱离生活地搞拔高生活、公式主义、概念化、传声筒那一套,就是搞歪曲生活的胡编、臆造、扯谎、吹牛那一类货色。事实上,他们历来是把“高于生活”作为掩饰一切虚假行为的遁词的。你要说他们的作品不真实吗?他回答说:“我这是高于生活。”你说他写的事件和生活中真正的矛盾斗争相反吗?他又回答说:“我这是高于生活。”你说他们的所谓“英雄人物”都不像活人,他还说“高于生活”。你说他伪造历史,他也仍然是“高于生活”。“三突出”是“高于生活”,“高大完美”也是“高于生活”,写“与走资派作斗争”的作品更要“高于生活”。总之,它是违背生活的挡箭牌,也是“天马行空”的护身符。从“从路线出发”到“主题先行”,到“高于生活”,到“三突出”,这是一个彻头彻尾的唯心主义创作体系,是制造阴谋文艺的理论基础,也是那些扯谎话、造谣言、放冷箭、搞暗算、吹牛皮、喊空话、歪曲生活、颠倒黑白的所谓“创作”赖以生存的理论支柱。这种阴谋文艺的理论和创作,不仅为“四人帮”的篡党夺权反革命活动大造了舆论,起到了推涛作浪的反革命作用,同时又是毒害人民、毒害社会主义文艺创作、毒害革命文艺队伍的毒化剂。某些文艺工作者在其引诱下,脱离生活,忽视世界观改造,企图在创作上走捷径、图轻巧、贪名利,至今还在留恋那套唯心主义创作体系,就是身受其害、深中其毒的结果。它是马克思主义美学原理、毛泽东文艺思想之大敌,是社会主义文艺事业的大敌。大敌当前,必须群起而攻之。

(原载《文艺报》1978 年 12 月)

# 论创作自由

社会主义文艺的创作自由，是依据社会主义的民主制度和文艺的自身规律而提出来的。

创作自由，或者说广义的艺术自由，顾名思义，不外就是创作者有权按自己的意愿进行艺术生产，也可叫作艺术劳动的自主权。这是一切艺术生产者理应享有的正当权益。社会、国家、集团也应为实施这种权利提供必要的保障和条件。但在以往的阶级社会里，统治阶级总是按照他们自己的政治主张、法律观念和道德习俗来钳制和约束艺术创作的自由。在奴隶社会里，尽管是由奴隶们创造了迄今无与伦比的伟大艺术珍品，但这些奴隶们不但没有创作的自由，也没有思维的自由和人身的自由。在封建社会里，治人者不但用封建道统、宗教法规严重禁锢着作家、艺术家的精神世界，同时还辅之以焚书、毁版、查禁、兴文字狱、杀头以至灭族等残暴手段，来剪剿任何企图表达与当道者观点相悖的自由思想。资产阶级对自由叫嚷得最响亮了，在其革命时期，确曾用自由、平等的口号，动员了千百万民众奋起战斗。但在他们夺得了政权以后，虽然它的旗帜上仍然赫赫写着“自由”的大字，街头上矗立着自由女神像，高唱着自由之歌，然而当权者却从不曾把自由均等地让给全民，而只把它交给自己所属的那个阶级。他们不仅用法律偏见和书报检查控制着作家、艺术家的思想自由和艺术自由，同时更运用艺术商品化的方法，利用钱袋和市俗趣味，将艺术化作商品，从而把那些号称自由职业的“医生、律师、教士、诗人和学者变成了出钱招雇的雇佣劳动者”(《共产党宣言》)。因此，各个时期的艺术家，都存在争取艺术自由的问题。如同法国著名作家路易·阿拉贡曾说的那样：“艺术的自由在于赋予作品以意义，而艺术的被奴役是由于受到外力干涉而产生的，这种外力总是企图这样那样地限制我们观察的范围,并且对于艺术家注入这些观察的意义加以控制。任何时代的艺术中都产生过争取自由的伟大斗争。”(《是什么,就叫什么》)时至今日,即使在所谓发达的资本主义国家里,尽管统治阶级迫于形势不得不在人民中实行一定程度的民主政策,但资产阶级专政下的民主自由的虚伪本质并不因此而改变。他们总还是采取政治的、法律的、经济的等多种手段来制约真正的艺术自由,同时又让一些腐朽没落的文艺家,盗用艺术自由的名义,宣泄色欲,鼓吹暴力,煽动种族偏见,以适应社会上没落势力的需要。为此,那里的进步的、健康的、严肃的文艺力量,不得不一再付出代价来捍卫和争取真正的、全面的艺术自由。

无产阶级登上政治舞台后,在争取彻底解放全人类的斗争历程中,也必然涉及争取学术自由和艺术自由的问题。在无产阶级革命导师看来,全面的艺术自由,只有在共产主义条件下才真正可能实现。但这不等于说无产阶级无须在当时当地的条件下进行争取艺术自由的积极斗争。早在1842年,马克思在《评普鲁士最近的书报检查令》一文中,就以辛辣而犀利的笔触,深刻揭露了普鲁士当局书报检查制度的限制出版自由、扼杀精神生产、实行文化专制主义的反动实质,并且正面阐述了精神生产的某些客观规律,提出了精神生产必须保障自由的问题。他说:

“风格就是人。”可是实际情况怎么样呢?法律允许我写作,但是我不应当用自己的风格去写,而应当用另一种风格去写,我有权利表露自己的精神面貌,但首先应当给它一种指定的表现方式!哪一个正直的人不为这种要求脸红而不想尽力把自己的脑袋藏到罗马式的长袍里去呢?……指定的表现方式只不过意味着“强颜欢笑”而已。

你们赞美大自然悦人心目的千变万化和无穷无尽的丰富宝藏,你们并不要求玫瑰花和紫罗兰散发同样的芳香,但你们为什么要求世界上最丰富的东西——精神,只有一种存在形式呢?

我们的命运不得不由检查官的脾气来决定。给检查官指定一种脾气和给作家指定一种风格一样,都是错误的。

马克思在这里一再强调的“风格”，并不只是就外在的表现形式或表达方法而言，而是针对精神生产（自然包括艺术生产）的特征和基本规律提出的科学论断。“风格就是人”，“我有权利表露自己的精神面貌”，实际上就是主张作家和艺术家有权按照自己的意愿、自己的风格来表达自己的思想。马克思明确指出，精神是“世界上最丰富的东西”，因此必须承认它的存在形式也是最丰富的，不能也不允许用行政手段、命令方式来约束甚至断送精神生产的无限丰富性和多样性。

1905 年，列宁发表了他的著名论文《党的组织和党的出版物》。在这里，列宁一方面鲜明地提出“写作事业应当成为无产阶级政党事业的一部分”，“应当成为社会民主党有组织的、有计划的、统一的党的工作的一个组成部分”，但同时又以毫不含混的口气强调了：“无可争论，写作事业最不能机械划一，强求一律，少数服从多数。无可争论，在这个事业中，绝对必须保证有个人创造性和个人爱好的广阔天地，有思想和幻想、形式和内容的广阔天地。”

列宁十分了解写作是以个人的精神活动来实现的，它具有个人思想的、感情的、风格的乃至表达方式上的独特性。特别是文艺创作，它是形象的思维，要运用想象、幻想、虚拟、比兴、隐喻、象征等手段来完成艺术形象的创造，它容不得规范化和模式化，也无法用指令性的方法来对艺术创造过程进行领导。因此，列宁特别强调必须尊重精神生产——写作事业的特殊规律，不能把写作事业同其他事业刻板地等同起来。

列宁所确立的这个基本原则，不但在当时有其光辉的指导意义，也为我们今天实行艺术民主、创作自由提供了理论准备。

无产阶级取得政权以后，党和国家为作家和艺术家的艺术自由提供了切实保障，使他们有可能摆脱出版商和钱袋的支配而走上一条崭新的大道。

苏联十月革命后的一段时间，特别是 20 世纪 20 年代的经济恢复期，曾出现过艺术上各种流派和文艺集团同时并存的局面。无产阶级文化派、农民派、同路人派、路标转换派、未来派、诗语研究派、谢拉皮翁兄弟、岗位派、构成派、山路派以及其他一些所谓纯艺术流派，都先后在当时的苏俄文坛上有过相当活跃的活动。尽管他们的政治倾向和艺术主张有着明显的差异，但他们的创作、出版、演出、展览、朗诵,等等,都能得到社会的应有保障。党和政府允许他们在自由竞赛中接受社会和人民群众的选择和考验,并在实践中淘汰,改造和教育一批从旧营垒过来的文艺家。

面对这种情况,1925 年俄共(布)中央决议《关于党的文学政策》,有条款明确指出:

> 因此,党应当主张文学领域中的不同集团和流派的自由竞赛。任何别的解决方法都只是官僚主义的官样文章,无助于真正解决问题。同样,不允许用一纸命令或党的决议来使某个集团或文学组织对文学出版事业的垄断合法化。党从物质上和道义上支持无产阶级文学以及无产阶级农民文学,帮助同路人,等等,但并不能因此赋予某个集团以垄断权,哪怕是赋予就思想内容来说是最无产阶级的集团。因为这样做的话,首先就意味着断送无产阶级文学。

在另一条款中还提出:

> 党应当用一切办法去铲除对文学事业所进行的杜撰的、外行的行政干预。

很显然,这里所强调的"自由竞赛"和反对"行政干预"的主张,是完全符合列宁所倡导的基本原则的。当时苏联社会上文学集团和文学流派杂陈的情况,既是历史遗留下来的事实,也是文学艺术发展过程中难免出现的一种现象。那时的无产阶级文学艺术尚处于幼芽状态,而各式各样出身的知识分子文艺家,不论其世界观、艺术观存在怎样的差异,他们都要通过艺术表现自己对新世界的态度,其中除极少数敌视苏维埃政权者外,绝大多数人都只是思想艺术领域里的问题,用行政手段禁止他们创作或演出,只能造成堵塞文路、堵塞知识分子艺术家自我教育之路的局面,是解决不了任何问题的。而通过自由竞赛的方法,则可以帮助这批作家、艺术家在实践中接受新时代和人民的选择,在竞赛中寻求并逐步完成思想艺术倾向的发展或转化,并且又能使处于幼芽状态的无产阶级文学艺术，得以在竞赛和斗争中发展和壮大自己，从而摆脱无产阶级文化派所主张的那种杜撰的、关门的、在温室里培养无产阶级文学的荒谬做法。

应当承认，苏联文学界的这一段发展历程，是适应苏联当时社会的政治、经济的历史要求而出现的，在当时固然有它的积极意义，对后世也是很有启发的作用的。遗憾的是，由于阶级斗争复杂形势的影响，更由于某些领导人的"左"的指导思想，特别是掌管意识形态的领导人极"左"思想的影响，后来的苏联文艺界，主要是在20世纪30年代、40年代，曾几度遭受粗暴干涉，在解决文学艺术领域里的是非时，某些领导人没有遵循列宁所倡导的基本原则，而是采用简单的行政命令手段，有时甚至动用专政手段来对付作家、艺术家，这不能不使社会主义文学艺术在那一段时间里受到一定的伤害和挫折。

新中国成立以后，毛泽东同志在20世纪50年代中期，提出了"百花齐放，百家争鸣"的口号，并把它作为我国发展科学文化事业的基本方针。在阐述这一方针时，毛泽东同志指出：

> 艺术上的不同形式和风格可以自由发展，科学上的不同学派可以自由争论。利用行政力量，强制推行一种风格、一种学派，我们认为会有害于艺术和科学的发展。

毛泽东同志在提出这一方针时，是充分考虑到我国的实际情况和精神生产的特殊规律的。他认为凡属思想认识领域里的问题，如艺术上的优劣高低、学术上的是非正误，都不能靠行政命令去解决，只有通过艺术上的自由竞赛和学术上的自由讨论，才能促进艺术和科学的正常发展。

这一方针提出后，确曾给我国文艺界和学术界带来极大的振奋和鼓舞。一时间，文艺创作、演出、评论都呈现出五光十色的活跃景象，不少富有才华的青年作家破土而出，艺术在满足群众的多种需要方面有了显著改善。问题是，在"左"的思潮的干扰下，这个方针并没能坚持执行下去。甚至可以说，就在它刚刚露出活力的时刻，随着反右派斗争和这以后一系列政治运动的进行，这一方针便在实践中被丢弃或者被歪曲得面目全非了。“双百”方针本来是作为正确处理人民内部矛盾的一个原则提出来的，它体现了发展科学文化必须尊重精神生产特殊规律的基本原则，故能有效调动起广大作家、艺术家的积极性。但在“左”的思潮泛起之际，这一方针竟然被歪曲为“钓鱼”巧计或“引蛇”奇谋，硬说“百家”只有“两家”，“百花”也只有一花一草。于是，一切按这一方针本意来理解和执行的艺术实践，无论是创作还是言论，统统被斥为资产阶级自由化。“争鸣”被驱逐到资产阶级“那一家”去，“齐放”者，凡是未被圈定为香花的，都一律被“左”轮锄草机锄掉做肥料去了。到后来，“大鸣大放”一词已不再含有任何学术文化意味，而是政治运动的专门术语，使这个本来很动听的字眼，变成了令人胆寒的一种说法。

然而，艺术的发展，是需要与艺术规律相适应的方针政策做保证的。如同鸟儿需要天空，鱼儿需要湖海一样，艺术也必须保证有个人创造性和个人爱好的广阔天地，有可以使艺术家的思想和艺术得以自由驰骋的广阔天地。因此，扼杀“双百”方针，便也就扼杀了艺术。在十年动乱期间，“四人帮”不给文艺家半点自由，因而也就产生不了半篇真正的文艺作品。殊不知，艺术的活力不仅意味着艺术自身的兴旺，它同时也是国家、民族兴旺的标志。制造文化荒漠者无异于自掘坟墓。

有鉴于几十年的历史教训，我们党在粉碎“四人帮”以后，特别是在十一届三中全会以后，立即在整个文化战线全面恢复了“双百”方针的贯彻执行，因之也就很快地使文学艺术恢复了活力。特别是在全国第四次文代大会上，小平同志又代表党中央宣布：

> 党对文艺的领导，不是发号施令，不是要求文学艺术从属于临时的、具体的、直接的政治任务，而是根据文学艺术的特征和发展规律，帮助文艺工作者获得条件来不断繁荣文学艺术事业。
>
> 衙门作风必须抛弃。在文艺创作、文艺批评领域的行政命令必须废止。如果把这类东西看作是坚持党的领导，其结果，只能走向事情的反面。
>
> 文艺这种复杂的精神劳动，非常需要文艺家发挥个人的创造精神。

写什么和怎样写，只能由文艺家在艺术实践中去探索和逐步求得解决。在这方面，不要横加干涉。

小平同志是从我们党领导文艺几十年间的正反两方面经验中，根据新的历史时期的特点，进一步阐明“双百”方针在新的时期的应用和发展。

艺术创造的全过程，存在着许多侧面，但写什么和怎样写无疑是它的核心。小平同志提出对此不要横加干涉，抓到了问题的要害，为作家提供了创作自由的政治保障，并且也为党中央在今天公开提出实行创作自由方针，奠定了理论基础，做好了政策准备。胡启立同志代表党中央在中国作协第四次全体代表大会上的宣读《祝辞》，就是这一思想的进一步发展。

《祝辞》全面而完整地阐述了社会主义文艺的创作自由问题，指出：

> 文学创作是一种精神劳动，这种劳动的成果，具有显著的作家个人的特色，必须极大地发挥个人创造力、洞察力和想象力，必须有对生活的深刻理解和独到的见解，必须有独特的艺术技巧。因此创作必须是自由的。这就是说，作家必须用自己的头脑来思维，有选择题材、主题和艺术表现方法的充分自由，有抒发自己的感情、激情和表达自己的思想的充分自由，这样才能写出真正有感染力的能够起教育作用的作品。列宁说过，社会主义文学是真正自由的文学。我们党、政府、文艺团体以至全社会，都应坚定地保证作家的这种自由。
>
> 同创作自由一样，评论也应当是自由的，评论自由是创作自由的一个组成部分，没有科学的、说理的、高水平的评论，社会主义文学的发展是不可能的。

另一方面，胡启立同志也向作家提出了实践创作自由的要求，指出“作家的思想感情和整个创作活动，要同党和国家所提供的这种自由环境相合拍”，要求作家“珍惜和正确运用这种自由，自由地发挥自己的创造才能，为人民服务，为社会主义服务”。

可以毫不夸大地说，《祝辞》是我国无产阶级文艺运动史上，第一个如此全面而明确阐述创作自由原理的科学文献。它是实践“百花齐放，百家争鸣”方针的延续和发展，也是马克思主义有关艺术自由问题的文艺观在我国的延续和发展。

我们不妨回顾一下，马克思在1842年提出的必须尊重精神生产的丰富性和多样性的合理要求、列宁在1905年提出的必须绝对保证写作事业个人创造性的学说，虽然都涉及了精神生产的特殊规律，但他们都是针对当时当地面临的问题而做出论断。它们的理论原则虽至今仍具普遍的指导意义，但毕竟存在着不同历史环境和不同社会环境的差异，因而就要求我们在解决今天所面临的问题时，必须从今天的实际出发，发展导师们所阐述的基本原理，创造性地解决社会主义条件下，如何彻底解放文艺生产力，使文艺达到大繁荣的问题。

毛泽东同志提出的“百花齐放，百家争鸣”的方针，是符合马克思、列宁前述观点的。它的精神实质也应当是创作自由和学术自由。但在这一方针提出的时候，那时我们的文艺政策还是把文艺必须为政治服务作为根本方向，而且也是把它看作是实行“双百”方针的大前提的，因此人们在实践中便不能不受到这一观念的左右。再加上我们曾长期把文艺为政治服务，简单地解释为从属于一定时期的政治路线和政治斗争，使文艺成了阶级斗争的工具和图解政策的手段，因此人们就很难按照“双百”方针应有的本意来贯彻执行，它的精神实质，常常被各种“左”的观念七折八扣得所剩无几。这一历史的局限性，既反映了我们当时实行“双百”方针的条件尚不完全成熟，也反映了我们在阐述“双百”方针的内容时，理论上不够完备和彻底，因而它不但可以被右的观念所曲解，也更容易被“左”的观念所篡改和利用。只有到了十一届三中全会以后，随着国家的政治、经济、体制诸方面的重大变革，党中央对文艺提出不再为政治服务的口号，再发展到实行创作自由和评论自由，这才为真正按“双百”方针应有的本意来贯彻执行创造了成熟的条件。

胡启立同志代表党中央宣读的《祝辞》，既是一个改善和加强党领导文艺事业的纲领性方针政策，又是一个具有高度马克思主义美学理论水平的文献。它精辟地分析了精神劳动的个别性和创造性特征，全面表达了创作应予包容的诸多方面，明确规定了保障创作自由的政策措施，还从领导与作家两方面提出了维护和珍视创作自由的态度和方法。《祝辞》是方针、理论、政策、方法兼备的文献,是开创社会主义文艺大繁荣新局面的导航针。它既是作家攀登艺术高峰的指针,又是作家探索艺术新路的保护伞;既表示了对作家的巨大信任,又体现了对作家的亲切关怀。在这一方针的指引下,作家可以有选择和处理题材的充分自由,对生活现象有歌颂或批评的自由,有塑造各色各样艺术典型的自由,有运用何种创作方法的自由,有独立思考生活并提出独到见解的自由,有创造风格流派的自由,有接受批评、保留己见或进行反批评的自由。这是多少代作家梦寐以求的事,也是多少作家、艺术家在不同时代、不同国度付出沉重代价奋力争取的事,它今天在我们国家实现了。这说明我们党中央在政治上、理论上都更加成熟了。它在世界上树立了一个新的榜样。真正的、全面的创作自由,摆脱了阶级偏见桎梏和金钱支配的创作自由,只有在社会主义条件下才能充分实现。

我们的作家和评论家是应当为此而骄傲和兴奋的。"海阔凭鱼跃,天高任鸟飞",有了这样有远见的开明政策,作家、艺术家就可以从心底彻底摆脱昔日的噩梦,可以挣断各种有形无形的"左"的枷锁,可以放开手脚去观察、去思考、去写作,可以最大限度地调动起自己的聪明才智,可以为社会主义文艺的大繁荣贡献出最大的力量。人们所期望的文艺黄金时代,是只能在真正贯彻这样的方针下才会到来的。

怎样理解创作自由和文艺的党性的关系呢?也就是说,我们实行创作自由政策,会不会使某些文艺工作者忽视和无视党和人民对文艺的期望,会不会引起作家思想松弛与文艺园地混乱,会不会造成党性的削弱呢?不会的。首先,我们应当坚定相信作家的觉悟和他们对党和人民的忠诚态度。党越是信赖作家,越是放宽政策,给他们以充分自由,他们就会愈加意识到自己的崇高责任感,就愈加珍惜这种自由。他们只会觉得自己的担子更重了,更应该拿出更多的有较高的思想艺术水平的作品来答谢人民,而不会松懈意志,滥用创作自由。至于作品的良莠优劣、高低上下,什么时候都会有的。个别人不负责任,创作不严肃、粗制滥造甚至搞低级趣味,也是可能出现的,这也没什么可怕。运用文艺评论,开展正常、严肃而又充分说理的文艺批评,完全可以解决这样的问题。

文艺党性不意味着指令性的服从，不意味着题材趋时，不意味着下级服从上级、少数服从多数。作家的党性要体现在对社会主义、对祖国、对人民的赤胆忠心上，体现在忠于生活、忠于真实、忠于艺术上。作家应当拿出真实地反映了时代并且能激励人民的好作品来表明自己的党性，不是靠趋时、迎合、唱高调来表明自己的与众不同。

人民的根本利益就是党的一切工作的出发点，作家必须牢牢扎根于人民之中，做人民的忠实代言人，写出人民的心声，呼出人民的愿望，表现出人民在“四化”大业中的创造性和开拓精神，这就是一个有党性的作家的责无旁贷的任务。然而完成这一任务，必须依靠创作自由这样的政策来调动，必须给予作家充分的思想自由和艺术自由。因而完全可以说党性与创作自由是统一的，无论对党员作家还是非党员作家来说都是浑然一体的。

大时代需要大手笔，大手笔要靠大作家，众多的大作家的出现要依靠适应时代思潮、适应艺术规律的政策。有了它，大繁荣定会到来。

# 一个值得注意的倾向

目前全国人民正高举毛主席革命旗帜，对“四人帮”阴谋篡夺党和国家最高领导权、复辟资本主义的罪行，展开了日益深入的批判。这一批判，涉及上层建筑所有领域，而文艺则是其中的一个极其重要的方面。“四人帮”长期把持文艺阵地，大搞法西斯专政，实行文化专制主义，疯狂破坏毛主席革命文艺路线，肆意践踏马克思主义文艺理论，利用文艺大造反革命舆论，在文艺界造成了极大的混乱，对革命文艺事业的破坏是绝不能低估的。因此，全面地、系统地、彻底地批判“四人帮”利用文艺进行“三搞一篡”、复辟资本主义的罪行，清算他们在文艺界所散布和推行的一切反革命言行，肃清其流毒和影响，把被他们搅乱了的东西端正过来，这将是一场十分艰巨的长期战斗任务。现在，报刊上发表的批判文章是相当多的，那一篇篇的战斗檄文，使我们受到很大教育和启发，并极大地提高了我们的识别能力。但也有个别文章，由于其观点不同于一般，在我的思想中引起了一些混乱，而且至今解决不了。我感到第一个模糊的问题是：界限问题。

我们知道，“四人帮”是一伙由叛徒特务、阶级异己分子、新生资产阶级分子组成的反革命匪帮。他们的特点是从历史反革命到现行反革命。他们的要害是阴谋篡夺党和国家的最高领导权，复辟资本主义，建立“四人帮”法西斯专政的一统天下。因此，他们的所作所为、他们的言论行动，无论是强制推行反革命修正主义路线，还是任意篡改马克思主义的基本原则，也无论是散布谬论、制造事端、养奸纳叛、欺善诬良，还是放暗箭、造谣言、玩两面派手段、耍特权淫威，一切一切，统统是为篡权复辟服务的。明确了这个前提，我们在批判的时候，无论是批他们的路线，批他们的理论，批他们的言行，批他们的措施，都必须抓住政治上的要害，抓住其反革命实质，揭穿这伙从历史反革命到现行反革命匪帮的反党、反社会主义、反人民、反革命的真面目，绝不能把他们的问题看作是一般的路线错误问题或理论问题，也不能把“四人帮”与一般犯有路线错误和理论错误的人混同起来。这里有个界限问题。我们党同“四人帮”的矛盾和斗争，是党内又一次重大的路线斗争，但“四人帮”却又不同于仅仅是犯了路线错误的包括李立三那样的机会主义路线的头子。“四人帮”推行修正主义路线和鼓吹形形色色的荒谬理论，是为篡党、夺权、复辟、登基服务的。他们是有组织的反革命阴谋集团，他们同党和人民的矛盾，不是党内和人民内部的路线是非问题，而是党和广大人民群众同一小撮代表帝国主义、社会帝国主义、国际反动派和国内地、富、反、坏根本利益的反革命匪帮之间的敌我矛盾。这是一个必须划清的界限。但个别文章在揭批“四人帮”时，把“四人帮”和某些在文艺上推行修正主义路线的人混为一谈，甚至把“四人帮”说成是“亦步亦趋”追随、推行错误路线的人，“鼓吹”了反革命修正主义文艺路线。这样，就把“四人帮”这伙与人民不共戴天的敌人，描绘成不过是“追随”别人，“鼓吹”过修正主义路线而已。要不就把他们描绘成毫无个人主见、只是随风转舵的投机取巧之徒。他们对文艺作品的扬抑取舍，似乎也没有自己的是非标准，而只是随着当时的风向摇来摆去，哪边风大便倒向哪边。于是，“四人帮”里赫赫有名的理论家，在文坛上始终以恶霸、理论权威面目出现的形象不见了，使我们见到的，不过是在政治上“追随”别人的路线、在理论上“响应”别人的观点、在作风上随风转向的墙头草而已。这哪里是祸国殃民的“四人帮”，连路线问题也算不上，只是一般的思想问题和作风问题嘛！“墙头草”固然是极坏的作风，但到底并不等于就是反革命。难道特务张春桥潜入革命队伍，真的是随“风”倒向革命了？难道特务头子的干儿子，叛徒、特务的亲儿子，阶级异己分子姚文元，当他满口说漂亮话训斥别人的时候，也真的是随“风”倒向革命一边了？要知道他们是反革命匪帮，即使在结成“四人帮”之前，他们也是隐藏在革命队伍内部的叛徒、特务和阶级异己分子，他们走过的道路是一条地地道道的从历史反革命到现行反革命的罪恶道路。因此，对他们的揭发和批判，哪怕是对过去言行的揭批，也必须依照他们真实的政治面目并联系他们篡党夺权的要害来分析、批判，绝不能把“四人帮”老爷们仅仅看作是修正主义路线的

“追随者”、错误作品的“赞赏者”。甚至就拿30年代来说,那时江青、张春桥的政治要害是他们成了叛徒、特务。他们是代表国民党反动派利益混在文化队伍中干着反革命勾当的败类。他们为蒋介石献机祝寿,围攻鲁迅,是有其国民党主子做后台的,甚至是在特务的直接指使下干的,因而就不能置这个要害和特点于不顾,而把他们和一般的因犯路线错误参与“国防文学”活动的人同样看待。个别文章正是由于划不清这种界限,所以使读者在思想上产生了混乱。

我感到第二个模糊的问题是:目标问题。

批判“四人帮”,当然是要把斗争的矛头始终指向“四人帮”及其死党、亲信之流。个别文章乱箭齐放,拉人“陪批”,也在读者的思想上造成了某些混乱。

对于过去犯过路线错误或写过错误作品、发表过错误言论的人,即凡属于人民内部矛盾的,那就不应当随便把他们拉来和“四人帮”那样穷凶极恶的反革命分子一锅煮。因为这涉及政策问题,也涉及是否会干扰或转移批“四人帮”的大目标。个别文章点很多名字陪同“四人帮”挨批,好像“四人帮”老爷们坏就坏在他们赞赏过某人的作品,说过和某人同样的话,响应过某人的观点,而他们自己倒是无所作为的样子。这就无形中把“四人帮”的目标缩小到无足轻重的程度,把他们塞到一大堆人群之中,让你找不清到底哪个该是我们今天应当着重打击的目标。被拉为“陪批”的,不但有今人,还有魏征、郑板桥这些古人,好像深揭狠批一下魏征、郑板桥,也能打中“四人帮”的极右实质似的。魏征是毛主席肯定过的,区区郑板桥的名声也不见得怎么坏。今天揭批“四人帮”反革命匪帮,竟拉出这些古人与之相提并论,我们真不明白究竟是何居心。我想,魏、郑在九泉之下恐怕也会耻与“四人帮”为伍。“陪批”中,除了人,还有作品。像《三家巷》、《上海的早晨》、《红与黑》陪同挨批已不在话下,甚至连《青春之歌》也被弄到漫画里陪姚文元挨批去了,因为姚文元曾说过《青春之歌》的“好话”。“四人帮”为了标榜自己的反革命“新纪元”,制造了一个“空白论”,对“文化大革命”以前一百多年间的中国和外国的革命文艺作品,采取了一个“剃光头”政策。《青春之歌》和其他许多较好的革命小说、戏剧、电影、诗歌、绘画、乐曲等一样,是遭到“四人帮"疯狂压制和封锁的。这是"四人帮"践踏"双百"方针,推行文化专制主义的重要罪证,不去批判这个实质,而是把他们不知出于什么用心说过的几句"好话"拿来批,并因此要把《青春之歌》这样的好作品作为"四人帮"吹捧过的"毒草"拿来和"四人帮"陪斩,这实在是咄咄怪事!

以上两个问题,是我读个别文章产生的一些想法,我认为是值得注意的倾向。而且就我个人视野所及,上述这种文风、这种调门,目前还在有增无减。我自己对这些问题一时弄不清楚,也说不透彻,纯是个人的一孔之见,特反映给你们,供你们参考,并望得到同志们的指正。

附注:文中所指"个别文章",即《文汇报》和《解放日报》联合发表的《评反革命两面派姚文元》。

# 荡涤文艺领域中的极“左”流毒

# 荡涤文艺领域的极“左”流毒

历史确曾多次出现惊人的相似之处。当林彪和“四人帮”一伙,披着最最“革命”外衣,唱着最最“革命”高调,干着最最卑鄙勾当的时候,明眼人一看便知,他们耍的这套把戏,并不是什么新鲜玩意儿,只能用极“左”的办法来歪曲、篡改马克思主义基本原则,破坏党的路线、方针和政策。正如斯大林所说的那样:“用‘左’的假面具来掩盖机会主义的行为,是取得政权以后我们党内所有一切反对派别的最显著的特点。”“在取得政权以后的时期中,竭力以‘革命的’词句掩盖自己的非革命行为,不断从‘左面’批评党和党的政策”,是隐藏在党内的阴谋家、野心家所采用的基本手法。他们就是靠这种手段把人们的思想搞乱,把真假和是非搞乱,以便使其阴谋得逞。这一事实从另一面教育我们,在无产阶级专政条件下的革命人民,不但要善于识别从右的方面来反对党、反对社会主义、反对马克思主义的言论和行动,也特别要善于识别那些头顶“左”派桂冠,手执“革命”旗号,专门唱高调、说绝话、走极端、乱视听的极“左”言论掩盖着的极右实质。“四人帮”就是一伙惯于以极“左”面貌推行极右路线的假马克思主义骗子。他们在整个上层建筑领域,到处乱提口号,以响亮的“革命”言辞掩藏其假马克思主义私货,故而有很大的欺骗性和破坏性。对此,我们必须彻底剥掉他们的“左”派伪装,狠批极“左”,方能辨真假、明是非、正视听。《人民日报》社论《大张旗鼓地宣传新时期的总任务》一文指出:“不批极‘左’、肃清‘四人帮’的影响和流毒,鱼目珍珠不分,真理谬误不辨,就不可能执行毛主席的革命路线,在建设社会主义的现代化强国的长征路上就迈不开步。”因此,社论号召:“抓住受‘四人帮’影响最深、造成危害最大的问题,大打人民战争,把他们制造的种种混乱彻底澄清,把他们颠倒了的一切是非统统纠正过来。”

文艺战线是遭受“四人帮”摧残、破坏最严重的重灾区。长期以来,“四人帮”把文艺领域当作他们的“帮”国采邑来统治,因此他们在文艺方面推行的假“左”真右路线,也就表现得更加全面、更加猖獗、更加系统化,对党的文艺事业所造成的危害及其流毒之深广,也更为严重。

为了贩卖和鼓吹他们那套假“左”真右、形“左”实右的反动谬论,“四人帮”及其文艺随从们,表现出比任何卖假药的江湖骗子更善于花言巧语和以假充真的才能,不断翻花样、立“新”论,妄图以他们的“帮”理论取代马克思主义美学原理。但不管他们怎样玩弄阴谋骗术,他们的主要手法都不过是,从其篡党夺权的反革命政治阴谋出发(用江青说给梁效的私房话就是“从现实需要出发”),摘取革命导师的片言只语,按照“四人帮”的“现实需要”加以引申曲解,将革命理论导向绝对化、极端化,打着马克思主义旗号反对马克思主义,打着批判修正主义的旗号贩卖修正主义,打着文艺革命的旗号摧残革命文艺事业,打着发展无产阶级文艺的旗号炮制法西斯主义的阴谋文艺,等等。他们在文艺领域的一切方面,几乎都用极“左”的观点篡改了马列主义、毛泽东文艺思想,他们对革命文艺的一切优秀成果,也统统用他们的“左”字号刀斧加以砍杀。

他们发明了“文艺黑线专政”论,把新中国成立后十七年党所领导的、遵循毛主席革命路线的社会主义文艺事业,诬蔑为“反党反社会主义的黑线专了我们的政”,从“左”的角度全盘否定了整个文艺战线,也全盘否定了文艺界全体同志在十七年中所创建的一切。他们诬蔑革命的文艺机构,说各种文艺团体都是“大大小小的裴多菲俱乐部”、“形形色色的修正主义大染缸”,因此应当统统“砸烂”。他们诽谤革命的文艺队伍,胡说文艺战士都“叛变了”、“烂掉了”,上头的是“黑帮头目”,中间的是“黑线人物”,基层的是“黑苗子”,因此应当统统“打倒”。他们绞杀革命的文艺成果,栽诬十七年的文艺创作是“毒草丛生,群魔乱舞”、“牛鬼蛇神充斥了整个文艺阵地”,因此应当统统“封存”。

他们依靠“黑线专政”论在文艺界实现了“打倒一切”,“黑线专政”论也就成了他们在文艺界以极“左”面貌推行极右路线的核心和主要表现。

他们又发明了一个“空白”论,仅仅只用了一句话,就把自《国际歌》以来的九十年间的全世界的无产阶级文艺运动的一切成果荡涤无存。他们还发明了一个“彻底扫荡”论，扬言要同古今中外一切文艺遗产“彻底决裂”，“把帝王将相永远赶下舞台”，并要“扫荡一切剥削阶级的旧思想、旧文化”，从而也就把人类有史以来的一切文化成果彻底扫除干净。

有破必有立，在“四人帮”“勇士”们以批资、批修、批旧为名，挥舞“左”字号刀斧将我国十七年来及20世纪30年代的革命文艺砍杀殆尽，并将近百年的全世界无产阶级文艺以及数千年来的人类文化遗产一举“歼灭”的同时，他们也“立”了许多“左”得出奇的“帮”理论。什么“根本任务”论，什么“三突出”的创作原则，什么“反真人真事”论，什么“写与走资派斗争”，什么“从路线出发”，什么“主题先行”，什么“题材决定”论，等等，不一而足。名目虽然繁多，集中到一点，都是为炮制阴谋文艺制造理论根据的货色。他们不仅直接以这种“帮”理论为指导原则，炮制了一大批为“四人帮”式的反党狂人树碑立传，或恶毒攻击革命老干部的阴谋文艺作品，为其乱党、乱军、乱政、乱世、乱中夺权大造了反革命舆论；同时也用这些极“左”的“帮”规，把一般的文艺创作引向了绝境，致使艺苑无花，文坛结冻。

他们把文艺的党性原则和“双百”方针对立起来，恶毒诬蔑“百花齐放、百家争鸣”的方针容易“为右派利用”，以什么“一家做主，最后听江青的”文化专制主义，取代了毛主席亲自制定的这个发展科学文化的根本方针，从而把社会主义文艺纳入他们的法西斯专政之下。他们把文艺的政治性和艺术性对立起来，以“突出政治”为名，一面拼命鼓噪其反动政治，一面又诬蔑那些凡是承认文艺作品应当有娱乐性和美感作用的人，是“艺术至上”，是以“艺术压政治”，从而把文艺创作引到他们的“帮派”政治传声筒道路上去。他们又把文艺的政治方向的一致性和艺术题材、体裁、形式、风格的多样性对立起来，鼓吹“题材决定”论，诬蔑“多样化”就是“资产阶级自由化”，以其“三突出”的模式取代毛主席的鉴别香花毒草的六条政治标准，严重摧残了艺术的多样性发展。他们还把文艺的政治性和真实性对立起来，以批判“写真实”论为名，反对作家深入生活，反对创作要从生活出发并真实地、深刻地、本质地反映生活中的矛盾斗争，而是鼓吹“主题先行”、“从路线出发”，提倡闭门造车，搞说谎文学、阴谋文艺。他们也把文艺的批判继承与革新对立起来，不承认古代和外国的封建文化、资产阶级文化有进步的和反动的之分，不承认它们有精华和糟粕之分，不承认无产阶级应当有继承整个人类优秀文化遗产的光荣使命，而以无知又盲目自大的狂态，要“彻底扫荡”一切旧文化，声称只能在“艺术形式上批判地继承”，从而以“形式继承”论取代了毛主席提出的对古代文化要一分为二和“古为今用，洋为中用”的原则。他们还搞了个反“形象思维”论，根本否认人类的认识活动中有“形象思维”这种方式存在，根本否认艺术创作是运用形象思维的，于是他们也就根本否认了文学艺术有自己的特殊规律，否认了文学艺术的特性。这样，必然导致要么取消文学艺术，要么只能搞出非艺术的所谓艺术，即概念化、图解化、模式化的“艺术”。

真理走过头一步，就会引向谬误。如同列宁所说：“使一种新的政治（不仅是政治的）思想声誉扫地，受到损害，其最有效的方法就是以维护为名，把它弄到荒谬绝伦的地步。”而这，正是“四人帮”惯用的手法。在所有前述问题上，他们不是打着冠冕堂皇的批修批资旗号，就是举着创立无产阶级文艺“新纪元”的大旗，以“左”的面貌，掩盖着它的右的实质，使人们很难一下看清他们的真相，所以便具有很大的欺骗性。值得我们注意的是，“四人帮”的这套谬论，不但在一段时间里成了主宰文艺命运的法规，对文艺事业造成了极大的破坏，而且由于他们的这套谬论具有“左”的外貌和形式，加上他们长期的反复宣传，也使不少人自觉不自觉地接受了，甚至信假为真，把它当作正确东西加以信奉和维护。他们的这套假“左”真右理论对一部分人的蒙蔽作用，确实是不可低估的。而拾起林彪、“四人帮”的这套假“左”真右的刀斧，依附“帮”势成为文艺界的混子或棍子的，也大有人在，如“文革”期间咄咄逼人的“新红学家”，就是一例。这些并没有什么奇怪。我们不是生活在真空里，在错综复杂的阶级斗争和思想斗争中，特别是在同假马克思主义政治骗子的斗争中，人们往往不是一下子就能认清其真实面目，而是经历了几个回合的较量才认清其本质的。但这一事实也启示我们，绝不可低估假“左”真右路线的欺骗性所造成的危害，也绝不可低估它在今天仍然存在的流毒和影响。

粉碎“四人帮”以来，我们基本上摧毁了“四人帮”在文艺系统的帮派体系，推倒了“文艺黑线专政”论，揭露了“四人帮”利用文艺大搞篡权复辟活动的罪行，批臭了他们炮制的一个个大毒草，批判了他们的阴谋文艺理论体系，在一些重大的路线是非、理论是非的问题上，做了拨乱反正工作，使广大革命文艺工作者从“黑线专政”的精神枷锁下解放出来，迎来了文艺战线的大好形势，开始出现了欣欣向荣的新局面。

这个胜利是很大的。但我们还要看到，“四人帮”经营文艺阵地不是一朝一夕，他们抓文艺也不是枝枝节节，而是经过长期统治，全面地、系统地抛出了一条以“文艺黑线专政”论为中心的、在极“左”面貌掩饰下的极右路线。他们的黑手伸向了文艺领域的一切方面，他们在各方面都制造了无数真伪莫辨、是非不明的混乱情形，危害所及，不仅在当时造成了严重恶果，其影响和流毒远远超出了当时，也远远超出了文艺界。就是在今天，我们仍然会看到极“左”余毒的影响所在，还会看到它有形无形地仍在束缚着某些同志的思想，甚至也会看到个别同志还在有意无意地重弹“帮”腔。在揭批“四人帮”的斗争中，有的人为什么总是表现得那样瞻前顾后、疑虑重重、缩手缩脚、心有余悸呢？主要原因恐怕还是这些同志的思想仍然没能从“四人帮”的框框中解脱出来。更有甚者，有的人在思想上中毒很深，至今还坚持“四人帮”的思想体系，他们在思想上对华主席、党中央贯彻执行的毛主席的革命路线和方针政策有抵触，因而总是围着“四人帮”框框转。在我们的队伍中，不是有人有意无意地袭用“四人帮”的观点和方法，批什么姚文元举起反“题材决定”论黑旗，“鼓吹题材多样化”，吹捧《三家巷》、《青春之歌》吗？不是至今还有人认为“根本任务”论是个“革命口号”吗？不是也有人认为“三突出”还有“可取之处”吗？不是还有同志认为“四人帮”搞的那个作为“文艺黑线专政”的“代表性论点”的所谓“黑八论”，是不得推倒的吗？在对十七年文艺形势的估计上，有的同志对“红线占主导”始终持有不认同态度，有人至今仍认为广大文艺工作者的“世界观还是资产阶级的”，甚至还有人以批“文艺黑线专政”论为名，却采用旁征博引、转弯抹角的方式，把十七年的文艺形势说得一无是处，在实质上导致全盘否定十七年。

对待文艺创作，某种“左”的干扰也还是存在的。有的同志担心某种新内容或新手法的安全系数不高而不敢支持创作中的新生事物，有的同志则是看到一点正当的新鲜意见就惶惶不安起来。抓住受“四人帮”影响最深、造成危害最大的问题，大打人民战争，对“四人帮”以极“左”面目篡改马克思主义文艺理论的罪行进行深入揭露和批判，要彻底撕烂“四人帮”的“左”派画皮，揭穿他们以假乱真手法，戳穿他们任意歪曲、篡改革命导师片言只语用以吓人、骗人的战术，解剖他们的形“左”实右路线的真相，扎扎实实做好拨乱反正工作，把“四人帮”以极“左”手段制造的种种混乱，一个一个地澄清出来，把“四人帮”颠倒了的是非统统纠正过来，彻底荡涤文艺领域的极“左”流毒。

# 一面标志反革命"新纪元"的黑旗

## ——批判"四人帮"炮制的"根本任务"论

作为爬向女皇宝座的一个阶梯,江青老早就把自己打扮成为一个"文艺革命的旗手"。所谓"旗手"者,那是指扛着大旗、率领着队伍、冲锋在前的领路人。而"文化大革命"是从意识形态领域开始的,既然是"文艺革命的旗手",那当然也就是革命的"旗手"了。所以既有老搭档林彪、陈伯达赠"旗手"桂冠于前,什么"京剧革命成为这次'文化大革命'的突破口,在这场攻坚战中,英勇的旗手就是江青",又有死党、亲信吹捧入云于后,什么江青"亲自发动和领导的京剧革命是这场史无前例的无产阶级'文化大革命'的伟大开端,吹响了'文化大革命'的进军号",至于她"树立"的那许多"丰功伟绩",据说还要"随着历史的发展",我们将"越来越有深刻的认识"。好家伙,这里除了山呼万岁之外,几乎什么词儿都用上了。但也正是在这里,人们看出,这所谓树"旗手"者,还只是为女皇登上宝座搞的一个远铺垫,即为篡夺党和国家的最高领导权进行的组织准备和舆论准备。其目的,是要把"旗手"的桂冠换成女皇的王冠的。

然而,桂冠好戴,其实难副。江青虽然算是搞过文艺的,但她压根儿没干过革命。她生平只扛过投降卖国、结帮篡党的黑旗,这"文艺革命的旗手"又从何而来呢?像争演赛金花、卖唱黄色流行歌曲、为蒋介石献机祝寿之类,虽可谓蓝苹女士文艺生涯中的盛举,但要把这类勾当往"旗手"业绩表格里填,怕也难以掩人耳目。但这也不要紧。因为这位"旗手"是身兼"扒手"、"黑手"、"刽子手"的多面手的。有如此之多技之长袖,何愁"丰功伟绩"不能扒来?于是,她便贪天之功为己有,把由毛主席领导和周总理亲自关怀下的戏剧革命成果抢来,把别人的作品扒来,冒充是她"披荆斩棘"、"精心培育"了革命样板戏,接着又由狗头军师出马大笔一挥,把自巴黎公社以来中国的和世界的无产阶级文艺革命全盘抹掉，胡说“从《国际歌》到革命样板戏这中间一百多年是一个空白”。江青甚至无耻声称她搞了“二十几个戏”，“而马克思、恩格斯、列宁那时候，没留下很多东西”，“《讲话》发表以来”，也“一直没有树立起好的作品”。只有到了江青“亲自发动和领导的京剧革命……吹响了‘文化大革命’的进军号”以后，才“在无产阶级文艺史上写下划时代的光辉篇章”，因而也就“开创了无产阶级文艺的新纪元”。

看来，她的“扒手”专业是颇为精明的。随手这么一捞，就弄到这许多“丰功伟绩”，又是“写下划时代的光辉篇章”，又是“开创了……新纪元”，那“旗手”当然是当定了。

但他们这个“新纪元”，到底是什么东西呢？

如果说，“空白”论是他们伪造历史并公开宣布不承认马克思、恩格斯所阐述的无产阶级文艺的一系列根本原则，不承认列宁在十月革命以前和建立苏维埃政权以后所领导的无产阶级文艺革命运动，不承认毛主席《在延安文艺座谈会上的讲话》的伟大历史意义和在《讲话》指引下我国革命文艺运动的伟大变革，不承认高尔基、鲁迅以及全世界许多无产阶级文艺战士的革命文艺实践，从而把“四人帮”自己一小撮摆在了无产阶级文艺革命的对立面，那么“新纪元”论则是公然声称：他们要另立门户，另树旗帜，另定标准，另搞一套。江青的《谈京剧革命》一文所定下的“根本命题”，和他们以后又进一步阐发此义而提出的“根本任务”论，便是他们另树旗帜，另提口号，另搞一套，标志他们自己的文艺“新纪元”的纲领。

他们搞“新纪元”，就是要把他们一小撮凌驾于毛主席、党中央之上，就是公开向党挑战，从而表明他们的反党活动进入了新阶段。他们的“新纪元”，是为树“旗手”、立女皇服务的理论依据，是他们在政治上搞“新纪元”的组成部分。他们妄图颠覆无产阶级专政，搞复辟资本主义的“新纪元”，搞一个把“旗手”桂冠换成女皇王冠的“新纪元”。

为了标志和体现他们的文艺“新纪元”，在理论上，他们炮制了一个“根本任务”论，提出“塑造工农兵英雄形象是社会主义文艺的根本任务”。而为了完成这个“根本任务”，他们又提出了“三突出”的“创作原则”和诸如“三陪衬”、“三对头”、“三打破”、“立体化”、“多侧面”、“远铺垫”、“近铺垫”、

“多层次”、“多浪头”之类的一大套文艺法典，以作为其实现“根本任务”的创作准则。这样，他们就以“根本任务”论为核心，提出了一个彻头彻尾的反马克思主义的、与毛主席革命文艺路线相对抗的反动文艺纲领，并妄图以此取代毛主席确立的为工农兵服务的方向，取代马克思主义的文艺原理，从而把文艺纳入他们的反革命轨道上去。

什么是社会主义文艺的根本任务？这本来是马克思、恩格斯、列宁、毛主席早已从理论上明确解决了的。对这一问题的回答，不应从某种艺术手段出发，不能孤立地从艺术本身出发，而是应当从文艺与政治的关系、文艺与阶级的关系、文艺在阶级斗争中的作用和地位出发，从上层建筑与经济基础的关系出发，来认识和确定它的根本任务。早在1885年，恩格斯根据当时的革命形势和任务，并针对当时文艺阵地尚被资产阶级全面统治的情况，提出反映和表达无产阶级愿望和要求的文艺，应当在现实主义文艺中占有一席地位，并指出："具有社会主义倾向的小说"，应当发挥"动摇资产阶级世界乐观主义"，引起人们对资产阶级统治"永世长存的怀疑"的革命作用。恩格斯的这一思想表明，他是把文艺的任务和革命的任务联结在一起，并以服从于革命任务为前提的。随着工人阶级力量日益强大并在政治舞台上日益显示出其决定性力量，列宁在1905年根据俄国革命发展的形势，提出了"文学应当成为党的文学"的口号，并指出"文学事业应当成为无产阶级总的事业的一部分，成为一部统一的、伟大的、由整个工人阶级的整个觉悟的先锋队所开动的社会民主主义机器的'齿轮和螺丝钉'。文学事业应当成为有组织的、有计划的、统一的社会民主党的工作的一个组成部分。"并明确提出了文学"不是为饱食终日的贵妇人服务，不是为百无聊赖、胖得发愁的'几万上等人'服务，而是为千千万万劳动人民，为这些国家的精华、国家的力量、国家的未来服务"。很明显，列宁是从文艺和党的关系、文艺和革命的关系来确立文艺应该是党的文学，应当为千千万万劳动人民服务这一根本任务的。毛主席的《在延安文艺座谈会上的讲话》，深刻总结了无产阶级文艺运动的基本经验，继承、捍卫和发展了马克思列宁主义文艺原理，全面地、系统地、科学地阐明了文艺领域里的一系列原则问题，提出了一条完整的马克思列宁主义的革命文艺路线。在《讲话》中，毛主席从文艺与阶级的关系、文艺与政治的关系等方面，阐明了“为什么人的问题，是一个根本的问题”。《讲话》一开头，毛主席就指出开会的目的是要“研究文艺工作和一般革命工作的关系，求得革命文艺的正确发展，求得革命文艺对其他革命工作的更好的协助，借以打倒我们民族的敌人，完成民族解放的任务”，并指出文艺是“服从党在一定革命时期内所规定的革命任务的”，“要使文艺很好地成为整个革命机器的一个组成部分，作为团结人民、教育人民、打击敌人、消灭敌人的有力武器，帮助人民同心同德地和敌人作斗争”。革命导师的这一系列教导都明确表明，在无产阶级的文艺运动中，任何时候提出和确定它的根本任务，都必须首先摆正文艺与革命的关系，绝不能把文艺从整个革命机器中分离出来，单纯从文艺本身或者仅就某种具体的艺术手段，来提出和确定它的根本任务。一切文艺创作、一切文艺演出、一切文艺活动，都应努力更好地完成和实现这个根本任务。因之，凡是方向对头，能够起到“团结人民、教育人民、打击敌人、消灭敌人”作用的一切文艺创作和文艺活动，都应该受到鼓励。与此相反，“四人帮”一伙提出的“根本任务”，则是一个在政治上反动透顶、理论上荒谬不堪、实践上危害无穷的反动纲领。

首先，他们这个“根本任务”的提出，就完全违背毛主席提出的“党的文艺工作，在党的整个革命工作中的位置，是确定了的，摆好了的；是服从党在一定革命时期内所规定的革命任务的”教导，把文艺从整个革命机器中分离出来，无视文艺对政治的从属关系，孤立地把某一种艺术手段确定为整个文艺工作的“根本任务”，因而就势必造成在方向上模糊了社会主义文艺根本任务的阶级内容和鲜明的政治倾向。其次，它的反动性还表现为他们妄图用江青的《论京剧革命》取代毛主席的《在延安文艺座谈会上的讲话》，用这个修正主义口号取代马克思主义文艺理论的根本原则，以标志他们自己的“文艺新纪元”，从而为其“三搞一篡”、爬向女皇宝座制造舆论。最后，他们打着塑造工农兵英雄形象的旗号，实际上则是鼓吹并“呕心沥血”地去塑造江涛、火烧心之类的反党狂人，从而把文艺变为他们的反党工具。这三点正是他们的“根本任务”论的实质和要害。

政治上的反动，必然导致理论上的荒谬和混乱。谁都知道，我们讲根本任务，那就是指整个文艺工作的方向、目的和历史使命，它指导并制约着整个文艺领域。塑造工农兵英雄形象，是文艺创作上的重要课题，是体现方向的主要途径，是党历来所提倡并强调的。但塑造英雄形象，它是实现文艺根本任务的重要手段或重要方面，而不是唯一手段，更不是方向、目的本身。“四人帮”把手段和目的混为一谈，实际上就在这个问题上混淆了两者的关系，形成了以手段代替方向。我们知道，当手段体现目的的时候，两者当然是一致的。但手段是多种的，文艺形式也是多样的。为实现和完成文艺为工农兵服务这样的根本任务，文艺创作和文艺活动可以而且应当充分运用各种手段，和充分发挥各种文艺形式的特点，而不是只能运用一种手段，更不能用某一种手段取代根本任务本身。“四人帮”把塑造英雄形象拔到“根本任务”的高度，好像是很“革命”的了。其实，他们既抽掉了文艺为工农兵服务、为无产阶级政治服务的阶级内容，又排斥、限制甚至取消实现这一根本任务的多种手段和途径，则恰好暴露了这个口号的极右实质和他们一伙的反革命真面目。

在这种反动而又荒谬的理论的支配下，特别是在“四人帮”凭借其法西斯专政手段，强行推广这一反动纲领的影响下，文艺创作和文艺活动都受到了严重的摧残、破坏和干扰。大量文艺创作被他们逼得走上绝路和死路；大量的工农兵所喜闻乐见的文艺形式被他们排斥或取消；大量的专业和业余的文艺工作者，无所措其手足，不知怎么办才好。它给文艺事业所造成的危害，真是无穷无尽。

由于他们把塑造英雄形象定为“根本任务”，因此在实践上势必迫使许多文艺种类无法生存下去。例如抒情诗、讽刺诗、相声、漫画、山水、花鸟画、风光和静物摄影、抒情乐曲，等等，通常都难以塑造什么“高大完美”的英雄形象，有的根本没有人物，有的没有正面人物，但它们都可以用自己的特长，或抒革命之情以鼓舞群众斗志，或讽刺和揭露敌人以激起群众的愤怒，从而发挥其“团结人民、教育人民、打击敌人、消灭敌人”的战斗作用。如果一定要求他们塑造“高大完美”的人物形象，那就只好停笔作罢，使这种作品失去生存的权利，即剥夺它们为工农兵服务、为无产阶级政治服务的权利；或者勉强去适应他们的要求，那又只好迫使这类作品失去自己的特点和特长，造成一种不伦不类的东西。这些年来，在“四人帮”的淫威统治下，相声不笑，漫画不要,讽刺作品绝迹,抒情文艺稀少,以及许多为工农兵所喜爱的文艺作品和文艺形式无形中被取消,有的剧种被扣上不能表现工农兵英雄形象的帽子而被砍掉,都正是这种理论所导致的必然结果。甚至就连小说、戏剧、电影这类通过塑造人物形象来表达主题思想的作品,其生存天地也是很狭窄的。因为“四人帮”所规定的“根本任务”,既附有“高大完美”之标准,还加有“三突出”之类一大套必须遵守的“原则”。他们规定一部作品只能突出一个“一号英雄人物”,你如果写了两个,那就不允许;你如根据某一特定题材的需要描绘了英雄群像,他就会给你扣上什么“散文式、列传式”的帽子;反面人物写深刻了,他说你“夺了正面人物的戏”;党的领导力量写充分了,他又指责你违背了“三突出”;你的主人公如果是好的老干部,他就栽诬你“替走资派说话”;你写的英雄人物如有成长过程,他就说你没搞“高起点”,就是“给英雄人物脸上抹黑”。总之,在“四人帮”所定的这些“帮”条条、“帮”框框的束缚下,要不跟他们走,是没有什么生存空间的。列宁曾经指出:“无可争论,文学事业最不能作机械的平均划一、少数服从多数。无可争论,在这个事业中,绝对必须保证有个人创造性和个人爱好的广阔天地,有思想和幻想、形式和内容的广阔天地。”毛主席提出,在发展科学和文化中,要实行“百花齐放,百家争鸣”的方针。而“四人帮”却专搞形而上学的模式化,并在文艺界大搞法西斯专政,大搞文化专制主义,只许他们孤嘴喷粪,不许广大革命文艺战士众口争鸣;只许他们的毒草独开,不许社会主义的香花齐放。很明显,极力摧残社会主义香花,精心培育资本主义毒草,也正是他们的“根本任务”的一个重要方面。

在揭露这一纲领的反动性、荒谬性和危害性的同时,我们也必须揭露它的欺骗性和在这一口号掩饰下的祸心。

“四人帮”对其“根本任务”论的叫卖,是够起劲的了。他们口头上不断地高喊要塑造工农兵英雄形象,甚至还要“高大完美”、“光彩照人”,好像他们比谁都更重视工农兵似的。但实际上,他们所干的则完全相反。在现实生活中,像雷锋、陈永贵、王铁人这样崇高的无产阶级英雄,他们是不许宣传和歌颂的;历史上为无产阶级革命事业献出生命而做出不朽贡献的无数先烈,他们也是不许宣传和歌颂的。在文艺创作中,像《创业》中周挺杉那样感人至深的英雄形象,他们是恨得要死、怕得要命;《园丁之歌》中那样的先进人物,他们必欲置之于死地而后快;《洪湖赤卫队》中韩英那样的英雄人物,则干脆不许与群众见面。总之,凡是现实生活中、艺术作品中的一切真正的工农兵英雄人物,他们都是反对的。他们所向往的"高大完美"的"英雄",不过是他们自己或者是作为他们的社会基础而存在的那些反动家伙。如同他们在现实生活中把翁森鹤、张铁生之流的新生反革命分子树为"英雄"一样,在艺术作品中也尽是把那些满口狂言、横行霸道、兴风作浪、四处抓权、破坏生产、破坏团结、专门和各级党组织作对、唯恐天下不乱的家伙,叫作"高大完美"的"英雄",美其名曰"反潮流战士",实际上不过是极端孤立的反党狂人,并用这些"反党英雄"去鼓吹和体现"四人帮"的反革命政治理想。他们所炮制的《欢腾的小凉河》,特别是《反击》、《盛大的节日》、《千秋业》,等等,就是他们这个反动理论的集中表现。

到这里我们才发现,他们这个"根本任务"论,也是颇讲究"三突出"的。即在所有文艺作品中,要突出"反党英雄"形象;在"反党英雄"身上,要突出鼓吹"四人帮"一伙篡党夺权的政治目的;在鼓吹"四人帮"的政治目的时,要突出为江青从"旗手"爬向女皇宝座大造声势。看来,他们自己也不是把塑造形象作为根本任务的。不管他们口头上怎么讲,事实上他们还是把塑造形象作为他们进行反革命宣传的手段,以为其大搞"三搞一篡"的根本任务服务。

在我们深入批判"四人帮"炮制的"根本任务"论的同时,我们也必须十分明确地指出:我们和"四人帮"的分歧,不是要不要塑造工农兵英雄人物形象。他们从来是根本反对塑造真正的工农兵英雄形象的。在揭露了这个实质后,我们必须在毛主席革命路线的指引下,把深入工农兵、学习工农兵、表现工农兵、歌颂工农兵,当作自己的重要任务和光荣职责,努力塑造工农兵英雄形象,把他们的英雄业绩和崇高品德,熔铸在鲜明而生动的艺术形象之中。我们说塑造英雄形象是体现方向的一种手段,绝不是说它可以和风景画等量齐观。无产阶级的文艺创作,必须大力歌颂叱咤风云的无产者,必须努力塑造工农兵英雄形象。

塑造工农兵英雄人物形象的关键,在于文艺工作者要认真学习马列主义和学习社会,要深入火热的现实斗争生活,努力改造自己的世界观,熟悉英雄人物,热爱英雄人物,遵循革命现实主义与革命浪漫主义相结合的创作方法,按照实际生活,概括英雄人物的高尚英雄行为,揭示他们的崇高的精神世界,创造出既能充分体现阶级共性,又具有鲜明个性的,比实际生活更高、更强烈、更有集中性、更典型、更理想,因此就更带普遍性的英雄形象,使其可敬、可亲、可学,能为千百万群众做榜样的英雄典型。与此同时,我们的文艺创作,也必须认真贯彻毛主席提出的“双百”方针,充分调动广大革命文艺工作者的积极性,充分发挥一切文艺形式的特长,努力创造多种题材、多种形式、多种风格的文艺作品,积极开展革命的文艺活动,为抓纲治国贡献应有的力量,只要内容是革命的,形式是健康的,就应该给予鼓励。打倒“四人帮”,文艺大解放;深批“四人帮”,文艺要大上。我们要积极行动起来,为繁荣社会主义文艺而奋斗。

# 阴谋文艺与“黑线专政”论

利用文艺反党，虽早有人发明于前，但“四人帮”却把这一手段发展到登峰造极的地步，从而组成了他们的有纲领、有组织、有理论、有作品的阴谋文艺体系。

阴谋文艺是“四人帮”反革命政治阴谋活动的重要组成部分。“四人帮”搞阴谋文艺，由来已久。自从叛徒江青勾结卖国贼林彪合伙炮制了“文艺黑线专政”论那时候起，他们便一方面用这把刀子要把革命文艺和革命文艺工作者统统砍尽杀光，另一方面便一步紧似一步地搞起阴谋文艺来。他们要搞阴谋文艺，就必然要扼杀、摧残革命文艺；他们要建立自己的阴谋文艺帮派体系，就必然要疯狂打击和迫害革命文艺工作者；他们要搞文化专制主义、实行法西斯专政，也就必然要恶毒诬蔑乃至全盘否定毛主席的革命文艺路线。他们所炮制的“文艺黑线专政”论，就正是这伙阴谋家、野心家肆意篡改毛主席有关文艺问题的指示，歪曲文艺战线的斗争历史，抹杀革命文艺成就，诽谤文艺队伍，破坏社会主义文艺事业，为其建立反革命文艺“新纪元”，亦即为实现他们复辟资本主义的“新纪元”开拓道路的重要理论支柱。它是迫害革命文艺工作者的主要思想武器，是套在广大文艺工作者身上的极为沉重的精神枷锁。今天，在深入揭批“四人帮”的新的战役中，该是我们奋起战斗，坚决推倒这个反动理论，彻底砸烂这个精神枷锁的时候了。

现在，让我们从如下三个方面，看看“黑线专政”论的反动实质及其危害吧！

**一、“黑线专政”论是否定毛主席革命路线，为“四人帮”在文艺界以及整个上层建筑领域篡夺领导权制造舆论的理论基础。**

什么叫“文艺黑线专政”？

这是1966年2月,江青勾结林彪,对我们党所领导的社会主义文艺事业所作的诽谤性攻击。他们为了实现其不可告人的目的,诬蔑我国文艺战线,自新中国成立以来"被一条与毛主席思想相对立的反党反社会主义黑线专了我们的政"。后来,他们在言论和文章中,又把这个反动估计简化为"一条又粗又长的黑线专了我们的政"。

粗,有多粗呢?据他们说,那是包括了文学、戏剧、音乐、美术、电影、舞蹈、曲艺以及文艺出版、文艺教学等一切领域和整个文艺队伍的。他们诬蔑整个文艺界路线是黑的,机构是黑的,人和作品也都是黑的。什么黑文联、黑协会、黑刊物、黑作家、黑编辑、黑笔杆子、黑秀才、黑帮分子、黑线人物;其作品都是黑书、黑戏、黑画、黑歌、黑电影;开的会叫黑会,搞的活动叫黑活动,培养的新人叫黑苗子。反正一切都落实到一个"黑"字上。整个文艺界成了洪洞县。这就是所谓"粗"。

长,有多长呢?他们开始是说新中国成立以来,后来又追溯到20世纪30年代,后来张春桥公然叫嚣从《国际歌》到样板戏中间是"空白"。这就是说,我国从五四运动以来,特别是毛主席的《在延安文艺座谈会上的讲话》发表以来,直到新中国成立以来,一直不存在无产阶级文艺运动,整个文艺战线始终是被"黑线"专了政的。甚至整个世界范围,从《国际歌》到样板戏,也都是"黑线专政"的。长,就长到了如此程度。

这是"四人帮"用恶毒的诽谤和无耻的谎言所构成的反动结论。它的矛头是指向毛主席的革命路线和文艺战线的全体革命战士的。文艺战线的斗争历史表明,自从中国共产党登上中国政治舞台以来,中国的革命文艺运动,便是在党的影响和直接领导下同反动文艺进行坚决斗争的。在毛主席的《在延安文艺座谈会上的讲话》发表以后,我国的革命文艺运动,更一直是遵循毛主席所制定的路线在斗争中胜利前进的,抗日战争和解放战争期间革命文艺所取得的辉煌成就,完全是在毛泽东文艺思想光辉照耀下所取得的。新中国成立以来的文艺战线,也如同其他各条战线一样,始终是以毛主席的革命文艺路线为主导的,始终是沿着毛主席所指引的方向胜利前进的。不错,十七年间,存在着某些干扰和破坏,存在着资产阶级的进攻,这种干扰和破坏也的确给党的文艺事业带来莫大损害。但是,他们的干扰和破坏,都受到了文艺界的抵制、批判和粉碎性的打击。在文艺战线进行的激烈的两条路线斗争中，始终是以毛主席的革命路线为主导的；文艺界的许多次重大路线斗争，都是毛主席亲自领导和发动的。这一次又一次的斗争，沉重地打击了敌人，深刻地教育了群众，加强了社会主义文艺阵地，巩固了党对文艺事业的领导，捍卫了毛主席的革命文艺路线，推动了文艺事业的繁荣和发展。尽管文艺战线的阶级斗争、路线斗争、思想斗争异常纷纭复杂，有时甚至艰难曲折，但每次斗争的结局，总是革命力量战胜反革命力量，无产阶级战胜资产阶级，马克思主义战胜修正主义。这是人所共知的铁的历史事实。“四人帮”任意篡改文艺战线的斗争历史，颠倒黑红，诬蔑十七年是“黑线专政”，正暴露了他们是要推翻毛主席路线，而代之以实行他们的文化专制主义的法西斯专政。十多年来，他们在文艺界横行霸道，胡作非为，表明了他们搞的才真正是地地道道的法西斯黑线专政。他们诬蔑十七年是“又粗又长”的“黑线专政”，其实恰恰是他们用这根“又粗又长”的大棒，来维持其法西斯专政的。十多年来，谁要是对所谓的“黑线专政”稍持疑意，他们不是给你扣上“为黑线翻案”、“黑线回潮”的帽子，就诬陷你“复辟”、“夺权”，紧接着就棍棒齐来。为了镇压文艺界广大革命群众的反抗，他们还炮制了一篇叫作《铁案如山，岂容推翻》的反动文章，竟然肆无忌惮地篡改和歪曲毛主席的两个“批示”，胡说“黑线专政”的案是毛主席定的，真是狗胆包天，猖獗至极！大家知道，毛主席一向十分关怀革命文艺事业的建设和发展，对文艺工作多次给予亲切的鼓励、关怀和支持；同时，毛主席也极为重视文艺战线的阶级斗争和路线斗争，多次亲自发动和领导了文艺界的重大斗争。毛主席从来没有否定一切，从来都是一分为二地来看待文艺战线形势的。在两个“批示”中，毛主席一方面充分肯定了文艺工作的重大成就，指出成绩“不能低估”；另一方面又尖锐批评了文艺界存在的严重缺点和错误，并指出了如任其发展下去会严重危险前途。但“四人帮”都采取偷天换日的手法，把毛主席批评的“这些协会”，篡改为“整个文艺界”；把“最近几年”，篡改为“整个十七年”；把“跌到了修正主义边缘”，篡改为“掉进了修正主义深渊”；把“可能演变为匈牙利裴多菲俱乐部”的告诫，篡改为“早已变成了裴多菲俱乐部”。多少年来，他们就是靠这种篡改、歪曲毛主席指示的手段，来吓人、骗人和压人的。他们说,“黑线专政”是不容推翻的“铁案”,我们说“不”！这是“四人帮”强加给整个文艺战线的伪案。这个案就是要翻,就是要彻底推翻他们篡改历史、颠倒黑红、歪曲事实、绞杀革命文艺事业的所谓“黑线专政”论的案。

什么“黑线专政”论,分明是夺权抢权论。他们首先用这个反动谬论乱了文艺界,并乘机篡夺了文艺的领导权,紧接着又把它扩展到教育界,进而又扩展到新闻、出版、科技、体育、卫生、外交、外贸以及公检法等各条战线,目的还是要在所有这些部门篡夺领导权。从这里,我们也就更加清楚地看到了“黑线专政”论的实质,就是为“四人帮”全面篡夺党和国家最高领导权制造舆论的理论基础。因此,我们彻底砸烂“黑线专政”论,不但是为着使广大革命文艺工作者从这个精神枷锁中解放出来,从而最充分地发挥其积极性和创造性,为抓纲治国的战略决策贡献力量,而且也是保卫毛主席革命路线,捍卫无产阶级专政的重要战斗。

**二、“黑线专政”论是否定十七年革命文艺成就,为“四人帮”建立阴谋文艺“新纪元”开路的黑旗。**

为了支撑“黑线专政”的反动结论,“四人帮”对十七年的文艺创作成果也完全一笔抹杀。他们不仅以“彻底批判、彻底决裂”为名,全盘否定了几千年来中外一切优秀文艺遗产,还制造了一个“空白”论,胡说从《国际歌》到样板戏这中间是一个“空白”区,因而把包括毛主席诗词、鲁迅著作以及五四以来、《讲话》发表以来的全部革命文艺创作,统统以“空白”二字否定干净。对新中国成立以来十七年的文艺创作,则诬蔑为“不是帝王将相、才子佳人,就是形形色色的牛鬼蛇神,全是封、资、修的货色”,或者是“毒草丛生,群魔乱舞”。他们一举封存了十七年间所拍摄的一切电影,禁演了十七年间所编写的一切戏剧,销毁了十七年间所创作的一切小说、诗歌以及音乐、美术等各种作品。他们使书店的书架上没有文艺书籍卖,使电影院里没有影片放映,使八亿人民在八年间只能看八个戏,甚至使电台一度只有五支歌曲可以播送。他们制造了一个如此肃杀的百花凋零局面,却把责任推给十七年,硬诬蔑十七年的作品“尽是毒草,无花可取”。但这不仅是谎言和诽谤,也是他们猖狂反对毛主席的又一项严重罪行。毛主席在“批示”中明确指出“不能低估电影、新诗、民歌、美术、小说的成绩”，而他们却偏偏要打倒一切、否定一切，不正表明他们是赤裸裸地反对毛主席吗？

我们认为，十七年的文艺创作，在毛主席革命路线的指引下不断取得了重大胜利。十七年，是我国文艺创作走向发展和成熟的时期，是我国社会主义文艺事业走向成长和繁荣的时期。在这一时期里，20 世纪 30 年代以前的老一辈作家、艺术家，由于在新中国成立后学习了马列和毛主席著作，并接近了劳动人民的斗争生活，在世界观、艺术观逐步发生变化的同时，使得自己的创作走上了新的起点，写出了不少歌颂人民、歌颂人民军队、歌颂社会主义革命和建设的优秀作品。解放区来的作家、艺术家，进一步发扬了深入生活、深入三大革命第一线的优良传统，保持了积极为政治服务的战斗作风、思想水平和艺术水平，在实践当中不断提高，使他们的创作更加趋向成熟。新中国成立以后成长起来的新生力量，许多人是直接来自工农兵队伍，他们表现出了高度的政治热情和旺盛的艺术创造力，创作了大量密切配合现实斗争、歌颂工农兵英雄事迹的作品，很好地发挥了革命文艺的“团结人民、教育人民、打击敌人、消灭敌人”的战斗作用。我们可以举出无数的事例，举出成长串的作品名单，来说明十七年在小说、诗歌、戏剧、电影、绘画、舞蹈、乐曲、歌曲、曲艺等方面，都出现了一大批好的和比较好的作品。当前正在重新放映的许多影片和再版的文学书籍，受到广大人民群众热烈欢迎，不就生动地表明了这一事实吗？我省十七年的文艺创作也是成绩卓著的。仅以文学来说，像陈登科同志的《淮河边上的儿女》和《风雷》等长篇小说，沙丙德的《彩色的田野》和王有任、海涛等同志的一些短篇小说，鲁彦周的话剧《归来》和电影《三八河边》，姜秀珍、殷光兰的民歌，以及许多同志的诗歌，等等，都受到了广大读者的欢迎，为社会主义文艺的百花园增添了鲜艳的一丛。

当然，毒草是有的，坏作品也是有的。这没有什么奇怪。只要有阶级斗争存在，就会出现毒草和坏作品。但是，真正反党反社会主义的东西毕竟是少数，而且它的出现也受到了人民群众和文艺界的抵制和批判。“四人帮”把个别现象夸大为主导倾向，把支流说成是主流，诬蔑我们“毒草丛生”，“全是封、资、修货色”，纯粹是为了支撑其“黑线专政”论而发出的诽谤性号叫。

“四人帮”制造“空白”论,诋毁和抹杀革命文艺成果,重要目的之一,就是要为他们建立阴谋文艺的“新纪元”开拓道路。而他们搞文艺“新纪元”,则是为着要在政治上实现复辟资本主义的“新纪元”,即建立由江青君临女皇宝座的“四人帮”一统天下的反革命“新纪元”。他们极端仇视革命文艺优秀成果,打倒一切,为的是建立他们帮天下的一切。

**三、“黑线专政”论是迫害革命文艺战士的反革命动员令,是拼凑阴谋文艺帮派体系的奠基石。**

“四人帮”在全盘否定十七年文艺成果的同时,也以狗血喷人的手段,对我们的文艺队伍横加诽谤。就在炮制“黑线专政”论的同时,江青诬蔑我们的文艺工作者不是“资产阶级教育培养起来的”,就是“掉队”了、“叛变”了,甚至“腐烂”了,以此作为“黑线专政”论的又一支柱。

这又是一派胡言。事实是,自从五四运动以来,中国就逐渐形成了一支以鲁迅为旗手的战斗的文化新军。在中国共产党登上了政治舞台以后,这支文化新军,就在党的影响和领导下,“以新的装束和新的武器”,“向着帝国主义文化和封建文化展开了英勇的进攻”。毛主席高度评价了这支文化新军的伟大历史功勋,他指出:“这支生力军在社会科学领域和文学艺术领域中,不论在哲学方面……在文学方面,在艺术方面(又不论是戏剧,是电影,是音乐,是雕刻,是绘画),都有了极大的发展。……这个文化新军的锋芒所向,从思想到形式(文字等),无不起了极大的革命。其声势之浩大,威力之猛烈,简直是所向无敌的。”1942 年,毛主席的《在延安文艺座谈会上的讲话》发表以后,中国的革命文艺队伍,在政治上、思想上、组织上,又都发生了根本的革命性变化。在毛泽东文艺思想的光辉照耀下,广大革命文艺工作者走上了与工农兵相结合的道路,并在贯彻毛主席的文艺方向和路线的斗争实践中,不断壮大了革命的文艺队伍。新中国成立以来,由于又从年青一代和工农兵群众中培养起一大批新生力量,从而使我们的队伍,无论在数量上还是质量上都得到了极大的发展和提高。十七年来,历次政治运动的锻炼和考验,证明我们这支队伍基本上是好的,是经得起风吹雨打、艰苦磨炼的,是坚决贯彻毛主席革命文艺路线的,是热爱党、热爱人民、热爱社会主义的。广大革命文艺工作者积极投身于三大革命第一线,深入工农兵的火热斗争生活，在斗争中努力改造世界观，并辛勤劳动，创作了大量歌颂工农兵、歌颂社会主义新生事物的优秀作品，为社会主义文艺事业做出了巨大的贡献。

当然，我们的队伍中也不可避免地混进了一些坏人，甚至出现了一些败类和浑蛋。但他们是少数，而且已在文艺界的历次斗争中不断暴露出来，并且将是今后继续揭露和批判的对象。我们的队伍中，也有一些同志由于学习马列不够，自觉改造世界观的努力不够，在政治上、思想上或艺术创作上犯过这样或那样的错误，但这是一个在学习和斗争过程中教育改正的问题，而且也是文艺队伍思想建设的长期任务。我们队伍中的绝大多数同志的生活历程，走的是革命的道路、战斗的道路、前进的道路。不论"四人帮"泼来多少污水，这个事实是谁也改变不了的。

"四人帮"自己一伙才真正是"叛变了"、"腐烂了"的家伙。他们本是人类中的渣滓，却偏偏要冒充道德圣贤，拼命把他们自身的狗血羊污泼向革命文艺战士，妄图搞垮我们的革命文艺队伍，为其拼凑反革命阴谋文艺帮派体系奠定基础。从这个意义上说，"黑线专政"论，就是"四人帮"迫害革命文艺工作者的反革命动员令。他们动不动就砸烂这个、打倒那个、扫荡这个、砍掉那个，统统都是在所谓"黑线专政"的反动理论的指引下进行的。他们疯狂破坏文艺界的"文化大革命"，在文艺界打倒一切、取消一切。他们又极端害怕革命文艺战士（特别是老战士）重返文艺队伍，所以又不断以什么"反黑线回潮"、"反翻案"为名，继续加深对文艺工作者的残酷迫害。他们不但发明了数不清名目的各种帽子准备往你头上扣，而且还制造了重重障碍让你无地容身。比如说，你积极创作，他说你不甘寂寞；你停笔不写，他说你文化工作危险论流毒太深。你积极要求工作，他说你意在复辟夺权；你蹲在家里不动，他又说你窥测方向，等待时机。你歌颂工农兵英雄人物，他说你为活着的真人真事树碑立传；你表现普通劳动者，他说你大搞中间人物。你歌颂老干部，他说你为走资派涂脂抹粉；你描写青年人在斗争中成长，他说你给新生力量脸上抹黑。你表现工业学大庆、农业学大寨，他说你鼓吹唯生产力论；你歌颂社会主义新风尚，他说你反对以阶级斗争为纲。你写革命历史题材，他说你没触及时事；你写现实题材，他又追问你为什么不写和走资派作斗争。总之,他们的罗网实在密而又密,随时都可以制造任何一个借口对文艺工作者施加迫害。

如果说文艺界是遭受“黑线专政”论迫害最深的一个重灾区,那么安徽文艺界则恰恰是这个重灾区中满目疮痍的一角。“四人帮”及其在安徽的代理人,挥舞“黑线专政”论大棒,对安徽文艺队伍的迫害和对安徽文艺事业的摧残,都是十分惊人的。他们打散了我们的队伍,使有的同志失去了生命,有的同志失去了健康,有的同志失去了艺术青春,有的同志失去了一生最可宝贵的时间。例如,著名的黄梅戏演员严凤英同志,就是被他们以所谓“围攻江青”的罪名而逼死。又例如,陈登科同志就是被江青公开点名诬蔑为特务,而被关押了五年之久,他的优秀长篇小说《风雷》也因之被诬为“反革命小说”、“特务文学”,遭到长时间的大规模围剿。为批判这部小说,省报连发了两篇社论和数十篇文章。“四人帮”在安徽的代理人甚至亲自出马主持召开“批《风雷》”的万人群众大会,还亲自作报告,动员各条战线、各行各业、各界代表人物都来大打一场所谓“批《风雷》”的“人民战争”。一时间,把“批《风雷》”几乎搞成了安徽省的头等大事。与此同时,他们把被叛徒江青诬为特务的陈登科和那沙同志打成“特务集团”,随之又在省文联大揪“特务集团”的“黑班底”。而且这“黑班底”的“底”却又无“底”。打了一套打二套,打了二套打三套,并扬言要打十套。其实当他们打到第三套“黑班底”时,司机、通讯员甚至炊事员都已受到严重威逼,打十套要打到哪里去呢?恐怕把桌椅板凳加一起也不够他们打的。他们不但在行动上积极充当了“四人帮”的打手,而且在理论上还甚有发明创造。“四人帮”在安徽的代理人及其追随者,始而公然胡说“两个百分之九十五(即团结百分之九十五以上的干部和群众)在文艺界不适用”,继之则进而叫嚣“在文联好人是少数,百分之九十五和百分之五的关系要颠倒过来”。因此必须派进大量外力,才能“树立好人的优势”。他们不仅发明了“革命群众”、“非革命群众”、“资产阶级群众”这种独特的头衔,他们还能大言不惭地声称:“文艺界打几百个反革命,和安徽四千万人民相比还是一小撮。”他们用这种反动理论,煽动那些野心勃勃的“闹”而优则仕分子到处大打、大砸、大抢、大闹,严重破坏了文艺界“文化大革命”的正常进行;他们又用这个反动理论把打击面无限扩大,不时地计算要突破“×百大关”。他们不但在专业文艺团体中，借批“黑线”之名行迫害之实，砍剧团、灭剧种，将大批专业骨干下放或转业，他们也把这根大棒打向了基层，打到了一切业余作者头上。著名的女民歌手姜秀珍同志，以一个翻身农民的强烈感情，写出了大量歌颂毛主席、歌颂共产党、歌颂社会主义、歌颂农民翻身解放的新民歌，她出席过全国第三届文代会，受到周总理的亲切接见。但就因为她和文艺界有联系，竟被扣上“黑线人物”、“黑苗子”之类的帽子，使其全家在政治上、生活上长期受到很大连累。一个身为先进生产者的矿工业余作者，就因为他在党的培养下写过几篇反映矿工生活的小说，而被打成了“文霸”和什么“三家村代销店的货郎担”。至于大量业余作者被扣上什么“裴多菲俱乐部分店老板”、“三家村支店掌柜”、“文艺黑帮的孝子贤孙”、“黑文联的黑爪牙”之类帽子，长期遭受歧视和打击，那就更是极为普遍的情况了。因此，直到今天，还有不少业余作者谈到创作仍是心有余悸或谈虎色变。

但是，“四人帮”可以逞一时之淫威，把我们的队伍打散、打乱，但他们没有也不可能把我们的队伍打垮。这支队伍，是坚强的，是有战斗力的。他们正以更高的战斗热情，向“四人帮”发动更猛烈的进攻。我们一定要把“黑线专政”论砸个稀巴烂，把它丢到历史的垃圾堆里去。

# 《毒手》——江青祭旗的牺牲品

话剧《毒手》为什么惨遭毒手？这是在《毒手》事件发生后，许多同志都曾经思考过的问题。但在当时，这是一件想不通也说不清的事。今天，我们有条件为《毒手》所遭受的十五年沉冤辩白了。

《毒手》本来是一个好戏，只是由于它犯了张春桥、姚文元的禁，特别是由于它触犯了当时主持华东局工作的一位大长官的意志，所以就遭了大难，并且摘了个所谓的"'毒手'事件"，从而使《毒手》问题，轰动了全国文艺界。

事情已经过去十五年了。但想起当时的情景，想起那位大长官践踏"双百"方针，扼杀艺术民主的蛮横气焰，想起由于制造了《毒手》事件而在文艺界引起的极度惊慌、恐惧和不安，想起剧作者因此而长期遭到的迫害，想起它的广泛株连，想起某些趁火打劫的人物如何用这根棍子打了十多年人，想起这一切，确实令人至今仍有胆寒和愤懑之感。

1963 年 12 月，在上海举行华东地区话剧观摩演出大会，安徽省参加会演的剧目，就是那沙同志的《这里也是战场》(原名《毒手》)。这个戏，原是作者在 50 年代初期，配合"三反"、"五反"运动写出的，当时曾演出多场，并获得较好收效。作品的内容是揭露不法资本家拉拢腐蚀干部，在为志愿军生产救急包过程中偷工减料，以致造成大批志愿军感染而伤残的罪恶行径。作品，完全是以当时运动中所揭露的大量真实素材为依据的。1963 年，我国许多地方又重新开展"新三反"教育运动，作者考虑到《毒手》在表现和平时期的阶级斗争问题上仍具有一定现实意义，故准备重新修改这一旧作。在征求意见过程下，被有关部门发现并安排作为参加华东会演的备选作品之一。后来经过公演和征求社会上各方面人士的意见，经过文艺界的讨论，确定正式推荐《毒手》参加华东会演。与此同时，华东地区会演领导部门，也派一个小组到安徽看了几个戏,并也表示同意《毒手》参加会演。接着,省委宣传部又对这个戏进行了正式审查、讨论、通过,并由当时的省委第一书记李葆华同志代表省委批准这个戏去上海参加演出。

在此期间,作者又根据各方面意见,重新研究了大量资料,以党的八届十中全会决议精神为指导,对剧本进行了一次较大的加工和修改,从而使作品的思想性和艺术性都有了明显的提高,并改名为《这里也是战场》。到了上海后,又特请华东局宣传部主要负责同志审查了这个戏,并得到他的肯定,当地文艺界也给予很大的支持和鼓励:电影厂准备改编电影搬上银幕,电台要搞录音,戏剧刊物预约要发表这个本子,报纸要发评论文章,刊物要求作者写创作体会,会演办公室还特地破例为这个戏多安排一场演出,还要求为驻沪部队进行慰问演出。总之,气氛热烈,呼声较高。但是到了正式演出开始,气氛却突然变得有些紧张,谁也搞不清将要发生什么事。果然,在公演的第三天演出中途,《这里也是战场》宣告"砸锅"。

原来,这天晚上主持华东局工作的那位大长官前来看戏,但他只看了序幕和前两场,便勃然大怒,拂袖退场。有人要求他把戏看完,他却回答说:"我是不能容忍的","地下有个缝我都要钻下去",然后就扬长而去。尽管这位长官当时并未宣布《这里也是战场》的任何具体罪状,尽管也没有任何人出来发布任何一句判决词,但这个戏还是被立即处以极刑。当晚的后半夜,即 1964 年元月 13 日凌晨 2 时,会演大会通知安徽代表团:"《这里也是战场》停演。"理由就是那位大长官看了很生气。也就是说,下达这个禁令的依据,不是党的政策,而是长官的表情。同时,随着这个禁令的下达,原来曾为这个戏所做的一切安排,诸如拍电影、搞录音之类,也统统取消。据有关人士说:这是领导上采取的"非常措施"。

这幕舞台以外的非常戏剧,却真的比任何悲喜剧都更为强烈地震撼了整个华东会演大会,并也很快地震惊了全国文艺界。文艺界虽然从来都多灾多难,但还没有想到,一出戏还没演到一半就被打成了毒草!

这突然袭击,把各地文艺界代表团和观摩团震惊得目瞪口呆,人们除了例行公事地表态拥护大长官的"非常措施"和不知所以然地谴责《毒手》"问题严重"而外,就只是胆战心惊地防范自已了。于是,钳口,沉默,惊恐,预感到文艺界将有更加不幸的大难临头，阴沉沉的气氛一下子笼罩了整个华东话剧观摩演出大会。至于安徽代表团，在大难临头之际，大长官发给它一条指示："要开展批评，总结教训"，说穿了，就是叫你检讨，批判，批判，检讨。代表团主要负责人正在医院准备动大手术，噩耗一到，只得在病榻上写了检讨送呈。代表团，既要向大会检讨，又要往家里汇报向省委检讨，代表团主要成员在出席各种类型的会议都要先来一番检讨，剧作者既要向大会检讨，还要在代表团检讨（因为他是"祸首"），导演要检讨他不该排这个戏，主要演员检讨他不该演这个戏，原来称赞这个戏的人要检讨不该支持这个戏，原来反对这个戏的人检讨自己"没顶住"，甚至连那种原来冷眼相视而今又幸灾乐祸的人也来检讨不该"随大流"。这时候，尽管大家还都不知道到底犯了什么罪，但检讨和批判起来也还都振振有词。什么"《毒手》有毒"呀、"不听×老的话"呀、"违背华东会演三项指示原则"呀、"暴露阴暗面"呀，等等，大大小小的帽子，也凑了不少。而且从这时起，这个戏无形中又恢复了它的原名，一来是叫起来方便，二来也因为它已经成了毒草，所以叫《毒手》就好像更加名副其实了。

但《毒手》到底是犯了什么罪呢？这是在过了很多天以后，在那位大长官接见安徽代表团部分成员时，才揭开了他的"宝葫芦"。原来，据长官说《毒手》的"罪行"是："这个戏在暴露敌人的同时也暴露了自己。"这是他的一条理论，同时还提出了一条为这个理论作辩护的政策，叫作："我们党的工作上的问题不要你们艺术家管，创作上也不要反映。"

《毒手》是先枪毙后审判的。但补办"审判手续"所依据的这种理论和政策，不仅和党的方针政策毫无共同之处，而且显露出一种蛮横的党阀和文霸作风。

他所提出的这个歪理论和土政策，不但是他扼杀《毒手》的基本依据，同时也是他对整个文艺工作进行瞎指挥的主导思想基础。

我们先看看他的理论。《毒手》既然因"暴露敌人的同时也暴露了自己"而获罪，那就是说，他规定文艺创作是不许暴露的。"自己"固然不许"暴露"，敌人也不许"暴露"。因为倘若作者把敌我双方绞在一起展开矛盾冲突，那就势必会违反他的禁令。他所规定的这个基本原则，在理论上实在是荒谬的、不通的、有害的。我们都知道，所谓敌我，是对立的统一体，双方既有对立斗争的一面，又有相互联结、相互渗透的一面，在现实生活中，这种斗争又常常表现为极为错综复杂的形态。作为反映现实生活的文艺创作，当然可以根据内容的需要，从任何一个角度来表现这种斗争。某些作品为了暴露敌人的奸险狡诈，常常会在暴露敌人过程中涉及对内部某些人物的揭露或批判，例如揭露叛徒或变质分子等等。这是正常的现象，也是正当的现象，既不需要大惊小怪，也不允许任意限制。《毒手》暴露了不法资本家破坏社会主义建设、破坏抗美援朝的罪行，同时也批判了个别干部被资产阶级腐蚀拉拢以致丧失立场的错误。如果说，这就叫作"暴露敌人的同时也暴露了自己"的话，那么，这种暴露无疑是正确的，而不是错误的；是应当肯定的，而不是应予否定的；是有功，而不是有罪，因为剧本《毒手》的这种描写，是完全符合生活真实的，也是完全符合毛泽东同志对和平时期阶级斗争形势的分析的。早在党的七届二中全会期间，毛泽东同志就提出，新中国成立后，我们当时实行的允许而又限制资产阶级的政策，"是必然要受到资产阶级在各种程度和各种方式的反抗"，在分析阶级斗争的新形势和新特点时，他又指出："可能有这样一些共产党人，他们是不曾被拿枪的敌人征服过的，他们在这些人面前不愧英雄的称号。但是经不起人们用糖衣裹着的炮弹的攻击，他们在糖衣炮弹面前要打败仗。"《毒手》正是以此为指导思想，表现和平建设环境中仍然存在一个进行尖锐激烈的阶级斗争的战场，它告诫人们不能和平麻痹，不能被资产阶级的捧场弄昏头脑，不能在花言巧语、金钱美女面前意志薄弱，必须高度警惕资产阶级的进攻，特别要警惕糖衣炮弹的袭击。这个戏更名为《这里也是战场》，就是为着表达这个基本思想的。

同时，这个戏既有暴露的一面，也有歌颂的一面。作品中不仅描写了和不法资本家进行坚决斗争的干部和工人，也写了爱国守法的资产阶级。它通过对正面力量的描写，歌颂了党和工人阶级，歌颂了无产阶级在这个战场上的斗争和胜利。很明显，在这个戏里，歌颂和暴露是统一在一起的。大长官硬是不允许这么写，硬是把批判个别党员干部的错误混同为暴露党、暴露自己，并且加以限制，在实质上却导致了他自己对党的七届二中全会精神的否定，对"三反"、"五反"运动的否定。极"左"理论常常如此这般地走向它的反面,而“左”派“理论家”还硬要抱着这种理论不放,也实在可笑得很。

在文学创作中不允许暴露敌人的过程中涉及内部,在实践上也是行不通的。因为有的题材可以不涉及,有的题材则非涉及不可,否则就无法写。反贪污不许写贪污分子,你怎么反映?反官僚主义运动不许写官僚主义干部,你怎么写?反映“四清”不许写四不清干部,你又怎么写?“三反”、“五反”运动之所以十分迫切和必要,那就是因为确实存在着资产阶级的猖狂进攻,也确实存在不少干部、党员被糖衣炮弹击中,所以必须开展一次政治运动来打退资产阶级的猖狂进攻。因此,反映“三反”、“五反”运动的文艺作品,也就完全可以而且应当描写这种斗争的真实情况。倘若干部队伍本来都是一清如水,并不存在被腐蚀的情况,这场运动本身就根本没有必要。那位大长官说,他看了两场戏就要钻地缝,试问,“三反”、“五反”运动揭发了那么多的严重问题,甚至公布了枪毙刘青山、张子善、宋德贵的详细材料,那些问题都比《毒手》所批判的现象严重得多,他该钻多少次地缝才能躲过活生生的现实阶级斗争对他的冲击呀?

后来,大长官又示意重新改写《毒手》,并且真的找到了不“暴露自己”的方法。那就是:资产阶级妄图向社会主义进攻,妄图拉拢干部,妄图偷工减料,妄图进行破坏活动,但每一次都被我们的干部一一识破,都被我们的干部顶掉了,揭穿了,粉碎了。这么一来,确实没有“暴露自己”,但也没有真正“暴露”敌人,双方不过是“空对空”地空斗一场而已。这怎么能够反映当时的历史真实呢?怎么能充分反映那一场斗争的严重性、必要性和正义性呢?怎么能给人以真切的教育和启示呢?老实说,这种理论和实践,就是后来“四人帮”搞的那个“根本任务”论和“三突出”的前驱。从这里我们确实看到了这位长官的理论,他早为“四人帮”阴谋文艺的理论作了个“远铺垫”,或者是叫作理论准备。

文艺理论上的“左”倾观点表现之一,历来就有个混用“暴露”概念来整人的问题。马克思主义文艺观认为,文学从来都担负两种职能:歌颂的职能和暴露的职能。毛泽东同志也明确指出过:“一切危害人民群众的黑暗势力必须暴露之,一切人民群众的革命斗争必须歌颂之。”所谓“暴露”,这并不是可怕的词儿,文学史上真正称得起暴露文学的,一般的都是属于进步文学范畴的。我们的无产阶级文学，和过去的文学有本质的差别，我们的文艺创作，当然不能把党和社会主义事业作为暴露的对象，我们也理所当然地要满腔热情地歌颂人民，但这丝毫也不妨碍我们的作家站在党的立场上，站在人民的一边，用文学的形象去暴露那些“危害人民的黑暗势力”。社会主义文学仍然要把歌颂和暴露这两个职能都很好运用起来，只要立场和态度是对的，只要是恨人民之所恨，怒人民之所怒，鞭挞人民所要鞭挞的“黑暗势力”，社会主义的“暴露文学”也应当允许存在。问题的关键在于作品内容的政治倾向性，而不在于它是暴露或者歌颂。歌颂者有好的也有坏的，暴露者也有好的和坏的。歌颂了不应当歌颂的东西就是坏的，暴露了应当暴露的东西就是好的，反过来也一样。大长官不分青红皂白，仅以“暴露”二字就给《毒手》定罪，是完全站不住脚的。

为了替他这个理论作辩护，他还提出了一条“我们党的工作上的问题不要你们艺术家管，创作上也不要反映”的土政策。说它是土政策，因为它是和党的“双百”方针截然对立的，是他自己的独家发明。这条规定是什么意思呢？无非是限令作家不许反映现实生活中的矛盾和斗争，不许按着生活的真实面目反映党内的两条路线和两种思想的斗争，不许文艺创作触及重大社会问题，不许描写党员干部的缺点、错误，实际上就是他那条理论的政策化。

这是一个公然践踏“双百”方针的规定，是和周总理倡导的艺术民主相对立的规定，也是充分体现个人专断、长官意志的规定。

文学是生活的反映，只要有利于社会主义事业的，任何一个生活领域，任何一种题材都可以反映，为什么党的工作问题就不许反映呢？党的“双百”方针，鼓励和提倡文学创作题材和内容最大程度的宽广和多样化，而他偏偏要设置禁区，设一个几乎使人们事实生活都不能写的大禁区。创作题材怎么能划分党内党外？什么事情算是“党的工作问题”，什么事情又不算呢？我们是无产阶级专政国家，党是领导一切的，社会生活的一切方面都和党的工作密不可分，社会上的一切阶级斗争、思想斗争也都和党内斗争密不可分，如果党的工作问题不许艺术家管，不许反映，那不就什么都不能写了吗？

看来这个主张的实质就是不许写矛盾、写问题、写缺点，也就是不许按照生活的真实面目来描写真、善、美与假、恶、丑的斗争，而只要那种说假话、唱高调的所谓的歌颂文学。这样的文学，岂不就是“四人帮”后来大搞特搞的那种说谎文学、骗子文学、阴谋文学的前身吗?!

从这里我们不难看出，对《毒手》的突然袭击，不是一个戏的命运问题。《毒手》的惨遭毒打，就是整个文艺界即将惨遭毒打的先兆。拿《毒手》开刀，就是向整个文艺界发出一个信号，一个向文艺界进攻的信号，一个将要大打出手的信号。(华东话剧会演期间，江青就在上海。)从某种意义上说，他们搞的这次突然袭击就是江青搞所谓“文艺革命”的前奏。江青不是一再声称她老早就把上海当作基地了吗？江、张、姚一伙，不是早在1963年5月就合伙炮制诬陷孟超同志了吗？“文革”期间，江青多次在北京的群众大会上得意扬扬地说：“对于那个‘有鬼无害’论，第一篇真正有分量的批判文章，是在上海请×××同志组织的，他是支持我们的。当时在北京，可攻不开呀!”还有，从1963年1月起就由那位大长官提出的“写十三年”的口号，不是又成了华东会演的指导思想了吗？会演期间，在张、姚把持的报纸上，一会儿诬蔑艺术多样化的口号“形迹可疑”，一会儿又先向别人栽赃然后又大喊大叫“现代戏是白开水吗?”“现代戏没有味道吗?”“现代生活没有戏吗?”，并且威胁说：“演不演现代戏，从根本上说，就是一场拥护毛主席文艺方向还是反对毛主席文艺方向，也是无产阶级文艺路线和一切非无产阶级文艺路线，在文艺战线上的一场尖锐复杂的斗争。”杀气腾腾的短评接连出现，气氛一天紧似一天，打着现代戏的名义去扼杀一切艺术成果。不断提出极“左”的口号，棍棒横飞……他们还用造谣、诽谤、诬陷文艺界的手段，欺骗毛主席，以求骗取“批示”，他们又纠集在一起“保密七八个月”，偷偷摸摸搞《评新编历史剧〈海瑞罢官〉》。这一切现象都不是偶然的，是江青、张春桥、姚文元一伙勾结起来向文艺界大举进攻的一个重要步骤。他们在文艺界拼命制造假案，搞所谓的反右批修，就是针对周总理对文艺界的几次谈话而来的，也是针对文艺界贯彻总理讲话精神所采取的一些措施。他们唯恐文艺界会按着周总理讲话精神逐步克服“左”倾错误而走上正确道路，他们也唯恐文艺界摆脱“左”倾路线的束缚去真正贯彻“双百”方针，他们自恃有后台，有力量，所以就摆出一副霸王的架势，在文艺界不断地挑衅，到处找岔子，找靶子，找突破口，《毒手》就在这样的背景下遭到了毒打，成了他们出征祭旗的一具牺牲品。因此，无论对《毒手》及其作者来说，或者是对整个文艺界来说，这次灾难还仅仅是开头，它不过是一场浩劫的前奏而已。

确实，在随之而来的日子里，《毒手》及其作者的命运，是更加悲惨了。从 1964 年下半年开始的所谓“文艺整风”，一连整了十个多月，那沙同志的《毒手》和《报告》成了所谓“整风”的重点之重点，中心之中心，连他的诗歌和探讨抒情诗创作的短文，也统统受到株连，被批判为“反党言论”、“宣扬资产阶级自由化”等等。

在“文化大革命”中，由于他和陈登科同志被江青诬为国民党特务，被“四人帮”在安徽的代理人打成特务集团，故长期关押，备受折磨，肉体和精神受到了很大摧残。《毒手》问题，也跟着轰轰烈烈的运动而又一次轰轰烈烈地升级了。他们运用“五子登科”之术，挖根子挖出了作者在 1952 年写这个剧本时，早就已经“按捺不住自己的反革命野心，以其炮制的大毒草《毒手》作为一支配合国内外反动派向新中国猖狂进攻的‘炮弹’射了出来。公然为美帝国主义的侵朝战争涂脂抹粉，为资产阶级向无产阶级的猖狂进攻摇旗呐喊”。还有的棍棒批判家硬说作者在 1963 年把这个戏拿出来演，本身就是反革命分子把“复辟愿望变为复辟行动”的“疯狂到了极点”的“证据”。当时因为《毒手》受到株连的，除李葆华、张恺帆、黄岩、陆学斌、夏征农等负责同志外，在文艺界还有赖少其、江枫、左平、高昆等许多同志，他们被戴上各种帽子横遭辱骂。更有甚者，作者的妻子、剧团的负责人倪振华同志，也因《毒手》问题，受到了严重的打击和迫害，被剥夺工作权利达 14 年之久。剧团也因此受委屈、受分裂、被削弱，流毒深广，必须努力肃清之。

《毒手》的十五年沉冤现在终于昭雪了，这是我省文艺界学习周总理讲话，联系实际，批判“左”倾路线的一个积极成果。我们应当以周总理讲话为强大武器，继续搞好批判“左”倾路线的斗争，拨乱反正，把林彪、“四人帮”制造的一切“乱”，统统反到周总理讲话所指示的“正”上来。

（原载《戏剧界》1979 年第 1 期）

# 对“十六年”提法的异议

## ——《安徽文学》编辑部召开的一次座谈会发言摘要

今年是毛泽东同志《在延安文艺座谈会上的讲话》发表四十周年。在重新学习《讲话》过程中，有些同志对今年二月号《时代的报告》发表纪念文章时所加的《本刊说明》的某些提法，提出异议。我们觉得，通过讨论的方法、争鸣的方法来求得对问题的正确认识，将是有益的。为此，本刊编辑部最近邀请了几位同志进行了一次座谈，下面就是这次座谈会的发言摘要。

当然，其他同志如另有看法，本刊是欢迎各陈己见的。

**苏中**（编辑部负责人）：今年5月23日，是毛泽东同志的《讲话》发表四十周年。各家报刊都将陆续发表一些纪念性的文章。《时代的报告》发得较早，二月号就发了一组，并且还加了《本刊说明》。读了《本刊说明》，对于其中的一些提法，不少同志感到新奇怪异，难以理解。我也有同感。譬如《本刊说明》这样写道：“从‘文化大革命’以来的十六年中，《讲话》也曾受到来自‘左’的和‘右’的歪曲或篡改。林彪、江青一伙反革命，用极‘左’的办法，把为工农兵服务的人民文艺，演变成为林、江反党集团篡党夺权的阴谋文艺。粉碎‘四人帮’后，有些人则又把《讲话》当作框框来突破，结果不能不使自己陷进资产阶级自由化的泥坑。”遍查六中全会《关于建国以来党的若干历史问题的决议》以及党中央负责同志的各种讲话，都没有“十六年”的提法。不知《时代的报告》为什么要创造出这个特殊概念？我个人觉得，这提法容易混淆两个完全不同的历史时期的界限，容易混淆两类不同性质的矛盾。个别署名文章中的一些提法，如对知识分子的思想改造问题，提得也片面，与党中央的方针政策以及中央负责同志的指示精神不太一致。这在理论上是个值得探讨的是非问题,本着实事求是、探求真理的精神,我们邀请大家一起座谈一下。江流同志因临时有事不能来了,我们就谈起来吧。请大家各抒己见,不拘形式,随便谈。

**梁长森**(安徽科学技术出版社):我先讲一点。我觉得,不管是评价一个人还是评价一篇作品,都要全面地历史地看问题,都要看其主要的倾向。这条原则,当然也适用于评论《本刊说明》。尽管它的内容不乏正确之处,但其总的倾向我看是有问题的。主要表现在以下几个方面:

一是对于粉碎"四人帮"以来文艺形势的估价。在第四次文代会上,小平同志曾明确指出,文艺是很有成绩的部门之一。此后许多中央文件也重申了这一估计,肯定了文艺的成绩,当然也指出了一些缺点。耀邦同志在今年春节的茶话会上说的"坚持两分法,更上一层楼",指的也是要发扬成绩,克服缺点,目的是更上一层楼,把文艺搞得更好。《本刊说明》对文艺近几年取得的成绩不但只字不提,反而不加分析地说这六年是"右"的倾向,是来自"右"的方面的干扰。似乎这六年文艺除了"右",除了资产阶级的自由化,就别无是处。这是不妥当的。

二、《本刊说明》把十年内乱同粉碎"四人帮"以来,特别是三中全会以来这两个完全不同的历史时期捆在一起,笼统地提什么"十六年"以来,这容易混淆两类不同性质的矛盾。大家知道,十年内乱时期,一方面是革命作家被打击迫害,优秀文艺作品被封禁扼杀,另一方面是林江配合篡党夺权搞了一套反革命阴谋文艺,从根本上改变了文艺的性质。近六年,文艺虽然也曾出现这样那样的缺点错误,但总的潮流是健康的、前进的,方向是对头的,在前进中出现某些失误是正常的。这是两类不同性质的问题,不能混为一谈。

三、基于以上两点,《本刊说明》的提法在效果上也是不好的。它给人造成这样一种印象,即三中全会以来的文艺形势同十年内乱时期差不多,只不过一个是"左",一个是"右",这样就会把人们思想搞乱。

**白榕**(安徽省音乐家协会):《本刊说明》文字不长,不到一千字,名义上是为重新学习《讲话》而发的感慨,事实上它提法本身便不符合《讲话》的基本精神。《讲话》发表已四十年。在贯彻《讲话》过程中,历来都存在两种思想、两种倾向的斗争。而《本刊说明》既不提"四十年来",也不提"建国以来”，更不提“三中全会以来”，偏偏腰斩历史，只用“‘文化大革命’以来的十六年”来谈干扰，似乎“文革”以前什么斗争也没有，而粉碎“四人帮”以来文艺界则又只存在右的“自由化”倾向。六中全会的《决议》对“文革”前的意识形态领域存在的问题，就明确指出，“对一些文艺作品、学术观点和文艺界学术界的一些代表人物进行了错误的、过火的政治批判，在对待知识分子问题、教育科学文化问题上发生了愈来愈严重的左的偏差，并且在后来发展成为‘文化大革命’的导火线”。而粉碎“四人帮”以来，特别是三中全会以来，文艺界也一直是进行两条战线的斗争，前一阶段的主要斗争，是拨乱反正，荡涤极“左”余毒，批评“两个凡是”观点；近两年来，则针对社会上出现的违反四项基本原则的思潮，在继续批“左”的同时，着重进行了反对资产阶级自由化的斗争。否认粉碎“四人帮”以来，特别是三中全会以来我们的斗争主要是反“左”，并且取得了巨大成绩，就可能导致否定三中全会所提出的实事求是、解放思想、继续拨乱反正以及开展实践是检验真理的唯一标准的讨论等等。所以我觉得，《本刊说明》这一离奇的提法，表面上是文艺问题，事实上是个事关大局的原则问题。我们应该理直气壮地展开争鸣，澄清是非。

**李焕仁**（安徽大学中文系）：有些意见，以上同志已经谈到，这里就不重复了。作为当代文学的研究者和当代文学史的教学人员，我想着重谈谈与《时代的报告》在当代文学史划期上的不同看法。我国当代文学发展历史阶段的分期问题，虽说这是学术界正在研究和探讨的问题，但却也不是任谁都可以胡编乱造，主观臆定的。它服从于历史发展的客观事实，为社会生活所显示的彼此联系所制约。近几年来，我们在编写《中国当代文学史》过程中，首先遇到的就是分期问题。参加编写的二十二所大学的教学人员以及参加历次讨论的近五十所大专院校的当代文学教师，遵循马克思主义的历史科学，认为建国以来三十多年的历史发展自身形成了四个清晰的发展阶段，即1949 年至 1956 年、1957 年至 1965 年、1966 年至 1976 年，1977 年至现在。这样划分，不是我们几百名同志个人意志的产物，而确确实实是客观的历史存在这样一个不容臆造、改变和摆布的一系列的不同的发展阶段。不久，由教育部委托十所院校编写的《中国当代文学史初稿》也问世了。这部著作，是按照建国以来的十七年、“文革”十年、粉碎“四人帮”后的新时期文学三大阶段划分的。这个分法，同样是老老实实，严格按照客观历史的存在确定的。再就是北京大学的《当代文学概观》，在分期上，也是“三段”的体制。这都是建国三十二年来我国已经出版的比较完备的当代文学发展史。此外，在第四次文代会上，周扬同志所作的《继往开来，繁荣社会主义新时期的文艺》的重要报告，对当代文学发展史，也是根据十七年、“文革”十年、新时期以来这样三个不同的历史阶段进行评述、分析和总结的。1981 年，具有历史意义的《关于建国以来党的若干历史问题的决议》公布了。《决议》把建国三十二年的历史，分为“基本完成社会主义改造的七年”、“开始全面建设社会主义的十年”、“‘文化大革命’的十年”、“历史的伟大转折”四个阶段。这就为学术界编写、研究我国当代社会主义社会发展的历史，包括文学发展史，提供了最正确、最可靠、最有权威性的依据。

我在这里不厌其烦地引证这些著作、文献，并不是说《本刊说明》把“文化大革命”十年同“历史伟大转折”的六年进行小学生式的简单加法而违反了一种什么规定，不是的。尽管《决议》把新中国的历史分了期，但文学史的分期作为学术问题，还是可以提出独特见解的。问题在于，《本刊说明》的标新立异，既不符合社会发展的客观法则，也违背了人心所向。《时代的报告》编者对这一点肯定是非常明白的：“文化大革命”十年是一个什么历史阶段？这阶段的生活内容和实质究竟包含着什么？《决议》明确指出“1966 年 5 月至 1976 年 10 月的‘文化大革命’，使党、国家和人民遭到建国以来最严重的挫折和损失”，“历史已经判明，‘文化大革命’是一场由领导者错误发动，被反革命集团利用，给党、国家和各族人民带来严重灾难的内乱”。《本刊说明》置党的庄严《决议》于不顾，违背起码的生活常识，硬是把“文化大革命”的十年同粉碎“四人帮”后的六年，把黑的同白的等同起来，搅在一起。这种随意阉割两个不同发展阶段的历史嬗替规律，对历史科学采取轻率的态度，不能不使人感到费解。

**张民权**（安徽省社会科学研究所）：在《讲话》发表四十周年的时候，重新学习《讲话》，更好地领会、贯彻基本精神，使文艺工作有一个新的发展，这是很有意义的。我觉得纪念《讲话》的正确态度应当是，全面准确地理解《讲话》精神，认真总结四十年来正反两方面的经验，结合实际，对当前文艺工作在新的形势和任务面前出现的各种新问题，实事求是地而不是夸大地，认真负责地而不是轻佻地予以解决。而《时代的报告》的《本刊说明》却不是持这种态度。他们既不提全面、准确地理解《讲话》，也不谈"文革"前贯彻《讲话》过程中存在的偏差，更不讲粉碎"四人帮"以来，特别是三中全会以来，我们党领导文艺界为拨乱反正，冲破林彪、"四人帮"搞的现代迷信所造成的思想禁锢而进行的艰巨斗争及其巨大的胜利。相反，却把今天文艺队伍内部出现的某些缺点错误，例如把个别人身上的资产阶级自由化倾向，夸大为全局性的问题，当作对《讲话》从右的方面进行"歪曲或篡改"，同林彪、江青一伙那种自上而下的大规模"调动一切"、"指挥一切"的极"左"的东西相提并论、等量齐观，这做法本身恐怕不能说是符合《讲话》精神的。

对《讲话》的纪念，我觉得还应当立足于这一点，即如何在新的历史条件下用新鲜的革命经验丰富和发展它，使之保持旺盛的生命力。这是一个老问题，本应是天经地义的，马克思主义经典作家反复强调过，党中央在建党六十周年大会上更明确地把"善于在新的历史条件下把马列主义、毛泽东思想推向前进"作为全党的六大任务之一。但就是这个老问题，说起来容易做起来难，弄不好便会被斥责为"否定"、"歪曲"。事实上，无论是列宁还是毛泽东，都没有拘守他们以前的革命家论述文艺问题的个别原理和字句，而是抓住其基本精神，与本国的实际情况相结合，从而丰富、发展了前人的思想。《本刊说明》和个别署名文章，一方面也承认《讲话》在新的情况下需要有发展，一方面却不顾客观情况的变化和当今党中央的方针政策，把四十年前毛泽东同志关于改造思想、转移立足点的论述全盘照搬地用于今天作为工人阶级的一部分的文艺工作者，这会造成文艺工作者乃至知识界的思想混乱。

**梁长森：**在思想改造问题上，要划清一般意义上调整主客观之间关系的思想改造与专门要求一部分人改造根本立场、观点的思想改造的界限。我们在改造客观世界的同时，也要改造自己的主观世界。情况是在不断发展变化的，要使自己思想符合客观实际，就得不断改造世界观。从这个意义上讲，人人都要改造。也就是周总理说的，"活到老，学到老，改造到老"。文艺工作者当然也要永远正视思想改造问题。但《讲话》四十年前讲的转移根本立场的改造，在今天的文艺界、知识界已经完成。三中全会以来，党中央不止一次地宣布，知识分子是工人阶级一部分，是社会主义社会的劳动者。既然是工人阶级一部分，思想改造的含义当然也就不应是转移根本立足点问题。否则，转移到哪里去呢？喋喋不休地强调今天文艺工作者的“艰巨任务”和“头等重要的问题”就是“把立足点移到工农兵方面来，移到无产阶级方面来”，不是无的放矢，就是制造混乱，很容易造成一部分人批判、歧视、排斥另一部分人的情况，把文艺队伍和人们的思想搞乱。

**李焕仁**：所以我觉得对现实问题，应该像毛泽东同志在《学习和时局》中指出的那样，认真进行学习和研究。战争年代我们取得了很大的胜利，那就是由于重视对现实进行分析研究，采取的措施是对头的。建国以后的某些时期，我们屡遭挫折和失误，那就是对现实的研究分析有问题。文艺界也是如此。经过“文化大革命”这血的教训，有些人还不放弃歧视、排斥和批判知识分子，这个问题就值得研究。

**柏木**（《戏剧界》编辑部负责人）：对待《讲话》要有一个科学的态度，即辩证唯物主义与历史唯物主义的态度。同马克思主义一切经典论述一样，《讲话》也必须在实践中不断丰富和发展。任何东西都不可能是一成不变的。有的同志查了一下，《讲话》的最新版本同最早的相比较，大大小小的修改就有几十处。即便如此，其中的某些提法，如“文艺为政治服务”、“政治标准第一、艺术标准第二”等等，仍在实践中讨论和完善。中央有的负责同志也曾多次提到这个问题。这原是正常现象。因为较之四十年前，各方面情况都有了新的变化和发展，一系列新形势、新问题不是四十年前的《讲话》完全能包罗得了的。所以小平同志指出，要准确、完整地学习和领会毛泽东思想。

另外，对“干扰”也要具体分析。有这样两种情况，一种是《讲话》本身的某些内容，需要随时间、地点、条件的变化而有所发展，有的同志就此提出讨论，这不能认为是干扰。因为后来的事实证明是改动了嘛。另一种是由于学习不够，理解不深，限于水平，工作上有失误，执行上有偏差，这恐怕也不能说是干扰。违背《讲话》的基本精神，或另搞一套，或歪曲篡改其原意，那才叫干扰。如果说干扰的话，应该是《讲话》从发表那天起就存在干扰。为什么不提四十年，独提十六年？“文革”前难道就不存在干扰？

"文化大革命"并不是从天上掉下来的嘛。

学习还要有一个老老实实的态度。我们今天学习《讲话》,就是要结合当前实际,引导文艺工作者不断提高作品的思想和艺术质量,做好人民的忠实的代言人。这方面有很多题目好做,特别是艺术质量。粗制滥造的东西已引起了群众的严重不满,已影响到文艺为人民服务。文艺工作者用什么为人民服务呢?就是用革命的政治内容和尽可能完美的艺术形式相统一的作品。落脚点就是要为建设四化的人们多提供这样的优秀作品。如果说我们今天对《讲话》的基本精神要发展、要运用、要捍卫,我看这一条是最根本的。

**苏中:**今天的座谈会虽然人数不多,但大家谈得很好,我很受启发和教益。读了《本刊说明》及其个别署名文章,我的印象是:混乱。它说明文艺领域里的两条战线的斗争都应当引起我们的重视。针对它的混乱状态,我觉得应该划清以下几个界限:

第一,必须划清"文化大革命"的十年同粉碎"四人帮"之后六年的根本界限。党的十一届三中全会是一次伟大的转折,是我们党自成立以来全部历史上少有的几次重大转折之一。"十六年"的断代法把两个根本不同的历史时期一锅煮,这样一来,不但三中全会的转折意义无形取消了,甚至连热气腾腾的大干四化的今天也变成了同"四人帮"横行时期差不多。这两个不同时期的根本界限无论如何不能混淆。第二,必须划清指导思想与文艺现象之间的区别。十年内乱时期,林、江反革命集团搞的一套,指导思想是极"左"的东西。他们对人民实行法西斯专政,迫害知识界,否定文化,扼杀百花,从指导思想到实际效果都是一致的。粉碎"四人帮"后,特别是三中全会以来,党的指导思想是完全正确的,贯彻"双百"方针,繁荣文艺创作,从指导思想到一系列方针、政策和措施都是好的,取得了巨大成绩。至于文艺现象中出现的错误和缺点,这是任何时期都难以避免的。过去有,现在有,将来还会有。只要有人类,有文艺创作,就会有好的、较好的、不好的甚至坏的作品存在。我们的任务是肯定好的,批评坏的。但文艺现象同指导思想不是一回事。今天存在的某些资产阶级自由化的倾向,是局部的、个别的问题,既不是普遍的也不是文艺界的整体,更不是文艺的指导思想。及时指出和严肃批评这种现象，是应该的，必要的。但绝不能把局部的、个别的文艺现象当作一个历史时期总的倾向，更不能把它当作指导思想与林、江的反革命阴谋等量齐观。

第三，在指出资产阶级自由化倾向的时候，应把自由化同一般的缺点错误区别开来。否则，危害大矣！我们讲资产阶级自由化，就是指在政治思想上摆脱或削弱党的领导，违背四项基本原则的倾向。对这种倾向，当然要理直气壮地予以批评，但并不是说有缺点错误都叫资产阶级自由化。当前文艺创作中最不受群众欢迎、最令人反感的东西是粗制滥造、思想贫乏、平庸，还有公式化、商品化、图解概念，等等。这些现象当然不好，应当认真克服，但却不属于资产阶级自由化。现在有的批评文章把什么都说成是资产阶级自由化，甚至把正常的艺术形式上的追求与探讨，也说成是资产阶级自由化。这其实是很不科学的，而且必将冲淡我们对自由化的批评。

第四，与以上相关的，我们在批评资产阶级自由化的时候，还要划清艺术创作上自由竞赛、学术自由讨论与自由化的界限。如果见到“自由”二字，就说是自由化，那就违背了“双百”方针。因为“双百”方针的实质就是鼓励创作上的自由竞赛、学术上的自由讨论。我们反对利用自由的名义宣传违背四项基本原则，摆脱或削弱党的领导的观点，反对利用自由的名义搞黄色的、低级下流的、恐怖的东西，有害人民身心健康的东西，反对利用自由的名义违法乱纪、胡作非为，侵犯他人利益，破坏社会秩序。但决不能因为我们反对资产阶级自由化，而否定艺术创作中的自由竞赛和学术讨论中的自由争鸣。关于艺术自由的本身，我觉得还是要恢复到列宁在《党的组织与党的文学》所阐述的原则立场上去，不能少数服从多数，不能整齐划一。也正如小平同志讲的，写什么，怎么写，那是作家自己的事，不要横加干涉。其成败得失，要靠读者的评论来判断，发展抑或淘汰，由实践作出答案。如果作家不敢创新，学者不敢探索，“百花齐放，百家争鸣”自然也就失去任何意义。

第五，还要划清解放思想、突破框框与资产阶级自由化的界限。《本刊说明》讲“粉碎‘四人帮’后，有些人则又把《讲话》当作框框来突破，结果不能不使自己陷进资产阶级自由化的泥坑”。言外之意，资产阶级自由化是因为突破这个框框、突破那个框框造成的。其实，突破框框，是针对那些有“两个凡是"观点的人，针对那些割裂马列主义、毛泽东思想，用片言只语来制造理论上混乱的人而言的。那些人为的、反科学的、被实践证明有害的框框，是必须突破而应该突破的。拨乱反正就是要突破这些框框。突破这些框框是社会的进步，是对历史的贡献。至于有的人在解放思想过程中，由于认识上的原因，不是突破那些假马列的禁锢，而是冲击了某些正确的东西，这是极少数，批评这种错误是应该的，但却不能把这些人说成是资产阶级自由化。当然，倘利用我们的社会主义艺术民主来鼓吹资产阶级自由化的观点，我们是要坚决反对的，但界限要划清。在理论上探讨新问题的时候，可能会发生偏差，当事者自己要尽可能避免，重大的问题公开发表要慎重，作为他人应允许别人犯错误。错了怎么办？错了，你可以写文章批评他，他不服也可以写文章答辩，还可以再批评。真理愈辩愈明，问题总是可以弄清的。解放思想、突破框框这个观念，是三中全会精神的一部分，它与资产阶级自由化之间不存在任何因果关系，我们不能滥用。

# 一段值得怀念的往事

“往事如烟”,说的是世间许多事情过去以后,慢慢就会自然而然地如烟散去。其实也不尽然。有些事,哪怕过去很久很久,人们依然记着,想着,甚至当作一种美好的记忆,怀念着,思索着,眷恋着。上世纪70年代末和80年代初的安徽文艺界的一些事,至今仍萦绕在我的心头。我怀念那时理论界的生龙活虎般的披荆斩棘之勇,怀念创作界那种热情奔放的开拓创新精神,怀念那时文艺界的朝气与激情。是他们以创造性的辛勤劳动,迎来并铸造了安徽当代文学史上的一段辉煌时日,也正是由于那时的奠基,才有了安徽文学事业一步一步走向繁荣发展的今天。

1976年“四人帮”的覆灭,是全国人民的政治大解放,更是文艺界挣脱法西斯文化专制主义枷锁,使广大文艺界人士恢复人身自由,恢复身心健康,恢复创作生机,一直到恢复文学的独立品格,恢复文学的本体化、多样化、开放化精神,使“双百”方针得以真正贯彻落实实施。有了这些,才有了人们在新的政治机遇下的新的奋斗和新的崛起,才留下了使我们永远怀念的那些人、那些事、那些文、那些思想火花。

粉碎“四人帮”后,文艺界面临的最大任务是:一要聚合力量、重整队伍;二要拨乱反正。重整队伍,需要在组织上恢复被“四人帮”砸烂的文艺机构、团体,为饱受迫害的文艺工作者平反昭雪。这项工作虽然困难重重,但中共安徽省委以敢为天下先的气魄,在1978年2月18日由省委常委会议做出《关于坚决推倒“黑线专政”论,为安徽省文联彻底平反的决定》,并在2月21日由省委常委、省革委会副主任袁振在“省文艺座谈会”上宣读了这个全国第一个也是唯一的一个为一个文艺团体平反的决定。这个《决定》指出:“‘文化大革命’前的十七年,安徽省文联是执行毛主席的革命路线的,创作了一批深受群众欢迎的文学艺术作品，成绩是主要的。在文联工作的同志绝大多数是好的。可是，长期以来由于受到‘左’倾路线的干扰，特别是林彪、‘四人帮’的法西斯专政，使文联深受其害”，“文化大革命中，省文联被打成‘特务集团’、‘黑据点’、‘王八窝’，用‘庙小妖风大、池浅王八多’等恶毒语言咒骂省文联和在省文联工作的同志，都被打成‘裴多非俱乐部’，这些都属诬陷不实之词，应予全部推倒，为省文联及所属各协会恢复名誉”。《决定》同时还对被“四人帮”残酷迫害的一批文艺家及一批作品，也“一律推倒被强加的一切诬蔑不实之词，恢复名誉”。

《决定》义正词严，旗帜鲜明，体现了党的领导的大胸怀、大气度，令全省广大文艺工作者深受感动、深受教育。在《决定》的正确指引下，同年5月10日至23日，召开了安徽省文艺工作者会议，在深入揭批“四人帮”的斗争中，全面恢复了省文联及所属协会的机构，并适应形势的需求，重新选举了省文联及所属协会的领导机构及领导成员。至此，则可以说基本上初步完成了组织上的重建与文艺队伍的重新聚合，令文艺界在新的起点上开始了新的征途。

与重整队伍相比，拨乱反正工作则要大得多，难得多，复杂得多。这是因为在“四人帮”的长期统治下，他们推行的法西斯文化专制主义，在思想路线和组织路线上已形成一个体系，他们在文艺领域里散布的大量政治上、思想上、理论上、文艺观念上的种种反动谬论，流毒极深极广，而且，尽管他们的谬论邪说本质上十分反动，但表面上都是打着革命的名义，或者是以捍卫毛泽东思想来体现的。有的依托毛主席的“两个批示”，有的则大量摘引毛主席语录来掩盖他的真实意图。而当时又有“两个凡是”观点指导着国内的政治生活和政治斗争，这就给拨乱反正工作带来极大的难度和一定程度的风险性。另外，“四人帮”虽倒，但受其流毒影响较深和唱惯了“左”腔“左”调的人还大有人在，因而要全面彻底清除“四人帮”的影响，绝不是一朝一夕就能解决的，必须以有理有据的科学论断，进行长期性、系统性的批判斗争，才能从根本上完成拨乱反正的任务。当时的安徽文艺理论界的同志，以非凡的勇气和坚强的斗志，较早地站出来，在拨乱反正斗争中充当了冲锋陷阵的排头兵，打了一场持续多年的大战役，早在1977年元月15日至22日，安徽理论界就召开粉碎“四人帮”后的首届理论座谈会,就批判“四人帮”在文艺领域所散布的种种谬论展开了激烈辩论。那时是刚刚粉碎“四人帮”两个月左右,有人对“四人帮”及其反动理论的认识还不很清晰,不很深刻,但绝大多数同志,都能旗帜鲜明、理直气壮地开展批评斗争。当时的《安徽文艺》杂志,成了理论界所依托的主要阵地,从1977年元月至1981年,刊物每期都刊有约占百分之二十版面的评论文章,形成了一波又一波的持续斗争,引起了广大读者和文艺界的广泛关注。当时我们把拨乱反正斗争概括为:全面揭、逐个批、重点打、破中立的战斗格局,以便有层次、有步骤地把批判斗争深入进行下去。

所谓“全面揭”,就是对“四人帮”在文艺领域所犯下的一切罪行以及他们所操纵的帮刊、帮报、帮笔杆子、帮诗、帮剧等等,都进行全面地揭露与批判,让人们从各个层面认识其狰狞面目;“逐个批”则是针对“四人帮”所鼓吹的各种理论说辞和他们所制的作品,一个一个地拉出来予以批判;“重点打”主要是针对“四人帮”推行法西斯文化专制主义的核心理论(如“黑线专政”论、“新纪元”沦、“黑八论”)以及江青搞的那份《纪要》等和代表性创作(如《反击》、《春苗》、《盛大的节日》等)予以重点打击;“破中立”则是要求对“四人帮”的斗争,不能停留在表义愤、造声势上,而是要能在大破中有大立,以正面阐述马克思主义、毛泽东思想的文艺理论来驳倒“四人帮”的谬论。

为了把批判斗争引向深入,我们多次围绕若干重大问题,进行有准备、有交流、有争论的研讨会,然后分别撰文并在报刊上发表。比如1977年元月的理论会议,主要是围绕江青所鼓吹的“空白”论(即从《国际歌》到所谓的样板戏的一百年间,革命文艺是一片“空白”),“新纪元”论(即样板戏是开辟了革命文艺的“新纪元”)、“根本正务”论等等开展批判和论辩的。会后,我针对论辩提出的问题写了一篇《一面标志反革命“新纪元”的黑旗》的论文(署名集众),在《安徽文艺》四月号上发表出来,同时还有徐文玉、严云绶、梁长森、欧荻等人就“三突出”、“主题先行”、“根本任务”等谬论,发表了数十篇批驳文章。大概是1977年的三、四月左右,我读到上海《解放日报》和《文汇报》上共同发表的《评反革命两面派姚文元》的长篇论文,对该文的矛头指向、批判界限、立论观点和方法，都产生了疑虑，认为该文把“四人帮”反革命集团核心成员姚文元，定性为“亦步亦趋追随周扬”的“墙头草”、“两面派”，实质上是把批判矛头指向了周扬，这完全是以“四人帮”的观点来批“四人帮”，根本颠到了批判界限，指错了矛头；该文还在文中拉出多位深受“四人帮”迫害的作家（如欧阳山、杨沫、周而复以及古人魏征、郑板桥等）来陪批，还把《三家巷》等一批好作品再用“四人帮”的观点重批一通，简直是从另一个角度（表面批姚）来继续批判所谓“黑线专政”论。对这些咄咄怪事，我以李文群的笔名写了一篇《一个值得注意的倾向》的短文，以读者来信方式在《安徽文艺》七月号上发表出来，当即引起有关领导同志的关注，认为它是粉碎“四人帮”后第一个内部争鸣声音，并于某内刊选载。

如果说1977年拨乱反正斗争主要集中在“全面揭，逐个批”的焦点上，1978年我们则在“重点打、破中立”方面下了更大功夫。1978年元月号的《安徽文艺》刊物上，发表了徐文玉的《连根铲除“黑线专政”论》，对“四人帮”在思想文化领域实现篡党夺权的理论基础，进行了深入的批判与解析。同年元月15日至17日，我们又举行了叫作“第二战役”的理论座谈会，专门对其所谓“黑八论”问题进行了梳理、研讨和批判，对所谓的“黑八论”的“写真实”论、“现实主义广阔道路”论、“现实主义深化”论、“中间人物”论、“反题材决定”论、“时代精神汇合”论、“反火药味儿”论、“离经叛道”论等观点，进行了科学梳理，指出它们的出现都是具有特定的思潮背景和特定指向，它们的出现，大都是对活跃文艺创作而提出的建议、建言和理论建设，“四人帮”一伙完全歪曲原意、强加于人，目的就是为“黑线专政”论提供理论基础，为打击迫害文艺界有识之士制造冤案。会后，由刘天明、谢伦泰执笔写下长达八千多字的《斥所谓“文艺黑线”的“黑八论”》，在三月号《安徽文艺》发表出来，文中对“黑八论”是怎么回事、“八论”都是“黑”的吗、为现实主义恢复名誉，要多样化，意见与希望等等大家极为关注的话题，进行了正面的理论阐述，并对“四人帮”利用所谓“黑八论”的险恶用心及其反动实质，展开了有理有据有力的批驳。

同年5月，安徽召开了省文艺工作者会议，在斗争中恢复了文联，此时我针对“四人帮”流毒的影响，如批“左”顾虑重重，或继续以“左”腔“左”调指责文艺界的活跃景象等问题，写出《荡涤文艺领域中极"左"流毒》一文，在《安徽文艺》六月号以"专论"形式发表出来，呼唤进一步端正思想，扫荡流毒。同年10月15日至29日，由省文联主持召开了短篇小说和文艺理论座谈会。会议要求，运用马列主义、毛泽东思想的强大武器，坚持实践是检验真理的唯一标准，针对林彪、"四人帮"在文艺领域设置的种种障碍和禁区，进行勇敢的冲击，把被他们搅乱了的是非，重新颠倒过来，无情地荡涤帮风、帮气，为繁荣社会主义文艺事业，创造更好的新局面。中国作协党组书记张光年和《人民日报》文艺部负责人袁鹰参加了会议，并分别作了专题报告。人民文学出版社、《文艺报》、《上海文艺》、《汾水》、《十月》编辑部以及杭州大学、武汉大学等单位，也都有人参加了会议。会上，省委书记赵守一同志作了《做思想理论战线的勇士》的报告，给大家极大鼓舞和启发。会后，由傅腾霄、胡永年根据记录写了近万余字的座谈纪要，刊载于《安徽文艺》十二月号。文章就"写真实"所涉及的"创作方法问题"、"典型问题"、"悲剧问题"、"正确对待十七年问题"以及关于"艺术民主"等重要问题从理论上、实践上充分阐述了我们应有的观点和态度。这次会议较好地体现了大破大立、破中有立、破得彻底、立得坚实的预期。此后，理论界又以穷追猛打精神，以极大的理论勇气和理论智慧，彻底推倒了江青主持搞出的那个《纪要》，砸烂了夹在全体文艺工作者身上的枷锁，身心舒畅地迎接全国第四次文代大会和党的十一届三中全会带来的文艺春天。

连续几年的拨乱反正斗争，有理有力地清除了"四人帮"在文艺领域所散播的种种谬论，端正了马克思主义、毛泽东思想的科学文艺观，提高了广大文艺工作者的思想觉悟，也锻炼了理论界同志的战斗意志和理论水平，在以后时间里偶尔吹出了"冷风"、唱出的"左"调（如"歌德与缺德"说、"题材排队"说、"十六年"说等等），都能敏锐地发出义正词严的批驳，维护了文艺界的安定团结，保证了文艺活动的健康发展。

在理论界奋勇扫荡"四人帮"反动谬论的同时，安徽创作界的老中青三代作家，也以无比昂扬的创作激情，在小说、诗歌、报告文学、散文、电影文学等诸多领域，创造出良好业绩，在全国多次获得大奖，形成了新时期安徽当代文学的高度活跃期。那时的作家，几乎把所有的潜能都调到了至高境界,故能在思想上、艺术上、情感上体现出较强烈的震撼力,打动读者,燃烧读者。

那是一段值得怀念的日子,我永远记忆着。

# 风雨路·光明行

我是1959年3月12日那天来到安徽省文联的，被分配到编辑部评论组，这是我意料中的工作，也是我愿意干的工作。因为我虽然在50年代初期搞过一段创作，但自从1952年调到《人民文学》工作以后，就一直担任评论组长，自己的业余写作也从创作转向理论批评，到安徽来，理所当然地还要干老本行了。那时，我对安徽文艺界的情况一无所知，想找老同志打听吧，编辑部的老同志都在反右派斗争中被打光了，什么主编、副主编、主任、组长什么的，都被拢进了所谓的戴岳反党集团，编辑部现有成员大多数也都是新来乍到。我只好依靠翻阅刊物报纸和向比我先来的同志打听一些见闻，来了解安徽文学界的情况。据我观察，那时安徽文学界的评论力量似乎比较薄弱。参与者人手不多阵地又小，活动甚少，还没有形成一支像样的理论批评队伍。面对此情，我一踏上岗位，便把眼光放在以刊物阵地为核心，逐步组织一支有活力的理论批评队伍上，除了继续联系已在省内评论界崭露头角者，也与省内几所文科高等院校、专业宣传文化部门进行广泛接触，通过组织、访谈、座谈、笔谈等多种方式，逐渐把联系面扩大，把刊物的评论版面扩大，把评论内容扩大，因而就自然而然地把理论批评的参与者扩大了，队伍也就算初步形成了。据我的体会，搞评论性活动要有一定的人员参加，而人们是否参与某项活动，首先在于拟定的话题是否切合实际和是否为大家所关注，再就是参与者的观点和文章要通过报刊传播出去，以造成社会影响和激励参与者的热情与信心。我是以刊物为核心开展理论批评活动的，所以首先必须把刊物的评论版面活跃起来，使评论篇幅不是应景应对的点缀，而是既有现实针对性又具有一定理论深度的学术园地，加强评论的活泼性和严肃性的统一，令读者能够从较为轻松的阅读中得到有益的启示。为此，我们先后在版面上组织了笔谈《江南曲》、笔谈“短篇小说的凝练”、笔谈抒情诗的时代精神、笔谈《还魂草》等几次规模较大、参与者比较多的讨论会，把更多的专业和业余的评论工作者团结到刊物周围，逐步把安徽的文艺理论批评活跃起来，使其与创作共生共进、和谐发展。

特别是关于《还魂草》的讨论，应当说那是安徽当代文学史上值得提及的一笔，也是安徽文学理论批评界，以高度严肃的态度体现学术争鸣精神，以高度热情关怀文艺创作现状的思想交锋。讨论中涉及的问题，远不只是对于《还魂草》一个作品的评价，而是涉及文学创作本体性中的至关重要的理论问题。

《还魂草》是我省已故作家江流同志的一部中篇小说，发表于 1962 年的《安徽文学》。故事的背景是叙述血吸虫流行区病患群众在新中国成立前后两种不同的遭遇。一般同类题材的作品，大多是从阶级斗争的朝代变迁的视角，来开掘主题和刻画人物的。但《还魂草》的作者，不但紧扣住了时代变迁给人物命运带来的重大影响，同时还从人生的视角，从开掘人生、人情、人的心灵的角度，关注人物的生命意识，不仅真实而细腻地描绘女主人公杨丽鹃的情感世界，甚至还触及到她的性心理的冲动与搏击。小说的故事生动曲折，人物形象美丽动人，既有执着追求情爱的柔性美，又有敢于抗争封建宗族势力的刚性美，这在当时的文学创作中，是一个相当大的突破。因为人性问题历来是创作实践和理论研讨中的主要禁区之一，所以《还魂草》的问世，立即在广大读者群体和文学界引起极大的关注，随之而来的便是理论批评界围绕这个作品展开了针锋相对的论战。《安徽文学》连续用三期版面，客观地刊载了支持者与批评者两种观点不同的文章，同时还组织了有创作界、批评界和读者共同参与的讨论会，把从书面到口头又从口头到书面的讨论引到了比较深入的热潮。持批评态度的主要观点认为，《还魂草》在表现人与自然关系的斗争过程中，以资产阶级人性论的观点，取代了阶级分析的立场，抹杀了阶级矛盾和阶级斗争，歪曲了社会生活本质，宣扬了活命哲学等等；持赞扬态度者则认为，作品高度真实地反映了血吸虫病患区域受灾群众在新旧社会的不同命运，热情讴歌了社会主义新时代，深刻批判了旧时代的封建教法势力及其伦理道德观念，成功地塑造了有血有肉、有情有义、有爱有恨的女主人公杨丽鹃,在思想上深深打动了读者。

这次讨论,持续的时间很长,参与的人员也相当多,尽管争论的双方观点截然对立,但大家基本上还都坚持学术争鸣、思想交锋的态度,总体上仍是属于文艺批评间的正常现象。而在一年以后发生的对《还魂草》围攻性大批判,则脱离了文艺批评的正常轨道,陷入了无理攻击与伤害人的境地。特别是由于在华东话剧观摩演出期间,那沙同志编剧的《这里也是战场》(原名《毒手》),遭到柯庆施的粗暴干涉与批判,又带出那沙在省文联二届二次扩大会议上的报告被指责为"否定党的领导",一时间便形成了省文联的《毒手》、《报告》、《还魂草》三大事件,随之便以整风名义对"三大问题"当事者展开了迫害性的大围攻,而且一直把它延续到"文化大革命"的进程中。在十年动乱的灾难岁月里,所有的正常的文艺批评全部被扼杀了,代之而起的是对"四人帮"反动文艺路线及其帮派歪理邪说的喧嚣与鼓噪,同时配以对作家艺术家及其作品的迫害与攻击。安徽文艺界是深受其害的重灾区,除了对前述"三大事件"升级围剿,同时也对安徽作家艺术家所创造的一切成果全部予以扼杀,而陈登科又因遭到江青公开点名诬陷,而使其长篇小说《风雷》受到了世所罕见的批判。1968 年 7 月 8 日的《人民日报》,以《彻底砸烂中国赫鲁晓夫篡党复辟的黑碑》为题,并加了大段编者按语,极尽捏造歪曲之能事,诬陷《风雷》是为篡党复辟树碑立传的大毒草,以后省内大报的两篇社论、十个版面的篇幅开展围剿,各种报章之公开批判文章之总合不下百万字,省内某领导人甚至主持召开全省广播大会声讨《风雷》,其批判规格之高,规模之大,时间之长,罪名之多,堪称文坛"珍闻"。

十年动乱结束后,文艺界特别是理论批评所面临的主要任务是拨乱反正。也就是要把被"四人帮"颠倒了的、歪曲了的、篡改了的、搅乱了的党的文艺方针、路线、政策和理论原则,按马列主义、毛泽东思想的基本原理,重新端正过来,恢复党的正确文艺方针路线的本来面目,彻底粉碎"四人帮"的法西斯文化专制主义路线,彻底清除"四人帮"阴谋文艺反动谬论在文艺领域里的流毒和影响。在这至关重要的历史时刻,《安徽文学》杂志挺身而出,较早地站在斗争前线,再一次将理论批评界同志团结在自己周围,以刊物为阵地,集中人力和集体智慧,有组织、有规模、有层次地展开了声势浩大的拨乱反正的理论斗争。早在1977年元月中旬,我们就召开了以批判“四人帮”所鼓吹的“根本任务论”为主旨的理论座谈会,经过反复讨论与争辩,产生了一个《座谈纪要》,推倒了“四人帮”的“三突出”理论根基的“根本任务论”。当时的文化部政策研究室非常重视这个信息,并派一个小组来皖调研,赞扬并支持我们的做法。同年3月我们又举行恢复现实主义原则,推倒所谓“黑八论”的理论座谈会;11月又举行了以推倒江青制订的《部队文艺工作纪要》为主旨的理论座谈会,又使文艺界的思想解放向前推进了一大步。我们举行这些座谈会的目的是,既要澄清理论是非,又要把拨乱反正的理论观点和事实依据公之于众,所以从1977年2月号起,《安徽文学》每期都要以显著地位和较大篇幅发表历次座谈会的《纪要》和相关的评论文章。如2月号发表了批判“根本任务论”和“黑线专政论”的多篇评论;3月号发表了批判“四人帮”阴谋文艺代表作《春苗》的文章;4月号发表了现实主义问题座谈会长约万字的会议综述,除正面阐述了现实主义原则并据理驳斥了制造所谓“黑八论”的荒谬邪说外,同时还对因坚持现实主义原则而被诬为“黑八论”当事人的理论家、作家冯雪峰、邵荃麟、秦兆阳、张光年等一批人士公开平反昭雪,这在地方刊物上是很少见的。特别值得一提的是,在推倒江青炮制的《纪要》的理论交锋中,突破了“两个凡是”的羁绊,较突出地显示了安徽文艺理论界的求实精神和理论勇气。这一时期的刊物以连续不断的方式对“四人帮”的理论体系及其代表性创作(如《春苗》)、代表刊物(如《朝霞》)进行了普遍揭、逐个批、重点打、破中立的有系统的批判,在拨乱反正中造成了一定声势,在全国文艺界发生了较大影响。与此同时,我们也注意到了某些重要报刊发表的批判“四人帮”的文章,在观念上和立足点上有很大混乱之处。如《评反革命两面派姚文元》一文,便是沿用“四人帮”的极“左”论调来批判姚文元“亦步亦趋追随周扬”的右的面目,且把欧阳山、杨沫等一大批深受“四人帮”迫害的作家拉进来陪同批判,这很可能造成某些思想混乱。我当即写出了《一个注意的倾向》短文在《安徽文学》上发表出来,以澄清某些混乱思想和模糊意识。此文被当时评论界认为是粉碎“四人帮”后第一个内部争鸣的声音。在此后很长的一段时间里,我们始终保持了支持在思想学术问题争鸣态势,如在关于文艺与政治关系的讨论中及对若干有争议作品和言论的评论中，我们都在刊物上发出自己的声音，以积极关注的态度参与全国性的讨论。

理论批评倡导的思想解放，一面在解决理论自身的发展和深化，同时也大大促进了创作思想的活跃和创作实践的兴旺繁荣，使安徽的文学创作在小说、诗歌、报告文学许多方面都出现了较大的突破与进步，涌现了一批与时代思潮相适应的优秀作品，如祝兴义的短篇小说《抱玉岩》、鲁彦周的中篇小说《天云山传奇》、张弦的短篇小说《被爱情遗忘的角落》、张锲的报告文学《热流》都获得全国性大奖；其他如肖马的中篇小说《钢锉将军》，刘克的中篇小说《飞天》也都是属于当时全国性的名篇力作；诗歌在当时更有占尽风情之势，被誉为“井喷期”，1981 年的全国诗歌评奖，在全部获奖的三十五人中，安徽占了六人，其中有公刘的《仙人掌》、韩瀚的《重量》、刘祖慈的《为高举和不举的手臂歌唱》、梁小斌的《雪白的墙》、梁如云的《湘江夜》、张万舒的《八万里风云录》等等。应当说这一时段是安徽当代文学史上辉煌时刻，是刊物最具活力的时刻，是出理论、出创作、出人才的珍贵历史时刻。这些成果的获得，是党中央发出的拨乱反正的号召和思想解放运动的指引，是邓小平在全国第四次文代会上代表党中央的《祝辞》中，对文艺与人民的关系、文艺与政治的关系做出了最精辟、最深刻的全新论断，为新时期社会主义文艺的发展道路指明了方向，极大地鼓舞了作家的创作热情和使命感，从而激发了文艺创作和文艺理论批评的一次飞跃与突破。

这一时段也是安徽文艺理论工作最具活力的时刻，通过拨乱反正活动中一次又一次的冲刺，极大地锻炼和提高了理论批评队伍的战斗力和学术水平，特别是从初期的揭批转入以正面理论建树来批驳“四人帮”歪理邪说，则要求必须加强自身的理论素质和思辨能力，以求用马列主义和毛泽东思想的科学真理，粉碎“四人帮”所鼓吹的形形色色的谬论。安徽的理论批评队伍在斗争中成长起来并日益走向成熟，因而他们能够随着形势的发展，随时改变理论批评的关注重点。当一批又一批青年作家涌入文坛并取得良好成果后，理论批评家们便也把主要注意力放在对作家作品的评论方面，他们为老作家喝彩，为新作家鼓劲，时时刻刻关注着文学创作的走向，也关注着文艺活动中出现的种种新问题。

当新时期文学进入上世纪90年代以后,文学界出现了很大变化,文学思潮中的这个热那个热过去了,什么现代后现代的热浪也鼓得不怎么太高,而商业文化的兴起和形形色色大众文化的日益兴旺,使得严肃文学的处境也日益艰难起来,理论批评的阵地急剧萎缩了,理论批评的声音沉寂了,参与理论批评活动的人也日益减少了。当今的严肃文学阵营,虽然仍有许多人坚守着精神家园,但也有很多人已经或行将被商业文化收编与改造,他们把文艺界变成了娱乐圈,把作家变成了“枪手”;把文学创作的个人精神劳动变成了作坊型的生产线式的流水作业;把文学的美的品格以及它所追求的思想深度和精神力量,转化为追逐片刻的感官快乐;把作家的社会责任意识异化为屈从于市场经济的利益驱动;把用心灵写作转化为身体写作,用时尚、流行、快捷等手段吞噬了文学的永恒精神,以所谓求新求变切断了民族精神的传承。所有这些现象都是在市场经济条件下,在文学被纳入文化产业趋势下,难以避免发生的,但这些现象消极面也非常迫切需要运用文艺理论评语的正确引导与匡正。当然文艺批评不能取代管理,不能用强制手段去规范什么,但它可以用有说服力的理论对某些文艺现象的正误、是非、优劣、高下提出中肯的评论,或者理直气壮地对某些不良现象、歪风恶习叫停。可惜的是,当下文坛恰恰出现了理论缺席、批评失语的状况,理论评语没能像以往那样发挥自己的能量。时下的媒体批评,充斥着为自己叫卖、为朋友吹嘘、为评选拉票、为圈里人助阵的炒作;学者批评虽富有学理和真知,但他们大多不肯直面当代文学面临的现实问题,难以使书斋学问与现实需求很好地结合起来;鉴赏性批评虽有可读之处,但限于零言碎语难起发聋振聩之效;网络批评虽有快人快语的犀利锋芒,但多属于即兴而发的直观印象,而缺少深入的思考和求实的分析,故也不足担当理论批评界的重任。实事求是地说,安徽文学理论批评界的绝大多数成员,仍心怀满腔热情期待着重整队伍,重振当年的奋进精神,为改革开放大业,为安徽文学事业的重新崛起,为文学新生代的成长与成熟,以与时俱进的姿态,在建设社会主义先进文化的大潮中贡献自己的力量。我来安徽已有四十六年,长期与他们相处,长期为他们充当联络员和服务员,深知他们是一支有思想、有学识、有活力、有闯劲的理论批评队伍,希望有关的领导部门对他们给予更多的关怀与支持,为他们提供更好的条件与机会。关注培养理论批评界新生代,使理论界和创作界密切合作,共创安徽文艺事业的美好未来。

感谢安徽理论评论界老中青三代学人对我的支持与帮助,感谢省文联为我提供为理论批评界服务的平台,我虽已年迈力衰,仍愿有生之年还在这个平台上以业余志愿者的身份为他们服务。

# 论直面人生

苏中文学评论选

# 论直面人生
## ——学习鲁迅的现实主义文学观

真的猛士,敢于直面惨淡的人生,敢于正视淋漓的鲜血。

——鲁迅:《记念刘和珍君》

### 一

为悼念一位年轻的女战士,为纪念在"三一八"惨案中英勇牺牲的"为了中国而死的中国青年",鲁迅先生怀着极大的悲愤和由衷的敬意,写下了前面引文中所说的那句名言。然而,当我们纵览了鲁迅的全部光辉著作后,不仅可以看到鲁迅本人的毕生战斗历程,就是一位最勇敢、最深沉、最坚韧的"真的猛士"的表率,而且还可以把这种"敢于直面惨淡的人生"的精神,理解为恰是鲁迅的现实主义文学观的体现。

鲁迅的战斗的一生,经历了从一个彻底的革命民主主义者转变为马克思主义思想家的过程。他的文艺思想,自然也经历着从民主主义思想,向马克思主义科学文艺观的演变。但是,无论何时,他始终坚持着清醒的、严格的、革命的现实主义文学观,一直把"大胆看取人生","敢于直面惨淡的人生",深刻地思考人生,"为人生,而且要改良这人生",作为他一切创作活动的指导思想。

早在1925年,鲁迅就在《论睁了眼看》一文里疾呼:

中国的文人,对于人生,——至少是对于社会现象,向来就多没有正视的勇气。

中国人向来因为不敢正视人生,只好瞒和骗,由此也生出瞒和骗的文艺来，由这文艺，更令中国人更深地陷入瞒和骗的大泽中，甚而至于已经自己不觉得。世界日日改变，我们的作家取下假面，真诚地，深入地，大胆地看取人生并且写出他的血和肉来的时候早到了，早就应该有一片崭新的文场，早就应该有几个凶猛的闯将！

鲁迅不但正是开拓中国“崭新的文场”的“凶猛的闯将”，而且是领导着新文学运动以及后来的无产阶级革命文学运动的英勇旗手。他的作品，无论是小说、诗歌、杂文、散文，无不鲜明地体现了他的“敢于直面惨淡的人生”，“真诚地，深入地，大胆地看取人生”的革命现实主义精神。

作为这种现实主义精神的全面体现，鲁迅还在理论上，特别是在他的创作实践上，妥帖地解决了创作与生活、文艺与革命、真实性与倾向性、阶级性与人性以及世界观与创作等方面的关系。所谓“直面人生”、“看取人生”并写出他的血和肉来，实际上就是要求把真实性作为文学创作的首要的基本问题提了出来。他认为文学的生命在于真实。他曾说：“我们需要的，不是作品后面添上去的口号和矫作的尾巴，而是那全部作品中真实的生活，生龙活虎的战斗，跳动着的脉搏，思想和热情，等等。”“讽刺的生命是真实”，“其实只要写出实情，即于中国有益”。鲁迅之所以提出要“敢于”或“大胆”直面人生，并且把这样的人称为“猛士”或“凶猛的闯将”，那是因为在他生活的那个时代的文场，是充满了“瞒和骗”的，当时的反动统治阶级，又总是利用封建主义旧文化来欺骗人民，愚弄人民，“夸大，装腔，撒谎，层出不穷”，因此，他认为：“说真实自然须有极大的勇气的，假如没有这勇气，而苟安于虚伪，那也便是不能开辟新的生活的人。”

然而鲁迅所要求的真实性，绝不是指对生活表面现象的肤浅的描摹，也不是作家个人小小悲欢的展示，甚至也不是如晚清谴责小说那种简单地暴露社会丑闻或黑暗现象。他是要求敢于撕破旧社会的吃人的假面，掀掉吃人的筵席；提出重大社会问题，揭出病苦，引起疗救者注意的有着人生的血和肉的那样的真实。而要做到这一点，只凭对社会生活的浮光掠影的了解，或者仅仅抱着对劳动人民一般同情态度，是远远不够的。所以他主张作家必须“和实际的社会斗争接触”，“到大众中去学习”，“革命的文学家，至少

是必须和革命共同着生命，或深切地感受着革命的脉搏的”。（《上海文艺之一瞥》）

与以前的民主主义者和旧现实主义作家不同，鲁迅不是孤立地把“直面人生”、“看取人生”提了出来，而是把它和“为人生”、“改良人生”，即把文学的反映生活和改造生活，作为一个统一体提了出来。而要使文学起到改造生活的作用，那就要求作者要自觉树立先进的世界观，投入社会实际斗争的旋涡，先做“革命人”，“革命人做出东西来，才是革命文学”。（《革命时代的文学》）“现在的文艺，就在写我们自己的社会，连我们自己也写进去，在小说里可以发现社会，也可发现我们自己，以前的文艺，如隔岸观火，没有什么切身关系，现在的文艺，连自己也烧在这里面，自己一定深深感觉到；一到自己感觉到，一定要参加到社会去！”（《文艺与政治的歧途》）这样，鲁迅就以他的逐步完备的理论及其丰富的创作实践，把我国的现实主义文学发展道路推进到一个新的阶段——革命现实主义的阶段。

鲁迅文学观的形成，是以他对历史的深广研究和对现实的深入考察得来的事实为依据的，正如他自己说的，“启示我的是事实”。

鲁迅少年时代目睹了家庭从小康走入困顿，体察到了世态炎凉，目睹了父亲的病被庸医所误，痛感中国国民的愚弱，这使他萌发了改良人生的人生观，而到日本学医，便是受这种人生观的驱使。他满以为学了医，有了先进的科学技术知识，就可以改造社会、改良人生，只是由于后来电影中一个场面的刺激，才使他改变了看法，“凡是愚弱的国民，即使体格如何健全，如何强壮，也是只能做毫无意义的示众的材料和看客……所以我们的第一要著，是在改变他们的精神，而善于改变精神的是，我那时以为当然要推文艺，于是想提倡文艺运动了。”他的弃医从文，目的仍是为了改良人生。所以他的人生观和从事文艺的宗旨是一致的。

为人生，首先必须敢于直面人生，解剖社会，把病根揭示给人们看。

中国封建社会几千年，鲁迅把它的本质概括为两个字：吃人。这其间不断演着改朝换代的戏，但不管朝代怎样更替，“中国人向来就没有争到‘人’的价格”。在这个吃人的社会里，当然封建统治阶级是奴隶主，是吃人者，农民和其他劳动人民是奴隶，是被吃者。尤其令人可悲的是，在封建宗法制度和封建礼教的长期统治和熏陶下，奴隶们一方面麻木地被吃，一方面也不自觉地吃更弱者。千千万万的不觉悟的封建性的小生产者，成了封建统治的支柱，使中国封建社会得以延续了几千年。

鲁迅对封建社会和封建礼教深恶而痛绝。辛亥革命发生了，鲁迅是兴奋的，欢迎的。但不久，辛亥革命便失败了，笼罩着中国的依然是浓重的黑暗，人民群众也依然处在水深火热之中。辛亥革命为什么失败了？鲁迅在思考着，探求着，那答案便是：中国封建势力的根深蒂固，中国资产阶级的软弱妥协，群众特别是农民群众的不觉悟，而辛亥革命恰恰没有做唤起民众的工作。中国必须进行新的革命，用异常强大的力量才能把封建制度推翻。

鲁迅亲自参加并领导了“五四”的新文化运动，他经历了战斗、冲刺与呐喊，他看到了战斗的胜利以及妥协和分化，他也曾经有过暂时的彷徨、忧愤和求索，但他终究是不断追求真理的勇士，终于在党的影响，特别是在实际斗争和学习马克思主义著作的启示下，使他从一个革命民主主义者走向马克思主义，变成了一个无产阶级的文学家、思想家和革命家。他的文艺思想，自然也在这种转变中发生了新的变化。

然而，鲁迅的小说创作，却多是完成于他成为一个马克思主义者以前。一般研究家向来认为，在写作《呐喊》和《彷徨》时期，鲁迅的思想是属于革命民主主义思想。而革命民主主义和现实主义伟大作家，“能够深刻地反映现实，特别善于反映农民的状况，农民的愿望和情绪”，但是由于“他们的阶级基础是农民阶级，因而他们还不可能完全认识到消灭中世纪残余，消灭封建主义以致最后消灭人剥削人的制度的真正道路”，并据此认定鲁迅“也和欧洲其他革命民主主义的作家一样，恰好反映了农民这个阶级的弱点”（陈涌《论鲁迅小说的现实主义》），指出鲁迅的前期思想与后期有质的不同，是完全正确的。

陈涌同志在鲁迅研究方面有极高的造诣和成就也是人所共知的。但如认为写作《呐喊》、《彷徨》时期的鲁迅是“和欧洲其他革命民主主义的作家一样”，仍是个旧现实主义作家，我们以为未必妥切。这是因为，第一，鲁迅与欧洲那些作家所处的时代条件不同。从五四运动的兴起，中国工人阶级已开始登上了政治舞台，马克思主义的科学宇宙观也开始在中国广为传播，与鲁迅共同参加并领导了五四运动的，就有共产主义的知识分子，中国共产党成立后所提出的革命纲领和斗争实践，又把中国的旧民主主义革命转变为新民主主义革命，而这些都是欧洲其他一些革命民主主义作家所不曾具有的时代条件和客观环境。其二，鲁迅所具有的彻底反帝反封建精神，特别是要求从根本制度上推翻反动统治，打倒制造"吃人"筵席的厨房（即统治机器）那样强烈的、不妥协的、彻底的革命精神，也是欧洲其他革命民主主义作家所不曾达到的境界。因此，我们总是把果戈理、契诃夫、赫尔岑归到旧现实主义——我们通常所说的批判现实主义作家行列，对鲁迅，我们则有理由把他视为中国革命现实主义文学的开路人。也就是说，我们既要看到鲁迅与欧洲其他革命民主主义和现实主义作家相同的一面，又要看到他们不同的一面。

不错，鲁迅在写作《呐喊》、《彷徨》时期，他的确还没有认识到"最后消灭人剥削人的制度的真正道路"。但在他的作品中，我们通过艺术形象所感受到的鲁迅对当时中国革命基本问题的清醒认识，以及他对社会根本制度的挑战，不能不使我们想到恩格斯《致敏·考茨基信》的名言。他说："我认为作家不必要把他所描写的社会冲突的历史的未来的解决办法硬塞给读者"，"如果一部具有社会主义倾向的小说通过对现实关系的真实描写，来打破关于这些关系的传统幻想，动摇资产阶级世界的乐观主义，不可避免地引起对于现存事物的永世长存的怀疑，那么，即使作者没有直接提出任何解决办法，甚至作者有时并没有明确地表明自己的立场，但我认为这部小说也完全完成了自己的使命"。无疑，鲁迅的小说，在动摇旧世界方面，在引起人们怀疑并否定旧制度、旧秩序方面，是有着强大的威力的。因此，我们有理由说，鲁迅超越了旧现实主义的范畴，走向了革命的现实主义。

## 二

鲁迅的小说创作的数量并不特别多，但他为世界文学画廊提供的典型形象却是极多的。我们虽不能说《呐喊》、《彷徨》两个集子中的每一篇章都创造了不朽的典型，但我们却可以说，鲁迅笔下的每一个人物，都有显著的特色，都有各自独到的社会意义。其中，像阿Q、祥林嫂、孔乙己、狂人、华老栓、闰土、吕纬甫、子君、单四嫂子等等，都是我国新文学宝库中的不朽的典型,并且早已为世界文坛所公认。尽管鲁迅终生没有去写篇幅浩瀚的画卷式的长篇著作,然而他的短篇艺术是无与伦比的,他在创造典型方面所做的贡献,那些典型形象所概括的历史内容和它的丰富的社会性,不但为国内作家至今难以企及,也是同时代国际知名作家所罕见者。

在《呐喊》和《彷徨》两集的小说中,鲁迅以较多的笔墨描写了农民和知识分子。这是很自然的。因为第一,这两方面是鲁迅最熟悉的生活领域,第二,农民问题是中国革命的基本问题,知识分子是一切社会变革最敏感的阶层,通过这两种题材的深入开掘,就必然把握住中国社会问题的关键,反映出那个时代的某些本质方面,成为我们认识那个时代的镜子。

鲁迅的现实主义文学观的特征之一,是力主写作自己最热悉的题材。他在《致李桦信》中曾说过:"现在许多人,以为应该表现国民的艰苦,国民的战斗,这自然并不错的,但如自己并不在这样旋涡中,实在无法表现,假使以意为之,那就决不能真切,深刻,也就不成为艺术。"又在《叶紫作〈丰收〉序》一文中提出:"作者写出创作来,对于其中的事情,虽然不必亲历过,最好是经历过。……我所谓经历,是所遇,所见,所闻,并不一定是所作,但所作自然也可以包括在里面。"他自己也曾很关切某些革命斗争题材,但终因不熟悉而未动笔,并且表示"因为我不在革命旋涡中心,而且久不能到各处去考察,所以我大约仍然只能暴露旧社会的坏处"。(《答国际文学社问》)对于农民和知识分子,鲁迅是极为熟悉的。他自己就是经过几次重大历史变迁和个人思想变迁的知识分子,知识界各类型人物的特征及其心理状态,鲁迅几乎都了如指掌,体察入微,写起来也得心应手,他善于从这些人物身上开掘出具有重大社会意义的主题,更善于从这些人物身上勾画出时代的面影。关于农民,鲁迅也是从个人经历和社会考察中得到了深刻的感受。他在《英译本〈短篇小说集〉自序》中曾说:"但我母亲的母家是农村,使我能够间或和许多农民相亲近,逐渐知道他们是毕生受着压迫,很多苦痛……"

在封建社会里,农民阶级作为和封建地主阶级两大对立阶级的一方,是被封建统治阶级的金字塔式的宝座压在最底层的,受到的剥削和压迫最惨重,不仅肉体被奴役,而且精神被揉搓、被愚弄。然而,他们人口中的绝大多数是社会物质文化的直接生产者和实际承担者,所以,农民问题是中国的基本问题,也是近代中国革命的基本问题。所谓反封建,没有农民的广泛发动、觉醒和参加,那是不可想象的,也是绝难收到实际效果的。鲁迅关于农民问题的作品,在他的小说里占着特别显著的地位,他是中国近代文学上第一个真正从最底层的农民群众的角度提出反封建主义的,这就使他站的比同时代的作家高得多。

鲁迅反映农民问题的小说,至少有三个方面的特点:一、最真实地,也即按照生活本来的面貌,不加任何粉饰地描写出典型环境中的农民的悲剧性的生活状况和精神面貌、心理状态,塑造出真实的农民形象;二、从逼真的情节和生活画面中自然而然地流露出辛亥革命失败的表现和原因;三、从对农民落后性的否定和对辛亥革命的批判中,探索新的革命道路。

在鲁迅笔下众多的农民形象中,《祝福》中的祥林嫂是一个极为成功的典型。祥林嫂是一个再普通不过、再平凡不过的农村妇女了,她的全部愿望和最高希冀,就其实质来说,也不过是要做一个供人驱使的奴隶,过上安稳的奴隶生活。但是,就连这个极其微末卑下的愿望也难以实现和保持:一次次的生活打击和精神折磨,使她坠入愈来愈深沉、愈凛冽的冰水之中,在恐惧和战栗中死去。

祥林嫂淳朴、善良、诚实、安分。她死了丈夫,被介绍到鲁四老爷家当佣工。一个人承担两个人甚至更多一些的劳动,吃的是残羹剩饭,但祥林嫂"很满足",不仅身上长了肉,而且精神也是愉快的,显然她感到日子是幸福的。当然,这是可悲的奴隶式的幸福。但生活的进程并没有让她这样"幸福"下去。不久,她被婆婆卖给了山里的贺老六。她又哭又闹,还一头撞到了拜堂的香案上,头上留下了被人看作耻辱的伤疤。但,贺老六老实,有力气,会做活,又有房子,日子还过得去,年底又添了孩子,她又算是"交了好运了"。但这"好运"也没有维持多久,男人得伤寒病死了,儿子被狼吃了,房子被大伯收去了,她又不得不来到老主人家里。但由于这一次的打击太沉重,她不仅脸色青黄,手脚不灵,而且神情麻木,记性很坏。她向别人诉说她的不幸,人们渐渐地当作了笑料,只报以讥讽和嘲弄。更可憎的是,鲁四老爷这个理学先生认为她"败坏风俗",不叫她忙她过去一向忙惯了的祭祀的饭菜和一切礼仪,只叫她在灶下烧火。柳妈又用迷信的话来吓她。她陷入恐怖,只好用一年的工钱到土地庙里捐了门槛,当自己的替身,让千人踏万人跨,赎自己的罪,以求到阴司不被两个男人争,不被阎王爷锯成两半。她也满以为捐了门槛,就可以忙祭礼了。但鲁四老爷仍然认为她是不干不净的人,祭祀的事仍然不让她沾手。这一次的打击,使她的精神已经无法支持她的肉体了,而鲁四老爷还把她无法支持的肉体赶出了门外,风雪终于在祝福声中把她沦为乞丐的躯体掩埋了。

依附于封建政权的族权、夫权、神权和封建的伦理道德等,把勤劳的、善良的、安分守己的祥林嫂害死了,而害死的不光是肉体,更重要的是精神的、心灵的折磨、摧残和颠来倒去的种种苦刑。祥林嫂是带着恐怖的心情死去的,她的灵魂是不会安息的！这是多么令人悲哀和愤怒的事啊！鲁迅对劳动人民的热烈的爱和对封建社会的强烈的憎跃然纸上,如惊雷滚动,不能不强烈地震撼我们的心灵,激起我们喷出烧毁封建社会的怒火。

如此罪恶累累的封建社会再也不能原封不动地存在下去了,反帝反封建的辛亥革命也早在祥林嫂死之前发生了。然而,辛亥革命只是推翻了一个皇帝,或者说只是赶跑了一个皇帝,并没有触动封建社会的实体,革命的一切基本问题都没有解决,农民更没有得到什么实际的好处;软弱的资产阶级和顽固的封建势力达成妥协,地主阶级和资产阶级化了的地主阶级知识分子、封建的遗老遗少们大多投机革命,参与维新了,他们成了实际掌权者,辛亥革命失败了,只到每年双十节的时候,才出现这样的情景,“早晨,警察到门,吩咐道‘挂旗!’‘是,挂旗!’各家大半懒洋洋地踱出一个国民来,撅起一块斑驳陆离的洋布。这样一直到夜——收了旗关门,几家偶然忘却的,便挂到第二天的上午。”人们忘却了革命,革命也把人们忘却了。鲁迅用他艺术的笔,从农村这个最底层透视,解剖了这场革命和革命以后的情势,使我们看到:

1. 封建势力仍然如浓厚的乌云和沉重的磐石压在农民头上。辛亥革命只革掉了七斤的一条辫子,还是被城里人越俎代庖的,并不是七斤自己自觉革掉的。但就连这一微小的不自觉的实绩,也被赵七爷看作大逆不道,张勋复辟的消息一到,他便声色俱厉地向七斤全家示威了,“长毛时候,留发不留头,留头不留发”,弄得七斤和他的女人“仿佛受了死刑宣告似的,耳朵里嗡的一声，再也说不出一句话”。一场大难临头的风波搅乱了全家。还有《离婚》里的那位威严的七大人，一声“来……兮！”便有一个垂手挺腰木棍似的人立在面前，全客厅里便也立即鸦雀无声，然后七大人“嘴一动”，尽管“谁也听不清说什么”，“木棍”却规规矩矩地去执行命令了。在这威压下面，本是“沿海三六十八村”的人物的庄木三顺从地按照七大人的吩咐办，连本来深受夫权、族权压迫，要拼个“家破人亡”的爱姑也后悔自己在七大人面前“太放肆”了。还有《长明灯》里的郭老娃、四爷、阔亭们，竟把一个要吹熄象征封建统治的长明灯的青年当成疯子，关了起来。所有这些，都发生在辛亥革命以后的农村里，这就艺术地说明：辛亥革命失败了！自然，这结论是事实的启示，是从小说的真实情节和场面中自然而然地流露出来的，并不是直白地说出的，这就产生了一股令人信服、撼人心弦的力量。

2. 农村是一幅破败凋敝的景象，农民仍生活在饥寒困苦中。鲁迅是这样写他的故乡的：“时候既然是深冬，渐近故乡时，天气又阴晦了，冷风吹进船舱中，呜呜的响，从篷隙向外一望，苍黄的天底下，远近横着几个萧索的荒村，没有一些活气。我的心禁不住悲凉起来了。”这故乡甚至还不如二十年前的故乡。生活在这里的闰土，日子过得“非常难”，“先前的紫色的圆脸，已经变作灰黄”了；少年时代的天真烂漫、生气勃勃，也被石像和木偶人取代了，对少年时代哥弟相称的伙伴，也恭敬地改称“老爷”了，闰土从外貌到精神都改得如此厉害，真正达到了令人凄凉、悲哀、痛苦的程度。这改变是怎么来的呢？是“苛税，兵，匪，官，绅”造成的，简言之，是封建剥削、压迫和封建世俗造成的。显然，辛亥革命不仅没有给农村带来活气，给农民带来实际利益，反而造成了“今不如昔”。这除了上述举到的事实之外，再看那水生，与二十年前的闰土相比，脸色也要“黄瘦些”，颈子也“没有银圈”了，不也可以算作一个小小的佐证吗?!

3. 农民和其他劳动人民仍处在普遍的不觉悟的精神状态中，不仅受到封建势力的压迫和践踏，而且在自己同阶级的父老兄弟姐妹中也找不到同情，这就使他们的悲剧命运更悲、更冷了，不能不使人产生深广的忧愤。祥林嫂诉说她丧子的悲哀，希图引起别人的同情，以稀释自己的痛苦，但得到的却是冷冷的眼光、烦躁的情绪，后来人们更把她的痛苦变成咀嚼赏鉴的笑料，而和她处在同一生活地位的柳妈不仅不同情她的遭遇，还认为她再嫁是犯了罪，用迷信来吓她。单四嫂子的生命的希望宝儿害了重病，何小仙的敷衍塞责不用说，二流子红鼻子老拱和蓝皮阿五还要在酒桌上拿她开心，阿五甚至在她抱着将死的宝儿时还去从她乳房上揩油水，寻刺激，而王九妈这位老人，在单四嫂子央她开开法眼时，却也只是“唔……”“把头点了两点，摇了两摇”，连一句负责的话、宽慰的话也不肯说。但当宝儿死后，王九妈一大堆人却来穷忙乎封建礼教的那一套了，然后是吃饭，走开，完事大吉，何尝对单四嫂子有一点真正的理解和同情！群众的普遍的不觉悟，就使少数觉悟分子陷入了孤立的境地。《长明灯》里的坚定反封建的青年不被周围的群众理解和同情，而《药》里的革命者夏瑜的鲜血，却被小商人华老栓蘸了馒头给儿子“治病”。本来应是资产阶级民主革命主力的农民群众和其他小资产阶级群众，还在不自觉地支持着封建势力及其上层建筑的统治，而领导革命的资产阶级却没有看清这个重大问题，更没有去发动、教育、提高他们，这便导致了辛亥革命悲剧性的结局，也充分显示了资产阶级已经丧失了领导革命的资格。

鲁迅在他的小说里也描写了农民对自己悲惨命运的反抗和搏斗。但那是一种什么样的反抗和搏斗呢？祥林嫂以头撞再醮的香案，已经打上了封建礼教的印记，到土地庙里去捐门槛，更是去向造成她悲剧命运的封建政权、神权祈求保护了。爱姑算是泼辣勇敢者，反抗精神也不谓不强，但她反抗的只是直接压迫她的老畜生（公公）和小畜生（丈夫），却不反抗这种压迫的代表——封建官府及其权势人物，而且还相信七大人会主持公道，为她解除痛苦。小生产者的地位，使她们眼光狭隘，明明是阎王爷索去了她们的“生命”，却还要去向阎王爷“告状”，这是一种多么软弱无力、没有任何实际意义的“反抗”和挣扎啊！这种“反抗”，仍然是不觉悟的表现。

对于群众的不觉悟，鲁迅是怀着深沉的悲哀、痛苦的忧愤的。但他没有回避这些，掩盖这些，而是正视这些，真实地写出这些。这正是他“敢于直面惨淡的人生，敢于正视淋漓的鲜血”的体现。鲁迅这样写，是植根于他对农民的热烈的爱。正因爱得深，他才能那么冷静地、深入地解剖、批判这些不觉悟的国民的灵魂。在这里，鲁迅是用否定的方式，给农民指出肯定的出路的，也是以否定的方式，指出中国必须有另一种样式的革命的。

在深入开掘农民的悲剧命运的历史根源和思想根源时，鲁迅一方面把批判的锋芒，直指反动统治阶级以及延续了几千年的封建伦理道德，另一方面也沉痛地指出，受统治阶级思想影响而变得精神麻木的不觉悟状态，也是造成农民悲剧命运的原因之一，“至于百姓，却就默默地生长，萎黄，枯死了，像压在大石底下的草一样，已经有四千年！”（《俄文译本〈阿Q正传〉序及著者自序传略》）他要“画出这样沉默的国民的魂灵来”，他要揭出这病苦，引起疗救的注意。于是，鲁迅在文学中提出了一个改造国民性的问题。他后来曾深有感慨地说：“人能组织，能反抗，能为奴，也能为主，不肯努力，固然可以永远沦为舆台，自由解放，便能够获得彼此的平等，那命运是并不一定终于送进厨房，做成大菜的。”（《倒提》）尽管鲁迅并不曾在《呐喊》、《彷徨》的任何一篇小说中直白地表达过这种观点，但他是在艺术形象里，通过批判国民性中那种落后、麻木、消极的一面，呼唤着别一种灵魂的诞生。

如果说鲁迅在《祝福》、《故乡》、《风波》、《明天》等篇章中，以极高的艺术成就创造了祥林嫂、闰土、杨二嫂、九斤老太、单四嫂子等一系列典型，充分揭示了他们的灵魂，并把作者对农民的爱之也深、痛之也切的感情，极为深刻地表达了出来，那么，在《阿Q正传》里，无论对辛亥革命的批判或对国民性弱点的批判，也不论对农民悲剧命运社会根源的开掘或对“病态社会”相的无情揭露，都达到了最深刻、最集中、最有力、最透彻的境界。鲁迅以冷峻而又火热、诙谐而又严酷、愤怒而又沉痛的笔，创造了阿Q这个光辉的典型。在这个人物身上，鲁迅把他多年积聚的对农民的“哀其不幸，怒其不争”的心情，把他主张“改造国民性”的强烈愿望，把他对辛亥革命失败的清醒认识，都做出了最深刻的表现。在这里，被压迫农民的悲剧和辛亥革命的悲剧有机地融合了，鲁迅对“改造国民性”和实现这种改造必须依赖于别一种革命的思考有机地融合了，不幸与不争也在阿Q性格上完全融合了。

阿Q没有姓氏，没有“行状”，也没有自己的房子，是一个除了为别人“帮忙”、当笑料，就被人忘记的雇农。他虽则有着“真能做”的力气和优点，但不幸和失败却一个接一个地向他袭来，以至于在“恋爱悲剧”发生后，连生计都成了问题。在失败面前，通常是应该开出反省、上进的路的，但他却没有，而是远离现实，用诸如“我们先前——比你阔得多啦！”“我的儿子会阔得多啦！”“你还不配——”“我总算被儿子打了”一类欺骗自己的方法，也即所谓的精神胜利法，开出可耻的逃路来。他有时也痛苦于自己的失败，但却不知道自己失败的真正原因，反而迁怒于和自己同运命的小D，认为是小D夺了他的雇主，终于演出了一个小时的“龙虎斗”。这些看似诙谐地写来，实际上浸染着鲁迅的极大痛苦，不能不令我们苦涩盈口，冷泪钻心，无论如何也笑不出来！阿Q的精神胜利法，包容和闪现的是麻痹，是奴性，是苟活，是自欺，是失败，是逃遁，是昏睡，还兼有几分卑劣和可恶。这精神是不觉悟的阿Q的，因而使阿Q具有了鲜明的个性，成为一个独特的典型，但看看中国的历史和当时的现实，精神胜利法也是不同程度地存在于一般国民的灵魂中的，所以阿Q又是一个有着广泛共性的典型。这是鲁迅的现实主义的深邃洞察力和高度概括力凝聚成的艺术硕果；形成阿Q精神胜利法的原因，主要是长期的封建压迫，同时也有着小生产者中的落后农民本身固有的一些缺点，阿Q被杀头虽然已经半个多世纪了，社会也发生了翻天覆地的变化，但今天我们还不能绝对地说，我们的某些人就没有一点阿Q相或阿Q性了，也许在我们的实际生活中还可以找到和阿Q共名的人。

鲁迅批判农民的弱点，却没有对农民的革命性失去信心，或者更确切点说，他深信革命的伟力是蕴藏在农民之中的。鲁迅依照客观生活的实际进程和阿Q性格的内在逻辑，艺术地描写了阿Q的革命性。虽则阿Q受了封建主义的长期熏染，曾对革命党的造反“深恶而痛绝之”，但由于自己的实际生活地位，也由于革命在一向压迫他的封建地主和封建官僚中引起了极大的恐慌，他便很快地对革命有些“神往”了。虽则阿Q还不知道革命的具体方法和途径，所谓的革命也只是某种声明，并没有参加到实际的革命运动中去；但他毕竟一边得意地走着，一边大声地嚷道，“造反了！造反了！”显出了强烈的、不可遏止的革命自发性，并且体会了革命是于自己有益的、扬眉吐气的事，因而焕发出了他的革命热情。虽则阿Q对革命的认识还停留在他个人特有的那种似懂非懂、朦胧而又向往的状态，其理想也带有农民革命的局限和弱点，甚至要奴役和自己处在同一阶级的小D和王胡，但他毕竟已经直觉地意识到，革命是“拿着板刀，钢鞭，炸弹，洋炮……”的暴力，是要杀赵太爷、秀才、假洋鬼子的头,并没收其财产的。如果辛亥革命的领导者看到了,理解了这一点,及时地去组织并教育,提高广大农民,那是足以会形成强大的革命力量,把封建主义的旧世界打得落花流水的。但辛亥革命不独没有去找他们,反而让城里的知县大老爷、举人老爷、带兵的把总们在做一个改换名称的小小游戏之后,原封不动地统治人民,反而让乡村的封建势力如赵秀才、假洋鬼子之流投机革命,成了"柿油党",堂而皇之地把银桃子挂在大襟上,凶神恶煞般地对阿Q举起了"不准革命"的哭丧棍;后来又和城里的换上革命招牌的封建势力勾结,以示众、杀头的手段专了阿Q的政。虽然糊里糊涂,但热烈倾向革命的雇农阿Q死了!实质上是农民革命,但却没有发动农民的辛亥革命,也就必然地、真正地"死"去了。六年后,毛泽东同志在《湖南农民运动考察报告》中对辛亥革命作了科学的理论的总结:"国民革命需要一个大的农村变动。辛亥革命没有这个变动,所以失败了。"鲁迅从他的伟大的现实主义艺术实践中流露出来的结论,和毛泽东同志的科学总结有着惊人的一致,这足以显示出鲁迅的清醒的、深刻的、彻底的现实主义的辉煌灿烂的成就。阿Q是性格悲剧、历史悲剧、社会悲剧的典型。阿Q的性格特征是历史的产物,也是当时中国社会的产物。阿Q的一生,是被侮辱与被损害的,他软弱得可怜,愚盲得可笑,麻木得可悲,他被欺压、被剥削、被凌辱了一生,却又总是在精神胜利的自我麻醉中度过。他向往革命,却成了玩弄革命那帮人物的牺牲品,糊里糊涂被送上了断头台。直到临死,使尽平生力气连个圈也画不圆,这是何等可悲而又可怜的不幸角色啊!历史和社会孕育并创造了阿Q,但社会却不能见容阿Q,不允许他像常人一样生活,不允许他革命,最后更不允许他生存于世上,这就是阿Q的悲剧所在。鲁迅正是通过对阿Q精神的否定,发出改造国民性的强烈呼声。

## 三

在写作《彷徨》的1924—1925年,鲁迅把较多注意力转向了知识分子。这一时期,正如后来他自己总结的"见过辛亥革命,见过二次革命。见过袁世凯称帝,张勋复辟,看来看去,就看得怀疑起来,于是失望,颓唐得多了"。因而他的《彷徨》也就不能不笼罩着孤寂、苦闷的沉重空气。但鲁迅毕竟是一个炽烈的爱着他的祖国和人民的战士,所以他并没有在苦闷中消极沉沦,而是在社会现实中苦苦地思索,积极探求。他在思索和探求着改变当时中国黑暗现实的力量和出路,也即把知识分子的问题和中国革命的问题紧密结合在一起来观察、来研究、来表现,这就使他的这类作品和描写农民的作品具有同样强烈的时代感和巨大的思想深度,而在塑造栩栩如生的、个性化的知识分子典型上,也取得了令人叹服的艺术成就。

鲁迅笔下的知识分子是各种类型的。他对他们的态度,也严格遵循着"直面人生"的现实主义原则,因人而异,这里有作为旧制度、旧秩序的代表或维护者的反面形象,如《孔乙己》中的丁举人,《阿Q正传》中的白举人、赵太爷、假洋鬼子,《祝福》中的鲁四老爷,《肥皂》中的四铭、何道统,《高老夫子》中的高尔础等等;有受封建科举制度毒害和虐杀的知识分子,如《孔乙己》中的孔乙己,《白光》中的陈士诚;有受过辛亥革命新思潮的洗礼,随辛亥革命的高潮而奋起,又随辛亥革命的失败而失望、彷徨以至消沉、颓唐变态的知识分子,如《在酒楼上》里的吕纬甫,《孤独者》中的魏连殳,以及《故乡》、《头发的故事》里的"我";有在五四运动新思潮影响下成长起来的新一代知识分子,如涓生与子君;有作为反封建的斗士和民主革命英雄而出现的人物,如《狂人日记》中的狂人和《药》中的夏瑜。

鲁迅生活在社会大变动的时代,那些变动都必然十分敏感地反映在各类型知识分子身上。鲁迅关于知识分子形象的描写,是他思考和解剖整个中国社会的一个组成部分,他把知识分子命运与时代变迁紧密联结在一起,写出了时代中的人和人所处的时代。

鲁迅向来十分重视对题材社会意义的开掘,一方面他主张:什么题材都可以写,但同时又明确指示:"选材要严,开掘要深。"文学创造绝不能满足于描绘一般的生活现象,而应当从作家所熟悉的生活领域中,深入地开掘它的社会意义,这也是鲁迅的现实主义文学观的又一显著特色。尽管鲁迅对各种知识分子都十分熟悉,但鲁迅决非一般地勾勒几个他所熟悉的人物面影,更不是像同时代有些作家那样沉湎于知识分子的自我表现。他的小说,像解剖刀一样,解剖着社会,解剖着人的灵魂,解剖着知识分子的历史命运。狂人、孔乙已、吕纬甫、魏连殳、子君和涓生以及四铭、高老夫子等一系列典型,构成了那个时代的儒林画卷,他们的奋斗、追求、抗争、动摇、消沉以至颓唐,显示了知识分子个人命运,不能在自我追求或自我奋斗中解决,他们受着时代的制约,受着一定历史时期的政治和经济的制约。鲁迅运用艺术形象告诉人们:中国社会倘无根本性的变革,知识分子是没有出路的。《孔乙己》是人们熟知的名篇。就它内容之凝练,思想之深厚,个性之鲜明,描写之简洁等方面来说,堪与世界任何短篇大师的精品媲美。鲁迅以同情和哀怜的笔,描写了无能、无用但又无辜的孔乙己的不幸的一生。对于这个过了时的知识分子的守旧和盲目自负,对于他既不敢正视现实又不敢正视自己甚至不会营生,作家当然是持以批判态度的,但孔乙己的穷愁潦倒,是社会造成的,是腐败的科举制度和腐朽的封建观念虐杀了这个小人物。他——孔乙己——终究也是病态社会里的不幸人们中的一个。所以,鲁迅把批判的主要锋芒还是指向了那个可诅咒的社会。

吕纬甫、魏连殳大约是鲁迅最熟悉的一类知识分子。他们似乎就是鲁迅同时代的人,又似乎就是生活在鲁迅的身边,在同一营垒中生活过、斗争过,曾有过大致相同的希望和失望,然而终于又在探索人生的路上分手。鲁迅对这类人物的描写,来得特别深切和真切,同情与惋惜、痛楚与愤懑之情,力透纸背。

吕纬甫、魏连殳都是当时的新型知识分子。他们能首先敏感到时代的病痛,也能首先觉悟到消除这病痛的必要。当辛亥革命高潮到来时,他们便跃身投到革命的洪流中,生气勃勃地战斗着,希望着;但由于时代和阶级的局限,他们当时还不大可能和群众打成一片,或者说,他们一般是脱离群众的,所以一旦革命走向低潮,他们便迷惘、动摇、颓唐起来了。鲁迅对吕纬甫当年的革命积极性虽然着墨不多,但那"同到城隍庙里去拔掉神像的胡子","连日议论些改革中国的方法以至于打起来"的行动,也是可以分明见出他的激烈亢奋的。到了1924年"我"再见到他的时候,情形已经大不相同了。他身体衰瘦,眼睛"失去了神采",行动也变得"格外迂缓,很不像当年敏捷精悍的吕纬甫了"。他教小学生的是"子曰诗云"之类,而不是新鲜的"算学"和"A、B、C、D";他小兄弟的骨骼、头发都烂完了,他还要去迁葬,这做的完全是无聊的事,他已经在"敷敷衍衍,模模胡胡"、"随随便便"地混日子了!他是这样总结他的生活道路的:"无非做了些无聊的事情,等于什么也没有做。”不过是“飞了二个小圈子,便又回来停在原地点”了。以后呢?他是什么也不知道,连明天怎样也不知道,连后一分钟怎样也不知道了。他的精神瓦解了,成了一叶任生活风浪晃荡的小舟,或者说成了一堆熄灭了精神火焰的死灰,只是偶尔还闪出一点转瞬即逝的火星——那是在回忆“当年”的时候。

虽然和吕纬甫有着类似的经历,但魏连殳的变化,却显示了另一种生活道路并由此产生了另一种精神状态。魏连殳出外游学,后来在S城中学堂教历史,“常爱管别人的闲事”,“常说家庭应该破坏”,成了人们眼中的异类,被称作吃洋教的新党。人们对他的侧目而视,并没有阻止住他对生活的热爱,他热情地接待“不幸的青年”或者是“零余者”的来访,他尊敬作为房主人的老太太,爱怜地热心地照顾着房主人的一堆小孙子,也喜欢对社会和政治发一些奇警的议论。但他的反封建主义的行为和发表文章针砭社会时弊,已经不见容于族长和本家,更不见容于社会,终至丢了职业,但他还想挣扎,先是在祖母死时,忽然由失声变成长嚎,“像一匹受伤的狼,当深夜在旷野中嗥叫,惨伤里夹杂着愤怒和悲哀”,后是到处找工作,卖书,卖东西。但不独工作没有找到,“连买邮票的钱也没有”,“几乎求乞了”,而且更可悲的是,客人也不来了,连他一向关心爱护的大良、二良们,也见了他就走,连他的东西“也不要吃了”。他深深地感到了人世的冷酷寂寞、卑鄙龌龊,已经没有人愿意他活下去了。然而,他“偏要为不愿我活下去的人们而活下去”,于是,他采取玩世的态度,“躬行我先前所憎恶,所反对的一切,拒斥我先前所崇仰,所主张的一切了”。他给杜师长做了顾问。于是宾客盈门,“新的馈赠,新的颂扬,新的钻营,新的磕头和打拱……”接连不断,络绎不绝,报上还出现了关于他的诗文,连先前他的被传为笑柄的事也被称颂为“逸闻”。他把贵重的仙居术一类东西像丢一根骨头一样地摔给他的老房东,叫道:“严老家伙,你吃去吧。”他叫大良、二良们学狗叫之后,把衣服鞋子赏给他们。他用报复的、嘲弄的眼光欣赏着一切,感到“快活极了,舒服极了”。然而这快活和舒服是虚假的,只不过是一种已经咀嚼过的失败、悲哀、痛苦,孤独的变态反应罢了!他用游戏人生和糟蹋,戕害自己生命向社会做最后的抗争。但这抗争太无力了,连旧社会的一根毫毛也不能损伤,只能是一个孤独者的徒然的悲鸣。

吕纬甫、魏连殳是废除科举制度后,改上新学堂或出过洋的知识分子,他们的激烈和颓唐,鲁迅是深为了解的。鲁迅解剖了吕纬甫、魏连殳的灵魂,对于他们的命运给予了深切的同情,但对于他们的失望、孤独、颓唐却予以坚决的否定,这当然也可以看作鲁迅对自己的解剖和对自己的彷徨的否定。所不同的是,吕纬甫、魏连殳并没有在失望或失败中振作起来,而是倒下去了,但鲁迅,却在否定中"挣扎出来了"。"我的心地就轻松起来,坦然地在潮湿的石路上走。"所以读鲁迅的这类作品,又使人于沉重中萌生了一种奔赴艰难前程的勇气和韧性。时代的灾难和苦痛,会使人窒息,但作为一个对时代有责任感的人,则不应该在这种窒息中绝望,等死,而应该摸索着冲出去的路,去争取新鲜的空气。在《在酒楼上》和《孤独者》中,我们再一次看到了鲁迅的严格的现实主义的真实和浓烈的革命倾向性的有机结合。

比起吕、魏型的人物,子君和涓生则属于当时社会最新一代的新型知识分子。他们是在五四运动以后成长起来的新人,受过新式教育,接受了新思潮的影响,他们已不只是在言论上,而且敢于在行动上向封建压迫和封建礼教进行反抗和斗争,自然,像当时的大多数青年知识分子一样,他们的反抗和斗争,还不是指社会的政治经济制度,而是为争得个人的爱情自由、婚姻自主、个性解放而斗争;然而这一行为本身,在当时是有着重大社会意义的事件。所以,当他们不顾家庭的阻挠,环境和舆论的压迫,邻友的睥睨歧视,终于实行自由恋爱并自主成婚以后,很快就遭到来自整个社会的非难和压迫;其中最要紧的是,涓生的职业被解除了,使他们失去了独立生活的唯一经济来源。他们的反抗终于失败了。涓生又回到原来的会馆里,子君又回到了封建家庭里,死了。从这个意义上说,涓生、子君和吕纬甫、魏连殳的命运是相同的,只不过像蝇子的故事所显示的那样:飞了一个小圈子,又回到原来的地方。他们都曾经勇敢地斗争过,但正如毛泽东同志在《中国革命和中国共产党》中所指出的那样:"知识分子在其未和民众的革命斗争打成一片,在其未下决心为民众利益服务并与群众相结合的时候,往往带有主观主义和个人主义的倾向,他们的思想往往是空虚的,他们的行动往往是动摇的",所以他们都失败了;鲁迅从对他们所走道路的否定中,已经用他的深刻的、伟大的现实主义艺术实践得出了和毛泽东同志相似的结论。鲁迅在对他们的弱点的否定中,探寻着中国知识分子的出路。《伤逝》已颇为明确地显示了如下两点:1. 知识分子的解放离不开社会的解放,知识分子首先要有为社会解放而奋斗的明确的目标和理想;2. 精神的解放离不开物质条件,因为,"第一,便是生活",所以知识分子必须首先为社会的经济解放而奋斗,而经济的解放又是以政治的解放为前提的,否则,官僚衙门又要来解除你的职业了。正因为鲁迅从生活的逻辑中得出了这样清醒的、深刻的结论,所以他才没让涓生在失败中沉沦,而是赋予这个在极度悔恨悲哀中的形象以新的亮色,让他"向着新的生路跨进第一步去"。

我们没有能力全面阐述鲁迅小说各方面的伟大成就,仅从前面所提及的几个角度,使我们清楚地看到,鲁迅的小说创作,正是他力主直面人生和"真诚地,深入地,大胆地看取人生并且写出他的血和肉来"的最充分的体现。他面容冷峻而内心里藏着火,他怀着深情和痛楚,把人民的不幸、人民的痛苦、人民的希望,真诚而深入地写了出来。他就是一位"真的猛士"和"凶猛的闯将",他用自己的毕生战斗,为我们开拓了一片"崭新的文场",用自己的丰硕的创作实践,为我们开拓了革命现实主义的光辉大道。

## 四

鲁迅的现实主义道路,被我们一代又一代作家继承着,发展着。

早在20年代,与鲁迅同时代的一批战友就积极协同鲁迅,为开展中国的新文学运动,特别是为提倡和发展"为人生"的现实主义文学,做出了积极的贡献。茅盾、叶绍君、郁达夫、巴金等许多杰出的作家,都用自己的优秀创作显示了新文学的强大威力,组成了浩荡的新文学大军,使封建的、反动的、没落的旧文学望风披靡。之后,随着无产阶级革命文学的兴起,又有一大批年轻的左翼作家会同坚持进步、坚持爱国主义的作家,在鲁迅的领导或者在他的思想影响下,粉碎了国民党反动派的文化"围剿",革命现实主义及其他进步流派的文学在斗争中日益壮大,积极地影响并推动着人们为改变自己的命运而斗争,鲁迅这时已掌握了马克思主义这个强大的思想武器,在这次反"围剿"中,冲锋陷阵,所向无敌,表现了最坚强、最勇敢的大无畏精神,成了中国文化的伟人。

1942年,毛泽东同志总结了五四以来的以鲁迅为代表的中国革命文艺运动历史经验,结合当时文艺工作面临的新情况、新问题,发表了他的著名的《在延安文艺座谈会上的讲话》。这个讲话,正确地回答和解决了文艺与人民、文艺与生活、文艺与革命、世界观与创作方法、继承与革新等一系列根本问题,成了在新的历史时期指导中国革命文艺运动的基本纲领。《讲话》闪耀着毛泽东思想的光辉才智,其中也包含对鲁迅文艺思想的继承和发展。毛泽东同志对鲁迅先生的至高无上的评价,也说明他是把鲁迅当作中国思想界的导师来看待的。一代又一代的有成就的中国作家,从鲁迅生前的战友到今天的年轻一代,几乎没有什么人不曾受到鲁迅精神、鲁迅思想的影响和启发,他们的创作,无论他是属于哪种风格流派的,几乎也都要从鲁迅的文艺思想和他的创作宝库中吸取营养。鲁迅为我们开创了新文学,又为这新文学的延续、发展、壮大和提高哺育了一代又一代的继承人。尽管我们的社会主义文学艺术,承认多种风格流派的作用和价值,甚至鼓励各种风格流派的自由竞赛,但革命现实主义文学,迄今仍是我国文学创作中发展的主流,并且正在越来越受到人民群众的欢迎与重视。很显然,这正是我们坚持和发展了鲁迅的现实主义道路的结果。建国以后,我们的文学事业,是在全新的社会和全新的条件下来进行的。在社会主义社会里,革命现实主义文学艺术的内容、任务及其倾向,当然应当随着时代的变化而有所变化。同样地,鲁迅的直面人生的现实主义文学观,我们也应当有新的理解和认识。

鲁迅当时提出的那些主张,是要揭露旧社会及反动统治阶级的"吃人"本质,他要求作家要敢于正视现实,要敢于把那蒙在肮脏腐臭的社会尸体外面的漂亮外衣和面纱扯碎撕烂,其重点自然是"暴露旧社会的坏处",让人们痛恨那样的社会,以动摇它的统治。又由于那时的人民还没有真正觉醒起来,作家(包括鲁迅)也还没有实现和人民的结合,因此,描写"病态社会的不幸的人们","揭出病苦,引起疗救的注意",便是当时的重要任务。但到了1942年以后,由于文艺事业已开始走上和群众相结合的新时代,更由于人民群众已在共产党的领导下组织起来,为解放自己而投入斗争,因而描写人民群众的新的精神面貌,反映人民群众争取自由解放的斗争,便成为新的课题了。毛泽东同志在《讲话》中提出:"例如一方面是人们受饿、受冻、受压迫,一方面是人剥削人,人压迫人,这个事实到处存在着,人们也看得很平淡,文艺就把这种日常的现象集中起来,把其中的矛盾和斗争典型化,造成文学作品或艺术作品,就能使人民群众惊醒起来,感奋起来,推动人民群众走向团结和斗争,实行改造自己的环境。”这段话,和鲁迅所主张的正视人生、为人生、改造人生的精神是基本一致的,我们也可以把它理解为是鲁迅的现实主义文学观及其在创作中充分体现了的现实主义精神的发展。

如果说在抗日和解放战争期间,还只是身在解放区那部分作家,能够实现和新时代的群众相结合,能够直接投入实际斗争的旋涡,能够得以表现新世界里的新人物的话,那么在新中国成立以后,则所有作家都有了这样的条件和义务。在实现了人民民主专政的社会主义国家里,在几亿人民感奋起来,从事着改造自己环境的轰轰烈烈事业的时候,革命现实主义的文学艺术,理所当然地应当把表现新的社会、新的人物的精神面貌作为重点。在当前,就是要热诚地表现人民群众在四化建设中的英勇斗争。不承认由时代的变化而带来的文学任务的变化,死板地照搬鲁迅当年的一些主张和观点,当然不能认为是对鲁迅思想的正确理解。但是,作为革命现实主义文学的基本精神,鲁迅所提出的必须“正视生活”,“直面人生”,敢于“真诚地,深入地,大胆地看取人生并写出他的血和肉来”的主张,并未失掉它的意义。一个现实主义作家,对待生活必须有深入体察、敢于正视的态度,有自己的清醒的认识,才有可能写出他的血和肉来。倘对生活没有一个严肃态度,既无体察,又不正视,浮光掠影,追风赶浪,不辨真伪,不明曲直,或用观念将生活模式化,认为一切尽善尽美,或鼠目寸光、一叶障目,硬说到处黑暗一团,那是写不出任何站得住脚的作品的。因为现实主义文学的基础是真实,没有真实性是不可能有生命的。

我们曾有过这样的教训:当我们不加分析地把“写真实”作为错误口号而加以批判之后,当我们把现实主义的真实性原则和关于它的“广阔”性及“深化”要求,统统作为错误理论而加以批判之后,特别是当我们一度迷恋于虚假的浪漫主义(不是正确意义上的浪漫主义)所制造的浮夸文学以后,我们曾间或不自觉地离开了现实主义道路,我们的事业也因之而蒙受一定损失。革命文学,如果它丢弃了真实性的原则,不管你愿意不愿意,概念化的、无冲突论的、粉饰性的以及说假话、说大话的东西,则必然会乘虚而入,应运而生。"四人帮"一伙专搞"瞒和骗"的阴谋文学,是由其反动政治目的决定的,但我们也不能否认,他们在这方面也确曾利用了我们的某些失误。

粉碎"四人帮"以后,特别是党的十一届三中全会以来,革命现实主义传统得到了很好的恢复并有了较大的发展,老中青几代作家,都在经历过一场大动乱后,变得更勇于直面人生和更善于思考生活的真蕴了。在短短几年的时间里,文艺界出现了空前的活跃和繁荣景象,文学创作出现了一大批确属"真诚地,深入地,大胆地看取人生并写出他的血和肉来"的优秀作品,无论小说、诗歌、散文、报告文学、电影、戏剧、曲艺等各个领域,都不乏鲁迅所期望的有着"真实的生活,生龙活虎的战斗,跳动着的脉搏,思想和热情"那样的作品。然在其间,我们还不时听到某些对现实主义的责难声,或骂"缺德",或斥"混乱",或力主真实性必须服从倾向性,或鼓吹以本质取代一切。还有的认为文艺的基本品质是"美",真实与否无所谓,故根本就不该向文艺提出真实性的要求,也有的认为真实性没有固定的客观标准。公说公有理,婆说婆有理,因此不能把它作为衡量文艺创作的一个标准。还有的把"写真实"的提法曲解为"暴露黑暗",连把批判"四人帮"罪恶的作品也统统名之为"暴露文学"。

这里,我们不准备就其中的任何一个问题进行讨论,而只想指出,根据我们曾有过的经验教训,我们不能丢弃现实主义原则,不能使社会主义文学失掉真实性这个生命,不能把刚刚恢复并日益兴旺起来的革命现实主义浪潮打下去,不能走概念化的道路。我们应当以鲁迅为榜样,脚踏实地,直面人生,积极投入社会主义现代化建设的旋涡,用我们的笔,热诚地、真实地、大胆地、深入地写出我们今天新时代新生活的血和肉来。

(本文与梁长森同志合作,原载《安徽文学》1981 年 9 月号)

# 《新时期文学现实主义问题》编后记

1988年春末,我有幸出席了中国文艺理论学会在芜湖召开的第五届学术研讨年会,讨论的中心议题是《新时期文学中的现实主义问题》。与会的许多专家学者提供了论文或发表了自己的真知灼见,坦率而真诚地交流了对于现实主义问题的种种看法。无疑,这是个理论界和创作界都比较关心的问题,同时又是个真实且新的问题。说它是老问题,因为我国文学界从"五四"以来已多次研讨过这个问题,新中国成立后也不止一次地在全国范围开展过大讨论,诚如本书《序》所说"已经谈论得很多很热了";说它新,是因为新中国成立后十七年间的所谓讨论,大多是按政治运动的需要以及按政治观念曲解了现实主义实质的前提下专讨论现实主义的,例如对于胡风、秦兆阳、邵荃麟等人的现实主义文学观的批判就是如此,因而那一场接一场的大讨论,不仅未能将现实主义文学艺术向前推进半步,反而使文学艺术离现实主义越来越远,使现实主义的名称和它的内涵实质越来越不相一致,甚至形成了这样一种局面:一方面我们标榜现实主义是最高、最好、最完美的创作方法,人为地将它独尊起来,认定任何反现实主义倾向都是反动的、落后的或者是不符合时代和人民需求的;另一方面我们所倡导的现实主义,无论是社会主义现实主义、革命的现实主义、无产阶级现实主义还是作为"两结合"基础的现实主义,其理论与实践均日益脱离现实主义本体,甚至搞到了面目全非的地步。今天我们能够摆脱政治因素的干扰而按照现实主义本来面目来研讨它,就不能不具有新的意义。

这次研究会开得很有成效,这本论文集的汇编便是会议积极成果的明证。作为第一个读者,我感到这个论文集有比较充实的内容和一定的学术水平,它大体上体现了我国文艺理论界当前对有关现实主义问题的多方面认识和理解，有的从美学特征角度探讨，有的从理论与实践的结合上评估，有的从分析创作实践出发，有的从发展趋势上展望，有的着重横向对比，有的着意纵向考察，有的着眼于维护，有的痛感于危机，有的肯定，有的否定，有的怀疑，有的坚信，各言其理，各论其据，各述主张，各陈其见，看来似乎是议论纷纷、莫衷一是，实则从不同的层面、不同的角度、不同的立足点、不同的艺术眼光、不同的审美意识者等诸多方面，考察了有关现实主义在当代所面临的各种问题，它是许多同志对现实主义文学的历史、现状及发展趋势的认真思考、理解和回答。尽管这些思考和回答不尽相同，甚至各执一端，但大家都是本着学术上求新、求实、求解的精神来参与这场讨论的。因此它能够在一定程度上将现实主义研究向前推进一步，并将有利于业已形成的多元化、多样化的文艺格局的稳定和发展，对创作实践和公众的审美情趣也会产生某些积极影响。

当前文学艺术领域的显著特点，一是多元化、多样化格局的形成。这就是说，当代文艺界已不再是以某一形态的文艺现实为中心、为统率潮流的代表了，而是以不同的艺术思潮、不同的艺术观念、不同的艺术倾向、不同的艺术风格、不同的艺术方法、不同的艺术表现手段相互共存和相互竞赛为基本趋势。应当说这个大趋势是完全符合艺术的本体特性和公众审美情趣的基本规律的。艺术如同自然生态一样，是互为依存的多样统一的世界，任何人为地破坏生态平衡、任何强行以单一排除多样的企图、任何以非艺术手段强制推行某种艺术方法君临一切的做法，都必不可免地会导致混乱和破坏。只有顺应自然，保护多样存在的生存和发展，才能使他们在共生其存中共同成长和壮大。

当前的艺术格局既然是适应形势、适应艺术本体、适应公众文化需求的良好趋势，我们的理论探讨，似乎有义务维护和促进这种格局的稳定和发展，以促使各类文学艺术在竞争中不断改进和完善自身，而不倡导解体某一方或把某一方抬到至高无上的地位，因为无论是现实主义文学艺术还是现代主义诸流派的文学艺术，在我国都有各自的生存条件（包括历史的、文化的、时代心理的）以及相应的接受群体，而坚持不同艺术方法的创造群体又比以往任何时候都更加强化了各自的立体意识，因此那种既违背接受群体意愿又违背创造群体主体意识的某些抬一方压一方、扬一方弃一方的观点和论说,恐怕是不易行得通也不利于文艺实践的。那些断言现实主义不能适应当代审美意识业已走向消亡或必将消亡,断言现实主义只是一种过时的历史现象,断言现代主义取代现实主义为历史的必然趋势的现实,或者断言现代主义根本不符合我国国情,引进西方现代艺术思潮就是“崇洋媚外”、“全盘西化”,故而坚决主张的现实主义抵制现代主义、坚决维护现实主义大一统局面的观点,恐怕都不完全符合客观实际,也不能引导多类文艺的共荣。

我们自然应当充分尊重理论个性和创作个性,我们也充分尊重理论家和作家有权张扬自己的艺术方法,但我们也同时倡导多一点兼容精神、少一点排他精神。因为当前的问题不是把哪一流派抬起来或把哪一流派打下去才能有利于繁荣文艺,而是要在开放体系中兼容各家各派,在竞争中扬各家所长,在实践中改善各家的局限性,为各家各派提供良好的生存竞赛环境,在竞赛中扬优淘劣,才真正有利于整个文艺事业的发展。至于哪一家可能取代哪一家或哪一家必将长命百岁之类,应由历史、时代、人民来选择和鉴定,现在就下断语,恐怕为时过早。因此,我们对现实主义问题的研讨,中心目的应当是科学地审视现实主义文学的历史和现状,特别是应当看重结合当前文艺实践的具体情况,来探讨现实主义文学在当代面临的挑战以及它为适应历史思潮和当代审美意识如何发展和完善自身的趋向诸方面问题,本文集的主旨是这样,诸多学者的论述体现了这种精神,希望再深入一步的讨论能有各流派的作家和更多青年学者参与进来。

# 为"时文"一辩

## ——序沈敏特《春闹集》

我与沈敏特教授相识已有二十余载。我刚来皖不久,大约是在 1960 年吧,应邀到合肥师范学院参加一次学术讨论会,那是该校中文系主办的关于创作方法问题的研讨会。会上对某些问题的争论很热烈,我看见一个年轻小伙子两次登台辩论,他的陈述条理清晰、语言简洁且有一定的幽默感,使人感到这是一个既有朝气又有才气的年轻人。经介绍,得知他是中文系的助教沈敏特同志。我那时在《安徽文学》当编辑,时常组织些理论批评方面的活动,由于与敏特同志有了一面之缘,便也不时请他参加一些活动,或者向他约稿。这样,我们便开始了编者与作者的交往。作为编者,我是喜欢与敏特同志打交道的。约他写稿,他总是认真撰写,且每文都力求写出自己的观点,不赶浪头,不尚空谈,从不写那种说明书式、广告式或起诉书式的所谓评论,即使在评论界只重视思想政治分析的那些年月,他的论文仍常常着重从艺术分析入手来探讨问题,行文既注重逻辑性又讲究文采,既富有思辨性又融进感情。这些,在当时的评论风气下是颇为难得的。他的才华也体现在教学工作上,故很快就成了当时最年轻的讲师。但才华却也给他带来了灾难。十年动乱一开始,他就被当作走白专道路的资产阶级知识分子典型给"揪"了出来,在经受了旷日持久的大批判、狠斗争以后,下放到农村接受"再教育"去了。一个奋发有为的青年,在他治学热情最高、精力最充沛的时候,不得不放下手中的书本和笔,改行去做"修理地球的工匠"。

我们再一次打交道是在 1977 年早春。那时文艺界主要是忙于清算"四人帮"罪行,破除他们的思想体系,在理论上进行拨乱反正的工作。由于人们长期受"左"的思想禁锢,"两个凡是"观点当时还很盛行,加之省内上层领导问题尚未解决,因而拨乱反正工作在一定情况下还担有相当风险。这就要求理论工作者不但要具有较高的理论见地，而且要具有相应的理论勇气。也就是说，要有胆有识。

我发现敏特君是完全具备这种素质的。如果说过去他在治学上还有点书生气、书院气，或者说是不太关心当前现实问题的话，如今却一反常态，对当代文学运动的现实问题，不论是创作问题、理论问题、方针政策性问题，他都表现出了极大的关切，积极参与，这一本《春闹集》便是他近年来对当代文学问题的思考与回答。他对新时期文学创作和理论动向十分关注，特别是对于某些"左"的观点，常常极为敏感地抓住它的要害进行剖析，一本《春闹集》除了各篇文章都有自己的学术价值外，在总体上还体现了作者对于传统文学观念中的某些观点的再认识和批判精神。而这，正是考验理论家的胆与识的关键所在。我们读他的《"写光明为主"与文学的认识作用》、《当代文学——新的社会信息》、《改革与道德继承》等文，便会明显地感受到作者的理论勇气和理论见地，都有令人敬佩之处。也许他的某些观点未必无可争议，但他从不以贸然作"翻案"文章为勇敢，也从不以轻率地提出新理论为创新，他的观点，是经过他认真考察文学现象，认真思考而得出的结论。在理论上，他确实有自己的探索与追求，但他并不依靠新的批评模式的引进或新方法的应用，而是力求把新的社会观念和义学观念融进自己的文学批评之中。他主张求异，也敢于在文中提出自己的思考和见地，然而他的求异和立异，是建筑在对实际问题的科学分析的基础之上的。他坚信理论上的新探索，不但必须把握时代的主导思潮，也必须面向实际、面向当代文学运动所面临的新情况和新问题。本文集所收进的文章，有的是从宏观上考察一段时期或一方面的文学现象的，比如《论文学研究的当代性》、《关于爱情题材的札记》、《自我的丧失与重建》，等等，有的则是从微观角度研究一个作家的一篇作品或一个艺术形象的，如《自尊、自重与自强的呼唤》、《是童话？不是童话！》、《论吕莎》，等等。但不论何者，它们都是作者对实际问题进行分析研究，并由此上升到理论高度的产物，这种文风，比之于某些谈理论不触实际，评作品就地兜圈是更为读者所喜爱的。敏特同志的文章，之所以能受到创作界、批评界及读者群多方面的重视，我以为是和作者既有思想锋芒又有求实精神的文风分不开的。

文学创作有个当代性和历史感的统一问题，理论批评同样有个现实性与永久性相一致的问题。也就是说，人们对于创作，不但希望它风靡一时，还期望它传世不朽；对于理论，人们也不但要求它回答思虑，还期望它成为经典性指南。这就向从事当代文学研究的理论工作者提出了一个非常迫切的问题，即你不但是一个当代作品的诠释者、当代读者的指导者，你同时又应当是一位充实、丰富和发展美学原理的学者。那种把当代文学研究看成无非是说明书式的评介或起诉书的抨击的观点，是完全违反这一学科的本性的。

当代文学研究，理应成为整个文艺理论领域里最活跃、最有生气、最和读者观众贴心、最能影响和推动当代文学运动向前发展的学科，它应当是理论活动的中心和前哨。可惜，由于历史的原因(它不幸曾为“左”倾思潮所利用)和学术界的偏见，当代文学研究还没有得到正常的发展。在某些学术部门里，你要拿出在报刊上发表的有关当代文学的评论或论文，有的专家学者可以不承认它的学术性，但你要拿出同样在报刊上发表的研究现代的、近代的、古代的、外国的、美学原理的、考证诠释的、为一个字或一个名称作说明的，则都可以被认定为学术成果。所以，有人讥讽当代文论是“时文”，是应时应景之文，而不是一项严谨的学科。我认为这是偏见。任何领域研究著述的学术性，主要都在于理论深度和科学水平，既不在学科本身，也不在研究对象。有一些研究当代文学的论著缺少较高的学术价值，报刊上也确实不时出现一些应景“时文”，但这是受作者的水平和态度影响所致，绝不是这一学科自身有什么先天的局限性。

其实，今天被我们视为经典的古代文论，有不少就是那时的当代文论。如曹丕的《典论·论文》、白居易的《与元九书》、脂砚斋的评《红楼梦》，又如莱辛的《汉堡剧评》，俄国的别、车、杜大部分著述，就都是针对他们那个时候的当代作家、当代作品、当代文运所发表的议论。马克思、恩格斯、列宁所确立的一系列文学根本原理，也大部是从分析当代作家、当代作品中提炼出来的。可见问题不在研究对象的今与古，而是理论工作者能否拿出真知灼见，只要它在今天是至理名言，明天也一定会有用。

当代文学研究是一个十分广阔并有巨大潜力的学科，希望有更多的同道走进这个领域。沈敏特同志过去主要是研究现代文学,近年来积极参与了当代领域的活动,并写出了不少国内和海外很有影响的文章。值《春闹集》出版之际,我写下这几句话,想为当代文论争口气。

# 探秘诗歌

## ——序治芳《诗人与诗》

我于诗，知之甚少，于诗学，更素无探究。故而，当治芳同志将他的厚厚一本诗论交给我，要我写几句话的时候，我真有点惶恐之感。我知道我说不出什么有价值的看法，但我还是接受了这个任务，因为我早已熟知治芳君多年来潜心于诗和诗学，是深有所得的。他的一些颇有才气和勇气的见解，不仅对初学写诗的朋友和诗歌爱好者，有着切实的指导意义，可以帮助他们理解和领悟诗歌的奥秘，即使对诗家和诗评家，也是会很有启发和触动的。因此，我很愿意借此机会向读者介绍治芳君的这本治诗成果。

治芳同志于青少年时，便是一个诗歌迷恋者，年岁很小，便能吟诵大量的古典诗词，稍长，又爱上了新诗，郭沫若、闻一多、何其芳、郭小川、李季、贺敬之以及当代的许许多多知名诗人，都是他倾慕的对象，他贪婪地咀嚼着他们的每一篇作品，从诗的神奇世界中领悟诗的神奇。渐渐地，他似乎是不由自主地写起诗来。大约是 1958 年吧，他开始在省内文学刊物上发表诗作，那时他还在大学读书。以后，他又一面写诗一面关注诗艺，探究诗艺的文字，也不断在报刊上出现。治芳从创作转向理论，或者说把大部分精力投入理论，可能和他的工作性质有一定关系。在高校任教，教学和科研都要求他把更多的精力投入理论，而写作，则只能是个人爱好的业余活动。这样一来，虽然对他的创作活动有一点影响，但却促成了他把写诗和探究诗艺很好地结合起来，使他谈诗、评诗时能够牢牢把握诗的内部规律，无论是宏观性的诗论，还是微观式的一家一作之赏析，他都是就诗的特点（诗歌本体的特殊性）来谈诗，绝少有在诗的外部绕圈子的现象。这一点，我们甚至可以说是这本论文集的显著特点。

本文集大体可分三个部分。第一部分是本体论范畴的，那一组文章虽然不是有系统的诗学，但它们所探讨的问题，确实是属于诗歌内部规律的一些根本性问题。像诗美、真情、性灵、灵感、梦幻、自我在诗歌艺术中的地位和作用以及诗的形式美，等等，都是诗歌界时有争议的重要问题，有的在一定时间内甚至是不准涉足的禁区，从而严重影响了诗歌艺术和诗学的正常发展。治芳君敢于正视这些问题，并大胆地表达了他自己的看法。因为他从写诗和治诗中都已体会到，诗是有别于其他艺术门类的一种独特形式，要谈诗，就不能仅仅只谈诗与生活、诗与现实、诗与群众、诗与时代这些一般性问题，这些当然都是至关重要的，但仅止于此，那是不够的。要全面考察诗歌领域的问题，还必须深入到诗歌艺术的内部规律中去，探寻诗歌表现生活、捕捉感觉、创造形象的特殊方式以及诗人在创作过程中的特殊的心理感应，等等。治芳把自己的笔深入到诗的内部规律去，从内容、形式、技巧、手法诸多方面，探讨了诗美的特征，对于诗意、诗情、诗境、诗语以及诗的韵律、节奏、句式、格律等，都有细微的考察和分析。他的观点鲜明，立论有据，注重具体分析，善于把诗学原理与诗作及诗人的创作感受结合起来，使理论不流于玄奥，评点不流于诠释。即使论述灵感这类相当深奥而又复杂的问题，治芳在阐述它的形式和爆发时，也是着重从诗人的创作实际出发，既能深入浅出地讲清道理，又有一定的理论深度，文字不长，却很有说服力。又如，关于“朦胧诗”和“自我表现”问题的争论，治芳参与论战时，没有拉开任何一种门派的理论架势，也没树什么大旗，只在分析舒婷、顾城、梁小斌等人的诗作中，肯定了他们的独创性，肯定了他们的艺术个性，肯定了他们在多样化的社会主义诗歌中的地位和价值，从而也就等于回答了某些同志对“朦胧诗”的不公正非议。对于“自我”问题，治芳作了比较系统、比较全面的论析，而且也都是结合创作实际来谈论他的观点的。对于这个诗界争议极大的问题，治芳在论述过程中，始终抓住了诗—诗人—诗创作的特殊性来论证自我在诗歌艺术中的地位和作用，既不是离开诗的特征来泛论诗人的政治态度，也不是故弄玄虚，把自我奉为至高无上的艺术主宰，只是用具体分析批评了某些简单化的论断。艺术创作过程，是现实客体与作家主体相统一的。任何反映客观现实的文艺作品，无不融合着作家主体对现实客体的体察、感知、思索、判断、验证以及他自己对诸般现象的好恶爱憎等情绪和态度。体现在作品中，这就是自我楔入于诗中的体现。有的诗人、有的诗作更常常以极为鲜明的形象和语言，来表现自我，并以此显示他的思想倾向和艺术个性，这在艺术创作中很普遍，已是一种正常现象，既不能否认它，更不应排斥它。多年来，我们理论界曾讳言自我，并把表现自我和反映现实生活完全对立起来，一看见“自我”两个字，轻则说你是“资产阶级、小资产阶级的顽强自我表现”，重则扣上“用资产阶级个人主义对抗社会现实”的帽子，这实在有点强词夺理，不能令人信服。当然，“诗中有我”或楔入自我，还只是问题的一面，我们厚望于诗人的，不但要在其诗中看到他的鲜明的自我个性，还要从中听到时代的声音和人民的心声。诗可以超脱、超俗，但我不希望它超凡。

不论多么高雅的诗，不论它是明朗的还是朦胧的、高昂的还是委婉的、雄浑的还是恬淡的、刚健的还是柔美的、放眼未来的还是回首寻根的、追踪现实的还是拉开距离的，我都希望它们有人间烟火气。诗人应予超脱的，是世俗的趣味、无谓的干扰、名利的诱惑，但于世事、世风、世情、世态诸般凡人间的苦辣酸甜事项，还是应当关注和参与的。而这种参与和表现自我是完全可以融为一体的。

文集的第二部分是对古代诗人和古典诗歌的评述和赏析，第三部分则是对现代、当代诗人和诗作的评论。值得读者注意的是，这两部分文章，仍保持着前一组文章的基本特色，就是说，他始终是牢牢抓住诗的特征来谈的。论李白，他没有囿于人民性、艺术性、局限性这样的套子去发议论，而是就题材、手法、体式、风格等诗歌自身的问题，来论述李白诗歌的艺术特色。谈徐志摩、戴望舒时，他先把自己作为一个诗的欣赏者来领悟他们的诗，然后再把这种欣赏推向更高层次，进行分析、比较、评述，这比那种先讲时代背景，继讲主题含义，然后再泛泛指责一下局限性之类的模式诗评，确实使人感到亲切自然得多。在论及艾青、公刘、刘祖慈等人的诗作时，治芳似乎也于文中楔入了自我，他是带着浓烈的感情色彩来欣赏和评述他们的诗的。如果说，诗人们是寄情于诗，他此刻是寄情于诗评了。在这里，我看见了评论者和作者之间的感情相通和思想相通之处，而正因为有这种相通，才使得这些诗评不只诉诸理，也寄托了情。

我们常讲要沟通创作界和评论界的关系。我想,沟通固然重要,但更重要的,恐怕是尊重和理解。有了对作家和作品的艺术个性的尊重和理解,有了对批评家的美学个性的尊重和理解,相互间一定会和谐。扩而大之,领导者对文艺界,文艺界对领导者,读者对文艺界,文艺界对该者,都应相互尊重与理解,有此基础,必有持久的和谐与融洽。

# 求真　求实　求是

## ——序余昌谷《当今小说掠影》

凡是和余昌谷打过交道的人，无不称赞他为人忠厚、质朴和正直，他的文章，或者说他的批评文风，也正如他的为人一样，始终保持着求真务实的风格，不讲空话，不讲套话，不讲溢美之词，不摆指手画脚的理论架势，不搞东拉西扯的无味铺陈，不搞哗众取宠、言过其实的炒作，而是在深入研究批评对象的基础上，深入细致地分析文本，解读文本的思想内涵，探讨或论述文本所展现的艺术表现形式方面的诸般特点，在解读各种不同作家的不同文本中，寻求或概括小说美学的一般性规律。

《当今小说掠影》是评论当代小说的论文集，但同时也可以被视为具有系统学理性的当代小说学。因为它不只是解读了国内一批著名作家的各种不同内容、不同风格、不同艺术个性的小说，分析和论证了它们各自具有的思想艺术特征，使它成为人们了解、把握、认识新时期的当代小说的一本非常有价值的读物，同时它还从宏观的概述和微观的提炼中，将小说艺术的许多规律性东西，分别在不同的论文中加以阐述，对小说的叙事、结构、文体形式、人物塑造、人物心理开掘、风格、地域色彩、意蕴、历史感和人文精神的失落与重建等种种问题，都进行了比较深入的探讨和论述，因此我们有理由认为这本批评文集，同时又是一部颇有学术品格的小说学专著。它虽然不像一般专著那样有次序、分层次、定范畴，按系统地从历史渊源到发展过程来论述小说学的诸般原理，但它结合当代小说的创作实际，结合不同作家的不同实践，在对各家各派小说的评论中，提炼或概括出小说创作的某些基本规律，会使我们从具体的解说层面，而不是从抽象的理论概念层面来领悟小说原理的方方面面。这本论文集共分三大板块。前两部分既有各篇的独立性，也有相互的关联性和组合性。第一板块是从解析当代小说名家名作中，以理论到创作再到理论的论证方式,阐述当代小说的"开放性结构形态"、"新写实主义品格"和"小说象征蕴涵的美学特质"等小说美学原理的若干问题。第二板块则是运用从创作到理论的反复论证方法,解析鲁彦周、张弦、谌容、刘震云、肖马、铁凝等人的创作入手,从文本解读上升至理论概括。一方面解析了文本的思想内涵、社会意义;另一方面则更着重于探求小说创作的内部规律。例如谈张弦的三篇论文,一是论述短篇小说的"结构艺术",一是谈"抒情艺术",一是谈"心理描写艺术";谈谌容的是讲"幽默风格"、"文体特征";谈肖马的则是开掘作家的"历史意识";谈刘震云则纵论"写实风格";谈熊尚志则着眼于"地方色彩"。这一组论文的最大特色是作者的批评指向,不仅仅是着重解读作家写了什么及所写的这些东西的思想艺术价值,而是更加关注作家是怎样写的,并将这个或那个作家的怎样写,概括为小说美学的某些基本原理的应用或体现,从而使某一位作家怎样写的艺术经验,具有了普遍性的原理意义。这样,余昌谷的小说批评,便不是一种平面式的解读,而是将批评与理论融为一体,使批评更富理论深度,使理论不流于空泛或游离实际。尽管余昌谷很谦逊地把本书命名为《当今小说掠影》,意思是他只是浮光掠影地看了看、谈了谈他对当今小说创作态势的观感,其实他对这一时期小说创作的研究是比较深入而又细致的,他选择的批评对象各具代表性又各具特色,且反映了那一时期小说家们在创作上的探索、思考与创新,因而他的"掠影",便不仅涉及了新时期小说创作发展变化的面影,更是考察和归纳了这时期一批作家在小说内容和形式方面的创新求索,并将不同作家的不同经验,提到小说美学的理论层面加以梳理和探究,有意无意地对这一时段的小说创作的艺术经验进行了一次小结,这对小说艺术进一步走向成熟会起到一定的积极作用。余昌谷将批评与理论融为一体的文风,既有利于文学受众解读文本和提高欣赏水平,也有助于作家总结和提升自己的艺术经验,可能促进某些作家将创作过程中迸发的某种艺术灵感上升为美学理念,从而更好地释放自己的艺术潜能。

这本论文集的另一显著特点是文风质朴、论点鲜明、论证严谨,无论是解读文本或展开理论分析,作者总是紧紧扣住文本,从文本入手,有层次并且是多角度地进行他的评述和理论探究。他从不搞那种脱离文本东拉西扯式的所谓漫评，从不搞摆谱式的、指手画脚的或乱操甚至生造理论术语的空头议论，也不搞胡吹乱捧式的炒作，更不搞应景式的、应酬性的、人情委托性的、追风赶浪式的随意性批评。作为一位求真务实的批评家，余昌谷的批评风格，是建筑在高度尊重批评对象，高度尊重作家主体意识，高度尊重文本的基础上来拓展他的批评视野的。无论是宏观俯视还是微观透视，他总是细致入微地解读作品，同时又把这种解读提升至理论高度，使之言之有物，言之有据，言之有理。文集中有三篇文章评论张弦，三篇评论谌容，四篇评论鲁彦周。这些论文每篇各有侧重点，每篇都抓住一个具体角度，且围绕这个角度，结合作品实际，多层次、多侧面地把每个艺术课题谈深谈透，在解剖或小结一位作家的某种艺术方法的同时，事实上也就触及了小说美学原理的若干根本性问题，例如叙事学、风格学、结构学等，我们倘把他评论一个人的几篇文章连起来读，便会感到它们之间存有联系，感到批评家对作家既有总体把握又有局部性分解研究，说明余昌谷的批评文风确实在求真务实方面是下了工夫的。他的文章好读也耐读，不用新词但有新意，不摆理论花架却有理论深度，不追时尚却有时代气息，在批评风气不振的条件下埋头于批评事业，确实是难能可贵的。

我结识余昌谷有二十多年了，尽管因所居地方不同，我们不能经常谋面和经常盘桓，但在理论界的交往还是比较多的，我很敬重他。他始终是老老实实做人，老老实实做学问，老老实实写文章，不论社会刮什么风，唱什么曲儿，也不论评论界冒出多少花花样，他似乎都不为所动，依然故我地坚守求真务实的批评，坚守真善美的理念，坚守批评主体的良知，坚守不炒作、不媚俗的文风，一步一个脚印地在文学批评园地里深耕细作，并取得了丰硕的成果。当然，余昌谷在文艺理论上还没有达到精深的地步，对小说艺术的研究也没有做到全面而又入微，如果说我还有什么期望的话，一个是建议他在小说学方面做一番有系统、有理论深度的研究，结合中外各家各派的艺术实践，完成一部非小说教程式的小说学，一部对前人有总结、对今人有启示、对后人有教益的小说学。另一个期望是在语言表述上除保持现有的质朴文风外，不妨在行文中注入些批评主体的感情，且应讲究文采，力求情、理、文并茂，使理论批评文章的面目变得更亲近。

# 片羽也绚丽

——序朱希和《艺文片羽》

作家,或泛指搞创作的人,热心参与理论批评者不多。这倒不是作家们不关注文艺思潮或欠缺对于美学理念的思考,而是搞创作的人,大多习惯于用自己的创作实践来展现自己的美学理念,用自己的创作来回应文艺思潮不同倾向的认同或疏离,而不愿意采用诉诸理论的话语,直述自己的美学理念或对当前的文艺现象表达自己的观感。用作家们常用的话来说,就是"我只能用作品发言"。但也有一些作家在潜心创作的同时,也十分关注理论批评界的事态和动向,并且常常主动地参与此项活动。由于他们熟知文艺创作的内在规律,理解创作的甘苦与艰辛,善于从创作视角来透视文学上的种种问题,评论作品时也往往更加切实。应当说,这批作家参与理论批评活动,既能拓展评论视角,又有利于促进评论文体、评论模式、评论风格的多样化,是理论批评与创作趋势良好互动的体现。牛希和同志是这类人士中的一员。眼下我们虽不能说他已是高手大家,但他的确是关爱理论批评的热心的追求者和求知者。他在近十年来出版过小说集、诗歌集、散文集等,是创作方面的多面手,但同时又以热切关注的心情,积极参与理论批评活动,似乎在上世纪80年代初期就着手理论批评的写作,而且数十年不辍,积累下许多个人心得的篇章,体现了他对文学话题的观察、思考与感悟,现结集为《艺文片羽》,准备以它与文学界的朋友交流对话。我抢先读了这本评论集的稿本,深感希和同志无论在创作上还是在理论上的操劳,都是基于他对文学事业的热爱、对文学新人的倾情关怀、对文学理论课题的求知和求解。

《艺文片羽》大体可分为三个组成部分,或者说三个中心点。第一部分是有关文学本体的理论性阐述。作者借助《我的文学观》、《我的小说观》、《我的诗之旅》等十个篇章,陈述他的文学理念和对文学基本规律的认知,并在理论层面上探讨了文学的本体性和小说等文体的美学个性。第二、第三部分则分别是小说、诗歌、散文的评论采撷。尽管作者不是一位专门从事理论研究的专业人士，但他对文学问题的理性思考，还是相当认真和实际的。他对于小说、诗歌、散文等文体的美学个性的认识和把握，不仅有个人经验的感悟，也有较深入的理论思考和论证。

对于文学本体性的认识，他着重从文学是一种社会现象、文化现象、生命现象的角度阐释自己的立论，尽管我们还不能说他提出的三种现象的论证，已构成了对文学本质特征的完整概括，但他能够从自己的认识出发，寻求自己的理论表述，提出例如文学是一种“生命现象”这样一种新颖的思考，还是难能可贵的。对于小说等文体的阐释，他避免从定义出发，也没有套用现成的理论结语来论述小说是什么、散文是什么、诗歌是什么等概念，而是针对当前的创作现状，从分析创作现状入手，具体剖析创作实践所取得的成果和面临的问题，并从中提出某些具有一定理论价值的观点，引导人们从当代创作的具体经验教训中，思考和领悟有关小说等文体的美学个性。这样，作者一方面阐述了自己的文学观念，同时又在阐述中融进了他对当前创作现状的观感与评析，使理论和实际有了比较切实的结合。此点，在《我的散文观》和《我的诗之旅》两文中做得比较良好。

在《时代曙色的飞絮》等一组诗评里，希和同志把自己写诗的感悟融于读诗解诗的评点之中，既着重强调了诗的时代精神、诗的人民精神，同时也十分重视诗作者个人主体情志的多样展现和诗人丰沛激情的多彩张扬。他把诗的“凝重”、“隽永”视为诗的魅力的根基，要求诗歌意象能够富有多向性，在意境的营造上注重含蓄，在内蕴上注重深邃和厚重；他也热情呼唤诗的真挚、真情、真诚、真爱，因为真是诗的命脉，也是诗的灵魂。他的诗评大都切实质朴，没有什么故作高深之语，故读来平易近人。

他的小说评论也一如他的诗评一样，注重对具体作品的具体分析，而且常常在解析某一篇小说的人物或故事时，把有关小说的叙事角度、叙事风格、语言运用、结构形态等一些基本原理穿插于内加以探讨，显得亲切自然，也增加了评论的说服力。这组小说评论所涉及的话题，虽系枝枝叶叶或某一侧面，但与他在前面《我的小说观》中所提到的一些基本观念，还是互有呼应的,也可以说后者是前面宏观视角的补充和具体论证。当代小说创作形态多种多样,结构形态千差万别,叙事方法日新月异,个性化特色日益突出,要想用某一种固定的批评模式来评估当代小说,那必将使理论自身陷入困境,故要求评论家必须正视创作态势的不断变化,针对具体作品的具体情况进行解读和评说,特别要以不同的视点有区别地对待不同流派、不同手法、不同风格、不同艺术追求的各类作品。希和同志的评论对象,在其主导倾向和创作方法上有大致的相似性,但内容和手法也有相当的差异性,评论者注意到了不同作品的异同,不以泛论衡量一切,是一种求真务实精神的体现。

《艺文片羽》不是一本系统的理论著述,我们不能在学理性方面提出过高的要求。但作者积极参与理论批评的热情令我十分感佩。这本评论集体现了作者对创作与理论关系的思考与求索,表明他相当关注当代文艺运动的进展趋势,关注文艺思潮的起伏和理论走向的变化,更显示了他对活跃在基层的文学新人的关爱与支持,那一篇篇华美的评论文章,便是他的关爱之情的明证。当然,由于他的理论批评文章,多是因时因地因应社会需求的随想,故感观性的评点必会多于深层次的理论探求,对所涉猎的问题也不是都能做出缜密的论证,作者谦虚地把文集定名为《艺文片羽》,意在表明他的这些文章只是"一片羽毛"。其实片羽也是绚丽的,你看,孔雀翎、雉翎,无论是一根还是一束,插到哪儿它都会现出绚丽的姿容。

作者嘱我为评论集的出版写几句话,我表示一是祝贺评论集问世,二是期望他继续关注理论批评事业。我的拉拉杂杂的几句话,只能算是以片语说片羽。

(2005 年 5 月 18 日于庐阳安徽省文联寓所)

# 师友情深

## ——序韦君琳《不闲居集》

时光老人既催人衰老，也催人奋进。于我似乎只剩下催老信号，而于韦君琳，则是催动他日日新，用现今的流行话语来说叫作与时俱进地从稚嫩走向成熟。我是在上世纪70年代末结识韦君琳的，那时他还是一位年轻而又热情的小伙子，满脸稚气，满脸笑容，满脸的诚恳和亲切。他热爱美术事业，常帮助我们刊物做些插图、设计版面、写写标题字什么的。他做事认真仔细，与人相处和蔼可亲，且有一股追求上进的劲头，于美术一行，确有孜孜不倦的好学、肯钻、求知求进之心。几十年的时光过去了，如今他已在绘画、书法、装帧设计、艺术理论诸多方面都取得了出色的成就，而这本随笔文集，又标志着他在写作上也颇有求索和收益。当然，更准确地说是他不仅在艺术领域找到了成就感，也是在写作方面重新找回了曾经一度失落了的激情与灵性，使他在60年代前期显现过的写作才华得以再现。《不闲居集》洋洋近百篇，洒洒三十余万字，记下了他在艺术领域求知、求进、求成、求精的步履和心得，记下了他对那些他所崇敬的前辈长者和同气相求的朋友们的艺术道路、生活剪影、多彩人生或艺术生活中的点点滴滴。应当说，这是一本韦君琳在书写他人之中袒露自己心灵、表白自己人生理念的书，尽管采取的文体不一，书写的人物身份不一，他们对于社会的影响与奉献也不一，但文中都寄托着韦君琳对笔下人物一样的尊敬、诚挚、友善和关切。他这本以人物专访为主的随笔文集，记载下他几十年间与前辈、同辈、同行与非同行人士的交往，记载下交往过程中他对许多人士的倾心礼赞和情感交流。

我常常想，大凡一个文化人的成长和成熟，总离不开读万卷书、行万里路、交万人杰之举。上学读书，从小学念到硕士、博士之类，固然是读书；然行万里路，放眼大千世界，览名山大川胜境，识民俗民风真情，访前贤遗迹，探奇幽险谷,从某种意义上说,也是一种读书;至于交万人杰,寻师访友,求贤问道,切磋交流,同样又是一种读书。那是读人生之书,读为人之道,读认知社会,认知生活,认知崇高与鄙俗,认知真假、美丑、善恶之别的人生大百科全书。所谓近朱者赤近墨者黑,无非是表明人的交往圈子对人的品格有着重要的影响。韦君琳这本文集,据我个人观测,正是他寻师、访友、求贤、问道以及与众多人士切磋德艺、交流感悟的真情实录,也可以说是韦君琳交万人杰的人生感悟札记。全书绝大多数篇章都是较深入的人物访谈,或人物剪影,或人物速写,少数篇章是艺术鉴赏性文字,其深度虽不完全一样,然作者对其所描述的人物的热诚和真挚都是基本相同的。他敬仰长者,以弟子礼恭恭敬敬地书写那些艺术大家的艺术道路和人生风范,又以求知心从那些艺术大家的成长足迹中寻求自己的艺术探索途径。《伟哉·萧翁》、《艺兼众美的钱君匋》、《笃诚勤朴的瑜翁》、《永远奔流的青春激情》等篇,凝聚着韦君琳情感最深、感悟最多、求贤最切的心境,不但真实而形象地书写了萧龙士、钱君匋、孔小瑜、曹辛之等前辈艺术家人生旅途的挣扎与波折,书写了他们艺术旅途的苦求与创造力,且在叙述对象的生活历程中,较深入地探讨了人物的心灵世界,并展现了人物的人格魅力。如对钱君匋先生的"风雨人生"的描绘,对孔小瑜、萧龙士先生人品和艺品的诚挚礼赞,在对曹辛之和叶然先生的谈艺访问中多次涉及艺术家的品格和素养问题,都显示了韦君琳在前辈艺术家那里,不仅要聆听艺术的教诲和点拨,更重视从这些艺术家的人格力量和敬业精神中吸取思想营养。我们知道,钱君匋是一位文苑艺林奇才,他学识深湛,众艺贯迪,于音乐、美术、装帧、篆刻、书法以及诗歌、散文等领域均有涉猎,且诸艺皆精,成果丰硕。韦君琳在《艺兼众美的钱君匋》一文中,一方面以学生的谦恭,颂扬钱先生对他的导引与启示,同时又在叙述钱先生艺兼众美的过程中,刻画了钱先生对多种艺术的执着追求,写出了先生探索艺术至境的孤诣苦求,展现了一位艺术大师的德高望重风范和才艺飞扬的风采,由此形成的精神感召力量对当代和后世青年艺术家将是极其宝贵的精神财富。

在书写同时代人的篇章中,记叙邵灶友的那篇《用我家笔墨,写我家山水》,写得真切可亲,娓娓动人,表现了他与邵灶友的相知和相亲,表现了邵灶友在艺术求索道路上的艰辛和曲折，也表现了两人共同迈进艺术旅途的情感交流。他用朴实真情的文笔，记述了邵灶友的身世，用感佩的文笔书写了邵灶友在圆梦艺术人生中的苦搏，用赞叹之笔书写邵灶友的艺术个性和美学追求，用疏密相间之笔完成了一幅较为精美的邵灶友素描。本文集还收载了一大批他与同辈美术同行的交流、访谈与评介，各篇大都具有不同侧重点，也都体现着韦君琳的关注友情和艺术鉴赏力，还体现着他喜欢与人交流、乐于坦露个人见解的性情。然而他的喜爱交流并不仅限于美术界，我们从文集中的《待到山花烂漫时，她在丛中笑》一文里，看到他对京剧演员万惠明的记述，便感到韦君琳的交万人杰之心是非常宽广的。万惠明是安徽省京剧界著名演员，梅派青衣，艺校毕业后，曾在上海梅派艺术训练班进修，得梅葆玖等名家真传，后又考取中国戏剧学院明星班，再得一批名师传艺，使她成为梅派旦角中的年轻一代的佼佼者之一，在京、津、沪等地的演出中获得很大成功。尽管韦君琳对京剧艺术不像他对美术创作那样了如指掌，但他仍尽最大努力较为细致地记述了万惠明的演艺生涯，展现了万惠明的朝气和志气。

本文集还收录了相当数量的艺术鉴赏性、品评性文字，按理说这部分文章应算理论性文章，但韦君琳没有采取那种纯理论阐述的方法来论证某一家、某一画、某一品种的优劣高下，而是用印象记、读后观感、随想等方式，较为轻松自如地发表了他的艺术见解和他的美学思考。这部分文章显示了韦君琳不但在创作上有可贵的追求，也在艺术理论上有自己的思考与探索。尽管这些观点还是一些片断思绪、一些即兴之语，尚未形成系统的理论框架，但他的活跃的艺术感觉还是值得人们重视的。

伴随《不闲居集》的出版，这是韦君琳步入花甲期一个阶段性收获的展示，是他向文苑艺林奉献的心血之花，也是他向师友们捧出的一片真情。我相信，过不久我们还会读到体现韦君琳更高成就的新文集，望他今后在编选过程中不要把过多的文体和过杂的内容融于一集，能分门别类精编精选，会更令人赏心悦目。

韦君琳的书、画、文的新天地就在眼前。

# 批评家的思索与表达

——序梁长森《艺术的思索》

近一两年，常有一些朋友要我为他们即将出版的集子写几句话，算是作序。通常我总是谦逊一番，表示一下笔拙名微，但在朋友们的盛情相邀下，也只好写几句随想或印象，以示我对他们辛勤劳动的敬意。然而梁长森同志约我写序，我却没有照例来一番客套，而是立即承诺，欣然命笔。因为这个集子里所收录的文章，我差不多都在发表前看过，有的动过嘴，提过一两条意见，有的动过手，改了一两句，还有几篇文字是我们共同研究或共同执笔写下的。可以说，我们相处虽不算太久，但文字交往则较为密切，我对他的人品和文品都有一些了解，有一种应当说几句话的义务感。

我初次结识梁君，即对他的人和文产生了良好印象，感到他虽然起步于“文革”期间，但言谈和文字，却少有那一时期所多见的“文革”气。他有北方人的质朴和年轻人的热诚，说话坦直，文章写得很朴实，没有多少当时正流行的大批判文章那种气味和芒刺，故使我对他产生了好感，那大约是在1973年秋冬之际。

那时，我刚从“高温高速大熔炉”——干校改造回来，被分配在《安徽文艺》编辑部当一名普通编辑。据说这还是对我这样所谓有“一技之长”的人的“照顾”和“落实政策”。我在干校改造得很不错，故也很安于这种“照顾”。因为我所在的那所干校，在运用“高温高速”炼人方面，很有些独创性，并有一个极能显示“文革”精神的雄壮口号，叫作“不苦不累不幸福，越苦越累越舒服”。广播站每天从凌晨至午夜，要伴随《东方红》乐曲将它播送几十遍，以显示这所干校的办校宗旨。这口号在当时当地可不是假、大、空的虚话，而是完全兑现的实打实的真情。故而，人们从这口号中就可领会这所干校的实质，干校就是干活的学校，而且是专干苦活累活的学校，苦和累就是

“幸福”和“舒服”，“越苦越累越舒服”，则等于是极大的苦累便是人间的超级享受。我在这里享受了两年多的“幸福”和“舒服”以后，路线觉悟大有提高，再也不忍心长期在这里过“幸福”和“舒服”日子，生怕由此变修，渴望到别处受点罪去。因此，我能到刊物当编辑，虽然其间有一位领导人连一张单独的办公桌都不愿给我，让我与别人共用，我仍旧十分安然，觉得到底是摆脱了“超级享受”，也不枉在干校改造一场。

那时当编辑，说容易很容易，说难也极难。容易的是：那会儿所说的文艺作品，其实都不过是当时的政治斗争的图解，其表现方法又有“三突出”原则等八股公式作为钦定模式，所以当编辑的，无论选稿还是退稿，只用一个合乎或者不合乎“三突出”的概念，就可以应付自如。至于我分担看的理论稿件，几乎是清一色的大批判，而且永远用它去为大运动里套着的小运动开路，那其实只要学会了上纲上线术，包括运用圆梦、拆字、解谜、臆测等手法来罗织罪名，再会引证语录，就可以成为一篇又一篇的“理论文章”，编辑最关心的，往往也不是文章的内容，而是付排后要格外小心校对引证的语录有无讹误，因为在这方面倘有半点差池，轻者是政治错误，重一点就是现行反革命。但不管怎么说，这毕竟好对付，只要加倍注意，还是可以不出什么闪失的。这是容易的一面。难的一面是：凡是一个有良心、有责任感的文艺编辑，总不甘心让文艺沦落为阴谋政治的工具，总是想要尽一切可能推出较为像样的文艺作品和理论文章，而要寻找这样的作者和作品，不但极难，还要担一定的风险。我和梁长森同志就是在这种情形下结识的。

一天下午，他贸然找我，要求我看看他的稿子。从交谈中得知，他从大学一毕业就分配到报社，上班一年，就碰上了史无前例的大运动，人们把他们这一代人叫作在“文革”中锻炼成长的小将。但这位梁长森，虽属小将，却既无指点江山之神采，又无激扬文字之雄风，虽饱受“文革”熏陶，且在报社耍了几年笔杆子，但他写的稿子，居然既不是大批大判，也不是大颂大赞，而是一篇较为求实说理的小说评论，尽管文中也免不了有几句英雄人物“三突出”之类的话语，但总的来说，是有别于那种帮气十足的当令时文的。况且，他写作又只是为着追求掌握一门学问，并愿与我这样的旧人员交流，时不时地还流露出对倒行逆施者的愤懑情绪，故不能不使我对他产生几分敬意。

从此,我们就以编者与作者的关系开始了交往,经手发表了他几篇稿子,并把他视为我们当时正在寻觅的那样的作者群中的一员。

粉碎“四人帮”以后,文艺理论界面临的头等重要任务是:拨乱反正,清算“四人帮”的反动文艺思想体系,恢复马克思主义文艺原理的本来面目,清障,开路,为迎接和推动新时期的社会主义文艺事业的繁荣和发展,做出新的贡献。这工作当时有很大难度。一来是整个文艺理论被“四人帮”全面搞乱了,一切都要实事求是地正本清源,工作量极大。二是那时人们在思想上还留有许多禁锢,故要求参与斗争的理论批评工作者,不但要保持清醒的头脑,还必须具有敢于突破禁锢的理论勇气,方能很好地完成当时所面临的任务。梁长森同志以青年人特有的敏锐感积极参加了省内理论界新开展的各项活动,并就文艺理论、文艺政策等方面的有关问题,写了不少有个人见地的文章。应当说梁长森是在这时正式步入理论战线的,并由此奠定了他在文艺理论方面的事业心和进取心,也由此使他把业余时间的主要精力,都献给了文艺理论工作。这些年来,他在工作上曾有几次变动,但对文艺理论批评的追求和钻研,却从没有停止和间歇,并从一般性的爱好,开始转入了自觉追求的阶段。

本文集所收录的文章,大体可分为三种类型。一种是就文艺的方针政策问题阐述个人观点的,一种是探讨文艺理论问题的,再一种是对作家和作品的评论。从文集中可以看出,他在粉碎“四人帮”以后早期阶段写的文章,属第一类者居多,因那时正处于拨乱反正期,就方针政策问题从理论上进行正本清源、荡涤“四人帮”的帮派体系文艺观念,在当时具有极大的现实性和迫切性,有些观点,今天看来可能是常识以内的问题,但在当时却需要大胆解放思想才敢于说出。在这类文章中,《必须继续肃清“左”的流毒》一文比较集中地体现了梁长森对有关问题的理论思考。这篇文章的显层意义是学习和研究周恩来同志的文艺思想,但实质上是借钟馗打鬼,在评述周恩来同志的文艺观念中,着重总结了我国当代文艺思想的正反两面的教训,特别是着重批判了极“左”思潮对我国文艺事业的危害,从理论和实践两个方面回答了一些原则性问题。此文发表后曾引起理论界的注目,某些报刊和文集收录和选载了它,说明它在当时是有一定的影响力的。

这类文章中的一组短论，也写得很有特色。它们本来是针对性很强、时间性很强的文字，但今日重读，却也并不觉得时过境迁，这恐怕是因为短论所涉及的问题具有一定的普遍性的缘故。这些短文，言简意赅，主旨明确，一针见血，文字活泼，对于个别篇章中的某些提法，今天可能有了不同的认识，但它是一定时间条件下的产物，我们也不宜苛求。

理论探讨性的文章中，《论直面人生》和关于典型共名问题的论争，是文集中的重头文字。前者是我们共同研究、共同执笔的，在写作过程中，他花费了几个月的时间重新阅读和研究了鲁迅的小说创作，并起草了几万字的大部分初稿，他的刻苦钻研精神，至今还给我留下很深印象。这篇文章的主旨既在探讨鲁迅先生的现实主义文学观的成就和影响，也在对我国当代文学的真实性进行反思和审视。关于典型共名问题的争议，是梁长森第一次与名家论战，又是在特定历史时刻的特定气氛下写的文章，口气上可能有激烈之处，但我们只要能理解那种背景，便可理解作者当时的心情。更何况就理论自身来说，梁君对典型、人性、共名等问题的分析和论述，是比论战对方的观点更为合情、合理、合义的。

近些年来，梁长森把主要精力转向了对作家和作品的评论，力图在文学评论中使自己的理论水平有所突破，故除了对一些青年作家的作品给予关注外，他对鲁彦周意欲进行比较有系统、有层次的专题研究。本文集中收录的几篇文章只是他研究鲁彦周创作的部分成果，他还正在致力于更具宏观规模的总体性研究。当然，这对他来说是相当艰巨的，因为鲁彦周是一位多能而又多产的作家，在小说、电影、戏剧、散文诸领域均有相当的造诣和建树，且不时有新作问世，光是跟踪考察，就够人忙活的了，要在理论上完成与作家成就相应的研究成果，不花费很大精力，不在方法和观念上有新的追求，则难以突破现有水平。从梁长森现有的几篇文章看，他对鲁彦周的创作是有一些自己的理解和评价的。例如，一般的评论家都把中篇小说《天云山传奇》看作是鲁氏小说创作的代表作，并认为在此以后问世的中长篇小说，均未超越前者水平，然而梁长森却力主《呼唤》在思想价值、美学价值以及人物的典型性上，都比《天云山传奇》有所超越，并高度评价了两个主要人物的典型意义。从这里我们可以觉察到，他写评论文章并不随大流，而是力图发掘作品的独创性和表达他个人的独特感受，比如他对鲁彦周小说的女性形象做了一个专题考察，便也显示了他的这种个人眼光。基于此，我们有理由期望他在这一领域做出新的贡献。

这是梁君的第一本文学评论集，他的人品和文品自然会在文中有所显现，我说了几句题外话，无非是希望读者能更好地理解他。

这本书显示了作者的才思和毅力，然而它毕竟是第一本书，毕竟是作者的起步之作，我们可以从中看到作者的才思敏捷，但同时也会看到他还缺乏更高的理论素养，看到他还需要建立一个更加自觉的美学追求目标，还会看到他在研究方法和角度上也过于拘泥，语言虽亲切朴实，但缺少警策意味，也会看到他在评论作品时往往限于就事论事，不善于在评论中提炼出理论问题加以阐述，故显得缺乏更高一层的理论深度。所有这些，在他以往的历程中有其难免的一面，但在今后的历程中则是必须力求避免而不可重现的。

我相信将来在读到他的第二本、第三本文集或专著时，我们将会见到一个在理论上更加成熟、在文才上更加精美、在风格上更见个性的文艺批评家梁长森。

# 舒展而又开阔的画卷

青年诗人、艺术评论家沙鸥的专著《正在舒展的画卷——萧云从评传》，是一部学术价值、文献价值、审美价值兼备的高水准、高品位的艺术理论专著。我于书画知之甚少，从这部著作中，我领略了不少有关绘画美学的观念和知识，从中认识了萧云从，更认识了萧云从书画艺术的美学特征和艺术个性，还从萧云从研究的个案里，提升了对于书画美学若干特征的认识。

这部书的第一个特点是填补了关于萧云从研究的缺失和空白。萧云从是我国书画史上的一位大家，是姑孰画派的一代宗师，他的创作和美学思想，在他所处的年代和后代的画坛，以及在日本，均有相当大的影响，可惜对他的理论研究却相当薄弱，在某些重要方面甚至是空白，这是令人十分遗憾的。沙鸥的这部著作，从生平故里考订到对萧氏的诗、书、画创作的思想内涵和艺术特色的总体研究和细部探微，以及萧氏绘画的社会影响和多方贡献，姑孰画派的形成和发展，直至有关萧云从的思想理念和美学追求等方面的论述，可以说相当全面而又完备地概括了萧云从的方方面面，这在安徽美术史研究领域、安徽地域杰出文化名人研究领域，都是别开生面并具有某种基础性工程建设意义的。

现在全国各地都在深入发掘、整理和申报非物质文化遗产。萧云从是皖域杰出文化名人，又是姑孰画派的创始人，并是启迪新安画派形成与成长的代表人物，他的诗、书、画及书画论说，都是非物质文化遗产的珍贵宝藏，他在艺术领域的求新求变的创造精神，他孜孜不倦、寒暑不废、笃意绘事的追求精神，都是值得我们深入发掘、深入研究、精心维护并认真传承和发扬光大的精神珍宝。安徽地域在历史上是著名的文化强势区域，自古以来，物质的和非物质的文化遗存极其丰厚，可谓物华天宝，人文荟萃。我们今天不仅要千百倍地珍爱和保护这些遗产，更应着重着眼于传承和发扬。最好的保护是传承，要使传承代代延续，就要在传承中有所创新，使传承既要存真、存原神、存风骨，又要使它不是克隆、复制，赋予老传统以新生命。这就向理论研究工作者提出了加大研究力度和深度，加大研究层面的课题。沙鸥在从事此项工作时，搜索了大量的相关史料并加以考订核实，精心鉴赏品评了大量作品，为进一步研究提供了良好的开端和基础性资料，希望有更多的同志更广泛地参与“非遗”研究。

本书第二个特点是治学态度严谨，注重科学精神。本书无论属于考订方面还是属于论述方面的种种评述，都着重求真求实求据，推断与评估均以事实为依据，不论他的论断是否能成为定论，但作者所提出的论点都是以相应的论据为支撑的，是凭事实说话的。在考订方面如此，在作品评述方面也是如此。比如在评述萧云从山水画艺术风格时，他并不止于为萧氏的风格定性、定调，而是从萧氏山水画创作的笔法、墨法诸多细部的解析，来论证萧云从山水画风格的构成和特征，做到了有理、有据、有观点、有实例。萧云从是师从百家而自成一家，不能简单地以追随哪一家哪一派为他定性贴标签，而必须依据其创作的总体风骨，来探讨他对传统的继承和艺术技法上的个人特色。

本书的第三个特点是艺术评论具体入微，在艺术理论探讨上体现了宏观概括与微观解析的良好结合，大处着眼，小处着手，形成了讲大道理不空泛、解读作品不零乱的特点。本书第二、三、四、五几章，都是把理论评述与赏析解读结合得比较好的篇章，读来颇有说服力。特别是关于《离骚图》的赏析，既有纵览全图的扫描，又有入径探微的细部品评，简直能把读者领入萧云从的画幅境界中去，令人心驰神往，理论文字如此传神，颇为难能可贵。我们常见有些文章在阐述理论时，好搞空对空、理对理，术语连篇，名词轰炸，理论缠绕理论，不针对也不接触具体实际，更不具体分析具体问题，令人不得要领；另有一些评论文字又只是就事论事，不能从具体评述中提炼某种理念，不能上升到理论层次，不能给人以深入一步的启示和思考，也必然失之于浅表。如果说艺术创作是发现美、表现美，那么艺术理论则应当是赏析美、认识美、升华美。沙鸥的《正在舒展的画卷——萧云从评传》在这方面做出了较大的努力，使全书的学术价值和审美价值取得了较好的融合。

作者是诗人又是艺术评论家，他既善于从感性思维、形象思维的角度把握艺术的内在特质，把美和美感具象化，又善于从理性思维的角度，把艺术鉴赏提到把握美、审视美的理论层次，使这部艺术家评传既具一定的学理深度又富感情色彩，令人欣喜。

本书的第四个特点是文献史料的丰富性。第一章的生平年月故里考证和生活经历的叙述，固然具有较重要的史料意义，然第三章论述萧云从绘画对新安画派、对中国版画、铁画以及日本画坛等方面的深广影响，第四章所论及的有关姑孰画派的方方面面，还有第六章的集释和附录等，都具有较高的文献性。它们既是对相关史料的发掘和充实，又是向世人全面展示萧云从的诗、书、画的艺术风采以及画家的思想情操和人文精神的不可缺少的真实描绘。

这是一部内容比较丰富、评价基本中肯、具有一定学理性的画家评传，我由衷地祝贺它的问世。如果说还有什么更高的期待的话，我感到作者对萧氏的研究虽比较全面，但对属于萧氏个人的独特性的考察和论证尚不够充分和细微，或者说萧云从画风与前人或同代人的与众不同处主要体现在哪些方面，后人和今人在传承中更应该关注哪些方面。我们期待作者把研究触角伸向更深层面。

慎言经典

# 慎言经典

## （一）

经典一词，原来在我心目中是一种神圣而崇高的理念，无论是文学艺术经典、哲学经济学或其他什么学术经典，都应该是久经历史考验、跨越国界、跨越民族、跨越意识形态、备受历代人们尊崇的学说。世界文化经典或中国文化经典都是少而又少、精而又精的典范。

近些年来，我们的某些传播媒体和出版部门对于经典的封赠却大方得令人瞠目，好像有过一点点影响、有过一点点票房价值、有过一点点炒作效应的东西，都能被封为××经典，甚至连某些毫无社会反响、也无社会效益、更无受众公认的东西，也被硬拉入经典殿堂而胡乱炒作。更有甚者，某些已经被历史定性为不当或谬误的称谓、头衔，又被重新抬出来招摇过市，真是令人难以理解。前几天，我在一家音像店看到一大盒摆在显要位置的音像带，右侧有四个大字叫"中国经典"，中间有七个大字叫"八大革命样板戏"。我纳闷的是，在改革开放二十多年以后的今天，所谓的"中国经典"，是何时、何地由何人、何部门封赠过的头衔？是官方的认定、文艺界的公认还是受众的推崇？我看都不是。那么，拥有五千年文明史和十三亿人口的"中国经典"，可以由一家音像出版者来定而夺之么？至于"八大革命样板戏"一说，那是由江青册封的，所谓的"红色经典"也是由此演绎而来，因为江青说过"从《国际歌》到样板红中间是一片空白"那么一句既无知又无耻的大话，"红色经典"也就意在其中了。我奇怪，莫非今天这位音像出版的策划者和出版者，还活在"文革"之年？还在尊奉江青为"文化革命旗手"？还把她插手的几个戏仍奉为"革命"之"样板"？

老实说，戏剧无样板，一切艺术都没有样板。因为样板就是照一个模子刻,是扼杀艺术的创造性、个性和独特风格的公式化、模式化的死框子。样板一词,其实只是江青为自己树碑立传、阴谋篡权的一个手段。“文革”结束后,这个说法早已废弃不用,如今有人又把它堂而皇之的抬出来,不知是出于无知还是另有什么别的想法。

## (二)

如今“红色经典”被人用得泛滥不堪。过去我们有“红区”、“红军”,对应者是“白区”、“白军”,那么“红色经典”的对应者是否也有“白色经典”或“黄色经典”呢?当然不是这么一回事。

所谓“红色经典”的概念大约是以描写革命历史题材来界定的。然描写革命历史斗争的作品千千万万,粗精不一,文野各异,且各个不同时期有不同时期的代表作,各个不同时期的代表作又各有那个时期特定的历史价值和那个时期的局限性,谁能被尊为经典,不仅要有当时的时代鉴定,还要经受历史的考验和那个时代的后人(包括今人和今后之人)的认同。也就是说要靠历史的文化积淀来证明。有些作品在某个时期红过、火过、热过,至今仍保持着历史的厚重感和艺术的魅力,仍为今人认同并推崇;有的虽也轰动过一阵子,但因其内容欠缺历史的永恒精神或因其艺术粗糙而不被今天的受众认同。我们可以按其具体情况视其为特定时期的代表作、力作、佳作或一般作品,大可不必见到写红军的、抗日的、解放战争、抗美援朝的作品,都奉为“红色经典”而加以渲染和炒作。因为是不是经典,并不能靠某些人的随意封赠,那要靠历史的、美学的批评验证。任何时期,其文艺成果大抵一般性者居多,优秀者少,而能成为经典者则凤毛麟角,有时甚至根本推不出经典性的代表作。我们虽不主张将经典神化,但也绝不可将其大众化或泛化。再说经典不经典的,最好不要搞什么颜色划分,因为有许多文艺现象是不能确定其颜色性质的,而颜色本身又不能说明其思想艺术质量和它在文艺史上的地位。

经典之泛化,必然导致审美标准之混乱和受众理念之混乱。现在文化市场上和媒体上大搞经典大叫卖,什么“青春经典”、“动作经典”、“情感经典”、“时尚经典”等等,电视上有一个频道竟然把近些年来杂七杂八的电影,搞了个“经典一百部”,受众却从中找不到哪一个是真正的经典,这种叫卖有什么意义呢？当经典的严肃性一旦消失，经典的崇高精神一旦被化解得一无所有，经典一词便也完全失去了它的榜样力量和人们对它的尊崇。

我们应慎言经典。

# 治治屏幕上的错别字

有人说现在的书是“无错不成书”，我看这个弊病大有蔓延之趋势，报纸杂志不必说了，就连经过多道把关的电视屏幕，错别字也是屡见不鲜。我这个人爱看京剧，现在没有剧场演出了，只能看电视过过瘾。这也好，剧目、演员、唱段都是经过精心挑选的，故精品较多，也可以大饱眼福和耳福。一般戏曲都是在播映唱段时配有字幕，借以帮助观众欣赏和理解，这是好事。然而有的字幕却常常出现错别字，有时错得叫人哭笑不得，颇令人扫兴。首次引起我注意的是《淮河营》蒯通唱词里的“此时间休要闹笑话，胡言乱语真蛮杂……”我一下愣住了，“真蛮杂”是什么意思？“蛮杂”两个字组不成词啊？根据我的记忆，应是“怎瞒咱”（怎能瞒得过我）才对，但这个“蛮杂”竟在屏幕上长住了好几年，映现过无数次，直到近年才改正过来。如果说这是由于录词者不熟悉戏曲原词只能凭音定字而造成差误是可以理解的话，那么，像《三蒸骨》唱词中“虎穴龙谭”怎么也不该以“谭”代“潭”的。《连营寨》中刘备哭关羽时唱的“昔日桃园结义好，胜似一母共同胞”，字幕上打出“胜似异母共同胞”，更是以一“异”之差错解了原意。以“异母”代“一母”岂不是个常识性差错？《楚宫恨》中楚王的定场诗第一句的字幕是“熊居大业在楚邦”简直叫人莫名其妙。这可能又是以音定字造成的差错，但当事人稍加思索便可知“熊居”乃“雄踞”之误，因为那位得意扬扬的楚平王是不会把自己比作狗熊的。

乱用繁体字也闹出不少笑话。一出河南戏曲字幕全是用繁体字，可能是准备对海外发行，我们当然可以理解，但繁过了头也会令人啼笑皆非。如把“千里迢迢”的“里”改为繁体“裏”就是一例。须知这个“裏”虽是“里”的繁写，但里程的“里”在繁体里也独立有字，如“千里迢迢”、“一去二三里”

等，如把孟姜女万里寻夫，搞成万“裹”寻夫，岂不成了在一万个人中找丈夫了？更妙的是“须发皆白”的前两字简繁皆错。这两个字的繁体应是“须”，简体字则是“须发”。繁体的“发”只读 fā 不读 fà，弄出“须发”不知是“必须发表”还是“仍须发展”？还有一部历史题材的电视剧里出现的“后土祠”匾额竟为“後土祠”，置景者以为“后”是“後”的简写，古代不用简体字，所以就来个“後土”。要知道，后土乃是一位至尊的女神，全称是“承天效法厚德光大后土皇帝祇”，她是道教尊神“四御”中的第四位天帝，主宰大地山川，与玉皇大帝配套，即所谓“天公地母”者。“后土祠”是供奉后土娘娘的庙宇，搞成“後土祠”就一错千里了。

电视剧演员读错别字的就更多了，我记得几个特别有意思的：《宰相刘罗锅》中一次乾隆皇帝对大臣训话时，将“衮衮（gǔn）诸公”读作“哀哀（āi）诸公”。我想乾隆皇帝虽有点喜好附庸风雅，到处题诗留字，但他还是有真才实学的，怎么也不至于闹出“哀哀诸公”的笑话。饰演者也是一位名气不小的演员，竟然“衮”“哀”不分，岂不哀哉！

《英雄无悔》中一位特区领导干部在激昂慷慨地讲话时，将“不容讳（huì）言”读成“不容伟言”，错得有点离谱。因为“讳”并不是一个难认或难辨之字，那句话又是常用成语，连这么一个普通成语都弄错了，未免会令人觉得文化素质欠佳，恐怕是不容讳言的了。

《英雄孟良崮》扮演粟裕将军的演员我很钦佩，他多次扮演这个角色，把将军的刚与柔、沉着与果断、机敏与细密、豪放与平易、稳重与用险等等多方面素质，都表现的很得体，但在对话中搞出“垂手可得”来，不能不令人替粟大将军叫屈：因为“唾手可得”乃是军事家常用语，粟将军又是中外闻名的儒将，而今替他弄出个“垂手”来，他老人家能谅解吗？

无独有偶，唐代大诗人李白竟然连自己的名号都不认识：一部电视剧里，酒家和李白都把“谪（zhé）仙”读作“敌仙”。按：“谪仙”其意是谪降人间的神仙，据《唐书·李白传》称：李白往见贺知章，贺见李文才极高，赞叹说：“子，谪仙也。”所以后人称李白为李谪仙。现今让他自称“敌”仙，令古代大文人跟着今人读别字，成何体统。

中国的汉字数量甚多，且有一些很冷僻的字，认错写错几个字是谁也难免的,但在大众传播媒体上,经常弄出一些连小学生都分得清的错别字,那可就有伤大雅了。再说,一部电视剧的完成并不是一两个人的事,而是规模相当大的集体性文化工程,个别演员读错了个别字并不稀奇,那些合作者怎么都充耳不闻呢?不是还有责任编辑、导演、副导演、制片人、制片主任、监制、总监制等等一大串统揽全局的管事者么?不是还有看样片、审样片等层层把关的吗?怎么就让那些常识性的差错一道道顺利过关呢?这说明某些当事人既缺乏必要的文化素养,更缺乏一丝不苟的工作作风,更不要说媒体还有传播规范文字的社会责任了。你看:市长"伟言"大众听,将军"垂手"功便成,李白自称"敌仙"到,皇上"哀哀"求诸公,这像什么样子的高级文化产品哪!

# 说说官员写书

官员写书出书，这里当然是指非专家官员，在知识界部分人士中被认为是凑热闹、瞎显摆：有的说是依权卖文，即当官有权，出书不难；还有更难听的说法是，既要在官场上捞权捞名，又要在文场上捞钱捞名。这种情况当然不能说绝无仅有。我就见到过一位当官儿的，把他的蹩脚书法用多种方式大量出版，又把他的杂七杂八的各种会议上的讲话（许多是他人起草）汇成厚厚的文集，定价当然不菲，且有其“畅销”渠道。这的确令人不以为然。但也有另外的情形。那就是官员也像位作者一样，凭自己的学识、自己的感觉、自己的思考、自己的心血、自己的文笔，写下他自己在人生历程中的风风雨雨，或工作感悟中的点点滴滴：有的是长篇小说，有的是诗歌汇总，有的是生活散记，有的是随笔杂文，还有理论著述或读书心得等等。这些书，都是作者个人真实体验、真实感悟、真实理念的结晶，有民意民情的表达和民风民俗的描绘，它们的出现，丰富了文化市场，也扩大了文化人的范畴。他们的书，与依权卖文或以权换文的书，最大的不同处是，书里没有官气、官腔、官派；没有抄书挂账、文件摘要；没有老八股、洋八股、党八股的写作模式；没有费劲拔力地做深刻状；没有那么多的耳提面命，所以读起来顺顺当当、自自然然，就算有缺点吧，那也像一般人的著作一样，或不深刻，或不严谨，或意蕴不足以引人深思浮想，或文采尚欠盎然生机。但这些有缺点的书，往往有点读头，因为那里面有作者个人的与众不同的人生体验和真情实感在。相反，另一类官员的书，可能什么缺点都没有，但什么优点也没有，什么特点也没有，什么真知灼见也没有，所以也就没有什么读头。我前面说到的那位官儿的书，我也得到过一本，厚厚的足有四十万字左右，上百篇长长短短的文章，大多言之无物，要不就重来复去，见不到个人真知真情，实在没有多大的可读价值。但它出得来，而且印得很精美，比真正文化人出一本有文化品味的书要容易得多，定价不菲，据说销路也不错，收入自然也可观，不知是否与以权换文有关？这类书的问世，当然也会有人叫好、捧场，但我想，那主要恐怕是对人而不是对书，即所谓醉翁之意不在酒吧！

# 演艺行情推断录

某地的某一个单位搞庆典活动时,要举办一次大型文艺演出,可能是嫌本地演艺界的档次不够高吧,故特地派人去北京请几位星级歌唱家来压阵助威。待请到知名大腕儿时,对方开价的出场费是十万元,而且自然是税后的,至于包吃包住那就不在话下了。请方觉得开价过高,讲了许多困难,对方表示理解并大度地答应减了两万,定为八万。请方又来了个就地杀价,表示只能出两万。不料对方听了像是受辱似的,冷笑了声说"两万请我唱歌,没听说过",然后就带着满脸不高兴拜拜了。

时下大腕儿的出场价该是多少,我不敢妄自议论,只知十万八万也算一个不小的数目,够一个人挣上十年八年的了。但这个数与海外星族相比,区区一万美元又该称得起质优价廉,他们那儿几十万、几百万、几千万美元搞一场演出或拍一部电影的大有人在,咱们真的是"小巫",足见我国的星族们还是很正视国情的。不过这方面真要与国际接轨,恐怕一时还难以做到,因为我们的经济发展程度和人民的消费水平离人家还远着呢,急着在这方面赶超世界,恐怕既不合情理,也不合实际,然而我对于出场唱一次歌挣上十万八万却也并不眼红和妒忌,因为人家是凭本事、凭名气挣钱,开的价大约也是随行就市,倘没有人肯出这个价,或者没有别的同行拿过差不多的数,他是不会开这个价的。我想弄明白的是,这个高位行市是怎么抬起来的。从三百五百到三千五千到三万五万,而今是十万八万,再"牛"下去肯定是三五十万乃至百八十万,上扬幅度已达几百倍甚至可破千倍大关,这"牛"市是怎么"牛"起来的?是文化消费者哄抬的吗?是票房价值托起来的吗?是追星族捧起来的吗?是媒体炒起来的吗?是艺术家水准提高而自然升值的吗?是文化市场繁荣催动的吗?好像都不是。

不错，媒体的炒作等等都可能使星族们的声望和身份有所提高，但怎么都不会膨胀到畸形的程度。我想来想去，这行市恐怕是公款抬起来的。这话从何说起？原来我们那些办晚会的，很少甚至没有是营业性的演出，大多是政府部门、事业单位、企业集团、民群团体为什么节、什么庆、什么典、什么日、什么开业、什么落成而举办的，其经费来源一般都是拨款、摊派、集资、捐赠而来，都姓公、姓共，不存在成本核算问题，故而办这种晚会都只求风光，不计开销；只讲排场，不算花费；只求请到大腕儿，不怕大把花钱。再加上你攀我比，你抬我举，你花五千请张，我用八千请李；你用一万请赵，我就拿两万请王。如此循环，买方竞抬，卖方自然乐得水涨船高，于是就有了百而千、千而万、万而几十万的连年“牛”气冲天、月月行情看涨的行市。因此要想控制其恶性发展，应该是最大程度地限制公款办晚会的举措，让文艺演出及艺员的收入按市场运行规律行事，不搞人为的压或抬，让市场和票房给艺员和演出产品定位定价，使其逐步形成一个较为公道的行情，不论是劈账（分成）制或是包银（一次性协议价）制，星们该拿多少，就拿多少，可高可低，可赚可赔，哪怕有人拿上百八十万，只要人家是卖票所得且依法纳税，谁也不好再说三道四。

再说，我们每年干吗搞那么多庆啦典的，搞庆典干吗又要配晚会，搞晚会又干吗不用当地人主持和演唱？说穿了，无非是花公款不心疼。杀杀这股风也许会有助于纠正演艺界行业之风。

# 《演艺行情推断录》续话

报上登过国内一些电影、电视制作厂家和公司联手限制影视明星的片酬，好像有长篇电视剧每集不得超过一万元之说。消息发布以后，演艺界人士虽然也议论了一阵子，但似乎没有多少人在乎这个举措，实践效果到底怎样，我辈局外人自然不知其情，但从媒体上偶尔露出的信息来看，时见某些影视明星片酬日高（有一位不是拍了部没什么收视率的电视剧拿了一百万元吗），却没听说谁落了价。演艺界没有联手搞反限价措施，也少有人义愤填膺地呼唤公道之类，我看不一定是他们自知理亏不能唤起社会同情，很可能是料定限价举措行不通而不把它当一回事。是啊！你们联手的不才二十几家吗？没参与的当然不受约束，海外制作商更与此无关，何况那协议只是一纸道义上的约定，根本不具备法律功能，有谁暗地或找个借口公然违了约，谁拿谁又有什么办法？再说，那些实力强、名气大、票房高的大牌星座，他们片约不断，你不找他找，今天不找明天又会找，内地不找海外也有人找，故并不怕你联手施压，甚至会激起反弹故意抬价和你较量，时下影视制作成本越来越高，其中大概也包着从业艺员酬金越来越高在内。所以我推断联手限价之举在实践中大约是没起到什么作用，日子久了，那协议恐怕会自然失效也说不定。当然，这只是我的猜测。

各类星族的收入过量，一般工薪层难免有些感慨和议论，但我们对此却也不能意气用事，指责也罢，限价也罢，可能都于事无补，也达不到控制作用。我认为，正确的做法首先是以法制规范文化市场的管理，让整个演艺行业的制作、营销、演出、拍卖、展示、税收、酬金、合同、个体艺员等等方面，都有法可依，以法行事，违法查纠。另一层则是要把影视制作营销全面推向市场，让价值规律去调节影视文化之经营，制片方面只应以贷款、投资等方式筹集资本,禁止或严格限制那种公家拨款、企业捐赠、摊派集资而筹集拍摄经费的做法,也不用公款搞行定宣传片和名人纪念片。制片方应当一律自负盈亏,自担风险,闯市场、争观众、夺票房、创盈余,以赚养赔,以丰补歉。艺员的酬金应以市场为依托(以成本和票房来制衡),逐步形成适当的标准,聘演双方自愿,各自量力而为,可高可低,能上能下,有伸有缩,制片方不必联手限价,艺员方也不必担心他人施压。只要你守法、重德、纳税、不搞欺诈(搞假唱、假义演之类),你拿多少钱我们都不眼红,我们不怕有人合法成大款,我们只怕有人拿大把公款喂大款。对艺术家,我们只期望你们不断提高自己的道德素养和演艺水平,各方合力把影视艺术推向更美、更高、更新、更强的境界。

# 迎风户半开

有一位诗人说，许多编辑出版部门在对待“放”和“鸣”的态度上，还只是停在“迎风户半开”的阶段上。我看这个比喻很形象也很贴切，于是就把他这个发现偷来，并据此凑成一小段文章。

很久很久以来，无论社会上、文学界，乃至编辑部自己，都认为“编辑部是一道关”，而编辑们呢？也就像是镇守三关的杨六郎那种“把关”者了。“把关”绝非坏事，问题是怎么个“把”法。杨六郎的任务是挡住韩昌者流的入侵，但如果他老人家把爱国者和对国对民都有利的非大宋正统臣民一道挡住，三关把得虽紧，动机虽无可厚非，效果就不一定都好了。至若敌国已去，他的守关办法当然就更加不同。编刊物恐怕也有点和这种情形相仿。既然有这么一道“关”，自然就需要有人“把”，但怎么“把”呢？按过去的老经验，叫作增强辨别力，提高警惕，不让一棵毒草冒出来，也严加防范什么野草闲花混入“正统”花园之中，结果是大门关得甚紧，园中只有“一花独放”。倘有的偶尔不慎，竟让毒草之类的东西披着香花外衣冒了出来，一经人们指出，无论作者和编者，就都得检讨一番。自我批评，在我们这里虽然是好风气，但常犯错误毕竟不光彩，而且自己也于心不安，关口没“把”好嘛，怎能没有失职之感呢？于是，任何一次检讨，都要促使“把关”者们的警惕性更加提高，关口“把”得更严，更加兢兢业业，完全是出自好心的扶植“一花独放”。长此以往，我们也就习以为常了。

可是，从去年起，竟来了“百花齐放、百家争鸣”，这一下子，在许多方面都打乱了原有的常规。如果说，过去的做法是适应于那个特定形势和条件的必要措施的话，而在今天，老办法就不能再适应新形势了。我们都很习惯于严加防范，但今天，除了还应该警惕那种出自敌人手笔的反革命的东西以外，头脑依然应该清醒和明智，但对于那些在过去提防惯了的什么毒草、杂草，或所谓闲花野草之类，让各种各样的花朵都来争艳，在自由竞赛中，让香花茁壮起来，毒草枯萎下去。这一切，对于在长时期里已经养成一套作风，甚至在思维状态上都有一种习惯势力的人们，实在有点太出乎意料了。在他们的认识还没有跟上形势发展的时候，他们也迎接了新的形势，但他们还基本上是用传统的思想来迎接新形势的。

从表面上看，你找不到一个人反对“百花齐放”的，他们写文章发言都说一百个拥护，可是一轮到真要叫他们把大门打开，真要让香花野草齐放，那，我们的编者们可就既伤脑筋又有点头疼。于是，传统的看法、老牌的清规、新型的忧虑，就一个又跟一个相继出现了。他们在理论上都主张放，旁的刊物要放什么他们也没有异议，就是一涉及自己刊物，调子就变为“我们刊物不同”。

比方说，全国性的大刊物因为它的国内外影响太大，所以不可轻易的放；而小刊物呢，又正因为它们影响小，所以就觉得放不放不吃紧；有的因为以十万青年为对象，怕放出毒草危害青年，因此不可放；有的因为是机关刊物；有的是以什么为主；有的……凡此种种，不少刊物大概都能找出点什么特殊的理由，使自己那儿百花不放，并美其名曰：“坚持传统”。和诸如此类理由并存的同时，适应新形势的理论也出来了。什么“坚持主导，适当放手”呀！“力争香花，避免毒草”呀！“不冤枉一朵香花，不放过一棵毒草”呀！“健康地放”、“清醒地放”、“有条件地放”、“逐步地放”、“试着放”等等不一而足。这些论点尽管都有正确的一面，但也有对“百花齐放”保留的一面，何况在执行时，他们又往往是从保守的方面来实践他们的理论的。于是，他们表面上一百个拥护的“放”，和实践上的“放”就发生了一个不算太小的距离。

不过，现在毕竟是“百花齐放”的时代，党号召“放”，社会上呼吁“放”，作者们力争“放”，因此不管有多少特殊的理由和新型的理论，那个“放”字是谁也不能一脚踢开的。因此，应该“放”和不愿“放”之间就发生了矛盾，据我想，所谓“迎风户半开”恐怕就是调解这个矛盾的产物。半开户是很有趣的现象，你说放吧，我还有很大保留；你说不放吧，我到底试探着放出点东西。比之于关门，半开门自是进步，但比之于大放，却还是小脚婆娘，对真正意义上的“百花齐放”依然是很大的阻碍。因为半开门通常是只放他们认为“健康的”、“没问题”的东西，而他们所不喜欢的，或者可能引起风波的东西，那就还得关在门外，怕把它引进来“惹火烧身”。

半开门，是羞羞答答、扭扭捏捏的小“鸣”小“放”。它还不能适应“百花齐放”的新形势。且不说不让毒草进来，将仍使香花居于温室，从而逃避了比赛和斗争，而且给自己定出太多的戒条也难免有压制香花的危险。因为有许多香花，常常带有某种奇异的、独创性的特色，倘如因为我们不习惯、不欣赏而又不放自己不喜欢的东西，那个香花的命运就可能身遭不幸。更何况半开门的局面，使得本来对社会主义文化有贡献的东西不敢登门，或者是因为门缝太窄而挤不进来呢？

放与不放，能放到何种程度，人家是要观察刊物的。你要老是开半扇门，那人家就只能伸进一只脚，甚至是在门外徘徊不敢入内，而这，对刊物、对事业都是损失。为着我们的共同的事业，“把关”者应该打开双门。

假如说“迎风户半开”是到达“齐放”的过渡时期的难免的现象的话，今天，我以为已经到了该把双门敞开的时候了。

把“半”字改为“全”字吧！

（原载《人民文学》1957年5、6月合刊号）

# 耻　论

## （一）

读《史记》时记住司马迁的一句话："知耻者近乎勇。"引申开来也可以说敢于面对错误、承认错误的人是勇者。我一向很推崇这个论点。儒家把"礼义廉耻"定为四维，不但将其视为人的基本素质之一，更将其定为治国国纲，足见司马迁把智仁勇的勇与耻字挂上钩是很有见地的。但近些年我忽地发现，知耻者固然勇矣哉，有些不知耻者也甚勇，而且可能更勇。这是几位"美女作家"用自己的言论、行为和"著作"给我的判断。当卫慧和棉棉宣称用身体写作时，我先是莫名其妙，不知女性用身体怎么写，一看方知是作者是用自己的身体体验来叙事，所写者多是城市边缘人物的什么吸毒、酗酒、迷情、性乱、自杀、同性恋等等，用她们自己的病态心理、病态感受叙述病态人物的病态生活，以一派沉沦景象和色欲挑逗、取悦看客。所谓用身体写作的看点和卖点大概就在描写性过程和性感受上。后来又从别的地方看到两位美女间的内战，那言辞立即使我联想到不知耻者可能更勇。卫慧用学历不高来攻击棉棉。棉棉反击："她想出名想病了，一个女人想出名就脱，真让人看不起。……书中（指《上海宝贝》）卖弄的不就是找个有钱的、性功能好的老外男人吗？""我不会把我和这个婊子联上"。

这之后，文坛又出了一位九丹，她以一本《乌鸦》立马压倒了前两位。她给用身体写作下过定义，叫作"把跟男人睡觉的事写出来，然后又通过与另外一些叫作编辑的男人睡觉的方式把它发表出来……"《乌鸦》的卖点当然也在性上。她写性特爱描写那种变态的、畸形的场面，脏兮兮的，令人恶心。这三位以所谓向世俗挑战的大勇壮举，确确实实使人恶心。这三位以所谓向世俗挑战的大勇壮举，确确实实使文坛震动了一下子。不管怎么说,人家是钱赚到手了,名声也传扬出去了,管它香臭!但这三位与新近横空出世的木子美相比,又是后来者居上了,人家那才叫不知耻者更勇呢。关于她,且看下文分解。

(二)

虽然都是走"用身体写作"之路,比起卫慧她们来,木子美要来得更加直截了当,更加无遮无挡,更加方便快捷。因为卫慧她们是搞"纯粹文学创作"(木子美语),要体现"用身体写作",则需要编辑故事、设计情节、刻画人物、描写场景,还得讲究语言叙述流畅等等,不管其个人化叙事如何私语化,还总得借助人物来展现"身体体验"或曰"生命体验"的情景。木子美则不然,她是直不隆通地把她在不同时刻、不同地点与不同男人的性交往的过程和体验写出来,以《性爱日记》名义公之于世,有时甚至把某次性伙伴的真名实姓在文中公布,那种惊爆效应自然是可想而知的了,于是立马达到了一夜成名的目标。有人说她的文字和行为是对现存道德、现存情爱理念的颠覆,但一个以参与群体淫乱派对为快,以不断更换性伙伴为乐,以享欲为趣,既不顾女性尊严又不顾社会公德的人,她能颠覆什么本该颠覆的东西呢?依我看,要说颠覆的话,她大约只能是把司马迁的"知耻者近乎勇"那句话,颠覆成唯无耻者更勇。正是凭着这种奇勇,她敢说出"要采访我,必须先和我上床;在床上用多长时间,我就给你多长时间采访"。也是因为有这种奇勇,她呼唤女人要"多给男人机会",甚至公然宣称"淫乱、放荡"是她"喜欢的褒义词",而"忠贞"之类则是她心中的"贬义词"。她认为来自各方面劈头盖脸的批评,正是她追求的效应和借此扬名的大好良机。当然也有人说她只是一种个人的极端行为,不必大惊小怪,不必过多指责,也有人为她打气:"别管别人怎么说,走自己的路。"其实,倘若她只是个人有一种特别的如她自己所说的"人性化爱好",那是不会犯众怒的。但是她用行为和文字冲决了当今社会的道德底线,构成了一种社会公害,不仅伤及了青少年的身心健康,也危害了成年人心理和道德准则,损伤了女性的尊严,污染了社会风气,故不能不招来公众的义愤。用心,用爱心、爱人之心、爱民之心、爱生活之心、爱大自然之心,展示心灵的美好一面,回到"知耻者近乎勇"的真谛上来,则是公众所希望的结果。

# 搭台与唱戏

常见许多地方举办什么什么文化节。这种节日大多以当地历史名人或当地土特产命名，比如盛产枇杷便叫枇杷文化节，出橘子就叫柑橘文化节。但这类文化节有一个共同的特点，那就是他们既不研讨其产品，也不研讨文化，更不探究其产品与文化有什么关系，甚至也不关心这些产品是否真的具有文化内涵，只是挂个文化节的招牌，开展招商活动，而且为它找了个说法，叫作“文化搭台经济唱戏”。

初见这种说法时，我有些纳闷，觉得唱戏本来是文化工作的事，怎么又让我们改行，变成干体力活的搭台工了呢？后来我有幸参与了一两次这种文化节，便明白了人家办什么文化节，目的不在文化，而是把文化当作一种招牌、一座桥、一个平台来兴促经济。文化就像招财童子式的门童站在门外迎宾，真正主宾乃是各路财神。比如某一文化节，它的日程主要是：商品展销会、招商引资洽谈会、旅游推介会，等等。文化呢？那些以名人的名字命名的会议，可能请几位专业人士说道说道，而以名产品命名的会议，至多请当地演艺人员或外地草台班子在开幕式上来一番歌舞表演之类，这便是文化搭台经济唱戏的文化节了。

这种搭台说，似乎是矮化了文化，也泯灭了文化的独立品格。十七大报告是把经济建设、政治建设、文化建设、社会建设平行并列为全面建设小康社会发展战略的四大方阵，由此我明白了文化建设与其他建设之间，不是主从关系，不是附庸关系，而是相互协调、相互支撑、相互促进的相辅相成关系。如果还以搭台唱戏来比喻的话，应是相互搭台、共同唱好全面建设小康社会这台大戏。

物质生产创造了经济，精神生产创造了文化，它们共同创造了人类文明的发展史。文化在悠久的长河中，既有顺应时代发展、适应人民需求的可变性和动态性，又有相对稳定的传承性和独立品格。它不是附庸。我希望将来哪里再办什么文化节，别只让它搭台或者当门童，大家一块搭台一起唱戏岂不更好！

# 活与乱

把文艺事业搞活，是文艺领域贯彻党的三中全会精神的一项基本要求。

所谓把文艺搞活，就是按照党的方针政策，遵循文艺自身的规律，最大程度地调动一切艺术手段的使用价值，让文学艺术的各种功能（包括德育的、智育的、美育的及净化情操、愉悦感情、娱乐身心，等等），都尽可能最充分地发挥出来，使文学艺术展现出它应有的那种千姿百态、争奇斗艳的景象，从而满足人民群众对文艺的多种需求。

三中全会以来，我们的文学艺术开始活起来了。人们通常习惯用思想活跃、创作繁荣、人才辈出、期刊兴旺来形容这个时期的活跃局面。

我们的文学理论界，在拨乱反正、荡涤极“左”路线影响的基础上，对于文学艺术上的许多重要问题，包括对当前创作实践所提出的新情况、新问题，有着各抒己见、七嘴八舌的纷纷议论，人们为了探求真理，常常争得不可开交。

至于创作，它正以真实、广阔、深刻、多样、丰富、新颖而赢得人民的喜爱与赞赏。歌颂的与批评的、振奋人心的与催人泪下的、激越高昂的与婉约抒情的、质朴的与华丽的、明朗的与朦胧的、反映壮阔的历史图卷与描绘情致缠绵的个人命运、歌颂英雄壮举与谴责懦夫丑行、为四化谱写赞歌与鞭挞腐朽落后，等等，构成了新时期文学创作的多样而统一的新格局。

文学人才的涌现，更是令人十分欣喜。特别是年轻一代的文学新人，他们在特殊的历史条件下，难能而可贵地进行了一定的生活准备和艺术准备，并以勇敢的探索精神闯进了文坛，无论在取材上、手法上、风格上，都为我们的创作带来了一些新鲜气息。

我们的老作家和中年作家，也比以往任何时候都更充分地发挥了创作积极性，为文学繁荣做出了新的贡献。

文学期刊的兴旺，几乎使人目不暇接。

这一切都是文学事业活起来了的表现，也是坚决贯彻三中全会精神把文艺事业搞活的积极成果。文艺界和人民群众的大多数都非常珍惜这个活跃局面。

但对于这种局面，有些同志也有完全不同的认识。

在有的同志看来：现在的文艺不是活，而是乱；不是前进，而是倒退；不是体现了“放”和“鸣”的积极现象，而是产生了自由化的不良倾向。因此也就有了防乱、反乱、治乱的呼声。有的义愤填膺，有的慷慨陈词，有的忧心忡忡，有的冷语笑骂，有的甚至专事传播一些流言蜚语，来散布一种很不利于把文艺搞活的气氛。

当然，如果文学界确实乱了套，或者如某些同志所认定的那样，文学已经成了制造种种社会问题的“教唆犯”，那我们理所当然地要进行坚决斗争。问题是他们所认定的乱，并非真的是乱，而是不加分析地把正当的活跃、健康的发展、积极的探新以及艺术民主空气的日益发扬，都视为乱而加以反对。如果完全听凭这些同志的主张，以反乱为名来反活，则势必会把刚刚搞活的文艺重新搞死，因而也就背离了三中全会以来党一再强调的繁荣社会主义文艺的基本方针。

不容否认，文艺事业在发展前进过程中，确实出现了一些缺点与错误，也确实出现了一些不健康的或思想倾向不完全正确的作品，对于我们自己工作中的缺点与错误，应当进行热诚而严肃的教育和批评，而对于那种违反四项基本原则的言论或作品，则必须进行应有的批评和斗争，特别是要积极地、细心地引导和教育那些喜爱文艺的青年，帮助他们坚定不移地走社会主义道路。但在解决这方面的问题时，要强调对具体问题多做具体分析，既不能放任不管，也不能视活为乱、视新为乱、视艺术探索为乱。倘如把文艺上的活跃当作混乱来反掉，那就会重蹈历史覆辙，严重危及文艺事业的发展。建设和发展文艺事业，有两种对立的方法。一种是把文艺搞活，即坚持“百花齐放，百家争鸣”的方针，让各种题材、体裁、形式、风格、流派的文艺，都能在自由竞赛中发展和成长。另一种方法是用行政手段和一些不符合文艺规律的条条框框，把文艺统死、管严。后一种方法是违背党的方针政策的。但长期以来，我们的文艺曾受“左”的思潮影响甚久，简单化、公式化、一律化以及行政命令的领导方式，相当严重并相当普遍地存在于文艺界，加之历次运动中的过火斗争所造成的影响，使得一些人总是习惯于“左”的一套，习惯于简单化、一律化那一套。他们看不惯活跃景象，甚至害怕活跃景象，因而也就难免发生视活为乱的情形。

必须把文艺搞活，不是任何人的主观随意设想，而是由事物的客观规律所决定的。

第一，我们的社会生活是多样的统一，对于无比丰富的生活，必须有相应的极为多样的文艺加以反映。

第二，人民群众对文艺的爱好和要求是多种多样的，文野粗细，中外古今，各家各派，都应得到发展。

第三，作家、艺术家的视野、专长、爱好、特色各不相一，应充分尊重他们的自主权。

第四，文艺的社会功能也是多种多样的。

因此，坚持把文艺搞活，也就是坚持党的方针政策和遵循文艺规律的问题。

我们曾经有过这样的经验和教训，叫作：一放就活，一活就有乱，一见乱就怕，一怕就收，一收就死。时至今日，党和人民绝不允许任何人再把文艺的活跃局面给毁掉，我们的任务是既要防乱、治乱，更要保护活、发展活、促进活，要不断排除干扰，扫清障碍，什么时候，在什么问题上出现了什么样的阻力，都要奋力排除之，一定要坚韧不拔地遵循党的三中全会精神，把文艺事业搞得比现今更加生动活泼。

# 包容与个性

《安徽文学50年》丛书,既是展示安徽当代文学创作丰硕成果的汇总,又是一项安徽当代文学发展历程中具有里程碑意义的文化建设工程。主编部门的精心策划、编选者的精心遴选、出版者的精心设计,使这部丛书从内容到外观都达到了较为完善的境界,体现了文献性与精品性的融合、导向性与多样性的融合、代表性与群众性的融合、历史性与当代性的融合、地域文化共性与作家个性的融合。在前述几项融合中,我特别关注文献性与精品性以及地域文化共性与作家艺术个性融合这两点,并想就此谈一点点感受。我们知道,凡编选带有历史性、文献性的丛书或文集时,人们往往更为关注代表历史阶段的相关资料,不如此便不能全面展示历史发展的面貌,故而容易出现偏重史料性能的倾向。但文学作品不同于一般文献材料,不能以庸品充当历史阶段的代表,而只能选择精品、上品来显示某一历史阶段的创作态势。然某个时期曾经轰动一时的作品,在今天看来未必是真正意义上的精品,故而必须在尊重历史和尊重文学规律的双重选择下,体现文献性与精品性的融合。以《短篇小说卷》为例,我们看到这里选录有50年代的《明镜台》(耿龙祥)、《央金》(刘克),60年代的《万妞》(菡子),70年代的《抱玉岩》(祝兴义),80年代的《被爱情遗忘的角落》(张弦),等等,这些作品既是历史的产儿,又是当时饮誉全国且经受了时间考验而永远留在读者心中的名篇力作。它们以文献与精品的双重"身份"走进丛书,一方面使读者或研究者能够清晰地看到安徽省短篇创作的发展脉络,从不同时期的文学形象中认识那个时代的生活情景和人的心灵世界,又能令读者重新欣赏这些短篇精品的思想内涵和艺术美感,做到彼此两顾、相互关照,使文献性为当代读者认识和了解历史服务,使精品品格验证不同历史阶段都存在代表时代特征的优秀成果，以两者的完满融合展示了安徽文学创作的雄厚实力和随着时代脚步积极发展的良好趋势。这种融合精神体现在丛书各卷并且贯彻始终，从而提高了丛书的欣赏价值、研究价值、收藏价值的多重品位。

如何看待安徽地域文化的共性和它自身的特色，历来是研究者们十分关注的课题，我所知极少，不敢妄自判断。安徽地理条件比较特殊，在文化传统、民俗语系等许多方面，南北悬殊，东西各异，我们很难用一两句话概括皖文化的共性和个性。在古代，楚文化、吴文化、中原文化都对这里有过深厚而广泛的影响，但在漫长的发展中，在北方形成了以道家思想为主导的涡淮文化带，在南方形成了以徽文化为中心的新安文化带，而沿江地区和皖西山区又有某些自己的与众不同的文化特性。安徽古代、近代、现代都曾涌现出不少杰出的思想家，他们为后世留下的丰厚的文化遗产，无形中会对地域文化的构成起到一定的影响；道家的思想跃动感和求异情怀，徽文化的既有稳重守成的一面，又有穿越大山阻隔冲向外界行宦济世经商的传统，使安徽地域文化具有包容性色彩。地理条件的封闭性使它有稳重守成的因素，但穷则思变的跃动情怀又赋予它强烈的突破性。所以在近代、现代文化史上，既有桐城文化派那些守成名士，又出现了两位领导五四新文化运动的大突破家。突破打乱守成而创造崭新局面，守成又可以实实在在地去完善新局面所开创的新生事物。它们交替出现，有时互争，有时互补，有时循环，有时共存，这便形成了包容性。这种守成与突破兼备的包容精神，对安徽当代文学的发展也有着明显的影响。半个世纪以来，安徽作家在坚持与时代同步伐、与人民同命运方面，在坚持以人文精神观照文学创作方面，在坚持写真实、抒真情方面，在坚持以人为本、以民为本，真诚表达人民心声方面，在坚持承担社会责任和坚持文人操守，固守精神家园方面，大家几乎有着基本相同的认识、理解和实践。尽管这些年文坛刮过不少风，兴过不少浪，但安徽作家很少有人跟着起哄，大家还是在那儿老老实实地深入生活，老老实实地体察民情，老老实实地爬格子。这种守成，决定了安徽文学创作总体风貌的质朴、热诚、凝重。但是，安徽作家守成并不守旧。他们在创作思想和美学追求上，也富有强烈的突破意识和求新求变的胆识。《中篇小说卷》收录的第一篇作品是江流的《还魂草》,此作发表的当时,文坛正盛行着鼓吹阶级斗争、乱贴阶级标签的理论与实践,但江流从生活真实出发,从以人为本的观念出发,大胆地突破当时流行的理论教条,从人性视角开掘主题,刻画女主人公的命运变迁。正因为小说打破了常规,深入而真切地展现了人性美和人性良知,因而它在受到广大读者欢迎的同时,也遭到了所谓"鼓吹资产阶级人性论"的挞伐。鲁彦周的《天云山传奇》问世时曾轰动全国,个中原因除了故事生动、情节跌宕、人物丰富之外,思想上的突破是重要原因之一。作品发表的当时,对右派问题在政策上尚未有说法,但作家遵循生活真实的必然逻辑,在艺术形象塑造中为主人公做了彻底平反,以超前意识完成了一项思想突破,并赢得了党和人民的认同与欢迎。陈源斌的《万家诉讼》之所以受到广泛关注,不仅仅因为它超越了一般法制文学重情节、重案例的套路,更重要的是作品通过女主人公讨个说法的系列活动,展现了普通农村妇女人权意识的觉醒与萌动。而这一点,不论作家在写作过程中是否自觉地意识到了,但它的突破意义我们是不可忽视的。以《画魂》为代表的石楠的传记小说系列,是作家借鉴古人经验,独自探索出的新型小说体例。刘先平的大自然探险系列,开创了环保文学的先河。还有许多青年作家在吸收西方现代文学的模式和技巧方面,也都取得了良好的收效。这表明,安徽作家善于以创造性的思维和创造性的实验来寻求新的突破,也表明守成与突破兼备的安徽文学,正以包容精神充实自己、完善自己。

# 失衡之思

当前文艺工作和文艺创作的总体趋势是繁荣的、健康的、向上的。但在发展过程中也存在一些值得思考和关注的问题,我个人有以下几点想法。

一、数量与质量的失衡。从创作上看,当前检视繁荣的主要标志是数量多、花样多、参与者多、传播渠道和传播手段多;现在是写什么的都有,怎么写的都有,从宏大叙事到身体叙事,可谓花样百出;电视剧一年能出一万四千多集,电影拍好几百部;长篇小说一年能出版近两千部,散文铺天盖地,诗歌车载斗量,小品比赛逗笑,轻歌曼舞令人心醉神迷,演出豪华、包装豪华、服饰豪华,真叫人眼花缭乱,一派繁荣热闹景象。但从质量上看,我们就不那么乐观了。我把创作分成四个档次,即精品、佳品、庸品、劣品。我个人的感觉是庸品、劣品居多,精品、佳品则居少数。精品中的上乘之作,即可成为传世经典的,则是凤毛麟角,有的领域可能是零。我承认数量众多和景象活跃是繁荣的标志之一,但还不是繁荣的最高标准。繁荣的最高标准应当是:既拥有数量,更拥有质量;既有千姿百态的活跃景象,更有代表这个时代的高端文艺巨匠和经典作品的持续涌现。现在社会上拥有大师头衔的人似乎不少,但真正配得上大师称号的文化产品,我们却很难看到。恩格斯在论述欧洲文艺复兴时曾说:“那是一个需要巨人而且产生了巨人——在思想能力、热情和性格方面,在多才多艺和学识渊博方面的巨人时代。”我们应该追求这样的目标,不要满足于眼前的活跃景象上。当文学艺术缺乏大师、缺乏经典、缺乏足以代表这个时代的高端文化产品的时候,繁荣可能只是表层的。

二、创作题材的新旧失衡。当前,题材的多样化是实现了,但从大格局看，题材选择上似乎存在着崇旧避新的趋向，怀旧、恋旧、崇旧的情绪很浓，而对当代生活的关注，特别是对崛起中的中国当代人物风采的关注和展现，则缺少应有的热情。改革开放三十年来，中国社会的所有领域都显现出全新的巨大变化，国人的精神面貌和人的个性张扬及人性升华，也都日新月异地变化着，现在可以说是新人辈出的时代、新创举层出的时代、新生事物不断涌现的时代，但我们从文艺的反映或表现上看，总是感到旧面孔太多，新面孔太少。比如说，民营企业家的崛起，是体现中国特色社会主义的一个极大亮点，它对中国经济的发展和吸纳劳动力，都有极突出的贡献，并相继涌现出了众多的富有时代精神、民族自强意识、现代思维且经历非凡的民营企业家和举世闻名的民营企业，但我们文艺创作很少甚至没有去书写他们，而反映旧时代商人生活的，却在小说和影视创作中占有很大份额，如《大宅门》、《大染坊》、《白银谷》、《乔家大院》、《走西口》、《酒巷深深》、《关东金王》、《金茂祥》、《红墨坊》，还有什么扎掸子的、糊灯笼的，等等，不下几十部，这是不是反映了题材上的崇旧避新呢？我不是说上述作品不该写，《大宅门》、《大染坊》、《乔家大院》都是优秀作品，在思想上和艺术上都有独到的价值，我只是呼吁创作者在回眸往事的同时，也应该对当代社会的当代工人、当代农民、当代创业精英的生存命运和他们的创造力给予足够的关注。又如"三农"问题涉及面那么大，民工潮中涌现的感人、励人、恼人、伤人的事那么多，文艺上的反映不也是太少、太弱了吗？我期望创作者不要老是盯住中国往事，总在帝王后妃生活中找戏，总在地主庄园里搜罗公子、小姐和姨太太们的风流韵事，而要多多接触现实生活，多多观察与思考当代人的生存境遇，多多书写他们在拼搏奋进中的情操与感情。

是的，小说和影视中有很多是书写现实题材的，什么董事长、总经理、白领丽人等人物面孔我们并不少见，但这些作品大多是围绕爱恨情仇打转转，在三角或多角的情爱游戏中躲猫猫，思想力度很贫弱。

题材并不能决定文艺创作的质量，但题材失衡却影响受众对文艺关怀的冷热度。新颖题材是受众青睐的，因为它能给人带来新感受、新视野。近日正在热播的《中国维和警察》就因内容新颖、情节生动、人物鲜活、制作精良而深受欢迎。有一阵子清宫戏大肆泛滥，引起受众强烈不满，便也从另一面证明题材失衡的弊端。

当然，倡导关注新题材，1. 决不能排斥题材多样化；2. 要强调必须艺术地处理题材，不能搞题材唯上，更不能追逐配合形势配合节日去简单化地图解政策或概念化地演绎某种理念；3. 要把选择题材与塑造改革开放催生的新时代新人形象完美结合起来。文学艺术作品有义务向当代青年一代受众，提供时尚偶像以外的既具时代风采又富有高尚情操和人性魅力的另一种青春偶像。

三、艺术品位上的精神深度与狂欢娱乐失衡。娱乐性是文艺的本能属性之一，和平盛世时期的文艺往往容易趋向华丽化和娱乐化也是可以理解的。但少数文艺创作为追求笑料而大肆要贫嘴、玩弱智文化，也是值得关注的。比如在规定情景中，把一方人物弱智化，然后拿他开涮，出他的洋相，虽能产生哄堂大笑的效果，但恐怕有违道德文明和文化产品应有的精神品味。有一部叫《举起手来》的电影和一部叫《敌后交通站》的电视剧把敌人一个个弱智化到白痴的程度，说是战争喜剧，简直令人啼笑皆非。还有的在严酷、悲壮、凄惨的战争情景中，加入连篇累牍的贫嘴和油腔，令人觉得实在难以想象。《别拿豆包不当干粮》中的村长和村民简直是一群弱智，把影视创作小品化，是不值得提倡的。娱乐是多样的，也是有层次的。开怀大笑是一种，赏心悦目、心旷神怡也是一种，幽默调侃是一种，要宝恶搞又是一种，我们不能把娱乐停留在嬉皮笑脸、装痴戏傻的弱智化状态。

四、文艺批评中的美誉与直言失衡。文艺批评一直备受冷遇，这几年由于中宣部和地方宣传部门加强和改善了领导，做出许多应对措施，给予评论很多扶持，使局面有所改观，但从批评界主观层面讲，尚存在美誉多，直言少；各自说话者多，争鸣交锋者少；泛论多，直面文艺现象讲真话者少；评论活动中讲思想标准者多，讲艺术标准者少等现象。如某期《文艺报》一个整版中有八篇文章评一位诗人的著作，其中只有一个人在文尾说了一句“有的诗流于简单浮泛”，还有一句“换一下语言方式效果可能更好”。另有一期上有八九位评论家谈一位作家的多部作品，竟然没有任何人指出任何缺点、不足或应予改善之处。

不是创作已到了完美无缺的程度，而是评论风气陷入了美誉怪圈。从客观上讲，批评界主要是缺阵地，缺资金支撑。我呼唤有关当局适度放宽理论批评报刊刊号的控制，让有条件创办评论报刊的省、市、自治区至少有文学的和艺术综合性的评论报刊各一份。我深信，只要有了专门阵地和专业人员操持，这项事业很快就能活跃起来。而只有评论得以健康活跃地发展，才能有效促进文艺事业繁荣发展的可持续性。

在文艺评论中不涉及艺术标准，不涉及对缺点、不足以及不良倾向的批评和关注，那就没有真正尽到批评的应有职责。批评的本质不是单一的解读和鉴赏，批评是一种对文艺创作、文艺活动以及文艺思潮的评判，是引领文艺创作和文艺思潮的思想武器和有效方法，当前应当为加强文艺批评阵地、改善批评环境、活跃批评局面多做些切实工作。

文艺事业发展过程中，某一时段某些方面失衡，属正常现象，但如置之不顾，任其倾斜，则会形成偏颇，影响发展的全面性和可持续性。

# 安徽文坛感怀

苏中文学评论选

# 安徽文坛感怀

近期,文学界朋友在一起闲聊的时候,很容易扯到“文学滑坡”和“重振皖军”的话题。其实,所谓“滑坡”,不过是一部分严肃文学失去了往日的轰动效应,代之而起的是大众文学或曰平民文学、通俗文学以及普及率最高的电视文学,呈现出日益走强的势头,占领了文学领地的较大空间。这恐怕是社会转型期的正常现象,也是文学发展和文学与市场接转轨过程中的正常现象,我们大可不必悲观和哀叹。“重振”一说,意味着我们曾有过辉煌,但仔细想来,我们曾有过的辉煌之光也掩盖了某些缺陷,今日的相对沉寂,也默默伴随着求索和进取。因而“重振”便也不是再回到往日的境地,而是要开创一片新的天地,与新世纪同步同行。然而“重振”不是起起哄或热热闹闹一番就能“振”得起来的。要振兴,就得沉下心来扎扎实实地做好改善文学环境的工作,做好培育高素质人才的工作,做好总结经验、探索新路的工作,做好精神的导引和物质支持的工作。就我个人在安徽文学界摸爬滚打四十多年的体验来说,我们大约是在新中国成立初期到50年代中期、1962年至1964年以及70年代末至80年代中期,这几个阶段发展势头较好,其他时间或因政治运动震荡而造成伤害或因文学大环境变化而出现沉寂。90年代后期至现在,我省文学界,无论在人才涌现和成长上的及创作的发展势头上,都出现了令人可喜的征兆,使我感受到了文学在常态运行中的发展与进步,前景相当良好。这个现象使我想到,凡是领导关注文学事业并能遵循文学规律加强领导的时候,凡是文学界思想比较解放的时候,凡是文学界内部少有无谓纷争而一心扑在事业上的时候,凡是理论批评与创作相辅相成、共生共进的时候,文学的发展势头就比较好或相当好;反之,就会遭遇挫折或困扰。

50年代中期以前，是安徽当代文学初创阶段。那时的有关领导十分重视人才的集聚和人才的发现、培养和提高，所以很快就组织起一支专业和业余相结合的创作队伍，并相继推出一批在全国打得响、站得住的作品，如陈登科的《活人塘》、鲁彦周的《凤凰之歌》、严阵的《老张的手》、吕宕的《林则徐》、耿龙祥的《明镜台》等等。那时的有关领导十分关怀作家的思想、生活、学习的方方面面，不但在政策上且在思想上和精神上给作家以切实的帮助和引导；那时的作家也心无旁骛，全心全意深入生活，刻苦攻读，潜心创作，故而形成了良好的文学环境和活跃景象，使得本来默默无闻的安徽文学界，闪现出自己的亮点。可惜这个势头没有很好地延续，1957年和1959年的两场政治斗争，使我省文学队伍受到挫伤，剩下的也很难专心致志搞创作了。

从1962年开始，情况发生了变化。先是党中央对相关的文艺政策进行了调整，下达了《文艺八条》（后改为《十条》）政策，1963年春的广州会议上，又有周总理、陈毅、陶铸等领导人发表了一系列重要讲话，对反右派前后盛行的若干教条主义理论、违背艺术规律的管理方式以及对文艺界一些人士的过火斗争和错误批判，都进行了必要的清理和纠正，使文学的大环境有了改善，我省文学界也再度出现了活跃的气氛，呈现出进取的姿态，并在创作上实现了某些重要突破。其中江流的《还魂草》和陈登科的《风雷》，则是体现这种突破的主要代表作。

《还魂草》的突破性体现在作家一反当时流行的从政治理念和简单化的阶级分析视角来展现背景和人物命运，而是从人性的视角来发掘女主人公的个人命运和内心世界，把她对爱的渴求、爱的苦闷、爱的追求和爱的体验作为人的正当需求而加以正面表现。这就难怪小说问世以后引起一场关于阶级性与人性的持久辩论，更难怪后来在极“左”思潮的影响下，被打成“大毒草”了。《风雷》在更高层次和更高品位上，体现了陈登科特有的“生活本身在说话”的艺术特色，打破了描写农村题材作品中常见的图解政策、人物按成分归类的观念化的框架，对生活原生态的复杂性、多样性做了真切而逼真的描绘；形成了一部全景式的中国农村政治、经济和淮北地域的民风、民俗、民性、民心、民情的长卷画幅，对那个时代的农民的生存状态和心灵状态，做出了真真切切的展现，并在作品中塑造了一个被权力异化了的蜕化腐败分子典型。由于作家敢于直面人生再现真实生活的原貌，所以在“文革”中被“四人帮”及其御用文人恨之入骨，在全国范围内大加诛伐数年，并对作家本人加以残酷迫害。

第三个活跃期是在粉碎“四人帮”以后的新时期形成的。这时期的主要特征是思想大解放、理论大活跃、队伍大团结、创作大繁荣。理论批评走在全国前列，创作的方方面面都获得了大面积丰收，而且老、中、青三代作家齐头共进，力作不断出现，造成了比较大的声势，皖军突起一说，也是在这时叫响的。我们今天要“重振”的，大概也就是要再现那个时期的辉煌吧。最近几年青年作家的崛起，队伍内部团结气氛的增加，特别是领导的重视、关怀和支持力度的加大，使我受到鼓舞，我愿意充当一个为“重振”做贡献的马前卒。前不久召开的省文艺工作座谈会，省委、省政府提出了一个有远见、有措施的文化战略方案，更鼓起了我的勇气和信心，愿将衰骨一搏，为“重振皖军”的老老少少的文士们呐喊助威！

# 花甲感言

我已年近花甲，在文学圈里也混了四十个年头。按理说，人到了这般年纪，该是总结一下自己的时候了，但我回头看看，感到实在有点愧对上苍赐给我的生命，因为，作为一个文学工作者，我拿不出什么像样的东西来告慰于人和告慰于己。从1950年起，我开始到一个文学期刊当编辑，以后的几十年岁月，就一直辗转在这个行当里，时至今日，也仍然兼操着旧业。当编辑，总不外是组稿、审稿、选稿、编稿、退稿之类，长年累月，难免从中引出一些感触或思考，于是就偶尔也动笔写点言论性文字，谈谈自己对某些问题的看法和想法。此类文字发表得渐多些以后，文学界的朋友们便把我看作是搞理论批评的人了，因之也就更加难免应同行之约，不时写些评论、随笔或理论探讨性文字。我写得虽不多，但年深日久，杂七杂八，也积下不少篇章，凑起来约有百把万字之多。我深知，我的这些文字，既缺少理论深度，也少有独创性见地，不仅谈不上有什么美学思想体系，恐怕连闪光的片言只语也不多，但我仍然想凑成两本小册子，一来是对前一个花甲子的小结，清理一下自己在这段历史时刻想的、说的和写的，为自己在文学运动大趋势中做个回顾性的鉴定，以便从思想上、美学观点上和文风上寻出一些经验和教训；二来也想以此为阶梯，探寻一下如何继续往前走的路。

审理旧作时，对自己似乎也有所包庇，没有把那种纯属应付之作或伤害了同志的个别篇章收进来，但同时也以不悔少作的心情，选录一些早年的文字，哪怕我今天已看出了其中某些观点之幼稚、偏颇或失当，我依然让它们保持原貌，因为我那时所写的，是我当时的想法和认识，它或多或少地反映了那时的思潮和倾向。在文学批评领域，庸俗社会学和教条主义曾经盛极一时，“打棍子”式的文章时有所见，我在这方面虽无“建树”，但也绝不是无瑕白璧，在某些文字中，无可否认地也留有庸俗社会学的印痕，特别是某些批评性文字，其间是杂着失之于简单化或粗暴之处的。我不加修改地收录一两篇这样的文字，并不意味着我仍然完全坚持原来的观点，而是为着让人们了解那时我对某些问题的认识程度。比如《爱情和写爱情分》及《摘下奖章以后》两篇文字，都是发表于 1957 年春季，大约是在同一月份发表在《文艺学习》和《人民文学》上的，那时文坛气氛很敏感和紧张，一面在宣传和贯彻“双百”方针，一面又不时出现各种阻力，当时我似乎是鼓着勇气来探讨爱情题材在文学创作中的地位、价值和意义的。因那时有些人对爱情题材的看法十分褊狭，某些很有地位的批评家甚至断言写爱情就会“模糊时代精神面目”，“在严肃的斗争环境里不能写爱情”，倘写了就会“影响斗争本身的严肃性和真实性”，也“会对英雄人物有所损伤”。在这种舆论气氛下，想在创作上和理论上做一点突破性的尝试和探讨，的确需要几分勇气，但今天看来，我那时壮着胆儿发的那些议论，恐怕早已成了微不足道的常识了。《摘下奖章以后》批评了爱情诗创作中的概念化和庸俗化两种倾向，并着重谈了后一种倾向，当时自以为是不偏不倚的公正言论，今日再看，不但显露了我在理论上的幼稚，其间对某些作品的分析和评价，也未免失之偏颇，和时下诗界、诗评界对爱情诗的理解与要求相比，恐怕是存在着不小差距。我常想，如果说作家的作品总是有形无形地显示着作家的灵魂的话，那么，理论批评文字，也同样是显示批评家灵魂的一个重要侧面。他的失误和超越，他的感知、情趣以及思想变迁的历程，理应留在他的文字里，让读者能看到这个人的比较真实的全貌，而不是左遮右掩的半副面容。所以在我把我的文字交给读者的同时，也把我自己交给了读者。

前面说过，我还想借这个阶段的小结，作为一个阶梯，试着再往前爬几步。对于前景，我不敢有太高的奢求，自知理论根基不深，知识结构又属于老派儿的，故只能在原来的基础上一步一步往前挪动。我跑不快，也难以大步流星地追逐新潮，但只要能动动脚窝，总要比伏卧原地好一些吧！如今文艺理论界极其活跃，新思潮、新体系、新方法、新观念、新格局、新模式、新名词、新章法层出不穷，花样也不断翻新，好像也立起了一些新体系、新门户的样子。这些，对我来说，有的望尘莫及，有的望洋兴叹，有的望而生畏,有的望而生厌。我衷心欢迎许多中青年同志在文艺理论领域里的勇敢开拓,他们对新思潮、新方法的引进,以及他们在理论探索上的求新求异精神,是令人赞佩的,他们催动了理论批评的活跃和多样化,并在一定程度上促进了理论批评走向成熟。但也有人借新潮玩花样,装腔作势,故弄玄虚,以艰涩空泛自炫,以名词轰炸和概念游戏掩饰着理论的贫弱,这是很不可取的。我虽然也渴望更新知识结构,但苦于根基和习惯,那些很时髦的新方法和新模式,我怕是学不来也学不会的,故只好还在老体系中兜圈子,只能继续延用马克思主义社会学的方法来探讨文艺上的诸般问题,并仍然把真、善、美作为鉴赏和批评标准来评价文学创作。据说,这种方法已经过时了,老化了,没用了,我不以为然。我以为运用美学的、历史的观点来考察文学现象,在今天没有过时,在将来也不会过时。不管有些作家怎样断言"社会性不是文学的属性之一",但我看任何形态的文学都无法摆脱与社会性的必然联系,不论你是怎样的"自我表现"、"自我燃烧"、"自我宣泄",但你毕竟是属于社会的人,你所写下的一切最个人的东西,也仍然是属于社会的某一种心态。文学来源于社会也作用于社会,社会学的批评方法可能永远伴随着文学自身的生存而生存下去。当然,它只是一种批评方法,既不是唯一的,也不是万古不变的。眼下人们对它的歧见,除了源于对新方法的膜拜心理,更多的可能由于对文艺理论批评活动中的庸俗社会学倾向反感所致。但庸俗社会学是对马克思主义文艺学的破坏,它表现出来的教条主义,乱贴阶级标签、无视文学艺术本体的特殊规律,扭曲文艺与政治的关系,强化文艺配合社会各项运动等等,是完全违背马克思主义美学思想并为马克思主义文艺批评观所不容许的。它之所以能一度行时,不过是政治思想领域"左"的思潮对文艺理论的影响和波及,它本身并不是任何意义上的科学的批评方法,因此我们应当摈弃的,只能是庸俗社会学的批评倾向,而不是科学意义上的社会学的批评方法。当然,马克思主义的理论批评,并不限于社会学的一种批评方法,人们完全可以在马克思主义思想指导下,吸收、改造、掌握、运用甚至创造各种不同的批评方法和模式,用以丰富和拓展我们的理论批评格局。只要能够科学地阐明文艺原理和文艺现象,能够回答和解决文艺实践所面临的理论问题和创作问题,能够启发人们从多种角度揭开艺术审美的奥秘,各种方法都会发挥自己的作用并保持住自己的生命力。反之,不能科学地阐明问题也不能解决任何问题的论说,不论打着什么旗号,不管是祖传秘方还是最新发明,也不论它怎样地自鸣得意,恐怕终究是站不住脚的。可见问题的实质不在于哪种方法行时或过时,而在于我们一面要放开眼光,认真选择,大胆吸收,把那些确实具有科学价值和美学价值的新东西都拿来为我所用,一面则要求我们更好地掌握和运用各种批评方法,在实践中竞相发挥各自的长处,合力推动整个文艺事业的发展。马克思主义文艺批评的生命力,正在旺盛期,新的现实要求我们根据新的情况领会和掌握它的精神实质,依据新的实践来坚持和发展马克思主义的文艺理论批评,今后我如果仍操旧业,我希望能比以往做得好一点。

(1987 年 6 月 1 日于合肥)

# 七十自述

今年是我从事文艺工作五十周年的年份。五十年的岁月,在人类历史长河中自然是瞬间一瞥,但对一个人的生命历程来说,怕是他的正常劳作时间的全部或大部时段了吧? 我在这五十年里,自然经受了风风雨雨、坎坎坷坷,甚至遭遇某些挫折和不幸,但五十年的摔打,也磨炼了我的毅力,坎坷和挫折也赋予了我不少经验、智慧和自强精神;五十年的文学生涯,培育了我对这一事业的挚爱和敬业;五十年文学圈子的耳濡目染,又使我接受了,当然也增长了许多方面的学识;五十年的文学苦旅也曾闪现过得以实现自我价值的片刻辉煌;五十年的文学实践令我对文学本性有了一点自己的领悟;五十年的业余笔墨也积累了一些参与文学或思考文学的篇章。因此,我真心实意地感谢社会、时代、人民对我的培养,感谢文坛上诸多师友对我的帮助和教诲,感谢新时期给我的命运转折和催进的动力。我愧感拿不出任何厚重的礼物回报社会与人民,只能把见诸报刊的零散文章编成两本小册子捧给读者。一本就是这部由散文、随笔、报告文学组成的《魂牵梦绕》,另一本则是评论文集《走向文学》。我自知我的书于当代文学的发展起不到什么作用,但它记录了我的参与,表达了我的思考,于我算是个纪念,于文坛算是增添了一份资料。

我于1948年投入冀察热辽鲁迅艺术文学院文学系学习,并于当年发表了第一篇小说习作《童养媳》。1949年2月,在《天津日报》上发表了第一篇评论文章《工人看了〈白毛女〉》;同年5月,仍在《天津日报》上发表了第一首小诗《光荣花》。尽管这几篇作品今天让我看会脸红或羞愧于它们的幼稚和粗浅,但它们却奠定了我走文学之路的信心,没有这个起点,便不会有以后的五十年的磨炼了。1950年8月,我从中南文工团创作部调往中南文联，在《长江文艺》编辑部当编辑，从此一干编辑就是四十多年，甚至离休以后还年年都要参与一些编辑营生。《长江文艺》的主编是诗人李季，当时中南局要求革命的新文艺要在整个中南地区生根开花，并提出了“生根第一、普及第一”的口号，李季为贯彻这一指导思想，开展了“《长江文艺》通讯员”活动，主要是在广大工农兵和干部中发现、推出并培养新文艺的新生代创作群体，先后在中南的六省一市及部队中发展了近千名业余作者为通讯员，刊物为他们提供园地，编辑部则为他们学习和写作提供辅导、咨询和服务。李季要求编辑人员必须首先当好通讯员的服务员，个人的学习、业务追求都要服从这个中心，考察个人业绩也看你所承担的通讯员工作成果如何。应当说，这项群众性的大规模活动是收到了良好效果的，在众多的通讯员中确实涌现了一批有思想、有才华、有前途的青年作家，为当时的文学界输送了不少新生代人才。我当时在编辑部担任通联组长，我们组的十个人，都把主要精力以及全部热情和心血投入到通讯员工作上，并且在实践中培育了我们挚爱编辑事业的敬业精神和光荣感、责任感，我能安心当一辈子编辑，就是那时打下的基础。

1952 年，中央撤销了大行政区建制，中南直属机构都要重新调整，《长江文艺》也暂时休刊。我与涂光群随李季调往北京全国文协（二次文代会后改为作协），我和涂都分配到《人民文学》编辑部。我在《人民文学》共任职六年，其间有一年下放劳动，实际任职为五年整。这五年是我的人生际遇中最充实、最具活力、受教益最丰、个人进取心最强的五年，也是对我整个文学生涯影响最深的五年。《人民文学》是全国最高层次的文学期刊，全国各地的著名作家、理论家以及新生代的青年作家，都愿意使自己的作品经《人民文学》与读者见面，刊物既要广泛团结各地区、各系统、各流派、各层面的成熟作家，也要承担着发现、推出、扶植新生力量的任务。刊物的内容及其风貌要体现全国水准，因此对编辑人员的素质要求也就必然要高些。这里的历届主编、副主编及编委成员都是文坛上的一流大家，许多同事也都在事业上卓有成就，就连一些新来的年轻人也多是名牌大学出身的高才生，唯我是底子薄、根基浅的一个。我当时又担任评论组长职务，经常要和名家高手打交道，要读他们的文稿，要和他们进行学术观点上的交流，深感力不胜任，思想和业务水平都不能很好地适应工作需求。为了改变这一现状，我一面努力在工作实践中向领导、同事及作者们多求教、多学习、多商量，一面则发狠心、下恒心读书。对于哲学、政治经济学、历史、通史、思想史、各类文学史、中外古典及当代名著、中国古代文论、俄国及苏联理论批评家的著述以及能增长社会文化知识的种种杂书典籍乃至奇闻异录，我都拼命往肚子塞。一时读不懂的就先囫囵吞枣咽下去，慢慢消化一点算一点（也有的至今尚未消化），不喜爱读的便硬着头皮死啃（一本《神曲》我啃了五遍才啃完），对自己特别需要的则写笔记、写心得，形成自己的理解与判断。与此同时，我还结合读书与读稿，思索一些当时创作上或理论上面临的问题，利用业余时间写些评论文章谈谈自己的看法。几年工夫，我总算为自己初步填补上了学识上的欠缺，勉强能当上一名比较合格的编辑。我至今仍十分怀念在《人民文学》那一段时日。如果说《长江文艺》是给我愿意当编辑打下基础的话，那么《人民文学》则是培育我当一名合格编辑的学府。我感谢严文井、何其芳、秦兆阳、李清泉几位老师对我的教诲和帮助，他们的为人、为文、为事业的作为，都是我尊崇的表率，他们的身教言传使我终生铭记于心。特别是秦兆阳同志，他思想活跃，才思敏捷，既勇于创新，又善于独立思考，在创作上有追求，在理论上肯探索，在办刊上更常有新思路，所以我对他十分敬佩，也愿意常和他在一起交流。他的重要论文《现实主义——广阔的道路》，是他针对文坛长期存在的教条主义束缚而发出的求新、求异、求实、求突破的真诚呼唤，发表后震撼全国，极大地促进了文艺思想的活跃，不料他却因此惹祸伤身，终于在 1957 年的大运动中被淘汰出局。那次我侥幸未被加冠，接受了几场“帮助”后，光荣下放劳动一年，1959 年回京后，又再次光荣下放到地方“支援”当地文化建设。于是我就在 1959 年 3 月 12 日那天来到了安徽。我当然还是当编辑，而且还干老本行。鉴于当时安徽文艺界理论战线比较薄弱，我便把主要精力放在组织、建设、培育理论队伍上，忙着串联人，也忙着出题目、想点子开展文艺批评和理论研讨活动，其实只要有刊物做园地，又有人经常抓理论批评活动，人才便自然而然地逐步涌现出来，没几年便形成了一支以中青年为主力的理论批评队伍。他们年轻、热情、有活力、肯钻研，有他们的积极参与，文学界便显得更加活跃、更加有生气一些。但说老实话，自我来到安徽直到“文革”结束前，安徽文艺界并没有过上几天好日子。1957 年的反右，已使文艺界元气大伤，许多专业人士都是近年从外地调整来补充消耗的，但 1959 年的反右倾运动，又搞了一场雪上加霜。如从北京来皖的专业作家菡子、李纳两位女士，本来是潜心于创作的伴灯运笔的文人，但前者被戴上“右倾机会主义”高帽赴农场去开拖拉机，后者洗了洗热水澡后长期下乡蹲点，还有几位老文艺工作者都也被整得鼻青脸肿，有一位女同志甚至当场休克。与此同时，这个在“大跃进”中被称为千斤省的南北大地，却正蔓延着大饥荒、大灾难。在农村，饿殍处处；在城市，糠菜果腹。三年下来，全省竟有几百万人拿着生命为跑步进入共产主义交了学费。到 1962 年，因经济形势有所好转及广州会议吹来一股暖风，有周总理语重心长的讲话和陈毅的“脱帽”演说，又有《文艺八条》下达，文艺界才多少松了一口气，创作态势也随之出现了一些积极性的变化。但好景太短，没多久又吹起抓阶级斗争的进军号，文艺界又成了反修防修的国内重点批判对象，活人死人都在批，国内国外都要批，而且“越是精华越要批判”，“越是名人越要触及”。什么人道啦、人性啦、为民请命啦，什么抒个人之情啦，什么强调艺术规律啦，等等，逮到什么就批什么。女作家菡子平反后写了几篇反映战争年代生活情景的作品，其《父子》就因涉及亲子之情，又被纳入修正主义思潮而遭公开批判。到了 1963 年的华东话剧观摩会演，简直成了“文革”的前奏和预演。我们省参演的剧目《这里也是战场》(原名《毒手》)刚演到一半，就被看戏的华东大长官当场“枪毙”，其理由是这个戏“在暴露敌人的同时也暴露了我们自己”。这个戏的内容是反映“三反”、“五反”时期反贪污斗争的，所谓“自己”就是指被资本家腐蚀的中下层干部，连这样的人物都不许批判，文艺创作哪还有什么生存空间呢？本剧作者在 1964 年第一期《安徽文学》上发表他在省内一次文艺工作会议上的《报告》中，讲到了既要加强“党的领导”又要注意领导工作的“社会方式”，又被指责为“反对党的领导”而遭到严厉批判；再加上江流的小说《还魂草》又被作为鼓吹人性论的典型而重新提出来，于是就形成了安徽文艺界的《毒手》、《报告》、《还魂草》三大事件，在报刊上大举批判的同时，领导上又委派了庞大的工作组进驻省文联,以停止工作、停办刊物的大动作来进行所谓的“文艺整风”(后又改称“四清”),这场运动持续了近十个月,到头来虽然没有任何明确的实质性的结论,但沸沸扬扬的舆论批判,弄得人人自危,个个不安。“整风”结束之后,陈登科全家搬到青阳县安家,鲁彦周举家迁往山城岳西落户,其他人大都参加“四清”工作队下乡去,省文联的一切公务和业务活动全部停顿,直到“文革”开始才又重新“热闹”起来。然这种“热闹”是可悲而又可怖的。除了每天有好多拨来文联冲砸哄打、揪斗示众的“热闹”场面,还有派进来的形形色色的进驻人员来展开的形形色色的批斗活动。在我们这个只有七八十人的小单位,派进来的人员之多和级别之高实属罕见,除了工作组还有“军宣队”、“工宣队”、“红卫兵小分队”、“刘、陈、那专案组”等等,其人数之和,远远超过我们单位的全部人马。后来我们听一位别号“大马棒”的军代表头头说:“在文联好人是少数,多派人进驻是树立好人优势”,这才如梦方醒一般,明白了个中真谛。这次运动的重点,首先落在了刘秀山、陈登科、那沙头上。对刘秀山是翻历史老账;对陈登科则是抓住《风雷》是“为刘少奇树碑立传”的大毒草而开展了数年之久的全国性大批判,省革委会还专门组织了一个专批《风雷》的庞大写作班子;对那沙是再算《毒手》、《报告》旧账,但加上的政治帽子则上升了好几级。后来江青又点名刘、陈是特务,于是就把他们三人定为“刘、陈、那特务集团”,他们被长期关押,多次遭到人身迫害和凌辱,有的折磨致死,有的身遭伤残、其情甚惨。文联的其他业务骨干,除极少数暂时被列为“左”派者,则一律被定为“刘、陈、那特务集团黑班底”,且有一套班底及二套三套之分。那时,我们这帮人差不多都是四十岁上下,正是精力特别旺盛时期,且在文学上积累了一些经验,应当是人生的黄金时段,可惜我们都得停下文学之笔,要写也只能写“罪行”交代、自我批判和胡乱揭发或批判别人的既言不由衷又自伤伤人的东西。我虽然是被冲击对象,但也写过伤害别人的大字报和大批判,今日想来,十分愧疚。整整十年的大好时光,我们差不多硬是在“牛棚”、批斗台、山乡农舍、干校茅屋的批判、审查和强制性劳动等所谓斗批改的活动中耗过去了。

但这十年的灾难岁月,也从反面给了我和我许许多多同事上了一堂大课，它促使我们不得不面对历史、面对现实、面对人民、面对文化、面对自己走过的人生旅途，进行一番深深思考。这思考中萌发着觉醒，萌发着对历史和现实以及社会和自我的再认识，萌发着某种模模糊糊地寻找自我的意愿，萌发着不甘心忍辱的冲动。“四人帮”推行法西斯文化专制主义，本来是要彻底禁锢人们思想的，不料，极端的钳制却从反面促使了人们的逆向思维的萌发，在内心升腾起对“四人帮”倒行逆施的强烈愤恨。正因为有了这一段的自省和反思，所以在“四人帮”覆灭以后，我真的像重新焕发了青春一样，在精神上显示出前所未有的振奋，完全自觉地把自己的生活步履与时代要求合二为一，全心全意并且是勇往直前地冲向揭批“四人帮”斗争的前列，对他们一伙在文艺领域内所推行的反动方针政策，对他们所鼓吹的种种反马克思主义谬论，对他们所制造的种种冤假错案，对他们炮制的阴谋文艺代表作，我都积极参与了揭发、批判和斗争。我依托省内理论界一批热血中青年，以《安徽文学》为基本阵地，对“四人帮”的阴谋文艺理论，采取了普遍揭、逐个批、重点打、破中立的方式，进行了有系统、有层次地深入批判，在荡涤文艺领域中的极“左”思潮方面，起到了一定的积极作用，并在全国文艺界引起广泛关注。理论上拨乱反正，对创作思想上突破禁区、扫除障碍、开阔视野、恢复现实主义传统、激发人文精神等方面，发生了比较广泛而深入的影响。这段时期，安徽文艺界在理论上、创作上、办刊上都处于活跃期、发展期、成熟期，整个文艺界的方方面面，都呈现出相当昂扬的激情和创作上的进取意识，形成了比较繁荣的局面。应当说，这是党的十一届三中全会正确路线指引所取得的成果，是邓小平在全国第四次文代会上发出的重要指示为文艺界认真贯彻执行而取得的成果，当然也是文艺界同人以新的胸怀、新的眼界和新的艺术追求而取得的成果。这期间，我正好度过知天命之年，开始缓步向老人世界走去，但我此时的心态毫无老化迹象，相反，此时可能是我生命历程中最活跃、最昂扬的时刻之一，也是我得以展示个性、实现自我价值的时刻之一，当然也是我人生感悟最深的时刻之一。这期间我发表了几十万字的评论文章，组织和参与了近百次的理论学术研讨活动，现在看来有的文章激情高于学术，有的观点也有失偏颇，甚至会被今人视为非文化“时文”而加以嘲笑，但我并不后悔，因为那是我当时的真实思想和真实情感的记录。我真诚地感谢安徽理论界同志的密切合作与支持，感谢文艺界领导特别是刊物主编江流同志对我的大力支持与帮助，使我得以放手开展活动并在刊物版面上组织起一系列比较有声势、有见地的理论批评活动，我在牢记那一段时光的同时，也牢牢记住了我们在那时结下的友谊。

20 世纪 90 年代以后的文坛发生了很大变化，文学热过去了，新思潮也不再那么盛极一时，加之商业文化的崛起使得严肃文学的处境日益艰难起来，理论批评的沉寂和阵地的急剧萎缩更使得文学出现了所谓滑坡或不景气现象。其实，这恐怕是文学发展过程中的正常状态。随着市场经济的兴起和商业化文化的突入，人们的文化需求和人们的欣赏口味都发生了很大变化，传统意义上的严肃文学当然难以一如过去那样时不时发生轰动效应或引起万众瞩目的效果。文学殿堂的神圣感消失了，文学平常了，作家平常了，读者心态也平常了，我们当然也应该以平常心来看待文学的平常化。

1993 年我离休了，时年六十有六，成了一名闲居闹市的散淡老人。按说离休后时间相当充裕，大可搞些深层次的理论研究工作，就像人们常说的做做学问。但我一来考虑到自己知识老化、信息不畅，学识根基又浅，难以搞出什么有价值的学术成果，二是也感到精力不济，搞不了规模较大的深层次理论研究，还是从事力所能及且适合散淡闲居人士的写作方式为好，所以我就选择了散文、随笔等类随意性较强的文体。理论批评文章虽然还写，但多限于书评、随感、书序、笔谈之类，很少对理论性问题进行专题式或宏观式的论述与考察，对文坛上的论争虽有所关注，但很少积极参与，最多也只是敲敲边鼓、发表些杂感或议论而已，这的确和我青年和中年时期的表现大相径庭，但此刻我已不再寻求拼搏与激扬，只求说几句自己的想说的话，故只能是些平平淡淡的言辞，没有什么真知灼见。就连这些年写的散文、随笔，我也没有什么刻意追求，更谈不上什么营造意境、托物寄情、讲究文字美，等等，我只是碰到什么有感于怀的人和事就写些记人叙事的文字，只求叙述真实、情感真实、情境真实，不求传情达意之美，也不求语言之工，只是把我对某人某事的印象或历程写清楚也就算了。本书第一辑《魂牵梦绕》大都是这类文字，其中除了《春节在江岸》、《友谊的会见》是 1951 年发表的旧作，其他都是近几年零零星星积累下来的散篇杂叙。《骆丈老师》一篇是我把历史回忆、人物印象和旅游观感融在一起的一种尝试;《魂牵梦绕》纯是一篇回忆文字,但所叙事实可能具备一定史料价值。第二辑是一组杂文,全是些杂七杂八的议论,内容上既没有中心议题,思想上也没有先锋意识,但杂文的议论,总免不了有点锋芒,热讽也好,挑刺也好,都还是以善意和真诚来抨击时弊的。我喜爱杂文,视杂文为议论性散文文体,它的美学个性如同它的名称一样,就是一杂二文或曰杂而且文。所谓杂,就是内容、题材、形式、风格、手法及其品种、功能尽可能多种多样、多彩多姿、多元多极,匕首式、政论式、警世式、感怀式、书卷式、闲趣式、幽默式、小品式……什么式都可存在,什么式都可有所作为,什么式都具有各自不同的社会功能,大可不必为软性硬性伤脑筋。动植物不是有杂交优势吗?杂文品种和杂文风格也让它在杂七杂八的杂生优势中来个杂花生树吧!至于文,当然是要有文采、有文质、有文品、有文气,语句要精,语意要深,在简短的勾勒中造出杂文意境,在明快的议论中发出警策或启示,读之既能令人振聋发聩,又可得赏心悦目、荡气回肠之欣赏快感,这就是杂文的杂与文的交融。可惜我的功力太差,达不到这般境界,只能在这个圈子里凑凑热闹。第三辑是报告文学。其中几篇历史题材的是20世纪50年代的旧作,那是我下放桑乾河畔劳动时,依据在乡间搜集的真实素材而写,最初均发表于《收获》,其中的《桑乾河南岸巡礼》,曾被选入北京地区十年一贯制中学的语文课本。近几年所写篇章都是描述城乡改革开放的某些宏观场景或某些生活片断的。《江城寻梦》、《药都雄风》属于宏观性的,《雉河漫笔》则属于片断散记类型。我写报告文学力求真实性与生动性的统一,而第一位的是真实,既不掺杂兑假,也不搞艺术虚构,更不纳入道听途说、风言风语,涉及的人和事都是经历多次采访的所见、所信、所感而写,在叙述过程中我虽然也尽力使文笔生动些,力求记人叙事都有一定的感染力,但我欠缺文采和诗情,总达不到我意欲追求的层次。

回顾五十年的文学生涯,我庆幸一生遇到了许多学识渊博、人品高尚的前辈和挚友,他们给了我做人、作文的楷模,给了我敬业爱岗的启迪,给了我师情和友情的关怀爱护,给了我永生不能忘怀的对生活的热爱和追求。我更庆幸晚年得遇大好时光,国家与民族的生机与蓬勃发展令我惊喜和欣慰,文学逐步走向成熟自觉之路令我更加挚爱这一事业，我的余生将与此道共存。

我如今是四闲老人。读休闲书籍以养性，写休闲杂感以寄情，打休闲麻将以自娱，饮休闲美酒以自醉。优哉！游哉！

（1997 年 12 月 20 日）